LA ÚLTIMA VICTORIA
MEXICA

LA ÚLTIMA VICTORIA
MEXICA

ENRIQUE ORTIZ
Tlatoani Cuauhtémoc

Grijalbo

El papel utilizado para la impresión de este libro ha sido fabricado a partir de madera
procedente de bosques y plantaciones gestionadas con los más altos estándares ambientales,
garantizando una explotación de los recursos sostenible con el medio ambiente y beneficiosa para las personas.

La última victoria mexica

Una novela sobre la Noche Triste

Primera edición: septiembre, 2023

D. R. © 2023, Enrique Ortiz

D. R. © 2023, derechos de edición mundiales en lengua castellana:
Penguin Random House Grupo Editorial, S. A. de C. V.
Blvd. Miguel de Cervantes Saavedra núm. 301, 1er piso,
colonia Granada, alcaldía Miguel Hidalgo, C. P. 11520,
Ciudad de México

penguinlibros.com

ISBN: 978-607-383-456-8

Impreso en México – *Printed in Mexico*

*Para Elsa y Beatriz, quienes gozosas leerán
esta novela desde el Tonátiuh Ichan*

ÍNDICE

CRONOLOGÍA DE LA CONQUISTA DE MEXIHCO-TENOCHTITLAN

1519

- 11-18 de febrero: sale de Cuba la expedición de Cortés.
- 27 de febrero: la expedición llega a Cozumel.
- 25 de marzo: batalla de Centla.
- 21 de abril: la expedición alcanza Ulúa, hoy Veracruz.
- 22 de abril: fundación de la Villa Rica de la Vera Cruz en los arenales de Chalchihuecan.
- 1-3 de junio: la expedición de Cortés viaja a Cempoala. Se reubica la Villa de la Vera Cruz cerca de Quiahuiztlan.
- 16 de agosto: la expedición sale de Cempoala.
- 1-10 de septiembre: combates con los tlaxcaltecas.
- 23 de septiembre: entrada pacífica a Tlaxcallan. A finales de septiembre Diego de Ordaz asciende el Popocatépetl.
- 12 de octubre: entrada a Cholula.
- 18 de octubre: matanza de Cholula.
- 8 de noviembre: entrada a Tenochtitlan. Cortés y sus hombres son recibidos por Motecuhzomatzin Xocóyotl. Se establecen en el palacio de Axayácatl. A los pocos días el huey tlahtoani es hecho prisionero.

1520

- Principios de mayo: llega la expedición de Pánfilo de Narváez a la costa del actual Veracruz, con ochocientos hispanos en diecinueve navíos. Cortés sale de Tenochtitlan para derrotar al enviado del gobernador de Cuba.
- 22 de mayo: matanza del Templo Mayor o de Tóxcatl encabezada por Pedro de Alvarado. Inician los combates en Tenochtitlan, alrededor del tecpan de Axayácatl.
- 27 de mayo: es derrotado Pánfilo de Narváez y hecho prisionero. Sus hombres se integran al ejército de Hernando Cortés.
- 24 de junio: Cortés entra a Tenochtitlan con un ejército fortalecido por los hombres de Narváez.
- 27 de junio: Motecuhzomatzin es apedreado y repudiado por los mexicas. Muere el 29 o 30 de junio.
- 28 de junio: los hispanos ponen a prueba sus cuatro ingenios o torres en las calles de Tenochtitlan.
- 29 de junio: continúan los combates alrededor del tecpan de Axayácatl. Se combate por el Templo Mayor.
- 30 de junio: Cortés, sus hispanos y tlaxcaltecas abandonan Tenochtitlan por la calzada de Tlacopan. Son emboscados y mueren alrededor de ochocientos sesenta cristianos y un número indefinido de aliados indígenas.
- 7 de julio: batalla de Otumba.
- 8 de julio: llegada a tierras de Tlaxcallan.
- Fines de julio: campaña punitiva en contra de Tepeaca.
- Octubre: inicia la construcción de los trece bergantines en Tlaxcallan.
- Noviembre: muere Cuitlahuatzin de viruela.

1521

- 30 de mayo: inicia el sitio de Mexihco-Tenochtitlan.
- 20-30 de junio: la última victoria mexica, la batalla de la Quebrada en Tlatelolco.

- 13 de agosto: termina el sitio de Mexihco-Tenochtitlan con la captura de Cuauhtemotzin.

1525

- Febrero: es ejecutado Cuauhtemotzin por órdenes de Cortés en Itzamkánac, actual Campeche, durante la expedición a las Hibueras.

1547

- 2 de diciembre: muere Hernando Cortés en Castilleja de la Cuesta, España.

PRÓLOGO

Recuerdo mi último día de libertad juvenil antes de ingresar al telpochcalli del barrio de Teocaltitlan, ubicado en la parcialidad de Moyotlan, al oeste de la gran ciudad de Huitzilopochtli y Tetzauhtéotl, el nido del águila solar, Mexihco-Tenochtitlan. Al haber cumplido quince inviernos de edad, y debido a mi habituada rebeldía, era imposible posponer más mi entrada a la Casa de la Juventud, donde iniciaría mis estudios sobre el combate, la religión de mis abuelos y la historia de mi barrio y mi ciudad, y donde también fortalecería mi cuerpo y mi tonalli para las batallas que me esperaban en el futuro.

Mis padres, al llegar yo a este mundo, me dieron el nombre de Chichilcuauhtli Macuilli Xóchitl, Águila Roja Cinco Flor. Mi segundo nombre hace alusión al día en que nací. Sin embargo, años después me enteré, gracias a las habladurías de mis tías con mi madre, de que en realidad abrí los ojos en otra jornada, y de que, aunque me auguraba un final glorioso, lleno de honor para mi persona y mi familia, una muerte en guerra o sacrificio, mi madre se empecinó en tratar de cambiar dicho futuro, a pesar de las quejas y argumentos del tonalpouhque, el adivinador de los destinos, y de mi propio padre. Con lágrimas en los ojos decidió mi nantzin contradecir a los dioses e ignorar lo augurado, una gloriosa muerte florida por el filo de la obsidiana, y modificó mi fecha de nacimiento, lo cual quedó patente en mi nombre. Mi primer nombre fue una decisión de mi padre, quien me contó que la noche anterior al día de mi nacimiento tuvo un sueño donde vio un sol resplandeciente que lo cegó por un momento, cubriendo sus ojos con un manto blanco que poco a

15

poco fue volviéndose rojo, cuando súbitamente vio surgir de Tonátiuh un águila de un bello plumaje marrón que al reflejar los rayos del luminoso astro se tornaba rojizo.

Nací en el seno de una familia pochtécah, los poderosos comerciantes mexicas que atravesaban largas distancias para obtener las valiosas mercancías y materiales codiciados por las élites y la nobleza de nuestra ciudad. Mi tahtzin siguió los pasos de su abuelo y su bisabuelo, y por lo tanto se ausentaba largos periodos, tres años en una ocasión, cuando dirigió una expedición a las lejanas tierras siempre verdes de los mayas, alcanzando la región del Xoconochco y Quauhtemallan. A pesar de que mi familia era poseedora de importantes riquezas y de grandes extensiones de tierra para cultivar, eso no borraba nuestro sencillo y humilde origen, pues seguíamos siendo macehualtin, plebeyos tenochcas que habían mejorado sustancialmente su condición a través de las bondades del comercio. Pese a las intenciones de mi padre para que siguiera sus pasos como pochtécah, yo me empeciné en seguir el camino de las armas, al menos temporalmente, pues se me da bien eso del combate, enfrentar a los enemigos de Tenochtitlan, derrotarlos, subyugarlos y capturarlos. Mi decisión rindió sus frutos cuando realicé la captura de dos enemigos en combate, alcanzando el grado de guerrero cuextécatl, o huasteco, a los veintiún años, algo que enorgulleció a mi adorada madre y a mi necio padre, disipando su enojo.

Toco el pectoral redondo hecho de jade imperial que cuelga sobre mi pecho, donde se aprecia en bajorrelieve un águila a punto de emprender el vuelo, un regalo de mi padre de las tierras mayas, y al hacerlo se agolpan en mi mente los recuerdos del día en que conocí a la mujer más bella y agraciada de Tenochtitlan; su nombre: Yohualcitlalli, Estrella de la Noche.

Sucedió hace siete años, el día anterior a mi ingreso al telpochcalli. Esa jornada me encontraba con mis amigos, Yei Océlotl y Xiúhtic Áyotl, deambulando en el atestado tianquiztli de Tenochtitlan, ubicado al sur del gran recinto ceremonial, en la gran plaza de la ciudad. Fue un día caluroso, el sol brillaba con fuerza, las nubes de mosquitos nos envolvían y las parvadas de garzas cruzaban los cielos azules sobre nuestra cabeza. Los gritos de los vendedores se escuchaban por doquier, así como el constante palmotear de las mujeres que hacían tortillas. La gran plaza bullía de energía, de miles de personas que compraban y vendían todo tipo de mercancías y alimentos, incluso esclavos. El ambiente olía a tamales vaporosos recién hechos, a pescado y acociles frescos del lago de Tezcuco, a humo de carbón y leña, a tortillas asándose sobre los comaltin de barro cocido y al inconfundible aroma de los chiles ahumados. En dicha jornada, mis amigos y yo habíamos decidido que ya estábamos lo suficientemente grandes para probar el pulque, una bebida sagrada hecha con el aguamiel de maguey fermentado, blanca como la leche, ácida como un quílitl y espesa como un atole. La venta de pulque estaba fuertemente regulada, solo se podía realizar dentro de los mercados de Tlatelolco y Tenochtitlan y las autoridades mexicas castigaban con dureza a las personas que acababan ebrias en la vía pública, sancionando con mayor severidad a aquellos que eran de origen noble, los pipiltin. Además, estaba prohibida su venta a hombres y mujeres menores de veintiún inviernos. Sin embargo, estábamos decididos a probarlo, a riesgo de quebrantar la ley y acabar golpeados por los guardias fuertemente armados que patrullaban el tianquiztli. Con este propósito en mente, avanzamos a través de la zona del mercado donde se vendía todo tipo de carnes y animales: guajolotes y perros vivos, venados, patos y garzas, pescados fresquísimos, víboras de cascabel, acociles, liebres y conejos.

—¿Están listos? —pregunté a mis dos amigos, el fornido Océlotl y el flaco y alto Áyotl, ambos de catorce inviernos. Los dos vestían de la misma forma que yo, con un máxtlatl o taparrabo cubriendo su entrepierna y una sencilla tilma hecha de fibra de ixtle.

—Yo nací listo para este momento, hermano —respondió Océlotl con una sonrisa al tiempo que se adelantaba y giraba hacia la derecha, perdiéndose entre los diferentes puestos del mercado—. ¡Ahora nos vemos!

—¿Tienes lista tu jícara, Cuauhtli? —me preguntó mi amigo Áyotl mientras nos dirigíamos al puesto de venta de pulque, que era atendido por dos hombres, uno de los cuales trataba de ahuyentar con un trapo algunas moscas que volaban a su alrededor. El puesto estaba cubierto con un parasol hecho de petates y sostenido por una estructura de madera, que a su vez también servía para delimitarlo y contener a los sedientos compradores.

—Todo preparado, hermano —contesté al mostrársela.

Nuestra estrategia consistía en que mis dos amigos se encontraran frente al expendio de pulque y fingieran una pelea, atrayendo la atención de los dos vendedores, mientras yo llenaba la jícara de la bebida fermentada.

Todo aconteció según lo planeado. Observé cómo mis dos amigos chocaban distraídamente frente al expendio de pulque y de inmediato comenzaban a gritarse y empujarse de manera violenta. Uno de los hombres que servía el pulque trató de separarlos, preocupado de que alguno pudiera caer sobre sus jarrones y romperlos. Al percatarse de que mis dos amigos estaban por llegar a los golpes, el segundo hombre decidió salir del expendio en busca de uno de los guardias que deambulaban por el mercado armados con mazas y pequeños escudos de madera. Ese fue el momento que esperaba para obtener la preciosa bebida. Caminé discretamente y superé al primer vendedor, que para ese momento empujaba a mis dos amigos, tratando de separarlos. En un abrir y cerrar de ojos sumergí la jícara en un recipiente, para después cubrirla con mi tilma. Con toda tranquilidad caminé hasta salir del mercado, mientras a mis espaldas escuchaba el escándalo que causaban mis dos valientes amigos y frente a mí pasaban corriendo dos malencarados guardias sujetando sus bastones de madera.

Con toda calma me dirigí al punto de encuentro que habíamos acordado, un alto ahuejote ubicado en una de las esquinas de la plaza del barrio de Huitznáhuac. Mis amigos no tardaron en alcanzarme, aunque Áyotl llevaba un ojo morado y Océlotl sangraba de la nariz.

—¿Se encuentran bien? —pregunté con una gran sonrisa, al tiempo que mostraba la jícara rebosante de la bebida blancuzca.

—Todo bien, hermano. Hemos logrado perder a los guardias —respondió Océlotl con la respiración agitada.

—Pero no nos hemos salvado de recibir unos buenos puñetazos —comentó Áyotl con una sonrisa, la cual se transformó en una mueca de dolor al tocarse el ojo hinchado.

De inmediato bebimos el octli, dividiendo la bebida en partes iguales y disfrutando de su delicado sabor.

—¡Parece que se te ha subido! —le dije a Océlotl—. Te estás tambaleando, amigo —agregué.

Yo mismo empezaba a sentirme mareado, pero traté de ocultar que los cuatrocientos conejos carcomían mi cabeza.

Después caminamos a la plaza del barrio, la cual estaba rodeada en tres de sus cuatro lados por templos y un amplio palacio de gobierno, y donde también se encontraba el telpochcalli de Huitznáhuac. Llamó nuestra atención un grupo de jovencitas, alrededor de veinte, que se encontraban alineadas en el norte de la plaza; practicaban una danza mientras imitaban a una de sus maestras, una sacerdotisa que vestía un huipil y un enredo sobre su cabeza. Una segunda instructora, con el rostro pintado de rojo, avanzaba entre las líneas, vigilando los movimientos de las aprendices, y las corregía cuando era necesario por medio de un golpe en las piernas con un machete hecho de madera para el hilado de cintura, el tzotzopaztli. Las jovencitas sujetaban flores en una mano y una sonaja en la otra. Frente al grupo de danzantes, unos músicos tocaban varios instrumentos: un tambor vertical, flautas y un teponaztli, creando una armónica y bella composición musical.

—Seguro están practicando para las fiestas de la veintena de Tlaxochimaco —comentó Océlotl, quien también se deleitaba al observar a las hermosas jovencitas, las cuales parecían pertenecer a la nobleza del barrio de Huitznáhuac, pues todas vestían finos huipiles cortos de algodón, que dejaban ver sus torneadas piernas.

De un momento a otro ya se había reunido una pequeña multitud de curiosos que observaban el grácil movimiento de las tenochcas. Yo centré mi mirada en una de ellas que se encontraba cerca de mí, en la última línea. Destacaba por su largo y sedoso cabello negro, sujetado con un listón azul detrás de la espalda, así como por su hermoso y delicado rostro, el cual cobraba relevancia por sus dos grandes y expresivos ojos color café claro. Al parecer el interés fue mutuo, pues de soslayo me dirigió un par de miradas mientras se contoneaba y saltaba para dar una vuelta. Yo estaba mareado, pero eso no impidió que disfrutara de su presencia. En algún momento, la jovencita trastabilló y cayó al piso.

—¡Citlalli! ¿Qué te ha sucedido? ¿Acaso quieres avergonzar al barrio entero con esa caída? —la reprendió la sacerdotisa instructora desde lejos y empezó a caminar hacia su dirección.

Entonces se llama Citlalli, repetí para mí, al tiempo que avanzaba hacia ella y la ayudaba a levantarse, colocando mis manos sobre su antebrazo.

—Tlazohcamati —respondió Citlalli mirándome fijamente a los ojos, algo avergonzada y con las mejillas encendidas.

—No te preocupes —le respondí mientras correspondía a su mirada—. Me llamo Chichilcuauhtli, del calpulli de Teocaltitlan. Es un gusto conocerte… ¿Citlalli?

—Yohualcitlalli, de Huitznáhuac —me dijo, sacudiéndose el polvo del huipil.

Tienes linda mirada, Yohualcitlalli de Huitznáhuac, quise decirle.

—¿Qué crees que haces, macehual? ¿Acaso ignoras que un plebeyo como tú tiene prohibido tocar a las hijas de la nobleza, a los jades favoritos de Chalchiuhtlicue y Cihuacóatl? —interrumpió la sacerdotisa de manera agresiva, alzando el tzotzopaztli para después descargarlo con fuerza sobre mi hombro.

—Honorable matrona, solamente buscaba ayudar a esta jovencita a ponerse en pie —respondí, mientras internamente les rezaba a todos los dioses para que la sacerdotisa no se percatara de que momentos antes había tomado un poco de pulque. A mis espaldas, mis dos amigos se reían de manera discreta, divirtiéndose ante mi incómoda situación.

—¿Eres tonto o un desvergonzado? —preguntó con estridencia nuevamente la sacerdotisa al tiempo que me volvía a golpear con su machete de madera, ahora el antebrazo—. ¡Y tú, niña, regresa de inmediato con tus compañeras si no quieres pagar las consecuencias! —amenazó la mujer de alrededor de treinta y cinco años.

—Sí, mi señora —respondió Citlalli, pero antes de alejarse me guiñó un ojo y dejó caer algo al suelo sin que se percatara la sacerdotisa, quien siguió sus pasos mientras se incorporaba al grupo, que seguía danzando.

Al ver que se marchaban, dirigí una plegaria y una mirada al cielo para nuestro señor impalpable, Tezcatlipoca, por haber ocultado el ligero aroma a pulque que provenía de mi boca.

—Gracias por proteger a tu hijo, padre obscuro y todopoderoso —murmuré.

Después miré al suelo y, para mi sorpresa, encontré el listón azul que sujetaba el pelo de Citlalli. De inmediato lo recogí y discretamente lo acerqué a mi nariz, deleitándome con el perfume de su pelo.

—Parece que alguien se ha enamorado —dijo mi amigo Océlotl, haciendo carcajear a Áyotl.

No hice más que sonreír ante el comentario, pues no podía negar lo evidente.

—¡De la que te has salvado, hermanito! —dijo Áyotl despeinándome con la mano—. Si la sacerdotisa se hubiera percatado de que bebiste pulque, te habrías metido en un gran problema. Te habrían atado y llevado al mercado para quemarte el pelo con una antorcha. ¡Eso sin mencionar la desgracia que habría caído sobre tu familia!

—Ha valido la pena correr el riesgo —contesté, mirando el listón de Citlalli—. ¡Sin duda que ha valido la pena!

Sonrío al recordar ese momento acontecido siete inviernos atrás. Ese breve encuentro fortuito que cambiaría mi existencia y la de Citlalli para siempre, uniendo nuestros corazones y destinos en este efímero viaje lleno de alegrías y tristezas, de caídas y triunfos, que llamamos vida…

1. LA MATANZA

Día diecinueve de la veintena Tóxcatl, año Ome Técpatl[1]
22 de mayo de 1520[2]

CAPÍTULO 1

Las nubes de mosquitos se arremolinaban sobre la superficie del agua de las acequias de la gran ciudad, causando un constante zumbido al cual estaban acostumbrados los habitantes de la capital mexica. Sus movimientos parecían estar acompasados al constante retumbar de las decenas de tambores huehuémeh que eran tocados por las manos diestras de los sacerdotes de los templos del recinto ceremonial de Tenochtitlan. Parecía que con la devoción y maestría con la que tocaban los troncos huecos recubiertos de cuero habían logrado disipar toda nube del firmamento, abriendo camino para el gran Tonátiuh, quien como cada jornada había recorrido los cielos brindando luz y calor a la humanidad del Cem Anáhuac. El señor radiante había llegado al cenit, momento indicado para que iniciaran las danzas multitudinarias en todas las plazas de Tenochtitlan en honor de las deidades Huitzilopochtli, el colibrí zurdo, y Tezcatlipoca, el señor del cerca y del junto, durante la veintena de Tóxcatl, uno de los dieciocho meses del calendario solar entre los nahuas. Era una de las ceremonias más importantes del año, en la cual participaban todas las clases sociales de la ciudad, siendo de particular importancia para la

---

[1] Xiuhpohualli, calendario solar usado por los nahuas del Posclásico.
[2] Actual calendario gregoriano.

nobleza, los guerreros, sacerdotes y para el Gran Orador y gobernante de Tenochtitlan, el huey tlahtoani. Por esa razón la capital mexica había sido ataviada con sus mejores galas para los veinte días de festejos, rituales, música y danzas de Tóxcatl para honrar a ambas deidades. Se instalaron efímeros arcos con estructura de madera y otate recubiertos con flores de muchos colores y formas, creando mosaicos donde se veían representadas figuras de jaguares, colibríes, águilas y coyotes. Los grandes braseros de cerámica con rostros descarnados habían sido alimentados con gran cantidad de madera que ardía derritiendo el sagrado copalli, la resina perfumada que inundaba el ambiente. Grandes procesiones conformadas por las sacerdotisas del culto a Chicomecóatl, a Cihuacóatl y a la madre de los dioses, Toci, avanzaban hacia la gran plaza del recinto ceremonial, perfectamente alineadas, portando braseros y flores envueltas en papel amate manchado de chapopote, así como también el gremio de pochtecámeh, los adoradores del señor de la nariz, Yacatecuhtli. Se trataba de los comerciantes que recorrían largas distancias para dotar a las élites mexicas de materiales de lujo como ámbar, jade, pieles de jaguar y plumas de quetzal. En esta ocasión participaban solamente los líderes del gremio. Avanzaban con mucha dignidad, cada uno portando el báculo sagrado que utilizaban en sus largos viajes, el ótatl, del cual colgaban tiras de papel amate manchadas de la sangre del portador. Algunos llevaban los abanicos hechos de plumas de guacamaya llamados ehecacehualiztli. Sus rostros eran blancos, cubiertos de polvo de tiza, con cuadros negros sobre sus ojos y boca, lo que les daba un aspecto amenazador.

Las grandes sociedades guerreras también estaban presentes, ya que Tezcatlipoca y Huitzilopochtli eran deidades asociadas con el sacrificio humano y la guerra. Los otontin u otomíes, los cuauchíqueh o tonsurados, así como los guerreros solares águila y jaguar avanzaban hacia la gran explanada vistiendo sus mejores tilmas, las cuales les permitían dar a conocer sus logros y hazañas en combate, así como su rango militar y la sociedad a la que pertenecían. Destacaban los cuauchíqueh con sus cabezas rapadas, quienes dejaban apenas una franja de cabello que iba de la frente a la nuca. Solo vestían su braguero o máxtlatl y una tilma hecha de sencillas cuerdas de ixtle anudadas en cuadros; una forma de exponer su cuerpo a los elementos y mostrar su valor y resistencia. De la misma forma portaban sus bezotes, narigueras, orejeras, ajorcas, anillos y brazaletes de oro, plata, jade, concha, piedra verde, turquesa y ámbar. Ninguno de los guerreros iba armado, solamente portaban sus abanicos, pipas para fumar tabaco, sus bellos escudos ceremoniales decorados con mosaicos de plumas, cascabeles y conchas, y finalmente algunos traían sus cetros ceremoniales hechos de un fémur humano envuelto en papel amate y decorado con flores y plumas de águila. La gran mayoría llevaba los llamados cuitlauchtli de plumas negras. Todos estos grupos se dirigían al centro de la ciudad con el corazón regocijante, lleno de alegría, con el canto florido entre sus labios, portando el jade y las plumas de quetzal.

Desde días atrás, las mujeres nobles tenochcas habían depilado su rostro para después, por la mañana, decorar sus piernas y brazos con plumas rojas. Sobre su pecho llevaban sartales hechos de blancas rosetas de maíz llamadas momochtin. Entre las mujeres de la nobleza del calpulli o barrio de Huitznáhuac iba Yohualcitlaltzin, una bella jovencita de diecisiete inviernos, hija del calpixque Cuauhcóatl y de la señora Iztacxóchitl, sobrina del gobernante fallecido Axayácatl y prima lejana del propio huey tlahtoani Motecuhzomatzin Xocóyotl. Era de piel morena, delgada, espigada pero con sinuosas caderas, no muy alta pero altiva, de largo cabello negro, tan intenso que incluso parecía azulado. Sin embargo, lo que había hecho que varios jóvenes la codiciaran era su inteligencia, su temperamento afable y, sobre todo, su rostro, colmado de expresividad. Destacaban los grandes ojos café claro, una nariz aguileña y labios carnosos rosados. Era una mujer de risa fácil y pensamientos profundos, de fuerte temperamento, que detestaba trabajar el telar de cintura, pero que disfrutaba escuchar por tardes completas a los sabios del barrio, leyendo los libros sagrados y los registros históricos de su pueblo. Para ella Tenochtitlan era solo un rincón del Cem Anáhuac, el más hermoso e importante, pero solamente un fragmento, por lo que le resultaba imperante viajar, conocer otros pueblos, disfrutar de la libertad. Condición difícil de obtener para una mujer nahua, cuando en gran medida su voluntad estaba sometida a la de su marido y en general a los hombres. En cuanto a su libertad, había aprendido a valorarla cada vez más desde que cayó hacía algunas veintenas en manos de los caxtiltecas, los admirados y poderosos caxtiltecas…

Yohualcitlaltzin iba vestida con un hermoso quechquémitl, una capa triangular de algodón que cubría su torso, y una falda que llegaba hasta sus rodillas, ambos de un inmaculado color blanco. En sus brazos y piernas llevaba el fuego, la sangre, las plumas rojas que embellecían su figura. Su cabello negro y lacio iba recogido en dos trenzas que rodeaban su cabeza y terminaban como dos cornezuelos sobre la frente. Sobre sus pechos caían cuatro sartales de rosetas de maíz. Con la mano izquierda sujetaba una sonaja llena de semillas, y con la derecha, un ramillete de flores envueltas en papel amate. La larga procesión, compuesta por al menos de cuatro decenas de jovencitas, había salido de la plaza comunal del barrio de Huitznáhuac, caminando y dando pequeños saltos al son de los atabales, lanzando exclamaciones mientras avanzaban hacia el recinto ceremonial de Tenochtitlan, el hogar de los dioses, el corazón de la ciudad donde se encontraban los principales cúes de la urbe. En su explanada se llevaría a cabo la danza multitudinaria de Tóxcatl en honor de Tezcatlipoca y Huitzilopochtli.

La fila de mujeres cruzó un par de acequias a través de los puentes de madera hasta llegar a la majestuosa calzada de Mexihco-Ixtapallapan, por donde continuó avanzando, mezclándose con algunos grupos de nobles que se dirigían apresurados a la gran plaza. La calzada, que se alzaba varios brazos[3] sobre las aguas revueltas del lago de Tezcuco, brillaba intensamente como la nieve de los volcanes de la cuenca, cuando los rayos de Tonátiuh se reflejaban sobre el pálido estuco que la recubría. La calzada estaba flanqueada por suntuosos

---

[3] Entre las medidas usadas por los antiguos nahuas se encontraba la de un "brazo", acólmaitl, el cual medía alrededor de sesenta y cinco centímetros. Iba del hombro al dedo medio.

palacios con muros pintados de diversos colores, amplios jardines y algunos templos que destacaban por su altura y sus braseros de cerámica. Por un costado de Yohualcitlaltzin, un grupo de guerreros jóvenes, con el rostro pintado con una franja negra que cubría sus ojos, pasó corriendo mientras daban gritos de algarabía. Las plumas de garza que decoraban sus cabezas se agitaban caprichosamente con cada zancada que daban. La jovencita no pudo más que soltar una risa al escuchar cómo se regañaban mutuamente por lo tarde que se les había hecho para llegar a la ceremonia.

Después de cruzar un pórtico con columnas de piedra, Citlalli llegó a la gran plaza de Tenochtitlan, un amplio espacio cubierto con grandes lajas de piedra y argamasa donde se instalaba el mercado de la ciudad y se llevaban a cabo los castigos públicos. La algarabía era potente, pues sus ecos se escuchaban en los confines de la ciudad lacustre. Miles de comerciantes se encontraban ofreciendo sus productos, servicios e incluso alimentos, todos colocados sobre petates y bajo parasoles perfectamente alineados en pasillos por donde transitaban los compradores. Los vendedores trataban de hacerse escuchar sobre el ruido de la plaza, gritando sin remordimiento, compartiendo la frescura de sus flores, verduras y frutas, las ofertas del día y los alimentos recién preparados, entre ellos tamales, pinole, preparados con chile y tomates, y muchos más. La jornada era muy esperada por los vendedores de codornices ubicados al norte de la gran plaza, pues era tanta la demanda de estas pequeñas aves para sacrificarlas en los templos, los palacios y los altares familiares que se acababan. Otros beneficiados de la jornada eran los vendedores de flores, muchas de ellas traídas de las extensas chinampas de los señoríos de Cuitláhuac, Xochimilco y Míxquic, al sur de la cuenca. Entre los alimentos que se vendían en el mercado se encontraban perros, guajolotes, venados, camarones de río, patos, garzas, serpientes, hueva de hormiga, ajolotes, maíz, chía, frijoles, calabazas, chiles, amaranto, especias, chocolates, vainilla, cuitlacoche, guanábanas, capulines, aguacates, ayocotes, tejocotes, mameyes, chayotes y muchos más. Al cruzar la plaza por el pasillo central, Yohualcitlaltzin y un par de mujeres que iban delante de ella casi son arrolladas

27

por un cargador que llevaba sobre la espalda un gigantesco bulto de flores de diversos colores. Tuvieron que detener sus pasos ante el grito de aviso del tlamémeh:

—¡Cuidado con las flores! ¡Cuidado con las delicadas flores!

La jovencita contuvo un reclamo en el fondo de su pecho, pero el enojo se hizo evidente a tal grado que su amiga Ameyalli le dijo:

—Recuerda que es un día sagrado, hermanita. No expreses tu enojo, tu amargura, no vaya a ser que escuches el ulular del tecolote esta noche.

—¡Estos vendedores de flores siempre han pensado que las calles y los embarcaderos son suyos! Además, hermanita, creo que los presagios funestos se han vuelto cosa diaria en esta ciudad desde la llegada de los hombres barbados —afirmó Yohualcitlaltzin momentos antes de que se aproximara una sacerdotisa con evidente molestia.

—¡Guarden silencio, niñas! Sigan avanzando.

Portaba un machete de madera utilizado en el telar de cintura, elemento asociado con el valor y el carácter aguerrido de la mujer mexica. De ser necesario, la sacerdotisa no dudaría en utilizar el instrumento para golpear a las jovencitas que se encontraban bajo su tutela. Sin pensarlo dos veces, Ameyalli y Yohualcitlaltzin obedecieron.

Continuaron avanzando por la plaza principal. A la distancia, a su lado derecho, Yohualcitlaltzin pudo ver el gigantesco complejo palaciego que Motecuhzomatzin mandó construir al inicio de su gobierno. Era monumental, con un pórtico de pilares de piedra por donde se ingresaba, con grandes patios, teocaltin, bodegas y salones para las reuniones que realizaba el huey tlahtoani con los militares, consejeros y sacerdotes. Un muro color blanco rodeaba todo el perímetro de la gigantesca construcción, donde de vez en cuando se podía ver a algunos guardias que caminaban sobre el techo plano de los salones, así como en sus accesos, vigilando que todo se mantuviera en orden. Al oriente del gran complejo se encontraba la Casa de las Aves, el Totocalli, donde vivían en cautiverio cientos de aves de todos los rincones del imperio dominado por la Triple Alianza, desde quetzales del Xoconochco hasta águilas reales provenientes de la región de los cuextécatl. Al salir el sol se podían escuchar los chillidos, graznidos y cantos de las diversas aves desde cualquier rincón del centro de la ciudad. Tal era la algarabía que causaban los tesoros emplumados del tlahtoani coleccionista, Motecuhzomatzin, hijo de Axayácatl, bisnieto de Motecuhzoma Ilhuicamina e Itzcóatl. De niña, Yohualcitlaltzin había tenido la oportunidad de visitar el palacio real debido al vínculo familiar que tenía su madre con el huey tlahtoani. Después de haber comido en el tecpan, pudieron recorrer la Casa de las Aves acompañados de unos nobles que les iban mostrando las especies más relevantes de la colección. Recordaba los patios con amplios estanques, rodeados de ahuehuetes, carrizos y arbustos donde retozaban las aves, con los techos cubiertos con largas redes hechas de cuerdas, cuyo propósito era evitar que escaparan del lugar. A las águilas y otras aves de presa las tenían en cuartos especiales para que no atacaran a los demás especímenes, sin embargo, eran liberadas una vez al día en uno de los patios confinados. En la Casa de las Aves era común ver a los amantecas, los labradores de plumas, quienes tenían autorizado visitar el Totocalli para recolectar las plumas de mil colores que mudaban las aves, así como a los sacerdotes que asistían para elegir algún ave a fin de sacrificarla y posteriormente enriquecer una ofrenda para los dioses.

A pesar de la llegada de los caxtiltecas a Tenochtitlan y, como consecuencia, la captura del huey tlahtoani Motecuhzomatzin Xocóyotl y su traslado al palacio de su padre Axayácatl ubicado al otro lado de la plaza, todo seguía funcionando perfectamente en la capital mexica. El orden se mantenía, los mercados abrían diariamente ofreciendo productos y riquezas de todo el imperio, los juzgados seguían resolviendo litigios y los tributos continuaban llegando puntualmente desde las provincias subyugadas. Los embajadores eran bien recibidos y agasajados por la nobleza tenochca, los templos eran visitados más que nunca y la paz perduraba. Curiosamente, lo único que cambió a solicitud de los caxtiltecas fue la prohibición de realizar ofrendas humanas a los dioses durante los rituales religiosos. Al parecer no entendían que sin estos sacrificios el equilibrio cósmico se ponía en riesgo, el gran y poderoso guerrero solar podía colapsar al no recibir su alimento diario, corazones y sangre humana, sumiendo a la humanidad en una eterna obscuridad donde las cosechas morirían, las pestes asolarían las ciudades y las temidas mujeres flecha, las tzitzimime, bajarían del firmamento estrellado para devorar a la humanidad y finalmente derrotar a los dioses solares. Para alivio de todos los tenochcas y sorpresa de la casta sacerdotal, nada de eso había sucedido durante las veintenas en las cuales no se efectuaron sacrificios humanos, al menos no en el gran recinto ceremonial de manera pública. A todas voces se sabía que los tlamacázqueh seguían realizando las ofrendas humanas a los dioses a escondidas, en la intimidad de los palacios de los nobles más importantes de la ciudad, en cuevas, manantiales y cimas de las montañas, así como en teocaltin ubicados fuera de la ciudad. Estas actividades no eran vistas ni escuchadas por los ojos y los oídos de los barbados, por lo que la vida continuaba sin sobresaltos en la gran capital mexica, en armonía entre los teteuctin del oriente y los señores del Cem Anáhuac.

El estruendo de miles de voces que gritaban al unísono despejó la mente de Yohualcitlaltzin de sus reflexiones. La algarabía se escuchaba al otro lado de la gran plataforma a la que se dirigían, el coatepantli o muro de serpientes. Se trataba de una plataforma de cuatro brazos de altura y alrededor de treinta brazos de ancho que rodeaba el espacio sagrado de Tenochtitlan. Era impresionante escuchar a miles de hombres y mujeres gritar: ¡Toxcachocholoa! ¡Toxcachocholoa!, palabra que alude a la danza de Tóxcatl. La danza ritual estaba por comenzar...

Capítulo 2

Yohualcitlaltzin subió por una de las muchas escalinatas que permitían el acceso al espacio sagrado y se maravilló con lo que vieron sus ojos. Observó la inmensa plaza rodeada, en sus cuatro lados, por la larga plataforma decorada con cabezas de serpiente empotradas, la misma sobre la que ella se encontraba. En el inmenso perímetro se ubicaba una gran cantidad de templos, setenta y ocho para ser exactos, dedicados a las diferentes deidades del panteón mexica, destacando al oriente el huey teocalli, una gigantesca estructura de cuatro cuerpos sobrepuestos y coronada por dos adoratorios; el que se ubicaba al sur estaba dedicado a Huitzilopochtli, el colibrí zurdo o del sur, deidad solar de la guerra, mientras que el templo del norte estaba dedicado al gran hechicero, el terroso, el señor de la lluvia: Tláloc. Tanto las paredes como escalinatas y alfardas estaban recubiertas de estuco, y a su vez decoradas con pintura roja y azul, el fuego y el agua, la guerra y la agricultura. Ambas actividades eran los pilares de la economía de Tenochtitlan, la guerra para someter a señoríos enemigos e imponerles un tributo, y la agricultura para obtener las bendiciones de Tlaltecuhtli, nuestra madre tierra. El templo y su plataforma estaban decorados con esculturas monumentales que se alcanzaban a apreciar a la distancia; destacaba el monolito de piedra que representaba a la deidad lunar, Coyolxauhqui, la hermana decapitada y desmembrada de Huitzilopochtli, decorada con brillantes colores como azul, amarillo, rojo, blanco, negro y ocre. Yohualcitlaltzin distinguió el templo del señor de los vientos, Ehécatl-Quetzalcóatl, cuyo adoratorio se encontraba sobre cuatro basamentos sobrepuestos, de forma redonda, con el objetivo de no interrumpir las corrientes de aire. A un costado, Yohualcitlaltzin observó el huey tzompantli, el cual le hizo sentir escalofríos por todo el cuerpo. Se trataba de una extensa plataforma de poca altura, no más de dos brazos, donde se levantaban decenas de postes de madera de al menos cinco brazos de altura que sostenían vigas horizontales espetadas a lo largo, las cuales tenían ensartados cientos de cráneos de prisioneros y cautivos de guerra que habían sido sacrificados a los dioses para acrecentar la gloria y fama de Tenochtitlan. La estacada se encontraba flanqueada de dos robustas y altas torres circulares hechas de cráneos humanos unidos con argamasa. Una visión que aterraba a los embajadores y gobernantes, tanto aliados como enemigos, que visitaban Tenochtitlan durante las ceremonias de importancia. De niña, sus padres le habían dicho que cuando el cráneo perdía su mandíbula inferior significaba que el tonalli, la energía vital del guerrero muerto, dejaba el plano terrenal para subir al paraíso solar y acompañar al sol, a Tonátiuh, danzando desde el amanecer hasta el mediodía o nepantlatonalli. La mayoría de los cráneos ensartados era blanco como la sal, pues hacía ya varias veintenas que no se realizaban sacrificios, desde la llegada de los caxtiltecas a Tenochtitlan, por lo que el olor a muerte y putrefacción no era tan intenso como en años pasados, cuando no podía ocultarse ni con el copal que ardía en los grandes braseros, ni con el dulce perfume de las flores colocadas frente a los templos y adoratorios. Al mover su rostro hacia el poniente, Yohualcitlaltzin se encontró con el Calmécac, un complejo palaciego de grandes dimensiones donde se educaba a los hijos de la nobleza y se almacenaban los amoxtin, compendios sagrados de la sabiduría de los nahuas en los que se registraban desde rituales religiosos hasta cantos, alabanzas y leyes, así como la historia de la gran migración mexica y más. A la distancia pudo observar cómo bajaban por las escalinatas del Calmécac los estudiantes dirigidos por sus maestros, los tlamacázqueh, en solemne procesión, todos con los cuerpos pintados de negro. Los tlamacázqueh, o sacerdotes, eran reconocibles por su largo pelo negro, así como por sus tilmas negras y los lóbulos desgarrados de tanto perforarlos con espinas de maguey para ofrendar sangre en los altares. Los jóvenes portaban sencillas tilmas hechas de fibra de ixtle, con lo cual mostraban públicamente su rechazo por las riquezas materiales. Algunos portaban sahumadores de cerámica, cazoletas con un largo mango donde el copal se derretía al estar en contacto con carbones al rojo vivo; otros traían pequeñas bolsas en las que se guardaba el perfume de los dioses, el copalli, y las sagradas espinas con las que extraían la sangre de su cuerpo todas las noches. Todos avanzaban en silencio hacia la explanada frente al Templo Mayor, donde ya se había congregado una multitud considerable y retumbaban los huehuémeh tocados por otro grupo de sacerdotes.

Yohualcitlaltzin observaba la magnífica escena cuando sintió un ligero empujón de su compañera que caminaba detrás de ella.

—Despierta, hermanita. ¡No dejes de avanzar! —le dijo su amiga y compañera Ameyalli, desesperada por la lentitud de Yohualcitlaltzin, quien no dejaba de observar la majestuosidad del corazón de Tenoch-titlan. Ameyalli era dos años mayor y siempre había destacado por su fuerte temperamento y su falta de paciencia y elocuencia—. ¿Acaso quieres recibir un golpe del tzotzopaztli de la sacerdotisa?

—Quema. ¡Tlapopouili! Ya voy, hermanita. Simplemente que han pasado cientos de días desde que no observaba con detenimiento el hogar de los dioses, el corazón de nuestra esplendorosa ciudad —contestó Yohualcitlaltzin.

Apresuradamente bajó la escalinata que descendía del coatepantli y se adentró en el territorio de lo sagrado, de los creadores y destructores del mundo. Acercó el ramillete de flores a su nariz para ocultar el olor a putrefacción procedente de los adoratorios, donde los sacerdotes seguramente habían realizado autosacrificios para ofrecer el líquido vital. La sangre pudriéndose al sol era un olor al que nunca se había acostumbrado.

En el rostro pintado de rojo de Ameyalli surgió una sonrisa.

—Me da gusto tenerte entre nosotros en esta festividad, hermanita —dijo al tiempo que sujetaba su antebrazo afectuosamente por un instante—. Yo y las otras chicas del calpulli te hemos echado de menos estas últimas veintenas.

Yohualcitlaltzin no pudo sonreír. A pesar de encontrarse entre los suyos en la importante festividad de Tóxcatl, su corazón se hallaba apesadumbrado desde la llegada de los caxtiltecas a la tierra de Mexi, al ombligo del Cem Anáhuac, a la capital tenochca. De inmediato recordó el curioso y extraño objeto que colgaba de su cuello, debajo de su quechquémitl. Era un collar hecho de cuentas de cristal, parecidas al ónix pero completamente transparentes, del cual pendía un medallón hecho de piedra blanca con el rostro de una mujer de perfil. Había escuchado que los caxtiltecas llamaban a la pieza camafeo, y que la bella mujer retratada era una diosa de la antigüedad asociada al amor. Gonzalo, su odiado y querido carcelero cristiano, se lo había obsequiado después de haber guiado la pequeña expedición para esconder una petaca repleta de teocuítlatl, el metal dorado codiciado por los hombres barbados, en una chinampa abandonada en el costado poniente de Tenochtitlan, noches antes de que el tlacatécatl Hernando Cortés abandonara la capital mexica para combatir contra otro grupo de cristianos que habían llegado a las costas orientales, en el Totonacapan, buscando la guerra. Al parecer, la salida nocturna que encabezó Citlalli se realizó en el mayor de los secretos, y solamente los hombres que formaron la pequeña expedición sabían de sus intenciones de esconder la petaca hecha de cuero duro y armazón de metal repleta de oro, material de mucho valor que representaba la riqueza en el mundo de los cristianos. Quienes encabezaban el reducido grupo de diez hombres eran el señor y amante de Yohualcitlaltzin, Gonzalo Rodríguez de Trujillo, y su superior, el capitán Xuan Ítech Océotl, el avaricioso Juan Velázquez de León. Una noche anterior, Gonzalo le había hecho entender que requería de su ayuda y su conocimiento de las acequias y calles de Temixtitan para esconder una petaca de mucho valor para él y sus compañeros. Que se trataba de un gran secreto y no debía decirle a nadie, ni siquiera al mismo don Malinche Cortés o al salvaje y violento Tonátiuh, Pedro de Alvarado. Esa noche, Juan Velázquez de León cerró el baúl de cuero con un objeto brillante y pesado que parecía estar hecho de iztateocuítlatl, la plata, el cual de inmediato colocó sobre su pecho, colgando de un cordón de piel. Después, dos fornidos hombres lo arrojaron a las obscuras aguas de la acequia. A manera de recompensa por su servicio, Gonzalo, su amante cristiano, le entregó el camafeo pidiéndole que nunca se lo quitara del cuello, porque mientras lo trajera puesto no sería violentada por ningún caxtilteca o tlaxcalteca, pues evidenciaba que ya tenía un señor. Después unieron sus cuerpos apasionadamente, cubriendo sus rostros de besos y caricias, como venía sucediendo casi todas las noches desde hacía más de ciento noventa días, cuando veinte doncellas de la nobleza mexica les fueron entregadas a los capitanes caxtiltecas con el objetivo de mantener la paz. En un inicio, Citlalli fue entregada a Juan Velázquez de León, quien la cedió al capitán de los rodeleros de la Vera Cruz, Gonzalo, en recompensa por los buenos servicios que le había prestado hasta la fecha, y también porque uno de los cuatro gobernantes de Tlaxcallan le había entregado a su propia hija, Elvira Maxixcatzin, quien destacaba por su belleza. Todas las jovencitas de origen noble fueron sometidas a una ceremonia del dios de los caxtiltecas, el hombre crucificado, el atormentado. En dicha ceremonia se les sumergió casi desnudas en un estanque del palacio, para posteriormente vaciar agua desde una concha sobre sus cabezas y finalmente asignarles un nombre cristiano. En su bautismo estuvo presente el propio huey tlahtoani Motecuhzomatzin Xocóyotl, el tlacatécatl Cortés y sus capitanes de confianza. A partir de ese día la jovencita llevaría el nombre de Beatriz Yohualcitlaltzin. Al parecer, una tradición entre los cristianos consistía en que no podían yacer con las mujeres que les eran entregadas hasta que ellas no pasaran por el ritual llamado bautismo. Así, semidesnuda, mojada y temblando de frío, Yohualcitlaltzin le fue entregada al capitán de rodeleros Gonzalo Rodríguez de Trujillo, quien en un inicio fue grosero, incluso violento con ella, actitud que cambió con el transcurrir de los días por sentimientos de aprecio, cariño, gratitud y confianza. Diariamente la jovencita le preparaba sus alimentos, limpiaba su ropa, calentaba su petate y satisfacía su apetito sexual, todo mientras aprendía el idioma de los caxtiltecas. Al principio no fue fácil la comunicación con Gonzalo, pues se basaba en señas y muecas, pero con el paso de las veintenas aprendió a pronunciar algunas palabras en castellano y a comprender casi en su totalidad lo que el extremeño le comunicaba cotidianamente. Entendió aspectos de su religión, así como la letalidad de su armamento y la obsesión de los cristianos por el oro o teocuítlatl. También aprendió a ganarse el afecto de Gonzalo y comenzó a disfrutar de su compañía, de sus caricias, llegando incluso a albergar fuertes sentimientos por el extremeño.

Gracias a esa confianza, el caxtilteca accedió a la petición de la tenochca de abandonar por cuatro días el tecpan de Axayácatl, el majestuoso palacio donde se habían alojado los caxtiltecas desde su llegada a Tenochtitlan, para visitar a sus padres, a quienes no había visto desde que fue entregada a los recién llegados. De esta forma, su señor le permitió que saliera, no sin antes obtener las siguientes promesas: que nunca se quitara el camafeo que le había obsequiado, que regresara al término del cuarto día y que no participara en el gran ritual pagano que preparaban los culúas por su dios obscuro, el espejo humeante de obsidiana. A lo cual accedió la jovencita, al menos de palabra. Ahora recordaba su promesa, y aunque se sentía culpable por haberla roto, eso no ensombrecía su regocijante corazón por encontrarse nuevamente entre los suyos agradeciendo a los dioses por la vida y los mantenimientos. ¿Acaso Yohualcitlaltzin aceptaba su compañía y correspondía a su cariño por un instinto de supervivencia? ¿Acaso lo hacía por cumplir con el deber que le había sido impuesto? ¿Y las intensas emociones que sentía después de pasar la noche con Gonzalo? ¿Acaso eran reflejo del cariño que surgió del odio y la abnegación que había sentido primero, cuando era poseída violentamente por el caxtilteca? Muy dentro de su pecho reconocía esos sentimientos, sin embargo, se negaba a aceptarlos. Sabía que la prolongada presencia de los caxtiltecas en la capital culúa no tendría un final feliz, pues conocía a su pueblo, a los hijos del sol, a los protectores de Huitzilopochtli. Tenía la certeza de que lo peor apenas estaba por comenzar, y que su mundo estaba por cambiar para siempre. También estaba el joven guerrero tenochca, quien en el pasado le había prometido su amor y aún no había abandonado su confundido corazón.

Al obtener la autorización de Gonzalo para ausentarse algunos días, le fue fácil abandonar el complejo palaciego sin levantar sospechas, como si se tratara de una de sus habituales salidas para obtener víveres y agua para los hombres barbados. Al dejar atrás el pórtico sintió la mirada de Gonzalo, quien la observaba con sus intensos ojos verdes mientras afilaba una daga durante su guardia en uno de los accesos del palacio. Yohualcitlaltzin decidió no volver el rostro y corresponder a la mirada, a la despedida de su señor, carcelero y amante. Así tuvo la posibilidad de encontrarse nuevamente con su añorada libertad. De inmediato se dirigió a su casa para visitar a sus padres y a sus tías. Tenía tanto que platicarles sobre cómo había sido su vida las últimas veintenas. También iba dispuesta a degustar los ricos platillos que preparaba su madre, entre los cuales destacaba el azcamolli, un preparado hecho con los huevecillos de hormigas y una deliciosa salsa de tomate y chiles. La jovencita iba saboreándose este manjar mientras cruzaba el puente de madera que daba acceso al barrio de Huitznáhuac cuando vio que su viejo amor, el joven guerrero Chichilcuauhtli, Águila Roja, se aproximaba. Al parecer, de una u otra forma se había enterado de su salida del palacio y la estaba esperando en el camino a la casa de sus padres. De inmediato la mujer se llevó la mano al pecho buscando el camafeo, el cual, para su alivio, llevaba cubierto debajo de su quechquémitl. Fue un encuentro breve, que hubiera deseado evitar debido al inesperado giro que había dado su vida y a los sentimientos que albergaba por el caxtilteca. Luego de recibir un gran abrazo del joven tenochca, el cual fue correspondido por la jovencita, comenzaron a platicar a un costado del camino, entre las sombras de algunos ahuejotes. Después de conversar por un rato, Chichilcuauhtli le propuso que escaparan juntos a alguna provincia lejana del imperio, a fin de salvar su amor y dejar atrás a Tenochtitlan, a los mexicas y principalmente a los caxtiltecas y su amenazadora presencia. Chichilcuauhtli era un joven de veintidós inviernos, piel morena bronceada por el sol, cuerpo atlético, que llevaba el temíyotl o peinado alto que podían usar los hombres que habían logrado capturar guerreros en batalla, en su caso, dos enemigos. Portaba una yacapapálotl, una nariguera en forma de mariposa hecha de oro que cubría parcialmente su labio superior, así como una tilma color ocre de fino algodón anudada sobre su hombro derecho. Guerrero de valor probado en batalla, había sido promovido dentro de la jerarquía militar mexica con el rango de cuextécatl. Era hijo de un importante y próspero pochtécah, un comerciante tenochca del barrio o calpulli de Teocaltitlan que tenía importantes contactos en el mercado de Xicallanco, la puerta de comercio con el mundo maya. Su unión nunca había sido aprobada por los padres de ella, por la sencilla razón de que el joven guerrero era de origen plebeyo, mientras que Yohualcitlaltzin era sobrina lejana del propio huey tlahtoani Motecuhzomatzin, por lo tanto miembro de la nobleza mexica. A pesar de las riquezas acumuladas por la familia de Chichilcuauhtli y del valor que había demostrado en batalla, su condición no cambiaría. Por esa razón, la joven pareja había planteado la posibilidad de escapar de Tenochtitlan, veintenas antes de la aparición de los hombres barbados, y así poder concretar su amor lejos de las rígidas reglas de la sociedad a la que pertenecían.

—Yohualcitlaltzin, si no tomamos esta oportunidad posiblemente nunca se presente otra. ¿Acaso no ves los portentos nefastos que se presentan en nuestra ciudad desde la llegada de los invasores? ¿No has escuchado los tecolotes cantar en la noche, ni has visto las estrellas humeantes aparecer durante el amanecer? Esto no va a mejorar, a pesar de las promesas de paz y armonía entre Motecuhzomatzin y el tlacatécatl Chalchíhuitl Cortés. Salvemos nuestra vida de lo que pueda venir, y sobre todo el amor que nos tenemos. ¿O acaso lo has perdido?

—Chichilcuauhtli, no puedo hacer eso. ¿Qué hay de nuestras familias y nuestras responsabilidades? ¿Viviremos escondiéndonos tanto de los tenochcas como de los caxtiltecas, que seguramente emprenderán nuestra búsqueda? ¿Quieres vivir una vida en las sombras, ocultándonos en algún pueblo olvidado de los favores de Tezcatlipoca? —replicó al mirar los ojos de su antiguo prometido. Por un momento ambos quedaron en silencio, observándose—. Sé que en el pasado, antes de la irrupción de los invasores, accedí a la posibilidad de escapar juntos, al menos temporalmente, para evitar la censura de mis padres sobre nuestra unión, pero ahora las condiciones han cambiado. El propio huey tlahtoani me eligió, como a otras jóvenes pertenecientes a la nobleza, para acompañar a los caxtiltecas y así establecer una alianza, la cual permite que la paz y la armonía sigan reinando en el ombligo del mundo. A pesar de que quisiera dejar todo esto atrás, tengo que cumplir con esta honrosa obligación que me han impuesto, cueste lo que me cueste. Me guste o no, por el momento mis anhelos, mis deseos personales han dejado de ser prioritarios —contestó al tiempo que sus ojos se humedecían al percatarse de lo duro de su respuesta.

Chichilcuauhtli dio unos pasos hacia atrás, sorprendido por lo que acababa de escuchar.

—¿Dónde quedan nuestras promesas, Yohualcitlaltzin? ¿Qué te han hecho los caxtiltecas que te volvieron tan fría, tan ajena a lo que eras? —con estas palabras, el joven tenochca le dio la espalda y empezó a caminar, alejándose de su amada—. ¡Si crees que me rendiré tan fácil a nuestro amor, olvidando las promesas que nos hicimos, estás equivocada! —afirmó, visiblemente molesto y desconcertado. Yohualcitlaltzin, sorprendida, se percató de cómo sus mejillas se humedecían por las lágrimas que escurrían de sus ojos rasgados.

—¿Los reconoces, hermanita? —preguntó Ameyalli, lo que hizo que la jovencita abandonara sus cavilaciones y recuerdos.

Discretamente, Ameyalli y otras mujeres señalaron hacia la esquina suroeste de la gran plataforma, a donde dirigió también la mirada Citlalli. A la distancia pudo distinguir un grupo de cinco individuos que conversaban observando la gran multitud congregada en la plaza. Los hombres iban desarmados pero vestían sus petos de algodón endurecido, los ichcahuipiltin, y llevaban el rostro pintado de rojo y blanco, como acostumbraban hacerlo en la guerra. Al sentirse observados, un de par de ellos fijó la mirada en las mujeres. Ameyalli, quien también los observaba, preguntó nuevamente:

—¿Los reconoces?

—Son tlaxcaltecas —contestó la jovencita mientras fruncía el ceño—. ¡Serpientes! No deberían andar por Tenochtitlan sin estar acompañados de algún caxtilteca —afirmó.

—Y menos en este preciso día, cuando honramos y sangramos por aquellos que nos dieron vida —contestó Ameyalli—. Creía que las autoridades tenochcas habían acordado con el capitán Chalchíhuitl Cortés que no podían transitar contingentes tlaxcaltecas por la ciudad sin estar bajo la supervisión de un caxtilteca.

—Tienes razón, pero muchas cosas han cambiado desde que el tlacatécatl Hernando Cortés dejó Mexihco-Tenochtitlan para ir al Totonacapan, a la tierra caliente de la costa. Y no para bien, hermanita —afirmó Citlalli al descender de la plataforma, integrándose a la multitud que se arremolinaba en la plaza.

—Seguramente serán expulsados del coatepantli y escoltados al palacio de Axayácatl cuando los sacerdotes se percaten de su presencia —afirmó con evidente enojo Chimalma, otra jovencita que caminaba con ellas.

Citlalli iba a responder cuando a la lejanía escuchó un potente grito diciendo: ¡Toxcachocholoa! ¡Toxcachocholoa! Se trataba de los gritos de un sacerdote ubicado al pie del huey teocalli, también conocido como Templo Mayor. De inmediato todas las personas presentes en la gran plaza respondieron al unísono: ¡Toxcachocholoa! ¡Toxcachocholoa! Lo mismo hicieron las jovencitas pertenecientes a la nobleza del calpulli de Huitznáhuac mientras entraban en la gran plaza recubierta de lajas de piedra rosada unidas con argamasa. Los tenochcas concentrados en la gran plaza, puntualmente frente al Templo Mayor, comenzaron a organizarse formando grandes círculos concéntricos alrededor de la plataforma redonda conocida como Cuauhxicalco, sobre la cual se colocó un toldo de gran tamaño para proteger del sol a la efigie de la deidad Huitzilopochtli, hecha con semillas de amaranto adheridas con miel de maguey. La deidad era representada sentada en cuclillas, portando su chimalli o escudo en una mano y en la otra su arma predilecta, la xiuhcóatl o serpiente de fuego o turquesas. Estaba adornada con brazaletes, orejeras y un pectoral de oro, sandalias y un tocado con plumas de águila, garza y quetzal. Al final del día se llevaría a cabo el ritual del teocualo, lo que significaba "devorar al dios", en el que todos los asistentes comerían un pedacito de la efigie sagrada. Varios sacerdotes organizaban las ofrendas presentadas por los asistentes, que iban desde flores y comida hasta jícaras con sangre recién extraída por los penitentes.

La danza multitudinaria comenzó cuando el tlacochcálcatl Coyohuehuetzin, "el hombre de la Casa de los Dardos", uno de los líderes de los ejércitos de la Triple Alianza, hizo sonar una caracola desde la plataforma del huey teocalli. De inmediato todos los presentes empezaron a danzar, a rezar con el cuerpo, moviendo sus pies hacia adelante, hacia los lados, dando brincos y giros, agitando sus cetros y abanicos, cerrando los ojos para dejarse llevar por el rítmico retumbar de las percusiones. Miles de personas danzaban como si tuvieran una sola voluntad, todas al mismo compás, dando vida a los círculos que conformaban; algunos giraban al norte, otros al sur. Ameyalli, Chimalma y Citlalli, así como sus compañeras, llegaron corriendo al centro de la gran plaza, donde se integraron al último círculo, el más amplio de todos. De inmediato comenzaron a mover los pies, las caderas y las manos acompasándose armoniosamente al movimiento de los otros hombres y mujeres que danzaban.

—¡Miren! —gritó Chimalma, tratando de hacerse oír sobre la algarabía—. Ahí viene nuestro señor Tlacahuepan, el guerrero luminoso del sur.

Tlacahuepan, cuyo nombre significaba "viga grande", era una advocación del dios de la guerra entre los mexicas, Huitzilopochtli. Como respuesta, Citlalli giró la cabeza a la derecha, donde encontró al esbelto y hermoso esclavo que representaba a la deidad. Tocaba una flauta al tiempo que se desplazaba dando saltos y vueltas entre los danzantes. Llevaba un tocado de plumas de quetzal, el rostro pintado de franjas horizontales amarillas y azules y las piernas de azul. Portaba un chimalli y dardos amarrados a su brazo izquierdo, así como cascabeles y sonajas que acentuaban sus movimientos. El agraciado joven, que había sido seleccionado un año antes para ser un dios viviente en el Anáhuac, sería sacrificado, justamente al terminar la veintena de Tóxcatl. Conocer su destino no opacaba el honor al que había sido acreedor. Lo mismo sucedía con la representación viva de la deidad titular de la veintena, Tezcatlipoca; se trataba de un esclavo sin mácula ni cicatrices, de gran belleza, diestro en danzar y tocar la flauta. También él sería sacrificado en el momento cumbre de la festividad.

Yohualcitlaltzin, al verlo acercarse, empezó a entonar el cantar de Huitzilopochtli, como también lo hicieron sus compañeras:

Huitzilopochtli es un guerrero.
Nadie se le iguala,
pues no en vano se ha revestido
con la divisa de plumas amarillas
y por él ha salido el sol.
Él ha atemorizado a los mixtecas
y ha inmovilizado los pies de los pichahuaztecas.
Oh, muro de Tlaxotlan,
se reviste su traje de plumas,
se levanta el polvo cuando él pelea.
¡A mi dios se le llama el Conquistador!

Los presentes, al igual que Yohualcitlaltzin, inclinaron la cabeza cuando Tlacahuepan pasó frente a ellos seguido de ocho hombres que siempre lo acompañaban para evitar que estuviera tentado a evadir su fatídico destino. En ese momento fue cuando el cielo colapsó sobre Tenochtitlan y sobre Yohualcitlaltzin.

Capítulo 3

—¡Matad a esos perros infieles! —fue el grito que retumbó desde la escalinata poniente del recinto ceremonial de la capital mexica. Se trataba del caxtilteca Tonátiuh, el hombre en cuya barba y pelo se habían plasmado los colores del sol, quien con espada en mano señaló a la muchedumbre desde el coatepantli. En ese momento bajó por las escalinatas de la plataforma de serpientes seguido por varias decenas de hispanos completamente armados, portando sus espadas, lanzas, ballestas, arcabuces, alabardas, rodelas y adargas de cuero endurecido. Detrás de ellos avanzaban a tropel grupos de guerreros tlaxcaltecas vistiendo sus petos de algodón, llevando sus rostros ennegrecidos y sus cuerpos pintados con franjas verticales rojas y blancas en recuerdo de su deidad titular, Camaxtli. Quien encabezaba el contingente tlaxcalteca portaba sobre su espalda un armazón de carrizos que sostenía la representación de la garza blanca, símbolo de una de las cuatro cabeceras de Tlaxcallan, la de Tizatlan. Se trataba del caudillo Xicoténcatl el mozo, líder de las tropas tlaxcaltecas, quien parecía una sombra salida del Mictlan con todo el cuerpo cubierto de tizne, incluso su máxtlatl o taparrabo era color negro. Portaba un macuáhuitl, una macana de madera cuyos costados estaban recubiertos de filosas lajas de obsidiana, así como un chimalli circular decorado con un mosaico de plumas rojas y blancas, donde nuevamente se apreciaba una garza blanca. Sobre la cabeza llevaba un tocado hecho de blancas plumas de garza a manera de corona.

—¡Cubrid todas las salidas! ¡Que nadie se aventure a escapar de la plaza mayor! —volvió a retumbar la voz gruesa de Alvarado.

De inmediato partidas de hombres, tanto tlaxcaltecas como hispanos, avanzaron sobre la plataforma de serpientes tratando de rodear el perímetro del recinto, buscando acometer por todos los costados a los participantes de la danza multitudinaria.

El desconcierto reinó en la muchedumbre al percatarse de la presencia de los extranjeros barbados. El rítmico batir de las percusiones dejó de escucharse. Algunas mujeres comenzaron a gritar, mientras que los hombres, muchos de ellos miembros de la nobleza tenochca, empezaron a replegarse hacia el centro, donde se encontraba el Cuauhxicalco. Los menos quedaron paralizados, pues gran parte de los presentes llevaba años de recorrer incontables campos de batalla enalteciendo la grandeza y gloria de Mexihco-Tenochtitlan.

Un terrible grito se escuchó al pie del Templo Mayor, sobre su plataforma, donde se encontraban congregados algunos sacerdotes que tocaban los huehuémeh y flautas. Un rodelero ibérico, armado con una espada, cortó la mano de un sacerdote de un solo tajo. La sangre brotó copiosamente del miembro cercenado y cayó sobre el piso estucado. Después, su cabeza decapitada rodaría por los suelos como consecuencia de un segundo golpe. Otro sacerdote, quien vestía una tilma negra con un patrón de fémures entrecruzados y cráneos, al tratar de escapar resbaló por la sangre derramada de su compañero, cayendo estrepitosamente sobre el suelo. Un segundo castellano aprovechó el descuido para golpear con su espada de acero vizcaíno el cuello del religioso, decapitándolo limpiamente.

—¡Santiago y cierra, España! ¡Atacadlos, rodeleros! —gritó el hombre con la espada ensangrentada, que vestía una brigantina de cuero tachonado y sucias calzas bandadas enteras a rayas blancas y rojas.

Sus borceguíes de piel negra quedaron empapados por la sangre de los dos mexicas muertos. Sus intensos ojos color verde fijaron la mirada en el objeto dorado que brillaba entre la sangre derramada. Sin pensarlo dos veces, se agachó para arrancar de la cabeza cercenada del religioso un bezote de oro en forma de semilla, sin percatarse de que un tercer sacerdote arremetía en su contra con las cortas pero gruesas baquetas de abeto que utilizaba para tocar el huéhueh. Con fuerza y gran destreza golpeó su cabeza con uno de los palos, haciendo volar por los aires el capacete metálico que portaba el bronceado hombre barbado, para después arremeter por segunda vez con el bastón de madera. El caxtilteca acabó rodando por el suelo ensangrentado debido a la fuerza del impacto. Un hilo de sangre cubrió el lado derecho de su rostro, nublando temporalmente su ojo. Rápidamente el sacerdote mexica avanzó para atacar de nuevo al hispano de ojos verdes; sin embargo, detuvo sus pasos cuando vio a un castellano fornido y de baja estatura apuntándole con una ballesta. En un abrir y cerrar de ojos el corto dardo de la ballesta salió disparado, clavándose en el pecho del tlamacazqui, perforando su tilma negra de algodón. Ante la fuerza del impacto cayó de espaldas sangrando por la boca, aún con vida, sujetando con ambas manos el dardo clavado en su cuerpo.

—¿Te encuentras bien, Sin Miedo? —preguntó el fornido ballestero, que vestía un coselete de cuero con la imagen pintada de san Sebastián, al tiempo que sacaba un gancho conocido como "pata de cabra" para hacer palanca y empujar la cuerda de su ballesta hasta lograr que quedara nuevamente enganchada en la nuez. A su alrededor avanzaba en tropel al menos una decena de cristianos buscando abatir a algún indígena.

—¡Joder! ¡Que me han pillado durante la refriega! —afirmó el ibérico llamado Gonzalo Rodríguez de Trujillo, mientras se incorporaba sujetándose la cabeza, la cual le sangraba ligeramente.

—Parece que no es grave —dijo el ballestero Espinosa de la Bendición, quien seguía forcejeando con la pata de cabra y buscaba su próximo objetivo. De inmediato el rodelero alcanzó su capacete, después su espada.

—Por cierto, te agradezco la fina puntería —dijo Gonzalo, al tiempo que miraba al atareado ballestero que jalaba la pata de cabra, para después colocarse sobre la cabeza su abollado capacete.

El extremeño iba armado con una espada ropera de acero de más de siete jemes[4] de largo, con una elegante guarda compuesta por dos

---

[4] Un jeme mide aproximadamente catorce centímetros. Era la distancia entre el dedo pulgar y el índice y era muy común en la España del siglo XVI.

lazos metálicos que se retorcían caprichosamente y un pomo en forma de pera decorada con dos grandes cruces.

—Nada que agradecer, capitán —respondió Espinosa de la Bendición al colocar otro dardo en el canal del cuerpo de su ballesta y antes de buscar un nuevo objetivo, otro tlamacazqui que descendía las escalinatas de la plataforma que rodeaba el gran templo.

—¡Berrio, Mota, rodeleros de la Vera Cruz, seguidme! ¡Cargad contra el ídolo de bledos y la multitud que lo guarnece! —gritó Gonzalo en dirección a un grupo de hombres que se encontraba a corta distancia asesinando a unos nobles tenochcas dispersos al pie de las escalinatas del Templo Mayor—. ¡Hombres, a mí!

De inmediato bajó las escalinatas del Templo Mayor para correr hacia el Cuauhxicalco, la plataforma redonda donde se encontraba la representación de Huitzilopochtli, acompañado de una treintena de rodeleros que eran seguidos de cerca por algunos ballesteros, entre ellos Espinosa de la Bendición. Al menos una cuarentena de sacerdotes, guerreros de élite y miembros de la nobleza mexica se interponían entre los hispanos y la efigie de Huitzilopochtli Ilhuícatl Xoxouhqui. Algunos portaban hermosos escudos ceremoniales hechos con mosaicos de plumas multicolores, sonajas y, los menos, bastones. No abandonarían la representación de la deidad tutelar mexica, sino que morirían defendiéndola. Y así sucedió cuando los caxtiltecas arremetieron al grito de: "¡Por la Inmaculada que nos cuida y nos guía! ¡Matad a los paganos!".

Gonzalo, quien encabezaba el ataque, de inmediato se encontró con un hombre fornido de rostro pintado de azul y amarillo, vestido con una hermosa tilma naranja hecha de fino algodón. Llevaba el pelo recogido sobre la cabeza, de donde colgaban varias plumas iridiscentes de quetzal: el peinado alto de los militares mexicas. Orejeras de piedra verde pendían de sus lóbulos. Portaba un delicado chimalli cubierto con plumas de guacamaya y un bastón ceremonial hecho con un fémur humano, flores y plumas. El rodelero de ojos verdes lanzó un corte horizontal con su espada, por lo que el guerrero se agachó para después intentar golpear con el fémur el rostro del caxtilteca. Gonzalo retrocedió para evitar el golpe, que pasó silbando cerca de su nariz. Arremetió con su larga espada desde un ángulo superior, dejando que la gravedad completara su trabajo. El aguerrido mexica trató de protegerse con su bello escudo ceremonial, que resultó inútil frente al acero vizcaíno. El corte destrozó el escudo, así como carne, ligamentos, clavícula e incluso varias costillas del mexica, quien cayó al suelo, desmadejado. De inmediato, otro hombre reemplazó al caído. Llevaba un singular corte de pelo, rapado de los costados con solamente una franja de cabello que iba de la frente a la nuca. Vestía una tilma hecha de cuerdas anudadas y un máxtlatl o taparrabo, por lo que se podía apreciar su cuerpo musculoso. Sujetaba dos piedras, una en cada mano. Rápidamente acortó la distancia para impedir que el caxtilteca pudiera usar su tizona y golpeó su peto con una de las piedras logrando que perdiera el equilibrio. Sin embargo, Gonzalo de inmediato sacó su daga con la mano izquierda y la introdujo en la garganta del aguerrido mexica, quien colapsó con un gorgoteo. Apenas la había extraído cuando tres mexicas se arrojaron contra él, uno sujetando su espalda, otro golpeando con el puño su rostro y finalmente el último agarrando su muñeca izquierda, donde sostenía la daga. La sangre brotó de la boca del Sin Miedo al recibir el puñetazo, lo que hizo que nuevamente retrocediera mientras agitaba su espada tratando de liberarse del agarre de uno de los culúas. De inmediato, el rodelero Ruiz de Mota salió al quite, cercenando el brazo del mexica que sujetaba la espalda del extremeño. Un grito de horror salió de la garganta del hombre que había sido mutilado, al tiempo que su sangre salpicaba la brigantina del capitán de rodeleros. Con la mano derecha libre, Gonzalo golpeó con el pomo de la tizona el rostro pintado de negro y rojo del mexica que lo había atacado en la cara, un hombre de fea expresión en el semblante, quien ya lanzaba otro puñetazo. Un crujido se escuchó cuando su nariz se rompió como consecuencia del golpe del pomo, dejándolo inhabilitado al menos por un momento. Finalmente, el capitán de rodeleros balanceó su cuerpo y giró sobre su propio eje, jalando al hombre que aún trataba de adueñarse de su daga misericordia e impulsándolo hacia uno de sus rodeleros, quien leyó el movimiento y lo atravesó por el costado con su espada, haciéndolo caer herido de muerte sobre el suelo. Ya libre de sus brazos, Gonzalo blandió la espada y la daga de manera horizontal, a fin de alejar a la multitud que se abalanzaba sobre ellos, armada solamente con sus puños, bastones ceremoniales y abanicos. A su espalda escuchó la voz del ballestero Espinosa de la Bendición:

—¡Ballesteros listos, capitán!

—¡Rodeleros, retroceded! —gritó Gonzalo.

De inmediato sus treinta hombres dieron al menos cinco pasos atrás de la horda contra la que combatían, al tiempo que cinco ballesteros avanzaban apuntando y listos para disparar.

—¡Disparad! —gritó Alonso Cardenel, ballestero oriundo de Segovia y devoto a la Virgen de la Fuencisla, que participó en la conquista de la isla Fernandina, llamada así en honor del monarca español Hernando el Católico, también conocida como Cuba, en cuyas acciones perdió un ojo.

Al unísono sonaron las cuerdas chocando con las vergas al proyectar los dardos, los cuales se impactaron en los mexicas que avanzaban para dar alcance a los ibéricos. Cinco mexicas cayeron sobre el suelo atravesados por los potentes dardos, sorprendidos ante el rápido movimiento ofensivo de los caxtiltecas. Gonzalo observó la mortífera eficacia de las ballestas cuando se usaban a corta distancia mientras lanzaba una rápida mirada a los cuerpos convulsos de los mexicas alcanzados por los dardos.

—¡Que jodan a su Huichilobos devorador de hombres! —gritó nuevamente Cardenel—. ¡Ballesteros, carguen y un rosario!

De inmediato cuatro saeteros sacaron sus patas de cabra mientras el propio Cardenel extraía una pequeña maza de hierro, listo para rechazar cualquier ataque contra sus hombres.

—¡Rodeleros, a la refriega, a la barahúnda! —ordenó Gonzalo a su tropa, quienes nuevamente cerraron filas y avanzaron hacia la plataforma circular.

Sus hombres repartieron cuchilladas, golpes y lanzadas contra el grupo de devotos de Huitzilopochtli que habían decidido morir antes que abandonar la representación de su dios tutelar. Conforme los hispanos iban subiendo las escalinatas del Cuauhxicalco, los mexicas caían abatidos. Algunos, al darse cuenta de lo fútil de su acción de combatir sin armas, echaron a correr, abandonando la plataforma circular con el propósito de salvar la vida para cobrarse la afrenta otro día. Finalmente, a pesar de los encarnizados esfuerzos de los mexicas por defender su deidad, un toledano llamado Bartolomé Quemado alcanzó la efigie del dios patronal de los mexicas hecha de amaranto y miel de agave, para de inmediato partirla por la mitad con su montante de hierro. Por los aires volaron plumas, collares, brazaletes, ajorcas, orejeras y otros objetos hechos de piedra verde, turquesa y oro. Gonzalo escuchó a uno de los hombres gritar con entusiasmo: "¡Cuantos menos paganos y moros, más riquezas y gloria!", mientras se arrojaba al suelo tratando de apropiarse de alguna de las piezas de oro. Ante la destrucción de la efigie de Huitzilopochtli, los mexicas que seguían vivos abandonaron el Cuauhxicalco embargados de tristeza, pues no habían logrado proteger lo que habían jurado defender. Esto causó que la plataforma cayera en poder de los hispanos, por lo que se escuchó una gran ovación como reconocimiento por parte de sus compañeros que se encontraban combatiendo en la gran plaza de Tenochtitlan. Gonzalo, acompañado de sus rodeleros de la Vera Cruz, alcanzó la cima de la plataforma circular. Todos se tomaron un respiro mientras contemplaban el impactante panorama de la gran plaza. El extremeño observó cientos de mexicas, tanto mujeres como hombres, corriendo de un lado al otro buscando escapar de la muerte, mientras reducidos grupos de tlaxcaltecas, con los cuerpos pintados para la guerra, los perseguían y aniquilaban sin tocarse el corazón, sin dar cuartel o tener misericordia. A la lejanía, el capitán de los rodeleros pudo apreciar que algunos arcabuceros disparaban a un grupo importante de nahuas, todo el tiempo apoyados por piqueros y uno que otro alabardero. La mayoría de los hispanos había roto filas, ignorando las órdenes de sus superiores, por lo que se pusieron a masacrar y a saquear de manera individual, siguiendo su instinto para obtener el mejor botín, para satisfacer su hambre de riqueza. Muchos cristianos se dedicaban a registrar los cadáveres buscando joyas o piezas de oro, ignorando a los mexicas que se arremolinaban a su alrededor;

otros incluso llegaban a batirse en duelo para defender sus despojos. La codicia es nuestro peor enemigo, reflexionó Gonzalo mientras observaba el desorden que reinaba y lo vulnerables que serían los hispanos en caso de un contraataque mexica.

—¡Voto a Dios! Estad seguros de que nos arrepentiremos de esto tarde que temprano —maldijo Gonzalo al tiempo que observaba la lúgubre escena de la plataforma circular.

—¡Joder! Me gustaría contradecir a vuestra merced, pero creo que tiene razón. El oro nos puede matar —respondió Gerónimo Ruiz de Mota, hijo de un sastre de Cáceres, quien se encontraba a su lado, agotado, cubierto de sangre, tratando de controlar su agitada respiración. Era uno de los hombres de confianza del capitán, de quien se rumoraba que había llegado al Nuevo Mundo escapando de la persecución que sufrían aquellos en cuyas venas corría sangre judía. Era un hombre achaparrado y robusto, de tez blanca y barba obscura rizada que llegaba hasta su pecho. Sabía escribir y hablar latín como pocos en la expedición. Una fea cicatriz cruzaba el lado derecho de su rostro, desde la oreja hasta la comisura de la boca, resultado de una reyerta al tratar de cobrar sus ganancias en un juego de naipes. Era un hombre de fiar, alguien que arriesgaría su vida para acudir en ayuda de su capitán o cualquier otro de sus compañeros en pleno combate, pensó Gonzalo. Un hijo de puta que sabía lo que era la lealtad.

El extremeño procuró mantener cohesionada a su unidad, profiriendo amenazas a quien no obedeciera las órdenes y también dando tiempo para que sus hombres despojaran de sus joyas a los mexicas caídos en el Cuauhxicalco. Después los dirigió al cu redondo, el templo de Ehécatl-Quetzalcóatl, deidad del viento y la sabiduría, donde sus hombres siguieron haciendo daño a los tenochcas, propinando tajos y golpes hasta que los brazos les dolieron, hasta que la sangre cubrió sus yelmos, petos, jubones, sayos, medias y calzas en un frenesí de violencia que superó la matanza de Cholollan. Pocos fueron los mexicas que encaraban a los teteuctin, "los señores", pues, al carecer de cualquier armamento, sabían que poco lograrían a pesar de su arrojo y valor. Aquellos que los enfrentaban eran abatidos en poco tiempo. No es que Gonzalo disfrutara de asesinar a infieles desarmados, pero obedecía órdenes de sus superiores, en este caso Pedro de Alvarado, pues su capitán Juan Velázquez de León había acompañado a Hernando Cortés a enfrentar a los hombres de Pánfilo de Narváez, quien llegó a la costa con alrededor de ochocientos hombres con la encomienda del gobernador de Cuba, Diego Velázquez de Cuéllar, de derrotar al "Cortesillo", cargarlo de cadenas y regresarlo a la isla para que fuera juzgado. Sería magnífico si lograba capturarlo vivo, pero tampoco habría ninguna queja si solamente presentaba su cabeza cercenada y salada; aun así, sería reconocido por sus facciones.

Para hacer frente a esta amenaza, Hernando dejó a ciento treinta españoles apostados en Tenochtitlan al mando del iracundo y violento Alvarado, así como alrededor de ochocientos indígenas aliados, en su gran mayoría tlaxcaltecas, bajo las órdenes de Xicoténcatl el mozo, hijo de uno de los gobernantes de las cuatro cabeceras de Tlaxcallan. Gonzalo nunca había comprendido la razón por la que Cortés le tenía tanta confianza al pelirrojo de Badajoz. Sin duda que era un combatiente diestro, uno de los mejores de la expedición, quien comandaba a sus hombres con el ejemplo, siendo el primero en entrar en las refriegas y el último en salir de ellas. En alguna ocasión escuchó a uno de ellos decir que "necesitaba ser el primero en todo, en el combate, en una orgía o en la juerga". Sin embargo, era un hombre iracundo, impulsivo, de espíritu inquieto, que tomaba decisiones a la ligera, sin pensar en las consecuencias. Gracias a la añeja amistad con Cortés y al apoyo de sus hermanos Jorge, Gómez y Gonzalo había destacado entre los socios que financiaron la expedición, volviéndose la mano derecha de Cortés, a pesar de ser poco confiable en la toma de decisiones. De hecho, una de sus iniciativas contemplaba que Gonzalo Rodríguez de Trujillo, el Sin Miedo, así como a otros cien hispanos y varios cientos de tlaxcaltecas, masacraran a la nobleza tenochca, la cual se encontraba danzando y cantando para complacer a sus dioses completamente desarmada; se rompió así el frágil pacto que había logrado establecer Hernando Cortés con los mexicas desde que los cristianos entraron a Tenochtitlan. ¿La justificación? Una zalagarda, un ataque que preparaban los mexicas para aniquilar hasta el último de los hispanos que habían permanecido en Tenochtitlan y así lograr liberar a su gobernante, el huey tlahtoani Motecuhzomatzin Xocóyotl. Al menos eso afirmó Alvarado cuando se presentó en uno de los patios del palacio de Axayácatl para avisar a los hombres que se prepararan para el combate. La confirmación de la supuesta conspiración la había obtenido torturando a dos desdichados tenochcas colocándoles carbones al rojo vivo en el vientre, quienes para evitar el sufrimiento confirmaron la versión que daban los tlaxcaltecas del inminente ataque. "¡Nos quieren masacrar y comer nuestros cuerpos con ají! —había dicho Alvarado—. ¡Incluso han colocado toldillos y estacas en la plaza para ese propósito!".

La matanza se intensificó cuando por el costado oeste del recinto ceremonial aparecieron varios cientos de tlaxcaltecas, quienes comenzaron a disparar las saetas de sus lanzadardos contra la multitud desde la plataforma que rodeaba el recinto ceremonial. Mientras tanto, otro grupo comandado por Xicoténcatl el mozo arremetía contra sus enemigos jurados, los tenochcas, sin ninguna piedad, no importando si se trataba de mujeres, adolescentes o ancianos. Con sus mazas de madera de encino, macuahuime y lanzas masacraban a los mexicas, mientras transpiraban décadas de añejos odios y privaciones por el sitio que la Triple Alianza, encabezada por Tenochtitlan, había impuesto a las cuatro cabeceras de Tlaxcallan. Asesinaban para vengar a los primos, hermanos y padres muertos en interminables guerras floridas rituales, en las cuales el valor no bastaba para detener las infinitas hordas de acolhuas, tepanecas, xochimilcas, tlatelolcas y mexicas que los acosaban. Un sacerdote trató de organizar la resistencia desde la plataforma del huey tzompantli, el impresionante altar de cráneos para los dioses solares. Sus gritos se escucharon sobre la multitud:

—¡Valientes tenochcas, hijos del sol! ¡Nos están masacrando los caxtiltecas! ¿Dónde quedó su arrojo, su orgullo? ¿Acaso necesitamos el dardo y la flecha para acabarlos? ¿Acaso no nos bastan los puños, los sahumadores y los braseros? ¡Arremetan contra ellos, defiendan el hogar de los dioses, el Coatépetl!

En ese momento, el puñado de hombres que se arremolinaba alrededor del sacerdote se dirigió hacia dos castellanos que se encontraban a una corta distancia persiguiendo a unos jóvenes para acabarlos. Los dos cristianos esgrimieron valientemente sus tizonas, hiriendo a un par de hombres antes de que otros pudieran derribarlos, despojarlos de sus armas y golpearlos hasta la muerte. Al percatarse del ataque, un grupo de tlaxcaltecas se acercó a auxiliar a los caxtiltecas, matando a algunos tenochcas y dispersando al resto mediante el uso de sus macuahuime. Momentos después, el sacerdote que organizaba la resistencia desde el huey tzompantli fue alcanzado en el pecho por la bala esférica de un arcabuz. Pese al impacto se aferró a uno de los postes del altar de cráneos, dando exclamaciones de apoyo a los mexicas y pidiendo la intercesión divina de Huitzilopochtli, hasta que la voz se le desangró con la vida.

Múltiples detonaciones de pólvora hicieron eco en la gran plaza e incrementaron el pánico entre los pocos sobrevivientes que continuaban corriendo, escondiéndose o tratando de salir del recinto ceremonial. Algunos cojeaban, otros se arrastraban por el suelo ensangrentado, mientras que uno más caminaba desesperadamente hacia una de las escalinatas del coatepantli, cubriéndose con las manos una herida en el vientre al tiempo que trataba de no tropezar con sus propios intestinos, los cuales arrastraba por el suelo. Otros subieron a los templos, donde lograron mantenerse vivos por más tiempo arrojando piedras, braseros y hasta sahumadores a los hispanos que trataban de alcanzarlos. Solamente fue cuestión de tiempo antes de que cayeran esos pequeños grupos de resistencia, incluso los sacerdotes y nobles que trataron de fortificarse en los adoratorios de Tláloc y Huitzilopochtli sobre el huey teocalli, el Templo Mayor. También fueron saqueados algunos de los setenta y ocho templos del recinto ceremonial, como los dedicados a Tonátiuh, a Tezcatlipoca Rojo y Negro, el colegio para nobles o Calmécac y el teocalli de Ehécatl, a cuya techumbre de paja le prendieron fuego. Muchos mexicas intentaron escapar de la masacre tratando de llegar y superar el coatepantli, la gran plataforma que delimitaba el espacio sagrado de la ciudad, con el propósito de huir hacia los barrios de la ciudad para dar la voz de alarma y organizar la resistencia; sin embargo, quienes lograron subir las escalinatas se encontraron con grupos de tlaxcaltecas e hispanos que tenían la consigna de no permitir que nadie escapara con vida de la "plaza mayor de los ídolos", ejecutando a cualquiera que se cruzara en su camino. Poco a poco la plaza fue quedando en silencio, debido a que la mayor parte de los tenochcas había sido asesinada. Solamente unos pocos lograron escapar. La masacre se había concretado, la paz entre caxtiltecas y mexicas se había roto. Los cantos y las flores serían reemplazados por los dardos y las flechas.

Capítulo 4

Al pie del Templo del Sol, en el sector sur del recinto ceremonial, se encontraba Gonzalo vistiendo la brigantina de cuero tachonado que cubría su camisa blanca, así como las calzas bandadas enteras con la braqueta a modo de parche cubiertas de sangre. Lo acompañaban sus rodeleros, quienes también se encontraban exhaustos aunque aún deseosos de satisfacer su apetito de oro. El extremeño respiraba agitadamente, agotado, con los brazos entumecidos por el esfuerzo que requirió matar a decenas de indios. Ahora no solamente sangraba de la cabeza, sino también de un par de heridas en el brazo izquierdo.

—¿Quién te ha hecho eso? —le preguntó Gerónimo Ruiz de Mota, quien semejaba una aparición del infierno con el peto de algodón cubriendo el sayo con mangas y las ajustadas calzas enteras de algodón tintas de sangre.

—Una hermosa india que empuñaba unos vidrios tiznados y filosos. Me ha cogido por sorpresa, por la espalda —contestó con la respiración agitada.

—¡Espero que se la hayas cobrado, capitán!

—Por Santiago que así ha sido, Motilla —respondió fastidiado Gonzalo mientras observaba a algunos de sus hombres rematar a quienes habían quedado heridos sobre el suelo, movidos por la codicia de poder revisar sus cuerpos y encontrar objetos valiosos de plata, oro y piedras preciosas.

Ni Gonzalo ni Ruiz de Mota se encontraban dispuestos para tal tarea, por más grande que fuera su codicia. Cerca de ahí, algunos tlaxcaltecas habían capturado a un grupo de mujeres mexicas para mantenerlas como esclavas y después enriquecerse con su venta en alguna de las cabeceras de Tlaxcallan. Sin duda, una mujer perteneciente a la nobleza mexica valdría una fortuna en Tlaxcallan, reflexionó Gonzalo. Un impulso, más que un presentimiento, lo hizo acercarse al grupo de tenochcas. Algunas iban semidesnudas, con los huipiles rasgados, mientras que otras apenas si podían mantenerse en pie debido a las heridas recibidas. Lo acompañaba Ruiz de Mota, quien observó con detenimiento el rostro de las quince mujeres. Dos tlaxcaltecas completamente rapados, con grandes orejeras circulares de obsidiana y los rostros pintados de rojo, les amarraban las manos rápidamente ante las órdenes de un guerrero de mayor jerarquía. El líder portaba debajo de su labio inferior un gran bezote circular que le daba un aspecto temible. Su cabeza rapada estaba adornada con un tocado compuesto por dos cuerdas torcidas, una blanca y otra roja, de las cuales emergía una corona de plumas de águila. Al acercarse los hispanos, se mostró amenazante hacia ellos, sujetando con fuerza su macuáhuitl hasta que sus nudillos se pusieron blancos. Se acercó con paso seguro hacia Gonzalo, quien lo encaró de frente. Por un momento se sostuvieron la mirada, hasta que Ruiz de Mota interrumpió diciendo:

—Venga, capitán, creo que vuestra merced ha extraviado a alguien.

Gonzalo se acercó a donde se encontraba Mota, quien sostenía el rostro de una jovencita que temblaba inconsolablemente con las manos atadas por una cuerda. Su larga cabellera despeinada cubría gran parte de su rostro cubierto de sangre. Repetía incesantemente una palabra, Ameyalli, Ameyalli, Ameyalli. Sus otrora hermosos ojos proyectaban una mirada extraviada, perdida. El capitán de intensos ojos verdes supo en cuanto la vio que se trataba de su compañera, la jovencita Beatriz Yohualcitlaltzin. Un sentimiento de tristeza le embargó el corazón al encontrar en esa condición a la indígena que lo acompañaba durante sus noches de insomnio calentándole el lecho, la misma que le preparaba los alimentos y le suministraba agua. La misma que le dedicaba prolongadas miradas llenas de curiosidad y dulzura. No había duda de que se trataba de ella, reflexionó el extremeño al observar que colgaba de su cuello, descansando sobre su pecho, el blanco camafeo que le había regalado. Gonzalo se reprendió por haber autorizado que Yohualcitlaltzin abandonara el palacio de Axayácatl para visitar a su familia, poniendo en riesgo su vida, la de la mujer que conocía perfectamente el camino para llegar hasta el arcón repleto de oro que habían escondido tiempo atrás. De inmediato el Sin Miedo extrajo de su cinto una filosa daga para cortar la cuerda que ataba sus manos.

—Beatriz, ¿qué haces aquí? —le preguntó Gonzalo muy molesto. Yohualcitlaltzin no contestó, no se inmutó, seguía desconcertada, con la mirada perdida—. ¡Me lo habéis prometido! —gritó el capitán al tiempo que le propinaba una bofetada que le hizo girar violentamente el rostro, salpicándolo con las amargas lágrimas que escurrían por sus mejillas.

—Mota, sacad a esta india de aquí. Llevadla al palacio, que yo te sigo en cuanto acabemos los rodeleros y yo. ¡Aseguraos que nada le pase!

—Sí, mi capitán —respondió Gerónimo Ruiz de Mota para después tomarla del brazo y emprender la caminata de regreso al palacio de Axayácatl sobre una plaza cubierta de cadáveres, cabezas decapitadas y charcos de sangre.

El comandante tlaxcalteca que custodiaba a las mujeres se acercó amenazante a Gonzalo, gritando en náhuatl mientras señalaba a la pareja que se alejaba y dirigiéndole una dura mirada de reproche. Gonzalo, evidentemente enojado y demasiado exhausto para tener que iniciar otro enfrentamiento, sacó de su dedo meñique un grueso anillo de plata para entregárselo al tlaxcalteca.

—Esto paga su precio, tlascalteca —dijo.

El guerrero dejó de hablar, examinó con detenimiento el anillo y después asintió satisfecho, aunque no contento. Luego de dar algunas órdenes, el capitán tlaxcalteca emprendió el camino hacia el palacio de Axayácatl, seguido de sus guerreros que escoltaban a las prisioneras, quienes llevaban las manos amarradas a una larga cuerda.

Gonzalo regresó al pie del Templo del Sol, donde la treintena de sus hombres se estaba congregando. Algunos platicaban animadamente por el botín que habían conseguido o por las proezas militares que habían realizado matando indios desarmados, mientras que otros se encontraban abatidos por el cansancio de la ajetreada jornada. Unos más reflexionaban sobre su futuro, sobre las consecuencias que sufrirían por haber atacado a los mexicas al obedecer las órdenes que había dado la bestia de Alvarado. ¿Cómo diablos lograrían salir vivos de la isla de los culúas? ¿Ahora quién les abastecería de agua y alimentos si habían roto la paz con los indios paganos? Se volvería una sangrienta encerrona. Jodida situación. Todo dependería de Cortesillo y de sus hombres, o de Pánfilo de Narváez, de cualquiera de los dos que saliera victorioso del enfrentamiento en la costa. El Sin Miedo llamó a sus rodeleros para que se congregaran en torno a él a fin de emprender la corta marcha de regreso al palacio de Axayácatl. Poco a poco la plaza se iba quedando vacía debido a que la mayoría de los hispanos se dirigía al palacio donde se habían instalado desde su entrada a la capital mexica, todos agotados y sedientos, otros cabizbajos al percatarse de la atrocidad que habían perpetrado, algunos reflexionando sobre lo que se les venía encima.

—Maldición, Cholula se ha repetido —se dijo Gonzalo ante el terrible panorama de muerte y desolación que lo rodeaba.

Un silencio casi absoluto reinaba ahora en la gran plaza donde momentos antes todo era ruido y caos. En los cielos poco a poco se fueron congregando aves carroñeras que volaban pacientemente, esperando el mejor momento para darse un festín con la carne de los caídos.

—A quien madruga, Dios lo ayuda, capitán —comentó desvergonzadamente Alonso Berrio, uno de los hombres de confianza de Gonzalo. Se trataba de un hombre delgado de unos treinta años, de barba obscura, piel aceitunada y nariz ganchuda a quien apodaban "el moro". Vestía un ichcahuipilli, un grueso peto de algodón a la usanza nahua bajo su camisa blanca, así como calzas-bragas acuchilladas color marrón—. Mejor ellos que nosotros. ¡Alabada sea la Purísima Concepción por eso! —añadió el moro.

Gonzalo no prestó oídos al comentario, pues se concentraba en contar a los hombres que caminaban hacia su posición. Para su sorpresa, contó veintisiete hombres de los treinta que comandaba en combate. Todo un milagro que su unidad hubiera mantenido la cohesión durante la matanza de paganos, reflexionó. En gran medida se trataba de aventureros que tenían poco que perder y mucho que ganar, provenientes de Cáceres, Trujillo, Torre de Santa María, Cañamero y algunos de Mérida. Eran hombres que buscaban forjarse un futuro a través de la aventura, del saqueo, de la violencia. Oro para la jornada y gloria para el porvenir, dijo en alguna ocasión Antón Cordero, expresando perfectamente los objetivos que buscaban estos aventureros. Los rodeleros combatían bajo el estandarte de la Vera Cruz y de la Virgen de la Victoria, protectora de Trujillo, quien se apareció sobre los muros de la ciudad, anunciando la gran victoria cristiana sobre los sarracenos que ocupaban la plaza. Esa jornada, Gonzalo había decidido que la unidad no llevara el estandarte de la virgen, pues consideraba que no iban a necesitar mucha protección al masacrar a una muchedumbre de indios desarmados, esto a pesar de las críticas de algunos de sus rodeleros que exclamaron que "si el santo viviera, se regocijaría al ver la muerte de tantos paganos sodomitas y caníbales".

—Nos faltan dos hombres, Lugo y Baltasar, sin contar a Mota —dijo Alonso Berrio, justo cuando a la distancia se escuchó el rugir de caracolas de los mexicas.

El sonido provenía de los barrios alrededor del recinto ceremonial. Parecía que la noticia de la masacre ya había llegado a los diferentes calpultin de la capital mexica, dando aviso a los hombres de que se prepararan para el combate. El contraataque iniciaba.

—¡Pese a Dios! Tenemos que abandonar este lugar tinto de sangre pagana antes de que regresen los indios —afirmó Melchior de Cáceres, visiblemente preocupado por la inminente llegada de los mexicas para cobrarse la afrenta.

Gonzalo alzó una mano pidiéndole calma y silencio, tratando de ordenar sus ideas y tomar una decisión ante la noticia de los hombres faltantes.

—Espero que Lugo y Baltasar no hayan acabado abiertos como lechones —respondió Gonzalo—. No podemos esperar más por ellos, ahora están por su cuenta. ¡Que cuiden de su pellejo y que la Inmaculada los proteja! —agregó mientras veía a la distancia a un grupo de tenochcas que corrían desesperados fuera del recinto ceremonial. Después de limpiarse la frente con el dorso de la mano y de exhalar ruidosamente, el extremeño exclamó—: ¡Hombres, no hemos viajado desde muy lejos para morir como perros en esta isla olvidada de Dios! ¡Regresemos al palacete de Ajayaca! ¡El último, sodomita!

Sus hombres asintieron ante su decisión y de inmediato caminaron con velocidad hacia el oeste, buscando salir de la gran plaza en dirección del palacio que se había vuelto su hogar en las últimas veintenas. Gonzalo le dio una última mirada al desolador panorama mientras trotaba hacia el palacio. El fétido olor a muerte, mierda y sangre se había hecho presente en el recinto ceremonial. El fuego se esparcía, consumiendo la techumbre del templo de Ehécatl-Quetzalcóatl, así como en algunos adoratorios y toldillos que habían colocado los mexicas para su ceremonia. Sobre el suelo yacían cientos de mexicas muertos, su sangre se mezclaba con las flores, las plumas preciosas y los jades que no habían sido saqueados. Era difícil no separar los ojos del suelo si uno buscaba no tropezar o patinar con la sangre, las heces y los cuerpos amontonados. Todo se redujo a un pensamiento en la mente del capitán de rodeleros: Cortesillo o Pánfilo. Cortesillo o Pánfilo. ¿Quién será nuestro salvador? ¿Quién habrá salido victorioso del encuentro? Cortesillo o Pánfilo...

2. EL SITIO

Día siete de la veintena Etzalcualiztli, año Ome Técpatl
30 de mayo de 1520

Capítulo 5

La noche estaba llegando a la capital mexica. Los rayos de Tonátiuh se disiparon al ocultarse por las montañas del oeste, pintando el firmamento de hermosos tonos amarillos, naranjas y morados. Proveniente del este pasó volando una parvada de patos de considerable tamaño, formando con sus obscuras siluetas el típico patrón triangular. ¿Acaso escapaban de la tormenta que se aproximaba desde la montaña Tlalocatépetl ubicada en la lejanía, más allá del Tepetzinco y las aguas del lago, o acaso de la tempestad que estaba por desatarse sobre Tenochtitlan? Como era habitual cada noche, las nubes de mosquitos empezaron a congregarse en la gran ciudad, acompañadas del cantar de algunas aves como el cuicuítzcatl, el nochtótol y el canauhtli, como sucedía desde el inicio de los tiempos en la ciudad-isla, incluso antes de la llegada de los mexicas.

El experimentado guerrero Chichilcuauhtli había sabido disfrutar desde su infancia del bello espectáculo que le obsequiaban los dioses cuando Tonátiuh se escabullía entre las montañas para entrar al inframundo. Durante su corta pero exitosa carrera militar, había tenido oportunidad de visitar las tierras de los tlaxcaltecas al pie de la montaña Matlalcuéitl, las sierras rojas dominadas por los mixtecos, así como los valles siempre verdes donde gobernaban los feroces y territoriales tének, y en ningún lugar había presenciado atardeceres tan hermosos como los de su hogar, Tenochtitlan. Algunas gotas de lluvia empezaron a caer desde los cielos, clara evidencia de que los ayudantes del gran hechicero Tláloc estaban vaciando sus cántaros desde las alturas, colmando a la humanidad de bendiciones. Lo único diferente que tenía este atardecer de los que había disfrutado el guerrero durante su infancia y adolescencia eran las negras columnas de humo que subían hasta las alturas, producto de las decenas de piras funerarias que se encendían día tras día desde que los cielos colapsaron sobre Tenochtitlan, cuando los caxtiltecas atacaron a los pipiltin, a los tlamacázqueh, a los guerreros o teyaochihuani en el ombligo del mundo, en la casa de los dioses. Ya habían pasado ocho días desde que los extranjeros mostraron sus verdaderas intenciones al pueblo mexica que los había recibido en paz. Como lo dictaba la tradición, los guerreros mexicas muertos en batalla tenían que ser incinerados para que pudieran llegar al Tonátiuh Ichan, el paraíso solar donde reinaba Tonátiuh. Los guerreros acompañarían al sol, danzando y realizando combates desde el amanecer hasta el tlahcotonalli, el mediodía, para ser relevados por las mujeres guerreras que habían muerto al dar a luz. Después de cuatro años en el paraíso solar, tanto hombres como mujeres regresarían a la tierra en forma de colibríes y otras aves de bello plumaje para deleitarse con el néctar y perfume de las flores. Por esa razón, las familias que habían perdido a un guerrero hacían hasta lo imposible por obtener el combustible, así como los servicios de los sacerdotes para cumplir con el ritual mortuorio.

El joven guerrero Chichilcuauhtli dio una mordida a la carne de perro salada mientras recordaba el terrible día cuando los teteuctin y los tlaxcaltecas irrumpieron en el recinto sagrado con la intención de masacrar a los participantes en la ceremonia de Tóxcatl, principalmente guerreros, sacerdotes y nobles tenochcas. Él se encontraba ese día participando en las festividades, representando al calpulli de Teocaltitlan como un huey tlamani, gran capturador de enemigos. Esa jornada llevaba su escudo ceremonial, así como el pantli o estandarte de su barrio, un lienzo rectangular hecho de piel de ocelote, en el cual colgaban algunas conchas y habían pintado un templo, pues la palabra Teocaltitlan significa "en donde está el templo". El lienzo estaba sujeto a un largo mástil hecho de dura madera de encino. El joven guerrero iba acompañado de su superior, el cuauhyáhcatl Ixicóatl, el capitán Pie de Serpiente, así como de una veintena de guerreros que habían ganado el honor de participar en la ceremonia representando a su barrio. El grupo llegó desde temprano al recinto ceremonial vistiendo sus mejores prendas, luciendo los escudos circulares, así como tilmas y tocados de plumas de diversos colores que habían ganado gracias a sus acciones en el campo de batalla. Chichilcuauhtli recordó cuando los huehuémeh empezaron a sonar: ¡pom!, ¡pom!, ¡pom!, indicando que la danza en honor del dios Tezcatlipoca daba inicio. Los miles de tenochcas presentes comenzaron a formar grandes círculos, sujetándose de los antebrazos, al tiempo que realizaban movimientos laterales al unísono, para después serpentear en una larga fila donde sus miles de integrantes se tomaron de los hombros uno detrás del otro, siguiendo el rítmico batir de los tambores. Entre ellos se encontraban el joven Chichilcuauhtli y los otros guerreros de su barrio, intercalados con algunas mujeres de otros barrios, desde bellas jovencitas hasta maduras y sabias matronas. ¡Pom! ¡Pom! ¡Pom! Todo era alegría, devoción y gratitud hacia los dioses hasta el momento en que se escucharon detonaciones de las puyas de madera que portaban los caxtiltecas, seguidas por los gritos de algunas mujeres que entraron en pánico. A partir de ese momento todo fue muerte y destrucción. Los hombres barbados, los teteuctin, entraron al recinto ceremonial por el oeste acompañados de contingentes tlaxcaltecas, quienes llevaban el cuerpo cubierto de pintura de guerra roja, blanca y negra. Al percatarse de que se estaba realizando un ataque contra los tenochcas congregados en la plaza, Ixicóatl se mantuvo sereno y llamó de inmediato a sus guerreros, quienes se reunieron rápidamente. Sin perder más tiempo se dirigieron al este del recinto ceremonial, entre una multitud que corría despavorida, presa del pánico. Algunos no podían creer lo que estaba sucediendo. No pensaban que los caxtiltecas se atrevieran a tanto. ¿Acaso concretarían un ataque en el corazón de la capital mexica? ¿Acaso no se daban cuenta de que su propia existencia dependía del pacto de paz que habían acordado el huey tlahtoani Motecuhzomatzin Xocóyotl y el capitán Chalchíhuitl Cortés? ¿Acaso no entendían que los tenochcas los podían masacrar con relativa facilidad, siendo ellos tan pocos y estando encerrados en su ciudad isla?

Chichilcuauhtli y los guerreros del barrio de Teocaltitlan alcanzaron rápidamente la plataforma perimetral, acompañados de otros tenochcas que seguían sus pasos buscando una posibilidad para escapar y salvar la vida. Esa jornada, Ixicóatl tomó sabias y rápidas decisiones para salvar a sus hombres, pues de inmediato se percató de que era vital abandonar la plaza, ya que los tenochcas no podrían repeler los ataques de los hombres barbados con sonajas, sahumadores de cerámica y bastones ceremoniales. Vivirían para combatir otro día, vivirían para cobrarse la afrenta. Corriendo desesperadamente, los veinte guerreros encabezados por Ixicóatl llegaron a la plataforma y subieron por una de sus escalinatas, donde se encontraron con tres caxtiltecas, los primeros en llegar al sector oriente del coatepantli o muro de serpientes, con la consigna de no permitir que nadie abandonara la plaza con vida. Los tres castellanos no se dieron cuenta de la presencia del importante grupo de guerreros hasta que estos últimos superaron los últimos escalones de la escalinata y aparecieron sorpresivamente a una corta distancia. Rápidamente se recuperaron del estupor y arremetieron contra los dos primeros tenochcas que alcanzaron la plataforma, confiando en que su armamento y destreza les permitirían acabar con los cobardes que huían, o al menos segar la vida de algunos de ellos. Nunca cruzó por su mente la posibilidad de que los atacaran apoyándose en su superioridad numérica. De inmediato se vieron rodeados, a pesar de que los caxtiltecas habían logrado herir en el vientre a uno de los mexicas, haciéndolo sangrar copiosamente. El hombre barbado arremetió nuevamente con su espada contra otro de los tenochcas, momento que aprovechó Chichilcuauhtli para golpearlo en el rostro con el fuste de madera del estandarte, rompiéndole la nariz con el impacto, al tiempo que Ixicóatl derribaba al segundo cristiano, un grueso hombre barbado con intensos ojos azules. Ambos cayeron al suelo forcejeando, aferrando con sus manos la empuñadura de la toledana. Al instante se sumaron los demás guerreros a la reyerta para enfrentar al tercer caxtilteca, quien retrocedía blandiendo su montante. Un joven guerrero de nombre Miztli arrebató la daga al hombre que había golpeado Chichilcuauhtli, clavándola en su cuello y terminando con su vida. Cuando voltearon a enfrentar al segundo guerrero se percataron de que también se encontraba sin vida, tirado sobre el piso de la plataforma con la cara maltrecha, rota, sangrante. Ixicóatl se incorporó sosteniendo aún el pesado yelmo de hierro con el cual le había golpeado el rostro al hispano sin clemencia. Sus intensos ojos azules habían desaparecido entre la sangre, el hueso y la carne.

El tercer caxtilteca, quien tuvo la mejor oportunidad para escapar, siguió blandiendo su montante de un costado al otro, tratando de mantener a raya a sus atacantes. Sin embargo, la maniobra tuvo poca efectividad cuando otros dos guerreros de nombre Atzin y Cozcacuauhtli se abalanzaron sobre él, coordinándose para que uno lo desarmara aferrándose a su muñeca mientras el otro arremetía a puñetazos contra su rostro. Los tres cayeron al suelo, forcejeando, hasta que Miztli se acercó a clavar en el cuello del extranjero la daga que había robado. Después de incorporarse, el capitán Ixicóatl dirigió una rápida mirada a cada uno de sus hombres, una mirada llena de orgullo, para después asentir, conforme con el desempeño que sus guerreros habían demostrado durante la acción. Solamente un tenochca había sido herido en el vientre por el corte de una daga. La herida era profunda, lo que causaba que el sangrado no se detuviera. Necesitaría una rápida atención si quería salvar la vida, pensó Chichilcuauhtli. El sonido de un par de explosiones a la distancia hizo que todos voltearan hacia el norte. Sobre la plataforma, dos caxtiltecas disparaban sus bastones de fuego contra ellos, seguidos de algunos rodeleros y piqueros que avanzaban en su dirección gritando. Un quejido hizo saber a Chichilcuauhtli que su compañero Atzin había sido alcanzado por uno de los bastones de fuego. Para su fortuna, el dardo de fuego le había impactado en el hombro y no en el vientre o la cabeza.

—¡Xicholocan! ¡Xicholocan, telpochtin! —gritó el capitán Ixicóatl al tiempo que bajaba por las escalinatas para escapar de los

63

caxtiltecas que se aproximaban y de la matanza que se llevaba a cabo en el ombligo del Anáhuac, en la casa de los dioses.

Los dos tenochcas heridos fueron apoyados por los demás guerreros, en particular el que sangraba copiosamente del vientre, quien tuvo que ser cargado sobre los hombros de dos de sus compañeros.

—¡Tlaxcaltecas por el sur, cuauhyáhcatl Ixicóatl! —le gritó Cuauhtli al capitán, señalando hacia la parte superior de la plataforma.

Este volteó de inmediato para ver que se trataba de un fuerte contingente de los adoradores de Camaxtli, al menos treinta, algunos de los cuales señalaban en su dirección, insultándolos a la distancia.

—¡Perros mexicas! ¿A dónde van? ¡No sean cobardes!

Los tlaxcaltecas lanzaron un par de dardos, pero fue demasiado tarde, pues los hombres del calpulli de Teocaltitlan ya se perdían entre los palacios, ahuejotes y jardines, alejándose en dirección a su barrio.

Una sonrisa melancólica apareció en el rostro de Chichilcuauhtli al recordar los insultos llenos de furia que les lanzaron los tlaxcaltecas al ver que se escapaban. Sin embargo, casi al instante la reprimió al recordar a sus dos compañeros heridos, uno de los cuales murió desangrado por la grave herida en su abdomen, así como a los cientos de tenochcas que fueron masacrados durante esa jornada. Cuando Ixicóatl y Cuauhtli dieron aviso a las autoridades de su barrio, de inmediato cientos de hombres se armaron y avanzaron para recuperar el recinto ceremonial, pero al llegar ya estaba desolado, abandonado. Los malditos caxtiltecas y sus aliados habían regresado al tecpan de Axayácatl, su bastión, su fortaleza. Durante la huida del recinto ceremonial, el único pensamiento recurrente en la mente del joven guerrero era si Yohualcitlaltzin había logrado salir con vida de semejante masacre. En su breve encuentro, la jovencita le había compartido su alegría al participar en la ceremonia de Tóxcatl con las mujeres de su barrio, con sus amigas de la infancia. Esa misma noche, Chichilcuauhtli la buscó por las calles y acequias del calpulli de Huitznáhuac preguntando a sus primos, quienes eran buenos amigos del guerrero desde la infancia. Incluso esa noche visitó a hurtadillas la extensa casa de sus padres, para ser recibido por una esclava que llevaba décadas sirviendo fielmente a la familia, la misma que lo había ayudado a encontrarse con la jovencita en decenas de ocasiones a escondidas de sus padres en esa aventura amorosa que pudo haber sido, antes del colapso de su mundo, antes de la llegada de los teteuctin. El joven guerrero la encontró en el patio de la servidumbre, cerca de las letrinas y los corrales donde se encontraban los guajolotes y los conejos. A la propiedad se podía acceder fácilmente, después de atravesar un par de chinampas que eran propiedad de la familia.

—Cuauhtli, qué gusto que estés bien —dijo la anciana con lágrimas en los ojos, las cuales caían por su arrugado y obscuro rostro—. Temo darte malas noticias, jovencito. Ni Yohualcitlaltzin ni su padre han regresado a casa. Ambos asistieron a las festividades de nuestro señor Tezcatlipoca por la mañana. Espero hayan sobrevivido a la masacre —concluyó al momento que su voz se entrecortaba por la emoción.

—No pierda la esperanza, nozohuatzin Nahui Xóchitl. Probablemente Citlalli regresó con los señores barbados al tecpan de Axayácatl. Es posible que su padre haya sido capturado para exigir un rescate en oro por su vida —contestó Chichilcuauhtli, quien se encontraba parcialmente oculto detrás de un ahuehuete de considerable altura, cuya sombra se proyectaba sobre la chinampa debido al resplandor de una antorcha solitaria adosada al muro de la propiedad.

A lo lejos, Cuauhtli escuchó otra voz femenina que provenía del interior de la propiedad.

—¿Con quién hablas, Nahui Xóchitl? ¿Es mi esposo? —se trataba de la voz desconsolada, inundada de tristeza, de la madre de Yohualcitlaltzin.

—No, mi señora. Es el vendedor de aguamiel —respondió la anciana de largas trenzas blancas, que vestía un blanco y holgado huipil—. Tengo que regresar con mi señora —le susurró a Chichilcuauhtli—. La señora no se encuentra bien por la ausencia de su marido. Cuídate en estos tiempos tormentosos, jovencito. No dejes que las garras de Mictlantecuhtli te arrastren al inframundo. ¡Timotasque! —después de decir esto, desapareció tras la gruesa cortina de algodón que cubría la entrada al patio de servicio del palacete de la familia de Yohualcitlaltzin.

—Cualli yohualnepantla. Buenas noches—respondió instintivamente el joven guerrero, para después fundirse con la obscuridad que cubría Tenochtitlan.

CAPÍTULO 6

Más tarde, esa misma noche, Cuauhtli visitó la casa del matrimonio Dos Mono, Ome Ozomatli, ubicada al oriente de Tenochtitlan, cerca del embarcadero Tetamazolco, de donde partían las embarcaciones a Tezcuco, Coatlinchan y Huexotla. El joven guerrero conocía al señor Dos Mono desde que era un niño, y también le había confesado el amor que sentía por Citlalli. Sabía de su pobreza y de cómo había accedido a ser aguador de algunos caxtiltecas, lo que le dejaba una buena paga en semillas de cacao, ya que por alguna extraña razón para los hombres barbados carecían de mucho valor. Por ese motivo las usaban para comprar alimentos o contratar a mexicas como cargadores, o incluso para pagar por información. Cuauhtli visitó a la pareja con la intención de preguntarle al señor Ome Ozomatli si había visitado el tecpan de Axayácatl durante el día y si había visto con vida a la joven Yohualcitlaltzin después de la agresión caxtilteca. Claro, si había logrado salir con vida del palacio antes de que el contraataque mexica se concretara ese mismo día.

Al llegar a su sencillo jacal, hecho con carrizos y techo de palma, se percató de que algo no iba bien. Al acercarse caminando sobre la milpa, la cual ya estaba preparada para la siembra de ese año, se dio cuenta de que en el piso del acceso a la casa había piezas de cerámica rotas, así como el metate de la familia quebrado en dos partes. La cortina hecha de semillas que cubría la entrada se encontraba rasgada, tirada sobre el lodo. El pequeño corral que había construido Ome Ozomatli para sus conejos se encontraba destruido, saqueado. Después de permanecer agazapado entre las sombras por un momento y darse cuenta de que no había nadie a su alrededor, Cuauhtli se armó de valor para entrar al jacal. Esa noche solamente portaba su filosa daga de obsidiana, la cual desenfundó, atento a cualquier ataque. Grande fue su sorpresa al encontrar al señor Ome Ozomatli tirado en el suelo, al igual que a su esposa, ambos muertos, acuchillados, entre semillas, vasijas y recipientes rotos. Su corazón se entristeció al ver al mismo hombre que le había regalado golosinas de amaranto y miel cuando era niño.

La población de Tenochtitlan empezaba a cobrar represalias contra aquellos que habían colaborado con los caxtiltecas, a quienes les habían llevado comida y agua por voluntad propia o para recibir una paga. Cuauhtli se enteraría de asesinatos similares a lo largo de toda la ciudad. Días después escuchó rumores sobre la identidad de los que perpetraban los saqueos y los asesinatos. Al parecer se trataba de nutridos grupos liderados por sacerdotes y guerreros radicales que eran dirigidos por un par de hijos del finado tlahtoani Ahuízotl. Estas gavillas no se tentaban el corazón para aniquilar a sus propios hermanos tenochcas por el simple hecho de haber colaborado con los caxtiltecas. De esta forma también buscaban eliminar a cualquier soplón que siguiera brindando información a los teteuctin, a los hombres barbados. Incluso algunos líderes de los barrios apoyaban estas acciones, prestando oídos a sus espías para acabar con los colaboracionistas, armando a su población y apostando guardias en cada rincón. Aun así, los jerarcas de Tenochtitlan que habían sobrevivido a la masacre y que no habían sido tomados como rehenes por los caxtiltecas prohibieron todo contacto con los extranjeros. El improvisado gobierno era encabezado por el tlacochcálcatl Coyohuehuetzin, así como por otros miembros de la familia real, ya que el huey tlahtoani Motecuhzomatzin se encontraba aislado, encerrado en el tecpan de Axayácatl como un rehén de los teteuctin, por lo que le era imposible dirigir y gobernar la ciudad. Este gobierno censuró los asesinatos de los colaboracionistas por parte de los radicales. Afirmaba que todos los esfuerzos debían enfocarse en contra de los cristianos para lograr su expulsión, ya fuera de manera pacífica o violenta. Serían atacados hasta ser exterminados o hasta que abandonaran la capital mexica. Ante sus ojos era un despropósito causar una guerra civil en Tenochtitlan en medio de la crisis que se vivía. Chichilcuauhtli enfundó su daga y sigilosamente abandonó la propiedad con la certeza de saberse vigilado en medio de la noche.

El joven guerrero siguió recordando cómo esa madrugada, después de la búsqueda infructuosa sobre el paradero de su amada, regresó a los alrededores del palacio de Axayácatl buscando a los guerreros de su calpulli, tratando de localizar el estandarte o pantli del barrio. Una multitud de decenas de miles de guerreros tenochcas rodeaba por los cuatro lados el gigantesco tecpan ubicado al oeste del recinto ceremonial, manteniendo a los caxtiltecas encerrados, sitiados, sin posibilidad de escapar. Desde el exterior, lo único que se apreciaba del tecpan eran sus muros estucados color blanco y rojo, así como las almenas rectangulares que decoraban su techo. El gigantesco complejo tenía tres grandes accesos con escalinatas que cruzaban altos pórticos sostenidos por pilares rojos ubicados al oriente, sur y norte. Los enormes pilares soportaban grandes frisos y cornisas decoradas con representaciones de deidades, así como jaguares y águilas hechos de argamasa. Con el inicio de las hostilidades, el bello complejo palaciego se había visto seriamente dañado por los combates que se libraban a su alrededor. Los majestuosos pórticos habían sido bloqueados por los caxtiltecas con piedras, escombro y vigas de madera, por lo que nadie podía salir o entrar. Desde el día en que irrumpieron en Tenochtitlan los teteuctin, el honorable huey tlahtoani Motecuhzomatzin los había alojado en el complejo palaciego de su padre, el fallecido huey tlahtoani Axayácatl, el cual dio cabida a alrededor de cuatrocientos cincuenta caxtiltecas, así como al menos ochocientos aliados tlaxcaltecas. Días después de la llegada de los teteuctin, el venerable orador de Tenochtitlan se mudó a vivir al mismo complejo. En aquellos días esta acción dio pie a muchos rumores, como que había sido tomado prisionero y llevado en contra de su voluntad al palacio, mientras que algunos decían que lo había hecho por su propio deseo para tener bien vigilado al capitán Chalchíhuitl Cortés y a sus hombres. Incluso algunos afirmaban que había aceptado sumisión al dios único que adoraban los hombres barbados, el mismo que sacrificaron clavándolo a una cruz. A partir de la matanza de Tóxcatl, no cabía duda de que Motecuhzomatzin era su prisionero, a quien se le impedía abandonar el palacio. Rumores corrían de boca en boca entre los guerreros que asolaban a los teteuctin, los cuales afirmaban que el Gran Orador había sido asesinado por la bestia de Pedro Tonátiuh después de la masacre de Tóxcatl. Nadie podía confirmar lo que realmente sucedía dentro del complejo palaciego pues ahora se encontraba sitiado, sin alguien que pudiera entrar o salir, con escaramuzas y enfrentamientos a todo lo largo de su perímetro. Los caxtiltecas y sus aliados tlaxcaltecas pagarían con creces las muertes que ocasionaron en el recinto ceremonial.

A Chichilcuauhtli no le fue difícil encontrar al capitán Ixicóatl, y al contingente de cuarenta hombres que dirigía, en el sitio impuesto contra los invasores la madrugada que siguió al día de la masacre. Todos eran hombres pertenecientes al barrio de Teocaltitlan, donde había nacido y su familia había habitado desde que los mexicas se establecieron en la isla, desde la propia fundación de Tenochtitlan. El número de integrantes pudo haber sido cinco veces mayor, pero los guerreros se distribuyeron en diferentes puntos vitales de la gran capital mexica. Unos contingentes vigilarían las cortaduras de las calzadas, principalmente la de Tlacopan, por donde podrían escapar los hombres dirigidos por Pedro Tonátiuh. Algunos fueron ubicados en los embarcaderos, en el perímetro del recinto ceremonial y en el gran tianquiztli o mercado de Tlatelolco, mientras que muchos otros, con ayuda de las mujeres, pasaban los días elaborando flechas, dardos, escudos, hondas y todo tipo de material destinado para el combate. Un importante grupo de guerreros ocupó las Casas Nuevas de Motecuhzomatzin con la intención de proteger las riquezas que allí se guardaban y que sin duda eran una constante tentación para los caxtiltecas, quienes podían realizar una salida para saquearlo. El gran complejo palaciego que había remodelado y ampliado el huey tlahtoani se encontraba al oriente de la gran plaza de la ciudad. Era al menos dos veces más grande que el palacio de su padre, con extensos jardines, aposentos para la familia real, grandes almacenes y salones. Tenochtitlan había sido atacada, por lo que todos los guerreros de la ciudad habían tomado el arco y la flecha, el escudo y el cuchillo para defender su ciudad y a su población. No los guardarían hasta que estuvieran rojos con la sangre de los enemigos, hasta que todos fueran expulsados o eliminados, lo que sucediera primero. Hasta lograr ese objetivo, todos los tenochcas, desde las mujeres hasta los ancianos, dejarían de lado los descansos, los placeres y la vanidad. ¡Se encontraban en guerra!

Dos días después de la masacre, a los guerreros dirigidos por Ixi-cóatl se les había dado la instrucción de ocupar el interior y el techo de un gigantesco palacio ubicado al sur del tecpan donde se alojaban los caxtiltecas, justamente cruzando la calzada. Se trataba del tecpan del cihuacóatl, el segundo hombre al mando en Tenochtitlan, sola-mente por debajo del Gran Orador, responsable de la impartición de justicia, de los rituales religiosos a lo largo del año y de la recepción y administración de los tributos que llegaban a la ciudad. El cargo era ocupado por los descendientes del mítico hermano de Motecuhzoma Ilhuicamina, Tlacaélel II, uno de los principales que encabezaron la lucha contra los tepanecas de Azcapotzalco en Ce Técpatl[5] con el pro-pósito de que los mexicas obtuvieran su independencia y dejaran de ser tributarios y mercenarios. El palacio era de menores dimensiones que el de Axayácatl, con los mismos altos muros estucados rodeando su exterior, con dos patios centrales y un templo que sobresalía so-bre el complejo por su altura, ubicado en el patio norte del recinto. El tecpan del cihuacóatl también alojaba a los contingentes militares de los barrios de Quauhchinanco, Tecpancaltitlan, Xacalpan, Xoloco y Yopico, más de tres mil hombres en total que tenían como objetivo acosar a los caxtiltecas día y noche, impedir el avituallamiento de los sitiados y evitar que cualquier persona entrara o saliera. Otra impor-tante tarea que tenían asignada era hacer una brecha en los muros del palacio en su perímetro sur, para forzar la entrada y acrecentar la pre-sión sobre los sitiados.

Dentro de uno de los salones del complejo palaciego del cihua-cóatl, los tlamémeh o cargadores empezaron a apilar grandes cantida-des de leña, chapopotli y ocote para, cuando llegara el momento,

---

[5] El año 1428 en el calendario gregoriano.

colocar las cargas contra uno de los muros del tecpan con el propósito de prenderles fuego y causar el derrumbe del muro debido al calor y al debilitamiento de los cimientos. De esa forma podrían acceder los guerreros mexicas al perímetro del palacio para acabar con los caxtiltecas y, de ser posible, rescatar al huey tlahtoani de Tenochtitlan Motecuhzomatzin, así como al gobernante de Tezcuco de nombre Cacama; al cihuacóatl Tlacaélel II; al de Coyohuacan, Quauhpopoca; al de Tlacopan, Totoquihuaztli; al de Ixtapallapan, Cuitlahua, al de Tlatelolco, Itzcuauhtzin, y finalmente al de Tula, Ixtlicuecháhuac, medio hermano del gobernante de Tenochtitlan. Los cargadores no solamente traían sobre sus espaldas leños de madera, sino que también abastecían de armas, flechas, dardos y todo tipo de proyectiles, así como de alimentos y agua. Desde que se perpetró la matanza de Tóxcatl, todos los esfuerzos de la población de Tenochtitlan se concentraron en tomar el tecpan de Axayácatl. Desde aquella madrugada, Chichilcuauhtli había pasado jornada tras jornada con sus hermanos de armas, combatiendo, vigilando, cumpliendo con órdenes y durmiendo apenas algunos momentos cada dos días. En gran medida se trataba de un combate a distancia donde volaban de un palacio a otro proyectiles, flechas, piedras y dardos, con la excepción de dos ataques frontales que realizaron los tenochcas tratando de forzar la entrada al tecpan de Axayácatl, ambos repelidos por los hombres barbados, con un importante número de heridos para los asediantes. Todo eso había sucedido en apenas ocho días de distancia de la matanza; sin embargo, el combate apenas iniciaba...

El rugir de las caracolas desde la cima de los templos regresó a Cuauhtli al presente, dejando de lado divagaciones y preocupaciones de días pasados, así como la angustiante duda sobre el paradero de su amada. Se trataba de los sacerdotes que todos los días, desde la fundación de Tenochtitlan, marcaban los momentos del día y la noche soplando sus caracolas desde los templos. En este caso anunciaban la llegada de la noche al Cem Anáhuac, momento en el cual gobernaba la deidad Tezcatlipoca, el espejo humeante de obsidiana, señor de los jaguares, la hechicería, la guerra y la obscuridad.

Cuauhtli entró en la pequeña plaza rectangular ubicada al oeste del recinto ceremonial, donde los cuarenta hombres de su unidad se habían retirado para descansar, cubiertos por la opacidad de la noche.

—Vamos, hermanos, el descanso terminó. Es momento de hacerles lamentar su suerte a los caxtiltecas —afirmó el cuauhyáhcatl Ixicóatl, capitán de una de las diez unidades de cuarenta guerreros que componían el contingente del barrio de Teocaltitlan, el cual era comandado en su totalidad por el cuáuchic Tezcacóatl Ce Miquiztli, Serpiente Espejo Uno Muerte, el legendario campeón que había destacado durante las xochiyáoyotl, o guerras floridas, derrotando y capturando a importantes príncipes tlaxcaltecas y huexotzincas.

A pesar de tener más de treinta y ocho años, seguía siendo un hombre fuerte, alto, con infinidad de cicatrices en el cuerpo. De nariz prominente y ancha y pómulos marcados, a su rostro le faltaba un ojo, el cual había perdido en combate. Un tenochca que nunca rehusaba un duelo, que nunca daba un paso atrás frente a un adversario y cuyos hombres le temían en mayor medida que a los enemigos que enfrentaban en las batallas. Por cuestiones del destino, el día de la matanza de Tóxcatl el cuáuchic se encontraba al sur de la cuenca de Mexihco esperando un importante cargamento de tributos proveniente de la provincia de Tepecoacuilco. Por su parte, el cuauhyáhcatl Ixicóatl, el capitán de la unidad de Chichilcuauhtli, no se quedaba atrás, pues era apodado Ixcuáhual, "cuchillo de navaja azabache". Inviernos antes de la llegada de los hombres barbados había destacado en la toma de Tzotzollan y Yancuitlan, importantes señoríos mixtecos, donde derrotó y capturó a cuatro enemigos en las batallas que se libraron, entre ellos un noble de importancia. Por estos logros lo habían recompensado con el tlahuiztli de guerra ocelómeh. Esta vestimenta estaba hecha de algodón acolchado, el cual cubría torso, piernas y brazos, todo pintado con manchas negras sobre un intenso color naranja, imitando la piel de un jaguar. El vistoso atuendo se complementaba con un yelmo, hecho de papel amate endurecido sobre una estructura de duros carrizos de otate, que imitaba la cabeza del respetado felino y protegía el cráneo del portador, dejando solamente al descubierto el rostro que se asomaba entre las fauces, entre los dientes y colmillos tallados en hueso. Ixicóatl era un hombre sumamente delgado, de gruesos labios, ojos rasgados y afilado rostro, que destacaba por su inteligencia y astucia, así como por su combatividad. Debajo del labio portaba un disco de obsidiana a manera de bezote de considerable tamaño, el cual distorsionaba notablemente su expresión.

—¡Vamos, ixpochtzin! ¡Vamos, señoritas! Terminen sus alimentos y muevan esas piernas, que ya se están congregando los combatientes del barrio. El cuáuchic Uno Muerte no quiere perder el tiempo esperándolos —volvió a decir Ixicóatl, ahora alzando la voz y caminando a lo largo de la pequeña plaza sumida en la obscuridad, en cuyo centro se encontraba un altar con la representación esculpida en piedra de Centéotl, señor del maíz.

Los hombres se pusieron de pie, tomaron sus yaochimaltin o escudos de guerra, se armaron con sus armas, flechas y dardos, tragaron rápidamente los últimos bocados y se congregaron en torno al pequeño adoratorio del dios del maíz. La mayoría de ellos se encontraba exhausto, pues desde la matanza de Tóxcatl habían participado en los combates y en las tareas diarias de vigilancia, teniendo poco descanso. Cuauhtli fue de los últimos en unirse al grupo. Portaba su escudo, su lanzadardos y su dura maza de madera de encino, que llevaba colgando al hombro con una correa de cuero. Al ser un guerrero cuextécatl, vestía un tlahuiztli de grueso algodón teñido de un intenso color rojo encima de su ichcahuipilli o peto acolchado de combate. Sobre el cuello del traje portaba algunas conchas a manera de adorno. En la cabeza llevaba un tocado cónico hecho de plumas rojas de guacamaya, el cual ataba debajo de su mentón con dos tiras de algodón. Finalmente, de su nariz colgaba la nariguera de oro con forma de mariposa yacapapálotl, y de las perforaciones de los lóbulos, dos orejeras circulares de obsidiana finamente pulidas, por las cuales pasaban dos tiras de algodón crudo que llegaban hasta sus hombros. Pintura roja, polvo, sudor y hollín hacían de su rostro una máscara que le daba el aspecto de un ser de las hordas del Mictlan.

—¡Hoy es el día en que los tenochcas recuperaremos el tecpan de Axayácatl! —comenzó a decir Ixicóatl cuando todos los hombres se hubieron reunido—. Como ustedes saben, en unos momentos realizaremos el tercer ataque al palacio de Axayácatl bajo la dirección del tlacochcálcatl Coyohuehuetzin. Durante la noche de ayer, varias cuadrillas de valientes tenochcas excavaron fosas al pie del paredón sur del complejo con el propósito de socavar y debilitar la estructura. En estas cavidades colocaron madera, ocote y vasijas llenas de chapopotli, justo debajo de los cimientos que dan sostén al largo muro, mientras honderos y arqueros mexicas barrían el techo con proyectiles y flechas, tratando de brindarles protección. Con la llegada de las primeras luces de la mañana lograron prenderle fuego a la madera, a pesar de las muchas bajas que sufrieron a causa de los proyectiles disparados por los caxtiltecas y los tlaxcaltecas. Las lenguas de fuego lamieron los muros durante todo el día sin que los teteuctin las pudieran apagar, debido a la carestía de agua que sufren. Las llamaradas calentaron los muros ennegrecidos, devorando su cimentación, fracturando la argamasa. ¡Hagamos valer su invaluable esfuerzo, hagámosles saber que no perdieron la vida en vano! —exclamó el capitán, seguido de murmullos de aprobación de sus hombres.

—¡Que prendan todo el palacio, cuauhyáhcatl! —gritó un hombre del grupo con la voz cargada de odio.

—¡Que se incineren todos y cada uno de los perros barbados! —exclamó un segundo.

Un par de guerreros más se sumaron a los gritos, aprobando al primero que había sugerido que quemaran todo el palacio.

—¡Guarden silencio, tenochcas, que el cuauhyáhcatl Ixicóatl está hablando! —dijo Chichilcuauhtli alzando la voz y mostrando amenazadoramente su maza de madera.

El joven guerrero se sorprendió al percatarse de que muchos de los hombres que dirigía apoyaban esa idea como la vía más eficiente y rápida para acabar con los caxtiltecas, importándoles poco si en el fuego moría calcinado el huey tlahtoani, quien se encontraba como prisionero en compañía de gran parte de la familia real, incluidos sus hijos predilectos Chimalcitlalli, Axayacatzin y la consentida Tecuichpotzin, eso sin mencionar a los otros gobernantes que se encontraban en la misma condición. Al parecer, esta idea tampoco sonaba descabellada para algunos miembros de las élites guerreras y sacerdotales de

Tenochtitlan, ni de la familia gobernante, como el radical Cuauhtemotzin, hijo del finado Ahuízotl, quienes creían que el tlahtoani debía ser despuesto y sustituido, y qué mejor forma que una desafortunada muerte acaecida en el incendio del complejo palaciego donde se alojaban los teteuctin. El primo de Motecuhzomatzin y sus seguidores creían que para obtener la victoria total sobre los hombres barbados era necesario un nuevo tlahtoani que pudiera organizar y movilizar los ejércitos imperiales con la suficiente fuerza para exterminar a la facción colaboracionista, que siempre se decantó por evitar un conflicto contra los caxtiltecas, apoyando que se les recibiera en paz y se les diera alojamiento, comida y hospitalidad. No todos pensaron así, incluso cuando reinaba la paz, ya que muchos tlahtóqueh habían insistido en que era necesario expulsar a los cristianos del Cem Anáhuac a través de cualquier medio posible. Entre estos gobernantes se encontraba el tlahtoani de Tezcuco, Cacamatzin, hijo de Nezahualpilli, así como el tlahtoani de Tula, Ixtlicuecháhuac; sin embargo, sus planes fueron denunciados muy posiblemente por el mismo Motecuhzomatzin, quien había sido enterado por los propios conspiradores. Como consecuencia, los dos gobernantes fueron hechos prisioneros por los caxtiltecas y encerrados en el tecpan de Axayácatl.

Por esa razón, y por la pasividad que demostró el huey tlahtoani durante la matanza de Tóxcatl, muchos guerreros coincidían con la idea de que lo mejor era destituir al huey tlahtoani Motecuhzomatzin, líder de la facción colaboracionista, por otro miembro de la familia real. El mismo Chichilcuauhtli creía que el cambio era necesario para obtener la victoria sobre los avariciosos extranjeros; sin embargo, no se permitía compartir su opinión con sus hombres: la obligación de un guerrero era cumplir con su deber obedeciendo las órdenes de sus superiores. En alguna ocasión, un capitán de importancia le preguntó a Ixicóatl su opinión sobre la política de Motecuhzomatzin hacia los caxtiltecas, a lo que contestó que "el guerrero que se inmiscuye en la política del imperio irremediablemente acaba muerto como un peón en el juego de los poderosos". Cuánta razón tenía el cuauhyáhcatl.

Ixicóatl dejó pasar la intromisión sin permitirse mostrar su enojo ante la tontería de incinerar completamente el tecpan y a sus habitantes. Finalmente, los hombres guardaron silencio para continuar escuchando atentamente lo que les decía su capitán, aunque muchos ya estaban enterados de la peligrosa maniobra que habían realizado algunos guerreros esa tarde con el objetivo de fracturar una sección del debilitado y ennegrecido muro sur para facilitar la toma del tecpan. El mismo Chichilcuauhtli había visto el día anterior tres amplias techumbres móviles hechas de dura madera de encino, en cuyos techos colocaron gruesos petates empapados de agua para evitar que fueran incendiados fácilmente. Las estructuras fueron construidas para brindar protección a los guerreros y a los miembros del gremio de lapidarios que utilizarían un pesado tronco a manera de ariete para fracturar los gruesos muros de argamasa y piedra.

—Mientras ustedes, perezosos, tomaban un descanso y llenaban su vientre, esta tarde varias cuadrillas de tenochcas, portando pesados troncos, han golpeado incansablemente los sectores más debilitados del perímetro sur del palacio, exponiendo su vida y sufriendo importantes bajas. Finalmente, hace un momento me informaron que han tenido éxito en su misión, abriendo dos entradas para invadir el complejo donde han hecho fuerte los caxtiltecas.

Algunos guerreros, visiblemente emocionados, lanzaron expresiones de aprobación. Por fin podrían combatir cuerpo a cuerpo contra los invasores y no solamente con dardos y flechas. El capitán Ixicóatl permaneció un momento en silencio, dando espacio a las exclamaciones de sus guerreros, pero sobre todo para darle importancia a lo que iba a decir.

—El tlacochcálcatl, el señor de la Casa de los Dardos y líder de los ejércitos mexicas en estos difíciles momentos, Coyohuehuetzin, nos ha seleccionado, a los guerreros del calpulli de Teocaltitlan, para que seamos los primeros en forzar el combate en las brechas y penetrar en el palacio. ¿Acaso somos dignos de ese gran honor, telpochtin?

—¡Quema, cuauhyáhcatl Ixcuáhual! ¡Claro, capitán Daga Filosa de Obsidiana! —respondieron al unísono los hombres reunidos en la pequeña plazoleta alumbrada por las antorchas que algunos llevaban. Todos levantaron sus armas con emoción.

—¡Demostremos de qué estamos hechos! —rugió Ixicóatl, al tiempo que alzaba su macuáhuitl haciendo resplandecer con la luz de la luna las filosas lajas de obsidiana que decoraban sus costados.

De inmediato un guerrero hizo sonar la caracola marina de la unidad, dando la señal para que todos formaran dos filas para trasladarse hacia el lugar del combate.

Los cuarenta guerreros emprendieron el trote, dirigidos por su capitán hacia el tecpan del cihuacóatl, armados hasta los dientes, en medio de la noche. En su interior se reunirían con las otras nueve unidades del calpulli. Chichilcuauhtli avanzaba cerrando la columna, fácilmente distinguible por su vestimenta y el escudo que portaba, todos rojos. Al ser el segundo al mando, se cercioraba de que nadie perdiera el paso o se atrasara. Se encontraba agotado, pero motivado al saber que tendría la oportunidad de demostrar su arrojo y valor en lo más reñido del combate. Lo movía en gran medida poder aportar su experiencia como guerrero, así como su sangre y sudor, para eliminar a los invasores y liberar al huey tlahtoani, aun a costa de su vida. Sabía que posiblemente sería la última noche de su vida y que quizá abandonaría la tierra sin volver a ver a su amada Yohualcitlaltzin, quien posiblemente ya se encontraba camino al paraíso solar para reunirse con sus ancestros. Cuauhtli era consciente de que si fallecía en combate también se encaminaría hacia el sol, como todos los guerreros que morían en batalla o sacrificados en los altares de los dioses. Si ese fuera el caso y se encontrara con Yohualcitlaltzin en el Tonátiuh Ichan, ¿se reconocerían? ¿Guardarían las mismas emociones que sintieron el uno por el otro en el Cem Anáhuac? Cuauhtli sabía que aun después de la muerte sus sentimientos por ella no cambiarían. Sin duda que el amor trasciende la existencia y la muerte, reflexionó el joven de veintidós años al trotar con sus hermanos de armas. También reflexionó sobre la situación política de Tenochtitlan. A pesar de la masacre que sufrieron los tenochcas, Motecuhzomatzin seguía pasivo, tolerando la presencia de los extranjeros. Cuauhtli llegó a la conclusión de que el huey tlahtoani era en realidad un prisionero desprovisto de todo poder por los teteuctin, y que en realidad poco podía hacer para defender a sus súbditos en esa condición. ¿Quién lo diría? El hombre al que no se le podía mirar a los ojos, el conquistador de más de treinta señoríos, ahora no era más que una simple marioneta de los caxtiltecas. O al menos su pasividad dejaba mucho que desear, pensó el joven guerrero. Posiblemente tenían razón Cuauhtemotzin y su grupo de radicales al pensar que lo mejor era que fuera sustituido en el icpalli por un hombre que no tuviera grilletes en las piernas que le impidieran organizar la resistencia mexica con el propósito de vengar la matanza que los cristianos concretaron. Sin duda que Motecuhzomatzin los estaba defraudando, meditó el joven tenochca.

Capítulo 7

Conforme el contingente de guerreros se fue acercando al palacio de Axayácatl empezaron a escuchar los ruidos del combate, gritos, explosiones, y vieron varias gruesas columnas de humo negro que ascendían, obscureciendo parcialmente la bella luna que iluminaba la ciudad esa noche. Un fino hollín caía de los cielos sobre Tenochtitlan, depositándose sobre el suelo. La columna de hombres avanzaba sobre una calzada que iba de oeste a este dividida en dos: del lado izquierdo era de tierra apisonada, mientras que del derecho era una ancha acequia bordeada por algunos esbeltos y altos ahuejotes. A sus espaldas, Cuauhtli escuchó a la distancia el agua siendo removida por remos, así como algunas voces. No había transcurrido mucho tiempo cuando vio pasar por la acequia tres largas canoas tripuladas cada una por al menos veinte guerreros, la gran mayoría con el cuerpo pintado de negro, vistiendo sus petos acolchados. En la parte frontal de cada canoa viajaban los capitanes y los campeones de guerra, quienes llevaban las insignias atadas a sus espaldas, los tocados de plumas de águila y garza, y daban gritos de batalla animando a sus hombres. Rápidamente las tres canoas adelantaron a la columna de hombres que trotaban por la calzada, avanzando a gran velocidad por el ancho canal, en dirección al embarcadero que se encontraba en la gran plaza del tianquiztli de Tenochtitlan, listos para integrarse a la refriega. Al pasar las canoas, Cuauhtli fijó la mirada en un fornido sacerdote guerrero que protegía su cabeza con un yelmo en forma de testa de coyote de intenso color azul obscuro. Sobre su cuerpo llevaba un tlahuiztli del mismo color hecho de grueso algodón, mientras que sobre su espalda llevaba atada una estructura de carrizos donde ondeaba un estandarte con la representación de la deidad Mictlantecuhtli, señor del inframundo. Muy posiblemente se trataba de sacerdotes vinculados al culto de la deidad descarnada del barrio de Yaotlica, donde se encontraban su templo y el de su consorte, Mictecacíhuatl. Los sacerdotes guerreros dirigían a sus discípulos y a un puñado de jóvenes de su calpulli a la batalla. El hombre, vestido con los atributos del yohualcóyotl o coyote nocturno, iba de pie sobre la canoa, tocando una esbelta flauta de barro cocido, cuyas notas conformaban una melancólica pero hermosa melodía que paulatinamente se fue perdiendo a la distancia, entre el humo que cubría el centro de la capital mexica.

Al poco tiempo, los guerreros del barrio de Teocaltitlan avistaron la plaza del mercado de Tenochtitlan, donde reinaba una intensa actividad, algo no muy común en las noches de la capital mexica. Grupos de hombres, listos para el combate, avanzaban hacia el tecpan donde se alojaban los caxtiltecas. Otros sacaban a los heridos para que fueran atendidos. Algunos cargadores llevaban haces de leña con los mecapales colocados sobre sus frentes. El grupo de guerreros giró hacia el norte siguiendo los pasos de Ixicóatl e ingresó al palacio del cihuacóatl por el sur, subiendo la escalinata que se encontraba debajo de un alto pórtico flanqueado por grandes braseros con forma de cabeza de serpiente.

—¡Cuidado con los proyectiles, valientes tenochcas! —exclamó uno de los guardias apostados bajo el pórtico que vigilaba el acceso. El guerrero llevaba la mitad inferior del rostro pintada de azul y la superior de amarillo, mientras que su cuerpo iba protegido por un peto de algodón decorado con algunas plumas—. ¡Muévanse! Mantengan el paso despejado —concluyó, señalando con impaciencia hacia el patio del complejo.

Y tenía razón para mostrarse impaciente, ya que por los escalones entraban y salían cientos de tenochcas, algunos en solitario y otros formados en largas filas, la gran mayoría fuertemente armados. Los hombres del barrio de Teocaltitlan entraron al patio norte del complejo palaciego, un amplio espacio recubierto de lajas de piedra rosada y rodeado de diversos salones cuyos muros estaban decorados con coloridos murales. Al fondo, en el lado oeste del patio, se levantaba un templo de cuatro cuerpos sobrepuestos, con una ancha escalinata que conducía a un adoratorio en la parte superior. La explanada bullía de actividad, pues era uno de los bastiones donde se concentraban las fuerzas mexicas para asolar a los caxtiltecas y dentro de sus muros estaban congregados varios miles de guerreros, cargadores, sacerdotes y sanadores. Numerosas escaleras hechas de troncos habían sido recargadas contra los salones que daban al norte, por donde subían incontables guerreros para posicionarse sobre el techo del palacio y disparar sus dardos contra el palacio contiguo donde se refugiaban los cristianos. Cuauhtli observó en un rincón del patio varios petates colocados sobre el suelo, donde algunos sanadores atendían a los heridos ante la luz trémula de algunas fogatas que también buscaban brindar calor. Siguiendo los pasos de Ixicóatl en medio de los diversos grupos de personas que corrían de un lado al otro, los cuarenta y un hombres entraron a uno de los grandes salones, donde en tiempos de paz se impartía justicia por el cihuacóatl y un consejo. En dicho salón se habían congregado las diez unidades del calpulli de Teocaltitlan, alrededor de cuatrocientos efectivos en total. Dentro del gran salón iluminado por antorchas, Cuauhtli encontró a una multitud preparándose para el combate. Algunos se saludaban y conversaban mientras otros revisaban las cuerdas de sus arcos, contaban sus dardos o ajustaban las correas de sus petos, ajorcas y sandalias. En una de las esquinas, varios hombres bebían pinolli de unas sencillas jícaras. Se trataba de una bebida muy popular hecha a base de maíz tostado y molido, muy útil para alejar el cansancio, el sueño, y recobrar las fuerzas. Muchos de los presentes saludaron efusivamente a los guerreros de Ixicóatl que entraban al gran salón, pues eran amigos y vecinos desde la niñez, así como hermanos de sangre al haber participado juntos en las innumerables guerras que habían librado los ejércitos de la Triple Alianza. A pesar de que todos pertenecían a la unidad de guerreros del mismo barrio, era la primera vez que se reunían en su totalidad desde la masacre de Tóxcatl, esto debido a las diferentes tareas que se les habían asignado en los últimos días y a las distintas posiciones que ocuparon dentro de la ciudad.

—Telpochtin, prepárense para el combate, revisen su equipo, cuenten sus dardos y flechas —exclamó Ixicóatl mientras se dirigía al extremo oeste del gran salón, donde se encontraban sentados sobre petates alrededor de un fuego los campeones y capitanes rodeando al señor de la guerra del barrio, el cuáuchic Tezcacóatl Ce Miquiztli, quien les hablaba efusivamente. Chichilcuauhtli ya se saboreaba una deliciosa jícara de pinolli perfumado con tlilxóchitl o vainilla cuando su capitán le dirigió la palabra, al tiempo que le sujetaba el hombro—: tú no tienes permitido descansar, jovencito. Es importante que tú también conozcas los planes y las órdenes del cuáuchic Tezcacóatl, en caso de que algo me suceda en la batalla que nos espera. Recuerda que eres el segundo al mando de nuestra unidad —Chichilcuauhtli asintió y de inmediato siguió los pasos de su superior, reprimiendo su deseo por la bebida elaborada con maíz.

Los dos hombres se aproximaron al apretado grupo que revisaba un plano de grueso papel amate colocado al frente del cuáuchic. Ixicóatl se sentó, ocupando un espacio que estaba reservado para él, mientras que Chichilcuauhtli permaneció de pie, recargado sobre uno de los muros estucados cerca de una antorcha hecha de madera de ocote que ardía intensamente, brindando calor y luz. Justo a su llegada, Tezcacóatl, "el de un ojo", empezaba a explicar con su gruesa y ronca voz el ataque que estaban por realizar. En el plano se podía observar el recinto ceremonial con cada uno de sus templos y los palacios y jardines que lo rodeaban, así como las acequias, calzadas y callejones del área. Un cuadro dibujado con tiza de color rojo marcaba el lugar donde se encontraba el tecpan de Axayácatl. También se apreciaban flechas y círculos que representaban las unidades que participarían en la reyerta.

—Cualli tlapoyahua —empezó diciendo con una voz gruesa, templada—. Hoy el estandarte de nuestro barrio ondeará en la primera línea de combate, para nuestro honor y el de nuestros abuelos —su único ojo miraba con intensidad a los presentes, siempre debajo de su ceño fruncido y de sus obscuras cejas pobladas. Debajo de su labio inferior se podía apreciar un fino bezote fulgurante que recreaba la cabeza de un águila real, hecho de un jade de intenso color verde—. En unos momentos, cuando suenen las caracolas, saldremos por el acceso norte de este palacio y atacaremos una de las dos brechas que han logrado abrir en el muro nuestros hermanos esta tarde, la localizada al este. Tiene una anchura de seis brazos, por lo que habrá suficiente espacio para que la vanguardia de nuestro ataque use las largas lanzas de madera tostada, de tres brazos de largo, que hemos preparado para hacer retroceder a los caxtiltecas y lograr acceder al palacio de Axayácatl. Contaremos con la cobertura de otras unidades desde el techo del palacio del cihuacóatl, así como desde nuestros flancos, quienes nos brindarán protección con los proyectiles de sus hondas, arcos y lanzadardos. ¡Recuerden, tenochcas! —exclamó alzando la voz el veterano guerrero y arrugando amenazadoramente la frente—. La prioridad es mantener la brecha abierta por el mayor tiempo posible para que puedan entrar los contingentes de guerreros de los calpultin de Tlacocomulco y Yopico, que vendrán detrás de nosotros —el cuáuchic calló por un momento, examinando los rostros de sus capitanes y campeones, quienes permanecían en silencio con la mirada fija en el plano, consciente de lo difícil de la tarea y de que muchos de sus hombres dejarían la vida en la apertura maldita.

Chichilcuauhtli escuchó con atención al cuáuchic, emocionado por ser uno de los hombres que formarían parte de la vanguardia del ataque, listo para morir en defensa de Tenochtitlan si era necesario. Mantenía la mirada fija en el plano cuando escuchó murmurar a un hombre que se encontraba de pie a su lado: "será un duro combate". No pudo estar más de acuerdo con la sencilla apreciación. El joven sabía que los caxtiltecas podían ser ambiciosos, perezosos, incluso taimados, pero eran excelentes combatientes y manejaban con destreza sus armas. Gracias al material con el que estaba hecho su armamento, tenían una amplia ventaja en el combate cuerpo a cuerpo, mientras que a la distancia la situación se equilibraba, por lo que siempre era riesgoso entablar un ataque directo contra ellos por la cantidad de bajas que podían sufrir las huestes mexicas. Aun así, Tezcacóatl confiaba en sus hombres, pues conocía su valor y destreza, sabía que darían una dura pelea a costa de su vida. El veterano guerrero, que seguía observando los rostros de sus capitanes, llevaba el peinado tradicional de un cuáuchic, rapado de los costados y con una franja de cabello que iba de la frente a la nuca, de donde colgaba un quetzalilpiloni, un tocado de dos borlas hechas de piel de conejo guarnecidas de oro, de donde pendía un abanico de plumas de quetzal que llegaban hasta la espalda. La parte inferior de su rostro iba pintada de negro y la superior de rojo, lo que le daba un aspecto aterrador. Dos pesadas orejeras de piedra verde colgaban de sus distendidos lóbulos, mientras que un bezote de jade con forma de cabeza de águila adornaba su rostro, justo debajo de su labio inferior. Finalmente, vestía un traje completo confeccionado con cientos de plumas amarillas de intenso color y llevaba sobre la espalda un armazón hecho de otates, al cual estaba sujeto el pantli o estandarte de quetzaltzitzímitl. Se trataba de un cráneo decorado con una peluca rizada y largas plumas de quetzal. Era la divisa que todos los hombres del barrio de Teocaltitlan seguirían en batalla y a la cual tratarían de defender, así como a su portador. Los cuauchíqueh eran los mejores combatientes del ejército de la Triple Alianza. Para ingresar a esta sociedad guerrera era necesario capturar en batalla a seis enemigos y haber realizado al menos diez proezas. Eran hombres admirados por su desprecio a la muerte, por guardar la templanza en los peores momentos y por combatir siempre en la primera línea. Por esa razón eran recompensados con tierras, concubinas, tilmas de algodón y otros privilegios, como comer en el palacio de Motecuhzomatzin. A pesar de su destreza y experiencia en combate, pocos cuauchíqueh alcanzaban la edad de Tezcacóatl, treinta y ocho años, y muchos menos lograban jubilarse debido a las enormes bajas que sufrían en los combates como consecuencia de su arrojo y valor.

Tezcacóatl continuó:

—Las unidades de la Chicuace (seis) a la Matlactli (diez) protegerán los flancos, mientras que las Ce (uno), Yei (tres) y Macuilli (cinco) encabezarán el ataque conmigo, seguidas por el resto de los escuadrones —entonces en verdad tendremos el honor de comenzar la danza, reflexionó Cuauhtli al escuchar que la unidad Yei, comandada por Ixicóatl, se ubicaría en la vanguardia del ataque, siguiendo los pasos del propio cuáuchic Tezcacóatl—. Que Huitzilopochtli guíe nuestros pasos, alejando el miedo y la duda. ¡Capitanes de las tropas de vanguardia! En el patio encontrarán las largas lanzas de madera que portarán. Asegúrense de que al menos diez hombres de su contingente se armen con ellas. Recuerden, así como el jade se quiebra y las preciosas plumas se rasgan, nuestras vidas terminan, no sin dejar huella en lo que hicimos en vida. ¡Combatan como el colibrí zurdo, combatan como poetas del sol! —exclamó emocionado.

Un segundo cuáuchic gritó:

—¿Quién podrá conmover los cimientos del cielo?

A lo que los hombres presentes, entre ellos Ixicóatl y Chichilcuauhtli, respondieron emocionados:

—¡Con nuestras flechas y escudos, Mexihco-Tenochtitlan subsistirá! ¡Por nuestro calpulli!

No habían terminado la frase cuando sonaron las caracolas desde la cima del templo ubicado en el patio norte del palacio, haciendo un llamado a los guerreros tenochcas a fin de que se prepararan para el combate. Había llegado el momento. De inmediato los capitanes de unidad se incorporaron, tomaron sus armas y bramaron órdenes a sus hombres, algunos de los cuales todavía masticaban un pedazo de tamal o sujetaban sus jícaras con pinolli. Algunos capitanes no vacilaron en tirarles de un golpe las jícaras o sujetarlos de la cabeza para que se despabilaran y formaran lo más pronto posible.

—¡Muevan esos traseros si no quieren una golpiza! —gritó a sus guerreros un fornido telpochtlátoh, un instructor del telpochcalli del barrio donde educaban a la juventud de Teocaltitlan, de nombre Matlactli Huitzilíhuitl.

Aquellos guerreros que pertenecían a las unidades que iban a encabezar el ataque salieron apresurados al patio central, donde encontraron las largas lanzas de madera tostada, al menos cincuenta, muy largas, con afiladas puntas con las cuales empujarían a los caxtiltecas al interior de los aposentos de su improvisada fortaleza. Podían ser sujetadas por uno o hasta tres hombres. Chichilcuauhtli, al ser el segundo al mando de una de las unidades que encabezarían el ataque, se aseguró de que los diez hombres, él incluido, se armaran con las largas lanzas.

—¡Cuidado con esas malditas estacas! —gritó Ixicóatl a un hombre que casi golpea a otro cuando alzaba una de ellas para colocarla sobre su hombro—. ¡No queremos sufrir bajas innecesarias, joven Popocatochtli!

Rápidamente los hombres de la unidad Yei del calpulli de Teocaltitlan se formaron en dos líneas detrás del cuáuchic Tezcacóatl, quien se encontraba acompañado de otros tres guerreros cuauchíqueh, impaciente por comenzar el combate.

—¡Estamos completos y listos, cuauhyáhcatl Ixicóatl! —gritó Chichilcuauhtli después de contar a los hombres. Momentos después volvieron a rugir las caracolas, dando la indicación de combatir.

—¡Bien! —respondió Ixicóatl—. ¡Que el Dador de Vida ilumine nuestro camino!

—¡Avancen! —gritaron los cuauchíqueh que acompañaban a Tezcacóatl, quienes emprendieron el trote a través del patio para salir por el pórtico norte del palacio del cihuacóatl, dar los cuarenta pasos necesarios para cruzar la calzada que los separaba del tecpan de Axayácatl y los castellanos, y cargar sobre la brecha.

—¡Conmigo, valientes tenochcas! —alcanzó a gritar Ixicóatl momentos antes de cruzar el pórtico y que se desatara el caos.

Capítulo 8

Al atravesar el pórtico me encontré en el mismísimo Mictlán. Sobre nuestra cabeza volaban cientos de piedras propulsadas por las hondas de los tenochcas que disparaban desde el techo del palacio del cihuacóatl hacia los caxtiltecas y tlaxcaltecas ubicados en la azotea del tecpan de Axayácatl, quienes a su vez respondían con las detonaciones de sus bastones de fuego los primeros, con saetas y flechas los segundos. Como consecuencia de este intercambio de proyectiles, la calzada que separaba ambos palacios se encontraba cubierta de piedras, flechas rotas, plumas rasgadas y troncos de madera aún ardiendo desperdigados por doquier, así como de los cuerpos de los combatientes que habían sido abatidos. Algunos proyectiles fueron certeros al impactar en los miembros de la primera unidad del barrio que avanzaba en la vanguardia. Yo trotaba detrás de ellos, siguiendo los pasos del capitán Ixicóatl, como también lo hacían los cuarenta guerreros que conformaban el tercer contingente del barrio de Teocaltitlan. Algunos de los hombres, yo incluido, llevábamos sobre los hombros las largas lanzas, listos para utilizarlas contra los invasores tan pronto estuviéramos en posición.

—¡Cuidado dónde pisan, guerreros! —alcancé a gritar cuando casi tropiezo con uno de los grandes pedruscos que estaban esparcidos por el piso de lajas de piedra.

Seguramente mi advertencia fue escuchada solo por los hombres que me rodeaban, ya que había mucho ruido y esto hacía difícil oír las órdenes de nuestros superiores. Detonaciones, gritos, alaridos, flechas silbando, el rugir de caracolas, el retumbar de los huehuémeh, todo se sumaba causando una gran algarabía. Los leños y vigas de madera ennegrecida apilados contra los muros del tecpan que aún ardían redujeron mi visibilidad, pues de ellos todavía emanaba gran cantidad de humo y también por algunos charcos de chapopotli que seguían quemándose. Aun así, a la distancia alcancé a ver el muro partido, roto y ennegrecido, parcialmente oculto por un cúmulo de escombro de tezontle, piedra, argamasa y estuco provenientes de la propia pared colapsada. El montón de materiales, entre los cuales emergía uno que otro tronco carbonizado, no sería un obstáculo difícil de superar, pensé; sin embargo, era evidencia de lo duro de los combates que se libraron con el objetivo de fracturar el perímetro del palacio que ocupaban los caxtiltecas. Incluso del lado derecho del muro seguían consumiéndose importantes cantidades de madera. Al parecer había sido apilada a un costado para no estorbar la carga de los guerreros. Entre las ruinas pude ver algunos cuerpos de valientes mexicas que yacían tendidos sobre las piedras, algunos decapitados, otros parcialmente quemados, otros con alguna extremidad mutilada. Lamentablemente no hubo oportunidad de retirar los cuerpos debido a la constante lluvia de proyectiles que eran intercambiados entre ambos bandos desde la tarde anterior.

—¡No se rezaguen! —grité al levantar la mirada y ver varias sombras sobre el pretil, al menos diez, apuntando sus bastones de fuego contra nosotros mientras dábamos los cuarenta pasos necesarios para cruzar la calzada.

¡Bum! ¡Bum! ¡Bum! Desde las alturas escuché el ruido ensordecedor y los fogonazos provenientes de los bastones de los caxtiltecas. Cozcacuauhtli, hombre de veinticuatro veranos, padre de dos niños, quien participó en la guerra contra Tzotzollan capturando a un prisionero, fue alcanzado en el pecho por alguna de esas detonaciones ígneas. Escuché el golpe secó acompañado de su grito apagado al ser derribado justo a mi lado.

—¡Cozcacuauhtli! —exclamé mientras trataba de sostenerlo del hombro, pero no me fue posible evitar su caída ni detener mi paso dentro de la multitud de hombres en la que me encontraba.

La respuesta a esa ofensiva fue inmediata por parte de los tenochcas, quienes primero les gritaron innumerables improperios e insultos a los cristianos a la distancia, para después lanzarles cientos de piedras propulsadas por sus hondas, las cuales silbaban al cortar el aire sobre nuestra cabeza, impactando en las almenas decorativas que se erguían sobre el pretil del techo del palacio, así como en los resistentes y brillantes petos y cascos de nuestros oponentes, que parecían estar hechos de iztateocuítlatl, la pálida plata.

Frente a los tenochcas que encabezaban el ataque, entre pedazos de madera quemada y una montaña de escombros, aparecieron los rostros de los caxtiltecas, quienes también portaban lanzas. Escuché el grito de los valientes cuauchíqueh y los guerreros de la vanguardia momentos antes del choque entre ambos contingentes, cuando ya subían por el montón de piedras y sujetaban con fuerza las largas lanzas de madera, apuntando a los rostros de los defensores. Los hombres barbados dispararon desde el interior del palacio sus arcos mecánicos hechos de madera, hierro y cuerdas, a los que llamaban ballestas. Seguidos de un chasquido volaron los dardos, algunos de ellos impactándose en el cuerpo de nuestros hermanos del contingente Ce o uno, quienes cayeron sobre el montículo de escombros.

—¡Valientes hijos de Huitzilopochtli, demuestren su valía! —exclamó un hombre desde la avanzada.

Lo distinguí entre las decenas de guerreros que encabezaban nuestro grupo. Aferraba con las dos manos una de las lanzas, empujando con otro compañero el montículo de escombros y piedras, al tiempo que avanzaba tratando de alcanzar a algún caxtilteca. Los hombres que portaban las largas lanzas fueron acomodándolas de manera que dieran espacio a que los hombres que blandían sus mazas, dagas y macuahuime se adelantaran hasta combatir mano a mano con los teteuctin. Tezcacóatl, con una increíble agilidad, subió sobre los escombros armado con su yaochimalli y su macuáhuitl, seguido de un par de cuauchíqueh. El primero desvió una estocada de una lanza con su macuáhuitl, acercándose peligrosamente al hombre que la sujetaba, quien viendo las intenciones del tenochca trató de retroceder, pero fue muy tarde. El cuáuchic de un tajo rebanó músculo, tendones y hueso, cercenando su cabeza. Los caxtiltecas que se encontraban detrás atacaron con sus espadas, por lo que Tezcacóatl tuvo que retroceder unos pasos, desviando las estocadas con su macuáhuitl, fracturando las filosas y frágiles lajas de obsidiana en el proceso. Detrás de él, más guerreros seguían sus pasos, avanzando con gran destreza entre las largas lanzas para sumarse al combate a corta distancia.

—¡Están lanzando piedras desde el pretil! —gritó súbitamente un tenochca detrás de mí.

Después siguió Ixicóatl, haciendo sonar su potente voz:

—¡Protejan su cabeza!

Las advertencias me hicieron volver la mirada hacia arriba y ver entre el humo a varios tlaxcaltecas, quienes dejaron caer pesadas piedras desde el techo del palacio sobre la multitud que se arremolinaba, cada vez con menos espacio disponible, al pie de la brecha del muro.

Algunos hombres escucharon la advertencia y protegieron su cabeza con los escudos, logrando que algunas piedras se desviaran, pero otras rompieron brazos y escudos, provocando intensos alaridos de dolor. Casi de inmediato, de las unidades que cuidaban nuestos flancos al menos treinta dardos salieron disparados contra los perros adoradores de Camaxtli. Varios colapsaron, atravesados por nuestras varas tostadas, para ser reemplazados por nuevos combatientes que portaban más piedras. Las dejaron caer nuevamente rompiendo cráneos, fracturando huesos y deteniendo temporalmente el ímpetu de nuestro ataque.

—¡Ataquen a esos cuilones! ¡Sigan el quetzaltzitzímitl de Tezcacóatl! ¡Alcancen la brecha! —estos eran los gritos que escuchaba a mi alrededor. Algunos de angustia y miedo, otros cargados de coraje y valor.

Mientras descendía la larga pica de madera de mi hombro y maniobraba con otro guerrero que seguía mis pasos para tenerla lista para el combate, vi cómo algunos guerreros pasaban a mi costado, quienes a base de empujones y codazos se iban abriendo camino para llegar a la apertura, evitando ser blancos fijos. Al llegar a la vanguardia superaban con facilidad el montículo de escombros para saltar sobre los teteuctin, al tiempo que desviaban con sus mazas y macuahuime los ataques de picas y espadas, a pesar del reducido espacio con el que contaban. Los menos afortunados caían atravesados por las armas de los enemigos, aunque la gran mayoría continuaba combatiendo en la primera línea con un furor suicida. Llegamos al punto en que fueron tantos los guerreros que trataban de alcanzar la brecha, que difícilmente podíamos blandir nuestras armas debido a lo apretados que estábamos, lo que facilitaba que nuestros enemigos pudieran causarnos mayores bajas. Ixicóatl se percató de que la única forma de salir de ese cuello de botella era empujando hacia el frente, hombro con hombro, pica con pica, con todo y los riesgos que conllevaba ese avance desesperado. Era eso o solamente cuestión de tiempo para que fuéramos masacrados sin poder movernos.

—¡No se queden parados! ¡Avancen, valientes tenochcas! ¡Pasos pequeños pero constantes! —de inmediato una exclamación se hizo escuchar entre nuestros hombres, quienes al instante empezaron a avanzar lenta pero constantemente, mientras que algunos guerreros que trataban de llegar a la vanguardia corriendo y empujando calmaron sus bríos.

Seguí el ritmo de los hombres que me rodeaban mientras sujetaba con ambas manos la larga pica de madera, apuntando hacia al frente pero ligeramente levantada sobre las cabezas de los guerreros, al tiempo que el cuauhyáhcatl desviaba con su chimalli una piedra lanzada desde el techo y que iba dirigida a mi cabeza. No tuve oportunidad de agradecerle, pues ya nos encontrábamos a algunos pasos del montículo de escombro al pie de la brecha, donde ya se combatía con fiereza. Conforme subía la pequeña montaña de piedra observé a varios pasos de distancia a algunos caxtiltecas que se batían como fieras del Mictlan tratando de contener nuestro avance. Con sus espadas de acero acuchillaban y golpeaban de manera desesperada, viéndose superados y acosados por sus flancos, por lo que retrocedían lentamente. Fijé la atención en un cristiano rubio con peto metálico que acababa de abatir a un tenochca.

—¡Vamos, Xochíyoh! Sobre aquel hombre —le ordené al guerrero que iba detrás de mí sosteniendo la misma pica que yo. Señalé al hombre rubio armado con su espada.

—¡Quema! ¡Quema! —me respondió.

Apuntamos la larga asta hacia el hombre, quien ya se encontraba ocupado desviando las embestidas simultáneas de otras dos lanzas, por lo que se veía completamente rebasado. No podía retroceder debido a que a sus espaldas esperaban más caxtiltecas y tlaxcaltecas listos para entrar a la refriega. Finalmente cayó de bruces, gritando cuando una punta de las largas estacas le atravesó la pierna. Un tlaxcalteca lo reemplazó, pero también se vio en gran desventaja al enfrentar tantas lanzas con su macuáhuitl y su chimalli. Con fuerza, Xochíyoh y yo empujamos la pica de madera logrando atravesarle el pecho, al tiempo que lanzaba un grito de dolor. Retrocedió unos pasos entre la multitud de los defensores, quienes lo ayudaron para sacarlo de la primera línea del combate.

A partir de ese momento el avance fue constante hacia la brecha, permitiendo la entrada de los primeros mexicas al interior del palacio.

Entre el humo, los dardos y los alaridos distinguí el cráneo con plumas de quetzal que portaba Tezcacóatl, quien parecía un espectro del inframundo. Estaba cubierto completamente de sangre, con cuatro flechas clavadas en el grueso peto de algodón que protegía su torso. Se había colocado a un lado de la brecha, alentando a los hombres a que avanzaran al interior del palacio y dando instrucciones a algunos capitanes que pasaban frente a él.

—¡Avancen, hijos del Mictlan, si no quieren que los acabe yo mismo! —vociferaba desesperado, incitando a los guerreros a proseguir.

Al encontrarme separado de él por alrededor de cuatro hombres, pude apreciar que sangraba profusamente de un lado del rostro, pero eso no era justificación para que se retirara, y menos si pertenecía a la sociedad guerrera de los cuauchíqueh, los tonsurados, quienes prometían ser los primeros en entrar en combate y los últimos en retirarse. Parecía que el líder de nuestro barrio se percataba de que nuestro avance era constante y que la estrategia de usar lanzas de madera estaba dando resultado, por lo que quería aprovecharla. Nuestro empuje había permitido a algunos de nuestros hombres superar el boquete para llevar el combate unos pasos dentro del perímetro del palacio. Entre las sombras y el humo pude escuchar el ruido metálico de las armas de los caxtiltecas chocar con los macuahuime, las lanzas y las mazas de dura madera de encino. Mientras tanto, yo seguía dando paso tras paso, subiendo por la montaña de escombros, a una corta distancia de alcanzar los gruesos muros quebrados. A mi lado cayó otro guerrero, cuyo pecho fue atravesado por un largo dardo. No pudo gritar debido a que la sangre llenó su garganta y pulmones.

—¡Tenochcas! ¡Parece que lo lograremos! —exclamó emocionado el cuauhyáhcatl Ixicóatl—. ¡Solo unos pasos más, águilas y jaguares!

Los guerreros que dirigíamos de inmediato respondieron al unísono: "¡Quema, tlapáltic! ¡Quema, tlapáltic!". Mi corazón se llenó de júbilo y emoción al escuchar las palabras de mi superior, quien avanzaba frente a mí con su macuáhuitl en mano. En verdad parecía que la victoria se decantaba hacia nuestro lado. Cuando parecía que nada nos detendría de tomar la brecha y yo alcanzaba la cima de escombros seguido de Xochíyoh, se escuchó un enorme estruendo, así como un gran resplandor que surgió desde el interior del palacio. ¡Buuum! Fuego y humo. En ese momento fuimos barridos por la detonación, y al menos una decena de guerreros cayó al suelo, entre ellos Ixicóatl y yo. Mi yelmo puntiagudo de plumas rojas de guacamaya salió despedido por los aires cuando fui golpeado con fuerza por la cabeza de un guerrero que se proyectó contra mí por la explosión, cayendo ambos sobre el tezontle y la argamasa. El humo acompañó los gritos de los hombres heridos y derribados por el estallido. Todo se obscureció por un momento. Me encontré sobre el suelo, desconcertado y conmocionado, como muchos otros hombres. A pesar del fuerte golpe noté que no estaba herido. Me incorporé lentamente mientras el mundo me daba vueltas, entre el humo y los dardos que volaban a mi alrededor. Una densa nube de humo cubrió la zona, haciendo que el ataque se detuviera por un instante.

—¿Xochíyoh? —pregunté por el guerrero que sujetaba conmigo la larga lanza de madera.

Lo busqué con la mirada a mi alrededor, pero no lo encontré ni obtuve respuesta. De inmediato busqué a Ixicóatl y me percaté de que estaba tirado a unos pasos de mí, inmóvil, cubierto de polvo sobre el suelo. En ese momento me di cuenta de que fue él quien salió despedido hacia mí, golpeándome el hombro con su cabeza.

—¿Cuauhyáhcatl? —le pregunté al acercarme y agacharme para ayudarlo. Se encontraba con la mirada perdida, viendo hacia el cielo, con su ichcahuipilli destrozado y cubierto de su sangre—. ¿Ixicóatl? —volví a preguntar sujetando uno de sus brazos, el cual se encontraba flácido.

Era evidente que dos proyectiles habían impactado en su torso, uno de ellos muy cerca del corazón, causándole una muerte casi instantánea. Su expresión no reflejaba dolor ni sufrimiento, sino tranquilidad, a pesar de su mirada petrificada para la eternidad. Me agaché nuevamente para arrancar de su pecho el collar de piedra verde con coral rojo que siempre había portado desde el mismo día en que lo conocí, hacía más de cinco inviernos atrás. Decidí conservarlo para dárselo a su esposa. Mis ojos se enrojecieron ante la tristeza que embargó mi corazón por la muerte de mi compañero de armas.

—Hermano, que tu viaje sea como una flecha disparada hacia el sol —murmuré al tiempo que cerraba sus ojos con mi mano.

Al incorporarme sentí el golpe de una saeta que se impactaba en mi grueso peto de algodón, mientras escuchaba las detonaciones, los gritos desesperados, incluso las órdenes exclamadas por el cuáuchic Tezcacóatl, quien, al parecer, milagrosamente seguía vivo combatiendo en la primera línea. El ataque se había transformado en una carnicería, reflexioné ajeno a mi realidad, tratando de recuperar la cordura. A mi alrededor pasaron corriendo decenas de hombres, tanto de nuestro barrio como de otros, valerosos hombres que despreciaban la muerte, gritando improperios a los caxtiltecas, con sus marcas de guerra y sus hermosos tocados de plumas iridiscentes. Busqué a los hombres de mi unidad, a alguno de los cuarenta que dirigíamos Ixicóatl y yo. Para mi sorpresa no pude ubicar a ninguno, pues todo era caos, polvo y muerte a mi alrededor. Nuestras unidades habían perdido cohesión y se encontraban disgregadas al pie de la brecha, mezcladas con hombres de otros barrios de Tenochtitlan. El ataque parecía volver a tomar fuerza con unidades frescas que se iban sumando, aunque algunos hombres se retiraban del combate arrastrando a sus hermanos de armas heridos o simplemente huyendo. Busqué la lanza que llevaba, la cual fácilmente recuperé del suelo para volver a sumarme a la embestida. No había dado dos pasos cuando escuché una segunda explosión que lanzó decenas de fragmentos de piedras, argamasa y municiones contra los guerreros que se arremolinaban frente a la brecha. ¡Buuum! Nuevamente el destello mortífero, rodeado de humo y muerte. Ante mis ojos volvió a caer una decena de hermanos impactados por los proyectiles, y yo sentí un fuerte golpe en mi mano izquierda, acompañado de un intenso dolor. Caí de rodillas al percatarme de que había perdido dos dedos, el meñique y el anular. Mis heridas sangraban copiosamente, por lo que aferré mi muñeca con fuerza para tratar de detener el sangrado. A pesar de lo que hubiera pensado, no sentía dolor en la mano. Era más una sensación de adormecimiento en todo mi brazo izquierdo. Por alguna extraña razón me quedé ahí, ajeno a los dardos que volaban sobre mi cabeza, sujetando mi mano. No intenté escapar para salvar la vida, ni tampoco me esforcé por levantarme y continuar el ataque. En ese momento la vida y la muerte me parecieron indiferentes. Entonces escuché el rugido de las caracolas sonando desde el techo del palacio del cihuacóatl. Era la señal de retirada. El ataque había finalizado.

—¡Cuauhtli! —escuché una voz llamarme.

Se trataba de Itzmixtli, un joven orfebre de mi barrio que a pesar de tener solamente veinte inviernos destacaba por su habilidad en el uso del lanzadardos. Su rostro estaba cubierto de sangre, confundiéndose con la gruesa línea negra, símbolo de la guerra, que rodeaba sus ojos. Llegó corriendo desde un costado.

—Vamos, hermano. Tenemos que abandonar este campo de muerte antes de que sea tarde —dijo mientras me levantaba por los hombros. Jaló mi chimalli, al cual le faltaba la mitad superior, y apretó fuertemente mi muñeca—. Estarás bien, nada de que preocuparse, hermano —agregó.

Con su ayuda corrimos lo más rápido que pudimos entre centenares de guerreros que se retiraban hacia los accesos norte del palacio del cihuacóatl y hacia el oriente, rumbo al recinto ceremonial.

—No logramos derrotarlos —exclamé debilitado, al tiempo que saltaba para esquivar un cadáver y evitaba chocar con otro guerrero, mientras apretaba mi muñeca tratando de detener el sangrado.

—Al menos en esta ocasión no, Cuauhtli, pero vendrán otras. Debemos ser pacientes para cobrar la venganza que más pronto que tarde llegará, hermanito —contestó, entretanto subíamos la atestada escalinata para atravesar el pórtico norte del palacio entre cientos de guerreros que se retiraban.

—¡Tengo un herido! —escuché a Itzmixtli gritar con desesperación al entrar al patio donde miles de hombres corrían hacia diferentes direcciones.

Algunos iban bañados en sangre, buscando a alguien que tratara sus heridas, mientras que otros subían al techo de los salones del palacio para acosar a los caxtiltecas, que salieron del palacio aprovechando el caos que provocaron con sus máquinas de guerra. Algunos sanadores se instalaron bajo la protección de los pilares y los techos que sostenían, donde empezaron a brindar atención a los guerreros heridos, tratando de salvarlos de las frías garras de la muerte o al menos de mitigar su sufrimiento. Los llamados de Itzmixtli fueron efectivos, pues al poco tiempo vi un tepatiani, un sanador, acercarse a mí para revisar mi mano. Observé su largo cabello negro sujetado detrás de su espalda, la pintura amarilla y negra que cubría su rostro, su larga tilma negra y sus ojos obscuros examinando mi mano. Me esforcé en mantenerme despierto, a pesar del gran cansancio y sueño que sentía.

—Se está desangrado, tepatiani —escuché decir a Itzmixtli, quien al parecer no había sufrido ninguna herida de importancia.

—Ha perdido mucha sangre —afirmó el sanador al tiempo que sacaba de su morral un largo pedazo de tela y lo empezaba a enrollar fuertemente en mi muñeca—. ¡No te duermas, jovencito! —me dijo el sanador—. ¡Vamos a curarte!

Asentí invadido por el sueño y el malestar.

Antes de perder la consciencia frente al sanador e Itzmixtli, alcancé a murmurar: "Ma iciuhca miquican".

Que mueran pronto.

3. MONTEZUMA
Día once de la veintena Tecuilhuitontli, año Ome Técpatl
23 de junio de 1520

CAPÍTULO 9

El sol apareció entre las montañas del oriente del valle, anunciando la llegada del día número treinta y dos del sitio impuesto a los hispanos en el palacio de Axayácatl, al oeste del recinto ceremonial de Tenochtitlan, en el corazón de la ciudad mexica. Treinta y dos días plagados de hambre, sed y combates que iban mermando poco a poco las fuerzas dirigidas por Pedro de Alvarado y los aliados tlaxcaltecas comandados por Xicoténcatl el mozo. De los ciento cincuenta hombres castellanos que habían participado en la matanza de Tóxcatl habían muerto alrededor de veinticinco, quedando otros treinta imposibilitados temporalmente debido a las heridas que habían sufrido. De los cerca de quinientos aliados indígenas, quedaban en pie de combate alrededor de cuatrocientos. Las bajas se incrementaban día tras día por los combates, haciendo cada vez más difícil la defensa de todo el perímetro del gigantesco palacio donde los había alojado el gobernante Motecuhzoma desde el mismo día que entraron a la capital mexica. Lo que realmente preocupaba a los hombres sitiados era la falta de comida y agua, lo que disminuía considerablemente su ánimo y su ardor combativo.

El rostro de Gonzalo se iluminó con los primeros rayos del sol, sintiendo cómo calentaban su cara y sus manos. Se encontraba en el techo de la esquina sureste del gran tecpan, sentado sobre una de las tantas rocas que habían acumulado para lanzarlas sobre la cabeza de los atacantes. Recargaba su espalda contra los muchos sacos y costales, barriles y vigas de madera que habían colocado en los techos a manera de barricadas para resguardarse de las flechas y varas tostadas que lanzaban los tenochcas. Su rostro estaba ennegrecido por el polvo, el hollín y el sudor acumulado de los últimos días de combate. Suspiró al escuchar a su estómago quejarse por el escaso alimento que había consumido desde el día anterior. Había poco que se pudiera hacer, reflexionó al limpiarse con el dorso de la mano el hollín y el polvo que cubrían su frente. Su barba castaña había crecido considerablemente y las ojeras rodeaban sus ojos. Las noches que había pasado en vela, ya fuera combatiendo a los indios o simplemente vigilando el movimiento del enemigo, pesaban tremendamente en su alma y su cuerpo. Eso sin mencionar las demoniacas manifestaciones de las que había sido testigo junto con varios de sus hombres; cabezas cercenadas que llegaban rodando a las afueras del palacio: aún movían sus ojos y mostraban sus dientes amarillos para súbitamente desaparecer, así como murmullos que parecían venir del más allá, despertando a los hombres que descansaban, perturbando a los que realizaban las guardias. Pero la peor manifestación que presenció fue la de una mujer vestida de blanco, de cabello largo y obscuro, que aparecía cuando los combates nocturnos habían terminado, cuando las acequias y calzadas quedaban vacías. La atormentada mujer lloraba y gritaba angustiada, helando la sangre de todos quienes la escuchaban, no importando que fueran amigos o enemigos, mexicas, tlaxcaltecas o ibéricos. A veces aparecía caminando a la lejanía, con un fulgor blanquecino que la hacía distinguible entre las sombras. Andaba de forma apacible, silenciosa, hasta que empezaba a proferir su llanto y sus potentes gritos se hacían escuchar a lo largo de toda la isla. Al indagar con los indígenas aliados, Gonzalo se enteró de que la llamaban Cihuacóatl, la mujer serpiente. Una deidad femenina sumamente temida por su insaciable hambre de sangre y corazones humanos, vinculada a las mujeres guerreras que morían durante el parto, protectora de los guerreros que eran sacrificados o fallecían durante el combate. Gonzalo la

98

había escuchado en muchas ocasiones pero solamente la había visto una vez, a la distancia, caminando por una calle en medio de la noche. En esa ocasión, al menos treinta hombres que se encontraban parapetados detrás de las almenas que decoraban el techo del palacio de Axayácatl la observaron por un considerable momento. Vestía un huipil blanco, con el pelo trenzado con los típicos cornezuelos, sin sandalias. Lo que llamó la atención de los presentes fue su rostro, de piel tan blanca que parecía la de un muerto. Muchos comenzaron a rezar, los demás solamente guardaron silencio escuchando la palpitación acelerada de su corazón, aferrándose a sus roperas, misericordias y espingardas. Su triste lamento proferido en la lengua de los mexicas estremeció a todos los presentes, y seguramente a todos los habitantes de Temixtitan por la potencia de su voz. Esa noche fueron muy socorridos los rosarios, crucifijos y estampas de santos ante la terrible aparición, rogando por que simplemente desapareciera y no continuara su avance hacia el palacio. Después de unos momentos, al cruzar una ancha acequia, el espectro femenino se sumergió entre las obscuras aguas para desaparecer, con todo y sus terribles lamentos. El cuerpo de Gonzalo se estremeció al recordar aquella aparición. Sin duda sería una noche de la que se acordaría hasta el fin de sus días.

El extremeño se encontraba muy cansado, al borde del agotamiento. A pesar de que existía una rotación de los centinelas y de los hombres que combatían, los momentos de descanso se reducían conforme se incrementaban las bajas y el número de heridos, pues no había suficientes hombres para cuidar los cuatro costados del gigantesco recinto palaciego. Enfrente de él, recargado sobre una de las almenas geométricas de piedra que seguían en pie, descansaba el moro Alonso Berrio, quien se había vuelto diestro en el uso de la honda, por lo que siempre la llevaba atada a su antebrazo izquierdo. Su manga de ese mismo brazo estaba manchada de sangre seca, producto de una herida que sufrió durante un combate cuerpo a cuerpo un par de jornadas atrás.

—Al menos la moza plañidera no aparece durante el día —comentó este con una mueca en su cansado rostro.

Procedió a abrir el guaje que llevaba amarrado a la espalda para tomar un poco del agua lodosa que obtenían de los varios hoyos que habían cavado en los patios del palacio. Cuando había tiempo, se hervía; cuando no, se bebía con todo y los sedimentos.

—Cristo nos cuide de la magia negra de los indios, moro. Si no lo hubiera visto con mis propios ojos, no lo creería —afirmó Gonzalo al tiempo que sacaba de un morral cruzado sobre el pecho un trozo de tortilla endurecida. Se metió a la boca un pequeño trozo, esperando a que se humedeciera para después masticarla—. ¿No te parece extraño que los culúas no se hayan presentado para combatir esta mañana? —preguntó mientras masticaba—. Desde el día de la matanza, todas las mañanas han venido los idólatras a darnos pelea a la distancia, o al menos para gritarnos improperios; sin embargo, hoy no hay un alma en las calles.

—Posiblemente se han cansado de pelear —respondió sarcásticamente Alonso Berrio, acariciando su abundante barba que ya pintaba algunas canas.

—O se les han agotado los dardos —afirmó el único griego de la expedición, Andreas de Rodas.

Su pronunciación seguía siendo pésima, después de todos los años que había vivido en Cuba. Andreas, quien se encontraba en cuclillas sobre el suelo, masticaba un pedazo de carne de caballo seca. Había sido necesario sacrificar algunos de los que quedaban para llenar las tripas, a pesar de las quejas de sus dueños. Era eso o seguir con el estómago vacío. ¡Al diablo con las quejas de sus dueños! ¡Al diablo con Ortiz, el músico, que estuvo a punto de batirse en duelo defendiendo su montura!

—No digáis tonterías. Los indios están preparando algo y me preocupa no saber qué. Sabed que nos darán combate hasta que todos nos encontremos descansando en el camposanto —afirmó Gonzalo al incorporarse y acercarse al pretil del techo donde se encontraban las almenas de piedra estucadas, pintadas de rojo, azul y negro.

Varios tlaxcaltecas sentados en cuclillas sobre el techo miraron al extremeño acercarse al pretil. Los diestros guerreros aliados que iban armados con flechas, dardos, lanzadardos y ondas vestían sus petos de algodón, sus coronas de pluma de garza. A pesar de las terribles privaciones que habían sufrido los últimos días, seguían llevando sus tocados de plumas y las franjas de guerra sobre su rostro y cuerpo. El extremeño observó con detenimiento la gran plaza, donde antes del inicio de las hostilidades se instalaba el mercado de la ciudad, la cual se encontraba completamente vacía. Le sorprendió gratamente no ver a los miles de culúas llevando provisiones y armas al palacio contiguo, ocupado por los guerreros de la ciudad, o la frenética actividad de cientos de escuadrones de combatientes avanzando y cruzando la gran explanada para sumarse a la refriega y las escaramuzas. Pero al mismo tiempo le preocupaba el drástico cambio. Detrás de esa paz y tranquilidad matutina existía una causa, la cual, estaba seguro, no auguraba nada bueno. A los lejos observó los setenta y ocho templos del recinto ceremonial, donde los ministros idólatras adoraban a sus dioses desde antes que saliera el sol: prendían los braseros, extraían sangre de su cuerpo, decían sus plegarías. En las plataformas superiores de los cúes también se habían apostado guerreros para observar la actividad de los castellanos y sus aliados. Ellos seguían vigilando desde los adoratorios, como buitres, informando de todos los detalles a los señores de la guerra y esperando el mejor momento para que sus capitanes ordenaran otro devastador ataque.

—Esto huele muy mal. ¡Joder! —dijo Gonzalo al observar la imponente vista de la ciudad, la cual apenas si había sufrido daños, a excepción de algunos templos, así como las calles y acequias que rodeaban el palacio de Axayácatl—. Los malditos culúas seguramente nos están preparando una celada —añadió, para después comer otro pedacito de tortilla dura y volver a sentarse sobre la áspera piedra.

El sol aún no llegaba a su cenit cuando el extremeño detectó de reojo un movimiento a la distancia, al sur de la gran plaza, donde terminaba la gran calzada de Mexihco-Ixtapallapan. Giró la cabeza lo suficientemente rápido para observar a tres hombres cruzar una calle y desaparecer entre los muros de uno de los palacios que los flanqueaban. Esperó un momento aguzando la mirada, al tiempo que metía el último pedazo de tortilla dura en su boca. Al poco rato volvió a ver a los hombres, quienes agazapados se habían refugiado entre las sombras proyectadas por un alto muro y algunos frondosos ahuejotes que flanqueaban la avenida que desembocaba en la gran plaza. No podía creer lo que veían sus ojos. Se trataba de al menos dos cristianos y un indígena, quienes al amparo de la noche habían logrado internarse en Tenochtitlan sin ser descubiertos.

—Por las barbas de san Cristóbal —alcanzó a murmurar.

Los hombres emprendieron la carrera en dirección de la plaza sin pensarlo dos veces, conscientes del gran peligro en que se encontraban. Avanzaban sigilosamente, entre las sombras, al amparo de los troncos de los árboles de la calle.

—Moro, Andreas, mirad en esa dirección —ambos obedecieron y giraron la cabeza hacia donde les indicó Gonzalo—. ¿Alcanzan a verlos? —preguntó.

—¡Jesús, María y José! Claro que los veo. Son tres hombres corriendo como almas que persigue el diablo. Están por entrar a la plaza, entre los árboles. Son cristianos —concluyó Alonso Berrio.

—Ahora han llegado a uno de los puentes que cruzan la acequia sur de la plaza mayor de Temixtitan —dijo después Andreas con su marcado acento griego—. ¿Acaso son hombres de Cortés o de Pánfilo de Narváez? ¿Acaso vienen desde la costa o son la avanzada de un ejército que se encuentra a las afueras de la ciudad? —el griego se incorporó y caminó hacia el pretil, cubriéndose los ojos con la mano ante el resplandor del sol.

Gonzalo permaneció pensativo, observando los movimientos de los hombres que finalmente habían alcanzado la explanada y corrían veloces, lanzando miradas hacia atrás para saber si eran perseguidos. Algunos tlaxcaltecas, al percatarse de la situación, también se acercaron al pretil conversando en náhuatl, emocionados sobre si los caxtiltecas lograrían llegar sanos y salvos al tecpan de Axayácatl o acabarían masacrados. Uno de ellos dio voces a sus compañeros, quienes de inmediato se incorporaron para conocer el desenlace de aquella locura.

—¡Demos aviso, Gonzalo, antes de que sea tarde! —farfulló Alonso Berrio. En la mano derecha ya llevaba su honda hecha de fibra de ixtle, desenrollada y con una piedra colocada en su capuchón. La tenía lista para usarla por si era necesario.

—No podemos, moro. Si damos la voz de alarma estaremos de-
latando su presencia, tanto para amigos como para enemigos. Tampoco podemos salir a auxiliarlos y arriesgar a más hombres de los
que salvaremos. Están solos en esta empresa hasta que se encuentren dentro de nuestro rango de disparo —concluyó Gonzalo, mientras más hombres se acercaban al pretil para observar lo que estaba
sucediendo, entre ellos algunos piqueros, ballesteros y rodeleros.

Los murmullos se convirtieron en gritos de algarabía ante la posibilidad de que se tratase de mensajeros del ejército de Cortés que se
encontraba en las cercanías. Si era así, el capitán rompería el sitio y podrían abandonar la isla de los culúas con sus vidas como recompensa.

Gonzalo, al percatarse de que Rodrigo de Medina y Juan de la
Cuesta, ambos ballesteros, se encontraban entre los espectadores,
se acercó a ellos.

—Rodrigo, Juan, preparad vuestras ballestas, que vamos a brindar protección a esos valientes —les dijo, señalando hacia la plaza.

Los dos ballesteros asintieron y colocaron rodilla en tierra para
tener una mejor puntería. Por su lado, Andreas de Rodas se dirigió
a un par de tlaxcaltecas diciendo: "¡Tlacochtli! ¡Tlacochtli!", palabra
que en náhuatl significaba "dardo", haciendo alusión a que prepararan sus lanzadardos para también brindar protección a los corredores. Cuando el griego señaló en dirección a los tres hombres que
corrían desesperados sobre la plaza, los tlaxcaltecas de inmediato
movieron la cabeza de manera afirmativa y colocaron los largos dardos sobre los propulsores de madera labrada.

—¡Mirad! Los han descubierto. ¡Los persiguen! —gritó el ballestero Rodrigo de Medina, de veintitrés años.

¡Tenía razón! Al menos cinco guerreros mexicas habían emergido
de uno de los palacios ubicados al sur de la plaza, armados con lanzadardos y macuahuime. Sin pensarlo dos veces, uno de ellos lanzó con
su propulsor un largo dardo, el cual atravesó los aires hasta impactarse en la espalda del último de los hombres, un cristiano, quien cayó de
bruces, alarmando a los otros dos hombres que corrían a la vanguardia. De inmediato, el hispano y el indígena apretaron el paso al notar
que eran perseguidos.

—¡Por Dios, disparad! —gritó el moro, angustiado ante el peligro que corrían los mensajeros—. ¡Joder, capitán! ¡Que esos hombres no cuentan con mucho tiempo!

—No. Aún no se encuentran en rango —afirmó Gonzalo, el Sin Miedo—. Rodrigo, Juan, ¿estáis preparados? —preguntó a los dos ballesteros, quienes contestaron afirmativamente.

Apuntaban sus ballestas en dirección a los mexicas que daban caza a los corredores. Uno de ellos recargó su arma sobre el filo de una almena para tener mayor precisión de tiro. Justo en ese momento, un tlaxcalteca tomó impulso y disparó un dardo con su propulsor, que cayó peligrosamente cerca de los corredores.

—¡Aguantad, con un demonio! —bramó Gonzalo, lanzando una mirada fulminante al tlaxcalteca que había disparado el dardo.

—¡Aguantad, tlascaltecas! —repitió, dirigiéndose a un par más de indígenas aliados que se encontraban listos para disparar mientras bajaba su mano, indicando que se tranquilizaran.

Los hombres, con los rostros pintados de blanco y el característico cordón blanco y rojo sobre las sienes, comprendieron y permanecieron atentos.

En la lejanía, un mexica disparó otro dardo contra los dos hombres, que rebotó sobre el piso estucado a corta distancia del indígena que corría ligeramente atrás de su compañero. Ya habían superado la mitad de la distancia que los separaba del palacio de Axayácatl, por lo que se podían ver más detalles de los hombres. Ambos usaban ligeros petos de algodón, a la usanza mesoamericana. No portaban espadas ni ninguna otra arma a excepción de dagas de acero, seguramente por su ligereza y versatilidad. Los mexicas gritaron dando la voz de alarma, al tiempo que un tercero disparaba su dardo, ayudado por un propulsor, que impactó en la espalda del corredor indígena y lo hizo rodar por el suelo, herido de gravedad. El guerrero mexica lanzó un grito de triunfo al haber logrado abatir al tlaxcalteca, pero también con la intención de dar aviso a otros guerreros sobre la persecución. Solamente quedaba el español, quien empezó a zigzaguear con el objetivo de no volverse un blanco fijo en su correr. Una exclamación se escuchó entre los hombres que admiraban nerviosos la persecución, los cuales ya sumaban al menos dos decenas. Algunos gritaban: "¡Corredores, por la puerta este! ¡Santiago los proteja!".

Desde el palacio del cihuacóatl, ubicado al sur del palacio de Axayácatl, salieron por el gran pórtico tres guerreros mexicas bien armados, con el objetivo de cerrarle el paso al último caxtilteca. En realidad, aunque solamente se trataba de un hispano, lo relevante era que seguro traía información de importancia a los hombres de Alvarado, por lo que era vital impedir que lograra ingresar en el palacio de Axayácatl. Los tlaxcaltecas, al ver a los guerreros que se integraban a la persecución, comenzaron a disparar algunos dardos con sus propulsores hacia su dirección. Los proyectiles rebotaron en el suelo, peligrosamente cerca de los mexicas que buscaban encarar al único corredor. De inmediato se repitió el procedimiento cuando otros dos adoradores de Camaxtli lanzaron sus varas tostadas, haciendo que los mexicas corrieran hacia el sur para salir del rango de disparo de sus enemigos, alejándose del corredor, al menos por un momento.

—¡Seguid disparando sobre esos adoradores de Huichilobos! —gritó Andreas a los tlaxcaltecas, mientras señalaba en dirección a los mexicas.

Estaba seguro de que los aliados indígenas habían entendido la orden, aunque fuera en castellano. Los aliados asintieron y colocaron nuevos dardos en sus propulsores para volver a disparar, empujando a los guerreros mexicas hacia el sur de la plaza, quienes buscaban protección al cerrar el ángulo de tiro de los tlaxcaltecas conforme se acercaban a los complejos palaciegos que flanqueaban la gran plaza desde el oeste.

—Corred más rápido —murmuró Gonzalo al tiempo que veía cómo los dos culúas que iban a la vanguardia, armados con macanas repletas de filosas lajas de obsidiana, se acercaban peligrosamente al último sobreviviente. Calculaba el rango de disparo y efectividad de las ballestas que portaban Rodrigo de Medina y Juan de la Cuesta—. Ballesteros, ¿estáis en rango? —preguntó, pues sabía que posiblemente ya la distancia era propicia.

—Solo unos pasos más, solo unos pasos más, capitán —dijo Rodrigo de Medina sin quitar el ojo de la mira de su ballesta, al igual que su compañero Juan, a quien a su vez preguntó—: ¿Listo, ballestero?

—Atento a vuestra orden, compañero —contestó mientras seguía los pasos de los mexicas con la mira de su armatoste.

—Ahora —dijo Rodrigo con voz calma, concentrado en su mira y en acertar el dardo en el cuerpo de los perseguidores.

De inmediato los dos ballesteros apretaron el gatillo, y los dardos salieron proyectados a gran velocidad por los aires. Siguiendo su ejemplo, al menos cuatro tlaxcaltecas arrojaron sus dardos con sus propulsores. El primer mexica fue alcanzado por un dardo en el pecho, mientras que el segundo fue impactado en el abdomen por un largo dardo lanzado por un tlaxcalteca. Ambos hombres cayeron de bruces al suelo, sorprendidos por la excelente puntería de sus enemigos. El cristiano no aflojó el paso, sabiendo que aún lo perseguían otros tres excelentes tiradores tenochcas. Algunos de los tlaxcaltecas que observaban la persecución empezaron a disparar sus arcos, lanzadardos y hondas, entre ellos Alonso Berrio, causando que los perseguidores tenochcas detuvieran sus pasos e intentaran un último disparo. Nada podían hacer contra más de una veintena de hombres que les tiraban desde el techo del palacio de Axayácatl. Propulsaron sus dardos, pero fallaron al saberse vulnerables, expuestos a los proyectiles enemigos, por lo que prefirieron retirarse hacia el sur de la plaza, fuera del rango de las saetas y piedras que les lanzaban los tlaxcaltecas.

Al ver pasar al valiente corredor por el pórtico este del gran palacio, los hombres apostados en el techo prorrumpieron en gritos de alegría, abrazando y felicitando a los ballesteros, así como a los tlaxcaltecas que habían logrado acertar su disparo. Por un momento el hambre, el dolor y la fatiga desaparecieron entre el grupo de hombres, quienes festejaban emocionados su pequeña victoria, la cual tendría importantes repercusiones, aunque aún no lo sabían.

—¡Le hemos salvado la vida! —dijo con una gran sonrisa Andreas de Rodas. El griego dio unas palmadas en la espalda del moro y de Gonzalo Rodríguez.

—Sin duda que la carrera y el cansancio valieron la pena para el mozo —agregó el moro antes de empinar un guaje y tomar algo de agua lodosa.

—Bien hecho, vuestras mercedes —respondió Gonzalo dirigiendo una mirada de agradecimiento a Juan y a Rodrigo, así como a los tlaxcaltecas que apoyaron la acción—. Moro, acompañadme. Vamos a darle los buenos días a ese valiente corredor y a enterarnos de las buenas nuevas que porta.

—Qué mejor forma de empezar el día, capitán —respondió Alonso Berrio mientras enrollaba la honda de fibra de ixtle en su antebrazo izquierdo.

—Mientras tanto, vosotros, permaneced atentos, vigilantes —ordenó el capitán de rodeleros a los españoles que custodiaban el techo del ala oriente del palacio—. Os dejo a cargo, Andreas —añadió el extremeño, dirigiéndole una dura mirada al rubio barbado—. No dejes que estos perezosos se queden dormidos en su guardia —concluyó.

—Vete tranquilo, Sin Miedo —dijo el griego con su característico acento, al tiempo que se colocaba un amplio sombrero hecho de paja que había traído desde Cuba con el propósito de protegerse del inclemente sol.

Los dos hombres se alejaron hasta alcanzar una rudimentaria escalera hecha con una larga viga proveniente del techo de los salones del palacio, una de muchas apostadas sobre el techo de los salones que rodeaban los tres grandes patios del complejo, esto sin considerar una habitación que había sido un gran jardín de recreo. Bajaron por ella para llegar al patio sur, donde se encontraban algunos castellanos y tlaxcaltecas descansando, reparando sus armas e incluso llenando el estómago con la poca comida disponible. Los dos extremeños cruzaron un pasillo flanqueado por los salones que dividían el patio sur del patio central. En este último se encontraba el gran pórtico del tecpan, el que daba hacia oriente, hacia el gran recinto ceremonial de Tenochtitlan. En sus mejores tiempos, la gran escalinata estuvo flanqueada por dos esculturas monumentales, una que representaba a un águila y otra a un jaguar. Ambas habían sido arrancadas por los teteuctin y colocadas entre los pilares estucados con el propósito de bloquear parte del acceso al palacio. Ahí encontraron al corredor que acababa de salvar el pellejo.

Capítulo 10

Al entrar al patio central, Gonzalo y Alonso apretaron el paso hacia la escalinata interna del gran pórtico, donde se encontraba el corredor sentado en uno de sus escalones. Un piquero de nombre Antonio, "el mulato", le había dado una jícara llena de agua turbia para que saciara su sed. Poco a poco se fueron congregando curiosos, como también los hombres fuertes y capitanes de la expedición que habían permanecido en Tenochtitlan con la encomienda de mantener la paz y cuidar de Motecuhzomatzin. Menudo problema enfrentarían cuando Cortés se enterara del desastre que habían causado "sus hombres de confianza", reflexionó Gonzalo mientras detenía sus pasos frente al grupo. En el lugar ya se encontraba Pedro de Alvarado acompañado de su concubina doña Luisa, hija del cacique de Tlaxcallan Huehue Xicoténcatl, así como su hermano, Xicoténcatl Axayácatl, el líder de la guarnición tlaxcalteca. También estaban presentes Francisco de Aguilar y un par de capitanes de rodeleros, piqueros y arcabuceros. Todos estaban expectantes, mientras el joven corredor terminaba de beber de la jícara para calmar su sed. Gonzalo observó con cuidado al recién llegado mensajero. Se trataba de un joven de no más de dieciocho años, de baja estatura y delgado. Vestía unas calzas-bragas negras sin medias ajustadas hasta la rodilla, una camisa holgada y sobre ella el peto de protección llamado ichcahuipilli. Su cabeza estaba vendada con un tosco lienzo de tela amarillenta, al parecer debido a una herida de días pasados. Su cabello castaño, que sobresalía del vendaje, se encontraba empapado en sudor, clara evidencia del esfuerzo requerido por parte del mozo para salvar la vida y cumplir con su encomienda.

—¡Habla, bellaco! Que no tenemos todo el día —farfulló Pedro de Alvarado con su característica impaciencia y rudeza.

El nacido en Badajoz era un hombre de tremenda fuerza física, pelirrojo y de hermosos ojos azules. Hábil jinete y diestro con la espada, era un hombre de gran destreza marcial, siempre el primero en encabezar los ataques y el último en retirarse del campo de batalla. Fanfarrón de primera, gran bebedor y apostador, se ganaba fácilmente la simpatía de sus camaradas al relatar sus hazañas, tanto en el campo de batalla como en la alcoba, narraciones que generalmente iban acompañadas de ruidosas risotadas y burdas groserías. ¡Un completo catacaldos! A pesar de todas estas virtudes, el pelirrojo carecía de las virtudes propias de un líder, pues era famoso por tomar decisiones precipitadas que dejaban una estela de destrucción y bajas entre sus fieles seguidores. Vaya, tenía el instinto político de una liebre, eso sin mencionar su torpeza al planear estrategias militares. A pesar de estos defectos, era admirado y querido por muchos de los hombres de la expedición. A fin de cuentas, era un extremeño ambicioso que hacía de la violencia una forma de vida. Esa jornada, Pedro vestía un coselete de hierro con gorguera, faldares, guardabrazos y brazaletes para proteger cuello, muslos, hombros y brazos respectivamente, así como el peto y el espaldar para el torso y el dorso. Sobre sus calzas enteras llevaba altas botas de cuero, perfectas para proteger las piernas de los jinetes, mientras cubría su cuerpo con un sayo verde obscuro con mangas y falda abierta por los lados.

El joven tragó con esfuerzo el agua, al tiempo que mostraba una mueca de desagrado debido a su mal sabor. Ante la impaciencia de la fiera Alvarado, la prudencia aconsejaba hablar lo más pronto posible.

—Cortés viene en camino, capitán. Ha derrotado al hombre fuerte del gobernador de Cuba, Pánfilo de Narváez, en una escaramuza en las afueras de la villa del cacique gordo, Cempoala. Por si fuera poco, Hernando se ha hecho con todos los hombres de Narváez, quienes gustosos se han sumado a su ejército, pues a todos les ha prometido grandes riquezas y tierras. A aquellos cabezadura que se han negado los ha cargado de cadenas —dijo el jovencito, nervioso ante la mirada inquisitiva de tantos hombres y mujeres. Después de tragar saliva, continuó—: Hernando y su ejército deberían entrar a Temixtitan hoy por la tarde o mañana temprano, esto si no han sufrido algún imprevisto —concluyó el corredor, que aún respiraba agitado.

—Buenas nuevas entonces, ¿eh? —dijo Pedro de Alvarado lleno de regocijo, para después dar un manotazo sobre el peto de algodón del corredor—. Cortesillo lo ha vuelto a lograr, joder. ¿Escuchaste, Aguilar? ¡La fortuna cabalga con ese hombre, si no es que el propio Santiago Matamoros! —exclamó con el rostro encendido por la emoción, al tiempo que sonreía mostrando sus amarillentos dientes.

—¿Dónde viste a Hernando por última vez? ¿Dónde se encontraba el ejército? —preguntó Francisco de Aguilar, otro de los hombres de peso que tuvieron la responsabilidad de quedarse en Tenochtitlan para cuidar del huey tlahtoani Motecuhzoma.

Hombre de treinta y nueve años nacido en Villalba de los Barros, Badajoz, quien siempre se hacía acompañar de su hermano menor, Alonso. Hombre de inmensa fe y valor suicida durante los combates, ya que afirmaba estar protegido por Jesucristo y su bendita madre, la Virgen María. Por esa razón le apodaron "el devoto". Gonzalo en alguna ocasión le escuchó decir: "Si he de salir vivo de esta empresa, me volveré fraile en pago de todas las recompensas que Nuestro Señor ha derramado sobre mí". Llevaba corto el pelo obscuro, así como una larga barba que llegaba hasta su pecho, de donde colgaban al menos cinco rosarios. Era común verle con una cruz en la frente, pintada con lodo o cenizas, pues decía que era lo primero que hacía al despertar por la mañana.

—El capitán Hernando y sus más de mil doscientos cristianos se encontraban en las cercanías de Acolman, en los dominios del gobernante de Tezcuco, cuando los dejé hace dos días. Partimos cuatro hombres con la intención de llegar a Temixtitan lo más pronto posible; sin embargo, nos retrasamos por lo difícil que fue infiltrarnos en la ciudad-isla, que se encuentra bien custodiada. Disculpen la pregunta indiscreta, vuestras mercedes, pero ¿cómo comenzó la guerra con los culúas? Cuando abandonamos esta ciudad nos encontrábamos en paz con ellos.

—Todo cambió con la partida de Cortesillo, mozalbete. Los indios nos prepararon una celada para acabar con nosotros y liberar a su Montezuma, pero hemos dado antes el primer golpe —contestó Pedro—. ¡La pagaron cara los paganos! —cerró con una risotada—. Pero no perdamos más el tiempo. ¿Qué más tenéis que decir?

—El capitán Hernando me ha indicado que entrará con sus hombres por la calzada de Tlacopan, ubicada al oeste de Temixtitan, para alcanzar rápidamente el palacio de Ajayaca sin tener que cruzar toda la ciudad —agregó ya más tranquilo el joven de pelo castaño y ojos miel.

—¿Acaso sabe Hernando Cortés que nos encontramos sitiados por los culúas? —preguntó Francisco de Aguilar.

Como respuesta, el joven solamente movió su cabeza de arriba abajo, de manera afirmativa.

—El adivino montañés Blas Botello le ha advertido que algo andaba mal en Temixtitan. Días después de obtener su victoria sobre Pánfilo, lo ha visitado para compartirle lo que su "familiar del más allá" le ha comunicado. Por esa razón ha venido desde la costa a toda castaña, para constatar que vuestras mercedes se encuentran bien. Pero, si me lo permiten, dudo que sepa lo delicado de la situación en que se encuentran sus hombres —afirmó el joven, lanzando una mirada a Pedro de Alvarado y al patio central que parecía un basurero con piedras, flechas, manchas de sangre, pedazos de carbón y madera, así como algunos hoyos de donde se extraía el agua lodosa que mantenía vivos a los castellanos.

—¡El taimado hechicero! —gritó Pedro al escuchar el nombre de Blas, quien en una ocasión estuvo a punto de matarlo por una disputa de ganado cuando eran vecinos en Cuba. De no haber sido por Gonzalo Sandoval y Cortés, su cabeza estaría pudriéndose en una pica en alguna playa de Baracoa.

Xicoténcatl Axayacatzin, el líder de los guerreros tlaxcaltecas, escuchaba atentamente a su hermana doña Luisa, quien le traducía con dificultad fragmentos de la conversación que sostenían los capitanes con el mensajero. Doña Luisa Tecuelhuetzin, hija del gobernante de la cabecera tlaxcalteca de Tizatlan, quien llevaba doce veintenas viviendo, comiendo, durmiendo y fornicando con Pedro de Alvarado, ya comprendía parte del idioma de los hombres barbados. Por días y días escuchaba con atención las conversaciones en las que participaba el pelirrojo a quien la había entregado su padre, llegando incluso a articular breves enunciados en caxtilteca. Tal había sido su afán en comunicarse con Pedro, el hombre que tanto admiraba, que incluso le había pedido que le enseñara a hablar su idioma, a lo que accedió

111

el aguerrido capitán con inusitada paciencia. Su aprendizaje del idioma fue ágil, mostrando grandes avances en el habla, pero sobre todo en la compresión. Después de permanecer callado escuchando las palabras que le traducía su hermana, el líder tlaxcalteca dijo algo en náhuatl, interrumpiendo la acalorada conversación. De inmediato doña Luisa lo tradujo al español con su delgada pero firme voz:

—Avisarle con dos hombres al capitán Chalchíhuitl. Avisarle de la guerra.

Cuando terminó, su hermano agregó algunas palabras más, complementando la idea.

—Xicoténcatl obsequia tres hombres. Yei telpochtin. Importante avisarle al tlacatécatl Cortés —dijo doña Luisa.

Pedro y Francisco entendieron al instante que el capitán tlaxcalteca aportaría tres de sus hombres para salir del palacio, buscar a Hernando Cortés y entregarle el mensaje donde se le informara de la delicada situación en la cual se encontraban los caxtiltecas y sus aliados tlaxcaltecas. Antes de que los capitanes españoles pudieran agradecer el gesto, Xicoténcatl volvió a hablar en náhuatl, a lo que su hermana tradujo de inmediato en un mal castellano:

— Xicoténcatl dice, grupo dirigido por cuauhyáhcatl Tlecólotl, hombre de confianza para llevar mensaje —concluyó.

Entonces Xicoténcatl gritó unas palabras, y de inmediato surgió un hombre detrás de un pilar estucado, emergiendo de entre las sombras. Era un tlaxcalteca de considerable estatura para ser indígena. Los presentes, incluido Alvarado, se volvieron a observarlo cuando la luz de una tea iluminó su rostro. Iba rapado de la cabeza, con la cuerda torcida roja y blanca alrededor de las sienes, de la cual colgaba un amplio abanico de plumas de águila y garza que caía sobre su espalda. Toda su cabeza iba pintada de rojo, con una línea negra sobre sus ojos a manera de antifaz. Pero lo que más llamó la atención de los observadores fue que el lado derecho de su rostro presentaba terribles cicatrices como consecuencia de quemaduras. Parecía que su piel se hubiera derretido, distorsionando su boca y parte de su nariz. Tampoco tenía un ojo, el cual seguramente perdió a consecuencia de la exposición al fuego. La cuenca vacía estaba cubierta con sus dos párpados, cuya piel parecía que se había derretido hasta quedar unidos, como un pergamino. También presentaba quemaduras en parte del cuello, hombro y brazo derecho. Iba armado hasta los dientes con macuáhuitl, arco y flechas dentro de un carcaj que colgaba sobre su pierna izquierda, y una daga de pedernal cuya empuñadura asomaba sobre el máxtlatl negro que cubría su entrepierna y cintura. Su rostro no expresó ninguna emoción cuando Xicoténcatl lo llamó, simplemente obedeció para presentarse frente a su capitán. El alto y delgado guerrero escuchó con atención lo que le decía el tecuhtli Xicoténcatl, mirándolo con su único ojo. Cuando terminó de hablar su superior, respondió con su grave voz:

—Quema, notecuhtli. Sí, mi señor.

Su nombre significaba "alacrán de fuego", y le había sido otorgado debido a las terribles quemaduras que sufrió durante una batalla florida en contra de los mexicas. Aquel día los generales mexicas se percataron de que sus guerreros estaban siendo derrotados y flanqueados por las huestes tlaxcaltecas, por lo que decidieron cobardemente encender los pastizales de la gran pradera donde se llevaba a cabo el enfrentamiento. Esto brindó la oportunidad para que los tenochcas pudieran retirarse ante el amparo del fuego y el humo. Las terribles cicatrices del rostro de Tlecólotl fueron resultado de la derrota que sufrió a manos del sobrino del huey tlahtoani Ahuízotl, el joven Cuitlahua, con quien se enfrentó en un duelo cuando el fuego se esparció por la llanura. Aprovechando el caos, el mexica logró desarmarlo para después terminar el duelo con un contundente golpe de su maza contra la cabeza del tlaxcalteca, dejándolo inconsciente, al borde de la muerte, entre los pastizales que ardían. Cuando su rostro ya se quemaba, Xicoténcatl y un par de guerreros, los últimos en retirarse del campo de batalla, lo encontraron y lo rescataron de las llamas. Lo llevaron sobre sus espaldas todo el camino hasta Tizatlan, donde curaron sus heridas, regresándolo a la vida. A partir de ese día, Tlecólotl juró defender con su vida a Xicoténcatl, así como servirlo hasta el fin de sus días.

A Pedro de Alvarado la idea le pareció magnífica, pues no estaba dispuesto a mandar a la muerte a más de sus hombres, sabiendo las pocas probabilidades que tenían de sobrevivir y de salir ilesos de Tenochtitlan para entregar el mensaje a Cortés. Mejor que los indios arriesguen el pellejo, pensó, mientras mostraba sus amarillos dientes que asomaban entre el bigote y la barba roja y descuidada.

—Francisco, escribid la misiva para Cortés. Decidle que estamos sitiados en el palacio de Ajayaca. Que nuestras provisiones se han agotado y que no tenemos agua. Que entre a la villa dispuesto para el combate. Hacedlo de inmediato y entregad el mensaje a este indio rojo.

Francisco asintió, después se fue en busca de tinta y papel. El hombre de Badajoz les regaló una dura mirada de agradecimiento a Xicoténcatl y al guerrero rojo, quien nunca volvió la cara para corresponder la atención. Alvarado estaba que no cabía de alegría, por lo que dejó pasar la actitud de Tlecólotl. No podía creer que Cortés, con muchos menos hombres, hubiera logrado imponerse al ejército de Narváez, compuesto al menos por ochocientos combatientes recién llegados de la isla Fernandina o Cuba. En verdad era un prodigio el hombre, reflexionó.

—¿Cómo te llamas, currutaco? —preguntó finalmente Pedro al mensajero, después de incorporarse y acomodar la vaina de su espada que colgaba de su cinturón.

—Santiago, mi señor. Por cierto, me gustaría agregar algo —ante el asentimiento de Alvarado, el chico prosiguió con lo que iba a decir—. Durante el combate, el capitán Pánfilo de Narváez fue capturado cuando le sacaron un ojo con una pica durante la batalla. Posteriormente fue interrogado y aseveró que Montezuma mantuvo contacto con él, informándole sobre el número de hombres y aliados indígenas con los que contaba nuestro capitán Cortés, así como posibles rutas para llegar a Temixtitan y más. De esto me he enterado por una conversación que tuvo el alguacil mayor Gonzalo de Sandoval con fray Bartolomé de Olmedo, el mercedario —concluyó el jovencito, nervioso al percatarse de que posiblemente estaba hablando de más.

—Pues está muy bien, Santiago. Te agradezco la información. ¿Por qué no nos acompañas y le compartimos al pérfido de Montezuma las buenas nuevas? —el extremeño ahogó una risa antes de continuar—. Hoy conoceréis al todopoderoso emperador de los indios.

Capítulo 11

Alvarado, Gonzalo y Santiago avanzaron hacia el patio norte del palacio de Axayácatl, donde se encontraban los aposentos de Motecuhzomatzin, así como su esposa, concubinas, hijos y algunos otros señores de importancia como los tlahtóqueh de Coyohuacan, Tlacopan, Tezcuco e Ixtapallapan. Cruzaron por el pasillo que daba acceso al patio norte, el cual era vigilado por dos alabarderos con evidentes signos de cansancio. De inmediato les permitieron el paso, al percatarse de la presencia de Pedro de Alvarado. Al salir del pasillo llegaron a la amplia explanada, en cuyo centro se encontraba una fuente de base cuadrada rematada con una escultura de Tezcatlipoca, el espejo humeante de obsidiana, de cuyos pies alguna vez brotó agua cristalina llenando la pila. Hacía semanas que se encontraba seca, con la efigie de la antigua deidad colapsada sobre el piso, rota en varios pedazos. Pilares decorados con bellos bajorrelieves de jaguares y aves de piedra sostenían los techos de las habitaciones y salones que rodeaban el patio de considerable tamaño. Este se encontraba casi vacío, a excepción de un grupo de ocho ibéricos que estaban sentados sobre unos petates debajo de uno de los pórticos. Al escuchar el eco de los pasos sobre el duro piso de lajas de piedra rosada, varias decenas de hombres se asomaron desde los techos de los salones para observar quién se aproximaba a visitar al emperador de los indios. Nuevamente, al saciar su curiosidad y notar la presencia de Alvarado, los caxtiltecas regresaron a sus labores de vigilancia. A Gonzalo le sorprendió ver el amplio espacio vacío. Esto se debía a que no había suficientes hombres para defender los cuatro costados del gran palacio, por lo que el pelirrojo debió destinar gran parte de los castellanos que custodiaban al emperador a mantener a raya los ataques de los mexicas. El gran espacio se encontraba sumido en un profundo silencio, solamente interrumpido por los murmullos y conversaciones de los hombres, algunos hablando náhuatl; otros, castellano. A la lejanía se escuchaba el retumbar de los tambores, percutidos desde las cimas de los templos del recinto ceremonial.

Todos se preguntaban la razón por la que súbitamente los mexicas habían permanecido en paz esa mañana cesando sus fieros ataques diarios. ¿Acaso tenían la intención de negociar? ¿Acaso descansaban para una acometida final que acabara con todos ellos? No lo sabían, solamente restaba esperar, pensó Gonzalo Rodríguez de Trujillo. Cruzaron el patio recubierto de lajas de piedra hasta alcanzar las escalinatas que daban acceso a los aposentos del ala norte, donde se encontraban el emperador cautivo y su familia. Subieron los escalones para entrar a la antesala del gran salón, donde generalmente Motecuhzomatzin recibía a los visitantes, embajadores y gobernantes de los señoríos tributarios. La entrada, elaborada con macizos sillares de piedra, estaba flanqueada por dos gigantescas cabezas de serpiente emplumada talladas finamente en piedra. Gonzalo no dejaba de admirarse con la destreza que poseían los escultores tenochcas para labrar la piedra con la misma facilidad con la que un gallego trabajaba la madera. Los tres hombres encontraron en el interior de la antesala al capitán Bernardino Vázquez de Tapia, acompañado de un par de hombres, jugando naipes sobre algunos petates colocados en el suelo. Desde la matanza de Tóxcatl, Vázquez de Tapia y algunos de sus hombres se habían encargado de vigilar a Motecuhzomatzin y a los otros señores. El nacido en Torralba, Toledo, en la cuna de una familia rica, se embarcó a las Indias en 1514 en la expedición del temido Pedrarias Dávila, el apodado "Furor Domini", con quien pasó un par de años en la provincia de Castilla de Oro hasta que regresó a Cuba, participando en su conquista y ganándose una encomienda de considerable extensión, la cual le daba jugosas ganancias. Hombre desconfiado por naturaleza, destacaba por cuestionar constantemente las decisiones de Hernando Cortés. Sin embargo, era un hombre de valor incuestionable, muy querido por sus hombres y sumamente astuto. Nunca comprendió la razón por la que Cortés le confió el mando a Pedro de Alvarado cuando abandonó Tenochtitlan para dirigirse a la costa a derrotar a Pánfilo de Narváez. Después de varios enfrentamientos verbales entre ambos capitanes, uno de los cuales casi terminó en un duelo, consideraron llegar a un acuerdo: Pedro se encargaría de la defensa del palacio y Vázquez de Tapia de la seguridad del huey tlahtoani, cediendo parte de sus hombres al Tonátiuh.

—¿Vienes a brindar tus respetos al Montezuma, Pedro? —preguntó Bernardino, mirando fijamente al pelirrojo.

Vestía un sayo para montar carmesí con mangas acanaladas cortas y botas altas sobre calzas rojas. Era delgado y alto, de barba castaña y pelo largo rizado que caía sobre sus hombros. Su pálido rostro estaba salpicado de cicatrices como consecuencia de la batalla que libró contra la viruela durante su juventud. Un gran crucifijo de oro colgaba de una gruesa cadena de plata que rodeaba su cuello, lo que evidenciaba su riqueza. Era uno de los hombres más cultos de la expedición, pues había estudiado en el Colegio Mayor de San Bartolomé en Salamanca, donde uno de sus tíos era profesor de teología.

—A compartirle las buenas nuevas que ha traído este mozo de nombre Santiago, toledano. Cortés triunfó sobre el ejército de Narváez. El capitán está por entrar a Temixtitan, a más tardar mañana, y podrá terminar este maldito sitio —contestó Alvarado de mala gana, escupiendo sus palabras.

Al escuchar la noticia, el rostro abatido de los tres hombres cambió por completo. Sus ojos se iluminaron al saber que estaban a días de ser rescatados y posiblemente de abandonar para siempre la maldita capital de los culúas. Bernardino tampoco pudo contener la sorpresa, por lo que una sonrisa apareció en su rostro barbado.

—Bendito Santiago —murmuró.

—¿Orteguilla está con Montezuma? —cuestionó Gonzalo, quien seguía los pasos de Alvarado.

—Ahí dentro lo encontraréis —contestó el mulato Gasparillo, quien iba vestido con una brigantina, camisa y bragas italianas. Una espesa barba obscura y rizada ocultaba sus labios, dejando ver solamente sus dientes amarillos, los cuales contrastaban con su piel obscura. Era uno de los muchos hombres con sangre africana que formaban parte de las tropas de Cortés, algunos como esclavos y otros como hombres libres.

117

Pedro, Gonzalo y el joven Santiago cruzaron la antesala hasta llegar a un fino biombo de madera dorada, el cual cubría un amplio vano de gruesas jambas y un dintel labrado con una procesión de águilas y jaguares. El biombo buscaba darles cierta privacidad a los aposentos del gobernante de Tenochtitlan, por lo que los hombres simplemente lo rodearon para entrar al gran salón. Dos hombres fuertemente armados con toledanas y adargas de cuero vigilaban el vano desde el interior del salón, ambos vistiendo coseletes de hierro y amplios capacetes que terminaban en punta.

—Mi capitán —dijo uno de los guardias al reconocer al capitán Alvarado.

Gonzalo observó a otros cuatro españoles apostados en cada una de las esquinas del gran salón, en cuyas paredes había antorchas adosadas a los muros, brindando luz y calor. Todos trataban de ser lo más discretos posible ante la presencia del huey tlahtoani de Tenochtitlan. Al centro de la estancia había un estanque rectangular, ahora seco, decorado con algunas esculturas de ranas talladas en piedra. En el techo sobre la pileta, cuyo interior estaba pintado de un azul intenso, había un lucernario cuadrado por donde entraban los rayos del sol, permitiendo ver cómo flotaban en el aire diminutas partículas de polvo. El espacio tenía como propósito iluminar el gran salón por medio de los rayos de luz que entraban desde la oquedad del techo y se reflejaban en la pantalla de agua, causando un hermoso efecto visual. Robustos pilares decorados con bajorrelieves de águilas, quetzales y garzas y otros motivos acuáticos apuntalaban las innumerables vigas de roble que sostenían el amplio techo del espacio. Los muros estucados estaban decorados con coloridos murales donde se apreciaba una procesión de guerreros que avanzaban uno detrás del otro hasta finalmente encontrarse en el centro del muro norte, donde plasmaron la representación del sol. Justamente debajo del círculo solar se encontraba una plataforma de un brazo de alto, a la cual se accedía a través de una ancha escalinata con escalones de mármol traído desde las remotas canteras de Tecalli. Al centro se encontraba un icpalli, una especie de asiento con un gran respaldo cubierto con pieles de jaguares, ocelotes y otros felinos, el cual estaba flanqueado de elegantes braseros pintados de diversos colores que brindaban calor al amplio espacio. Detrás del trono se encontraba otro biombo de madera en cuya superficie blanca se podían observar las representaciones de varias deidades, entre ellas Tonátiuh, Huitzilopochtli y Xiuhtecuhtli, el señor de las turquesas. Y ahí, sentado en el filo del estanque seco, se encontraba el Gran Orador de Tenochtitlan, el líder de la Triple Alianza, el hijo del poderoso Axayácatl, el protector de Huitzilopochtli, el huey tlahtoani Motecuhzomatzin Xocóyotl. Estaba acompañado de su pequeña hija de alrededor de once años de edad, Tecuichpotzin. Al parecer estaban estudiando, ya que el gobernante tenía un códice de papel amate desplegado sobre sus piernas y sonreía afablemente a su hija. Vestía un máxtlatl color turquesa, con el cual cubría su entrepierna, así como un xicolli blanco, una especie de chaleco de fino algodón que se anudaba en el pecho. Completaban su vestimenta unas sandalias recubiertas con piel de ocelote, así como un pesado collar de piedra verde del cual colgaba un hermoso pectoral de oro con la forma de un caracol seccionado, el ehecacózcatl. Sobre sus tobillos los caxtiltecas habían colocado grilletes unidos por una cadena, todo de hierro, lo que no dejaba dudas sobre su condición de cautivo. Desde la matanza de Tóxcatl, Alvarado había dado la orden para que le volvieran a colocar los hierros en las piernas, evitando correr cualquier riesgo de fuga del "hijo predilecto de Huitzilopochtli". El Gran Orador era delgado, de piel morena clara, con el cabello negro largo hasta los hombros, nariz recta, labios gruesos y frente amplia. Entre su barbilla y labio inferior llevaba un bezote de oro en forma de cabeza de águila, así como dos orejeras redondas hechas del mismo material áureo y de turquesas. Una hermosa nariguera rectangular cubría parcialmente su labio superior. Tenía grandes ojos de color café obscuro que se podían observar bajo sus espesas cejas y pestañas obscuras. La mirada arrogante y soberbia que Gonzalo había visto en los ojos del Gran Orador el día de la entrada de los cristianos a Tenochtitlan se había transformado con el paso de las veintenas en una cargada de melancolía y tristeza, aunque siempre expresando nobleza y gravedad.

No muy lejos del estanque, en el extremo derecho del salón, dos hombres platicaban mientras observaban un códice extendido sobre gruesos lienzos de algodón colocados sobre el suelo. Ambos llevaban grilletes en los tobillos unidos por una cadena. Se trataba del tlahtoani de Ixtapallapan, Cuitlahuatzin, el hermano menor del Gran Orador, quien se encontraba acompañado del cuauhtlahtoani de Tlatelolco, Itzcuauhtzin, de alrededor de cuarenta años. En el extremo izquierdo había cinco mujeres vistiendo inmaculados huipiles blancos sentadas en cuclillas sobre un petate dorado, atentas para cumplir cualquier orden del gobernante. Gonzalo distinguió a su amada Beatriz Yohualcitlaltzin entre ellas, pues al ser sobrina lejana de Motecuhzomatzin se le permitía formar parte de su personal de servicio. Sus tareas iban desde cuidar de sus hijas pequeñas hasta servirle su comida, limpiar sus aposentos e incluso peinarlo. De acuerdo con los decretos del inicio del reinado del huey tlahtoani en 1502, solamente hombres y mujeres de la nobleza podían servirle en el palacio y congraciarse con su presencia. Fue fácil para Gonzalo distinguirla entre las otras mujeres, ya fuera por los sentimientos que albergaba por ella o debido a la belleza que irradiaba. La jovencita tenochca permanecía con la mirada hacia el piso de grandes lajas de piedra rosada, como lo dictaba el protocolo palaciego mexica. Desconocía si Yohualcitlaltzin se había percatado de su presencia, pero rápidamente alejó de su mente la cuestión, pues era importante concentrarse en el encuentro con el huey tlahtoani y apoyar en la medida de lo posible al capitán Alvarado. Tragó saliva, exhaló y volvió la mirada hacia el gobernante de todos los indios. Desde el fondo de su corazón esperaba que el encuentro se llevara sin sobresaltos, sin los típicos arrebatos del hombre de Badajoz.

Al notar la presencia de los caxtiltecas, el gobernante de Tenochtitlan levantó el rostro hacia ellos para observarlos con la misma mirada que en el pasado había causado reverencia y temor, y que ahora provocaba tristeza y lástima por su condición de cautivo. Los grilletes de sus tobillos limitaban en gran medida sus movimientos, dificultándole incluso el caminar. Sus familiares y sirvientes habían colocado paños de algodón entre el hierro y su piel para evitar que sus llagas se hicieran más grandes. Motecuhzomatzin había bajado de peso debido a la escasez de alimentos, así como por la situación en que se hallaba. Cuando Cortés estaba en Tenochtitlan, los alimentos que llegaban al palacio de Axayácatl eran abundantes y de gran calidad, incluso había exquisiteces para el exigente paladar del Gran Orador, como aguamiel, pulque, xocólatl y tabaco. A pesar de ser un prisionero de los caxtiltecas, el huey tlahtoani había mantenido el imperio funcionando, recibiendo embajadas y tributos, incluso tranquilizando a los preocupados gobernantes de los señoríos tributarios del oeste y del sureste. Diariamente era visitado por sus colaboradores, sacerdotes y familiares para tomar importantes decisiones de gobierno, que iban desde la compra de cargas de maíz y otros productos para alimentar a los hombres barbados hasta la limpieza del acueducto que traía agua potable a la isla desde los manantiales de Coyohuacan, pasando por temas triviales como resolver disputas de robos entre los recién llegados y sus súbditos o simplemente autorizar la compra de flores, copal y otros insumos para las fiestas dedicadas a los dioses. Esta situación benefició en gran medida a Hernando Cortés, quien a través de su interprete doña Marina aprendió a conocer profundamente el funcionamiento del imperio, su organización y las capacidades del ejército mexica, así como a inmiscuirse en importantes decisiones de gobierno. El huey tlahtoani se resignó ante la idea de que lo mejor era mantener la paz con los teteuctin, colaborar con ellos por el bien de su pueblo y evitar una guerra que desangrara su amada Tenochtitlan, por lo que se volvió el líder de la facción colaboracionista, lo que causó gran malestar entre las élites militares y sacerdotales de la capital mexica, incluso entre algunos miembros de su familia, como con su sobrino, Cacamatzin, el tlahtoani de Tezcuco. Veintenas atrás, el nieto de Nezahualcóyotl organizó varias reuniones con otros gobernantes de la zona con el propósito de atacar a los caxtiltecas y expulsarlos del Cem Anáhuac; sin embargo, el propio Motecuhzomatzin lo delató ante Cortés, quien de inmediato lo capturó para encerrarlo en el palacio de Axayácatl cargado de cadenas. Otros involucrados en la conspiración fueron los tlahtóqueh de Tlacopan y Tula, por lo que también acabaron como prisioneros de Cortés. Mejor amputar a tiempo una extremidad antes que permitir que todo el cuerpo sea invadido por la enfermedad, reflexionó en su momento el gobernante mexica. Motecuhzomatzin se convenció de que haría todo lo que estuviera en sus manos para mantener la paz y la estabilidad en sus dominios y evitar así el colapso de los trece cielos sobre la eterna Tenochtitlan, incluso a costa de su propia vida. Sin embargo, todo cambió desde que el tlacatécatl Cortés abandonó Tenochtitlan, dejando a cargo de las huestes caxtiltecas al Tonátiuh, el mismo que rompió la paz que tanto había costado lograr entre ambos bandos con la matanza que perpetró durante la fiesta de Tóxcatl, tratando de imitar las acciones que su capitán realizó en Cholollan. Esa jornada el pelirrojo acabó prestando oídos a su concubina doña Luisa y a sus aliados tlaxcaltecas, quienes afirmaron que los mexicas organizaban un devastador ataque en contra de los teteuctin al finalizar el festival de Tóxcatl, con el objetivo de expulsarlos de la ciudad-isla y rescatar a su huey tlahtoani. Muchos en Tenochtitlan añoraban el momento en que pudieran abrirle los ojos a Motecuhzomatzin para que los dirigiera nuevamente hacia la batalla, como en el pasado, y los llevara a una nueva victoria sobre los "devoradores de oro".

No muy lejos del Gran Orador, sentado en un escalón de la escalinata, se encontraba Juan Ortega, mejor conocido como el paje Orteguilla, un niño de doce años que había acompañado a su padre en la empresa de Cortés. El niño ganó rápidamente la confianza de Motecuhzomatzin, quien pasaba con el tlahtoani jornada tras jornada y aprendiendo a hablar y a comprender rápidamente el náhuatl, por lo que había cobrado notoriedad como traductor. Era apiñonado, de cabello obscuro, risueño y muy despierto para su edad. Al percatarse de la presencia del capitán Alvarado, Orteguilla se puso de pie, listo para traducir lo que se le solicitara, como era costumbre. El huey tlahtoani comenzó hablando en su idioma, con voz grave, profunda, por lo que rápidamente Orteguilla empezó a traducir.

—Montezuma pregunta por qué invaden su privacidad sin previo aviso. Don Malinche siempre le avisaba con antelación de sus visitas —dijo el paje.

—Orteguilla, decidle que es nuestro cautivo y que, aunque sea el gobernante de los indios, nosotros podemos venir a visitarle cuando nos plazca —contestó Alvarado, quien se detuvo frente al estanque cuadrangular, colocando sus manos sobre la hebilla de su cinto.

Gonzalo, que había sido testigo del primer encuentro entre Cortés y el todopoderoso emperador de los indios, no pudo más que sentir lástima por el hombre. En menos de un año, gran parte de su poder se había erosionado al volverse prisionero de Cortés. El hombre que causaba temor y respeto sobre millones de hombres había desaparecido para volverse no más que una marioneta de los cristianos, un cautivo encadenado. Para el extremeño parecía que había sido ayer cuando Cortés y el huey tlahtoani se habían encontrado por primera vez en la calzada de Ixtapallapan, cada uno seguido de cientos de hombres, el 8 de noviembre, día en que se recordaba la vida piadosa de san Godofredo, obispo de Amiens. Motecuhzomatzin llegó sentado en un palanquín de madera dorada cargado por al menos una decena de hombres, flanqueado por su hermano menor Cuitlahuatzin, tlahtoani de Ixtapallapan, y su sobrino Cacamatzin, tlahtoani de Tezcuco. En esa ocasión, Cortés se apeó de su caballo para salir a su encuentro y abrazarlo; sin embargo, se interpusieron sus familiares, deteniendo el ímpetu y la emoción del extremeño. Doña Marina, la inseparable faraute, tradujo lo que le dijeron al capitán, "Nadie puede ver a los ojos al huey tlahtoani, y mucho menos tocarlo sin su consentimiento". Aunque no se pudo concretar el abrazo entre Cortés y el Gran Orador, sí hubo un intercambio de obsequios. Motecuhzomatzin le entregó al extremeño dos collares de coral rojo con varias medias lunas de oro sólido, mientras que Cortés respondió con un collerón italiano de cristal cortado. Gracias a ese encuentro amistoso y cordial la paz reinó en los dominios de la Triple Alianza por muchos meses, entre indígenas y castellanos, hasta el imprudente ataque realizado por Pedro, reflexionó Gonzalo. Después de escuchar la traducción de Orteguilla en un rudimentario náhuatl, Motecuhzomatzin contestó nuevamente.

—¿Qué quiere de mí el Tonátiuh, el hombre de guerra? —tradujo el adolescente cuando terminó de hablar el Gran Orador.

—Solamente compartir las últimas noticias, vuestra majestad —dijo estas últimas palabras a manera de burla. Tonátiuh le lanzó una dura mirada a Orteguilla para después ordenarle—: Traduce cada palabra que diga, ni más ni menos. El capitán Hernando Cortés está por entrar a Temixtitan, posiblemente hoy mismo, después de derrotar a los cristianos que habían llegado a estas tierras para capturarlo. ¡Los mismos hombres con los que vuestra majestad estuvo carteándose, brindándoles información! ¡Esto es tan cierto como el Evangelio!

El jovencito Orteguilla trataba de seguir el ritmo de las palabras de Alvarado, traduciendo lo más rápido que podía, al tiempo que intentaba mantener el mismo tono de voz a pesar de la emoción que sentía al escuchar que Cortés regresaba a la capital mexica para romper el inclemente sitio que sufrían desde la matanza en el recinto ceremonial. El rostro de Motecuhzoma no se inmutó mientras escuchaba lo que traducía el paje Orteguilla, ni el menor atisbo de sorpresa o emoción se hizo evidente cuando lentamente cerró el códice que llevaba en sus manos y lo colocó a su lado sobre el suelo. Manteniendo la mirada de Pedro de Alvarado, hizo una seña con su mano y de inmediato una de las cinco mujeres que se encontraban sentadas en el extremo izquierdo del salón se puso de pie y tomó de la mano a la princesa Tecuichpotzin para llevarla a sus aposentos. Ambas desaparecieron por una puerta. Yohualcitlaltzin permaneció inmóvil, sentada en cuclillas en el gran salón, sin alzar la mirada del suelo, escuchando, con las otras tres mujeres de la nobleza, la conversación que se desarrollaba.

—Tonátiuh, lo que dices ya es de mi conocimiento. A pesar de encontrarme en su posesión, como un águila en una jaula, como una piedra verde engastada en un pectoral, mis ojos siguen viendo todo lo que sucede en mi ciudad y mis dominios —dijo Motecuhzomatzin en náhuatl, al tiempo que el niño Orteguilla traducía.

Cuitlahua, al escuchar el matiz que estaba tomando la conversación, decidió acercarse a su hermano y prepararse para lo peor. Cuitlahua supo que algo importante había sucedido ante la intempestiva entrada al gran salón de los caxtiltecas encabezados por Alvarado. Se incorporó y caminó con dificultad y lentitud hasta el estanque donde se encontraba sentado su hermano. El ruido agudo que causaba el hierro de sus grilletes hizo que Alvarado y los demás hombres dirigieran su mirada hacia el fiero tenochca. Gonzalo incluso colocó su mano en la empuñadura de su daga, la cual llevaba atada a su cinturón de cuero a manera de precaución. El hermano menor del huey tlahtoani tenía alrededor de treinta y cinco años y gozaba de gran fama entre su pueblo por ser un destacado líder militar, fiero guerrero y hábil administrador. Hombre de pocas palabras, de gran determinación aunque de temperamento explosivo, de quien se decía que tenía fuego por sangre. Guardaba gran parecido con su hermano mayor; sin embargo, su delgadez endurecía los rasgos de su rostro. Su frente era amplia, sus pómulos marcados, su quijada fuerte y sus ojos más grandes y expresivos que los de su hermano. Incluso era un poco más alto. Su nariz aguileña era lo que más destacaba de su rostro, rompiendo la armonía de sus agraciadas facciones. Vestía una hermosa tilma ribeteada con plumas rojas anudada sobre su hombro derecho, así como un máxtlatl también en tonos rojos. Su rostro, marcado por una gran cicatriz que iba de la frente al pómulo, estaba decorado con una bella nariguera de oro con forma de media luna, la cual cubría parcialmente su labio superior. Llevaba el cabello recogido sobre la cabeza, usando el peinado temíyotl, propio de los grandes guerreros y nobles de Tenochtitlan, mientras que su fleco perfectamente recortado caía sobre su frente. De su pelo colgaba un tocado compuesto por largas plumas de resplandeciente color verde. Finalmente, un bezote de oro con la forma de una cabeza de águila surgía debajo de su labio inferior y arriba de su mentón.

Alvarado, al escuchar la traducción de Orteguilla, montó en cólera. La respuesta del huey tlahtoani fue arrogante y demostraba que eran ciertos los rumores que afirmaban que Motecuhzoma y su familia seguían recibiendo informes del exterior del palacio, incluso durante el sitio y las batallas que se habían librado desde la matanza. De una u otra forma, mensajeros entraban al ala norte del palacio, brindando noticias y seguramente también alimentos. Días atrás, hombres de Vázquez de Tapia habían encontrado en uno de los pasillos de los aposentos ocupados por la familia real una verdura fresca a medio comer tirada sobre el piso, la misma que los indios llamaban xitómatl. Gonzalo recordó el incidente, así como el gran riesgo que suponía que los culúas tuvieran acceso al palacio. Podían dotar de armas a los más de veinte nobles que se encon-

125

traban cautivos, incluso rescatarlos. Sin embargo, después de registrar en al menos dos ocasiones los salones que rodeaban el patio norte, así como los aposentos ocupados por los miembros de la familia real, los tlahtó-queh prisioneros y los otros nobles, no había encontrado ninguna puerta secreta, túnel o pasadizo que permitiera el acceso al palacio. Incluso le sorprendió a Gonzalo que, teniendo esa posibilidad, Motecuhzoma no hubiera intentado escapar. ¿Acaso en realidad se encontraba por decisión propia como un cautivo de los cristianos para mantener la paz entre su pueblo y los hombres barbados?, reflexionó. ¿Acaso se encontraba entre ellos para conocer profundamente su mundo, costumbres, religión y, de ser posible, sus verdaderas intenciones? Con su permanencia en el palacio, ¿trataba de evitar una escalada de las agresiones? Al parecer Alvarado pensaba lo mismo que Gonzalo, pues de inmediato hizo patente su enojo y su furia. El Tonátiuh avanzó amenazante hasta el borde del estanque que lo separaba del gobernante tenochca, gritando:

—¡Perro pagano! Eso que decís bien lo sé. ¡Como también conozco que estuvisteis brindándoles información a los enemigos de Hernando Cortés! ¡Debería cortar vuestro cogote en este instante, traidor!

En ese momento desenfundó su misericordia, la cual destelló amenazadoramente. Orteguilla se puso pálido ante la actitud de Alvarado, no sabiendo si traducir o mejor quedarse callado. Motecuhzomatzin se puso de pie sobre la pileta seca, sin ninguna muestra de miedo o enojo.

—¡Traducid, niño, maldita sea! —ordenó Alvarado a Orteguilla, quien de inmediato tradujo a Motecuhzoma, quien escuchaba atentamente, impávido y sereno frente a la amenaza.

Por un momento reinó un tenso silencio en el salón, el cual fue roto solamente por los rechinidos de los grilletes de Cuitlahua, quien airado se acercó a su hermano hasta colocarse a su espalda, listo para morir defendiéndolo si era necesario. Después de un momento, el huey tlahtoani dio su respuesta.

—He hecho todo lo necesario para asegurar la supervivencia de mi pueblo. Si eso me cuesta la vida, mi aliento, en este preciso momento gustoso lo entregaré —dijo el gobernante tenochca, haciendo una breve pausa antes de continuar para que Orteguilla tradujera—.

La información que he brindado a los caxtiltecas de la costa ha sido con el objetivo de evitar otra guerra en mis dominios, y así facilitar el regreso de los hombres de don Malinche a la costa y finalmente a sus islas. ¿Cuántas veces no he escuchado al tlacatécatl Cortés decir que no pueden regresar a su hogar debido a que no cuentan con los transportes necesarios? Los caxtiltecas que han llegado a la costa dirigidos por Narváez tienen más de diez fortalezas flotantes, las mismas que ustedes necesitan para regresar a su hogar, ubicado más allá de las grandes aguas. Así, al evitar un conflicto, todos ganamos —afirmó con su voz grave y pausada, sin amedrentarse, sosteniendo la furibunda mirada de Alvarado.

—¡Presumes demasiado, perro indio! ¡Sabes demasiado, pagano! —contestó gritando Alvarado—. ¡Al taimado de Pánfilo le has dado información para que acabara con nosotros y así librarte de nuestra presencia! —sus mejillas se incendiaron, adquiriendo un color rojo, al igual que su frente. Sus intensos ojos azules brillaron amenazadores, llenos de furia.

Permaneció callado un momento, inhalando y exhalando, sabiendo que no podía agredir a Montezuma sin sufrir un castigo por parte de su capitán. Nuevamente el gran salón se sumió en un tenso silencio que súbitamente podía transformarse en una tormenta que decidiría el destino de miles de hombres. Sin embargo, la tormenta nunca llegó. A pesar de que respiraba agitadamente, Alvarado retomó el habla.

—Veremos qué decisión toma Cortés sobre este traidor. Posiblemente tiene sus días contados —bramó con la intención de que los hombres que lo acompañaban y los guardias del salón lo escucharan, mientras señalaba al huey tlahtoani con su misericordia de acero—. Gonzalo, hablad con Vázquez de Tapia y haced que se redoble la vigilancia en los aposentos de este indio taimado, incluso en las habitaciones ocupadas por su familia. En ningún momento Montezuma debe quedarse solo, no importando que sea de día o noche. Decidle que de alguna forma los culúas están entregando al rey de los indios informes, alimentos y quién sabe qué más, desde el exterior del palacio. ¡Encontrad la forma en que se comunican! ¡Encontrad la maldita cámara secreta, pese a Dios! —concluyó gritando nuevamente.

—Así se hará, don Pedro —respondió Gonzalo, quien por un momento pensó que Alvarado volvería a montar en cólera y a retomar las intenciones de atacar al gobernante de los indios. Afortunadamente, la razón había prevalecido sobre la furia del hombrón de Badajoz, cosa rara en su existencia. Finalmente exhaló cuando vio que Alvarado guardaba su misericordia, para después abandonar el gran salón dando zancadas ante la mirada atónita del joven Santiago, quien se sintió afortunado por no tener que tomar la palabra y citar la acusación que había escuchado en contra del rey Montezuma. Santiago siguió los pasos del pelirrojo después de hacer una rápida reverencia, confundido sobre cómo debía actuar ante la presencia de un monarca, sin importar si era pagano o cristiano. Antes de abandonar el gran salón, Gonzalo dirigió una mirada a su amante indígena, quien seguía postrada, indiferente ante todos los presentes, lista para obedecer cualquier orden que saliera de la boca de Motecuhzomatzin. Un escalofrío recorrió el cuerpo de Gonzalo al ver lo bella que lucía y ante la posibilidad de perderla en la guerra que se aproximaba, pero de inmediato reprimió la emoción. Dirigió una dura mirada a Cuitlahua antes de salir del gran salón para ir a la antesala en busca de Vázquez de Tapia y cumplir con la tarea que le había ordenado la bestia Alvarado. Los dos hermanos de la familia real permanecieron de pie: Motecuhzomatzin, hierático, seguía con la mirada a los hombres que alguna vez admiró, mientras que Cuitlahua soltaba la empuñadura del delgado y afilado punzón hecho de hueso de jaguar que escondía en su máxtlatl.

CAPÍTULO 12

La noche llegó a Tenochtitlan, sumergiendo al tecpan de Axayácatl en las tinieblas. Después de más de treinta y dos días de estar sitiados, incluso la madera de ocote, imprescindible para las antorchas y braseros que brindaban luz, se estaba agotando. Los hombres barbados empezaron entonces a desmontar los techos del palacio para usar las vigas como combustible para alimentar las fogatas. Beatriz Yohualcitlaltzin llegó al patio central del tecpan después de abandonar los aposentos del huey tlahtoani y la familia real llevando dos jícaras para recibir su ración diaria de alimento, así como la de su señor Gonzalo. Aún se encontraba nerviosa después de la visita de la bestia roja, Tonátiuh Alvarado, al huey tlahtoani Motecuhzomatzin. La jovencita pensaba que si Tonátiuh y sus hombres atentaban contra la vida del huey tlahtoani perderían toda esperanza de poder salir con vida de Mexihco-Tenochtitlan, pues desperdiciarían el poco poder que aún poseían sobre los mexicas. Por un momento, en lo más álgido del encuentro, la tenochca pensó que lo atacarían para acabar con su vida. Sin embargo, para fortuna de todos, no se concretó la agresión que hubiera acarreado terribles consecuencias, principalmente para los propios cristianos. Con cada día que pasaba, la opinión que la jovencita se había hecho de los caxtiltecas se iba degradando. De la emoción y admiración que había sentido por ellos cuando entraron en Tenochtitlan no quedaba nada más que enojo y desprecio. ¿Cómo era posible que los hombres barbados irrumpieran en la fiesta de Tóxcatl para matar a quienes los habían alojado y alimentado por varias veintenas, ofreciendo paz y amistad? Por medio del tlahtoani Cuitlahuatzin se enteró de que su padre había sido asesinado el día de la matanza de Tóxcatl. Al parecer, el hermano menor de Motecuhzomatzin recibía visitas de sus agentes desde el exterior del palacio. La noticia fue como un baño de agua fría para la jovencita, perteneciente a la nobleza tenochca. Noches y días completos lloró su pérdida, rechazando los alimentos, si es que se les podía llamar de esa manera, que Gonzalo le ofrecía. También las emociones que sentía por su señor Gonzalo habían cambiado. Aún se estremecía al recordar cómo lo encontró el día de la masacre, cubierto de sangre tenochca, con su arma goteando el precioso alimento de los dioses. Cuánta razón tuvo Chichilcuauhtli al despreciar a los extranjeros, al advertirle que no confiara en ellos. Los sentimientos de admiración y cariño que sentía por el extremeño se habían disipado hasta convertirse en una dura indiferencia cuyo objetivo era permitirle sobrevivir al caos que estaba por venir, una guerra que apenas comenzaba. A pesar de que le debía la vida a Gonzalo, quien la había encontrado en medio de tanta muerte, sangre y desolación en el recinto ceremonial, aún recordaba cuando la abofeteó por haber desobedecido sus órdenes al romper la única condición que le había impuesto al permitirle abandonar el tecpan: no participar en el festival de Tóxcatl. La cachetada que le dio iba cargada de amargura, resentimiento y violencia. La jovencita no podía dejar de pensar que Gonzalo se la propinó con la misma mano que ejecutó a decenas de tenochcas sin ninguna justificación, que solamente cumplían con su deber sagrado hacia los dioses, por una genuina preocupación por mantener el equilibrio cósmico en el Cem Anáhuac. Ese resentimiento emanaba del interior de Yohualcitlaltzin cada vez que el caxtilteca de intensos ojos verdes la acariciaba por la noche, cada que trataba de entablar una conversación con ella, o cuando simplemente compartían el lecho. La felicidad, el diálogo y la empatía que habían sentido ambos se habían esfumado, dando paso a una fría cotidianidad, situación que no se volvía insostenible solamente por los duros momentos que vivían. Desde la matanza de Tóxcatl ella no se resistía a los besos, las caricias y la penetración, pues sabía que su supervivencia dependía del cristiano, al menos por el momento. Soportaba estoicamente su realidad actual hasta que pudiera encontrar una ventana por la cual escapar y regresar con los suyos. Dejando de lado estas reflexiones, Yohualcitlaltzin avanzó hacia uno de los rincones del gran patio, donde sabía que destazaban los enormes venados sin cuernos que habían traído los caxtiltecas desde el otro lado de las grandes aguas. Ante la falta de alimentos, los hombres barbados habían tomado la decisión de matar a los gigantescos animales para alimentarse. Era lo único que se podían comer después de haber recurrido a raíces, gatos, perros, roedores, incluso algunas aves exóticas que formaban parte de la colección del huey tlahtoani. De cuando en cuando, los tlaxcaltecas sitiados no dudaban en comer carne humana de los guerreros mexicas abatidos, más que por una cuestión ritual, para llenar el estómago. Por las noches salían furtivamente del palacio y arrastraban a uno de los muertos que quedaban tendidos después de las escaramuzas, para luego desmembrarlo y asarlo. Lo más socorrido eran las piernas y los brazos. Ante las terribles condiciones del sitio, los caxtiltecas toleraban esta antigua práctica de sus aliados nahuas para continuar gozando de su apoyo y evitar un conflicto dentro de los muros del mismo tecpan. Beatriz Yohualcitlaltzin había sido testigo de cómo el olor de la carne asándose había hecho salivar a más de un cristiano.

Por la mañana de esa jornada había corrido la voz entre las mujeres tenochcas y tlaxcaltecas de que por la tarde se realizaría el sacrificio de dos grandes venados para alimentar a los hombres. Esa era la razón por la que Yohualcitlaltzin se encontraba en el patio central del palacio, el cual estaba atestado de personas: caxtiltecas, tlaxcaltecas y mujeres mexicas, todos disfrutando del breve respiro que les dieron los tenochcas durante el día, ya que seguían sin reanudar los ataques y las escaramuzas. Aun así, los teteuctin no bajaban la guardia ni se confiaban. En los techos de los salones del palacio, Yohualcitlaltzin pudo apreciar decenas de hombres vigilando los alrededores del complejo, listos para dar la voz de alarma en caso de que un nuevo ataque se concretara.

Debajo de los techos sostenidos por pilares que rodeaban tres de los cuatro lados de la plaza descansaban sobre petates algunos heridos y enfermos, quienes eran cuidados por sus compañeros y por las mujeres nahuas que se les había asignado. Ante la falta de agua, los cristianos habían excavado tres pozos en el patio, de cuyas profundidades manaba un agua turbia, llena de sedimentos, la cual era una bendición para los sitiados. Sin embargo, varios se encontraban enfermos por beberla, evacuando al menos cinco veces por día, llegando algunos incluso a la muerte por la enfermedad de cámaras. Muchos de estos hombres se encontraban postrados dentro de los salones, o en las esquinas de los patios, despidiendo un olor nauseabundo, mientras esperaban con paciencia la muerte que se aproximaba. La jovencita, al cruzar por un pasillo que daba al ala oeste del palacio, tuvo que cubrirse la nariz con la manga de algodón de su huipil debido al pestilente tufo que el viento traía desde las letrinas, que habían sido colocadas dentro de un salón que en el pasado se utilizó como bodega. En el ambiente también percibió el olor de madera quemada, de ocote, así como la pestilencia de la sangre fresca regada por el suelo, rastro de la matanza realizada para obtener algo de alimento, y el hedor de carne siendo hervida en grandes recipientes de cerámica, que aun así le abrió el apetito. Infinidad de piedras, dardos y flechas cubrían el piso de lajas de piedra, lo que dificultaba el caminar por el espacio. Yohualcitlaltzin pudo observar muchas fogatas bajo los pórticos del gran patio, donde los hombres buscaban calentarse y descansar de la terrible fatiga que sufrían, después de días de combate y de vigila. También reinaban en el ambiente el júbilo y la alegría por saber que Hernando Cortés regresaba desde la Villa Rica de la Veracruz para salvarlos de las huestes mexicas y finalmente retomar el anhelado camino a casa. Los hombres sabían que Pánfilo de Narváez había traído con él varios navíos, los cuales usarían para regresar a la isla Fernandina o al menos establecerse en la costa, fuera del alcance de los aguerridos mexicas.

A pesar de que muchos caxtiltecas lanzaban miradas lujuriosas a la jovencita al pasar frente a ellos, ninguno se atrevía a tocarla o a faltarle el respeto, pues sabían que pertenecía al Sin Miedo, Gonzalo Rodríguez de Trujillo, capitán de rodeleros. Llamó su atención un hombre que la observaba con detenimiento mientras le sonreía. Se trataba de un tenochca o tlaxcalteca que cubría su cuerpo con una amplia tilma obscura y se encontraba de pie detrás de uno de los pilares del patio. La jovencita apuró el paso para dejarlo atrás mientras tocaba el camafeo que llevaba sobre el pecho para asegurarse de que era visible y no se encontraba escondido debajo de su huipil blanco. La pieza evidenciaba su condición de encontrarse bajo la protección de un caxtilteca, y no de uno cualquiera, sino de un capitán de rodeleros. Finalmente, Yohualcitlaltzin llegó al rincón donde una cuadrilla de indígenas, dirigidos por un obeso caxtilteca desnudo del torso, repartía la carne de los animales sacrificados. Varias vasijas de barro de gran tamaño hervían sobre el fuego. Para darle algo de sabor a la carne le agregaban el polvo negro que utilizaban los hombres barbados para que sus bastones escupieran fuego, la pólvora. Frente al hombre obeso había una fila de mujeres y hombres esperando a que se les repartiera un poco del guiso, por lo que después de aguardar por un momento le tocó el turno a Yohualcitlaltzin. La ración era de un cucharón por persona, con algunos trozos de carne, cartílago, piel y hueso en un caldo espeso. Aunado a esto se entregaba una cuarta parte de tortilla dura por persona. Con los recipientes llenos, la jovencita retomó el camino de regreso al salón donde pasaba la noche con Gonzalo. Este último, por dirigir una compañía de rodeleros, tenía derecho a no pasar la noche en el patio, sino dentro de uno de los grandes salones del complejo palaciego, donde también se alojaban otros capitanes y hombres de confianza de Alvarado y del capitán Juan Velázquez de León. Durante el trayecto se encontró con Aquetzalli, una mujer del calpulli de Huitznáhuac de no más de veinte inviernos que había sido asignada a otro caxtilteca, quien se hallaba gravemente enfermo de cámaras, evacuando muchas veces por día, al borde de la muerte. La encontró cerca de uno de los pozos de donde extraían el agua para beber, donde en ese momento se congregaban varios tlaxcaltecas semidesnudos y sedientos. Doña Beatriz observó con detenimiento a su amiga, quien se veía agotada y más delgada de lo normal. Su pelo se encontraba despeinado y su huipil muy sucio. Citlalli la conocía desde que eran chiquillas, ya que se encontraban con frecuencia en las fiestas del barrio, así como en la Casa del Canto, el Cuicacalli. A pesar de que nunca habían tenido la oportunidad de forjar una profunda amistad, sabía que era una mujer discreta, amable y de confianza.

—Teótlac, cihuapilli —saludó con alegría a Citlalli al ver que se aproximaba.

—Cualli teótlac, nícniuh —respondió esta—. ¿Has encontrado comida, hermanita? —preguntó la bella jovencita que, a pesar de encontrarse en medio de una guerra, seguía dándoles color a sus mejillas usando la grana cochinilla.

—Quema, en efecto. Han sacrificado dos venados de los caxtiltecas, por lo que parece que sí habrá alimento para todos esta noche, al menos unos bocados. Creo que se debe a que el tlacatécatl Cortés regresa a Mexihco-Tenochtitlan a más tardar mañana, después de lograr una importante victoria en el Totonacapan. ¿Crees que nuestros guerreros águilas y jaguares permitan la entrada del capitán cristiano y sus hombres a la ciudad? —preguntó muy interesada Aquetzalli.

Antes de responder, Yohualcitlaltzin miró en ambas direcciones para ver si algún tlaxcalteca se encontraba cerca; después jaló a Aquetzalli de la manga de su sucio huipil hacia uno de los pilares que sostenían el pórtico que rodeaba el patio. Cuando se aseguró de que nadie podía escucharlas, le confesó a su amiga:

—Nícniuh, he escuchado a nuestro venerado orador discutir con su hermano Cuitlahua, lejos de traductores que pudieran entender lo que decían, en la privacidad de sus aposentos. Esto sucedió solamente en la presencia de un guardia cristiano y de mí, que me encontraba colocando el tabaco restante y el liquidámbar en la caña para que nuestro venerado Orador fumara. Ambos creían que era prudente permitir que entrara el tlacatécatl Cortés con su ejército a Tenochtitlan sin ser atacados, pero por distintas razones. Mientras que nuestro venerado Orador piensa que lo mejor es pactar la paz con los caxtiltecas con la condición de que abandonen nuestra ciudad y regresen al Totonacapan, a la costa, en un lapso de algunos días, su hermano piensa muy diferente. El tlahtoani de Ixtapallapan, Cuitlahua, quiere permitir la entrada de los hombres barbados para tenerlos a todos dentro del tecpan de Axayácatl para sitiarlos y acabar con ellos, ya sea por hambre y sed o por la fuerza. Como era de suponer, Motecuhzomatzin se molestó en gran medida al escuchar el plan de su hermano, a quien reclamó que lo que proponía era una locura. "Como bien sabes, estos hombres son poderosos. Vienen protegidos por un dios desconocido para nosotros. Los hombres del tlacatécatl Cortés son los primeros en llegar a estas tierras y seguramente serán seguidos por cientos de miles, tantos como las estrellas o los granos de arena de una playa", fueron las palabras de nuestro venerable Orador. A lo que Cuitlahua contestó que los mexicas no podían tolerar más su presencia después de las terribles afrentas que les habían causado, comenzando con la captura del huey tlahtoani, y ahora con la masacre frente al huey teocalli. La discusión terminó cuando Motecuhzomatzin le aclaró que él aún era el gobernante, y que no permitiría más muertes en su ciudad.

—Entonces esa es la razón por la que nuestros guerreros no han continuado con los ataques el día de hoy —reflexionó en voz alta Aquetzalli.

—Exactamente. Por esa razón las águilas y los jaguares no se han presentado hoy al combate. Es por ello que reina el silencio y la tranquilidad en el huey altépetl, en Mexihco-Tenochtitlan. Lo realmente importante es saber qué opinión prevalecerá. Es cierto que Motecuhzomatzin aún es el huey tlahtoani; sin embargo, la opinión de muchos pipiltin, los grandes nobles de la ciudad, coincide con la del señor de Ixtapallapan al considerar que los caxtiltecas se han excedido con la masacre que perpetró el Tonátiuh. Muchos quieren la guerra total para obtener venganza, entre ellos Cacamatzin e Ixtlicuecháhuac. Lamentablemente ambos se encuentran prisioneros en este tecpan.

—Y seguramente los grandes señores del ejército mexica, así como los sacerdotes, piensan igual, en acabar con los hombres barbados —comentó Aquetzalli, visiblemente interesada en la charla.

—Claro, hermanita. Y si te interesa escuchar mi opinión, creo que lo mejor es que los mexicas demuestren su poder ante los extranjeros, que los combatan hasta el agotamiento y que sean expulsados de la ciudad —afirmó convencida Yohualcitlaltzin—. Los caxtiltecas no pueden permanecer indefinidamente en nuestra ciudad.

—Coincido contigo, hermanita, con tu canto y pensamiento, pero ¿te das cuenta de que nosotras estaríamos en medio de la pesadilla, de los ataques y del hambre? ¿Te das cuenta de que nos encontramos en el mismo recinto donde descansan los enemigos de nuestro pueblo? —reflexionó Aquetzalli.

—Lo sé, pero es mucho más importante la grandeza y la prosperidad de Mexihco-Tenochtitlan que nuestra vida, hermanita. Aun así, creo que tenemos mucho que rezar y pedirle a nuestro señor por quien se vive, al Dador de Vida, para salir vivas de esta guerra.

—Que nuestro amado Ipalnemohuani nos cuide, y también a las muchas mujeres tenochcas que por su designio acabaron calentando los petates de los caxtiltecas —afirmó la mujer.

—Tengo que dejarte, hermanita, jadecito precioso. Cuida tus pasos, cuida tu vida —finalizó Yohualcitlaltzin después de darle un abrazo con la mano que llevaba libre, pues había colocado las dos jícaras una sobre otra, así como las tortillas.

—Cuídate, hermanita, que vienen tiempos difíciles —respondió Aquetzalli correspondiendo el abrazo, y continuó su camino hacia el patio sur hasta perderse entre las sombras.

La jovencita de origen noble atravesó el patio central para después entrar en uno de los amplios salones donde dormían los capitanes y algunos de los preferidos de Alvarado con sus mujeres indígenas. De inmediato llamó su atención la melancólica melodía que inundaba el ambiente. Se trataba de uno de los lugartenientes de la expedición, apodado Ortiz "el músico", quien sentado sobre un barril tocaba un instrumento de madera con cuerdas, al que los caxtiltecas llamaban laúd. El hombre parecía ajeno a su realidad, perdido entre los acordes y el rápido movimiento de sus dedos. El piso del gran salón estaba lleno de petates, petacas, mochilas, costales, incluso metates, jícaras, guajes y comales, objetos que recordaban cuando había abundancia de provisiones, cuando las mujeres tenochcas preparaban cada noche los alimentos para los hombres barbados a las que habían sido entregadas. Algunos braseros de barro estaban distribuidos por la gran cámara, en cuyo interior se quemaba la madera para mantener alejada la humedad y el frío que causaban las lluvias de la temporada. Mientras llegaba al rincón norte del salón, Yohualcitlaltzin distinguió los desagradables hedores a los que ya se había acostumbrado. Olía a sudor, a madera quemada, a orines, incluso a carne podrida debido a la gangrena que sufrían algunos hombres que habían sido heridos y se encontraban convalecientes. Algunas parejas yacían acostadas, cubiertas con mantas de algodón, disfrutando del descanso que les habían dado los mexicas en dicha jornada. Una que otra mujer revisaba las heridas de su hombre para asegurarse de que no hubiera infección, mientras que un grupo de al menos diez jovencitas comían sentadas y conversaban. El salón generalmente estaba ocupado por las mujeres, ya que día tras día los hombres se encontraban en sus puestos de combate, descansando solo un momento por la tarde para luego regresar a la refriega por la noche y la madrugada. Lo mismo sucedía con Gonzalo, quien llegaba por la madrugada al sucio y húmedo rincón, dormía hasta el amanecer y se volvía a retirar. Desde la matanza pocas veces habían tenido sexo, pues el caxtilteca llegaba tan cansado que momentos después de acostarse sobre el petate se quedaba profundamente dormido, roncando ruidosamente. Esa noche, Yohualcitlaltzin se sorprendió al encontrar a Gonzalo sentado en el petate que les servía de cama, recargado sobre la pared estucada, mientras retiraba el vendaje que cubría una herida de su brazo izquierdo. Generalmente la tenochca dejaba la poca comida que recibían diariamente sobre un pequeño banco de madera, para que el caxtilteca la comiera cuando se daba un respiro de sus pesadas obligaciones. El extremeño observó a la joven mujer aproximarse al lugar donde descansaba. Trató de forzar una sonrisa, pero no pudo. Yohualcitlaltzin, con completa indiferencia, le entregó su cocido y revisó la herida de su brazo, la cual parecía sanar sin complicaciones. Cubrió la lesión y volvió a amarrar el sucio jirón de lana sobre su antebrazo, para después bajar la manchada y sudada manga de la camisa hasta llegar a la muñeca. Entonces la jovencita tomó su jícara y empezó a comer, ante los constantes quejidos de sus entrañas debido a la falta de alimento. Ambos comieron en silencio, recargados sobre el muro, sin pronunciar palabra. Al terminar su ración, el extremeño la volteó a ver y rompió el incómodo silencio.

—¿Cómo te encuentras, Beatriz? —preguntó el rodelero.

Yohualcitlaltzin asintió.

—Quema. Bien —contestó.

—¿Has comido estos últimos días? —cuestionó.

La tenochca nuevamente asintió.

—Me alegra. Quedan pocas provisiones en el palacio para tanta gente —reflexionó.

Por un momento Gonzalo se quedó callado para después retomar la conversación.

—Posiblemente mañana ya no haya nada que comer.

Al no obtener ninguna respuesta de su amante, el extremeño continuó hablando después de dar un gran sorbo a su jícara y masticar un duro pedazo de carne.

—Por fin me han dado un jodido respiro, Beatriz. Los indios siguen sin atacar nuestras posiciones. Ni siquiera han ofendido a los mancebos de Francisco de Aguilar y Jorge Alvarado, quienes defienden con un par de culebrinas y una lombarda las dos brechas del muro sur de este palacete —comentó, olvidándose por un momento de que su compañera no comprendía todas las palabras del castellano, y menos los conceptos militares de los que hablaba.

—Huel cualli. Cuanto menos guerra, menos muertos —respondió Yohualcitlaltzin.

Después se puso a masticar un duro pedazo de carne de caballo mientras daba un par de sorbos al cocido. Gonzalo retomó la conversación.

—Hay algo que me mortifica de manera mordaz, Beatriz. De una manera u otra, Montezuma y su maldito hermano mandan y reciben mensajes desde el exterior de este inmundo palacete. Los abastecen de informes, incluso condumio y posiblemente hasta armas. ¡Por la sangre de Cristo! Debe de existir un pasadizo, un túnel que conecte el exterior con los aposentos del tlahtoani.

Beatriz Yohualcitlaltzin se mantuvo callada, esforzándose por entender lo que le decía el extremeño con considerable rapidez.

—En dos ocasiones hemos buscado el maldito pasaje sin dar con él, mujer —Gonzalo se acercó a ella para verla de frente mientras sujetaba sus brazos—. ¿Sabes algo de ese túnel, de ese acceso? —preguntó, mirándola fijamente a los ojos.

Citlalli sostuvo su mirada, entendiendo exactamente a lo que se refería. La tenochca sabía que el acceso se encontraba en algún lugar del costado oeste del ala norte del palacio, posiblemente en una habitación que el padre de Motecuhzoma, el difunto Axayácatl, destinaba para recibir por la noche a sus concubinas y otras mujeres, o posiblemente en una cámara donde en el pasado había un pequeño adoratorio a los dioses, el cual ya había sido desmantelado. Recordó el día que encontró una serie de huellas de fango en el pasillo que daba a ambas habitaciones, huellas que fueron rápidamente limpiadas por un par de esclavos. Le pareció curioso, ya que Motecuhzomatzin y los otros nobles tenían prohibido por los caxtiltecas abandonar los espacios techados y secos del ala norte del palacio, y la servidumbre era muy cuidadosa cuando abandonaba esa área para no manchar los pisos de las habitaciones que ocupaba el huey tlahtoani. En aquellos días aún no habían sido apostados guardias caxtiltecas en los aposentos privados del gobernante, tratando de respetar su privacidad. Algo que también llamó su atención fue cuando en un par de ocasiones el propio Motecuhzomatzin le obsequió algunas frutas frescas, como muestra de su aprecio; sin embargo, nunca hizo preguntas sobre el origen de estas. Por último, había visto cómo Cuitlahua y un par de hijos del huey tlahtoani escondían debajo de una loza de cantera del palacio algunas dagas de pedernal y obsidiana. En ese momento se preguntó cómo las habían obtenido, pues era bien sabido que los caxtiltecas habían despojado de toda arma a los cautivos. No tuvo que pensarlo dos veces para responder negativamente a la pregunta de Gonzalo.

—No sé. No he escuchado nada. No conozco —respondió, sosteniendo la intensa mirada de los ojos verdes del extremeño.

—¿Estáis segura, moza? Sé que pasas mucho tiempo en los aposentos de Montezuma, y que de alguna manera están emparentados. De saber algo, ¿me lo dirías, Citlalli? —preguntó Gonzalo Rodríguez de Trujillo tratando de escudriñar cualquier gesto o movimiento corporal que realizara la jovencita de diecisiete años.

—Yo decirte, don Gonzalo —contestó—. Yo unida a ti por destino, por decisión de los dioses, hasta la muerte —mintió la jovencita. Dejó a un lado la jícara de donde comía y sujetó con su mano un antebrazo del extremeño—. Confiad.

Al parecer sus palabras fueron suficientes para tranquilizar a Gonzalo, a pesar de lo distanciada que sentía a su amante. Todo había cambiado después de la matanza del recinto ceremonial. El español entendía su distanciamiento y dolor, pues sabía de la muerte de su padre, así como de lo terrible que debió de ser para ella ver toda esa mortandad.

—Sé que lo harás, Beatriz. Sé que, si te enteras de algo, me lo confesarás —afirmó, al tiempo que buscaba bajo el huipil de la mujer el camafeo que colgaba de su cuello.

Acarició la pieza redonda donde estaba retratada de perfil la diosa griega Afrodita. Después buscó algo dentro de su brigantina de cuero tachonado. Sacó un pedazo de papel amate cubierto con estuco, doblado en cuatro. Rápidamente lo desplegó sobre el suelo. En él había un plano garabateado con carbón en el que aparecían varios cuadros que creaban calles, así como un par de templos y canales. Una gran cruz se encontraba al centro del mapa.

—He depositado toda mi fe, mi confiar, en ti, Citlalli —dijo, señalando la cruz—. Como bien has escuchado, el capitán don Hernando está por arribar a Temixtitan, y con él mi superior, Juan Velázquez de León. Por la cruz, que pronto abandonaremos esta ciudad de rastacueros donde aún el diablo es un mandón, no sin antes rescatar el arcón que nos hará ricos después de que termine esta pesadilla. Podremos fincarnos cerca de la Villa Rica de la Vera Cruz o posiblemente en la isla Fernandina, cerca de Santa María de Puerto Príncipe o en Asunción de Baracoa, dejando atrás todos estos malditos rigores. En unos inviernos esto no será más que un mal recuerdo. Con esas riquezas no nos faltará nada durante los años que nos resten de vida. Compraré algunos terruños para criar vacas y reses bravas. Nada te faltará, e incluso podrás cuidar de mis hijos —dijo emocionado.

Citlalli asintió, entendiendo perfectamente lo que hablaba el español, así como el lugar que le reservaba en su vida, lo que no le sorprendió. Recordó las palabras de su nocihtzin, o abuela, cuando supo del importante rol que jugaría su nieta al ser entregada a los hombres barbados para concretar la paz. En esa ocasión le dijo: "Yohualcitlaltzin, los hombres caxtiltecas solamente se casan con mujeres caxtiltecas, así como los hombres mexicas solamente se casan con mujeres mexicas. Una relación entre un caxtilteca y una mexica no puede terminar bien. Nunca olvides que serás entregada a uno de ellos solamente por motivos políticos, no por amor". En ese momento se reprendió internamente por ilusionarse con el extremeño y por rechazar a quien realmente le interesaba, el guerrero Chichilcuauhtli del calpulli de Teocaltitlan.

Por otro lado, la jovencita recordó aquella noche lluviosa cuando guio entre acequias, chinampas y calles de la capital mexica a una compañía de alrededor de diez cristianos, entre ellos su señor Gonzalo, el caxtilteca que vivió entre los mayas, Gerónimo, y el terrible Velázquez de León. Todo se realizó en secreto, sin dar aviso al tlacatécatl

Cortés ni a la bestia Tonátiuh. Salieron furtivamente del tecpan de Axayácatl llevando un petlacalli de tamaño mediano cubierto de un armazón de metal. Aunque no vio lo que había en su interior, le fue fácil adivinar que se trataba de teocuítlatl, la excrecencia dorada del dios solar, el material por el que los caxtiltecas podían acabar matándose. En medio de la completa obscuridad, la jovencita había guiado al grupo de hombres hasta que llegaron a una chinampa abandonada llena de enredaderas, maleza y algunos otates más altos que una persona, en el calpulli de Huehuecalco. Una pequeña casa había perdido su techo y se caía a pedazos en una de las esquinas del terreno rodeado de canales de agua. Justamente fue en una de estas acequias, donde crecía un grupo de cañas, donde el agua se unía con la tierra, que un par de hombres arrojó la petaca a las obscuras aguas, dejando una estela de burbujas mientras se hundía. Gonzalo y el náufrago Gerónimo amontonaron algunas piedras sobre una roída camisa roja para identificar el lugar. Solamente dejaron visible una manga, una señal lo suficientemente sutil para encontrar la ubicación exacta cuando regresaran días después, pero sin llamar la atención de las pocas personas que atravesaban el terreno. Rápidamente la partida regresó al palacio, donde nunca más se comentó nada sobre el cofre y su valioso contenido. Citlalli estaba segura de que ni el mismo Cortés sabía que sus propios hombres habían abandonado el palacio esa noche.

Gonzalo, después de observar con detenimiento el plano, continuó hablando:

—A pesar de poseer este mapa, nos será difícil dar con el cofre sin tu ayuda, chiquilla. Nos tomaría mucho tiempo. Por eso tú nos ayudarás a concretar el rescate —dijo el español acariciándole la mejilla.

—Así será —contestó Yohualcitlaltzin mientras veía cómo Gonzalo volvía a guardar el plano debajo de su brigantina.

—Tú nos harás ricos, jovencita —concluyó Gonzalo, para después acostarse y al poco tiempo quedar profundamente dormido, vencido por el cansancio, sobre el petate que compartía con Citlalli.

4. CORTÉS
Día doce de la veintena Tecuilhuitontli, año Ome Técpatl
24 de junio de 1520

CAPÍTULO 13

¡Don Cortés ha regresado! ¡El capitán ha vencido y viene a rescatarnos! ¡Hurra, hurra por el capitán Hernando! Estos fueron los gritos que se escucharon en el palacio de Axayácatl la mañana del 24 de junio, día de san Juan el Bautista, del año 1520. Algunos de los hombres que aún dormían despertaron ante la algarabía, entre ellos Gonzalo, quien rápidamente subió al techo del palacete donde ya se encontraban Pedro y Jorge de Alvarado, Francisco de Aguilar, Xicoténcatl el mozo y Vázquez de Tapia. En la gran calzada de Tlacopan se apreciaba una columna compuesta por varios miles de hombres, quienes avanzaban gritando y disparando al aire arcabuces y espingardas. Ante la mirada atónita de los sitiados, avanzaban sin ser atacados o molestados por los mexicas. La escena se asemejaba a la entrada de un ejército victorioso a su capital, aunque en realidad se trataba de un ejército que entraba a una ciudad hostil ubicada en medio de una isla, apartada por el agua del lago de Tezcuco. Una fortaleza lacustre de donde sería difícil escapar.

—Esto es una locura —dijo para sí mismo en voz alta Vázquez de Tapia, quien no podía creer lo que veía.

—Una locura que nos saca del gran aprieto en el que nos encontramos —replicó Francisco de Aguilar, y de inmediato besó una

143

de las cruces de los rosarios que colgaban de su cuello—. ¡Alabado sea Cristo y Nuestra Señora la Antigua de Sevilla!

—¿Acaso vosotros no os percatáis de que los indios permiten su entrada para encerrarlos con nosotros? —dijo Bernardino.

—Callaos, Bernardino —ordenó Alvarado—. Es una bendición que los perros indios hayan permitido la entrada de Cortés hasta nuestra posición. De no ser así, seguramente moriríamos en las refriegas o por la falta de comida. Con la totalidad de los caballeros que siguen al capitán Hernando, sin duda que lograremos forzar la salida de esta ciudad, donde aún Satán camina con pies terrenales.

—¿Acaso el capitán habrá recibido el mensaje que enviamos el día de ayer con los tlaxcaltecas? —preguntó Gonzalo, tratando de evitar una nueva confrontación entre Bernardino y Pedro, al tiempo que su corazón se regocijaba al observar el pendón carmesí de la santa Virgen María que utilizaba Cortés, quien encabezaba la larga columna.

—¡Basta con bajar y preguntadle! —contestó el pelirrojo con una gran sonrisa en el rostro—. ¡Venid conmigo! —siguieron sus pasos Bernardino Vázquez de Tapia, Francisco de Salcedo, Gonzalo Rodríguez y Xicoténcatl, quienes descendieron por una de las muchas vigas que habían desmontado de los techos del palacio y adaptaron como escaleras.

El grupo cruzó el patio hasta llegar a la entrada principal del palacio, que daba frente al recinto ceremonial de Tenochtitlan, hacia el este. Al llegar a la amplia escalinata que terminaba en el gran pórtico sostenido por cinco pilares encontraron decenas de indígenas que afanosamente terminaban de retirar piedras, vigas, restos de esculturas, costales, lozas y barriles llenos de tierra con que habían bloqueado el acceso. Gonzalo escuchaba claramente el ruido que causaba el trote de más de ochenta caballos que daban vuelta hacia el sur, al haber topado con la plataforma perimetral del gran recinto ceremonial, el coatepantli.

—¡Mejía! ¡Que los ballesteros estén atentos a cualquier ataque! —gritó Alvarado al capitán de saeteros apostados en el techo, entre las almenas, al tiempo que saltaba sobre los restos de escombro que cubrían parte de las escalinatas para descender y salir del complejo palaciego a fin de recibir al capitán Hernando, quien venía

cabalgando detrás de un joven tambor y de un hombre que caminaba llevando bien en alto la bandera de los reinos de Castilla y León.

Siguiendo sus pasos venía un rodelero que sujetaba el pendón personal del capitán, en el cual se apreciaba la imagen de la Virgen María
orante con una corona dorada sobre un fondo carmesí, la Conquistadora. Esa mañana Cortés portaba una armadura completa, desde
los pies hasta el cuello iba protegido por una gorguera. Sobre su cabeza llevaba una borgoñota rematada con una cresta alta y dos plumas rojas. Era un hombre ni muy alto ni bajo, de espalda cargada y
pecho amplio, aunque atlético. De barba nazarena un poco más clara
que su cabello castaño obscuro, lacio y espeso, el cual llevaba recortado a la altura de la nuca y cubría sus orejas. Sus ojos eran grandes,
expresivos, color café claro, de parpados caídos y cejas espesas. Nariz delgada y aguileña, labios carnosos, rostro ceniciento, aunque tostado por el sol. El hermoso yelmo labrado cubría su frente alta pero
estrecha, hundida en las sienes. Debajo de su labio inferior tenía una
cicatriz, producto de un duelo por el honor de una damisela en el
que había combatido en su juventud, mientras que en su pómulo
derecho ostentaba otra, producto de un golpe durante la conquista de
Cuba. A su lado iba la popoluca doña Marina, o Malinalli, su faraute,
consejera y amante. Por la razón de que nunca se separaba del lado
de Cortés, los nahuas comenzaron a llamar a este último "don Malinche". La hermosa muchacha de alrededor de dieciséis años les fue
entregada a los hispanos junto con otras diecinueve mujeres por los
mayas chontales, o putunes, del señorío de Potonchan, después de ser
derrotados en la batalla de Centla. La despierta jovencita destacó entre sus compañeras por su inteligencia, así como por hablar diferentes
lenguas: popoluca, náhuatl y maya chontal, por lo que llamó la atención de Cortés, quien la volvió su concubina y consejera. Hernando
estaba convencido de que la comunicación podía abrir muchas más
puertas que la guerra, eso sin mencionar que era mucho más barata,
por lo que siempre buscó tener traductores en su expedición. Ahora,
con la ayuda de doña Marina y de Gerónimo de Aguilar, podía reem-
plazar a los traductores mayas con los que partió de Cuba, el finado
Juliancillo y Melchorejo, quien escapó a la primera oportunidad que

tuvo. Doña Marina era de baja estatura y complexión delgada. Mujer de ojos grandes y expresivos, nariz ancha y boca carnosa, rosada, se había vuelto imprescindible para el capitán. Su rostro moreno claro así como su largo cabello negro estaban completamente cubiertos de polvo debido a la larga marcha que habían recorrido. Vestía un hermoso huipil blanco con flores de varios colores bordadas en el pecho. Sobre su cabeza usaba un lienzo morado doblado para protegerse del sol, a la usanza de los popolucas de la costa. Al extremeño lo seguían varios de sus hombres de confianza, los lugartenientes de su ejército. A su derecha, montando un soberbio caballo obscuro de nombre Motilla, posiblemente el mejor de la expedición, se encontraba el alguacil mayor de la Villa Rica de la Vera Cruz, el tosco y tartamudo Gonzalo de Sandoval, quien conocía al capitán desde que ambos eran niños en su natal Medellín. Hombre de gran altura, creyente pero blasfemo, de pocas ambiciones de riqueza, pero sí de gloria, así como de gran fortaleza física, leal hasta la muerte a Hernando. Destacaba por portar una ancha y aplastada gorra flamenca de paño, circular, con algunas perlas decorándola. A su izquierda estaba el descendiente de navarros, Cristóbal de Olid, impulsivo, violento y de valor insuperable, que se creía protegido por el propio arcángel san Miguel. Había abandonado a su antiguo amo, el gobernador Velázquez de Cuéllar, para sumarse a la Expedición de los Ángeles comandada por Cortés. Se trataba de un hombre de treinta y dos años con un agudo instinto político para conseguir sus objetivos. Era atlético, alto, con el rostro cubierto de pecas, de pelo largo castaño recogido en una coleta. Vestía un peto y escarcelas, ambos de hierro, sobre un sayón sin mangas y calzas de paño. Detrás de él apareció el gigantón robusto de Juan Velázquez de León, montando una yegua rucia muy poderosa que llamaban la Rabona, lo que sorprendió a Pedro de Alvarado y a Vázquez de Tapia, pues era bien sabido que el hombre nacido en Cuéllar era pariente cercano del teniente gobernador de la isla Fernandina, Diego Velázquez, el mismo que había enviado a Pánfilo de Narváez, de quien también era cuñado, con ochocientos hombres para derrotar, capturar, cargar de cadenas a Hernando y enviarlo de regreso a Cuba. Sin embargo, el experimentado militar había mantenido su lealtad a Cortés en el conflicto que libraron contra sus familiares. ¿Acaso se trataba de lealtad o de su insaciable sed de oro y riquezas? Pregunta difícil de responder. El hombre de ojos azules, espesa barba obscura hasta el pecho, de complexión fuerte y amplio vientre portaba sobre el peto de su armadura la cadena de oro que había bautizado como "la fanfarrona", la cual daba dos vueltas a su cuello. Un regalo del capitán Hernando para asegurar su lealtad, tan pronto se enteró de la llegada de Narváez a la costa oriental. Se trataba de uno de los veteranos de la expedición, incluso había combatido en Italia y Flandes, así como en la conquista de Cuba. Era un hombre violento, sumamente avaricioso y ambicioso, de gran fuerza física y voz alta y espantosa, pues parecía emerger de una profunda caverna. Disfrutaba de los juegos de azar, la bebida y las mujeres. Vestía una de las mejores armaduras de la expedición, un reluciente peto de hierro, con brazales y escarcelas, gorguera y una celada, de donde pendían tres plumas rojas, y con visera, la cual llevaba alzada, además de extravagantes calzas completas de paño color púrpura, con zapatos de pata de oso de cuero.

Detrás de los capitanes apareció montando una vieja mula el capellán de la expedición, fray Bartolomé de Olmedo, el fraile mercedario que se había vuelto otro de los consejeros más cercanos del capitán. El religioso de padres vascos vestía el hábito blanco de su orden con el escudo de la Orden Real y Militar de Nuestra Señora de la Merced y la Redención de los Cautivos sobre el pecho, así como un amplio sombrero de paja que usaba para protegerse el rostro y la calva del sol. Con apenas treinta y cinco años, el teólogo y misionero ya había recorrido un largo camino desde su natal Olmedo, atravesando los océanos para participar en la evangelización de la Española y Cuba. Una vida llena de viajes y privaciones lo hacía lucir muy avejentado, con profundas arrugas surcando su rostro, la pérdida completa de su cabello y una larga barba obscura plagada de canas que alcanzaba su pecho. Bartolomé Ochaita, como había sido bautizado al nacer, se había vuelto uno de los hombres de confianza de Cortés, sobre todo en las últimas semanas. Él colaboró en gran medida para lograr la victoria sobre el ejército de Pánfilo de Narváez, comprando voluntades con oro mexica y compartiendo los relatos sobre las riquezas que habían encontrado en Tenochtitlan días antes del enfrentamiento. Se podría decir que la batalla estaba ganada antes de que se combatiera, debido al oro y las promesas compartidas. Mientras que el pequeño grupo se detuvo frente al pórtico, imitando a su capitán, el resto de los hombres torció a su derecha para subir las escalinatas y acceder al interior del palacio, entre los hurras y vivas de los hispanos que los recibieron. Primero entró una compañía de ballesteros encabezada por un hombre que portaba un pendón de san Sebastián mártir, seguida de varias decenas de rodeleros que portaban un pendón de san Cristóbal. Gonzalo observaba maravillado cómo el ejército del capitán metelinense contaba con al menos el doble de efectivos, eso sin mencionar a los miles de aliados indígenas, todos preparados para el combate. El número de hispanos llegó a la cifra de mil trescientos combatientes, más marineros, mujeres e indígenas provenientes de las islas del Caribe, esclavos y mulatos.

—¡Por las llagas de Cristo! ¿Quién es el responsable de este desastre? —preguntó Hernando desde su caballo, al tiempo que estiraba la mano para que un esclavo africano le ofreciera un botijo de piel lleno de agua. Al recibirlo, de inmediato lo empinó sobre su boca mientras esperaba la respuesta.

Quienes conocían al capitán sabían de sus legendarios arranques de furia, así como de la dureza de sus castigos. Les parecía sorprendente cómo en un momento podía estar carcajeándose y al siguiente gritando improperios y amenazas de muerte, los cuales no se tentaba el corazón para ejecutar.

—Capitán, permitidme felicitarlo por su victoria frente a los hombres del taimado de Narváez... —empezó a decir Pedro de Alvarado, pero fue interrumpido violentamente por Cortés.

—¡Alvarado! ¿Acaso has desatado una guerra contra los culúas, como me han dicho mis indios informantes, como lo ha adivinado Blas Botello? —volvió a preguntar mientras le daba el botijo a doña Marina.

—Los malditos nos han querido poner una celada, mi capitán. Nos han advertido de ella nuestros amigos indios, los tlaxcaltecas de Xicotenga —respondió visiblemente preocupado, dando incluso algunos pasos hacia delante.

Cortés observaba con detenimiento a su capitán.

—Te debería mandar azotar, Pedro, o entregarte a los indios para que os juzguen. ¡Joder! ¿Al menos el Montezuma se encuentra con vida y en nuestro poder? —inquirió mientras observaba la gran cantidad de dardos, piedras, troncos quemados y manchas de sangre sobre el piso.

—Así es, mi capitán. Ni un solo rasguño ha sufrido el taimado emperador de indios, mi señor.

—Si tenemos a Montezuma, aún podemos revertir esta situación. ¿El gran mercado sigue abierto? —cuestionó Cortés con interés.

—No, don Hernando —contestó Gonzalo—. Desde que intercalamos lanzas con los indios han cerrado su mercado, manteniendo un cerco inexpugnable alrededor del palacio. Si me lo permitís, nos sorprende gratamente veros aquí, capitán, ya que los culúas no han intentado en ningún momento cortadles el paso —agregó al observar un largo contingente de hombres de Tlaxcallan, todos vestidos para la guerra, quienes avanzaban detrás del estandarte de la garza blanca.

Entre ellos, el rodelero pudo distinguir al tlaxcalteca de las quemaduras en cuerpo y cara, pintado de rojo, el mismo que fue enviado el día anterior para avisar a Cortés sobre la situación que se vivía en Tenochtitlan. El bastardo lo logró, pensó Gonzalo al verlo avanzando hacia el interior del palacio. Con admiración hacia el tlaxcalteca, tuvo que admitir lo duros que eran los guerreros de esa región.

—Gonzalo, no te cuestiones lo evidente —respondió Hernando—. Los indios nos han permitido ingresar a su "bonica ciudad" porque quieren tenernos al alcance de la mano para reiniciar la arremetida y exterminarnos hasta el último hombre. Pero no la tendrán fácil —se escucharon algunas risas discretas, a las cuales Cortés respondió con una sonrisa, mostrando sus blancos dientes, antes de continuar—. Traemos con nosotros bastantes pavos, pan cazabe, carne salada, perros cebados, algunos cerdos y cabras, varios toneles repletos de sardinas y de vino cortesía del gobernador Diego Velázquez, así como más de treinta quintales[6] de maíz, frijol y otros alimentos que nos han obsequiado

---

[6] En el siglo XVI un quintal equivalía a cuarenta y seis kilogramos.

nuestros amigos, los señores de Tlascala. Hemos sabido de la guerra con los culúas desde que nos encontrábamos en el señorío del cacique obeso de Cempoala, Xicomecóatl, por lo que hemos tomado las provisiones para no pasar hambre, al menos por algunas jornadas mientras solucionamos el tema del mercado. Pero, caballeros, acompañadme dentro, que las monturas se encuentran cansadas.

Dicho esto, todos los presentes ingresaron por el gran pórtico sostenido por pilares al tecpan de Axayácatl.

Capítulo 14

—¡Tenochcas, se aproximan los caxtiltecas! —gritó el cuáuchic Tezcacóatl a quienes nos encontrábamos en la amplia sala al pie del templo de la deidad Chicomecóatl o Siete Serpiente, señora de los mantenimientos y la fertilidad agrícola, ubicado en el barrio de Chichimecapan, en el límite poniente de la isla.

El espacio donde nos encontrábamos tenía un carácter sagrado, pues era donde los sacerdotes se preparaban para las ceremonias y rituales, también donde se perforaban el cuerpo a manera de autosacrificio con el propósito de ofrendar su propia sangre a los dioses.

El salón se encontraba sobre una plataforma, a la que se accedía a través de una amplia escalinata hecha de losas. Tenía un techo plano construido con robustas vigas de cedro, sostenidas por al menos veinte pilares recubiertos de estuco y escenas asociadas con el maíz y el agua, decoradas con mariposas, aves de bello plumaje y conchas marinas. En el interior del recinto, al amparo de las sombras, nos resguardábamos los guerreros sobrevivientes del barrio de Teocaltitlan, todos armados y atentos a la entrada del tlacatécatl Cortés y su ejército por la calzada de Tlacopan. Las bajas que habíamos sufrido en los combates de los últimos veinte días habían sido importantes, en particular durante el ataque para tomar las brechas ubicadas en el sur del palacio veinticinco días atrás, así como la acometida para tomar el acceso principal del tecpan de Axayácatl realizado hacía cinco días. De los cuatrocientos guerreros que componían originalmente el escuadrón de nuestro barrio, quedábamos unos doscientos cincuenta en condiciones de combatir, habían muerto alrededor de cincuenta y el resto había sido herido. En ese último ataque, los guerreros mexicas lograron penetrar en el complejo palaciego, librando un duro enfrentamiento en su patio central; sin embargo, fueron contenidos y expulsados momentos después. Como consecuencia, la mortandad fue alta. Para mi enojo y frustración no pude participar en ese enfrentamiento, pues aún me recuperaba de la pérdida de dos dedos de mi mano izquierda y de la sangre que me puso al borde de la muerte. Gracias a la oportuna ayuda de Itzmixtli, que me rescató de la reyerta, así como de la atención que me brindó un sanador, pude salvar la vida y recuperarme en un corto tiempo. La sangre fue contenida, las heridas limpiadas y posteriormente suturadas, permitiendo que cerraran sin ninguna complicación. Después de varios días de reposo y luto, finalmente pude reintegrarme al escuadrón del barrio de Teocaltitlan. Nuestros superiores nos habían ordenado que esa jornada, bajo ninguna circunstancia, atacáramos a los caxtiltecas, y que también evitáramos cualquier enfrentamiento. Por lo tanto, la misión de ese día sería de reconocimiento, para recopilar la mayor información sobre la calidad y cantidad de la fuerza que seguía los pasos del tlacatécatl Malinche. Aun así, todos llevábamos nuestras armas, pues uno nunca sabía cuándo las cosas se podían poner calientes. Traía conmigo mi maza de madera de encino, así como mi técpatl, o cuchillo de pedernal, dentro de la funda de piel de venado, metido en mi máxtlatl a un costado de mi cadera.

—¡Cipactli, Huitzilin, maldita sea! ¡Cierren el pico! —dijo visiblemente molesto el capitán cuáuchic a un par de guerreros de la unidad que seguían conversando a pesar de la orden dada—. ¡Todos cierren la boca! —ordenó Tezcacóatl, quien por intervención divina seguía con vida y sin heridas de importancia después de tantos enfrentamientos. Sin duda que gozaba del favor de los dioses de la guerra.

Al escuchar la orden de nuestro dirigente, los cincuenta hombres guardamos completo silencio y nos escondimos entre los gruesos pilares para observar la larga calzada de Tlacopan que empezaba desde el altépetl de Popotlan y llegaba hasta el recinto ceremonial de Tenochtitlan, conectando la isla con tierra firme por el oeste. De la amplia calzada nos separaban algunas chinampas y complejos habitacionales; sin embargo, podíamos verla claramente, a excepción de algunos tramos donde los altos ahuejotes bloqueaban la vista. A la lejanía escuchamos las detonaciones de los bastones de fuego de los teteuctin, así como el ladrido de algunos de sus monstruosos perros, siempre ruidosos, siempre agresivos. Un joven guerrero que se encontraba agazapado detrás de un pilar llamó mi atención; agitaba sus manos y después señaló hacia un árbol que flanqueaba la calzada. Al parecer quería que observara la dirección que me indicaba. Agucé la mirada y observé con detalle el follaje y sus ramas, de las cuales colgaban dos cuerpos a poca altura, balanceándose con el viento. Aparentemente se trataba de dos hombres de origen mexica que seguramente habían sido ejecutados por los grupos radicales de tenochcas que seguían ajusticiando a todos aquellos que en el pasado colaboraron de una u otra forma con los caxtiltecas. La facción radical, encabezada por algunos sacerdotes y posiblemente por el propio Cuauhtemotzin, estaba cobrando fuerza en las calles de la ciudad, continuando con la purga de los colaboracionistas, evidenciando el sentir de los tenochcas hacia los caxtiltecas. Como consecuencia, el tlacochcálcatl Coyohuehuetzin y otros señores de la guerra tuvieron que pactar con ellos para evitar que atacaran al tlacatécatl Chalchíhuitl Cortés durante su entrada, por lo que durante la jornada no se habían registrado saqueos ni asesinatos. Seguramente que los cuerpos llevaban al menos un par de días expuestos a los elementos. Otra detonación hizo que fijara la mirada en la vanguardia de la columna que avanzaba sobre la calzada. Un jovencito abría la marcha batiendo un tambor sujeto a su espalda, marcando el paso de los hombres. Me pareció curioso que fueran haciendo semejante escándalo, sabiendo que entraban a una ciudad hostil cuyos habitantes en gran medida los repudiaban y harían hasta lo imposible por expulsarlos o exterminarlos. Incluso pude escuchar los alegres cánticos de algunos teteuctin. Detrás del músico iban dos hombres que

llevaban estandartes de su ejército, para después dar paso al tlacatécatl Chalchíhuitl Cortés, siempre acompañado de su consejera popoluca, la famosa Malintzin, quien caminaba al lado del gran venado
que montaba su capitán y amante. Seguían algunos de los hombres
de confianza del capitán, todos montando los gigantescos venados
sin cuernos. El cuáuchic Tezcacóatl, que se había acuclillado a mi
derecha para ocultarse detrás del pilar, observaba atentamente a los
invasores, registrando con sus ojos todos los detalles que le fuera posible, desde el armamento hasta la cantidad de perros que llevaban, y
tratando de contarlos para obtener una cifra aproximada de la totalidad de sus efectivos. El señor de la guerra de nuestro barrio vestía
su tlahuiztli amarillo, en gran medida manchado de sangre, hollín y
polvo. Su sien derecha había sufrido un corte que estaba cicatrizan-
do, fruto de los combates de los últimos días. Sobre su pelvis colgaba
una cuerda con al menos cinco cueros cabelludos de algunas de sus
víctimas, sus trofeos de guerra. El veterano sintió mi mirada y señaló hacia la calzada. Curiosamente, en ese momento el capitán Cortés
detuvo el andar del gigantesco venado que montaba frente al árbol
donde se encontraban los cuerpos de los ahorcados. A la distancia
observé que se dirigía a uno de sus capitanes, señalando a los cadáveres. Casi de inmediato continuó su avance, al tiempo que un par
de hombres se acercaba al árbol para trepar por sus ramas y cortar
las cuerdas donde se balanceaban los ajusticiados. Rápidamente fueron bajados y escondidos en una milpa contigua, entre las mazorcas de maíz. Curioso que el hombre que había ordenado la matanza
de decenas de nobles en la gran plaza de Cholollan mostrara piedad
por dos desdichados colgados de un árbol.

Después del avance de las primeras dos unidades de caxtiltecas,
las cuales alzaban una gran cantidad de polvo a su alrededor, tocó
el turno de los contingentes de nuestros odiados enemigos, los tlaxcaltecas, quienes marchaban siguiendo los estandartes de sus cuatro
cabeceras: Tizatlan, Quiahuiztlan, Tepetícpac y Ocotelulco. Era un
contingente extenso que tardó un largo momento en desfilar frente a mis ojos, al menos dos mil hombres, seguidos de varios cientos
de cargadores que llevaban sobre su espalda bultos de maíz, frijol,

amaranto, incluso altas torres compuestas por al menos siete jaulas, una encima de la otra, donde transportaban los huexólotl y los tlalchichi, guajolotes y perros cebados. Por un momento me olvidé de la terrible situación que vivía mi ciudad y me enfoqué en lo hermoso y esplendoroso que era ver a los guerreros portando sus trajes de guerra, sus grandes tocados de plumas de garza, pato y águila, los rostros y cuerpos pintados de negro, blanco y rojo, así como las filosas lajas de obsidiana que resplandecían ante los rayos del sol, o los escudos aderezados con mosaicos de plumas de diversos colores. Algunos guerreros soplaban sus caracolas de cuando en cuando, recordatorio de la gran proeza que estaban logrando en esa jornada: entrar como conquistadores a la capital de sus odiados enemigos, los mexicas. Ni en sueños hubieran pensado que conseguirían poner un pie en Tenochtitlan sin pagar con su vida, pero la realidad había superado lastimosamente a los tenochcas y al propio Motecuhzomatzin. ¿Cómo permitimos llegar a esta situación? ¿Por qué no se atacó a los teteuctin desde su llegada a estas tierras?, me pregunté. Y, por si fuera poco, ahora permitíamos la entrada de una gigantesca columna de refuerzos, ante la mirada atónita de decenas de miles de guerreros que no podían hacer nada para impedirlo. Mi estómago se estrujó ante el coraje que sentí por permitir que entraran nuestros enemigos a Tenochtitlan, los mismos que después tendríamos que combatir hasta desangrarnos. Pero las órdenes siempre serán órdenes y deben ser obedecidas, como bien decía el difunto cuauhyáhcatl Ixicóatl. Hace dos días, los principales capitanes mexicas que sostenían el esfuerzo de guerra fueron convocados por el tlacochcálcatl Coyohuehuetzin para dar a conocer las instrucciones sobre la inminente entrada del tlacatécatl Chalchíhuitl Cortés con al menos cuatro mil hombres, incluidos los cargadores y sus aliados tlaxcaltecas. El tlacochcálcatl dio instrucciones precisas de permitir la entrada de los caxtiltecas sin ser agredidos. Todas las unidades de guerreros debían interrumpir los ataques al tecpan de Axayácatl, así como permanecer ocultos el día de la entrada del ejército enemigo. Estas órdenes habían sido dictadas por el propio huey tlahtoani Motecuhzomatzin y respaldadas por su hermano Cuitlahua. Era fundamental evitar cualquier enfrentamiento que pudiera escalar a una batalla de gran magnitud. El objetivo principal de esta acción era permitir que los teteuctin se reunieran con los hombres del pelirrojo Tonátiuh, donde también acabarían sitiados y muy limitados en su capacidad operativa. De esta manera todos de los caxtiltecas estarían encerrados, rodeados en el corazón de Mexihco-Tenochtitlan por decenas de miles de guerreros. Así, su supervivencia dependería de las decisiones que tomaran los siguientes días. Podían liberar al huey tlahtoani y después salir de la ciudad, marchando hacia la costa para regresar a sus islas, evitando más muertes y destrucción, salvando su propia vida, o podían seguir empecinados en permanecer en la ciudad sagrada de Huitzilopochtli, manteniendo como prisioneros al Gran Orador y a los otros tlahtóqueh, lo cual inevitablemente causaría que continuara la guerra y, tarde o temprano, su propia destrucción.

Durante un largo momento continuamos en silencio, observando la gran cantidad de efectivos que ahora conformaban el ejército aliado. Impresionados, notamos que ahora contaban con el doble de cristianos y con un contingente tres veces mayor de aliados nahuas, principalmente de Tlaxcallan, y también de Cempoallan y Huexotzinco. Con ellos llevaban considerables provisiones, con las que lograrían resolver la falta de alimentos dentro del palacio de Axayácatl, al menos por algunos días. El ruido nunca cesó, incluso se intensificó cuando aparecieron casi al final de la formación alrededor de sesenta hombres montando los grandes venados sin cuernos, muchos cubiertos con sus petos blancos como la plata, como el iztateocuítlatl. Sus gigantescos animales causaban mucho ruido al avanzar sobre la calzada, levantando una gran cantidad de tierra y polvo que hacía toser a quienes cerraban la columna. Los mexicas habíamos aprendido a lidiar con semejantes bestias. Sabíamos que necesitaban espacios despejados y planos para poder avanzar, ya que fácilmente podían tropezar en terreno irregular. También sabíamos que se espantaban con el fuego y que su impetuosa carga de nada servía cuando enfrentaban a hombres armados con largas lanzas, pues detenían su andar y daban vuelta. Los tlaxcaltecas aplicaron estos métodos

155

cuando los caxtiltecas entraron en sus territorios el año pasado, por lo que se libraron de terribles enfrentamientos durante varios días, hasta que lograron formalizar una tregua y después una alianza. Los espías de Motecuhzomatzin estuvieron presentes en dichas batallas, observando todo a la distancia desde las cumbres de las montañas, ocultándose entre los oyameles, encinos y ayacahuites, registrando todas las acciones para el Gran Orador. Así como ellos cambiaron nuestra vida con su llegada, nosotros también cambiamos nuestras tácticas para enfrentarlos.

Finalmente, cerraron la columna un grupo de mujeres cristianas; los teocacatzacti, llamados "dioses sucios", hombres de piel obscura y pelo rizado; algunos cargadores nahuas y un importante grupo de hombres fuertemente armados que les brindaban protección. Poco a poco la calzada quedó nuevamente sumida en el silencio, con una gran estela de polvo y humo de las puyas de fuego, que se disiparon rápidamente. El cuáuchic Tezcacóatl permaneció silencioso por un momento, con la mirada fija en la calzada vacía de Tlacopan, al parecer haciendo cálculos mentales para tener una cifra total de la cantidad de combatientes enemigos que había logrado contar.

—Tlahco xiquipilli[7] —dijo al fin—. Son alrededor de cuatro mil hombres, incluyendo los cerca de seiscientos cargadores y más de mil caxtiltecas. El resto son aliados tlaxcaltecas y un puñado de huexotzincas —concluyó poniéndose de pie.

—Su número ha incrementado de manera considerable, mi señor —dije al incorporarme.

—Los reportes eran correctos —continuó hablando el veterano para sí mismo—. Un grupo de medio xiquipilli.

Después de esperar por un largo momento para cerciorarse de que ya ningún caxtilteca rezagado avanzaba por la calzada, dio algunos pasos hasta salir de la sombra que proyectaba el techo del salón para descubrir su posición. Alzó el puño con el cual sujetaba su macuáhuitl. A la distancia, del otro lado de la calzada, desde un

---

[7] Xiquipilli, "bolsa" en náhuatl, equivalente a ocho mil unidades.

pequeño templo ubicado en el calpulli de Atlampa, aparecieron algunos hombres saliendo de las sombras del adoratorio que remataba los cuatro basamentos sobrepuestos que componían la estructura. Uno de los guerreros también alzó el brazo, correspondiendo a la señal de Tezcacóatl. Al mismo tiempo, de entre los maizales de una chinampa emergió otro grupo de tenochcas realizando la misma señal, así como otros grupos desde casas contiguas. Miles de guerreros tenochcas habían permanecido escondidos a lo largo de la calzada, observando sigilosamente la entrada del enemigo con quien se batirían a muerte en algunos días.

—¡Hermanos! —gritó Tezcacóatl al tiempo que giraba para dirigirnos la palabra a los guerreros que nos congregábamos a su alrededor—. Como ustedes saben, recibimos la orden de no entablar combate con los hombres barbados durante su entrada a la ciudad. Como lo han observado, sus números se han incrementado considerablemente, así como la cantidad de tlaxcaltecas que los apoyan. Aun con esos números, los caxtiltecas y sus aliados no representan una seria amenaza al poderío de los ejércitos de la Triple Alianza, eso sin mencionar que Huitzilopochtli se ha manifestado nuevamente, ahora a través del fuego de un brasero de un humilde sacerdote de Tlachcotitlan, prometiéndole una gran victoria para los mexicas, y por consecuencia la expulsión de los invasores. El portento fue confirmado por el sumo sacerdote de Tenochtitlan, el Quetzalcóatl Tótec Tlamacazqui —afirmó.

Los hombres, visiblemente emocionados, lanzaron exclamaciones y gritos por la victoria que les esperaba y la gran cosecha de prisioneros que tendrían la posibilidad de recolectar.

—¡Acabaremos hasta el último de los teteuctin! —gritó un hombre detrás de mí. Tezcacóatl continuó hablando.

—¡Hermanos! ¡Guerreros de Teocaltitlan! A partir de mañana reanudaremos los ataques al tecpan de Axayácatl. Nos esperan días de lucha, sufrimiento y muerte, en los cuales se definirá el destino de Mexihco-Tenochtitlan. También es evidente que los caxtiltecas no buscan reanudar las hostilidades, al menos no por hoy. Por esa razón, vayan con sus hijos y esposas, con sus padres y abuelos a compartir los alimentos, a revisar que nada les falte, a disfrutar de este regalo que es la vida. Sin embargo, cuando Tonátiuh se oculte por el oeste, volverán a ser míos, de los ejércitos de Tenochtitlan. Al obscurecer nos reuniremos en el palacio del cihuacóatl para pasar la noche y comenzar el ataque por la mañana —agregó—. Por cierto, les sugiero que sean puntuales si no quieren que mande por ustedes y los traiga a rastras a la unidad —dijo a manera de conclusión, lanzando una fiera mirada con su único ojo hacia los guerreros.

Todos guardamos silencio ante la amenaza, la cual no dudamos que cumpliría.

Los hombres se alegraron ante la noticia, ante la perspectiva de ver a sus familias y poder comer con ellos, así como descansar un poco. Algunos se acercaron al capitán cuáuchic para agradecerle el gesto, y después partieron hacia su hogar. Fui uno de los últimos en salir del salón, no sin antes agradecerle al capitán.

—Respetado tequihua, gracias por el tiempo que nos otorga —le dije, agachando ligeramente la cabeza.

—Nada que agradecer, Chichilcuauhtli. Estos esforzados tenochcas se lo han ganado. Todos han demostrado su valor en los combates de las últimas jornadas a pesar del cansancio, las heridas y la falta de sueño, y aun así conservan el ánimo para combatir a los invasores —dijo con su voz gruesa y rasposa, viéndome con su único ojo. Las facciones de su rostro se endurecieron por un momento, arrugando la frente y cerrando ligeramente su ojo—. Estos últimos días he perdido a muchos buenos hombres, pero pocos como el cuauhyáhcatl Ixicóatl —dijo y guardó silencio por un momento mientras veía a los últimos hombres que salían del templo—. Sé del mutuo aprecio y estima que se tenían, también que combatieron juntos contra los ñuu savi de Tzotzollan y Yancuitlan, así como en las guerras floridas contra Huexotzinco y Tlaxcallan —agregó, al tiempo que colocaba su callosa mano sobre mi hombro—. Te prometo, joven Chichilcuauhtli, que haré todo lo posible para que su muerte no haya sido en vano. Derrotaremos a los perros caxtiltecas con nuestros dardos y flechas. Los desterraremos del hogar de Huitzilopochtli para que nunca más se atrevan a regresar. Los expulsaremos más allá del Totonacapan, más allá de donde las grandes aguas tocan los cielos.

—Tlazohcamati miec, teyaotlani. Agradezco su canto florido hacia quien fue mi maestro en el campo de batalla. Fue un gran guerrero, admirado por amigos y respetado por enemigos, pero también fue un hombre generoso con quienes lo acompañamos en esta senda creada por Ometéotl. Como usted sabe, dejó una esposa y un hijo —dije, inquieto por el futuro de ambos.

—Lo sé. No tienes que preocuparte. He notificado al consejo del barrio y a nuestro hermano mayor, el calpullec de Teocaltitlan, sobre los hombres que han perdido la vida en los combates. El calpulli se hará cargo de apoyar a su esposa e hijo, todo está arreglado —agregó con su voz que en ocasiones se asemejaba al siseo de una serpiente—. Por cierto, hace un par de días perdí al portaestandarte de nuestro barrio, un valiente guerrero que decidió sacrificar su vida antes de permitir que nuestro blasón fuera capturado, por lo que pensé en ti para dicha tarea en las batallas futuras. Se trata de una gran responsabilidad, Cuauhtli —agregó mientras apretaba mi hombro con su mano callosa y poderosa.

No podía creer el gran honor que me daba el cuáuchic y líder de las huestes de nuestro barrio. Llevar el pantli o estandarte en batalla era uno de los mayores honores de los que podía gozar un guerrero. Aquellos con la responsabilidad de portarlo y defenderlo con su vida habían sido guerreros destacados y confiables, que mantenían la cabeza fría en medio del combate. El pantli era el punto de referencia de los guerreros a mitad de una refriega, dándole cohesión a la unidad. También indicaba dónde se encontraba el líder del contingente, y era vital para que los miembros del escuadrón conocieran las órdenes del capitán, si avanzábamos, retrocedíamos o realizábamos una tarea de flanqueo. Permanecí en silencio, emocionado, sosteniendo su mirada y frunciendo el entrecejo.

—¿Crees poder con esa responsabilidad en estos tiempos difíciles, jovencito? —preguntó el cuáuchic, esbozando una mueca que pretendía ser una sonrisa.

—Sí, tequihua. Es un gran honor el que me otorga y no lo defraudaré —contesté, suprimiendo mi emoción.

—Espero mucho de ti en las siguientes jornadas. Y te adelanto que se tratará de los combates más duros. Estoy seguro de que no me decepcionarás. Ahora ve a visitar a tus padres. Nos veremos al anochecer, telpochtli —concluyó.

—Tlazohcamati, tequihua Tezcacóatl —le agradecí y emprendí el camino a mi casa, ubicada en la periferia del calpulli de Teocaltitlan, con el corazón inflamado de emoción ante el gran reconocimiento que me daba uno de los guerreros más respetados y temidos de mi barrio.

Incluso la noche más obscura tiene destellos de luz, de alegría y esperanza...

CAPÍTULO 15

Caminé emocionado ante la perspectiva de abrazar a mi madre y padre y de olvidar al menos por un momento la terrible tensión de estar en la primera línea de combate. Crucé por la pequeña plaza del calpulli, donde se alzaba el templo de Xiuhtecuhtli, el señor del tiempo, de las turquesas y del fuego sagrado, para tomar una vereda que me llevaba a mi hogar. Al salir del pequeño recinto ceremonial observé entre la multitud a un hombre vestido con un burdo manto obscuro que cubría su cabeza y espalda y llegaba hasta sus pantorrillas. Se encontraba conversando con una señora que vendía tamales debajo de uno de los pórticos que rodeaban la pequeña plaza. Mientras lo observaba, giró su cabeza para centrar su mirada en mí. Sostuve su mirada por un momento, tratando de reconocerlo, pero nunca antes lo había visto. Estaba seguro de que no pertenecía al barrio. Continué mi camino sin darle mayor importancia, avanzando por la calle principal del calpulli, en cuyos costados se encontraban fértiles chinampas con esbeltos árboles conocidos como ahuejotes. Las islas artificiales estaban rebosantes de cultivos que crecían gracias a las lluvias de los últimos días. Maíz, frijol, amaranto, chía, calabaza, flores y muchos productos más que cultivaban los mexicas en sus tierras. Crucé dos puentes que me permitieron sortear un par de acequias por donde transitaban varias canoas tripuladas por agricultores, cargadas de verduras, frutas y mazorcas de maíz. Después de dejar atrás las tierras de cultivo y las casas de los vecinos de mis padres, llegué al canal que marcaba el inicio de la propiedad de mi familia. Cuando me disponía a cruzar el último puente antes de arribar a mi destino, me sorprendí al ver al mismo hombre vestido de negro parado debajo de un frondoso árbol, donde comenzaban las milpas de mis padres.

—Tú eres Chichilcuauhtli, del calpulli de Teocaltitlan, ¿cierto? —preguntó el misterioso hombre.

—¿Quién pregunta? —respondí, deteniendo mi paso y girando para verlo. Para mi fortuna, en mi mano derecha sujetaba mi dura maza de madera de encino, por lo que estaba preparado ante cualquier eventualidad.

—Por el momento prefiero no decir mi nombre, guerrero. Créeme, este encuentro no se da de manera fortuita. Te he estado buscando desde hace un par de días, lo que ha sido una difícil tarea, entre los miles de hombres que van y vienen por la calzada de Tlacopan y los alrededores del palacio de Axayácatl. Al no haber combates el día de hoy, supuse que sería buena idea buscarte en la plaza de tu barrio. Por fin, Moquequeloa-Tezcatlipoca me ha bendecido con un poco de fortuna —dijo el hombre delgado, de piel morena clara, que tenía alrededor de cuarenta años, con algunas arrugas surcando su afilado rostro, principalmente en la frente y las comisuras. Su pelo, pintado por algunas canas, iba cubierto por el manto negro; sin embargo, era evidente que lo llevaba muy corto. Sus ojos eran pequeños y obscuros, como dos pozos sin fondo, fríos e inexpresivos, ubicados debajo de dos cejas casi inexistentes. Posiblemente se trataba de un sacerdote, ya que en uno de sus antebrazos pude observar algunas cicatrices, consecuencia de perforar repetidamente la piel y la carne para extraer la valiosa sangre y ofrendarla a los dioses en agradecimiento de la vida, el autosacrificio. Eso sin mencionar el espejo circular de obsidiana que colgaba de un collar de cuentas negras alrededor de su cuello, el cual, a pesar de encontrarse semioculto debajo de su manto, brillaba esporádicamente al recibir los rayos del sol. Llamaron mi atención sus lóbulos distendidos, partidos por la mitad, colgando como dos tiras de cuero. No pude saber si portaba alguna daga o cuchillo, pues el amplio manto negro ocultaba su cuerpo.

—Dime, tenochca, ¿en qué te puedo ayudar? —repliqué, preparado ante cualquier sorpresa, aferrando mi maza.

—Te traigo buenas noticias sobre la mujer que añoras, joven guerrero. Por quien no concilias el sueño, por quien pasas las noches en vela preguntando por su paradero —dijo con su voz sedosa, como si de un murmullo se tratara. Después de una breve pausa, mostró una sonrisa de complacencia y continuó—: Me refiero a la joven Yohualcitlaltzin, quien sobrevivió a la matanza de Tóxcatl y ahora se encuentra en el tecpan de Axayácatl sin haber sufrido ninguna herida. He de confesarte que está entristecida por el asesinato de su padre durante la masacre, como también distanciada del capitán caxtilteca a quien fue entregada muchas veintenas atrás, y quien hasta hace algunos días fuera el dueño del afecto de la doncella. Citlalli, al enterarse de su participación en la misma carnicería donde fue acribillado su padre, ha decidido alejarse de su hombre cada vez más. Sin duda que la guerra saca lo peor de cada ser humano —reflexionó, cargado de ironía, para después continuar—: Creo que esta información es de tu interés, ¿o no es así?

—¿Cómo sabes del vínculo que tengo con Yohualcitlaltzin? ¿Cómo te has enterado de que se encuentra viva e incluso de su estado de ánimo? ¿Acaso has estado en el interior del palacio de Axayácatl, entre los caxtiltecas? ¿Acaso eres un colaborador de los cristianos? —pregunté con furor, visiblemente emocionado, con mi corazón palpitando a gran velocidad.

La actitud del engreído sacerdote comenzaba a molestarme, así como sus sarcasmos, pero conseguí reprimirme. Sostuve la fría mirada que me dirigía, esperando ansioso su respuesta.

—Sí he estado en el palacio, y la he visto en los aposentos del cobarde de Motecuhzomatzin. He sabido de tu inquietud y sufrimiento por conocer si aún se encuentra con vida gracias a la anciana Nahui Xóchitl, que labora en la casa de su familia. Hace varios días visité a la madre de Yohualcitlaltzin para avisarle que su hija se encuentra viva y con salud. Al salir del palacio de la familia, la anciana ha seguido mis pasos para hablarme de ti, de tu angustia e interés por el precioso jadecito. Disculparás que te esté diciendo esto después de tantos días que han transcurrido desde la masacre, pero soy un hombre ocupado en una ciudad donde se libra una guerra, y no se me ha facilitado encontrarte —añadió.

Mientras hablaba pude observar que debajo del burdo manto negro vestía un fino xicolli de algodón ribeteado con plumas blancas, lo que delataba que posiblemente se trataba de una persona de importancia dentro de la jerarquía sacerdotal de Tenochtitlan. No podía creer lo que me decía el sacerdote. Me invadió un sentimiento de alegría, el cual apenas podía reprimir. Consideré que no era prudente expresarlo frente a un desconocido que se negaba a compartir su nombre y cuyas verdaderas intenciones ignoraba. Traté de contenerme e investigar más sobre cómo había logrado ingresar al palacio sitiado para luego abandonarlo sin ser masacrado por los cristianos o sus aliados tlaxcaltecas. Antes de proseguir, dediqué una plegaria de agradecimiento a la viejecilla Nahui Xóchitl, deseando que Ometéotl la colmara de dichas, alegrías y, sobre todo, de vida por muchos años más.

—Dices que has estado en el palacio… ¿cómo has logrado salir de él, cuando día y noche lo vigilan miles de guerreros mexicas? —pregunté—. Por cierto, ¿y tú qué ganas con todo esto? Tomándote todas estas molestias…

—Existe un camino, un pasadizo inundado que muy pocos conocen, principalmente hombres de confianza que sirvieron bajo los gobiernos de los finados tlahtóqueh Axayácatl y Ahuízotl. De aquellos que les servimos fielmente quedamos muy pocos, por lo que el importante corredor ha caído en el olvido. Así es como logré entrar y salir del complejo palaciego mientras se libraban fieros combates a mi alrededor, burlando la vigilancia de nuestros valientes guerreros y de los adoradores del dios crucificado. Me es imposible darte más detalles sobre el camino; sin embargo, la próxima ocasión que visite el tecpan puedo darle un mensaje a tu querida Yohualcitlaltzin.

En cuanto a qué gano compartiéndote esta información: yo sabré cómo obtener mi recompensa por la buena obra que estoy realizando, cuando el tiempo sea propicio. Pero créeme que ni tú ni Citlalli saldrán afectados ni despojados. Finalmente, los tenochcas tenemos que apoyarnos unos a otros en estos tiempos llenos de miseria y destrucción, ¿no lo crees, guerrero?

Cualquier cosa, pensé, cualquier cosa haría o pagaría por tener noticias de la mujer que era dueña de mi corazón. Sin embargo, solamente asentí, teniendo cuidado de no externar mi respuesta. En ese momento rompí la cuerda de ixtle que colgaba sobre mi pecho, en la cual había un pectoral redondo hecho de jade imperial, material que solamente se podía encontrar en los dominios de los mayas de Quauhtemallan, más allá de Tehuantépec y Xoconochco. En la bella piedra verde los artesanos mayas habían labrado un águila vista de perfil a punto de emprender el vuelo, con un par de glifos que representaban mi nombre, Águila Roja. Se trataba de un regalo de mi padre que había adquirido en uno de sus muchos viajes como pochtécah a la región de Quauhtemallan. Se lo di al sacerdote mientras le decía mi mensaje:

—Dale este pectoral a la jovencita. Ella sabrá reconocerlo. Dile que me da una inmensa alegría saber que se encuentra bien. Que a pesar de nuestra discusión, mi corazón se resiste a olvidarla. Pídele que me comparta cualquier información que me permita sacarla de su encierro, pues esto terminará pronto y de manera favorable para nuestro pueblo, por lo que corre mucho peligro al permanecer en ese palacio sitiado. Finalmente, lo más importante: dile que se mantenga con vida en los duros días que están por venir —concluí con la voz entrecortada por la emoción.

—Créeme, Cuauhtli, que si en mis manos estuviera sacarla del palacio, lo haría, pero hay asuntos muy grandes en juego como para arriesgar la ubicación del pasadizo o mi propia vida —contestó al sujetar el pectoral y guardarlo dentro de un morral que llevaba cruzado sobre su pecho—. La buscaré y le daré tu mensaje la próxima vez que visite el palacio, de eso puedes estar seguro, guerrero. Nos volveremos a encontrar cuando tenga su respuesta o información relevante para ayudarla a recuperar su libertad. Mientras tanto, mantente con vida, telpochtli, pues una tormenta de muerte y destrucción se aproxima a Tenochtitlan. Que nuestro Monenequi, "el que se hace del rogar", Tezcatlipoca cuide de ti.

—Sacerdote, recuérdale que la amo —le dije, ilusionado al imaginar su expresión cuando escuchara esas palabras, rompiendo toda apariencia, tribulado por la emoción.

—Así lo haré —contestó, para después emprender el regreso al recinto ceremonial del barrio de Teocaltitlan bajo un cielo encapotado con grises nubes.

—Tlazohcamati uel miec, teopixque —murmuré al verlo alejarse.

Con gran emoción corrí hacia la casa de mis padres. Aunque decidí no comentarles nada sobre Yohualcitlaltzin ni la entrevista con el hombre misterioso, me era difícil ocultar mi alegría ante la buena noticia, incluso en días tan sombríos como los que se vivían en Tenochtitlan. Tarde que temprano, los caxtiltecas se verían forzados a abandonar el palacio, y sin duda se llevarían con ellos a sus mujeres tenochcas, entre ellas Citlalli, reflexioné. Ese será el momento perfecto para liberarla de los teteuctin. Solo tienes que ser paciente, Chichilcuauhtli, y mantenerte respirando, me dije. Sabía que el sacerdote me tenía en sus manos, pues seguramente era consciente de que haría casi cualquier cosa que me pidiera si pudiera liberar a mi amada para que regresara a mi lado sana y salva, situación que me preocupaba. Pocas personas hacen favores sin esperar recibir nada a cambio. ¿A qué recompensa se habrá referido el sacerdote?, me pregunté con algo de nerviosismo. En ese momento, el cielo se iluminó con tonalidades azules, lo que me sacó de mis reflexiones. El rayo fue seguido por el trueno que retumbó en la lejanía, por el rumbo del Tepeyácac. El gran hechicero estaba a punto de romper sus vasijas para dejar caer la sagrada agua sobre el Cem Anáhuac, bendición para las cosechas y la tierra. Apuré el paso cuando las primeras gotas empezaron a caer, tratando de alcanzar el hogar de mis padres antes de llegar completamente empapado.

Se trataba de una casa amplia, con un patio central alrededor del cual se distribuían las habitaciones, el temazcal, un par de bodegas y un pequeño adoratorio. Rodeaban el conjunto tres chinampas donde mi padre y sus trabajadores cultivaban maíz, frijol, chayote, calabaza, chile y tomate en las milpas. Al acercarme pude notar cómo el humo salía de una de las habitaciones, donde seguramente mi madre preparaba los alimentos en compañía de algunas molenderas. Desde el interior del patio se escucharon los ladridos de los perros, que habían detectado mi presencia. Caminé sobre un puente para cruzar de una chinampa a otra, avanzando entre las plantas de maíz que ya casi alcanzaban mi estatura. Al salir de la milpa, encontré a mi madre recargada sobre la jamba de la puerta, acompañada de un par de sus trabajadores de confianza, quienes iban armados con lanzas. Había dejado las habitaciones para investigar quién se aproximaba a la propiedad. Grande fue su sorpresa al ver a su hijo regresar a casa tan temprano para compartir los alimentos. Aspiré el olor a tortillas recién hechas, a chile quemado y a epazote que inundaba el ambiente, las mismas esencias que recordaba de mi niñez. La abracé en cuanto llegué a su lado, diciéndole lo mucho que la había extrañado, para después entrar a la casa en busca de mi padre, justo cuando la llovizna se transformó en aguacero.

Capítulo 16

—Pese a Dios, Pedro. Lo que has hecho ha sido muy malo, un gran desatino y poca verdad. Te debería entregar a los culúas para que hagan justicia por su propia mano —aseveró Hernando, muy molesto, dejándose caer en la silla frailera que había traído desde Cuba. Aún portaba su armadura; sin embargo, se había retirado la borgoñota.

—Vuestra merced, los idólatras habían decidido atacarnos, pero decidimos anticiparnos a la zalagarda. ¡Han querido agarrarnos descuidados! Esto nos lo han asegurado nuestros aliados tlascaltecas y dos indios que he interrogado —replicó el otro airadamente, parado frente a la amplia mesa de madera donde Cortés tenía algunos documentos, un tintero y una jarra de cerámica repleta de vino.

De pie, detrás del capitán, se encontraba doña Marina, observando y escuchando todo lo que acontecía. Al lado de la silla de Hernando, también de pie, estaba "el maya", "el náufrago", el clérigo Gerónimo de Aguilar. Hombre delgado, de poca barba y ojos verdes, que vestía un calzón estrecho obscuro hasta las rodillas sin medias y una camisa holgada, y un humilde crucifijo de madera que colgaba de su cuello. En su rostro se observaban algunas cicatrices causadas por la enfermedad de bubas, la sífilis. Fue parte de la tripulación del navío comandado por Juan de Valdivia, el mismo que se hundió en el océano cuando una fuerte tormenta se hizo presente. Naufragó, llegando a los dominios de los mayas desde 1511, donde aprendió su lengua. Sin embargo, a diferencia de su compañero Gonzalo Guerrero, Gerónimo siempre opuso resistencia a integrarse a los mayas, debido a su inquebrantable fe y su intenso fervor religioso, acabando como un esclavo, un marginado entre los nativos. Ocho años después sería rescatado por los hombres de Cortés cerca de la isla de Cuzamil, volviéndose otro de los intérpretes de la expedición. El día que subió a una de las embarcaciones, dijo en castellano mal mascado y peor pronunciado: "Dios y santa María y Sevilla". También mostró su pequeño libro de horas, lo que evidenció que se trataba de uno de los náufragos que buscaba rescatar la expedición encabezada por Hernando Cortés. Ese día, el clérigo llevaba el rostro pintado, el pelo muy corto, como era costumbre entre los esclavos de los mayas, así como un burdo braguero y una manta vieja y muy ruin. Curiosamente era un individuo parco, de pocas palabras, mal temperamento, arisco y con gran fervor religioso.

—¡Voto a Dios, Pedro! ¡Maldita sea! ¿No te das cuenta de que todo lo que he construido desde mi llegada a Temixtitan lo has destruido? —contestó gritando, se incorporó del asiento y arrojó con fuerza la jarra de barro contra una pared.

El preciado vino escurrió hasta el piso ante la mirada atónita de los españoles presentes, entre ellos Gonzalo, quien no había probado una gota de vino en meses. Instintivamente lamió sus labios, imaginando que degustaba un trago de rojo. Reinó un tenso silencio en el salón donde se llevaba a cabo la reunión. Estaban presentes los hombres de valía de la expedición, los lugartenientes de Hernando, entre ellos Gonzalo Rodríguez de Trujillo, así como los religiosos Juan Díaz y fray Bartolomé de Olmedo.

—Pero, don Hernando, han querido remover la Virgen y el crucifijo del gran cu ubicado en el humilladero de Huichilobos durante la fiesta de Tezcatepuca. ¡Han colocado postes y toldillos para ejecutarnos, los malditos…

—¡Alvarado, callad! —interrumpió Cortés—. Sandoval, acompañad a Pedro a sus aposentos para que reflexione sobre las consecuencias de sus acciones. Por el momento no tendrá participación activa en la defensa del palacete ni en las próximas acciones de la expedición. Andaos.

—Sí, mi ca-ca-capitán —respondió el fornido de Gonzalo de Sandoval, tartamudeando como era su habla.

Dos alabarderos escoltaron al alguacil mayor y al pelirrojo fuera de la presencia de Hernando Cortés, quien volvió a sentarse, respiró profundamente y cerró los ojos por un momento. Dos de los tres hermanos de Pedro, que se encontraban en el salón, siguieron los pasos de su hermano con evidente molestia, lanzando duras miradas al extremeño. Hernando hizo poco caso de los de Badajoz. Hizo una seña y de inmediato un indígena que vestía una holgada camisa se acercó a la mesa para colocar una nueva jarra llena de vino, así como algo de pan cazabe con carne salada en un plato de madera. Hernando tomó unos tragos de vino y un poco de pan. Mientras masticaba, Gonzalo el Sin Miedo dio un par de pasos hacia adelante para quedar frente a la mesa del capitán, con intención de decir algo.

—¿Qué tenéis que decir, Gonzalo? —preguntó Cortés con la boca llena.

—Vuestra merced, entiendo el enojo que siente contra el reyezuelo de los indios, pero ¿no cree que a través de su mediación podrían los culúas restablecer el tianguis de Catelolco o de Temixtitan? Por ahora tenemos provisiones, pero no durarán mucho con tanta gente de calidad que ha traído con usted —dijo no muy convencido ante el atrevimiento de la sugerencia—. Posiblemente todo pueda ser resuelto si decide hacerle una visita a Montezuma para dialogar —concluyó el de Trujillo.

Aunque tenía razón en todo lo que decía, no sabía cómo lo iba a tomar Cortés después del incidente con Alvarado.

Luego de masticar, Cortés respondió:

—¿Qué cumplimiento tengo yo de tener con un perro que se hacía con Narváez secretamente, brindándole información e incluso obsequiándole un medallón de oro? ¿Y ahora veis que aún de comer no nos da? No hablaré con ese Montezuma a menos que me dieran veinte mil castellanos. Y menos para escuchar nuevamente la petición que me ha enviado con sus indios de abandonar Temixtitan.

De inmediato intervino Cristóbal de Olid:

—Mi señor, temple su ira. Mire cuánto bien y honra nos ha hecho este rey de indios. Si no fuera por él, posiblemente ya fuéramos muertos y nos habrían comido los culúas.

Cortés dirigió una dura mirada a su lugarteniente, al tiempo que reflexionaba lo dicho por Gonzalo. El joven rodelero tenía razón. Era imprescindible restablecer el mercado. Sin embargo, no podían liberar a Montezuma para que se encargara de la gestión. Fray Bartolomé de Olmedo se acercó a Hernando.

—Mi señor, es relevante lo que aconseja Gonzalo. Podríamos liberar a su hermano o a alguno de sus hijos como una muestra de vuestra buena voluntad para restablecer la paz. De pasada, podrá realizar gestiones para que se avecine nuevamente el tianguis y nos provean sustento —dijo el fraile mercedario con su melodiosa voz.

—Como os he dicho, no visitaré más a Montezuma. Sin embargo, no es mala idea lo que plantea el fray. Liberar a uno de los indios principales es un gesto que podrían valorar los culúas en el camino para lograr la paz. Velázquez de León, Gonzalo y usted, fray, hacedle una visita al taimado indio. Decidle que por el momento no tenemos intención de abandonar Temixtitan, pero que deseamos detener la guerra, las escaramuzas, si él acepta reabrir el mercado. Si es necesario, tienen mi permiso para liberar a algún miembro de la familia gobernante. Que doña Marina y don Gerónimo sean vuestras lenguas. ¡Id e informadme!

Los hombres y la popoluca emprendieron la marcha hacia el patio norte, el cual ahora se encontraba atestado de personas, caballos, mulas, barriles, toneles, cerdos, guajolotes y más. Con el importante incremento de hombres al ejército de Cortés, el palacio de Axayácatl se encontraba desbordado, completamente saturado. Donde antes dormían veinte personas, ahora lo hacían sesenta. Una de las primeras órdenes de Cortés fue que se ampliaran las letrinas al doble para dar cabida a la necesidad de los cuatro mil miembros de la expedición. Los únicos espacios donde se restringió el acceso fueron el ala norte del palacio, ocupada por Motecuhzomatzin, su familia y los otros nobles, así como la sala del tesoro, donde se guardaba el oro que habían podido acumular desde la entrada a Tenochtitlan ocho meses atrás. Cruzaron nuevamente la antesala, donde ahora hacía guardia una veintena de ibéricos, entre ellos el paje Orteguilla, ya acompañado de su padre, un veterano de las guerras de Italia. También se encontraban Cristóbal de Guzmán y Hernando de Lerma, ambos incondicionales de Cortés, siendo el primero uno de sus mozos de confianza. Desde la entrada del extremeño al palacio de Axayácatl les había dado la tarea de cuidar y vigilar al Gran Orador de Tenochtitlan.

—Fray —dijeron varios hombres con cortesía para saludar al mercedario, quien era tenido por hombre sabio y de buen juicio, además de ser un religioso. A su vez, él hizo la señal de la cruz a manera de bendición.

—Buenas tardes, guerreros de Dios —respondió.

Hernando de Lerma y Cristóbal de Guzmán se incorporaron amenazadoramente del petate donde se encontraban sentados. Eran hombres que estaban dispuestos a dar su vida por cumplir las órdenes de su señor Cortés, lo que en el pasado ya les había causado tener enfrentamientos armados con disidentes de su capitán. Ambos colocaron la mano derecha en el pomo de la toledana que llevaban enfundada.

—¿Vais a prestar una visita a Montezuma? —preguntó De Lerma a Juan Velázquez de León.

—Claro, chaval, ¿o tú qué crees? ¿Que no lo he echado de menos? —contestó con su profunda voz el robusto lugarteniente—. Decidle que traigo palabras de nuestro capitán. Id a despabilarlo, joder —agregó impaciente el hombre.

Con mala gana, Hernando de Lerma se dirigió a la entrada del gran salón, flanqueando el biombo dorado para avisarle al huey tlahtoani o a alguno de sus sirvientes que tenía importantes visitas esperándolo, entre ellas, la faraute doña Marina. Al poco tiempo salió, asintiendo y diciendo:

—Podéis pasar, Montezuma se encuentra dispuesto. Está acompañado de sus parientes.

El grupo entró al gran salón, donde encontraron al huey tlahtoani sentado en su icpalli sobre la larga plataforma. Vestía una fina tilma color turquesa con ribetes rojos, así como su máxtlatl del mismo color. En esa ocasión, el Gran Orador portaba la diadema triangular de oro y recubierta con un mosaico de teselas de turquesa que solamente podían usar los gobernantes, la xiuhitzolli. Debido a que se encontraba presidiendo un consejo de gobierno, era importante que vistiera al menos alguno de los atributos de su cargo como favorito de Huitzilopochtli. También llevaba sus orejeras de oro y un collar de cuentas de jade de intenso verde, de donde colgaba un caracol cercenado hecho también de oro. Se encontraba acompañado de los señores de Tlatelolco, Coyohuacan, Ixtapallapan, así como de sus dos hijos, Chimalpopoca, su heredero, y Axayácatl. Los tlahtóqueh de Tezcuco, Tlacopan y Tula no podían acompañarlos, ya que habían sido hechos prisioneros por haberse reunido por iniciativa del primero, Cacamatzin, para organizar la resistencia en contra de los teteuctin. Por el cargo de conspiración habían sido detenidos, subyugados con cadenas y encerrados en una habitación fuertemente vigilada. Los nobles presentes se encontraban posados en los asientos de gran respaldo hechos de petatillo ubicados sobre la plataforma, con las piernas encadenadas con enormes grilletes. Todos se encontraban demacrados, muy delgados y agotados por el encierro que sufrían desde hacía meses. Gonzalo observó el rostro del huey tlahtoani con detenimiento. Tenía grandes ojeras y la expresión de su rostro se había endurecido. Le dio la impresión de que el gobernante se debilitaba cada vez más con el paso de los días. Posiblemente se encontraba enfermo, pensó.

Todos los presentes sabían que el Gran Orador había invitado a Cortés a visitarlo en dos ocasiones; sin embargo, el extremeño rechazó cada una de esas invitaciones, lo que al parecer había afectado al gobernante. Y en mayor medida, la respuesta que le dio a su petición para que abandonara Tenochtitlan en los siguientes días. "Vivo nunca la abandonaré", le mandó decir a través de doña Marina. Por esa razón, Motecuhzomatzin había reunido a los otros tlahtóqueh para compartirles la respuesta de Malinche, escuchar su consejo y fijar una postura. Como era bien sabido, el huey tlahtoani seguía favoreciendo y apoyando la posibilidad de restablecer la paz entre mexicas y españoles; sin embargo, a estas alturas y ante la negativa de Cortés, estaba dispuesto a conocer otras posturas y caminos. En eso se encontraban los nobles cuando entró al gran salón el grupo encabezado por doña Marina y Velázquez de León, interrumpiendo la reunión. Los otrora grandes señores del Cem Anáhuac los observaron en silencio, impasibles, con sus ojos rasgados y obscuros, las cejas fruncidas y los labios sellados. El Gran Orador no demostró ninguna sorpresa o enojo ante la presencia de los hombres barbados. Después de un breve silencio, comenzó a hablar con su voz entonada y calmada, tomándose el tiempo para dar la correcta entonación a cada palabra. Doña Marina tradujo de inmediato del náhuatl al maya chontal, para que el clérigo Gerónimo de Aguilar lo hiciera a su vez del maya al castellano. Aunque Marina había tenido grandes avances al aprender la lengua de los caxtiltecas y era capaz de traducir de manera individual, en ocasiones seguía colaborando con el náufrago, cumpliendo con los deseos de su señor y amo, como lo habían hecho desde que llegaron a los arenales de Chalchihuecan. La jovencita, al encontrarse nuevamente con el huey tlahtoani, reflexionó con satisfacción sobre el largo camino que había recorrido desde que fue obsequiada a los teteuctin en Putum Chan por el halach uinik Tabs Coob, señor de los yoko t'aanob, los mayas chontales, después de haber sido derrotados en la batalla de los pantanos de Centla. Marina comenzó a traducir las palabras de Motecuhzomatzin del náhuatl al yoko t'aan con su voz potente, fuerte, que sorprendía a quien la oía. Gerónimo escuchaba con atención, listo para continuar con la tarea.

—Mis señores, os saludo con el corazón empuñado, en especial a usted, tlamacazqui Olmedo. Decidme, ¿por qué no ha venido a visitar don Malinche? ¿Acaso no se da cuenta de que es importante que nos reunamos para detener esta guerra? ¿Para que los mexicas guarden el arco y la flecha? —dijo Motecuhzomatzin.

Juan Velázquez de León, quien le guardaba cierto aprecio al gobernante debido a las varias piezas de oro que le había obsequiado antes de partir a la costa, comenzó a hablar con su cavernosa voz.

—Mi señor Montezuma, Hernando Cortés se encuentra molesto con vosotros debido a la comunicación que tuvo con los otros caxtiltecas. Por esa razón no lo ha visitado. Sin embargo, nos ha enviado a doña Marina y a mí con la solicitud de que restablezca los tianguis de Catelolco y Temixtitan. Aunque ahora tenemos comida, esta no durará más de algunos días. Importante es que se abran los mercados para restablecer la paz.

Esperó a que doña Marina y Gerónimo de Aguilar tradujeran, mientras rascaba su larga y obscura barba lanzando una dura mirada al huey tlahtoani, quien a su vez escuchaba lo que le decían los traductores.

—No puede restablecer los tianguis estando encerrado en esta prisión —dijo Gerónimo de Aguilar después de dar tiempo a que doña Marina terminara de traducir las palabras de Motecuhzomatzin.

—Vuestra merced, sabed que para nosotros es imposible liberarlo en este momento. Sin embargo, podemos dejar libre a uno de sus hombres de confianza para que se encargue de restablecer los mercados. Traducid, maldita sea, traducid, Aguilar —concluyó Juan Velázquez de León, apresurando al náufrago sifilítico. Este lo hizo con presteza para que posteriormente la popoluca continuara con la tarea.

Después de escuchar al Gran Orador, doña Marina decidió traducir directamente al castellano, haciendo caso omiso de Gerónimo, quien mostró enojo ante su altiva actitud.

—Montezuma dice que tiene toda su confianza en el gobernante militar de Tlatelolco, Itzcuauhtzin. Él puede abrir nuevamente los mercados de las ciudades gemelas —dijo la atractiva jovencita, consciente del enojo que causaba en el náufrago al opacarlo cada vez más con el pasar de los días.

—¿Acaso él es miembro de la familia gobernante de Temixtitan? —preguntó Gonzalo dirigiéndole una mirada a doña Marina y pos-

173

teriormente a Velázquez de León—. Si me permiten opinar, creo que es importante que se trate de un mozo del Montezuma, uno de sus hermanos. Así será obedecido con mayor docilidad y dará legitimidad a las decisiones que tome en nombre del Montezuma —agregó Gonzalo mientras colocaba la mano izquierda sobre el pomo de su espada enfundada.

—Tenéis razón, Gonzalo —contestó Juan, quien observó que también doña Marina asentía ante la propuesta.

Por un momento examinó a los tlahtóqueh y otros nobles reunidos en el gran salón, buscando al hermano de Montezuma, quien difícilmente se separaba de su lado y con quien constantemente discutía. Después de recorrer el rostro de cada uno de los señores presentes, Juan encontró a quien buscaba.

—¡Tú! Tú eres Coadlavaca, el señor de Estapalapa. Eres el hermano de Montezuma. ¿No es así, indio? —preguntó apuntando un dedo hacia Cuitlahua, quien se encontraba a la izquierda del huey tlahtoani.

El señor de Ixtapallapan permaneció por un momento callado, mirando a Velázquez de León.

—Cuitlahuatzin, huey tlahtoani de Ixtapallapan y hermano del huey tlahtoani Motecuhzomatzin —dijo en náhuatl al tiempo que se ponía de pie.

—Quema. Dice que así es. Es el hermano de Motecuhzomatzin —afirmó en castellano la intérprete.

Cuitlahua vestía la misma tilma ribeteada con plumas rojas, así como su peinado alto. Llevaba en sus manos un fino ehecacehualiztli, abanico con mango de madera y adornado con plumas de cotorro, guacamaya y azulejo, del cual colgaban dos borlas de piel de conejo. Sus sandalias eran de piel de jaguar, moteadas, casi doradas, lo que delataba su estatus como gobernante y miembro de la familia real de Tenochtitlan.

—¡Excelente! Liberad a Coadlavaca. ¡Decidle, Marina! Decidle que le otorgaremos la libertad a cambio de que restablezca el tianguis de Catelolco y Temixtitan —dijo visiblemente agitado el capitán cristiano.

—Mi señor Juan, corregidme si me confundo, pero ¿no es acaso este el indio que opuso la mayor resistencia durante la captura de Montezuma? ¿Acaso no es quien siempre muestra su enojo ante nuestra presencia? —preguntó el mercedario Bartolomé tratando de recordar, pues para él todos los culúas lucían igual.

—Monje, ¿acaso has perdido el buen juicio? Todos los indios, a excepción de Montezuma, se han mostrado hostiles a nuestra presencia. El día de la captura, todos los paganos que acompañaban al Orador lo defendieron con sus filosos puñales de cristal. Estad tranquilo, monje, es el candidato ideal por ser hermano del rey. ¡Hombres, liberad a Coadlavaca, quitadle los grilletes de inmediato! —ordenó Juan Velázquez.

En seguida tres hombres se acercaron a Cuitlahua. Uno de ellos portaba varias llaves amarradas a un grueso cinto de piel. Se agachó a los tobillos del señor de Ixtapallapan con una llave en la mano. Rápidamente se escuchó un ruido metálico cuando abrió uno por uno los grilletes de hierro vizcaíno. Mientras esto sucedía, el huey tlahtoani se dirigió a él para decirle en náhuatl:

—Nocni, respetado hermano, cumple con lo prometido a los caxtiltecas, pero sobre todo protege a nuestro pueblo, a nuestros dioses. Esta es la obligación que te otorgo, esta es la carga que has de llevar.

—Venerado hermano, por fin recupero mi libertad. No dudes de que protegeré a nuestro pueblo y a nuestros dioses que han quedado desamparados, huérfanos, desde que su huey tlahtoani fue tomado prisionero muchas veintenas atrás —respondió altivamente, dirigiéndole una dura mirada a su hermano mayor—. Cuidaré de tus hijos, de tus súbditos y de tu ciudad mientras recuperas tu libertad, y si no es así, que Huitzilopochtli y Tezcatlipoca guíen tus pasos al paraíso solar. Espero que pronto volvamos a encontrarnos —concluyó haciendo una genuflexión llena de respeto, y después bajó la escalinata sin darle la espalda al gobernante.

Al alcanzar la posición de los caxtiltecas, dio la vuelta para dirigirse a la salida con zancadas, siempre seguido de cerca por los tres guardias que lo escoltarían hasta el pórtico principal del palacio, el mismo que daba al oriente, justo al recinto ceremonial de Tenochtitlan.

—Que nuestro señor impalpable, omnipresente e invisible te proteja, Cuitlahuatzin, querido hermano —dijo en náhuatl Motecuhzomatzin, afligido al ver a su hermano desaparecer por el vano de acceso.

El huey tlahtoani conocía la forma de pensar de su hermano e intuía las consecuencias de su liberación, en detrimento de aquellos tenochcas que aún trabajaban por encontrar una solución pacífica a la guerra contra los cristianos. Sabía que la causa colaboracionista, la misma que él encabezaba, estaba condenada a fracasar con la liberación de su hermano, quien siempre había abogado por la expulsión de los invasores, incluso de manera violenta.

—Ya está hecho —dijo con una sonrisa Juan Velázquez de León, quien agachó ligeramente la cabeza al tiempo que decía "mi señor" a manera de despedida hacia el Gran Orador.

Fray Bartolomé, Gonzalo, Gerónimo y doña Marina siguieron sus pasos, abandonando el gran salón después de hacer una rápida reverencia para cumplir con el protocolo. Motecuhzomatzin escuchó a la lejanía los gritos del lugarteniente español dictando instrucciones a los guardias que escoltaban a Cuitlahuatzin.

—Mi reverenciado señor, y disculpe mi expresión, pero ¿la liberación de su hermano, el señor de Ixtapallapan, no juega en contra de nuestros intereses? ¿Acaso no es un error que estamos cometiendo? Con Cuitlahuatzin libre en Mexihco-Tenochtitlan será casi imposible que logremos alcanzar la paz con los caxtiltecas —murmuró Itzcuauhtzin preocupado.

—Honorable Itzcuauhtzin, no hay nada que haya podido hacer para detenerlo. Ha sido elegido por el capitán caxtilteca por ser mi hermano. Mi corazón se regocija con su libertad y porque se aleja de la amenaza de muerte a la que estamos sometidos quienes somos rehenes de los caxtiltecas, pero por otro lado me embarga una terrible tristeza debido al giro que darán los acontecimientos en Mexihco-Tenochtitlan. Cuitlahuatzin no descansará hasta expulsar a los teteuctin, aun a costa del sufrimiento de nuestro pueblo —dijo pensativo Motecuhzomatzin.

—Mi venerado orador, todos nuestros esfuerzos habrán sido inútiles. Incluso peligrarán las vidas de nuestros colaboradores, nuestros informantes en el exterior del palacio —respondió el gobernante militar de Tlatelolco.

—Incluso nuestra propia vida, honorable Itzcuauhtzin. Ahora nuestra posición se ha debilitado considerablemente, pues todos aquellos que claman por una guerra total contra los extranjeros, sin duda la mayoría de los tenochcas, encontrarán a un líder en mi hermano, quien los organizará y dirigirá —afirmó. Después de un momento de silencio, el huey tlahtoani continuó—: posiblemente hemos sido unos soñadores, mis señores, al anhelar una paz imposible de restablecer. Tal vez hemos abusado de la paciencia y tolerancia de los tenochcas hacia los caxtiltecas, errando el paso, tomando decisiones incorrectas, cuando nuestro pueblo clama por venganza. Es probable que nuestro tiempo haya pasado, como el de Itzcóatl, Axayácatl y Ahuízotl. Quizá el tiempo de los acuerdos y el diálogo ha terminado para dar paso a la guerra. Que sea la voluntad de los dioses —concluyó el huey tlahtoani, al tiempo que se retiraba la diadema de oro y turquesas para colocarla sobre sus rodillas.

—Que sea la voluntad de los dioses —repitió Itzcuauhtzin, al igual que Quauhpopoca y los otros grandes señores del Anáhuac que se encontraban presentes.

CAPÍTULO 17

La noche llegó a Tenochtitlan y al palacio de Axayácatl. Gonzalo se trasladó furtivamente entre las sombras hasta uno de los salones que eran usados como bodegas. Era una noche lluviosa, llena de truenos y relámpagos que iluminaban el obscuro firmamento plagado de nubes. Después de cruzar uno de los atestados patios, mojándose completamente, llegó puntual a la cita, de acuerdo con las indicaciones de su superior, Juan Velázquez de León. Iba acompañado de su hombre de confianza, Alonso Berrio, el moro. La bodega y los insumos que se guardaban en su interior estaban bajo la custodia de Juan, por lo que no le fue difícil encontrar un lugar seguro y discreto para la reunión que habían convocado. La puerta estaba vigilada por un guardia, Mateos el portugués, quien al verlos acercarse les pidió el santo y seña de la reunión.

177

—Guadalupe nos proteja —respondió el extremeño de Trujillo y el portugués les permitió el acceso.

El amplio salón se encontraba sumido en la obscuridad. En él había decenas de toneles repletos de alimentos, largos petates enrollados, cargas de maíz y frijol, así como algunos cofres de cuero y de madera con herrajes. Entre los pilares estucados que sostenían las vigas del techo, el extremeño pudo ver la tenue iluminación reflejada en un rincón del salón, seguramente proveniente de una vela. Gonzalo se acercó en silencio, tratando de no tropezar con los muchos objetos almacenados en el lugar, seguido de cerca por Alonso, quien también caminaba con cuidado. A su lado izquierdo, entre cajas de madera apiladas, escuchó lo que parecían ser pasos.

—¿Nombres?

Ambos hombres reprimieron un salto de susto al escuchar la gruesa voz masculina en medio de la obscuridad. Gonzalo, instintivamente, colocó la mano izquierda sobre la empuñadura de su daga, anticipando algún ataque.

—Gonzalo y Alonso, maldición. ¿Quién vive? —preguntó el extremeño en un murmullo.

A pesar de aguzar la mirada, no pudieron ver a quien les había hablado. Después de un breve momento, entre las cajas apiladas apareció Cristóbal el tartamudo, un gigantón rubio procedente de Asturias, empuñando una misericordia. De inmediato Gonzalo y Alonso lo reconocieron, lo que les tranquilizó.

—Adelante, Go-Gonzalo y A-A-Alonso, los demás ya han llegado y los están esperando —dijo Cristóbal, mostrando sus dientes amarillos con una gran sonrisa.

El extremeño asintió a manera de saludo, mostrándose lo más sereno posible, al tiempo que continuaba su avance por el salón adaptado como bodega, siguiendo los pasos del gaznápiro. Al alejarse de Cristóbal reflexionó sobre su apodo, la forma en que sus rodeleros le habían bautizado, "el Sin Miedo". Contrario a lo que creían sus hombres, Gonzalo también sentía nerviosismo, inseguridad, incluso temor antes de entrar en combate, así como en situaciones inesperadas o llenas de sobresaltos como la que acababa de vivir, aunque era reacio a aceptar esta condición frente a los hombres que se jugaban la vida bajo sus órdenes. Sin embargo, sabía que el miedo era un ingrediente básico para permanecer avispado en un enfrentamiento, así como para mantener aguzados los sentidos. La clave para sobrevivir a una batalla era sin duda ser consciente de ese miedo para lograr controlarlo, dominarlo, incluso cuando uno se encontrara al borde la muerte. A pesar de que asistía a una reunión entre hombres confiables que conocía desde hacía años, no era difícil imaginar un complot para reducir el número de invitados y de esta forma aumentar el reparto del botín para cada hombre. Realmente no sería difícil disponer del cuerpo del ajusticiado, bastaría con arrojarlo desde el pretil del palacio hacia las calles de la capital de los culúas para volverse una baja más de los enfrentamientos con los mexicas.

Gonzalo avanzó con mayor facilidad al acercarse a la vela que brindaba iluminación a un rincón del gran espacio. Detrás avanzaba sigilosamente Alonso, observando con cuidado, tratando de penetrar con su mirada la obscuridad, con la intención de prevenir cualquier otro sobresalto. Finalmente, después de rodear una decena de altos petates enrollados y algunos barriles apilados, los dos hombres alcanzaron el rincón del salón de donde provenía la poca luz que alumbraba el espacio. Sentados sobre un gran petate, alrededor de una vela, se encontraban ocho españoles, entre ellos Juan Velázquez de León, el clérigo Gerónimo de Aguilar y el rioseco Francisco de Salcedo, apodado "el pulido" por la mucha atención que ponía en su aspecto. Gonzalo saludó con un gesto a los ocho individuos que trataban de esconder su presencia entre bultos, cajas y toneles. Reconoció los rostros de todos los presentes, pues eran compañeros de armas que formaban parte de la expedición de Cortés, y no de los hombres de Narváez que recientemente se habían sumado a la expedición.

—Alonso Berrio, Gonzalo, tomad asiento —dijo Francisco de Salcedo con propiedad.

Salcedo había sido uno de los capitanes de las once embarcaciones que partieron de Cuba rumbo a Cozumel bajo las órdenes de Cortés, por lo que era otro de los hombres fuertes de la expedición. Bajo su mando reunía alrededor de cincuenta hombres procedentes de Castroverde del Campo, Valladolid, Medina de Rioseco y Becilla de Valderaduey. Hombre de rostro ceniciento y agraciado, que sabía escribir y leer latín y castellano, hábil para los negocios y la administración, pero terrible jinete, que escondía su temperamento violento y agresivo bajo gestos educados y fríamente calculados. Sobre la pared había recargado su adarga pintada de rojo, donde se apreciaba el escudo de armas de Medina de Rioseco con cuatro cuarteles, dos con caballos y los restantes con castillos.

—Buenas noches tengan vuestras mercedes —respondió Berrio, el moro, al tiempo que se relajaba y se sentaba con las piernas cruzadas sobre el petate.

A su lado Gonzalo lo imitó, tomando su lugar entre los presentes. El capitán de rodeleros nunca se había involucrado en tratos y reuniones clandestinas. Creía firmemente que los hombres de valía e intachable honor nunca se prestaban a ese tipo de contubernios. Sin embargo, en esta ocasión aceptó participar debido a la insistencia de su superior, Velázquez de León, quien le hizo ver que esta era la oportunidad de una vida. Le aseguró que si todo salía como lo tenía planeado, nunca más tendría que empuñar una espada o trabajar la tierra como un plebeyo. Gozaría no solamente de fama, sino también de fortuna, con la cual podría comprar importantes extensiones de tierra y cabezas de ganado en Cuba, incluso invertir en el comercio con la península ibérica. Después de conocer en qué consistía el arriesgado plan, decidió participar poniéndolo todo en la balanza. ¿Por qué razón? Porque su superior, Juan Velázquez, estaba en lo cierto. Era una oportunidad muy grande y única en la vida de un hidalgo venido a menos para dejarla pasar. Bastaba con estirar el brazo y tomar un poco de las grandes riquezas que estaba acumulando Cortés, de las cuales la gran mayoría de sus hombres vería una miseria. Oro, jades, plata, esmeraldas y rubíes al alcance de la mano, mancillando un poco el honor y el buen nombre de la familia. Si eran descubiertos, sin duda que todos los involucrados perderían la cabeza, pero bien valía la pena correr el riesgo. ¿Acaso era un riesgo mayor que estar en el corazón de Temixtitan, rodeado por miles de indios hostiles que querían capturarlo para ofrecerlo como un lechón para ser devorado por sus dioses? ¿Acaso no se estaba jugando la vida día tras día?, reflexionó.

—¿Has traído el mapa, Gonzalo? —preguntó Juan con cara de pocos amigos al tiempo que sacaba de su jubón de terciopelo negro la llave que llevaba colgada, mostrándola al rodelero. El hombre nacido en Cuéllar acarició su larga barba negra, que parecía fundirse con su peto obscuro.

—Lo he traído conmigo —respondió el de Trujillo y metió la mano por un costado de su brigantina para sacar el mapa, lo desdobló y lo colocó al pie de la vela, sobre un sucio petate, al centro de los hombres presentes.

De inmediato todas las miradas se concentraron en el pedazo de papel amate.

—Excelente —dijo Juan, girándolo delicadamente con dos de sus dedos para colocarlo frente a su mirada y analizarlo.

—¿Se han asegurado de que nadie siguiera vuestros pasos? —preguntó un desconfiado Gerónimo al tiempo que le dirigía una dura mirada al capitán de rodeleros.

Gonzalo lo observó antes de responderle. Sobre su frente, pómulos y labios tenía pústulas redondas blanquecinas, propias de la enfermedad que lo estaba consumiendo día tras día. Los franceses le llamaban el mal napolitano, los genoveses vulgarmente se referían a la enfermedad como *male dele tavelle*, mientras que los toscanos le nombraron *male dele bulle*. Los españoles simplemente le llamaban mal de bubas. El hombre seguramente se había infectado durante los muchos años que pasó entre los mayas, al follar a cada india que pasaba frente a sus ojos, reflexionó. Esa noche sudaba en abundancia, por lo que constantemente pasaba por su rostro un sucio paño de algodón.

—No, Gerónimo. Nadie nos ha seguido, ni tampoco hemos abierto el pico sobre la razón por la que vuestras mercedes se encuentran aquí acompañándonos. Estad tranquilo.

—Sobre tu vida iré si tú o el moro dicen algo de este contubernio. Guardad el secreto como si de él dependiera la salvación de tu negra alma —amenazó Juan Velázquez mientras le dirigía una dura mirada a Gonzalo. Juan carraspeó y continuó hablando—. Como vuestras mercedes saben, no podemos alargar esta reunión, por lo que iré al grano —dijo con su voz cavernosa y terrible—. Hace un par de meses, días antes de nuestra partida de Temixtitan para combatir a los hombres de Pánfilo de Narváez en la costa, todos los presentes salimos en medio de la noche llevando un pesado cofre atiborrado de oro culúa. Cerramos su armazón de hierro con esta llave, para después arrojarlo en las aguas turbias de un canal, al poniente de Temixtitan, punto registrado en este plano. Como vuestras mercedes saben, esas riquezas provienen del apartado que hemos hecho Francisco de Salcedo y yo, al haber sido designados por Cortesillo los guardianes del oro tributado por Montezuma para nuestro ejército. Ese oro, caballeros, será nuestra recompensa, nuestro beneficio, después de tanto esfuerzo y castigo que hemos sufrido durante esta expedición. Solamente tenemos que ser astutos, confiar el uno en el otro y tener paciencia, para disfrutar de esa riqueza. Sabed que Cortés únicamente nos dará las migajas de las riquezas obtenidas hasta el momento; por esa razón, ese cofre será nuestra prioridad hasta que termine la guerra con los indios o tengamos que abandonar Temixtitan. Por experiencia propia os puedo asegurar que Cortesillo es un zascandil pasado de listo que a más de uno ha dejado encandilado con promesas de riquezas en el pasado.

—Capitán, ¿y si algunos de los indios nos vieron esa noche y rescataron la jodida petaca? —preguntó Pedro de Murcia, hombre que había participado en la guerra en Italia y que había visitado Constantinopla antes de viajar a las Indias. Un veterano de cientos de escaramuzas que incluso había conocido al Gran Capitán, Gonzalo Fernández de Córdoba, en Navarra en el año de 1506, lo que presumía una decena de ocasiones al día con sus compañeros.

—Estad tranquilo por los cuatro cargadores indios que nos han ayudado esa noche, pues sus almas seguramente ya han alcanzado los infiernos. Sin embargo, hay que cerciorarnos de que nadie más nos haya visto y haya extraído el arcón. Por esa razón mañana, durante el transcurso del día, quiero que vosotros, Pedro, Cristóbal, Mateos el portugués y tú, Gonzalo, abandonen la seguridad del palacio para cerciorarse de que la petaca sigue en el mismo lugar. Los acompañará mi criado Luis Solomino. Sed discretos, asegúrense de que nadie os vea al salir, al menos ningún cristiano. Si os veis comprometidos, moved el cofre de lugar, pero les prohíbo que lo traigan con vosotros al palacio. Si Cortés o algún lugarteniente lo ve, seguramente querrá echar una ojeada, lo que causará que perdamos nuestra recompensa —dijo, dirigiendo miradas a los mencionados—. Gonzalo, llevad contigo a esa india con la que compartes el lecho. Está bien orientada.

—Sí, don Juan —respondió Gonzalo—. Sin embargo, muy posiblemente los indios reanuden los ataques mañana, ahora que Cortés ha regresado y entrado al palacio. Eso sin duda dificultará que podamos realizar dicha tarea.

—¡Por las armas de Santiago, Gonzalo! ¡No soy el hombre de Asís para ver el futuro! No os preocupéis de lo que pueda pasar mañana. Nos iremos adaptando a las circunstancias. En caso de que comience la refriega, tendremos más días para llevar a cabo la empresa —con el aliento que impulsaba las palabras de Juan Velázquez, la flama de la vela bailó bruscamente, amenazando con apagarse y sumiendo en la obscuridad por un breve momento a los presentes.

—Caballeros, éxito en la tarea —dijo Francisco de Salcedo el pulido—. Vosotros me perdonarán, pero ando esmallao. Iré por algo de comer para después continuar la guardia con mis hombres. Os dejo —después de decir esto, el hombre de Medina de Rioseco se puso de pie, tomó su adarga y salió del salón.

Los presentes se despidieron con escuetas palabras, al tiempo que seguían sus pasos con la mirada. Todo mundo se preguntaba cómo Francisco podía mantener su camisa, jubón y calzas limpias en medio de una guerra, e incluso perfumarse antes de estar presto para el combate.

Los hombres fueron abandonando el salón uno a uno, hasta que solamente quedaron Gonzalo, Alonso Berrio y Juan. Este último le devolvió el plano al extremeño, no sin antes decirle:

—Cuidadlo como si fuera tu vida, Gonzalo. No me decepciones.

—No se preocupe, capitán. Verá que tarde que temprano disfrutaremos de las mieles de ese oro pagano. Recemos para que mañana todo continúe tranquilo para poder abandonar el palacio —contestó Gonzalo.

—Capitán, ¿y si alguno de los otros capitanes nota nuestra ausencia en nuestros puestos de combate? —preguntó Alonso Berrio. En el exterior se escuchó el rugir de un trueno.

—Si alguien os pregunta por su ausencia o al salir del palacio, simplemente decidles que siguen mis órdenes: realizar una visita al mercado de Catelolco para revisar si ya ha vuelto a funcionar. En caso de que esto llegue a los oídos de Cortesillo, yo me las arreglaré para que no sospeche nada —concluyó Velázquez de León—. Buenas noches, caballeros.

Al decir esto, salió del salón y se dirigió hacia el sur, mientras que los dos rodeleros tomaron hacia el lado poniente del patio norte, donde recientemente habían sido asignados con el resto de sus hombres. Avanzaron apretando el paso, pues la lluvia seguía cayendo con intensidad, bajo la mirada vigilante del portugués Mateos, quien permaneció haciendo guardia en la entrada de la bodega, impasible ante los rayos que iluminaban de azul y blanco el cielo tormentoso de Tenochtitlan.

5. LA GUERRA

Día trece de la veintena Tecuilhuitontli, año Ome Técpatl
25 de junio de 1520

CAPÍTULO 18

—¡Un hombre se acerca por el acceso poniente! ¡Es el marinero Antón del Río! —gritó uno de los muchos hombres apostados en la azotea del palacio.

—¡Ballesteros, no disparen! —gritó Espinosa de la Bendición, quien vigilaba el pórtico tachonado de vigas, barriles y piedras, donde más de treinta ballesteros se encontraban listos para presionar el gatillo ante la mínima provocación de los mexicas.

—¡Avisad a Gonzalo Rodríguez! ¡Avisad al capitán Velázquez de León! —gritó un tercero, haciendo mención de los responsables de la vigilancia del sector poniente del palacio de Axayácatl.

Esa mañana, el Sin Miedo se encontraba en la improvisada capilla en la que daba servicio el clérigo Juan Díaz. Ahora que había muchos más hombres vigilando el perímetro del palacio, se dio el lujo de visitar el espacio sagrado para encomendarse a la Purísima Concepción, a Jesucristo, a san Pedro y a Santiago Matamoros. Se permitió ausentarse de su puesto debido a que esa mañana no se habían reanudado los ataques por parte de los mexicas. Se encontraba arrodillado sobre el piso de lajas, frente a una mesa de madera donde se habían colocado algunas estatuillas de la Virgen y los santos mencionados, así como un crucifijo sobre la pared estucada. Juan Díaz limpiaba el cáliz, para posteriormente guardarlo en un cofre de ma-

185

dera, cuando Alonso Berrio, el moro, levantó la cortina de tela que dotaba de cierta privacidad, interrumpiendo el silencio que reinaba en la pequeña capilla. El rodelero ignoró la mirada de molestia del clérigo, quien le reprochaba que distrajera a los cinco españoles que se encontraban concentrados en sus rezos. Entre ellos estaba María de Estrada, quien se había unido a la expedición de Narváez con el objetivo de encontrarse con su marido, Pedro Sánchez Farfán, quien meses antes había llegado a Tenochtitlan con la expedición de Cortés. Se había hecho todo un alboroto entre la soldadesca cuando la mujer besó y abrazó a su marido en el patio central. Gonzalo, al ver que la capilla se iluminaba, volvió la mirada hacia la entrada para encontrar a su hombre de confianza, quien al parecer tenía algo que decirle. Se incorporó, se persignó para salir del espacio sacro y fue a encontrarse con Alonso Berrio.

—Capitán, lamento interrumpir sus rezos, pero parece que el mensajero que envió Hernando Cortés a la Villa Rica no ha llegado muy lejos —dijo el moro, visiblemente preocupado.

—¿Qué decís? Pero si apenas ha pasado un breve momento desde que abandonó el palacio —contestó Gonzalo—. ¿Ni siquiera he acabado mis rezos y me dices que ya ha regresado?

—Lo sé, pero los indios caníbales le han impedido el paso. Parece que viene golpeado —contestó Alonso Berrio.

—Id por él, Berrio. Escoltadlo al despacho del capitán Cortés, ahí te encontraré con Juan Velázquez de León —concluyó.

El capitán de rodeleros se dirigió al salón donde Hernando se había instalado con su séquito de fieles para recibir las peticiones y solicitudes de sus hombres y lugartenientes, entre ellos Juan Velázquez de León. Gonzalo lo había encontrado ahí cuando visitó el "despacho" de Cortés al amanecer para informar sobre los incidentes que se presentaron durante la guardia nocturna de sus hombres. El hombre de Cuéllar se encontraba atento a cualquier información que le fuera útil para saber el momento propicio para que los hombres de la conspiración pudieran abandonar el palacio y asegurarse de que el cofre con el oro se encontrara en el mismo lugar donde lo habían escondido. El capitán de rodeleros cruzó el patio central en dirección al oeste pasando por un costado del templo, el cual estaba conformado por cuatro basamentos piramidales truncos sobrepuestos, coronados por un adoratorio que había sido desprovisto de cualquier efigie pagana. Ahora el adoratorio servía como torre de vigilancia, pues sobrepasaba en altura los muros estucados que rodeaban el complejo palaciego. Sobre el techo del humilladero, los hombres de Bernardino Vázquez de Tapia habían colocado una burda cruz de madera, mientras que en su interior habían pintado una gran cruz negra sobre una pared encalada. Gonzalo subió las escalinatas para cruzar un pórtico almenado que daba a un largo pasillo. Del lado izquierdo se encontraba un largo muro con algunas entradas a más habitaciones y salones, mientras que en el lado derecho Gonzalo observó los restos de lo que había sido un hermoso jardín con frondosos árboles, esculturas de piedra, enredaderas y flores bordeando un estanque y varias fuentes de piedra. Él se había regocijado paseando sobre los caminos de piedra que rodeaban las viejas fuentes de agua, el estanque lleno de peces, oliendo las flores de las enredaderas que trepaban por las columnas. Ahora era un espacio desolador. Los árboles habían sido talados para aprovechar su madera, las fuentes y el estanque se encontraban secos y por doquier se podían ver señales de diversos incendios que habían consumido la vegetación y manchado de negro el reluciente estuco blanco. Ahora sobre el amplio espacio se encontraban cientos de indios aliados, así como cristianos, realizando diferentes actividades. Algunas indígenas preparaban los alimentos de sus señores, algunos españoles platicaban animadamente afilando sus dagas, a lo lejos un cantero y varios hombres golpeaban incesantemente núcleos de piedra para dotar de balas a las lombardas, culebrinas, falconetes y otras piezas de artillería. Al pie del antiguo estanque algunos hombres de Tlaxcallan asaban pedazos de carne de dudosa procedencia sobre varias fogatas, al tiempo que conversaban alegremente, despreocupados de lo que estaba por venir. En el extremo norte del jardín se encontraba otro pasillo provisto de un techo, a cuyos delgados pilares estaban amarrados al menos cuarenta caballos, uno al lado del otro, que eran alimentados por una veintena de mozos, algunos indígenas. El techo brindaba a los equinos cierta protección contra los proyectiles que en algún momento volarían por

187

los aires. El gigantesco complejo palaciego se había transformado de un día al otro en una ciudad vibrante, ajena a la guerra, donde herreros, carpinteros, canteros, sacerdotes y cocineras realizaban sus actividades diarias sin mayores preocupaciones.

Por el momento contaban con alimentos, aunque racionados. Confiaban en que Hernando Cortés lograría, en un par de días, la reapertura de los tianguis de la ciudad, incluso confiaban en que el capitán lograría restablecer la paz en la capital mexica y evitar más muerte y sufrimiento. Los más ingenuos eran los hombres que se habían incorporado a su ejército como consecuencia de la derrota de Pánfilo de Narváez. Con promesas de oro y de gloria, Cortés había logrado que casi la totalidad del ejército comandado por su enemigo se sumara al suyo en su regreso a Temixtitan. Qué ingenuos son, reflexionó Gonzalo mientras recordaba la furia y el odio que mostraban los guerreros culúas durante los combates de los días previos. Enfrentar a estos indios no es como enfrentar a los taínos y caribes de las islas, pensó el extremeño al seguir avanzando por el pasillo techado. Los culúas eran verdaderos hideputas que sabían cómo guerrear, que hacían sentir miedo a los veteranos de Italia con sus gritos y ataques, que eran testarudos y valientes hasta la muerte. Como prueba de esa tozudez estaban los acojonantes días que vivieron cuando los culúas les daban guerra día y noche, soportando la sed y el hambre, viendo apariciones, combatiendo el fuego. Un escalofrío recorrió su cuerpo al recordar esos momentos, que no habían acabado del todo, reflexionó el rodelero.

Gonzalo llegó al extremo poniente del palacio, donde había una serie de amplios salones alineados, paralelos al muro oeste, cada uno con su propia entrada. Apretando el paso entró a un salón de tamaño mediano, con muros rojos y algunos pilares que sostenían el techo. En él se había instalado Cortés, volviendo habitable el espacio con algunos de sus muebles, tres sillas fraileras, dos mesas de madera, un par de alfombras desgastadas por la humedad, un armario y un par de arcones de madera. Gonzalo encontró a Cortés sentado frente a su amplia mesa. En un costado estaba Diego Godoy, el escribano real, sentado en otra silla frailera compartiendo mesa con el tesorero Gonzalo Mejía. Ambos registraban en sus grandes libros lo que consideraban importante de las audiencias que daba el capitán. Alrededor del salón se encontraban algunos lugartenientes, como Francisco de Lugo, Sandoval, Francisco de Aguilar, Alonso de Ávila, Diego de Ordaz, Bernardino Vázquez y, como lo supuso Gonzalo, Velázquez de León. Doña Marina estaba detrás de su señor, traduciendo las palabras de Xicotenga, el capitán tlascalteca, quien al parecer se encontraba molesto. En esta ocasión no llevaba su cuerpo ni su rostro pintados para la guerra. Ya que no se habían reanudado los combates, vestía una fina tilma color naranja anudada sobre su hombro izquierdo y su braguero labrado. El indígena aliado argumentaba que era prioritario salir de Tenochtitlan ahora que los mexicas no les daban guerra y que aún contaban con alimentos; si lo hacían días después, se verían rodeados. Sin embargo, Cortés lo tranquilizaba diciéndole que muy pronto restablecería la paz.

—Mi señor, disculpe mi intromisión, pero su mensajero no ha podido abandonar la ciudad —dijo Gonzalo interrumpiendo a Xicoténcatl el mozo, quien le lanzó una dura mirada.

—¿Qué decís? —preguntó—. ¿Qué ha sucedido con Antón del Río? ¿Se encuentra bien? —el capitán extremeño descansaba de su armadura, vistiendo un jubón de terciopelo negro con mangas holgadas acuchilladas, de acuerdo con la moda hispana. Completaba su vestimenta con calzas atacadas a la rodilla de terciopelo negro, medias blancas de seda y estivales con soletilla cortos, una especie de botines de piel.

—Se encuentra vivo pero maltrecho. Al parecer los indios le han asaltado, por lo que ha tenido que tornar. Vine a avisarle justo cuando entraba al palacete y era recibido por Alonso Berrio, quien viene en esta dirección con el marino para que directamente le informe.

Hernando iba a responder cuando los presentes escucharon el ruido de pasos que se aproximaban. Se trataba del marino Antón del Río acompañado del rodelero Alonso Berrio, el moro. El hombre presentaba un profundo corte en su sien y otro en su pómulo, por los cuales sangraba. El marino trataba de contener el sangrado con un paño que le había suministrado Alonso.

—Capitán, no he podido salir de la ciudad. Miles de perros indios se están congregando en las afueras del palacio. Han cortado mi andar, atacándome con sus hondas y flechas. Gracias a Dios que no han logrado atraparme, aunque sí me han ofendido —hablaba tratando de controlar su agitada respiración. Su camisa se encontraba empapada de sudor—. He corrido como alma perseguida por el diablo —concluyó el hombre que tenía como tarea llevar un mensaje a la Villa Rica de la Vera Cruz para dar aviso de que Cortés y sus hombres habían logrado entrar a Tenochtitlan sin sobresaltos.

—Antón, inmensa alegría me da que hayas logrado salvar el pellejo. Entonces esos perros están preparándose para reanudar los ataques contra mi real —dijo tranquilamente Cortés.

—Sí, mi señor. Al poniente del palacete, por la calzada de Tacuba, pude ver a miles y miles de ellos, con pintura de guerra y sus blasones de plumas. ¡Me han pillado, capitán! Nos atacarán —agregó el marino, presionando la herida de la sien que no dejaba de sangrar.

—Ve a que te curen esa herida con unto de indio caliente. Descansa, Antón —replicó Hernando.

Alonso acompañó al marinero para que fuera atendido.

—Se lo he dicho, Hernando, los indios buscan hacernos la guerra hasta la muerte —dijo Bernardino Vázquez de Tapia, quien se encontraba recargado sobre uno de los pilares estucados—. Será imposible pactar la paz nuevamente.

Xicoténcatl, quien había permanecido callado ante la irrupción de Gonzalo, Alonso y Antón, dijo algo en náhuatl, exaltado, a lo que Marina de inmediato tradujo:

—Xicoténcatl dice que es la guerra. La guerra y la muerte vienen hacia nosotros. Los culúas nos rodearán en esta isla de donde será imposible salir. Todos seremos sacrificados —dijo doña Marina, repitiendo las palabras del líder de los contingentes tlaxcaltecas.

—¡Antes muerto que abandonar Temixtitan! —gritó Cortés dando un manotazo sobre la pesada mesa—. Ordaz, Francisco de Lugo, llevad a cuatrocientos hombres por la calle de Tacuba, donde Antón fue atacado. Confirmad la presencia de estos escuadrones. Y si son atacados, devolvedles el agravio sin piedad a los hideputa —ordenó el capitán ya de pie, inclinado sobre la mesa, recargado sobre sus puños—. Llevad a todos los ballesteros y algunos arcabuceros.

—Considérelo un hecho —contestó Ordaz, el zamorano de cuarenta años, de barba corta canosa y pelo corto, el mismo que era reverenciado por los indígenas, pues había escalado la montaña nevada llamada Popocatépetl, en compañía de dos de sus hombres y algunos tlaxcaltecas, a fin de conseguir azufre para la preparación de la pólvora.

—Gonzalo, Aguilar y Morla, acompañadlos con sus rodeleros y brindad protección a los ballesteros. ¡Dadles como si el mismísimo Santiago estuviera presente! Andad —exclamó Cortés, visiblemente molesto.

—A la orden, vuestra merced —respondió Gonzalo al tiempo que asentía Francisco de Morla, hijo de franceses, de gran valor y fuerza sobrehumana.

Los tres hombres salieron con el propósito de reunir a sus hombres y encontrarse con la columna de Ordaz. Sandoval, Vázquez de Tapia y Olid salieron del salón para ayudar con la organización de la partida.

CAPÍTULO 19

Los huehuémeh inundaron el ambiente con su rítmico sonido. En cada templo de Mexihco-Tenochtitlan cientos de tlamacázqueh empezaron a tocarlos, desde el calpulli de Tepiton en Tlatelolco, al norte, hasta el calpulli de Tultenco, al sur de la ciudad-isla. Hombres de cada uno de los barrios empezaron a reunirse, incluso los jóvenes estudiantes de los telpochcaltin asieron el chimalli y el átlatl, el dardo y la flecha. Miles de mujeres acompañaron a los hombres portando sus tzotzopaztin, los machetes de madera para sus telares, además de escudos de madera y carrizos, al tiempo que entonaban los yaocuícatl, los cantos de guerra. El sonido de los tambores convocaba a todos los campeones y capitanes que habían sobrevivido a la matanza de Tóxcatl. Cuauchíqueh, otontin, cuauhpipiltin, tequihua, telpohyahqui, incluso los yaoquizque, los guerreros agricultores, tomaron la honda y el arco para vengar a sus difuntos. Portaban los estandartes, los tocados de plumas, los cascabeles y las conchas. Cubrieron su cuerpo y rostro con la pintura de guerra, con el color de la sangre, el jade y los cielos. Los sacerdotes pasaron la madrugada en vela punzando sus genitales, brazos y orejas, ofrendando la sangre a los dioses solares para que les otorgaran la más grande de las victorias al pueblo de Huitzilopochtli. Al amanecer, los tlamacázqueh se vistieron de obscuridad, con las estrellas y la luna en sus ropajes, se armaron y avanzaron al enfrentamiento entonando sus cantos de muerte. Los barrios se unieron, los nauh campan, las cuatro parcialidades de Tenochtitlan, alcanzaron acuerdos, todos bajo el liderazgo del nuevo señor de la guerra, el hermano de Motecuhzomatzin, el tlahtoani de Ixtapallapan, Cuitlahuatzin. Desde que fue liberado por los teules un día atrás, convocó a los miembros del Gran Consejo que seguían vivos para organizar los barrios, los gremios y a los guerreros. De inmediato Mexihco-Tenochtitlan se movilizó, corredores llegaron a todos los rincones de la isla, incluso a Tlatelolco, para convocar a los guerreros a la mañana siguiente e iniciar el ataque contra los hombres barbados.

Parecía un día de fiesta más que una jornada de combate donde muchos perderían la vida. Miles de hombres se arremolinaban en la calzada, en la plaza y el templo del calpulli de Tzapotlan, todos siguiendo los estandartes de su unidad. A dicho templo había llegado Cuitlahuatzin con otros capitanes desde la madrugada para supervisar los últimos detalles del ataque, así como para realizar las ofrendas a Huitzilopochtli y Tezcatlipoca. Con la salida del sol, se fueron congregando miles de guerreros en el centro ceremonial de Tzapotlan, siguiendo las instrucciones dadas por los líderes de los barrios y los miembros de las prestigiosas sociedades militares. Entre los muchos contingentes presentes nos encontrábamos nosotros, los guerreros del barrio de Teocaltitlan bajo las órdenes del cuáuchic veterano Tezcacóatl Ce Miquiztli. Llegamos con la salida de los primeros rayos del sol, listos para dar la vida en los combates que estaban por iniciar. En la plaza ya no cabía ni un guajolote, pues el lugar era uno de los puntos de concentración de los guerreros más importantes en la ciudad, aparte de que sabíamos que nuestro nuevo líder dirigiría el ataque desde el templo del calpulli de Tzapotlan. Tezcacóatl y yo, así como los integrantes de nuestra unidad, nos encontrábamos en la esquina norte del recinto esperando indicaciones, como el resto de los guerreros presentes, para marchar al tecpan de Axayácatl e iniciar el combate. Contábamos con alrededor de doscientos cincuenta hombres, de los cuatrocientos que originalmente tenía la unidad. Las bajas habían sido altas, sobre todo la cantidad de tenochcas heridos. Sin embargo, era tanto el furor por participar en la defensa de Tenochtitlan que cientos de jóvenes estudiantes de la Casa de la Juventud, jóvenes de entre quince y diecisiete inviernos, se habían integrado a las filas del barrio. Aunque aún no se encontraban en edad de participar en una batalla, nadie les objetó su presencia, pues todos los tenochcas sentíamos el mismo deseo de vengar a nuestros amigos y familiares asesinados por los caxtiltecas. La gran mayoría de ellos portaba jabalinas, hondas y arcos, armas que manejaban con destreza, pues muchos eran expertos cazadores desde la infancia, por lo que se mantendrían a una distancia prudente de los enemigos.

Los jóvenes, así como los veteranos, platicábamos animadamente, expectantes ante la orden de iniciar el ataque o, mejor aún, ante el canto florido que podría dar el hermano de Motecuhzomatzin, Cuitlahuatzin, antes de marchar al centro de la ciudad. Las voces de los miles de hombres que conversaban animadamente se escuchaban hasta los rincones más distantes de la ciudad, uniéndose en los cielos hasta formar algo semejante al zumbido de una gigantesca y poderosa colmena que se prepara para atacar.

"Recuerden usar yaochimaltin de madera, pues son los más efectivos contra las estocadas de los caxtiltecas", dijo el capitán de una unidad no muy lejos de mí. También escuché a otro decir: "No olviden las lanzas largas para detener las cargas de los gigantescos venados". Con la experiencia adquirida en combates previos íbamos integrando tácticas para enfrentar a los invasores, lo que llenó mi corazón de emoción. Los adoradores del dios martirizado no tenían la mínima idea de lo que se les venía encima, reflexioné con orgullo al ver a los guerreros tenochcas preparándose para la batalla.

Mientras apretaba y ajustaba el vendaje de algodón que cubría las heridas de mis dedos cercenados, así como las correas del escudo amarrado a mi antebrazo, escuché gritar y alzar sus armas a varios de los hombres que me rodeaban. El cuáuchic Tezcacóatl volteó la mirada hacia la cima del templo, cubriendo la luz del sol con su mano.

—¡Miren, es nuestro señor Cuitlahuatzin! —escuché a un hombre gritar mientras señalaba hacia el templo del barrio.

Las exclamaciones cargadas de emoción se esparcieron por toda la plaza ante la aparición de Cuitlahuatzin, quien emergió de la privacidad y obscuridad del adoratorio que coronaba el templo de Tzapotlan. Por primera vez pude ver a nuestro nuevo líder, quien iba acompañado del tlacochcálcatl Coyohuehuetzin, dos sacerdotes y otros capitanes de guerra ataviados con vistosos trajes hechos con plumas de águila y guacamaya, con pieles de coyote y jaguar. Los dirigentes de Tenochtitlan salían del adoratorio después de haber ofrendado su propia sangre, pidiendo la intercesión de los dioses de la guerra para que les obsequiaran la victoria durante la jornada. Detrás de ellos, un tercer sacerdote llevaba una amplia vasija donde había papeles tintos con la sangre de los jerarcas de Tenochtitlan, así como las espinas con las que extrajeron el líquido precioso. A la vista de todos, les prendió fuego para que el alimento de los dioses se transformara en humo y llegara a los niveles superiores, donde habitaban. Cuitlahuatzin vestía una tilma turquesa, un máxtlatl rojo teñido de grana cochinilla, mientras que largas plumas de quetzal pendían de su cabeza. Su cuerpo iba pintado de negro, a excepción de su rostro, el cual estaba cubierto de colorante rojo. Al acercarse al borde del cuarto cuerpo de la estructura, los espectadores lo aclamaron con entusiasmo, alzando sus armas para saludarle. El tenochca sujetaba con su mano derecha el quetzalteopámitl, el estandarte de la nación mexica, un círculo conformado por cientos de plumas de quetzal y rayos solares labrados en oro. Cuando los miles de guerreros vieron a Cuitlahua se acercaron al templo, algunos incluso gritando: "¡El nuevo huey tlahtoani que nos llevará a la victoria! ¡El hijo de Huitzilopochtli, el predilecto de Tezcatlipoca, nuestro gobernante". Una gran ovación se escuchó en el recinto ceremonial del calpulli de Tzapotlan. Alcé mi maza de encino, imitando a muchos de los guerreros congregados en la plaza, mientras rugían las caracolas sopladas por los líderes de las unidades. Cuitlahuatzin alzó los brazos, pidiendo silencio a la multitud. De inmediato callamos, pues nos iba a dirigir unas palabras.

—¡Pueblo del sol, dueños de los pilares de la tierra, hijos de Huitzilopochtli! —gritó, visiblemente emocionado, sosteniendo el quetzalteopámitl—. ¡Hoy inicia la guerra sagrada para purificar a Tenochtitlan de la presencia de los caxtiltecas y su falso dios! ¡Hoy el pueblo mexica cobra venganza de los agravios cometidos por los extranjeros, así como de la matanza de la veintena de Tóxcatl! Guerreros del sol, poetas de la guerra, sepan en sus corazones que no guardaremos el macuáhuitl y el técpatl de obsidiana hasta que queden manchados de sangre de los extranjeros. No descansaremos hasta que cada uno de ellos sea expulsado o aniquilado. ¡Esta es la promesa que les hago y que cumpliré, aun a costa de mi vida! —exclamó el señor de la guerra. La multitud respondió con un clamor que incluso opacaba el sonar de los tambores—. ¡Tenochcas! ¡Empuñen las armas, que Huitzilopochtli nos otorgará la victoria! —finalizó, y al instante rugieron nuevamente las caracolas, indicando el inicio del ataque contra el tecpan de Axayácatl.

Las ovaciones no se hicieron esperar, seguidas de las enérgicas órdenes de los capitanes de los contingentes. Cuitlahuatzin se dirigió a las escalinatas del templo para iniciar el descenso, seguido de los sacerdotes y militares.

—¡Hombres, conmigo! —ordenó el cuáuchic Tezcacóatl, quien se encontraba frente a mí. De inmediato yo y otros capitanes de las unidades de nuestro barrio replicamos las órdenes, llamando a los hombres para que estuvieran listos para avanzar—. ¿Listo para el combate, Chichilcuauhtli? —me preguntó el veterano cuáuchic.

Mantenía el cejo fruncido y el ojo entrecerrado, lo que le daba un aspecto amenazador y de enojo. El peinado del guerrero, rapado de los lados, dejando una franja de pelo desde la frente hasta la nuca, enfatizaba su intimidante presencia. Como era su costumbre, vestía sobre su peto de algodón su tlahuiztli amarillo.

—Listo para el combate, mi señor —respondí.

Yo vestía mi tlahuiztli rojo sobre mi peto de algodón, así como un yelmo puntiagudo cubierto con un mosaico de plumas rojas. De mi nariz colgaba mi nariguera de oro con forma de mariposa. Sobre el antebrazo izquierdo llevaba amarrado mi chimalli de guerra, recubierto de plumas rojas y negras que formaban la silueta de un águila, mientras que en el derecho llevaba amarrada mi honda de fibra de ixtle. Sujetaba con la mano derecha mi maza de encino y con la izquierda el estandarte, el pantli de nuestro barrio, la divisa que seguirían nuestros guerreros durante el combate.

—No pierdas ese pantli, guerrero —dijo el malencarado cuáuchic, alzando una ceja y señalando con su calloso dedo hacia el estandarte—. Tráelo de vuelta al barrio después del combate.

—Quema, mi capitán —afirmé, sosteniendo la dura mirada del veterano.

El pantli se conformaba de un mástil de madera en cuya parte superior había una piel de ocelote fija sobre un marco cuadrado hecho de otates. En ella estaba pintado el glifo de nuestro barrio. Estaba decorado con conchas en su costado inferior y rematado con un tocado de plumas de garza, águila y quetzal.

—¡Avanzamos! —gritó y empezó a caminar con tranquilidad hacia la calzada de Tlacopan, en medio de un remolino de hombres que se organizaban.

Los doscientos cincuenta hombres que se encontraban en condiciones para combatir avanzaron siguiendo mis pasos, ya que marchaba a la vanguardia del grupo, al lado del capitán Tezcacóatl. Los jóvenes estudiantes del telpochcalli cerraban nuestra formación. A nuestros costados y detrás de nosotros avanzaban las unidades pertenecientes a otros barrios y gremios, incluso ciudades. Sabíamos que durante la madrugada llegaron voluntarios desde Tlacopan, Ixtapallapan, Huitzilopochco y Azcapotzalco. Durante el transcurso del día se irían sumando guerreros provenientes de Tezcuco y Xochimilco, que habían respondido positivamente a la petición de apoyo que Cuitlahuatzin les había solicitado. En Mexihco-Tenochtitlan había guerreros más que suficientes para enfrentar a los teteuctin, por lo que en realidad se trataba de un gesto de respaldo, de apoyo a los mexicas y al liderazgo de Cuitlahua. Al llegar a la calzada de Tlacopan, los diversos escuadrones que conformaban la columna, incluido el mío, giramos a la derecha en dirección al recinto ceremonial. En la calzada se fueron integrando más contingentes que venían desde la parcialidad de Cuepopan, ubicada en el noroeste de la ciudad. Y así como nosotros avanzábamos del oeste al este, había otras columnas que marchaban del sur al norte y del este al oeste, procedentes de distintos sectores de Tenochtitlan, sobre las diversas calzadas que atravesaban la capital mexica.

Al acercarme al palacio de los teteuctin traté de dejar de lado todo pensamiento vinculado con Yohualcitlaltzin, así como con el misterioso sacerdote que había prometido entregarle mi mensaje. ¿Acaso ya se lo habrá comunicado?, me pregunté. ¿Cuándo lo volveré a encontrar para conocer la respuesta de Citlalli? ¿Sobreviviré el tiempo suficiente para encontrarme con ella? No tenía respuesta para esas preguntas, me dije. Sin embargo, lo realmente importante por el momento era combatir con valentía y destreza, mantenerme con vida y no decepcionar al cuáuchic Tezcacóatl, ni a los hombres de la unidad. Apreté la rugosa madera del estandarte, alzándolo lo más alto que pude para que los hombres que nos seguían lo vieran con claridad. Los guerreros, al ver el estandarte, gritaron con júbilo, emocionados por combatir bajo su sombra como en el pasado lo hicieron sus padres, abuelos y bisabuelos. Sin embargo, en esta ocasión no se trataba de una guerra de conquista para solicitar tributo a un señorío ubicado a días y días de marcha de la capital. En esta ocasión se peleaba por el honor de los mexicas, para vengar la matanza perpetrada por los caxtiltecas, y por la misma supervivencia de Tenochtitlan. Como en una ocasión mi padre me dijo, cuando participé en mi primera batalla florida: "Cuanto más poderoso sea el enemigo que enfrentes, mayor será la gloria cuando lo derrotes". En la parte central de la ciudad, la amplia calzada de Tlacopan se encontraba flanqueada de construcciones por ambos lados. Se trataba en su mayoría de casas de considerable tamaño, complejos palaciegos donde vivían las grandes familias tenochcas y donde también se atendían asuntos militares, administrativos y judiciales. Sobre los techos de las construcciones se habían apostado grupos de guerreros armados con hondas, lanzadardos y arcos, así como con pesadas piedras que dejarían caer sobre los cristianos desde las alturas. En las azoteas eran inmunes a las cargas de los grandes venados, como también a las saetas y bastones de fuego que portaban sus enemigos, ya que bastaba con agacharse para evitar ser impactado.

—¡Ahí vienen los perros caxtiltecas! —gritó un hombre de otra unidad que avanzaba paralelamente a la nuestra.

Era correcto. Los hombres barbados avanzaban hacia el oeste por la calzada, listos para combatir, alzando una nube de polvo y acompañados del tintinear metálico de sus armas cada vez que daban un paso. Se trataba de un grupo de al menos quinientos hombres. Mis compañeros exclamaron gritos de batalla, al tiempo que empezaban a volar por los aires las piedras lanzadas por las hondas. Dos painani llegaron corriendo hacia nosotros y entraron en nuestra formación, listos para entregar reportes sobre el enemigo al tlacochcálcatl y a Cuitlahuatzin. Desde las azoteas de las construcciones que flanqueaban las calzadas, los guerreros giraron sus hondas sobre su cabeza, apuntando al grueso grupo de enemigos. Las caracolas sonaron de nuevo y algunos valientes corrieron para utilizar sus lanzadardos y hondas con más fuerza. Los caxtiltecas siguieron avanzando hasta que pude ver su rostro y las armas que portaban. Inmediatamente dispararon sus artilugios y bastones de fuego contra nosotros, con las típicas detonaciones y nubes de humo. Escuché los quejidos de sus víctimas, mientras más y más guerreros entre nuestras filas tomaban impulso para lanzar sus dardos y proyectiles. El propio Tezcacóatl colocó un dardo en su átlatl de madera labrada, tomó impulso con el lanzadardos sobre su hombro derecho y lo lanzó con todas sus fuerzas, impactando en un escudo de los muchos que llevaban los hombres barbados. Repitió la operación al menos cuatro veces más. Cuando se quedó sin dardos, gritó: "¡Conmigo, guerreros!", al tiempo que alzaba su macuáhuitl. Lancé un gritó de emoción, al igual que los otros miembros de la unidad, y corrimos siguiendo a nuestro capitán, empuñando las armas bajo la mirada atenta de nuestro dios solar, testigo de nuestro arrojo y valentía. El momento de la venganza había llegado.

Capítulo 20

Gonzalo avanzaba entre las primeras líneas del compacto grupo de cristianos, aferrándose a su rodela de hierro y a su toledana. Dirigía a su grupo de rodeleros, destinados a brindar protección a los ballesteros y arcabuceros que formaban parte de la columna de quinientos hombres. El cielo se estaba nublando, con la persistente amenaza de lluvia de aquellos días. Al frente iba Diego de Ordaz, mientras que en la retaguardia iba Francisco de Lugo, todos a pie. Habían avanzado algunas cuadras, alejándose del palacio de Axayácatl, cuando el extremeño escuchó los gritos desde la vanguardia que daban aviso sobre el enemigo.

—¡Se aproximan los perros indios! ¡Proyectiles! Agachad la cabeza —avisó un hombre enfundado en un coselete de hierro, gorguera y celada.

De inmediato, entre el sonido de los tambores, Gonzalo escuchó varias piedras silbar sobre sus cabezas, y luego los impactos. Se escudó detrás del hombre que iba frente a él, un gordo arcabucero zamorano, agachando la cabeza ante los silbidos que se multiplicaban. La distancia, que era amplia entre ambos grupos, poco a poco se fue reduciendo hasta quedar a treinta pasos, y entonces los españoles detuvieron su marcha.

—¡Ballesteros, disparad, con un demonio! —gritó Ordaz, agazapado detrás de una adarga de cuero.

Al unísono se escucharon las cuerdas golpear contra los arcos de metal de las ballestas. Algunos ballesteros avanzaron hacia los flancos de la apretada formación, acompañados por los rodeleros y por los hombres que movían los pocos paveses que llevaban consigo. Las saetas volaron por los aires, perdiéndose entre la gigantesca columna humana que avanzaba imparable hacia ellos, profiriendo gritos e insultos. Los culúas iban precedidos por enjambres de honderos y guerreros que lanzaban sus dardos con la ayuda de sus propulsores.

—Hombres, desplegaos a la izquierda —gritó Gonzalo a sus rodeleros, tratando de brindar alguna protección a los ballesteros de ese flanco.

Al momento, sus veinte hombres se acercaron a los ballesteros que se encontraban cargando sus armas, intentando cubrirlos con sus rodelas de hierro. Apenas había salido de la formación cuando Gonzalo sintió un fuerte impacto en su capacete de hierro, el cual llevaba ajustado con una cinta de cuero debajo de su mentón. Fue tan duro el golpe que le hizo trastabillar y caer, mientras escuchaba su casco vibrar con intensidad.

—¡Válgame el diablo!

—Capitán, ¿se encuentra bien? —preguntó Gerardo Ruiz de Mota, quien se encontraba frente a un ballestero que afanosamente recargaba su artilugio.

—¡Agachad la cabeza, que esos indios tienen buena puntería! —dijo al levantarse del piso y acomodarse el capacete. Sintió sobre la superficie pulida del metal una gran abolladura.

La intensidad de las piedras y los dardos incrementó paulatinamente, causando un constante golpeteo contra petos, escudos y rodelas que se asemejaba a una granizada. Gonzalo se colocó frente al ballestero de Murcia de nombre Joseph García, hombre fornido y canoso, de formidable apetito, pocas palabras y considerable altura.

—¡Disparad, maldita sea, disparad! —le dijo Gonzalo después de desviar un largo dardo con su rodela metálica.

Joseph bajó la mirada un momento para colocar el dardo sobre el canal de la ballesta cuando una piedra voló por los aires, impactándose en su rostro. La sangre salpicó el brazo izquierdo de Gonzalo y el ballestero cayó muerto, con un gran hoyo en su rostro destrozado.

—¡Joder! —expresó el Sin Miedo, quien se daba cuenta de la insensatez de combatir honderos y flecheros con arcabuces y ballestas, armas que para ser cargadas requerían de considerable tiempo.

Más y más hombres se desplegaron por los flancos de la formación, ampliando el frente de combate y permitiendo mayor espacio de maniobra para arcabuceros y ballesteros. Sin embargo, la lluvia de piedras cada vez era más fuerte. Al menos diez explosiones sonaron al mismo tiempo cuando las espingardas vomitaron fuego, lanzando proyectiles contra los tenochcas y causando la caída de al menos cuatro enemigos. Pero ¿qué eran cuatro enemigos en comparación con las hordas de guerreros que amenazaban con consumirlos en pleno combate?, reflexionó Gonzalo mientras se agachaba para esquivar una vara tostada que voló sobre su cabeza. A sus espaldas pasó corriendo Espinosa de la Bendición con tres ballesteros. Cada uno de ellos colocó una rodilla en tierra para tener una mejor posición de tiro. Sin pensarlo dos veces, jalaron el gatillo de sus ballestas y dispararon sus dardos.

—¡Dos paganos menos! —gritó con una sonrisa un arcabucero de Badajoz de nombre Juan de Saavedra, quien colocaba afanosamente el cuerno de pólvora sobre la boca de su escopetón. Después metió la munición redonda dentro del cañón mientras soplaba la mecha encendida para avivarla, rezando a cualquier santo para que no lloviera en ese momento del combate, apagando la mecha e inutilizando su arma de fuego. Finalmente sacó el taco de metal para compactar la pólvora, con la munición en el fondo del cañón. Cuando por fin estuvo listo para disparar, una piedra golpeó el arma, haciéndola caer al piso—. ¡Un respiro, malditos paganos! ¡Dadnos un respiro! —gritó al agacharse a recoger su arcabuz. Una segunda piedra golpeó su mano izquierda, rompiendo falanges y tendones. Juan reprimió un grito y encogió la mano impactada hacia el pecho, mientras que con la otra levantaba el arcabuz para retirarse a la retaguardia, pues le era imposible disparar con una mano herida.

Mientras tanto, Diego de Ordaz no dejaba de dar órdenes y caminar de un lado a otro, detrás de los rodeleros que poco a poco habían conformado una línea defensiva que brindaba cierta protección a los arcabuceros y ballesteros que afanosamente cargaban sus armas.

—¡Mantened el fuego contra los indios! —gritó Ordaz—. ¡Mantened la línea!

—Mi señor, nos están acribillando —gritó un rodelero de la unidad de Sevilla, quien sangraba profusamente de la cabeza.

—No te preocupes, Martín, que pronto estarán sobre nosotros y estarás implorando que se alejen —respondió Ordaz alzando su adarga para bloquear al menos un par de flechas, las cuales quedaron clavadas en el duro y reseco cuero del escudo.

Gonzalo no pudo contener una risa a pesar de la situación en que se encontraba. Lanzó una mirada por encima de su rodela y se percató de que los culúas ya estaban a veinte pasos de ellos.

—Cargad, indios, que es mejor vérselas cara a cara con vosotros que aguantar este maldito aguacero de piedras —murmuró el extremeño con una rodilla en tierra, escudándose detrás de su rodela, hombro con hombro con los otros rodeleros de su unidad. Apretó los dientes al sentir un par de golpes impactar en su escudo redondo—. ¡Pese a Dios! —rezongó.

Vio cómo algunos hombres rompían la formación para esconderse detrás de los muros de un palacete que flanqueaba la calzada por la izquierda, así como detrás de los troncos de algunos espigados árboles de los jardines circundantes. Detrás de los muros se sentían seguros y tenían el tiempo suficiente para cargar sus ballestas. Para su sorpresa, Gonzalo notó cómo súbitamente aparecían en el techo de la construcción al menos seis tenochcas cargando pesadas piedras.

—¡Salid de ahí! —alcanzó a gritar con toda la fuerza de su voz.

Uno de los ballesteros se giró para verlo y después miró sobre su cabeza, solamente para ver una pesada piedra caer sobre él, destruyéndole el cráneo. Algunos hombres emprendieron la carrera alejándose de las casas, pero fue demasiado tarde para al menos cuatro de ellos, quienes acabaron con la cabeza fracturada por los impactos. Al terminar con los enemigos que se escudaban detrás de los muros, los mexicas empezaron a arrojar las pesadas piedras desde las alturas sobre los rodeleros de Gonzalo. Lo mismo sucedía en el flanco derecho, cuando aparecieron en las azoteas decenas de guerreros.

—Nada de "Santiago y cierra, España" el día de hoy —dijo para sí el extremeño.

Lo escuchó uno de sus hombres que se encontraban formando la línea de protección con sus rodelas. Se trataba de Pedro Moreno, hombre de veinticuatro años, oriundo de Huertas de Ánimas, quien dejó dos hijos en Cuba para enrolarse en la expedición de Cortesillo. Hombre cojonudo, que no dudaba en degollar a un taíno por el robo de un pan cazabe o batirse en duelo por un buen acostón. Había destacado en la conquista de la isla Fernandina a pesar de su corta edad. Sin embargo, por su expresión, Gonzalo notó que no era el mejor día para Pedro. Con la rodilla sobre el suelo, escondía su cabeza detrás de su rodela, sujetando una espada que le era ineficaz en un combate a distancia.

—¡O atacamos o aquí dejamos la vida, capitán! —le reclamó a Gonzalo, quien a su vez buscó con la mirada a Ordaz.

Lo encontró tirado sobre el piso, con una flecha clavada en el pie, tratando de levantarse. El capitán gritaba maldiciones a diestra y siniestra, desesperado por no poder incorporarse y herido en su orgullo. De inmediato un par de hombres se aprestaron a ayudarlo, uno de los cuales fue impactado por al menos dos pedradas, por lo que rodó abatido por el suelo.

—Tenéis razón, Pedro. Los indios están muy cómodos atacándonos a esta distancia —replicó Gonzalo mientras echaba una mirada a la construcción a su lado izquierdo.

Se trataba de un pequeño palacete de planta cuadrangular. Era de un solo piso, con muros blancos estucados y sin ventanas, y con un patio central en torno al cual se levantaban las habitaciones. La entrada había sido clausurada con piedras y argamasa. Se encontraba a unos veinte pasos de distancia de su posición. Fijando la mirada con detenimiento sobre el muro oriente de la construcción, encontró dos vigas que sobresalían al menos un palmo, atravesando la gruesa argamasa y el estuco. Posiblemente un defecto, el cual fue omitido durante la construcción. Se trataba de dos vigas de las muchas que daban soporte al techo. Lanzó una mirada a la azotea y vio que había cinco mexicas arrojando piedras y algunos dardos desde las alturas, ofendiendo terriblemente a algunos de los hombres. No sería difícil sujetarse de una de esas vigas para alcanzar el techo de la amplia casa y embestir contra los mexicas, pensó al sentir el impacto de otra piedra en su rodela. Es hora de honrar tu apodo de Sin Miedo, se dijo el extremeño, preparándose para la locura que estaba a punto de realizar.

—Mota, Julián, seguidme —ordenó a los hombres que se encontraban en torno a él—. ¡Vamos a tomar esa casa! —envainó la espada y pasó la rodela sobre el dorso para después sujetarla con el tahalí de cuero. Posteriormente extrajo su misericordia y se la colocó entre sus dientes, para de esta manera tener las manos libres para la escalada.

Se incorporó y emprendió la carrera hacia la esquina noreste de la construcción. Llegó hasta el jardín que la rodeaba, donde se alzaba un árbol que brindaba protección a dos ballesteros, uno de ellos listo para disparar, mientras que el segundo cargaba afanosamente su arma. El primero apuntaba hacia el techo de la construcción, esperando a que se asomara alguno de los mexicas para jalar del gatillo en el momento indicado. Gonzalo siguió corriendo en zigzag, tratando de evitar los proyectiles, seguido de cerca por Mota y Julián. Uno de los tenochcas, al notar su presencia y su peligrosa proximidad, lanzó una pesada piedra contra el extremeño, quien la esquivó sin mucha dificultad dando un paso a un costado, para después saltar y aferrarse con ambas manos a una de las vigas salientes. Un segundo mexica apareció sobre el pretil con otro pesado pedrusco, justo en el momento en que Mota daba un empujón al trasero de Gonzalo, logrando que este último se aferrara con ambas manos al filo del techo plano de la casa. El extremeño alzó la mirada esperando lo peor, cuando el ballestero que pacientemente esperaba detrás del árbol a que apareciera el mexica disparó su ballesta. El dardo cruzó los aires con una velocidad vertiginosa hasta impactarse en el pecho del enemigo. La sangre salió de inmediato por su boca y nariz. El tenochca cayó con todo y piedra desde la azotea, rozando al rodelero que seguía con las manos sobre el pretil del techo.

—Gracias, Guadalupe —murmuró para después colocar su pierna sobre el techo, lo que le brindó el soporte necesario para superarlo e incorporarse, justo cuando otro mexica se aproximaba al pretil con una piedra sobre la cabeza.

Pero el extremeño fue más rápido que él, porque le clavó su daga debajo de la axila antes de que el enemigo pudiera reaccionar. Después lo empujó hacia el vacío; el mexica herido no pudo hacer mucho para detener su caída. Pasó volando sobre las cabezas de Mota y Julián, quienes ya estaban colgados de las vigas salientes y del pretil.

—¡Moved esas piernas! —dijo Gonzalo, quien se preparaba para enfrentar a un tercer mexica que se había percatado de su presencia.

Este de inmediato arrojó a un lado la honda que llevaba en la mano y desenfundó una filosa daga de obsidiana. El guerrero mexica vestía un ichcahuipilli que protegía su torso, así como su braguero cubriendo su entrepierna. Una franja obscura de pintura cruzaba sus ojos, y el pelo lo llevaba recogido en una coleta. Miró con odio a Gonzalo al tiempo que profería algunas palabras en náhuatl, seguramente un insulto, para después lanzarse al ataque. Lanzó una cuchillada tratando de alcanzar el cuello del extremeño, quien reaccionó tarde: la obsidiana tajó parte del grueso cuero de su brigantina tachonada por dentro con decenas de pequeñas placas de hierro. Posteriormente el tenochca trató de apuñalarlo en el muslo; sin embargo, el español dio un paso atrás, evitando el ataque, y respondió con un golpe lateral de su misericordia contra el abdomen de su contrincante, quien con un gruñido desvió el impacto con su daga de obsidiana, la cual se partió por la mitad al chocar con el acero vasco. Al verse desarmado dio un par de pasos hacia atrás, pero fue demasiado tarde, pues Gonzalo lo apuñaló por el vientre, atravesando el peto acolchado, la piel y los músculos. El hombre cayó al piso desangrándose mientras apretaba la herida con la mano y gemía.

Para ese momento Julián, quien ya se encontraba sobre el techo, desenfundaba su espada y se lanzaba contra el cuarto mexica, un hombre esbelto, con el rostro pintado de rojo y pesadas orejeras de piedra verde, quien sujetaba un lanzadardos, magnífica arma en un combate a distancia pero inútil en el cuerpo a cuerpo. El hombre recurrió a una daga que llevaba en una funda de cuero sujeta en su espalda baja. Se sabía en clara desventaja frente al caxtilteca, que cargaba contra él con una pesada espada de acero toledano. Trató de defenderse bloqueando los tajos de la espada con su lanzadardos, el cual se partió con el primer golpe. Sin embargo, cuando ya se preparaba para abrazar a la muerte como un guerrero y alcanzar el paraíso solar de Tonátiuh, una piedra pasó silbando frente a su rostro, impactando en el pómulo derecho de Julián, el cual hizo trizas, causando un terrible sangrado. El cristiano cayó al piso inconsciente, convulsionándose. El guerrero mexica con las pesadas orejeras de piedra verde avanzó algunos pasos hacia Gonzalo, saltando sobre él con la intención de clavar en su cuello la afilada daga de vidrio volcánico. El extremeño le sujetó el puño con el cual sostenía la daga, al tiempo que el tenochca lo asía por la muñeca, impidiéndole utilizar su misericordia. Los dos hombres forcejearon de pie, a corta distancia, momento que aprovechó el mexica para golpear con su frente la cara del extremeño, quien sintió la sangre brotar por su boca y su nariz y retrocedió unos pasos sin separarse. Cuando el mexica llevaba las de ganar, pues la fuerza del hombre barbado menguaba, sintió un escalofrío que recorrió todo su cuerpo, haciendo que se doblara del dolor. Gerónimo Ruiz lo había traspasado desde el costado con su espada, haciéndolo caer herido de muerte. El guerrero trató de gritar; sin embargo, el sonido no salió de su garganta, la cual rápidamente se llenó de sangre. Gonzalo observó a su compañero, quien vestía un grueso jubón de combate negro, calzas atacadas del mismo color y medias rojas de lana. Sobre su espalda llevaba su rodela, sujeta del tahalí de cuero. Gerónimo asintió; un momento después, una piedra propulsada por una honda lo golpeó en la cabeza. Por fortuna llevaba un capacete de hierro, lo que impidió que sufriera una herida de importancia.

—¡Pagarás por esto, indio! —gritó, para de inmediato echar a correr contra el responsable del ataque, el último mexica ubicado en la azotea, en el extremo oeste de la construcción.

Al parecer se trataba de un diestro hondero que ya había cobrado una baja a los hombres de Gonzalo. Atento al avance de los caxtiltecas, colocó otra piedra aplanada en su honda y empezó a girarla a su costado. Después de escupir un coágulo de sangre y desenvainar su espada, Gonzalo corrió siguiendo los pasos del hombre de Cáceres. El Sin Miedo observó a Gerónimo Ruiz de Mota alzar su espada, listo para descargarla en cuanto estuviera al alcance su enemigo; sin embargo, el tenochca decidió usar su honda como una maza flexible, aprovechando su longitud. La piedra dentro del capuchón hecho de fibras de ixtle entretejidas golpeó con fuerza el brazo de Gerónimo cuando este aún se encontraba fuera del rango de distancia para utilizar su espada.

Gonzalo escuchó el sonido del húmero quebrándose por el impacto y la espada de Gerónimo voló por los aires. El diestro hondero mexica parecía una sombra del infierno, pues llevaba el cuerpo pintado de negro en su totalidad, mientras que algunas plumas azules y verdes colgaban de su cabeza. Al percatarse de lo difícil que sería abatir a los dos caxtiltecas por su cuenta y del poco tiempo del que disponía, tomó su decisión. Arrojó a un lado su honda, al tiempo que sacaba un cuchillo de pedernal blanco de su braguero. Se acercó a Gerónimo, quien se encontraba de rodillas sujetando su brazo, completamente desarmado y derrotado. Sin titubear le rebanó la garganta de un solo tajo, al tiempo que le dirigía una mirada retadora a Gonzalo, quien se acercaba corriendo, listo para golpear con su espada. El extremeño lanzó un tajo fulminante contra el cuello del guerrero, decapitándolo al instante. La sangre le manchó el rostro y la brigantina, obscureciendo su visión por un minúsculo momento. Gonzalo se dio un momento para agacharse y sujetar la cabeza de su compañero de armas, quien le dirigió una última mirada con sus ojos obscuros, sangrando profusamente por la herida de su cuello. El moribundo trató de decir algo a su capitán, sus últimas palabras.

—Me ha-han pi-pi-pillado —murmuró con dificultad, apenas completando las palabras, mientras exhalaba su último aliento.

Gonzalo se incorporó con el ceño fruncido; sangraba por la boca y sujetaba su espada teñida de rojo. Había perdido dos hombres al asaltar el techo de un mísero palacete que flanqueaba la calzada de Tlacopan, una construcción de decenas en las cuales se libraban encarnizados combates en ese momento, en un enfrentamiento menor sin relevancia, que solamente buscaba confirmar la presencia de escuadrones enemigos congregándose alrededor del palacio de Ajayaca. Dos valiosos hombres muertos en una escaramuza cualquiera, se dijo, por controlar una techumbre.

—Descansa en paz, amigo mío —murmuró el capitán de rodeleros, lanzándole una última mirada.

Se tomó el tiempo para despedirse de su compañero, pues el último mexica que ocupaba el techo había sido muerto. Sin embargo, cuando Gonzalo miró al extremo este, observó cómo Alonso Berrio, el moro, escalaba con esfuerzo hasta alcanzar la azotea, seguido por un par de rodeleros, Hernando Tovar y Rodrigo de Badajoz.

—Capitán, disculpad la tardanza —dijo Alonso Berrio, el moro, quien llevaba su escudo sujeto a la espalda con una correa y la espada enfundada—. Los rodeleros restantes ya vienen en camino para mantener esta casa, así como algunos ballesteros de Alonso Cardenel dirigidos por Espinosa de la Bendición.

—Por Cristo que os habéis tardado —respondió Gonzalo, observando aún el rostro petrificado de Gerónimo—. Los perros indios han acabado con Gerónimo y Julián —dijo, dirigiéndole una dura mirada a su otro hombre de confianza.

Súbitamente empezaron a volar algunas flechas en su dirección provenientes de la azotea de una casa aledaña, donde al menos una decena de tenochcas se percataron de su presencia y empezaron a atacarlos.

—¡Protegeos! —gritó.

De inmediato los hombres tomaron sus rodelas e hincaron rodilla en tierra para reducir la posibilidad de ser impactados. Mientras se ocultaban detrás de sus escudos, esperando a que subieran los ballesteros, Hernando y Rodrigo escucharon ruidos provenientes del patio central de la casa, por lo que se acercaron a echar una mirada desde el techo. Sorprendidos, se percataron de que al menos siete mexicas habían entrado en la casa por la puerta posterior, algunos de los cuales trepaban por las dos escaleras de madera que previamente habían usado los guerreros que habían defendido la construcción.

—Capitán, los culúas han tomado el patio central y tratan de alcanzar el techo —dijo Hernando Tovar, mientras se agachaba al escuchar una flecha volar sobre su cabeza.

—¡Arrojadles esas piedras! —señaló el extremeño las muchas rocas que habían apilado los tenochcas para la defensa de la construcción.

Sin pensarlo dos veces, los dos hombres dejaron sobre el piso su rodela y espada, y empezaron a arrojar las piedras sobre los guerreros, arriesgándose a ser alcanzados por las flechas que lanzaban los arqueros tenochcas desde la construcción vecina ubicada al oeste.

—¡Santiago y cierra, España! —fue el grito que escuchó a su espalda Gonzalo, quien al voltear se percató de que subían cuatro ballesteros dirigidos por Espinosa de la Bendición, seguidos de algunos rodeleros más. Los hombres habían apilado algunas piedras sobre el muro este, así como algunos paveses de madera, facilitando la escalada.

Los ballesteros de inmediato avanzaron hasta el extremo oeste, donde descargaron sus saetas en contra de los mexicas ubicados en la otra azotea, causando algunas bajas. Como respuesta recibieron una andanada de piedras, por lo que tuvieron que congregarse detrás de dos altos paveses mientras que otros colocaban las pesadas ballestas frente a sus rostros, tratando de usarlas como escudos para salir lo mejor librados de la granizada. Mientras los saeteros cargaban sus artilugios, Gonzalo observó cómo poco a poco iban subiendo más de sus hombres, los rodeleros de la Vera Cruz, los cuales de inmediato se sumaban al ataque arrojando las pesadas piedras sobre los mexicas que avanzaban por el patio central de la vivienda. El extremeño, en compañía de Alonso Berrio y un par de hombres más, corrió sobre el techo en dirección oeste para después doblar hacia el sur, siguiendo el patrón constructivo de la casa de forma cuadrangular. Buscaban llegar a la esquina suroeste, donde se encontraban las dos escaleras de madera que los mexicas utilizaban para subir y alcanzar el techo. Al echar un vistazo al patio, Gonzalo observó al líder de la unidad, un veterano que vestía de amarillo y daba instrucciones a los guerreros que se arremolinaban en el patio. Algunos tenochcas lanzaban dardos contra los hispanos que estaban en los techos, mientras que otros corrían hacia las escaleras que señalaba el capitán. Entre ellos se encontraba el portaestandarte de la unidad, quien iba vestido con un vistoso traje rojo y armado con una maza y un chimalli recubierto de piel de venado. Sostenía en alto el estandarte de su unidad, donde se apreciaba un templo pintado sobre la piel de un jaguar. Los primeros siete mexicas que habían ocupado el patio ahora eran más de veinticinco, y seguían entrando por alguno de los salones.

Súbitamente el capitán de rodeleros se encontró con un mexica que había alcanzado el techo, quien de inmediato tomó una posición de combate, listo para enfrentar al cristiano. Portaba un macuáhuitl en su mano izquierda y en la diestra, una daga. Iba casi desnudo al combate, vistiendo solamente el máxtlatl que cubría la entrepierna, orgulloso de mostrar su musculoso cuerpo pintado de rojo. De inmediato el rodelero descargó un golpe con su espada en la cabeza del mexica. Este logró bloquear los primeros golpes con su macana, haciendo volar por los aires las filosas lajas de obsidiana fracturadas; sin embargo, al tercer impacto la madera de su macuáhuitl se partió por la mitad. Bastó un cuarto tajo con su espada para dejarlo fuera de combate, con el cráneo fracturado y tirado sobre el patio, inconsciente. Al girar a la derecha, vio que Alonso combatía contra otro guerrero que había logrado alcanzar la azotea.

—¡Rodeleros, a mí! ¡No permitan que suban los indios! —gritó con desesperación el capitán de rodeleros, al momento que desviaba la lanza de un hombre que lo atacaba aún aferrado al barandal de la escalera.

Siguió otra lanzada con la filosa punta de obsidiana dirigida a su muslo, pero un golpe vertical con el filo de su rodela bastó para desviarlo. Una flecha voló por los aires hasta clavarse en su brigantina tachonada, sin lograr penetrarla.

—¡Malditos paganos! —gritó, descargando la tizona sobre la cabeza del guerrero mexica que lo atacaba, quien la detuvo con su yaochimalli de madera. Un tercer rodelero se sumó al enfrentamiento, pateándole la cabeza que asomaba sobre el techo, haciéndolo caer.

—¡Qué orgullo, Pedro! —gritó Gonzalo, reconociendo la ayuda de su hombre.

—¡Y veinte rosarios, capitán! —respondió el otro, mientras se escondía detrás de su rodela de hierro al ver que una piedra iba en su dirección. El escudo redondo vibró con fuerza cuando la piedra de río rebotó en uno de sus costados.

—¡Cuidaos de las varas tostadas! —exclamó Alonso Berrio, señalando hacia algunos mexicas que se preparaban para lanzar dardos con sus átlatl.

Aunque las brigantinas, jubones y petos de algodón protegían el cuerpo de las pedradas y las flechas, no brindaban mucha protección contra las varas tostadas propulsadas por los lanzadardos. Los hispanos retrocedieron algunos pasos para cerrar el campo de visión de los tiradores, por lo que los dardos volaron sobre sus cabezas. Sin embargo, la maniobra dio el tiempo necesario para que dos tenochcas alcanzaran el techo, seguidos de un sacerdote tiznado de negro y del portaestandarte de la unidad. Alonso y los dos rodeleros avanzaron para enfrentarlos, aunque no fueron lo suficientemente rápidos para cortarles el paso y evitar que saltaran de la escalera, plantando los pies sobre el techo de la construcción. No podremos mantener la posición, reflexionó Gonzalo, agachándose nuevamente para evitar una piedra propulsada por una honda. Era evidente que los mexicas los superaban ampliamente en número. Lanzó una mirada hacia los ballesteros en la esquina noroeste del techo, quienes a duras penas podían soportar la lluvia de pedradas a pesar del apoyo que les brindaba un par de rodeleros con sus escudos. Espinosa de la Bendición, de rodillas, cargaba su ballesta con una pata de cabra de hierro, sangrando de su espalda debido a una herida de flecha, mientras que tres de sus saeteros seguían apuntando y parando detrás de los dos paveses. Un par de ballesteros se encontraban abatidos en el piso, uno atravesado por un largo dardo de pecho a espalda. El rodelero extremeño observó la línea de batalla de los hispanos sobre la calzada de Tacuba, la cual lentamente se iba combando hacia el centro ante la presión de cientos de proyectiles que les disparaban, lo que sin duda estaba causando una importante cantidad de heridos. La parte central de la línea era donde los hombres recibían la mayor cantidad de proyectiles, por lo que retrocedían más rápido que los flancos. Al parecer, los mexicas seguían evitando la confrontación cuerpo a cuerpo, pues se encontraban cómodos combatiendo a la distancia, a pesar de dos avances de la línea cristiana que buscaban el enfrentamiento y los obilgaron a retroceder, siguiendo con su táctica de acoso. Si nuestra línea retrocede, quedaremos aislados en esta casucha en medio de un mar de indios hostiles, reflexionó Gonzalo. Ante semejante panorama, lo mejor sería destruir la posición antes que perderla, abandonar la casa y regresar a la columna principal antes de que sea tarde. El denso y obscuro humo que ascendía al cielo proveniente de dos árboles que eran devorados por las llamas al otro costado de la calzada de Tlacopan le dio una idea al extremeño. Sin duda que lo mejor sería prenderle fuego al patio, el cual albergaba algunas plantas y enredaderas y unos cuantos árboles, para que las llamas adquirieran fuerza y posteriormente devoraran las vigas del techo y toda la construcción. Nunca la cederían a los mexicas.

—¡Hernando! —le gritó a uno de los rodeleros que seguían arrojando piedras sobre los mexicas que abarrotaban el patio—. ¡Regresad a la columna y conseguid fuego o una antorcha! ¡Id con los arcabuceros! ¡Ellos te pueden ayudar! Quemaremos este lugar antes de que sea tarde —concluyó el extremeño mientras se preparaba para enfrentar a un guerrero mexica que se acercaba amenazadoramente para encararlo—. ¡No tardes, hombre! —gritó al lanzar la primera estocada.

A sus espaldas escuchó la respuesta afirmativa de Hernando Tovar, quien de inmediato regresó sobre sus pasos hacia la esquina noreste para descender del techo y cumplir con la encomienda. Mientras tanto, Gonzalo Rodríguez de Trujillo defendía su vida con tozudez, agachándose y evadiendo por poco el primer golpe de su adversario. La macana con filosas lajas de obsidiana pasó peligrosamente sobre su cabeza. El rodelero descargó un tajo sobre su oponente al tiempo que gritaba con furia. El tenochca detuvo el golpe con su escudo de madera para después contratacar con su arma, maniobra que fue bloqueada por la rodela de Gonzalo con un agudo rechinido metálico. Al menos tres lajas de obsidiana se pulverizaron con el choque; sus fragmentos salieron disparados por los aires. El guerrero empujó con su escudo al caxtilteca y después dejó caer un golpe sobre su cabeza a gran velocidad. El macuáhuitl alcanzó su capacete de hierro, que patinó hacia un costado debido a la forma esférica del casco.

Gonzalo se tambaleó un poco como consecuencia del impacto, con las mandíbulas apretadas al haber absorbido su fuerza. Sin embargo, de inmediato afianzó los pies en el suelo y lanzó una estocada hacia la guardia abierta de su contrincante. La tizona de acero lo traspasó por el abdomen. Bastó otro tajo contra su hombro para hacerlo caer del techo con un aterrador grito. Antes de que pudiera tomar un respiro, se encontró con el guerrero vestido de rojo y con un yelmo puntiagudo cubierto de plumas del mismo color. En una mano sujetaba el portaestandarte de su unidad, protegiendo su antebrazo con un chimalli, mientras que en la otra llevaba una maza esférica de madera. Su rostro, pintado de negro, estaba adornado con una nariguera de oro. Con determinación lanzó un golpe frontal con la base del asta del estandarte hacia el rostro del extremeño, quien lo desvió con su rodela, cubriendo su campo de visión por un breve momento. Cuando bajó el escudo, se percató de que un golpe de la maza se dirigía a su hombro izquierdo. Con dificultad, apenas a tiempo, giró su cuerpo hacia la derecha. La maza pasó rozando la hombrera de su brigantina. ¡Por Cristo! Este indio sabe lo que hace, pensó. Se alejó unos pasos, poniendo tierra entre él y su oponente, tratando de ponerse en orden. Implacable, el guerrero avanzó, empujándolo con su escudo para después lanzarle una patada a su abdomen. El impacto fue fuerte y lo proyectó sobre el suelo, haciendo que su rodela volara por los aires. O era soltar la rodela o caer mal y romperse la muñeca o el antebrazo. El tenochca le dio seguimiento, golpeando el piso con la base del asta del estandarte, sin embargo, Gonzalo rodó por el suelo rápidamente, evitando los golpes. En ese momento Rodrigo de Badajoz, uno de sus rodeleros, se integró al combate dando un alarido y arremetiendo con estocadas y tajos al portaestandarte, quien al verse sorprendido retrocedió unos pasos protegiéndose detrás de su chimalli mientras profería unas palabras. La oportuna intervención permitió a Gonzalo incorporarse del piso estucado y recoger su rodela. Lanzó una mirada a un costado del guerrero rojo y vio que un par de rodeleros pasaban un mal momento tratando de frenar los ataques del mexica que vestía de amarillo, el veterano capitán de la unidad quien solamente tenía un ojo. Mientras tanto, en el ala sur del techo ya se libraba una encarnizada batalla en toda forma, pues al menos diez mexicas habían logrado subir por las escaleras y alcanzar la azotea decorada con algunas almenas hechas de estuco y piedra. Al menos cinco rodeleros de la Vera Cruz trataban de contener, protegiendo sus flancos, la marea que amenazaba con engullirlos, pues se encontraban superados en número. Los ballesteros de Espinosa de la Bendición habían dejado sus artilugios para sumarse al combate en el mismo sector que Gonzalo, armados con dagas y mazas, pues sabían que poco podrían hacer para salvar el pellejo si los rodeleros se veían arrollados. Los rodeleros y los ballesteros formaban una línea irregular en el ala oeste que intentaba reprimir a los mexicas que seguían alcanzando el techo desde la esquina noroeste. No tardes mucho con el fuego, Hernando, pensó cuando se arrojó nuevamente al ataque para apoyar a Rodrigo de Badajoz, quien pasaba un mal momento enfrentando al portaestandarte y a otro tenochca. El capitán de rodeleros cargó contra el primero lanzando una estocada, la cual su enemigo evadió fácilmente al esconderse detrás de su escudo de madera. Siguió un tajo lateral, que acabaría siendo desviado por la dura cabeza esférica de la maza hecha de madera de encino.

—¡Resistid, cruzados de la Vera Cruz! —alcanzó a gritar, desesperado al ver que la situación se complicaba más a cada momento.

El extremeño se vio sorprendido cuando un segundo guerrero armado con un tepoztopilli, una especie de lanza hecha para cortar más que para penetrar, pues los costados de su punta de madera estaban repletos de filosas cuchillas de obsidiana, se integró a la refriega lanzando un golpe para llegar a la garganta del extremeño. Una rápida reacción con su espada desvió por poco la filosa punta de la alabarda mesoamericana que trataba de degollarlo. Ante la superioridad numérica a la que se enfrentaba tuvo que retroceder, desviando desesperadamente los ataques de los diestros tenochcas, en tanto que de reojo pudo observar detrás de ellos al veterano capitán vestido de amarrillo custodiando las dos escaleras, el mismo que no dejaba de dar órdenes y gritos en medio del caos, alentando a sus hombres a que siguieran subiendo en tropel a los techos del palacete. A sus pies se encontraban sus otrora dos oponentes, inmóviles, desangrándose en el piso. Gonzalo escuchó un agudo grito a su derecha cuando Rodrigo, impulsándose con su pierna, sacó la espada y atravesó a su oponente por el abdomen. El mexica cayó al suelo dando aullidos de dolor mientras trataba de contener el sangrado de su vientre. El experimentado rodelero de inmediato apoyó a Gonzalo empujando con su rodela al portaestandarte, quien estuvo a poco de ser proyectado hacia el patio, un piso más abajo. Su respuesta no se hizo esperar, pues el guerrero mexica vestido de rojo arremetió contra Rodrigo de

Badajoz, tratando de fracturarle el cráneo con su maza. Apenas si le dio tiempo de esconder la cabeza detrás de su rodela. Aunque el golpe se estrelló en el escudo redondo, la fuerza cimbró a Rodrigo, proyectándolo algunos pasos atrás, aunque no lo suficientemente lejos para que el tenochca, armado con la larga alabarda prehispánica, no lo alcanzara en el brazo, rasgando su camisa y haciéndole un profundo corte. Rodrigo soltó un gruñido al sentir las filosas obsidianas cortando su brazo. Al percatarse de que su compañero había sido herido, Gonzalo se interpuso en el camino de los guerreros tenochcas, lanzando amplios tajos con su ropera de un lado a otro, tratando de fijarlos al piso y de disuadirlos de avanzar contra Rodrigo, mientras retrocedía unos pasos. Fue en ese momento cuando el capitán extremeño captó el olor a humo. ¡Algo se quemaba! Volteó a ver a su izquierda y vio que parte de las enredaderas y plantas del jardín central empezaban a arder. Desde una esquina de la construcción vio a Hernando Tovar y a un par de hombres lanzando algunos haces de ocote y un petate encendidos sobre el patio central. ¡El bastardo lo ha logrado!, pensó Gonzalo, al tiempo que aparecía una sonrisa en su rostro y se parapetaba detrás de su rodela ante los ataques del guerrero mexica, quien blandía el tepoztopilli con ambas manos. El portaestandarte se percató de que la construcción estaba en llamas, lo que lo hizo titubear por un momento. El líder del batallón tenochca, el veterano cuáuchic, también centró la mirada de su único ojo en el fuego que empezaba a propagarse, debatiéndose entre las muchas decisiones que se agolpaban en su cabeza.

El petate que arrojaron los hispanos cayó en un rincón del claustro, justo donde había unos arbustos y una enredadera aferrada a las columnas de la construcción, por lo que rápidamente prendió. Al poco tiempo el humo se volvió denso y pesado, haciendo que los combatientes se percataran del incendio que rápidamente se propagaba, y algunos incluso comenzaron a toser.

—¡Rodeleros, retroceded! —dijo Gonzalo mientras bloqueaba otro ataque, ahora proveniente del tenochca armado con el tepoztopilli.

Ante lo inevitable, el capitán cuáuchic tenochca gritó algunas órdenes a los cerca de veinte hombres que lo rodeaban. De inmediato sus guerreros comenzaron a descender por las escaleras, resignados a que el pequeño palacio iba a arder hasta sus cimientos y que no disponían del tiempo o los medios para apagar el fuego que ya se propagaba en uno de los cuartos y en el norte del patio. Solamente el portaestandarte permaneció de pie entre las columnas de humo que ascendían desde el patio, mirando fijamente a Gonzalo, su enemigo. Al capitán le pareció que trataba de recordar el rostro del hombre que había estado bajo su daga y había logrado huir, salvando la vida, a pesar de encontrarse casi abatido.

—Andad, capitán —le dijo Alonso el moro, quien lo agarró de una de las correas posteriores de su brigantina y lo jaló ligeramente—. Esto va a ponerse caliente —concluyó.

—Tenéis razón, amigo —respondió el Sin Miedo al sentir el techo bajo sus pies calentarse.

Reacio a darle la espalda al aguerrido portaestandarte, el capitán de rodeleros sostuvo su mirada mientras retrocedía. Solamente cuando su silueta se perdió entre la densa humareda el extremeño giró y comenzó a correr para salir del infierno.

Los hombres caminaron a través de la escuadra del techo, primero hacia el norte y después al oriente, por donde ya estaban bajando los ballesteros de Espinosa de la Bendición. Uno de ellos tenía una flecha en el muslo, por lo que lo asistía uno de sus compañeros. Gonzalo lanzó una última mirada al techo donde apenas hacía unos momentos se libraba una encarnizada reyerta y ahora se encontraba abandonado, con cadáveres tirados por doquier sobre el piso estucado, así como dardos rotos, rodelas, plumas rasgadas y charcos de sangre. Después dio la vuelta y bajó con la ayuda de sus hombres, que ya lo esperaban a nivel de la calle. Los rodeleros de la Vera Cruz tuvieron que correr unas treinta varas[8] hacia la columna comandada por Diego de Ordaz, la cual seguía retrocediendo ante la granizada de flechas y piedras que los seguía ofendiendo, arrastrando a sus heridos y dejando detrás a sus muertos.

---

[8] Medida de longitud usada en España durante el siglo XVI. Equivalía a ochenta y tres centímetros.

Al correr llamaron la atención de los arqueros y honderos mexicas, por lo que de inmediato cubrieron sus torsos y cabezas con sus rodelas. Mientras se replegaban, Gonzalo Rodríguez de Trujillo le dedicó un pensamiento a Ruiz de Mota, su compañero caído, cuyo cuerpo se quemaría con el fuego hasta quedar irreconocible en medio de los escombros de la construcción cuando colapsara. Su hombre de confianza, a quien conocía desde hacía años, perdió la vida en una escaramuza fallida, en un combate sin gloria ni hazañas, en el techo de una casa cualquiera, de un barrio cualquiera en Temixtitan. ¿Cuántos más morirían en los próximos días?, se preguntó. Todo se había trastocado desde la matanza. Los que habían sido los amos de un nuevo mundo se habían transformado en pelagatos sitiados en Temixtitan, donde multitudes de indios no descansarían hasta acabar con ellos.

—¡Haced espacio! ¡Haced espacio! —gritó Espinosa de la Bendición a unos alabarderos y piqueros para que hicieran a un lado sus armas y les permitieran ingresar en la línea castellana. Los hombres obedecieron y los ballesteros de san Sebastián y los rodeleros de la Vera Cruz pasaron corriendo. Gonzalo se detuvo un momento, dejando que los hombres que iban detrás lo rebasaran. Cerrando la formación iban el ballestero herido con una flecha clavada en su muslo y el compañero que lo asistía. Los dos hombres avanzaban muy lentamente bajo la lluvia de proyectiles, por lo que el rodelero regresó sobre sus pasos para ayudarlos. Al alcanzarlos rodeó la espalda del ballestero herido para ayudarlo a caminar más rápido, y en poco tiempo ya se encontraban dentro de la formación cristiana. Con su entrada, la formación de lanzas, picas, acero y hierro se volvió a cerrar como una falange al tiempo que seguía retrocediendo entre los dardos y flechas, entre el humo y el fuego.

Diego de Ordaz permanecía de pie entre la granizada enemiga, con el pie vendado, cojeando con cada paso que daba, pero detrás de sus hombres, dirigiendo la retirada. Dos mozos lo acompañaban para ayudarlo a caminar si fuera necesario. Llevaba un coselete, una gorguera para proteger el cuello y una celada con la visera alzada, lo que permitía ver su rostro.

—¡Me vale un pimiento que no pueda caminar! Háganlo caminar hasta la columna o que se encomiende a Cristo —gritó a un combatiente que parecía que le informaba sobre un herido incapacitado.

Al pasar Gonzalo hacia la retaguardia con sus hombres, Diego le dirigió una mirada mientras se agachaba por una flecha que pasó volando sobre su cabeza.

—¡Gonzalo, casi rostizas a vuestros hombres en esa casucha! ¡Qué bueno que no la has dejado en manos de los paganos! —exclamó con su marcado acento zamorano—. Una casucha menos desde donde podrían ofendernos con sus piedras. ¡Buen trabajo, rodelero! —concluyó mientras diez ballesteros avanzaban hacia la vanguardia con sus armas cargadas y listas para disparar.

—Por un pelo que hemos logrado salir de ahí, don Diego. La hemos hecho buena —contestó agotado el capitán de rodeleros, quien siguió su avance hasta el palacio ayudando al ballestero herido.

A su espalda, el rodelero escuchó los chasquidos de diez ballestas al unísono cuando sus dardos salieron propulsados y sus cuerdas chocaron con las vergas de hierro, causando seguramente más bajas de los defensores de Tenochtitlan. Después de disparar retrocederían para volver a cargar sus armas, protegidos por piqueros y alabarderos, para nuevamente comenzar el proceso. Después, a la distancia, Gonzalo escuchó el estruendoso eco de las detonaciones de los arcabuces. El capitán Ordaz trata por todos los medios de proteger la retirada de su columna, pensó el rodelero. Rezaba un padrenuestro y un avemaría cuando a lo lejos vio la entrada al palacio de Axayácatl, así como a algunos cristianos que vigilaban la calzada, facilitando la retirada de los heridos.

—¡Sigan retrocediendo, bastardos! ¡Regresamos al palacete! —fue lo último que escuchó en la lejanía Gonzalo, entre detonaciones, gritos llenos de desesperanza y el eco de los tambores de los tenochcas, antes de comenzar a subir por la escalinata del pórtico norte del tecpan de Axayácatl.

—¡Maldición! Hay que festejar que hoy he salvado el pellejo. Que hoy no me han pillado y sacrificado los bastardos —dijo un hombre que sangraba profusamente de su brazo a quien lo acompañaba, un piquero ya entrado en años. Ambos caminaban frente al extremeño, el primero sujetando un paño tinto contra su hombro, mientras que el segundo cojeaba con dificultad. Al menos tampoco serán sacrificados Alonso Berrio, ni Hernando Tovar, ni Rodrigo de Badajoz, ni Gerónimo Ruiz de Mota...

Capítulo 21

Yohualcitlaltzin no había visto en su vida tanta riqueza como esa jornada en el tecpan de Axayácatl. Esa mañana, la tenochca cruzó el patio central hacia los aposentos de Motecuhzomatzin, después de dos días en los cuales descansó de sus tareas como miembro de la servidumbre del tlahtoani. Por el patio al menos cincuenta caxtiltecas iban y venían desde el templo del dios cristiano, la capilla, llevando cajas y vasijas llenas de piezas de teocuítlatl, de jade y de turquesa. Las trasladaban a un amplio salón ubicado en el poniente del complejo, donde los pectorales, ajorcas, narigueras, cascabeles, brazaletes y orejeras, incluso pequeñas esculturas de oro, eran fundidos en barras curvas para ser almacenadas bajo la vigilancia de guardias armados. Curiosamente, los cristianos no hacían caso de los preciosos objetos realizados con mosaico de plumas como tocados, trajes de guerra, estandartes, máscaras y tilmas, por lo que simplemente no los tocaban. Los hombres cumplían las órdenes del tlacatécatl Cortés, quien quería tener bajo su control directo, su custodia, las riquezas del padre del huey tlahtoani Motecuhzomatzin, el finado Axayácatl. Yohualcitlaltzin había escuchado por otras mujeres tenochcas entregadas a los teteuctin, y que vivían en el palacio, que los caxtiltecas habían encontrado las riquezas en un salón tapiado por un muro, justo donde se encontraba su improvisado altar, donde habían colgado de la pared la escultura de su dios clavado a la cruz. Todo sucedió de manera accidental, veintenas atrás, cuando fijaban un largo clavo sobre el muro para colocar una pesada escultura de madera de su dios sacrificado. En ese momento cayeron pedazos de estuco y argamasa del muro, develando un salón secreto repleto de riquezas. De inmediato llamaron a don Malinche, quien ordenó que se tirara toda la pared para conocer la dimensión de lo encontrado. Y así se hizo. Al entrar a la pequeña habitación con unas antorchas, encontraron los objetos personales de Axayácatl, todos de gran valor y muchos elaborados con oro. Consciente de ello, el tlacatécatl Cortés decidió volver a cerrar el espacio para evitar cualquier conflicto con Motecuhzomatzin, e incluso con miembros y lugartenientes de la expedición. Sin embargo, al otro día de su regreso a Tenochtitlan, decidió disponer de las piezas, fundirlas y almacenarlas bajo la mirada atenta de hombres de su confianza. Yohualcitlaltzin sabía de los rumores por parte de las otras doncellas nobles que se encontraban sirviendo al Gran Orador, habladurías que afirmaban que, ante la reanudación de las hostilidades, los cristianos se preparaban para abandonar Tenochtitlan con todas las riquezas que habían encontrado, así como todos los regalos que les había obsequiado el huey tlahtoani. La jovencita no tenía duda de que los cristianos acabarían marchándose de la gran capital, pues era imposible que pudieran derrotar a las decenas de miles de guerreros mexicas que los ofendían a diario. Desde la madrugada, los atabales empezaron a escucharse en todos los rincones de Tenochtitlan. Era el llamado a la guerra. Como respuesta, don Malinche envió una columna de varios cientos de hombres, entre ellos Gonzalo, con el propósito de hacer una demostración de poder. Los hombres aún no regresaban al tecpan, y por las detonaciones que se escuchaban en la lejanía, a la jovencita no le quedaba duda de que un enfrentamiento se estaba dando.

Yohualcitlaltzin detuvo su andar cuando casi chocaba con uno de los diez hombres que formaban una fila llevando consigo cajas y petacas llenas de las piezas de teocuítlatl para ser fundidas en unos hornos improvisados que habían construido los cristianos. Toda la operación se realizaba bajo la supervisión de los mozos del tesorero Gonzalo Mejía y de los hombres de confianza de Cortés, entre ellos el alguacil mayor Olid. La jovencita continuó su andar hasta pasar los puestos de control y vigilancia de los aposentos del huey tlahtoani, soportando las miradas lujuriosas de algunos caxtiltecas. Rápidamente cruzó la antecámara, superando el biombo dorado para entrar al gran salón, donde observó al Gran Orador sentado en su icpalli, acompañado solamente de unos guardias hispanos que vigilaban el espacio. Al parecer se había quedado dormido, pues un libro sagrado se había caído de sus manos y se encontraba sobre el piso.

No pudo evitar sentir lástima por el gobernante de Tenochtitlan, quien perdía apoyo con cada día que pasaba. Sus acciones eran duramente juzgadas por los habitantes de la capital y por los propios caxtiltecas. Tratando de no hacer ruido para no despertar al gobernante, Citlalli salió del gran salón para después cruzar las habitaciones donde se encontraban otros nobles prisioneros, cargados de cadenas, bajo la custodia de algunos guardias. Continuó avanzando por un amplio pasillo hasta llegar a los aposentos privados del huey tlahtoani, donde fue recibida por un anciano de nombre Ázcatl que fungía como el mayordomo de Motecuhzomatzin. El anciano era quien comandaba varias docenas de hombres y mujeres que servían a la familia real en su prisión, todos esmerándose día tras día en tener siempre su ropa limpia y perfumada, preparar sus alimentos, mantener pulcros sus aposentos y muchas funciones más. En este vasto personal se encontraban diez jovencitas tenochcas pertenecientes a la nobleza, entre ellas, Yohualcitaltzin. El hombre de más de cincuenta años era delgado, de piel obscura, con el rostro lleno de arrugas y su largo pelo canoso recogido detrás de la nuca. Sus pequeños ojos rasgados no paraban de moverse, examinando cada rincón, cada pasillo, cada detalle de las habitaciones, prendas y alimentos de la familia real. Vestía una sencilla tilma de un inmaculado blanco, así como su braguero del mismo color que le cubría la entrepierna y cintura. Sus pies los llevaba enfundados en sandalias de suave piel de venado. Esa mañana, Ázcatl le ordenó a Yohualcitlaltzin que hiciera un conteo, un inventario de las tilmas de Motecuhzomatzin que aún se encontraban limpias. Le dio un pliego de papel amate donde se especificaba el número de las prendas existentes, los colores, patrones y materiales con las que estaban hechas, así como también un pedazo de carbón colocado en la punta de un delgado carrizo, con el propósito de que fuera registrando aquellas que estaban sucias. "Jovencita, si encuentras algún faltante en esta lista, avísame de inmediato", le había dicho Ázcatl, quien se esforzaba en mantener la rigurosa etiqueta palaciega incluso cuando su amo y señor era prisionero de los teteuctin. El mayordomo se dirigió a uno de los pequeños patios internos del ala norte para supervisar a los esclavos que eran responsables de lavar las prendas de vestir de la familia real, tarea sumamente difícil pues el agua escaseaba dentro del palacio, por lo que tenían que hacer maravillas con la disponible.

Citlalli retomó su avance por el amplio pasillo hasta entrar en uno de los salones donde descansaba y dormía Motecuhzomatzin, generalmente acompañado por alguna de sus tres concubinas que compartían con él su prisión, por su esposa o por su hija pequeña, Tecuichpo Ichcaxochitzin. En estos salones el gobernante también se vestía y se aseaba. Los pisos de algunas de estas lujosas habitaciones eran de madera de cedro, mientras que sus muros estaban decorados con brillantes colores recreando escenas idílicas de la gran capital mexica. Grandes lienzos de fino algodón, así como pieles de venados y osos, habían sido colocados sobre los pisos. Algunas pantallas delgadas, hechas de madera dorada, dividían los amplios espacios y también brindaban cierta privacidad. Todos los salones privados de la familia real contaban con braseros de brillantes colores, los cuales eran encendidos en los meses fríos del año. Tampoco faltaban hermosas esculturas hechas de diversos materiales, desde piedra hasta madera. Algunas eran representaciones de animales como serpientes, águilas y jaguares, otras eran efigies polícromas de deidades, incluso de mujeres con sinuosas curvas, las cuales eran vestidas con finas prendas y hasta con cabello postizo. Sus rostros pétreos cobraban vida cuando en las cuencas vacías de sus ojos se colocaban piezas de concha, de obsidiana e incluso de piedra verde. Aunque se trataba de una excentricidad por su rareza, también había un par de muebles de madera, unas mesas de baja altura utilizadas principalmente para consumir los alimentos. Llamaron la atención de Beatriz Yohualcitlaltzin las vigas del techo, las cuales se encontraban todas labradas con escenas de guerreros y de dioses y con las proezas del padre de Motecuhzomatzin, quien originalmente había ocupado los salones hasta su muerte. En estos aposentos privados no había caxtiltecas, pues estaban reservados para las mujeres del huey tlahtoani, aunque también habían sido revisados a conciencia con el propósito de encontrar el túnel o cámara que comunicaba el palacio sitiado con el exterior. Para decepción de los cristianos, y a pesar del largo tiempo que dedicaron a la búsqueda, no lo hallaron. Literalmente pusieron todo de cabeza, sin encontrar el menor rastro del pasadizo. La jovencita trató de ocultar una sonrisa al recordar a los teteuctin buscando como desesperados la cámara oculta, siendo regañados y presionados por sus capitanes, al tiempo que trataban de no romper ninguna de las pertenencias del gobernante. Los brutos barbados nunca darán con él, reflexionó. Yohualcitlaltzin sabía de la existencia de ese pasaje, aunque no lo había visto ni conocía su ubicación exacta. Muchos días atrás, conversando con otra de las mujeres de origen noble que habían sido entregadas a los cristianos y que acabaron formando parte de la servidumbre del gobernante, se enteró de que el pasadizo se encontraba en el costado oeste de los aposentos privados de Motecuhzomatzin, cerca de donde se hallaba en ese momento. Su compañera le confesó que había sido testigo de cómo un hombre emergió del piso después de haber retirado un par de losas sueltas. Sus piernas estaban cubiertas de fango y su tilma un poco mojada. Fue tan grande su sorpresa que se quedó paralizada frente al misterioso visitante, quien solamente puso un dedo sobre su boca, indicándole que guardara silencio. Luego de esto, secó sus pies con un lienzo que llevaba y salió de la habitación, perdiéndose entre los pasillos y salones del complejo norte. Después de habérselo paticado, su compañera le hizo jurar que nunca compartiría el secreto, cosa que aceptó de inmediato Citlalli. A partir del relato, la jovencita fantaseaba continuamente con poder escapar de su señor caxtilteca, Gonzalo, así como salir del palacio de Axayácatl y recuperar su libertad. Después de soltar un suspiro, la doncella supo que era momento de trabajar en la tarea que Ázcatl le había asignado, por lo que se acercó a una de las cajas hechas de carrizos donde se encontraban dobladas algunas de las tilmas que utilizaba el huey tlahtoani. Lentamente, y con mucho cuidado, las desdobló y las fue colocando sobre unos petates en el piso y sobre una de las mesas achaparradas de madera. Las contó una por una, revisando las anotaciones de la hoja de papel amate que el mayordomo Ázcatl le había dado para cumplir con su tarea. También revisaba si las prendas estaban sucias o limpias, marcando con cruces en el papel amate la condición de las tilmas.

Aunque era común hallar en dicho salón a las concubinas del gobernante, incluso a su esposa, en esa ocasión se encontraban ausentes, realizando otras actividades o descansando en otros espacios del ala norte del palacio. Después de un largo rato terminó de contar y clasificar las tilmas de la primera caja de carrizos, por lo que procedió nuevamente a doblarlas y guardarlas para continuar con la siguiente. Fue en ese momento que notó la presencia de otra persona dentro del salón. Al voltear a su lado izquierdo observó a un hombre delgado, con un espejo de obsidiana colgando sobre el pecho, que la observaba con paciencia detrás de una de las pantallas de madera dorada de la habitación. Vestía sencillamente, con una burda tilma de fibra de ixtle anudada sobre el hombro izquierdo, así como un braguero del mismo color y material. Además, un amplio manto de algodón, sumamente gastado y roído, cubría su cabeza y espalda. Su piel era más clara que la mayoría de los tenochcas, con cicatrices en los antebrazos y piernas, seguramente producto de las punciones que realizaba para ofrendar su propia sangre a los dioses. Su pelo lo llevaba a casi rasurado.

Citlalli tuvo un sobresalto ante la presencia del individuo vestido de negro que había logrado alcanzar los aposentos privados del huey tlahtoani, burlando la vigilancia tanto de los guardias caxtiltecas como de los fieles colaboradores de la familia real dirigidos por Ázcatl. La jovencita lamentó no haber seguido el consejo de su amiga Aquetzalli, quien le recomendó siempre llevar con ella una filosa laja de obsidiana o un cuchillo de pedernal para defenderse de cualquier agresión, ya fuera de los lujuriosos caxtiltecas o de los furibundos tlaxcaltecas que habitaban en el palacio. Después de un momento, Yohualcitlaltzin llegó a la conclusión de que ya había visto al siniestro personaje en alguno de los patios, observándola cuando iba por agua o por alimentos. Notó que el personaje llevaba las piernas y la tilma salpicadas de fango, así como los pies sucios con restos de lodo. A pesar de la amarga sorpresa, Beatriz Yohualcitlaltzin se percató, con cierta satisfacción, de que el temor que sentía no nublaba su mente ni paralizaba su cuerpo. Se encontraba alerta, lista para correr o gritar ante la primera provocación. Las privaciones de las últimas veintenas habían fogueado el temperamento de la doncella.

—Cualli, jovencita —dijo el hombre con soltura, sin ninguna preocupación evidente de que pudiera ser descubierto—. No tienes nada que temer, Yohualcitlaltzin.

—¿Quién eres? ¿Qué haces en los aposentos privados del huey tlahtoani? —preguntó la joven, tratando de no parecer nerviosa mientras retrocedía algunos pasos. Giró la cabeza hacia los accesos del salón, rogando a los dioses que alguna de sus compañeras apareciera por el pasillo o, mejor aún, el viejo Ázcatl; sin embargo, todo permaneció en silencio.

—Mi nombre no es relevante, pero es importante que sepas que no vengo para atacarte o acarrearte desgracias. No, todo lo contrario. Vengo a entregarte un mensaje de alguien que te añora y extraña con todo su corazón —al decir esto, el hombre sacó de su tilma el pectoral redondo que le había entregado el joven guerrero Chichilcuauhtli con el propósito de mostrárselo a la jovencita—. ¿Sabes a quién pertenece este bello pectoral de jade?

—¿Chichilcuauhtli? —respondió Beatriz Citlalli, recordando instintivamente el intenso color verde del pectoral.

—Me da gusto que tengas buena memoria. Este hermoso pectoral pertenece al guerrero del barrio de Teocaltitlan cuyo nombre acabas de mencionar. Debes sentirte contenta, jovencita, pues durante el breve encuentro que tuve con él, tú fuiste el principal tema de conversación —dijo el desconocido mientras una sonrisa aparecía en su

225

rostro, mostrando su blanca e inmaculada dentadura—. El joven me ha dicho que su corazón aún no te olvida y que le da inmensa alegría que te encuentres viva, ya que desconocía si habías sobrevivido a la masacre de Tóxcatl, hasta que yo lo busqué para compartirle que te encontrabas sana y salva dentro del palacio, formando parte de la servidumbre del cobarde huey tlahtoani Motecuhzomatzin. Chichilcuauhtli me dio este pectoral como prueba de que sus palabras y las mías son ciertas.

En ese momento, el hombre avanzó algunos pasos para dejar la pieza en las manos de la mujer. Yohualcitlaltzin lo observó con cuidado, distinguiendo el águila que estaba labrada en la dura piedra verde. Recordó el día en que su amado le contó que su padre lo había obtenido en uno de sus viajes a las tierras mayas de Quauhtemallan, con el propósito de obsequiárselo debido a que había terminado sus estudios en el telpochcalli, la Casa de la Juventud. Mientras pasaba sus dedos sobre los glifos que formaban el nombre del propietario de la exquisita pieza, el hombre le dijo:

—Chichilcuauhtli espera ansiosamente el momento en que puedas regresar a sus brazos y abandonar esta prisión.

—¿Entonces sí existe un pasaje para entrar o salir del palacio sin ser visto? —preguntó la mujer al alzar el rostro y encontrarse con la fría mirada de su interlocutor. Sus ojos eran tan negros que brillaban de manera inusual, como la propia obsidiana.

—En efecto, doña Beatriz. Soy uno de los pocos hombres que conocen ese pasaje secreto, el mismo que han buscado al menos en tres ocasiones los caxtiltecas sin tener éxito, según me dicen —nuevamente una sonrisa se dibujó en su rostro—. A través de este pasadizo mis hombres y yo hemos traído alimentos, algunas armas y peticiones especiales del huey tlahtoani, cuando mi señor y yo creíamos en su liderazgo, antes de la matanza de Tóxcatl. También han ido y venido una infinidad de mensajes de mucha relevancia para la supervivencia de Tenochtitlan —contó con voz taciturna el hombre que portaba el espejo de vidrio volcánico—. De hecho, la principal razón por la que he visitado el palacio esta mañana fue la entrega de un importante mensaje de mi señor a uno de los sirvientes de un noble señor acolhua que se encuentra aquí encerrado. He terminado rápidamente el encargo, por lo que he venido a comunicarte lo que me ha pedido Chichilcuauhtli.

—¿Acaso es posible que me puedas llevar contigo a través de ese pasadizo para escapar del palacio? —interrumpió impaciente, sabiendo lo difícil que sería fugarse del tecpan por uno de sus accesos principales sin que los ballesteros, arcabuceros, tlaxcaltecas y otros guardias notaran su presencia. Sin duda dispararían antes de preguntar de quién se trataba, reflexionó.

—Aunque me encantaría complacerte con esa petición, por el momento me es imposible. No puedo arriesgarme a que algo salga mal y los caxtiltecas conozcan la ubicación del pasadizo. Tu misma ausencia levantaría sospechas y preguntas de inmediato, sobre todo de tu amado señor Gonzalo. Los cristianos se preguntarían cómo lograste burlar la vigilancia de los cientos de guardias para escapar del palacio. Como tú bien sabes, nadie sale o entra a menos que sea por órdenes expresas del tlacatécatl Cortés o uno de sus capitanes de confianza. —Después de un momento de silencio, durante el cual el hombre pareció reflexionar, continuó—: Posiblemente en un futuro pueda arreglar algo; sin embargo, no creo que contemos con el tiempo suficiente, pues la salida de los caxtiltecas de Tenochtitlan es inminente.

—Entiendo lo delicado y arriesgado de la situación —contestó Yohualcitlaltzin, al tiempo que regresaba el pectoral de jade imperial—. No puedo guardar esto, pues lo descubrirían tarde que temprano. Dáselo a Chichilcuauhtli con este mensaje: dile que disculpe mi soberbia, así como lo equivocada y confundida que me encontraba cuando nos encontramos esa última ocasión. Ahora sé que mi lugar es con él y con mi pueblo, y no con los avariciosos teteuctin. Pídele que tenga paciencia para que pronto volvamos a estar juntos. También compártele este importante mensaje: un grupo de veinte caxtiltecas ha escondido dentro de un petlacalli una importante cantidad de oro por el rumbo oeste del barrio de Huehuecalco, cerca de un pequeño templo de Toci, ubicado un par de chinampas hacia el norte. La petaca la arrojaron al canal frente a la chinampa con la casa en ruinas, la que se encuentra sin techo, justo a un costado del montículo de piedras sobre una tilma roja. Conozco la ubicación porque yo los llevé hasta el lugar para que escondieran su botín. No abandonarán Tenochtitlan sin antes regresar a buscar ese cofre lleno de oro y yo seré su guía en esta empresa, pues aunque cuentan con un mapa, los caxtiltecas se pierden fácilmente en nuestra gran ciudad.

—Un momento perfecto para emboscarlos con un puñado de tenochcas encabezados por Chichilcuauhtli y liberarte —dijo el hombre—. Muy perspicaz de tu parte, jovencita, incluso malévolo, si consideras las muertes que conllevará esta acción —concluyó.

En ese momento se escuchó el eco de unos pasos avanzar por uno de los pasillos que daba a la habitación donde se encontraban. El hombre del espejo de obsidiana se deslizó sigilosamente detrás de uno de los cuatro pilares que sostenían las vigas del techo, al tiempo que sacaba de los pliegues de su capa una daga de obsidiana con mango de madera. Esperaba que su presencia pasara inadvertida, pero si era descubierto, no sería tomado por sorpresa. No sería la primera vez que recurría a la violencia, al asesinato, para ocultar su presencia y concretar los planes de su señor. Yohualcitlaltzin también escuchó los pasos, por lo que lanzó una mirada expectante al pasillo de donde provenía el sonido, sin ver a nadie acercarse. Casi de inmediato el eco de los pasos se fue atenuando hasta que dejó de ser perceptible y nuevamente reinó el silencio.

—Ya he dejado muchas palabras en este lugar y he perdido mucho tiempo, por lo que tengo que partir, jovencita —afirmó el hombre—. Pero ten la seguridad de que le daré tu mensaje al guerrero Cuauhtli en cuanto me sea posible. Espero regresar en dos días, cuando el sol se encuentre en lo más alto del cielo, con la respuesta de tu amado. Te buscaré en estos mismos aposentos, así que trata de no alejarte mucho. ¡Timoitase!

—Mah cualli ohtli. Tenga buen camino —respondió Yohualcitlaltzin al ver cómo el hombre salía de la habitación y caminaba en completo silencio a través del pasillo hacia los salones ubicados en el extremo oeste de los aposentos privados del huey tlahtoani, hasta que lo perdió de vista cuando ingresó a otro salón y caminó entre un par de pilares. Su sombra se deslizó y desapareció entre las losas de Tecalli del piso. La jovencita regresó al conteo de tilmas en el inventario que estaba realizando. Notó que sus manos temblaban por la emoción, o posiblemente por el impacto de saber que un desconocido la vigilaba y por el peligro que eso implicaba. Tal vez se trataba de un profundo sentimiento de alegría por haber escuchado que Chichilcuauhtli aún la amaba y que contaba los días, como ella, para reencontrarse. Si los dioses lo querían, y los tiempos coincidían, Chichilcuauhtli tendría la oportunidad de liberarla cuando guiara la partida de caxtiltecas en busca de la petaca repleta de oro. Bastaba con que el misterioso sacerdote la visitara nuevamente para darle aviso, que llevara el mensaje al guerrero tenochca a tiempo, y que este último tuviera listos a sus guerreros para emboscar a los caxtiltecas en el momento preciso. Sin embargo, si los cristianos abandonaban Tenochtitlan antes de la visita del misterioso mensajero, no habría forma de avisarle a Chichilcuauhtli. Eso sin contemplar la posibilidad de que los invasores murieran defendiendo, hasta el último hombre, el palacio y las riquezas que habían logrado acumular, por lo que sería poco relevante que Gonzalo y Juan Velázquez de León rescataran su botín. Y bueno, también podía suceder que su amado perdiera la vida en los duros combates de las siguientes jornadas. Todo saldrá bien, no será tan complicado, reflexionó Beatriz Yohualcitlaltzin, aunque tenía que admitir que su destino se encontraba, más que nunca, en las manos de los dioses.

Capítulo 22

—¡Por amor a Dios! ¡Que callen esos malditos atabales! —gritó Juan Velázquez de León—. No escucho ni mis propios pensamientos.

—Es una agonía, capitán —respondió Gonzalo Rodríguez de Trujillo limpiando sus ojos del agua de lluvia—. No han parado desde la madrugada.

—Y parece que no se detendrán en los próximos días —añadió Francisco de Salcedo, el pulido, quien no dejaba de mirar hacia la gran plaza sumida en la obscuridad, donde decenas de cuerpos se encontraban inmóviles sobre el piso de losas pétreas.

—Como tampoco se detendrá la lluvia —dijo nuevamente Gonzalo al lanzar una mirada hacia el cielo encapotado de nubes obscuras, que en ocasiones se iluminaba con tonos azules y morados a consecuencia de un relámpago que descendía desde las alturas, seguido de un fuerte estruendo.

Los tres hombres se encontraban agotados, empapados hasta los huesos, acompañados de sus hombres, quienes resguardaban el acceso principal al palacio de Axayácatl, el cual se encontraba tapiado con vigas, barriles, bloques de piedra y todo lo que Dios permitiera cargar y apilar. Algunas antorchas habían sido colocadas en los pilares, brindando una trémula luz sobre los cristianos y alumbrando las escalinatas que debían defender si querían conservar la vida. Desde que la columna comandada por Diego de Ordaz regresó al palacio, los ataques de los tenochcas se multiplicaron por todo su perímetro. Los rodeleros de la Vera Cruz al mando de Gonzalo Rodríguez, así como otras unidades al mando de Juan Velázquez de León, fueron apostados para defender el lado este del gran complejo, incluyendo el gran pórtico de acceso por el oriente. Durante todo el día miles de mexicas se abalanzaron tratando de tomar el pórtico y forzar su entrada al interior al complejo palaciego; sin embargo, los cristianos lograron contener la marea culúa a duras penas, con el apoyo de tres piezas de artillería y de los tlaxcaltecas, que desde los techos disparaban cientos de dardos y flechas, dando una cátedra de cómo se debía combatir sin mostrar temor a la muerte. Lamentablemente, durante la jornada su valor fue recompensado con un alto número de bajas y heridos. Por si fuera poco, un incendio se propagó por el ala sur del complejo como consecuencia de las flechas incendiarias que todo el día estuvieron disparando los arqueros mexicas, buscando forzar que los cristianos abandonaran el palacio y fueran abatidos en las calles de Tenochtitlan. La lluvia fue oportuna, lo que ayudó a apagar la conflagración. Para todos los hispanos fue evidente que la guerra total contra los culúas había comenzado, en la que no se daría tregua ni cuartel. Cortés seguía pensando que aún se podía detener esta guerra, al igual que Motecuhzomatzin. No obstante, la realidad era muy diferente de lo que ellos creían o pensaban. Los ataques de la jornada habían extenuado a los cristianos y a sus aliados indígenas, al punto de que en un momento del día todos los hombres dentro del palacio que pudieran mantenerse en pie se encontraron defendiendo desesperadamente la posición, tratando de detener a las hordas de tenochcas que se abalanzaban contra los muros derruidos, las escalinatas y los accesos, incluso usando escaleras de madera para combatir en los techos.

—¡Voto a Dios! Si esto continua así, será imposible hacer la salida para confirmar la ubicación del arcón —murmuró Velázquez de León, teniendo cuidado de que solamente lo escucharan Gonzalo y Francisco.

Velázquez de León portaba su peto de hierro, el cual impidió que recibiera heridas de importancia durante la jornada. Su rostro seguía manchado de hollín debido al incendio que rugió en un par de salones por la tarde, antes de que la lluvia cayera como una bendición desde los cielos.

—Tenéis razón, Juan. No tenemos otra opción más que ser pacientes, sobrevivir a esta carnicería y aprovechar el mejor momento que se nos presente —replicó Francisco, quien llevaba la cabeza vendada debido a una pedrada que recibió.

Los tres hombres se encontraban en la parte superior de la escalinata que daba acceso al palacio, a un costado de los responsables de hacer que los falconetes y lombardas escupieran fuego sobre las multitudes de los paganos. También estaban presentes los piqueros, alabarderos, arcabuceros y ballesteros, agotados y tratando de mantenerse despiertos detrás de los escombros de vigas, barriles y esculturas pétreas rotas que cerraban el acceso al palacio, llenando los espacios entre los pilares que sostenían el techo del ancho pórtico. Lamentablemente con la lluvia las piezas de artillería se volvían inútiles, así como las espingardas y arcabuces, haciendo honor al antiguo dicho de "cuando la pólvora se humedece, el arcabucero muere", por lo que estos últimos se habían armado con picas, martillos, mazas o lo que tuvieran a la mano. El hedor a sangre, heces y muerte era insoportable, pues sobre los escalones y al pie de la escalinata se encontraban decenas de cuerpos de tenochcas fallecidos. Los desafortunados que pagaron caro su arrojo y valentía.

—Ya vendrá el día en que Cortés acepte que lo mejor es salir de esta ciudad de caníbales —sugirió Gonzalo sin dejar de mirar hacia la gran plaza y hacia la plataforma perimetral del recinto ceremonial, con los músculos aún tensos, sujetando su espada ensangrentada. Su nariz estaba inflamada, morada, a consecuencia del golpe con la cabeza que un tenochca le había propinado en el combate librado durante la mañana sobre la calzada de Tacuba.

El extremeño no podía creer que apenas momentos atrás la gran plaza de Tenochtitlan se encontraba llena de miles de guerreros culúas, los mismos que sin previo aviso se habían retirado hacia la obscuridad de la noche.

—Cortés nunca accederá a abandonar Temixtitan, Gonzalo. El cojonudo lo ha repetido hoy al menos diez veces ante las sugerencias de Francisco de Aguilar, Diego de Ordaz e incluso el propio Pedro de Alvarado. Don Malinche piensa morir antes que abandonar esta villa del diablo —respondió Velázquez de León mientras sujetaba a dos manos su larga y pesada espada, apostado detrás de una viga, un par de pesadas esculturas de piedra y un barril relleno de cascajo, tratando de atisbar hasta el menor movimiento en la obscuridad de la gigantesca plaza donde la lluvia caía con fuerza.

Grandes charcos se empezaban a formar sobre la gran plaza, así como al pie de la gran plataforma que rodeaba el recinto ceremonial mexica.

—Nuestra avaricia será nuestra perdición, Juan —respondió Gonzalo entrecerrando los ojos, también intentando ver a través de la obscuridad y la lluvia.

Al menos trescientos hombres se encontraban apiñados debajo del pórtico de acceso al patio central, más otros quinientos pertrechados en los techos, detrás de las almenas de piedra, cajas, cofres y cualquier material que pudieran apilar para que les brindara protección. Estos últimos no podían resguardarse ni medianamente de la lluvia, por lo que temblaban inconsolablemente ante el viento frío que soplaba desde las montañas. En poco tiempo los estornudos y tosidos se multiplicaron, volviéndose una constante durante toda la noche.

Por un momento todos los hombres permanecieron en silencio, escuchando solamente el crepitar de las gotas de lluvia en la plaza, en los escalones y los techos, así como los atabales retumbando desde la cima de los templos. Una ligera bruma se adueñó de la gran plaza, limitando la visibilidad de los defensores del tecpan. Gonzalo tomó un poco de agua de lluvia de una jícara que tenía a la mano. No podemos estar más jodidos, pensó. Habían llegado refuerzos y con ellos algunas provisiones, pero también se encontraban sitiados en la misma ratonera, en una ciudad sobrepoblada de enemigos, en medio de un lago. Por otro lado, el capitán Cortés se negaba a abandonar Temixtitan, sin importar que los ataques de los perros indios se intensificaran con cada momento que pasaba, mientras que los alimentos se iban agotando. Temblaba del frío a pesar de llevar su brigantina de cuero tachonado, causando que sus dedos se entumieran al sostener el mango de su tizona recubierto de piel. Todo lo tiró por la borda el necio de Alvarado, reflexionó como lo había hecho decenas de veces durante el sitio. Sin embargo, el pelirrojo no recibió ninguna reprimenda de Cortés, incluso le había regresado sus privilegios y el mando de su unidad, la cual se ubicaba en lo más duro del combate, en el lado sur del palacio, donde se encontraba el propio Cortés con el alguacil Gonzalo de Sandoval. El nacido en Trujillo observó a su izquierda parte de la gran plataforma que rodeaba el recinto ceremonial de los mexicas, y detrás de ella los altos templos cuyas cimas rojas, azules y blancas emergían de la intensa obscuridad. En el más grande de todos, donde en meses pasados habían colocado un crucifijo y una estatuilla de la Virgen María, se observaban los braseros ardiendo a pesar de la lluvia, iluminando los cuerpos de los sacerdotes que tocaban los huehuémeh, así como los que esperaban frente al téchcatl, o piedra de sacrificios, listos para ofrendar al primer enemigo que cayera en sus manos aún con vida. Aquellos que fueran capturados sabían que de inmediato serían llevados a uno de los templos de la ciudad para volverse alimento de los dioses paganos, para ser sacrificados.

—¡Malditos paganos! —murmuró observando a los cúes.

—¡Mozos! No dejéis que os capturen los perros indios o acabaréis siendo destripados como cerdos en la cima de algún cu, para después ser comidos con ají —gritó Velázquez de León rompiendo el silencio a fin de calentar los ánimos y los corazones para que sus hombres se batieran hasta la muerte.

—¡Córtense el cogote si os capturan! —gritó Blas Botello de Puerto Plata, hijodalgo montañés que había visitado Roma y que tenía pacto con algún espíritu del más allá, un "familiar". Era agorero, adivino, astrólogo, y era respetado y temido por la tropa. Fue el mismo que le dio aviso a Cortés cuando se encontraban en Cempoala de que Alvarado y sus hombres estaban siendo atacados. Hombre de treinta y cuatro años, delgado, de grandes ojos castaños, vestía coselete, gorguera y celada de hierro con la visera levantada. De su cuello colgaba un amuleto con forma de pene hecho de suave piel de cabra; en su brazo izquierdo tenía un sinfín de líneas paralelas, cicatrices que él mismo se había hecho con un cuchillo, y de su oreja izquierda colgaba una pesada perla engarzada en un arete de plata. Las malas lenguas decían que era de descendencia judía y que practicaba la cábala, y que por esa razón se había embarcado a las Indias, para escapar de la persecución religiosa encabezada por la Inquisición. Muchos creían esta versión, pues era un hombre que constantemente decía injurias, maldiciones y juramentos, profesando poco respeto a Dios o a los sacramentos cristianos. El hombre de nariz ganchuda, barba rizada castaña obscura y pelo recortado al ras continuó—: ¡Sabed que si no se matan antes de ser prendidos, los infieles les harán mucho daño, muchachos!

Gonzalo apretó los dientes al imaginar semejante final. Primero ser llevado al templo para que un maldito pagano te abra el pecho con un cuchillo de pedernal para extraerte el corazón. Después ser decapitado y muy posiblemente comido por los caníbales, perdiendo la oportunidad de resucitar con la segunda venida de Cristo, el Juicio Final. Cualquier cristiano quedaría condenado para la eternidad. Estaba en esos pensamientos cuando escuchó varias caracolas sonar en medio de la noche.

—¡Hombres de Dios! ¡Ahí vienen los caníbales! —exclamó el rodelero al escuchar miles de voces gritando al unísono bajo la lluvia—. ¡Rodeleros de la Vera Cruz, demostrad de qué estáis hechos!

Algunos de sus hombres gritaron en respuesta a sus palabras, después besaron sus crucifijos, lanzaron una oración a los cielos y aferraron en igual medida escapularios, rosarios y estampas y rodelas, adargas y tizonas. Los otros capitanes presentes también gritaron ánimos a sus hombres, imitando a Gonzalo, sabiendo que la refriega estaba por reanudarse y que la lluvia de pedradas continuaría. En ese momento, en medio de la obscuridad, escucharon miles de pasos avanzar en tropel contra del pórtico fortificado. Los contingentes de los mexicas aparecieron en medio de la noche corriendo hacia el palacio, mientras que cientos de piedras, flechas y varas tostadas cruzaron el aire para impactarse contra los techos y los objetos que bloqueaban el acceso. Gonzalo agachó la cabeza detrás de un gran barril que se encontraba frente a él lleno de cascajo, justo en el momento en que varias flechas se clavaron en la madera humedecida.

—¡Hostia! —replicó mientras sujetaba su capacete con la mano.

—¡Que Dios los maldiga! ¡Ni un paso atrás, castellanos! —gritó Juan Velázquez señalando al enemigo con su mandoble.

La marea de atacantes rápidamente se acercaba a la escalinata del pórtico, armados hasta los dientes, con el rostro pintado y la cabeza decorada con plumas y yelmos de animales. Los gritos de los mexicas fueron ensordecedores, así como los sonidos de los impactos de las piedras.

—Padre nuestro, que estás en el cielo, santificado sea tu nombre, venga a nosotros tu reino, hágase tu voluntad en la tierra como en el cielo —empezaron a rezar dos hombres.

Diego Ramírez soltó un gritó ahogado cuando una flecha le entró por el ojo, matándolo al instante.

—Danos hoy nuestro pan de cada día, perdona nuestras ofensas como también nosotros perdonamos a los que nos ofenden —rezaron al menos cien hombres que se sumaron a la letanía, sujetando las alabardas y las picas, al tiempo que los ballesteros disparaban sus armas en dirección de la marea humana, causando innumerables chasquidos como consecuencia de las cuerdas que chocaban con las vergas de hierro.

—No nos dejes caer en la tentación y líbranos del mal. ¡Amén! —gritaron Gonzalo, Velázquez de León y Francisco de Salcedo en compañía de todos los hombres que defendían el gran pórtico.

Justo en ese momento, los primeros guerreros tenochcas subían los escalones de la gran escalinata al pie del pórtico, listos para dar su vida por la grandeza de Tenochtitlan.

—Ruega por nosotros los pecadores —murmuró Gonzalo, presto para lanzar la primera estocada mientras limpiaba el agua que mojaba su rostro. La batalla se reanudaba en medio de la noche lluviosa…

Pater noster, qui es in caelis:
sanctificetur Nomen Tuum;
adveniat Regnum Tuum;
fiat voluntas Tua,
sicut in caelo, et in terra.
Panem nostrum cotidianum da nobis hodie;
et dimitte nobis debita nostra,
sicut et nos dimittimus debitoribus nostris;
et ne nos inducas in tentationem;
sed libera nos a Malo.
Amen.

Capítulo 23

Esa noche los atabales sonaban con fuerza en el Templo Mayor de Tlatelolco, bajo la ligera llovizna. Los cinco huehuémeh eran tocados por los tlamacázqueh, quienes parecían encontrarse en trance, ignorando el cansancio o el frío. Sobre la plataforma superior del huey teocalli de la ciudad gemela de Tenochtitlan se encontraba un grupo de seis sacerdotes, vistiendo sus tilmas obscuras con patrones de fémures cruzados y cráneos, con el cuerpo pintado y la larga cabellera negra recogida detrás de la cabeza, goteando agua. Dos de ellos llevaban máscaras hechas de cráneos humanos, de los cuales colgaban mechones de pelo, dándoles una apariencia aterradora. El grupo de religiosos se encontraba reunido alrededor del téchcatl, la piedra de sacrificios. Se trataba de un tajón de piedra basáltica de dos brazos de alto, decorado con dos cabezas de serpiente a sus costados. Los sacerdotes tlatelolcas les habían extraído el corazón al menos a nueve caxtiltecas y tlaxcaltecas a quienes habían acostado sobre la piedra, todos capturados durante el combate matutino de la calzada de Tlacopan. La roca rectangular aún se encontraba manchada de sangre, la cual formaba espesos charcos que eran diluidos por el agua que seguía cayendo desde los cielos, aunque en menor medida que en la tarde. A los costados del téchcatl se hallaban dos grandes braseros de forma cilíndrica, tan altos como un hombre, hechos de barro cocido y cubiertos con un hermoso patrón de serpientes de cascabel que se entrelazaban. Dentro de los altos braseros crepitaba el fuego que surgía de los leños que ardían en su interior, cuyas flamas se agitaban y luchaban contra el intenso viento y la lluvia.

Todo esto sucedía frente al adoratorio de Huitzilopochtli, el hogar de la deidad patronal de Tlatelolco y Tenochtitlan, el lugar más sagrado de la isla. El humilladero era una estructura de base rectangular, similar a una casa pero con un alto remate coronándola. Sus gruesos muros estaban estucados y pintados con franjas horizontales negras y rojas, interrumpiéndose donde se encontraba la única entrada al templo, la cual estaba enmarcada con jambas y un dintel labrado, todo de piedra. En el segundo cuerpo del adoratorio, el remate, había un gran panel rectangular pintando de rojo, donde sobresalían al menos veinte clavos de piedra pintados de blanco con la forma de cráneos humanos. A la derecha del hogar del colibrí del sur se ubicaba el adoratorio de Tláloc, el señor de la lluvia, el cual era casi idéntico al primero, pero de menor altura. Sus muros estucados estaban pintados con rayas verticales negras, mientras que su remate era de color azul y turquesa.

Debajo del dintel del templo de Huitzilopochtli se encontraba de pie el joven tlacatécatl Cuauhtemotzin, uno de los muchos funcionarios designados por el huey tlahtoani Motecuhzomatzin para gobernar y administrar Tlatelolco, señorío que había sido conquistado por los tenochcas en el año Siete Casa, en 1473, cuando gobernaba Axayacatzin. El guerrero de veintitrés años había sido nombrado con este importante cargo militar en 1515, al demostrar que era un diestro guerrero y un valioso estratega en el campo de batalla, así como un hábil administrador. Eso sin mencionar el intenso fervor religioso que le hacía practicar sangrías diarias, así como un ayuno perpetuo acompañado de rezos y plegarias para los dioses. Para su designación de tlacatécatl de Tlatelolco también pesó que fuera un miembro de la familia real de Tenochtitlan, pues era hijo de Ahuizotzin, el huey tlahtoani que precedió a Motecuhzomatzin, cuyo nombre aún era recordado con temor por la población de los más de cuarenta señoríos que conquistó durante su gobierno. La madre del destacado combatiente fue hija de Moquíhuix, el último tlahtoani que gobernó Tlatelolco de manera independiente, y quien murió defendiendo su ciudad frente los ejércitos mexicas que finalmente conquistaron la ciudad. Por esta razón Cuauhtemotzin también pertenecía a la familia real tlatelolca. Esa noche, el guerrero había acudido al huey teocalli para agradecerle a Huitzilopochtli por la gran victoria que habían obtenido los mexicas frente a los invasores por la mañana, así como para obsequiar su sangre y participar en el sacrificio de los diez hispanos y tlaxcaltecas que habían sido capturados durante el combate de la jornada. Nueve ya habían pasado por el téchcatl, alimentando a los dioses con su sangre y corazón, para después ser decapitados con el propósito de que sus cabezas fueran expuestas en el huey tzompantli. Sus cuerpos pintados de blanco y negro, con los brazos emplumados, serían bajados y entregados a sus capturadores para que su carne sagrada fuera consumida ritualmente. El hueso y la carne se transmutaban al haber estado expuestos a la representación de la deidad en la cima del templo. El tlacatécatl tendría el honor de acabar con la vida del último prisionero, y así ganarse el favor de las deidades de la guerra. Por esa razón había abandonado el barrio de Amáxac en medio de la noche, para cumplir con su obligación sagrada.

Cuauhtemotzin era un hombre enjuto pero atlético, de espalda ancha, piel morena clara y lustroso pelo negro que llevaba recogido, de donde pendía un abanico de largas plumas verdes de quetzal, así como dos borlas de piel de jaguar. Su nariz era recta y sus labios delgados, con las comisuras inclinadas hacia abajo, rasgo que endurecía su expresión. Era un hombre alto, rebasando el promedio de los nahuas, incluso de algunos caxtiltecas. Un gran lunar rojo cubría la parte derecha de su frente, marca que fue interpretada como un augurio positivo desde el día de su nacimiento. De acuerdo con el tonalpouhque, el conocedor de destinos, el lunar representaba la gran cantidad de sangre que el recién nacido ofrecería a los dioses, tanto propia como de los prisioneros que capturaría en batalla para alimentar a la divinidad. Contrario a lo que se creía en Tenochtitlan, el tlacatécatl era un hombre frío, calculador y metódico, que rara vez perdía la cabeza. Nunca demostraba sus emociones, ni la ira ni el odio, haciendo de su rostro una máscara inexpresiva que utilizaba para esconder sus pensamientos, estratagemas y pasiones.

Cuauhtemotzin, "el águila que desciende para atacar", vestía una tilma negra decorada con un patrón de cuauhnochtin, o tunas del águila, anudada sobre su hombro izquierdo, así como un máxtlatl del mismo color, mientras que su cuerpo iba pintado de negro, a excepción de su rostro. Finalmente, el tlatelolca-tenochca llevaba orejeras circulares de obsidiana por donde pasaban largas tiras de algodón crudo, así como un negro bezote circular de obsidiana, el cual colgaba de su labio inferior. Tenía la mirada perdida en el horizonte, donde el agua del lago se unía con la bruma de la noche. Se encontraba ensimismado en profundas reflexiones cuando escuchó el eco de unos alaridos cargados de desesperación, lo que hizo que volteara la mirada hacia el filo de la plataforma, justo donde terminaban las escalinatas del templo. Apretó los dientes y entrecerró los ojos, pues sabía que había llegado el momento. Se trataba del último prisionero de la noche que sería ofrendado a los dioses. Aunque aún no lo podía ver, el joven hijo de Ahuízotl sabía que la víctima iba acompañada por fornidos sacerdotes que la escoltaban hacia las alturas a través de la escalinata, hacia su fatídico destino, usando la fuerza si era necesario. El guerrero dio algunos pasos y salió de su refugio, el hogar de Huitzilopochtli, para acercarse al téchcatl, donde uno de los sacerdotes de inmediato le dio un cuchillo de pedernal con un bello mango de madera labrada con forma de serpiente emplumada. Todos los presentes esperaron pacientemente, mirando el filo de la plataforma, por donde en cualquier momento emergería el prisionero. Nadie habló durante ese breve momento que pareció prolongarse más de lo debido. Los sacerdotes y Cuauhtemotzin se mostraban indiferentes a la llovizna, a los gritos desesperados del cautivo y al viento frío que soplaba desde el este. En la esquina sur de la plataforma, el grupo de tlamacázqueh seguía batiendo los huehuémeh sin mostrar ningún signo de cansancio o emoción. Momentos después apareció la ofrenda humana, subiendo los últimos escalones de la escalinata casi cargado por los cuatro sacerdotes que lo escoltaban. El joven guerrero fijó la mirada en el prisionero. Se trataba de un joven caxtilteca de ojos azules, cabello rubio y barba rizada.

El desdichado solamente vestía un burdo taparrabo. Su cuerpo estaba pintado con rayas verticales blancas y negras mientras que su rostro era todo blancura, a excepción de una franja negra que cubría sus ojos y ceño. Sobre su cabeza llevaba una corona hecha de plumas de garza y traía las manos atadas detrás de la espalda. Llamó la atención de Cuauhtemotzin la lesión, el corte que presentaba en el lado derecho de su abdomen, del cual escurría un hilo de sangre que teñía de rojo su braguero. Al parecer había sido alcanzado por una flecha durante el combate de la jornada, lo que había facilitado su captura, pues el hombre iba encorvado debido al dolor que sentía. Apenas si podía caminar, pero eso no impidió que se debatiera con fuerza en el momento en que vio a los sacerdotes y las manchas de sangre diluida que escurrían desde la piedra de los sacrificios. Gritó horrorizado. Inesperadamente sacó fuerza del cuerpo, agitándose violentamente y tratando de girar para descender corriendo por los escalones de piedra. Los fornidos sacerdotes tuvieron que hacer uso de su fuerza; tres lo sujetaron de las axilas, el otro lo detuvo por la espalda. El caxtilteca no dejaba de gritar con angustia en su idioma mientras sus ojos desorbitados miraban la piedra ensangrentada de sacrificios. Seguramente se había negado a comer los hongos sagrados, reflexionó Cuauhtemotzin al observar su rostro distorsionado por el miedo. Esos hongos, los teonanácatl, facilitaban el tránsito de la vida a la muerte y ayudaban a soportar el sufrimiento y el miedo, pues aturdían los sentidos y entumecían el cuerpo. De inmediato los sacerdotes que esperaban por el prisionero lo sujetaron de los hombros y cortaron la soga que amarraba sus manos. Colocaron la espalda del hispano sobre la piedra de sacrificios, y cuatro sacerdotes se distribuyeron para sujetar y estirar sus piernas y brazos con fuerza. El cristiano soltó un grito por el dolor que le causaba la herida al ser estirado de los miembros. Muy posiblemente tiene una costilla rota o fisurada como consecuencia de la flecha que lo penetró, pensó Cuauhtemotzin al ver su reacción. Un quinto religioso colocó una tira de cuero sobre la frente del caxtilteca, bajando su cabeza e inmovilizándolo completamente. El único punto de apoyo que tenía sobre la piedra era su espalda alta. En ese momento, Cuauhtemotzin sujetó el cuchillo blanco de pedernal con ambas manos, ante la mirada aterrada de la víctima. Sin mayor ceremonia, descargó con todo su peso un golpe mortífero en el pecho del hispano, abajo del esternón, atravesando piel, grasa, tendones y músculos. La flor roja brotó del pecho, causando espasmos y contracciones en el prisionero, al tiempo que una gran cantidad de sangre brotaba de su boca, lo que le impidió que siguiera gritando. Posteriormente, el hijo de Ahuízotl extrajo de un costado de su máxtlatl una filosa laja de obsidiana. Sin pensarlo dos veces, introdujo la mano por la herida sujetando la navajilla hasta entrar a la caja toráxica, donde cortó venas y arterias para extraer el corazón aún palpitante. No era la primera vez que realizaba un tlacamictililiztli, la muerte ritual de un ser humano, como quedó evidenciado al extraer el corazón en apenas un parpadeo. La agonía del hispano terminó de manera abrupta, pues la muerte lo alcanzó casi de inmediato. Su cuerpo quedó inmóvil sobre el téchcatl, todavía sujetado por los sacerdotes.

Entonces Cuauhtemotzin mostró y sacudió el corazón hacia los cuatro puntos cardinales para finalmente colocarlo en una urna que sostenía otro sacerdote, quien de inmediato la llevó al adoratorio para ser colocada a los pies de la representación de Huitzilopochtli. Finalmente, el sacerdote que sujetaba la cabeza tomó un largo cuchillo de pedernal para decapitar al hombre, mientras un segundo religioso colocaba un amplio recipiente para almacenar la sangre que gotearía del cuello, pues también sería ofrendada a los dioses. El cuerpo ya sin vida del hispano fue entregado a los fornidos tlamacázqueh que lo habían subido para que nuevamente lo bajaran y entregaran a su capturador.

Al terminar la ceremonia, Cuauhtemotzin entró al adoratorio de Huitzilopochtli, donde se arrodilló para rogar por el favor de la deidad de la guerra, para que le otorgara al pueblo mexica la victoria final sobre los invasores. Ese era su gran anhelo, la muerte de los cristianos que amenazaban a las deidades de los abuelos, a la antigua religión. El joven había hecho una promesa frente a la urna donde se encontraban las cenizas de su padre Ahuízotl: no descansaría hasta ver muerto a cada uno de los caxtiltecas, así como a los colaboracionistas tenochcas que los apoyaron, incluido su propio primo, el huey tlahtoani Motecuhzomatzin. Como testigos de su promesa invocó a Chalchiuhtotolin, "el guajolote precioso", responsable de las pestes y las enfermedades, así como a Itztlacoliuhqui, "el cuchillo torcido de obsidiana", señor de los desastres y las heladas, dioses raramente solicitados, pues eran emisarios de las desgracias que afectaban a la humanidad. A partir de la matanza de Tóxcatl, el tlacatécatl de Tlatelolco había organizado a sus seguidores, guerreros, hermanos, sacerdotes y a las multitudes hartas de la presencia caxtilteca, para realizar purgas por las calles de Tlatelolco y Tenochtitlan, persiguiendo y acabando con la vida de aquellos que colaboraron con los invasores, desde quienes les llevaron agua y alimentos hasta sus informantes y espías. Todos iban siendo eliminados poco a poco, desde los plebeyos hasta los nobles, todos serían castigados por la desgracia que dejaron caer en la eterna Mexihco-Tenochtitlan. Y en cuanto al huey tlahtoani Motecuhzomatzin, su agonía no podía terminar con una muerte repentina que le diera la paz eterna, no, eso era muy sencillo. Antes sería desacreditado, rechazado por su propio pueblo en cuanto hiciera una aparición pública, vulnerando lo que tenía por más valioso, su soberbia y su orgullo. De eso se encargarían sus agentes, quienes rara vez le fallaban. Y después, en cuanto se diera la oportunidad, sería asesinado por uno de sus esbirros que entraban y salían del antiguo palacio de Axayácatl. Muy pronto el tlahtoani sería arrastrado al inframundo por la mano fría de Mictlantecuhtli.

Después de terminar sus rezos, el tlacatécatl tomó la vasija donde se había almacenado la sangre y con su mano embarró un poco del preciado líquido en la boca de la representación de la deidad, la cual estaba hecha de semillas de amaranto aglutinadas con miel de agave. La efigie, que iba ataviada con joyas de oro y turquesa, y tilmas y bragueros hechos del más fino algodón de Tenochtitlan, era casi del tamaño de un hombre y del doble de profundidad. Después de alimentar al dios, Cuauhtemotzin salió del templo y bajó por la amplia escalinata frente a una plaza completamente vacía, sumida en la obscuridad de la noche, sobre cuyo suelo seguían cayendo algunas gotas de agua. Al llegar a la plataforma donde se alzaba el gran templo salió a su encuentro el sacerdote Huitzilíhuitl, su principal consejero, quien había sido hijo bastardo del fallecido huey tlahtoani Tízoc. Antes de la llegada de los hombres barbados, Huitzilíhuitl había alcanzado uno de los cargos más altos dentro de la jerarquía eclesiástica en Tenochtitlan; sin embargo, había abandonado la honrosa posición como rechazo a la política amistosa de Motecuhzomatzin hacia los cristianos. A partir de ese momento había pasado más tiempo con su primo y confidente, Cuauhtemotzin, criticando y condenando las acciones del tlahtohcáyotl hacia los teteuctin. Con el paso de las veintenas, a sus reuniones se fueron sumando decenas de nobles, así como pochtecámeh y al menos la mitad de los sacerdotes de las dos ciudades, todos inconformes ante la gestión de Motecuhzoma, todos listos para recurrir a la violencia, si era necesario, para corregir el rumbo. La gota que derramó el vaso fue la matanza de Tóxcatl. Esa misma tarde, Cuauhtemotzin y Huitzilíhuitl ordenaron a sus seguidores la persecución de todos los colaboracionistas y fijaron una postura completamente hostil al huey tlahtoani, pero sobre todo a los caxtiltecas. Con el transcurso de los días sus seguidores aumentaban en número, así como los barrios que simpatizaban con sus acciones y política, pero todo cambió con la inesperada liberación, el día anterior, del hermano de Motecuhzomatzin, el tlahtoani de Ixtapallapan, Cuitlahua. A diferencia de su hermano, Cuitlahua era aceptado por la gran mayoría de la sociedad tenochca, pues su postura había sido siempre hostil hacia los invasores; sin embargo, en el pasado prefirió mantener la boca cerrada para evitar una división en la sociedad mexica propiciada por sus palabras, la cual acabaría debilitando al tlahtohcáyotl, al gobierno de Tenochtitlan encabezado por su hermano Motecuhzomatzin. La lealtad del señor de Ixtapallapan hacia su hermano era legendaria y admirada por muchos miembros de la familia real, así como por los nobles. Pero incluso esa añeja lealtad de sangre podía erosionarse hasta desaparecer, como lo experimentó el propio Cuitlahua al percatarse de la indolencia y pasividad de su hermano después de la matanza que realizaron los caxtiltecas durante la veintena de Tóxcatl.

Al recuperar su libertad y abandonar el encierro en el tecpan de Axayácatl, Cuitlahua comenzó a organizar eficientemente a los guerreros, a los sacerdotes, a los barrios, con el propósito de expulsar hasta el último de los cristianos por cualquier medio que fuera posible, desde la diplomacia y la negociación hasta la guerra total. También afirmó públicamente que no habría persecución por parte de su gobierno contra los antiguos colaboracionistas, porque la unidad era lo más importante en los tormentosos y agitados tiempos que vivía Tenochtitlan.

En eso nos diferenciamos de mi primo, el señor de Ixtapallapan, reflexionó Cuauhtemotzin mientras caminaba para encontrar al tlamacazqui Huitzilíhuitl. Nosotros no olvidamos las acciones del pasado ni perdonamos a los colaboracionistas que alojaron al enemigo en el corazón de nuestra ciudad y le brindaron su ayuda. A nosotros no nos basta con expulsar a los caxtiltecas de Tenochtitlan, sino acabar con la amenaza de raíz. Aniquilar hasta el último de los invasores, incluso si hay que perseguirlos hasta el Totonacapan. Ese destino lo compartirán todos los colaboracionistas tenochcas, se repitió.

—Yohualli, mi señor —dijo Huitzilíhuitl—. Ha llegado un mensajero desde el Tlacochcalli aledaño al recinto ceremonial de Tenochtitlan —afirmó el sacerdote, quien llevaba el pelo negro atado en una coleta detrás de la espalda, el cual despedía un olor nauseabundo debido a la sangre que había derramado sobre él.

Se trataba de una práctica común entre los sacerdotes mexicas, mojar sus cabellos con la sangre divina de las ofrendas humanas, como también lo era el tiznarse el cuerpo completamente de color negro. Así, Huitzilíhuitl parecía una sombra viviente salida del Mictlan. En rechazo a todo lujo, el sacerdote vestía una burda tilma negra de ixtle y un braguero blanco del mismo material. Las orejeras que portaba eran redondas, hechas de madera, mientras que utilizaba una falange humana como bezote. El hombre de alrededor de cuarenta inviernos mascaba discretamente algo de tabaco, afición a la que se había vuelto adicto.

—Yohualli, huey tlamacazqui. ¿Quién lo manda? —preguntó Cuauhtemotzin y siguió caminando bajo la lluvia—. ¿Coyohuehuetzin?

—El recién liberado tlahtoani de Ixtapallapan, mi señor —respondió Huitzilíhuitl dirigiéndole una dura mirada.

—¿Qué es lo que manda decir mi primo? —inquirió el tlacatécatl mientras bajaban los últimos escalones de la plataforma del huey teocalli de Tlatelolco y hacia el embarcadero sur del recinto ceremonial de Tlatelolco, para después alcanzar el palacio de Cuauhtlatoa, donde residía temporalmente y se reunía con sus partidarios, tanto tenochcas como tlatelolcas.

A la lejanía vieron pasar una partida de guerreros fuertemente armados, alrededor de treinta hombres que muy probablemente se dirigían al centro de Tenochtitlan para sumarse a los combates que se libraban, incluso durante la noche. Pasaron corriendo por la plaza hasta perderse entre las calles de la ciudad. Los dos hombres no les prestaron mucha atención.

—Solicita que terminemos con la persecución de los colaboracionistas. Que no haya más muertes de tenochcas mientras la lucha contra el invasor continúe. No es prudente que el mexica combata al mexica, que el tenochca mate al tenochca —dijo el mensajero, citando a su señor—. También pide una reunión con usted en dos noches en el antiguo templo de Mictlantecuhtli, ubicado al norte de la parcialidad de Cuepopan, en los límites de Tlatelolco y Tenochtitlan, mi señor.

Cuauhtemotzin permaneció en silencio, meditando su respuesta, mientras caminaban por un costado del huey tzompantli de Tlatelolco, decorado con sus miles de cráneos, ubicado a un costado del templo redondo de Ehécatl. Desde su plataforma, dos sacerdotes los observaban con detenimiento, refugiados de la lluvia bajo el techo cónico de paja del adoratorio. Después de un momento, ambos inclinaron la cabeza al reconocer al hijo del fallecido tlahtoani Ahuízotl, por lo que Cuauhtemotzin correspondió el gesto agachando ligeramente el rostro. Después de una profunda exhalación, el tlacatécatl de Tlatelolco dijo:

—Con el paso de los años, incluso antes de la llegada de los caxtiltecas, siempre me he hecho la misma pregunta: ¿por qué razón el Consejo Supremo de Tenochtitlan eligió a Motecuhzomatzin sobre su hermano Cuitlahua, siendo este último el más astuto, valeroso y aguerrido de ambos?

—Coincido en su apreciación, mi señor, pero Motecuhzomatzin siempre fue el hijo predilecto del difunto huey tlahtoani Axayácatl, así como el más determinado, devoto y disciplinado. Eso sin mencionar su gran inteligencia y capacidad administrativa para gestionar el gran imperio conquistado por la Triple Alianza en menos de cien años.

—Puede ser, puede ser, Huitzilíhuitl, pero Cuitlahua siempre fue el de la fuerza, quien imponía su voluntad y decisiones sobre sus iguales. Los tiempos han cambiado, por lo que estoy seguro de que en este momento Tenochtitlan tiene mayor necesidad de un líder con estas características que un devoto y prudente administrador —dijo con firmeza Cuauhtémoc.

—Y quién mejor que usted para encarnar esas cualidades y gobernar nuestra hermosa ciudad, mi señor. Usted es joven, mientras que Cuitlahuatzin no lo es. Además, su reputación se ha visto gravemente afectada al haber sido prisionero de los caxtiltecas por muchas veintenas —siseó el delgado sacerdote mientras pasaba saliva y seguía mascando el tabaco.

Cuauhtemotzin se mantuvo en silencio ante semejante afirmación. Era consciente de que la repentina liberación de Cuitlahua representaba un grave obstáculo para sus ambiciones políticas; sin embargo, también sabía que las cosas buenas llegan a quien sabe esperar y conocer el valor de la paciencia. Tarde que temprano se encumbraría como el huey tlahtoani de Mexihco-Tenochtitlan, siguiendo los pasos de su padre Ahuízotl, para llevar a la Triple Alianza a un nuevo esplendor. Guardándose sus pensamientos, Cuauhtemotzin llevó la conversación nuevamente al tlahtoani prisionero.

—De la determinación y poder de Motecuhzoma no queda nada, Huitzilíhuitl. Se ha erosionado con las malas decisiones que ha tomado, las cuales han causado la matanza de cientos de pipiltin mexicas y una guerra en el corazón de nuestra ciudad —respondió el tlacatécatl al tiempo que salían del aposento ceremonial por el acceso sur de la gran plataforma de serpientes que rodeaba el recinto religioso de Tlatelolco, el coatepantli. Cruzaron frente a una gavilla de guerreros fuertemente armados que hacían guardia bajo la cálida luz de un par de antorchas que portaban. Se hicieron a un lado, como muestra de respeto, mientras agachaban la cabeza. Sin prestar atención, los dos hombres siguieron caminando bajo la llovizna hacia un embarcadero cercano.

—Tampoco quedará nada de su credibilidad después de que pongamos en marcha nuestro plan, mi señor. Su próxima aparición pública será la última. Y si no tuviéramos el gusto de escuchar al Orador hablar por una última vez frente a su pueblo, entonces nuestros agentes acabarían con su existencia de una forma discreta —aseveró emocionado el tlamacazqui, mostrando sus dientes obscurecidos por el tabaco—. Aun así, creo que es importante que se encuentre con Cuitlahuatzin, quien está consiguiendo seguidores en grandes cantidades a cada momento que pasa. Lamentablemente el poder se está concentrando en sus manos, incluso a costa nuestra. Tal vez, por el momento, sería prudente aliarnos con él, aunque sea temporalmente, hasta que sean derrotados los invasores. Después podremos seguir con nuestros objetivos —dijo Huitzilíhuitl mientras observaba el rostro inexpresivo del tlacatécatl.

Los dos hombres habían alcanzado el muelle ubicado al sur del complejo religioso. Se trataba de una alargada y delgada plataforma estucada con pilotes de madera clavados en ella para amarrar las embarcaciones. Frente a la elevación se encontraba una ancha acequia donde esperaba una larga canoa tripulada por algunos guerreros tlatelolcas con antorchas. Cuauhtemotzin bajó los escalones de piedra que se sumergían en el agua hasta tener al alcance la embarcación y poder subir a ella. El consejero siguió sus pasos y se sentó detrás de su señor, sobre la madera rugosa y húmeda de la larga canoa. Después de palmear la madera de la falúa, los guerreros comenzaron a remar. El tlacatécatl se mantenía callado, reflexionando en silencio sobre el consejo que le había dado Huitzilíhuitl. Después de un momento, rompió su hermética circunspección.

—Gran sacerdote, ordena que un mensajero visite a Cuitlahuatzin y confirme mi asistencia a la reunión propuesta en el antiguo templo de Mictlantecuhtli de Cuepopan. Que le comparta que yo llegaré cuando la luna se encuentre en lo más alto del cielo, en el yohualnepantla. Desarmados, sin acompañantes, solamente mi primo y yo —dijo el joven guerrero—. Escucharé con cuidado las palabras floridas que tenga guardadas para mí el hijo de Axayácatl. Si lo que propone coincide con nuestros intereses, podremos llegar a un acuerdo. Si no es así, que Huitzilopochtli proteja nuestra ciudad.

—A la brevedad, mi señor. Haré los arreglos necesarios para apostar algunos de nuestros guerreros en la cercanía del antiguo templo para que velen por su seguridad, honorable tlacatécatl —siseó el sacerdote, para después continuar mascando el tabaco, disfrutando de su amargo y picoso sabor.

—Quema, huey tlamacazqui. Que así se haga —concluyó el hijo de Ahuízotl mientras la espigada canoa continuaba su avance a través del ancho canal en dirección este, navegando en las obscuras aguas de la noche, entre ahuehuetes y carrizales, entre ahuejotes y otates.

6. LA PEDRADA
Día quince de la veintena Tecuilhuitontli, año Ome Técpatl
27 de junio de 1520

Capítulo 24

—¿Qué quiere de mí, Malinche? Que yo no deseo verle ni oírle, pues en tal estado por su causa mi desventura ha traído —fue la respuesta del huey tlahtoani Motecuhzomatzin, que tradujo doña Marina a fray Bartolomé de Olmedo y a Cristóbal de Olid.

Los soldados Bernal Díaz del Castillo, Alonso Berrio y Gonzalo Rodríguez de Trujillo acompañaban la comitiva que esa mañana visitaba el gran salón donde daba audiencia el gobernante de Tenochtitlan a petición de Hernando Cortés, quien aún se negaba a perdonar y a visitar al Gran Orador después del coqueteo que sostuvo con Pánfilo de Narváez. Esa mañana, Gonzalo no había tenido oportunidad de probar ni un bocado debido a los ataques que los mexicas iniciaron desde la madrugada, por lo que llevaba un morral de algodón tejido cruzado sobre el pecho con algo de pan cazabe mohecido y un poco de carne seca, con el propósito de llenar el estómago a la primera oportunidad que se le presentara. El rodelero se encontraba extenuado, pero con buen semblante gracias a los rumores que escuchaba constantemente, los cuales afirmaban que la salida de la capital culúa era inminente, a pesar de la determinación de Cortés de permanecer en ella. Los capitanes, apoyados por la mayoría de la tropa, pensaban que era mejor salvar la vida, aunque fuera con los bolsillos vacíos, que morir cargados de oro. Ya regresarían

249

el próximo año a Temixtitan a recuperar lo perdido. Gonzalo coincidía completamente con su pensar, como también lo hacía su superior, Juan Velázquez de León. Lo único necesario para abandonar la ciudad pagana era convencer a Cortesillo, fuera de buena o mala manera, incluso si esto llevara a una rebelión en contra de su autoridad. Sin duda que esta acción ayudaría a pactar una tregua con los indios para evitar que fueran atacados al salir por una de las largas calzadas que vinculaban a la ciudad-isla con tierra firme, reflexionó el extremeño. Si no es así, sabremos arreglárnoslas para encontrar una ruta de escape, haciendo camino con tajos de tizonas y mandobles. Mejor salvar la vida, se dijo nuevamente el capitán de rodeleros.

Esa mañana el gran salón permanecía casi en las penumbras, vacío, a excepción del propio Motecuhzomatzin, los guardias caxtiltecas y cuatro doncellas tenochcas que esperaban sentadas de cuclillas en una de las esquinas, atentas a las órdenes que su señor les pudiera dar. La luz matinal se filtraba por el vano rectangular del techo, iluminando el centro del salón, mientras que el resto de la gran cámara se encontraba en casi completa obscuridad, pues las antorchas se encontraban apagadas.

—Entended, don Montezuma, que Hernando solamente busca detener esta guerra. Y qué mejor forma que usted pueda calmar los ánimos de su pueblo hablando con ellos —contestó Olid.

La astuta doña Marina acompañaba la comitiva, no solamente como intérprete, sino también para informar de todo lo que veía y escuchaba durante la visita al huey tlahtoani. Con cada veintena que pasaba, la popoluca cobraba mayor protagonismo dentro de la expedición, gozando de toda la confianza de su señor y amo, así como de su admiración por conocer varias lenguas originarias de las tierras en que se encontraban. Por esa razón tenía la encomienda de ser los ojos, pero sobre todo los oídos del extremeño, recabando todos los rumores y chismes que escuchaba entre los hablantes de náhuatl encerrados en el palacio, tanto tlaxcaltecas como mexicas. A veces recababa las habladurías que escuchaba de la tropa, pues muchos de ellos desconocían que la indígena ya comprendía y hablaba el castellano. Incluso en muchas ocasiones ya no traducía lo que otros hispanos decían, sino que expresaba lo que consideraba mejor para la causa de su amo y amante. Lo curioso es que los capitanes y lugartenientes que se hacían acompañar de ella para que sus palabras fueran traducidas difícilmente se percataban de cómo planteaba sus propias preguntas, o las que le había ordenado Cortés que hiciera, restringiendo la información a la que podían acceder durante las conversaciones que ella descifraba. Después de escuchar las palabras de Olid, la mujer tradujo en náhuatl:

—Mi señor, don Malinche solamente busca detener esta guerra que ha causado tantas muertes a su pueblo, así como a los caxtiltecas. Y la mejor forma es que usted hable con sus súbditos para que calmen sus ánimos, para que guarden el arco y la flecha. Solamente vuestra merced puede detener esta guerra para alcanzar la paz, para después nosotros abastecernos en sus tianquiztin y finalmente emprender la marcha hacia la costa, en cuanto el tiempo sea propicio.

—No puedo hacer lo que me piden para detener la guerra, pues los tenochcas ya tienen alzado a otro señor, a mi hermano Cuitlahuatzin, quien se ha propuesto no dejarlos salir de aquí con vida, y así creo que todos ustedes morirán. Mi hermano no descansará hasta lograr su objetivo —replicó con su náhuatl pausado el huey tlahtoani.

El gobernante de Tenochtitlan se encontraba sentado sobre su icpalli, vistiendo su tilma y máxtlatl de color turquesa. Lucía demacrado, ojeroso y mucho más delgado. No portaba sus brazaletes ni ajorcas de oro, ni su diadema de turquesas. Su arreglo estaba descuidado, así como su vestimenta. Gonzalo había escuchado de Yohualcitlaltzin noticias preocupantes, que el Gran Orador no se había bañado en un par de días, algo inconcebible para Motecuhzomatzin, quien tomaba incluso dos afusiones por día. Eso sin mencionar su estado de ánimo, pues se mostraba abatido, cabizbajo, siendo cada vez más parco con las palabras que decía cada que los cristianos lo iban a visitar. Tampoco convocaba a reuniones con los otros nobles y tlahtóqueh en el gran salón; en vez de eso, pasaba más tiempo con sus hijos, principalmente con Chimalpopoca, su hijo consentido de alrededor de veinte años, y la pequeña Tecuichpo.

Doña Marina tradujo lo dicho por el Gran Orador, lo que causó malestar en Olid y Olmedo, al saber que la posición del todopoderoso gobernante de Tenochtitlan se encontraba tan debilitada que ni siquiera su presencia y sus palabras podrían hacer algo para detener los ataques de los mexicas.

—¿Acaso no sigue siendo usted el Gran Orador, el huey tlahtoani? —preguntó fray Bartolomé de Olmedo, señalándole y moviendo sus manos como si pusiera una corona sobre su cabeza—. Usted, ¿huey tlahtoani?, ¿gobernante? —palabras que de inmediato tradujo doña Marina, también preocupada ante la actitud indiferente del tlahtoani.

—Solamente la muerte hará que deje de ser el huey tlahtoani de Mexihco-Tenochtitlan, algo que no tardará mucho en llegar. Todavía soy el dueño de la palabra y los cantos, el hijo predilecto de Huitzilopochtli, aunque mi pueblo ya no quiere escuchar mis palabras, pues ahora tiene a otro señor. Un señor que les prometió la victoria militar sobre ustedes, caxtiltecas, cosa que yo nunca hice. Ese fue mi error —dijo Motecuhzomatzin observando un anillo hecho de jade que llevaba en uno de los dedos de su mano izquierda. Parecía más preocupado por expresar sus reflexiones que por responder a las preguntas de los cristianos. Desesperada ante la actitud pasiva del gobernante, doña Marina le respondió en náhuatl:

—Motecuhzomatzin, estrella de la mañana que ha perdido todo brillo, laja de obsidiana ausente de filo, puede esperar sentado la muerte, puede dejar que los caxtiltecas sean eliminados hasta el último hombre, pero no se olvide de sus hijos, Axayácatl, Chimalpopoca, Tecuichpo, Tlacahuepan, quienes seguirán presentes en este mundo después de su partida. ¡Gane nuevamente el favor de don Malinche para que cuide a su progenie en los convulsos días que vienen! Escuche mis palabras, Gran Orador, los caxtiltecas nunca abandonarán Tenochtitlan si no tienen garantía de que no serán atacados en los puentes. Piense en mis palabras, ¡oh!, gran señor de Mexihco-Tenochtitlan.

Motecuhzomatzin volteó para observar con detenimiento el rostro de doña Marina, para verla con sus ojos rasgados y tristes, mientras seguía jugueteando con el anillo de su mano izquierda. Se recreó admirando su hermosa cara, su piel bronceada y su pelo negro, perfectamente peinado, que caía a ambos lados de su rostro, afilando el contorno de su perfil.

—Sus hijos no sobrevivirán a las purgas que está realizando su primo Cuauhtemotzin, apoyado por las élites sacerdotales mexicas, sino con la protección del tlacatécatl Cortés —exclamó visiblemente emocionada doña Marina—. ¡Ximonemili mopilhuantzitzin! ¡Piense en sus hijos! —le reprochó la mujer de ojos rasgados y labios gruesos que vestía un huipil de inmaculado color blanco con ribetes rojos en mangas y cuello.

La popoluca sabía que tal vez había dicho más de lo que hubiera querido su señor don Malinche, pues era de su conocimiento que el capitán de la expedición no tenía la menor intención de abandonar Tenochtitlan, a pesar de que muchos de sus lugartenientes, como Olid, Bernardino Vázquez de Tapia y Diego de Ordaz, pensaban que era la única forma de salvar la vida y las riquezas obtenidas. La propia Marina coincidía con estos últimos, pues sabía del valor, arrojo y determinación de los guerreros tenochcas, quienes no se detendrían hasta cerciorarse de que hubiese muerto hasta el último cristiano invasor. La mujer había decidido no externar su opinión, guardándola celosamente dentro de su pecho con el propósito de no alentar a los capitanes de la expedición, a quienes poco les faltaba para amotinarse en contra del tlacatécatl Cortés. Sin embargo, desde su perspectiva, consideraba que era de suma importancia utilizar todos los argumentos disponibles para convencer al huey tlahtoani para que saliera de su letargo y tratara de detener la carnicería que se daba afuera del palacio de Axayácatl, consiguiendo una tregua y la reapertura de los tianquiztin.

El fraile mercedario y Olid notaron cómo la conversación entre la faraute y el gobernante se iba alargando, hasta que uno de ellos le preguntó qué decían, sin obtener ninguna respuesta. Doña Marina se sabía intocable, incluso para los propios capitanes de la expedición como Alvarado, Olid o Sandoval, por lo que no tuvieron más remedio que esperar a que finalizaran de intercambiar palabras.

Ante el reclamo que le hizo la popoluca, Motecuhzomatzin guardó silencio, mirándola con gravedad, con el ceño fruncido. Después de un breve momento, el huey tlahtoani exhaló profundamente para luego incorporarse de su icpalli cubierto con pieles de puma y de jaguar.

—Está bien, lo haré —dijo apesadumbrado, pero con una chispa de vitalidad en su mirada—. Hablaré con los guerreros tenochcas que los asedian sin tregua, con los jaguares y las águilas de Tezcatlipoca y Huitzilopochtli. Espero que mis palabras produzcan el resultado que esperan y que ayuden a detener esta guerra que ustedes han causado —concluyó.

Una sonrisa de satisfacción apareció en el rostro de la popoluca al ver el efecto que sus palabras habían causado en el que fuera el hombre más poderoso del Cem Anáhuac.

—Motecuhzomatzin hablará con sus mexicas. Tratará de detener los ataques —dijo doña Marina a los hispanos que se encontraban en el gran salón, quienes se alegraron ante el sorpresivo cambio en la actitud del Gran Orador—. Quiere ser acompañado del cuauhtlahtoani de Tlatelolco, Itzcuauhtzin, así como de algunos caxtiltecas para que lo cuiden y protejan ante cualquier eventualidad.

—¿Qué le has dicho, moza? —preguntó impactado fray Bartolomé de Olmedo, a lo que doña Marina respondió en su mal castellano:

—He dicho que piense en sus vástagos, en su futuro.

—Así sea, señor —respondió Cristóbal de Olid soltando una carcajada. Era evidente que no podía ocultar su alegría al haber logrado la difícil misión que le había sido asignada—. ¡Fray Bartolomé!, id a ver al capitán Hernando y decidle que Montezuma ha accedido a dialogar con su pueblo. ¡Gonzalo!, preparad a vuestros rodeleros. Ustedes serán los responsables de brindarle protección al rey de los indios cuando hable desde el techo del palacio. ¡Estad prestos! Posiblemente podamos salir de Temixtitan conservando nuestra vida y posiblemente también nuestras riquezas —concluyó con una gran sonrisa Olid, uno de los principales partidarios de que los hispanos abandonaran la capital mexica lo antes posible.

—No te preocupes, Cristóbal. Se hará como ordenas. Iré a convocarlos —respondió Gonzalo Rodríguez de Trujillo, quien abandonó el salón siguiendo los pasos del fraile mercedario.

Al salir al patio norte, el capitán de rodeleros avanzó dando zancadas, emocionado ante la perspectiva de que Montezuma abandonara sus aposentos con el propósito de calmar a sus súbditos y detener los ataques. ¿Acaso el Gran Orador lograría detener la guerra con sus palabras? ¿Acaso se restablecería la paz entre hispanos y culúas con su mediación? ¿Conservaba aún el poder necesario para lograr semejante proeza? Pronto llegarán las respuestas para esas preguntas, reflexionó. Sin embargo, el extremeño no albergaba duda alguna de que la reaparición del huey tlhtoani frente a sus súbditos, después de meses de ausencia, tendría importantes repercusiones en el curso de los eventos que estaban por venir, aunque no estaba seguro de si sería para bien o para mal. Gonzalo atravesaba el patio cuando escuchó un quejido proveniente de su estómago, que le pedía alimento. El rodelero metió la mano en su morral, salivando ante la perspectiva de comer un poco de carne seca, cuando fray Bartolomé de Olmedo lo interrumpió, deteniendo su rápido andar para acercarse a Gonzalo y decirle:

—Se nos hace tarde para abandonar esta villa de idólatras donde aún camina Satán, rodelero.

—Fray, una jodida corazonada me dice que estamos a pocos días de abandonar este infierno —contestó Gonzalo antes de seguir su camino y separarse del religioso para dirigirse al gran pórtico del tecpan de Axayácatl y reunirse con sus rodeleros—. ¡Y pienso hacerlo con mi vida en prenda!

—¡No sollocéis! No olvidéis que Cristo y su Santa Madre están de nuestro lado, así como Montezuma —respondió el fraile.

Ante semejante palabrería, Gonzalo volteó la mirada para cuestionar al religioso, quien le respondió con un guiño y una sonrisa que apareció entre sus espesas barbas. Después se perdió por uno de los pasillos del palacio.

—¡Fraile cabrón! —se dijo Gonzalo, deteniendo su paso debajo de uno de los pórticos con el único propósito de comer un poco de pan cazabe y carne seca de caballo que había extraído de su morral.

Por un breve momento disfrutó de la combinación de sabores, lo salado y ácido de la carne mezclado con las notas semidulces del pan de yuca. Después continuó la marcha en búsqueda de sus hombres.

255

CAPÍTULO 25

La mañana siguiente, Chichilcuauhtli se encontraba extenuado pero satisfecho con el resultado de los enfrentamientos de los días anteriores. Había peleado con bravura, defendiendo el estandarte de su calpulli, acatando las órdenes del cuáuchic Tezcacóatl y dirigiendo a los hombres de su unidad. El guerrero cuextécatl había salido ileso del último combate, solamente con algunos rasguños en los brazos y piernas; sin embargo, la unidad de su barrio había sufrido algunas bajas. Los resultados de las reyertas de los dos días anteriores habían favorecido a los tenochcas, quienes lograron hacer que una columna que avanzaba por la calzada de Tlacopan acabara retirándose a la seguridad del tecpan de Axayácatl con gran cantidad heridos y también algunos muertos. Faltó poco para que los caxtiltecas se vieran rodeados y aislados de la fuerza principal del tlacatécatl Cortés. Incluso los guerreros tenochcas lograron capturar a algunos teteuctin durante la retirada, quienes después fueron llevados al huey teocalli de Tlatelolco y al de Tenochtitlan para ser ofrendados al dios solar de la guerra, Huitzilopochtli, para ganar su beneplácito y favor en los duros días que estaban por venir. El dios se encontraba satisfecho y había prometido una gran victoria para su pueblo. Al menos eso fue lo que dijo a todas voces uno de los adivinos más respetados de las castas sacerdotales de Tenochtitlan al examinar las entrañas del cuerpo de un cristiano sacrificado. El augurio enardeció aún más los ánimos de los miles de guerreros que combatían día tras día, sin descanso. La noche anterior, los combates prosiguieron en las calzadas que rodeaban el deteriorado palacio. Los mexicas lanzaron gran cantidad de antorchas y flechas flamígeras en su intento de causar un gran incendio. Aunque por un momento ardió parte del palacio, los caxtiltecas lograron sofocarlo rápidamente con la ayuda de la lluvia que cayó por la tarde en la capital mexica. El propósito de incendiar el palacio y de atacarlo todas las jornadas, en todo momento, era agotar a los invasores impidiendo que tuvieran un respiro o un descanso, y de esta forma ir menguando sus fuerzas para el gran ataque final. Con cada día que pasaba, los proyectiles lanzados por los mexicas, a través de hondas, lanzadardos y arcos iban cobrando heridos y muertos en el bando contrario, principalmente entre los aliados tlaxcaltecas, quienes pagaban caro sus demostraciones de valor. Cuanto más se fuera reduciendo la fuerza del tlacatécatl Cortés, más difícil les sería defender el amplio perímetro del palacio, así como sus accesos y las brechas donde los muros ya habían colapsado.

Chichilcuauhtli alzó la mirada para deleitarse con los rayos del sol que bañaban su rostro, sorprendido de que no hubiera ninguna nube en el cielo. El tenochca se encontraba sentado en el piso del ala sur del palacio del cihuacóatl, donde había pasado la noche con los guerreros de su barrio, descansando un poco para recuperar las fuerzas para los combates de los días siguientes. Después de disfrutar de un pinole caliente, así como de pedazos de tortilla asada con frijoles negros, salsa y algo de carne de perro seca, el guerrero se convenció de que era prudente volver a revisar la herida que había sufrido en su mano izquierda, las suturas de los dos dedos que perdió durante el combate. Con nerviosismo y mucho cuidado desenredó poco a poco el vendaje de su mano mientras rezaba con ahínco a Ixtlilton, el dios mexica de la medicina, pidiendo para que su sanación fuera por buen camino. Cuando finalmente observó la herida sintió un gran alivio, pues no había ninguna evidencia de infección, mal olor o pus. Ya más tranquilo, untó un poco de la pasta hecha con plantas que el sanador le había entregado para cubrir la sutura y permitir una mejor cicatrización. Con un suspiro, y con el corazón más sosegado, volvió a cubrir la mano con el vendaje hecho de algodón. Después de apretar fuertemente el nudo de su venda, separó su espalda del muro donde descansaba para darle un último trago a su jícara de pinole. Mientras disfrutaba el sabor de la bebida endulzada con miel de agave, pensó que sería buena idea ir a dar las gracias a la intendencia y al calpullec del barrio de Teocaltitlan por los alimentos que les proporcionaron durante la guerra. Las autoridades del barrio no solamente suministraron alimentos, sino también flechas, armas, lajas de obsidiana y dardos para los valiente hombres que combatían sin descanso al invasor. Ante la ausencia de la mayoría de los hombres del calpulli, las mujeres, niños y ancianos habían puesto manos a la obra en la elaboración de lajas de obsidiana, flechas, dardos, incluso mazas y los famosos macuahuime, las macanas de madera de encino y pino con filosas hojas del vidrio obscuro de origen volcánico en sus bordes, siempre siguiendo las instrucciones de los experimentados armeros del barrio. Las mujeres también preparaban grandes cantidades de alimentos de todo tipo, desde totopos, frijoles, panecillos de amaranto, tortillas, pinoles, atoles y tamales hasta pescados y acociles guisados en salsas de diversos chiles. No podían faltar platillos con carne de pato, guajolote, perro, garza e incluso insectos, como los famosos chapulines asados al comal con algo de chile. Había suficiente comida para los combatientes, lo que faltaba era tiempo para comer, reflexionó Chichilcuauhtli mientras aún se saboreaba los deliciosos frijoles negros. A su lado se encontraban los hombres de su barrio, algunos sentados sobre el piso, recargando sus espadas contra el muro, otros de cuclillas, disfrutando de su desayuno. Esa noche habían descansado los hombres, siendo reemplazados por los guerreros del calpulli de Atezcapan para que tuvieran un sueño reparador, se alimentaran y se abastecieran de piedras, flechas y dardos, así como para que repararan su armamento. El sonido de las caracolas que rugieron desde todos los templos de Tenochtitlan sacó de sus cavilaciones al oriundo del calpulli de Teocaltitlan, dando aviso a toda la población de que era media mañana, momento del día en que el cuáuchic Tezcacóatl había citado a los hombres del barrio para que tuvieran el estómago lleno y las armas prestas. Conociendo la puntualidad del veterano guerrero, Cuauhtli sabía que en cualquier momento se presentaría en el palacio del cihuacóatl, dando órdenes a los hombres congregados para retornar al combate, el cual se iba intensificando con el transcurrir del día, pues ya se escuchaban los gritos, las detonaciones, las exclamaciones de los capitanes. El cuáuchic tonsurado había abandonado a sus hombres cuando aún Tonátiuh no aparecía en el horizonte para asistir al consejo de gobierno precedido por Cuitlahuatzin y el tlacochcálcatl Coyohuehuetzin en el Tlacochcalli, la Casa de los Dardos.

—¿Cómo va tu mano, Cuauhtli? —preguntó Itzmixtli, quien se encontraba sentado de cuclillas a su derecha. El joven orfebre comía los últimos trozos de tortilla asada. Vestía su ichcahuipilli, su peto de grueso algodón, su braguero y sus sandalias hechas de fibra de ixtle. Sorpresivamente, el hombre de solo veinte inviernos había salido bien librado de los combates, pues no había sido herido de gravedad.

—¡Bien! Va sanando como se esperaba, hermano. No hay evidencia de infección —contestó satisfecho Cuauhtli mientras se incorporaba, sacudiendo las migajas de tortilla del tlahuiztli rojo—. Por cierto, el cuáuchic Tezcacóatl ha compartido con el hermano mayor de nuestro barrio, el calpullec, la crónica de cómo me salvaste la vida, por lo que al parecer se te ascenderá al rango de telpohyahqui, joven guerrero.

La cara del orfebre se iluminó cuando una gran sonrisa apareció en ella, permitiendo que pedazos de totopo cayeran sobre su pecho.

—Pero no he capturado a ningún enemigo, Cuauhtli. Como tú bien sabes, eso es un requisito para tener ese rango —contestó visiblemente confundido, aunque contento.

—Todo está cambiando en estos tiempos, hermano. Y aunque tienes razón en que es necesario capturar a un enemigo para tener el rango de telpohyahqui, creo que el valor que mostraste en lo más duro del combate al no abandonar a un compañero mal herido justifica el ascenso y la recompensa. Así que cierra la boca y acepta el nombramiento, hermanito —concluyó Chichilcuauhtli al momento en que fijaba la mirada en el cuáuchic Tezcacóatl, que había entrado en el patio dando zancadas con su característica mala cara, lanzando miradas inquisitivas alrededor con su único ojo.

Los guerreros y sacerdotes que se encontraban con el campeón le cedían el paso y bajaban ligeramente la cabeza como forma de respeto. No era sencillo llegar a formar parte de la sociedad militar de los cuauchíqueh, y mucho menos mantenerse vivo participando en tantos combates contra los caxtiltecas. O simplemente conocían su mal temperamento y de esta forma evitaban meterse en un problema.

—Tlazohcamati, miec. Gracias, hermano —alcanzó a decir Itzmixtli antes de que Cuauhtli fuera a encontrarse con su superior.

Pasos antes de alcanzarlo, vio con horror cómo un distraído cargador, que conversaba animadamente con un compañero, chocaba contra la fornida espalda del cuáuchic. Como consecuencia, los haces de flechas que llevaba en su mecapal cayeron sobre el piso de manera ruidosa, haciendo que muchos de los guerreros presentes voltearan la mirada, preguntándose qué había sucedido. En ese momento, Chichilcuauhtli consideró prudente frenar sus pasos y mantenerse alejado de su superior, quien de inmediato reaccionó con violencia ante el accidente.

—¡Por las tzitzimime! —exclamó el cuáuchic, agarrándolo de la tilma mientras lo amenazaba con su puño—. ¡Fíjate bien por dónde caminas, si no quieres acabar con un ojo morado!

A lo que el otro, atemorizado, solamente asintió, con los ojos muy abiertos, diciendo:

—Sss-sí, señor. No me percaté de su presencia.

—¡No me digas que no me viste, macehual! Coge tus huesos y retírate de mi presencia —bramó amenazante el militar de alta jerarquía y soltó la tilma de ixtle del cargador, quien de inmediato se puso a recoger las flechas desperdigadas en el piso ante la mirada de todos los presentes, que guardaban silencio esperando la violenta reacción de Tezcacóatl, incluido el propio Chichilcuauhtli, quien se le acercó.

—Cualli cualcan, tecuhtli. ¿Todo bien en la reunión de consejo? —preguntó el portaestandarte.

—¿De dónde salen estos parlanchines? —preguntó para sí mismo el tonsurado mientras se sacudía las manos y seguía mirando con odio al joven, quien continuaba de rodillas en el piso, recogiendo las saetas desperdigadas.

—¿Señor?

—Sí, sí, sí te escuché, Cuauhtli. Todo bien en la reunión del consejo en la Casa de los Dardos. Interesantes noticias, sin duda. De una u otra forma nos hemos enterado de que los caxtiltecas están fundiendo en barras las piezas de oro pertenecientes al tesoro del difunto tlahtoani Axayácatl, para facilitar su almacenaje y transporte. Nuestros agentes dentro del palacio ocupado por los hombres barbados han confirmado que esta medida se debe a que están planeando el escape de Tenochtitlan, pues las provisiones se están agotando, así como sus efectivos para combatirnos.

Por un momento Cuauhtli recordó al hombre delgado vestido de negro que lo visitó para darle la noticia de que su amada Citlalli se encontraba viva. ¿Acaso ese hombre era el agente que brindaba información tan vital a Cuitlahuatzin y a los miembros del Consejo de Guerra que seguían vivos? Difícil de saber. Sin duda que no se trataba del único espía dentro del palacio que compartía informes con los señores de la guerra sobre las actividades de los caxtiltecas.

—Nuestros esfuerzos finalmente están siendo recompensados, gran guerrero —contestó el cuextécatl Cuauhtli.

—Eso parece. Desde que Cuitlahuatzin fue liberado de su encierro para abrir nuevamente los mercados de Tlatelolco y Tenochtitlan, hemos podido coordinar y planear estrategias que les causen mucho más daño a los extranjeros. Si en verdad los saqueadores barbados abandonan nuestra ciudad, será el momento perfecto para emboscarlos y acabar hasta con el último de ellos. Por esa razón, el tlacochcálcatl Coyohuehuetzin ha dado las órdenes de remover los puentes de las calzadas de Tlacopan e Ixtapallapan que se encuentran fuera de Tenochtitlan, para impedir que nadie escape de nuestra ciudad. También ha aumentado el número de guerreros en los puentes de las dos calzadas —dijo mientras continuaba caminando hacia la zona donde descansaban los hombres de la unidad que comandaba—. Estos son días críticos para lograr la derrota de los caxtiltecas, Chichilcuauhtli —concluyó, viendo con su único ojo al joven, y dio por terminada la conversación al dirigirse hacia los hombres del barrio de Teocaltitlan, quienes aún descansaban plácidamente.

Los guerreros, al percatarse de que se aproximaba su cuauhyáhcatl, se pusieron de pie, tragando rápidamente lo que masticaban, al tiempo que sujetaban sus escudos y armas. Sabían de las palizas que el cuáuchic les daba a aquellos que se mostraban perezosos ante su presencia, y también que estaban a punto de volver al combate.

—¡Guerreros de Teocaltitlan! ¡Noticias desde el consejo! Al parecer los caxtiltecas preparan su salida de Tenochtitlan debido a la gran cantidad de heridos que han sufrido en los combates de los últimos días y a que sus provisiones se están agotando —gritó el veterano a los hombres que se reunían a su alrededor.

—¡No tienen lo necesario para derrotarnos! —gritó un guerrero emocionado.

—¡Cállate, Cozcacuauhtli! ¡Déjame terminar, con una maldición, si no quieres que te acabe a golpes! —respondió el cuauhyáhcatl cuáuchic mientras le lanzaba una aterradora mirada para después continuar—: ¡Águilas y jaguares de Teocaltitlan! ¡Hijos del sol! ¡Hoy tendremos el honor de volver a enfrentar a los caxtiltecas a la vanguardia de la formación tenochca! Atacaremos el gran pórtico del tecpan de Axayácatl. ¿Están listos para matar algunos apestosos hombres barbados? —preguntó el cuáuchic a sus hombres, observando detenidamente sus rostros.

—¡Quema, mahuizzo cuáuchic! ¡Sí, honorable cuáuchic! —exclamaron al unísono los doscientos hombres, entre ellos Cuauhtli, quien ya había tomado el estandarte de su unidad, su maza y escudo. Parecía que la noticia de la eventual salida de los cristianos de la ciudad había elevado el ánimo de los hombres, pues en su rostro se leía determinación y seguridad, a pesar del cansancio.

—¡Síganme, desdichados! ¡Vamos a romper algunas cabezas! —gritó el cuáuchic, alzando el puño con el que sujetaba el lanzadardos—. ¡Que los dioses sean testigos de nuestras acciones, que premien al valiente y condenen al cobarde!

—¡Guerreros, apresten las armas! ¡Mantengan los ojos bien abiertos y no se separen del pantli del barrio! —exclamó Chichilcuauhtli, levantando el estandarte que sujetaba con la mano izquierda. Los miembros de la unidad prepararon sus arcos, flechas, macanas y mazas—. ¡Al combate, tenochcas!

Capítulo 26

El cuáuchic avanzó hacia la salida del palacio del cihuacóatl, caminando hacia el este, dirigiéndose a la explanada principal de Tenochtitlan, donde en el pasado se instalaba el tianquiztli. Iba seguido de
Cuauhtli, así como del responsable de soplar la caracola marina para
dar indicaciones a los guerreros, el tiáchcauh, de nombre Tliltócatl,
Araña Negra. El curtido guerrero se había incorporado a la unidad
después de recuperarse de una herida de importancia en el cuello. Se
trataba de un hombre alto y delgado que sobresalía entre casi todos
los miembros del destacamento. El peinado alto que llevaba le hacía
ver aún más alto. Gracias a su arrojo había logrado capturar tres guerreros en diversos combates, por lo que fue recompensado con la divisa roja de tlepapalitlahuiztli, la mariposa de fuego, la misma que
llevaba sobre la espalda. El guerrero vestía un tlahuiztli blanco de
algodón que cubría sus brazos y piernas, así como el peto que protegía su torso. Hombre amable, de grandes ojos expresivos, disfrutaba lanzar ruidosas carcajadas al aire ante cualquier broma; sin
embargo, en el combate se transformaba en un guerrero suicida, una
furia cuyo único propósito era asesinar a la mayor cantidad de oponentes que se atravesaran en su camino. Así fue como recibió su última herida, al participar en la vanguardia tenochca durante los
primeros ataques al tecpan de Axayácatl.

Con paso apresurado atravesaron el pórtico del palacio para encontrarse con la gran plaza central de Tenochtitlan, la cual estaba
atestada de grupos de guerreros que se movilizaban hacia el tecpan
de Axayácatl para unirse a la multitud de tenochcas que se encontraban tratando de forzar la entrada a través del pórtico principal del
lado este del palacio. A lo lejos, desde la cima de los templos, los sacerdotes seguían tocando los tambores, alzando las plegarias al cielo
para que los dioses les concedieran la victoria. Gruesas columnas de
humo subían desde el lado sur del complejo palaciego, mientras que
en los techos del tecpan fortificado cientos de hombres, caxtiltecas

y tlaxcaltecas, respondían a los ataques de los mexicas con dardos, piedras e insultos. El contingente del barrio de Teocaltitlan avanzó hasta posicionarse frente a las escalinatas de acceso donde se libraba lo más duro del combate. Al menos trescientos caxtiltecas, apoyados por algunos aliados indígenas, combatían sobre los escalones de manera desesperada, dando tajos y estocadas con sus armas metálicas, tratando de contener la marea humana que los rodeaba. Poco a poco hacían retroceder a los guerreros tenochcas gracias a la eficacia de su armamento en el combate cuerpo a cuerpo. En ese momento, una lombarda de hierro que asomaba entre los altos pilares del pórtico vomitó fuego y humo hacia uno de los costados de la formación mexica, donde se encontraban los escaramuzadores en formación abierta, abatiendo en un pestañeo a una decena de ellos. El estruendo de la explosión hizo que por un momento los hombres del contingente de Chichilcuauhtli detuvieran sus pasos, para de inmediato continuar el avance hacia lo más reñido del combate. Ante la proximidad de su objetivo, muchos de ellos comenzaron a lanzar dardos con sus propulsores de madera hacia los hombres que se encontraban apostados en el techo del palacio.

Otros desenredaron las hondas que llevaban para empezar a girarlas sobre su cabeza, permitiendo que la fuerza centrífuga hiciera volar las piedras con gran velocidad hasta impactarse en los enemigos, silbando durante su trayecto. Era tan intensa la algarabía, los gritos y las maldiciones que lanzaban los combatientes, que ocultaban en gran medida el retumbar de los tambores percutidos por los tlamacázqueh desde la cima de los templos.

El propio cuáuchic Tezcacóatl lanzó un par de dardos, moviéndose de un lado al otro para evitar los proyectiles enemigos, así como la gran cantidad de piedras, flechas e incluso algunos cadáveres. Chichilcuauhtli se agazapó detrás de su chimalli, sosteniendo en alto el estandarte de la unidad, acompañado de Tliltócatl, atento a cualquier orden que diera su superior y tratando de seguirle los pasos. Fueron tantos los proyectiles que volaban hacia los enemigos apostados sobre las azoteas de ese costado del palacio que tuvieron que irse replegando ante semejante granizada. Poco a poco los caxtiltecas y tlaxcaltecas que trataban de defender las escalinatas también fueron retrocediendo, arrastrando a sus heridos en medio de los escombros apilados que bloqueaban el acceso principal al palacio. Les era casi imposible detener la marea de tenochcas que los asolaban. A través de una pared horadara aparecieron repentinamente tres ballesteros, quienes de inmediato dispararon sus artilugios. Los dardos pasaron volando peligrosamente a gran velocidad a un costado de Cuauhtli, impactándose con admirable precisión en tres hombres del barrio de Teocaltitlan que seguían sus pasos. Los tres cayeron dando gritos de dolor.

—¡Sáquenlos del combate! ¡Llévenlos de regreso al tecpan del cihuacóatl! —ordenó Chichilcuauhtli a unos guerreros que lo acompañaban al tiempo que detenía su andar, protegiendo en todo momento su cabeza con su escudo—. ¡Cozcacuauhtli, lleva algunos hombres hacia ese muro y desalojen a esos cristianos! —ordenó, señalando la ubicación de los ballesteros pertrechados—. ¡Y si pueden, entren por ese agujero!

—¡Considérelo hecho! —respondió el líder de la unidad, para después dar las órdenes a sus guerreros de que siguieran sus pasos en medio de la tormenta llena de muerte y confusión que los rodeaba.

De inmediato cerca de diez hombres se dirigieron hacia el muro perforado donde se refugiaban algunos ballesteros, bramando gritos de combate, algunos con sus propulsores cargados de dardos, listos para ofender al primer desgraciado que asomara la cabeza. Chichilcuauhtli los siguió con la mirada por un breve momento, hasta que se perdieron entre la multitud, y después reemprendió la marcha para alcanzar al cuáuchic Tezcacóatl y al tiáchcauh Tliltócatl.

El tenochca siguió avanzando, protegido detrás de su chimalli, desviando algunas pedradas que le lanzaron desde las azoteas del palacio de Axayácatl, cuando se percató de que estaba por llegar al arranque de la escalinata del gran pórtico, donde se reunía una gran cantidad de guerreros soportando el intenso intercambio de proyectiles que se daba frente al pórtico, por lo que muchos de ellos estaban siendo abatidos. Como consecuencia, la cantidad de cuerpos desperdigados era mayor; otros, heridos, se arrastraban para salir del peligro por sus propios medios o con la ayuda de sus compañeros. El estruendo de cientos de piedras, flechas, dardos y glandes impactándose, rebotando y quebrándose se asemejaba al granizo cayendo de los cielos. Chichilcuauhtli caminaba con sigilo hacia el cuáuchic cuando vio frente a él, a unos diez pasos, cómo cuatro guerreros mexicas arrastraban del peto a un caxtilteca que sangraba profusamente debido a una flecha clavada en su muslo. Este gritaba con desesperación, como si su vida dependiera de eso. Y en efecto, así era. El hombre de espesa barba y ojos miel forcejeaba tratando inútilmente de zafarse de las manos que lo sujetaban. Había sido desarmado. Sus gritos cargados de desesperación y angustia eran tan fuertes que se hacían oír en medio del escándalo del combate, pues sabía con certeza cuál sería su destino de no lograr escapar: el final más temido por los cristianos, el cual trataban de evitar rezando con devoción diariamente a su dios.

—¡Ayudadme! ¡Íñigo, Juan, Dieguillo! ¡No me abandonéis! —masculló con pánico mientras era arrastrado.

Uno de los pocos caxtiltecas que aún se encontraban en las escalinatas tratando de ganar tiempo para que sus camaradas ingresaran al palacio señaló a su compañero capturado, gritando algo en castellano. De inmediato otros diez hispanos que estaban a su alrededor, protegiendo la retirada de sus compañeros, regresaron sobre sus pasos, emprendiendo el avance contra la multitud, luchando por acercarse a su compañero que había sido tomado como prisionero. Bajaron apresuradamente los escalones, saltando sobre los escombros y los cuerpos destrozados, lanzando golpes y estocadas con sus espadas y alabardas. Un par de guerreros trató de cerrarles el paso, pero los castellanos actuaron de prisa, abatiéndolos. Siguieron su avance y alcanzaron el arranque de la escalinata, caminando hombro con hombro, escudo con escudo, mientras que los artilleros que manejaban la lombarda desde el pórtico la movieron para apuntarla hacia donde se dirigían sus camaradas, tratando de brindar fuego de apoyo, procurando darles algo de cobertura. Y así fue cuando se escuchó una segunda explosión proveniente de la boca de hierro de la pieza de artillería, la cual vomitó decenas de piedras, pedazos de metal e incluso clavos. ¡Buuum! Chichilcuauhtli observó a su izquierda cómo varios hombres que corrían hacia el pórtico fueron abatidos por las municiones. Siguieron los quejidos y los gritos de dolor de los alcanzados por la metralla, así como una densa nube de humo que cubrió la zona. De inmediato recordó cuando él en carne propia fue herido por esos troncos metálicos que lanzaban fuego y humo. Alejó de su mente el terrible recuerdo cuando escuchó su nombre en medio del combate.

—¡Cuauhtli! ¡Tliltócatl! ¡Conmigo! —exclamó el cuáuchic Tezcacóatl desde la vanguardia, guardando su lanzadardos y tomando el macuáhuitl que llevaba sujeto a su espalda por medio de una cuerda.

—¡De inmediato, tequihua! —gritó el portaestandarte, quien al instante avanzó siguiendo los pasos de su capitán, a veces incluso empujando a algunos de los guerreros mexicas que se interponían en su camino.

Los hombres del barrio de Teocaltitlan se encontraban dispersos entre los cientos de combatientes tenochcas, por lo que solamente un puñado notó el avance del estandarte y siguió los pasos de su portador.

—Los están alcanzando —señaló Tliltócatl al observar cómo los castellanos avanzaban entre la multitud, coordinando su defensa y su ataque, siendo apoyados por algunos ballesteros y arcabuceros que disparaban desde el pórtico, tratando de eliminar enemigos de su camino.

Y en efecto, uno de los hombres barbados, quien llevaba una larga alabarda, lanzó una estocada contra uno de los mexicas que arrastraban al prisionero, clavando la filosa punta de su espada en su torso. El hombre cayó al piso, sangrando profusamente, al tiempo que una pierna del cautivo quedaba libre, lo que dificultó aún más su traslado.

—¡Santiago y cierra, España! —exclamó el robusto hombre con la barba hasta el pecho, seguido de sus hombres que gritaron las mismas palabras con fuerza.

Un puñado de caxtiltecas volvió a emerger de la barricada del pórtico, solidarizándose con el grupo de valientes que trataban por todos los medios de salvar a su compañero capturado. A Cuauhtli le parecieron espectros que se materializaban al salir de entre los barriles llenos de piedras, vigas y bloques de piedra, multiplicándose frente a sus ojos, uniéndose a la refriega, algunos soltando injurias y juramentos sobre la jodida situación en la que se encontraban, otros en silencio, envalentonados con misericordia y toledana en mano. ¡La maldita camaradería a veces valía más que conservar la propia vida! De un momento a otro ya se encontraban en las escalinatas alrededor de treinta cristianos, combatiendo y tratando de avanzar hacia el primer grupo de sus camaradas. Al leer la reacción de los cristianos, el cuáuchic Tezcacóatl logró interponerse entre los mexicas que luchaban por arrastrar al prisionero y el hombre alto, de espalda ancha, quien portaba alrededor de su cuello una gruesa cadena de oro, el mismo que blandía con inusitada furia su larga espada de acero, manteniendo la distancia entre él y la decena de mexicas, que habían detenido su avance.

El peto de hierro que protegía su torso había recibido al menos cuatro fuertes golpes durante la acción, salvándole el pellejo al aguerrido castellano, pero había quedado visiblemente amellado en varios lugares. Lo mismo sucedió con la gorguera que protegía su cuello y con la celada con visera que cubría su rostro.

—¡Voto a Dios! ¡Voto a Dios, perros indios caníbales! —gritaba con desesperación Velázquez de León al verse superado y al percatarse de que recibía un par de golpes en el peto—. ¡Mueran!

Sobre su cabeza pasaron volando algunos dardos que se impactaron en dos de los tenochcas que sujetaban al prisionero, quien finalmente cayó al piso, profiriendo un terrible grito de dolor al sentir cómo la flecha incrustada en su pierna cortaba carne y tendones con la punta de obsidiana. De inmediato uno de sus compañeros se arrojó sobre él.

—¡Lucas Gallego! ¡Te tengo, cojonudo! —gritó el alabardero Blas Suárez Quintero, hombre de baja estatura, de gran fuerza, oriundo de Ávila, cuando sujetó al prisionero por la camisa, jalándolo en su dirección.

En ese momento, el cuáuchic Tezcacóatl, seguido de cerca por Tliltócatl y Cuauhtli, quienes a base de empujones y codazos habían logrado acercarse a lo más duro del combate, lanzó un golpe descendente con su macuáhuitl contra el brazo del cristiano, cercenándolo completamente a la altura del codo. El alabardero gritó de dolor mientras caía al piso, abandonó su alabarda y trató de apretar el gran muñón con su mano derecha.

—¡Mi mano! ¡He perdido la mano, capitán Juan! —gritó angustiado, revolcándose sobre el piso de lajas.

Un tercer hombre, con peto de hierro, golpeó la macana del cuáuchic, tratando de hacerlo perder el balance para ganar el tiempo suficiente, jalar a Blas Suárez entre sus piernas y protegerlo de los ataques que estaban por venir. Cuauhtli, quien se encontraba a un costado del cuáuchic, embistió con su maza de dura madera de encino la cabeza del cristiano, quien hábilmente bloqueó el ataque con su adarga roja de cuero endurecido donde se apreciaba el escudo de armas de Medina de Rioseco. El capitán Francisco de Salcedo lanzó un tajo contra la pierna de Chichilcuauhtli, quien con dificultad interpuso el asta del estandarte para bloquear la espada. La madera se partió al recibir el impacto. En ese momento se integró a la refriega Tliltócatl, golpeando con su macuáhuitl el peto de hierro del cristiano, quien se tambaleó retrocediendo unos pasos al tiempo que algunas lajas de obsidiana se partían. Mientras tanto Juan Velázquez de León y un par de rodeleros daban tajos a diestra y siniestra con sus tizonas, en tanto que un cuarto castellano, de nombre Pedro Lozano, arrastraba hacia la posición de los hispanos a Lucas Gallego, el mismo que iba a ser sacrificado.

Lleno de impotencia por la forma en que estaban perdiendo a su cautivo, el cuáuchic Tezcacóatl golpeó con su macuáhuitl la celada de Juan, haciendo que las lajas de obsidiana se fragmentaran y volaran por los aires. El capitán mexica sabía que no podría penetrar el duro hierro del yelmo, pero el golpe desorientaría a su enemigo por unos momentos para arremeter contra una de sus piernas. Así sucedió cuando Velázquez de León flexionó una de sus rodillas soltando un soplido, afectado por el fuerte impacto. Cuando el cuáuchic buscaba cercenar el muslo del capitán caxtilteca, oportunamente apareció Andreas de Rodas, el único griego de la expedición, bloqueando el tajo con su espada de acero, para después empujar con todo su peso y musculatura a Tezcacóatl, quien salió proyectado por los aires pasos atrás de la principal línea de combate. Posteriormente, el nacido en Rodas comenzó a arremeter contra los tenochcas que lo rodeaban con su martillo de guerra, arma muy popular en sus tierras, mientras gritaba: "¡San Juan de Jerusalén, cuida de este siervo tuyo! ¡Pantocrátor, cuida la espalda a este devoto tuyo!". El griego combatía de manera desesperada contra dos guerreros tenochcas que vestían su peto de grueso algodón: el ichcahuipilli. La oportuna intervención de Andreas dio el tiempo suficiente a Juan Velázquez de León para incorporarse y evaluar la situación en la cual se encontraban sus hombres. Pedro Lozano había logrado rescatar a Lucas Gallego de las garras de los mexicas, pues ambos se hallaban a sus espaldas. Blas Suárez Quintero, a quien le habían mutilado el brazo izquierdo, yacía muerto a sus pies debido a la pérdida de sangre. No había necesidad de seguir defendiendo la posición, reflexionó el hombre de Cuéllar al observar a sus hombres que luchaban por mantener a raya a los tenochcas que los superaban ampliamente en número.

—¡Retroceded! ¡Tenemos a Pedro! —gritó después de haber alzado la visera de su capacete mientras arrastraba el cuerpo inerte de Blas Suárez. Todo el lado izquierdo de su rostro se encontraba empapado de sangre como consecuencia del golpe que le había propinado el cuáuchic mexica. Para ese momento, a su alrededor ya había cerca de cuarenta hispanos combatiendo a la multitud de guerreros tenochcas, más los ballesteros y tlaxcaltecas que desde el pórtico disparaban sus proyectiles tratando de brindar algo de cobertura. En ese preciso instante los artilleros que manejaban la lombarda se defendían con picas y escobillones de un puñado de mexicas que habían alcanzado el costado derecho del pórtico con el claro objetivo de impedir que el cañón pudiera ser disparado nuevamente.

Entre la multitud y la confusión del combate, Chichilcuauhtli aún encaraba al capitán Francisco de Salcedo con el apoyo de Tliltócatl. El caxtilteca lanzaba tajos, desviando los golpes de ambos mexicas y tratando de mantener la distancia. Al escuchar el rugido de Juan Velázquez, el capitán comenzó a retroceder hacia la escalinata, acompañando a toda la formación. Para ese momento ya se habían incorporado al combate cuerpo a cuerpo cerca de cien guerreros del barrio de Teocaltitlan. El cuáuchic Tezcacóatl ya había regresado al frente, furioso del revés que había sufrido. El veterano guerrero empujó a un par de sus hombres para abrir un espacio entre la apretada línea de combate y lanzó una patada al abdomen de un delgado rodelero. Ante el empujón, el hombre rodó entre los pies de sus compañeros, tratando de llevar aire a sus pulmones. Sin embargo, fue muy tarde para él: una lanza con punta de pedernal lo atravesó por la espalda, causándole una herida mortal.

—¡No dejen que escapen los bastardos! —gritó el cuáuchic, tratando de hacerse oír en medio de la muchedumbre—. ¡Chichilcuauhtli! Mueve el estandarte hacia su flanco —ordenó.

—¿Y usted, señor? —preguntó el tenochca, quien se ubicaba hacia la izquierda, a cuatro varas de distancia de su superior.

—¡Corta su retirada, con una maldición! ¡Que nuestros hombres te sigan! —gritó, para después descargar su macuáhuitl en la rodela de un hispano que retrocedía sin darle la espalda al enemigo. Al honorable cuáuchic le parecía que sus enemigos se saldrían con la suya, al rescatar a su compañero herido y escapar del embate mexica, aunque sufriendo importantes bajas.

Cuauhtli comenzó a moverse hacia la izquierda. Subía los primeros escalones de la escalinata cuando al menos diez caracolas rugieron desde el techo del complejo palaciego, acompañadas de un tambor vertical. Los hombres que combatían levantaron la mirada para ver qué sucedía. Las caracolas volvieron a sonar, haciendo que por un momento se detuviera el combate y la lluvia de proyectiles amainara. Chichilcuauhtli alzó la mirada y se sorprendió al ver al gobernante militar de Tlatelolco, Itzcuauhtzin, vistiendo una fina tilma color rojo. El guerrero colocó su mano sobre el hombro de Tliltócatl, señalando asombrado hacia el techo con su maza. La mayoría de los tenochcas volteó hacia el pretil del palacio, confundidos al ver aparecer en medio del combate al cuauhtlahtoani de Tlatelolco. Poco a poco se fue imponiendo un frío silencio en la multitud que asaltaba el complejo palaciego. El jerarca de Tlatelolco alzó ambos brazos y después exclamó:

271

—¡Valientes águilas y jaguares, guerreros solares! ¡Guerreros de Huitzilopochtli! Soy Itzcuauhtzin, gobernador militar de Tlatelolco, leal súbdito del legítimo Gran Orador de Tenochtitlan, Motecuhzomatzin Xocóyotl, hijo del conquistador de incontables señoríos, Axayácatl. ¡Detengan la lucha! ¡Guarden el macuáhuitl y el tepoztopilli por un momento, pues su huey tlahtoani les quiere dirigir unas palabras!

En ese momento, los miles de hombres que abarrotaban la plaza y el recinto ceremonial bajaron sus armas. Los proyectiles dejaron de volar por los aires cuando los mexicas se percataron de que, efectivamente, Motecuhzomatzin se hacía presente en el techo del pórtico del gran palacio. Entonces las miradas de miles de combatientes, tanto caxtiltecas como tenochcas, se concentraron en el gobernante de Mexihco-Tenochtitlan.

CAPÍTULO 27

Ese día, Motecuhzomatzin Xocóyotl iba acompañado de los rodeleros de la Vera Cruz dirigidos por Gonzalo Rodríguez de Trujillo, así como de Francisco de Aguilar y el comendador Leonel de Cervantes. El hijo de Axayácatl se veía delgado, cansado y demacrado, posiblemente debido a los meses de encierro que llevaba como rehén de los teteuctin. El jerarca vestía un braguero color turquesa cubriendo su entrepierna y una xiuhtilmatli, tilma hecha con innumerables plumas azules y turquesas que formaban un mosaico iridiscente que solamente podía usar el gobernante de la capital mexica, anudada sobre su pecho y cubriendo su espalda. Completaban su atuendo unas sandalias hechas de piel de ocelote con lajas de obsidiana decorando las taloneras. Sobre su cabeza portaba la diadema triangular hecha de oro y turquesas: la xiuhitzolli, símbolo de la dignidad del tlahtoani de Tenochtitlan. Mientras hacía su aparición el huey tlahtoani, y al notar que los mexicas súbitamente dejaban de combatir, los hombres dirigidos por Velázquez de León y Francisco de Salcedo retrocedieron sigilosamente hasta las escalinatas para después entrar a través del pórtico del palacio que habían transformado en su fortaleza. Lo hacían discretamente, tratando de no llamar la atención de los cientos de guerreros mexicas que los rodeaban y que por el momento mantenían la vista hacia el techo del palacio. Arrastraban con ellos a sus heridos, incluso los cuerpos de los tres hombres que habían muerto durante el combate. El silencio volvió a reinar mientras el huey tlahtoani caminaba hasta la orilla del pretil del techo, justo donde se encontraba Itzcuauhtzin, quien observaba a la multitud congregada alrededor del tecpan, cubriendo la gran plaza de Tenochtitlan y parte del recinto ceremonial. Desde las cimas de los templos pudo observar a los sacerdotes y algunos guerreros de origen noble que esperaban pacientemente lo que su gobernante les tenía que decir. Los atabales dejaron de sonar, sumiendo a Tenochtitlan en el más completo de los silencios. Súbitamente un guerrero alzó la voz, diciendo:

—¡Oh, señor, nuestro gran señor, cómo nos pesa todo el daño y el mal que le han hecho los caxtiltecas a usted y a sus hijos y parientes! —el grito cimbró a los miles de guerreros reunidos en la plaza. Su eco retumbó con fuerza entre las escalinatas, alfardas y muros de las construcciones, para después apagarse.

Los presentes escucharon una ráfaga de viento pasar entre los dos grandes palacios, agitando las conchas, los blasones y los cascabeles con los que se ataviaban los guerreros tenochcas. Motecuhzomatzin alzó los brazos, dirigiendo una severa mirada a sus sorprendidos súbditos.

—¡Hermanos, primos, señores de Tenochtitlan! ¡Valientes jaguares y águilas que combaten con valentía empuñando el escudo y el dardo! —empezó a decir el gobernante, alzando la voz para hacerse escuchar lo más lejos posible—. Vengo ante ustedes humildemente, como el hijo predilecto de Huitzilopochtli, como el árbol que les protege y les da sombra, como el dueño de la palabra, para recordarles que no soy prisionero de nadie. Yo fui quien decidió vivir con los caxtiltecas desde hace muchas veintenas. Sepan bien que el día que lo decida podré abandonar este tecpan para caminar entre ustedes, como lo hago ahora para compartirles mi aliento, ¡oh, honorable pueblo mexica!

La multitud expectante se mantenía en silencio, tratando de adivinar las razones por las que se presentaba el huey tlahtoani después de cuatro veintenas y media sin ninguna aparición pública. Incluso muchos de los presentes pensaban que había sido asesinado días atrás por órdenes de Pedro de Alvarado, durante la ausencia de Hernando Cortés.

—¡El huey tlahtoani vive! ¡Larga vida a Motecuhzomatzin! —gritó otro hombre parado sobre la plataforma de serpientes del recinto ceremonial de Tenochtitlan, el coatepantli.

Ante semejante expresión, Motecuhzomatzin volvió a subir los brazos, pidiendo paciencia y silencio para lo que tenía que decir.

—Guerreros, cuauchíqueh, cuauhpipiltin, ya han manchado de sangre sus mazas y dardos en venganza de la masacre de Tóxcatl. Ya han hinchado mi corazón de orgullo al ver cómo se baten sin miedo a la muerte en estos últimos días. Pero ha llegado el momento de guardar las armas para permitir que los caxtiltecas finalmente abandonen Mexihco-Tenochtitlan, como lo ha prometido el tlacatécatl Cortés, quien ha confirmado que en cinco días estarán regresando a la costa para después partir hacia sus tierras. Los teteuctin dejarán de combatir si ustedes, ¡oh, honorables guerreros tenochcas!, también lo hacen —exclamó a la multitud con su canto florido, visiblemente conmovido.

Los miles de mexicas presentes se quedaron boquiabiertos ante lo que les pedía su gobernante. Otros reflexionaban si era prudente creer nuevamente en las promesas que hacía el líder de los cristianos, don Malinche.

Chichilcuauhtli, quien se encontraba al pie de la escalinata en compañía del cuáuchic Tezcacóatl, no podía creer lo que escuchaba. Motecuhzomatzin les pedía que dejaran de atacar a los caxtiltecas a pesar de la gran mortandad de mexicas que causaron durante la matanza de Tóxcatl. ¡Estaba protegiendo a los caxtiltecas de la venganza mexica! Observó a su superior, quien aún respiraba agitadamente por el combate. El cuáuchic comenzó a mover la cabeza de un lado a otro en señal de repudio.

—No creí que llegara este día —dijo en voz baja—. El huey tlahtoani de Tenochtitlan pide a sus guerreros que sepultemos el arco y el macuáhuitl para no causar más bajas a los invasores, a quienes mancharon de sangre mexica el recinto ceremonial.

Chichilcuauhtli se mantuvo callado, sin exteriorizar su opinión, la cual coincidía completamente con la del guerrero veterano. El joven tenochca lanzó una mirada a su izquierda, notando que el malestar y el enojo se empezaban a gestar entre algunos guerreros, que no podían creer lo que escuchaban. Un hombre hizo bocina con sus manos alrededor de su boca y después gritó:

—¡Motecuhzoma, ya es muy tarde para escuchar tus necias palabras! ¡Hemos elegido a un pariente tuyo como nuestro señor, tu hermano Cuitlahuatzin, tlahtoani de Ixtapallapan y ahora también de Mexihco-Tenochtitlan!

Cuauhtli escuchó tan cerca la exclamación que buscó a quien la había proferido. Su voz le parecía familiar. No tardó mucho en dar con el hombre que le contestó al gobernante, desafiando su poder, cuestionándole frente a miles de sus súbditos que hasta hace unos momentos morían y sangraban combatiendo para erradicar a los hispanos. Para su sorpresa, se percató de que se trataba del enigmático hombre de pelo corto que lo había encontrado cuando se dirigía a su casa un par de días atrás, dándole la buena noticia de que su querida Citlalli había sobrevivido a la matanza de Tóxcatl. El hombre había cubierto su cabeza con su manto negro para protegerse del sol, lo que ocultaba gran parte de su rostro; sin embargo, no quedaba ninguna duda de que se trataba del misterioso emisario. La larga túnica cubría su espalda hasta la altura de sus pantorrillas, y tapaba una gastada y corta tilma amarillenta anudada sobre su pecho, la cual dejaba ver poco del redondo espejo de obsidiana que oscilaba con cada paso que daba. El misterioso mensajero, quien llevaba el cuerpo pintado de negro, sujetaba una lanza con punta de pedernal, así como un guaje que colgaba de su cintura. Uno de los hombres que lo acompañaba gritó:

—¡No te debemos obediencia, pues no eres más nuestro señor! ¡Motecuhzoma, te has entregado a los caxtiltecas con ánimo muje ril, deshonrando a tu linaje! —el huey tlahtoani escuchó las palabras sin inmutarse ni mostrar enojo.

—¡Guarden respeto a su gobernante, tenochcas! ¡Nuestro señor Motecuhzomatzin sigue siendo su huey tlahtoani! —replicó molesto Itzcuauhtzin.

El hombre de cuarenta y cinco años, hijo del tercer señor de Tlatelolco, Tlacatéotl, había ganado la confianza de Motecuhzoma desde el inicio de su reinado, acumulando poder y riquezas con cada año que pasaba, al tiempo que se volvía uno de sus consejeros más cercanos y confiables. A lo largo de los dieciocho años de gobierno del hijo de Axayácatl siempre había acompañado a su señor, cuestionando en privado las decisiones que no consideraba acertadas y apoyando con las que coincidía. El más valioso obsequio que le regalaba diariamente a su señor era su sinceridad, incluso durante la dura reclusión en la que se encontraban desde hacía varias veintenas. Itzcuauhtzin alzaba los brazos, pidiendo silencio para que el huey tlahtoani continuara su discurso, cuando súbitamente una piedra voló por los aires, rozando peligrosamente la diadema de oro y turquesas del huey tlahtoani de Tenochtitlan, quien agachó la cabeza.

—¿Quién ha lanzado esa piedra? —gritó indignado Itzcuauhtzin, señalando a un hombre ubicado cerca del pórtico de acceso al tecpan—. ¿Acaso has sido tú, cobarde? ¿O fuiste tú? —Como respuesta, varios hombres le gritaron algunos insultos. Motecuhzomatzin dio un paso hacia el frente.

—Valerosos mexicas, entiendo su enojo y su indignación, pero no tiene caso que más vidas se pierdan en estos combates infructuosos. ¡Más vidas de tenochcas! ¿Acaso ignoran mis palabras? Como lo he dicho, los caxtiltecas están dispuestos a abandonar Tenochtitlan, y para eso lo único que esperan es la reapertura del tianquiztli de Tlatelolco, para que compren sus provisiones y marchen a la costa en unos días —exclamó—. Por esa razón me encuentro frente a ustedes, para pedir a mi hermano y a mis parientes que detengan esta carnicería y abran los mercados.

En ese momento muchos guerreros se hicieron escuchar, gritando indignados:

—¡Hijo de Axayácatl, te has vuelto la mujer de los caxtiltecas! ¡Eso nunca! ¡Son más engaños! ¡Acabaremos con los caxtiltecas! ¡Motecuhzoma, te dejas engañar por los cristianos! ¡Tú no puedes seguir siendo nuestro tlahtoani! —Chichilcuauhtli escuchó nuevamente la voz cargada de odio del misterioso mensajero destacando entre los reclamos, insultos y amenazas de cientos de mexicas.

La petición para que se reabriera el tianquiztli fue la gota que derramó el vaso, pues de inmediato empezaron a volar algunas piedras en dirección del gobernante. Los rodeleros de la Vera Cruz que lo acompañaban trataron de protegerlo con sus escudos marcados con cruces, pero fue demasiado tarde. Un guijarro le golpeó el brazo, seguido de otro en la pierna, derribándolo, haciéndolo caer de rodillas a un costado de Itzcuauhtzin. Cuauhtli observó la escena impactado, pues nunca en la historia de Tenochtitlan un gobernante había sido humillado de esa manera por sus súbditos, y menos aún agredido. El guerrero cuextécatl volteó a ver al hombre del manto negro, quien se encontraba rodeado de varios jóvenes guerreros que, aunque vestían sencillamente, llevaban su rostro, piernas y brazos cubiertos de pintura de guerra roja, así como algunos tocados de plumas negras sobre su cabeza. ¿Acaso se trataba de miembros de la nobleza mexica, o quizá tlatelolca?, reflexionó Cuauhtli. Dos de ellos comenzaron a girar sobre sus cabezas las hondas que portaban sin dejar de observar su blanco, el hijo de Axayácatl.

—Cuáuchic, mire por allá —le dijo Cuauhtli a su superior, quien de inmediato volteó a donde señalaba el joven guerrero—. ¡Están usando las hondas para apedrear al huey tlahtoani! —el veterano Tezcacóatl los observó por un momento.

—¡Hijos de perra! —maldijo con su voz gruesa y áspera.

—Aún podemos impedir su ataque, mi señor —dijo Chichilcuauhtli señalándolos, mientras consideraba que atacar al misterioso sacerdote podría tener importantes consecuencias, como romper todo contacto con su amada Citlalli y así renunciar a la posibilidad de rescatarla de las manos de los caxtiltecas antes de que fuera demasiado tarde. Sin embargo, también era importante evitar el ataque que pondría en riesgo la vida del aún huey tlahtoani de Tenochtitlan.

—Es muy tarde para intervenir, Cuauhtli, aparte de peligroso —respondió el cuáuchic—. No sabemos para quién trabajen esos malditos —comentó el capitán con el ceño fruncido, desaprobando la acción—. ¡Hombres de Teocaltitlan! ¡Les prohíbo que ofendan o ataquen a Motecuhzoma! —gritó a los miembros de su unidad que se encontraban a su alrededor.

Fue en ese momento cuando los dos hombres descargaron los glandes de sus hondas, apuntando al gobernante. Una de las piedras voló silbando por los aires a gran velocidad y golpeó en la frente del huey tlahtoani Motecuhzomatzin, quien cayó abatido por el golpe. La diadema real, insignia del poder del Gran Orador, cayó rodando al piso, fracturándose el mosaico de teselas que la decoraba, ante la mirada atónita de miles de tenochcas. De inmediato el capitán de rodeleros, Gonzalo Rodríguez de Trujillo, gritó:

—¡Rodeleros, protejan a Montezuma!

Los hispanos formaron un círculo alrededor del tlahtoani y de Itzcuauhtzin.

Una ovación se escuchó entre los presentes: algunos celebraban la caída del gobernante, mientras que para otros la acción representaba un ataque a la dignidad del huey tlahtoani, a la institución que gobernaba la ciudad y todos los territorios conquistados por los mexicas desde la fundación de Tenochtitlan. Contrario a lo que hubiera pensado Cuauhtli, muchos guerreros imitaron a los hombres que acompañaban al misterioso mensajero y arrojaron piedras contra los dos jerarcas mexicas, pero también contra los caxtiltecas que los acompañaban. Algunos incluso utilizaron sus arcos, por lo que no pasó mucho tiempo antes de que un rodelero cayera al piso debido a una flecha que se clavó en su pierna, lo que causó una ovación de aprobación entre los miles de tenochcas reunidos frente al tecpan de Axayácatl. Chichilcuauhtli lanzó una última mirada hacia el mensajero con el cuerpo pintado de negro y, para su sorpresa, se encontró con que el misterioso hombre lo veía fijamente y le sonreía, mostrando su inmaculada dentadura. Por un breve momento los dos tenochcas se sostuvieron la mirada, hasta que el hombre del espejo de obsidiana hizo una mueca levantando la ceja y emprendió la marcha hacia el oriente de la plaza, seguido de los jóvenes guerreros, quienes le abrían camino entre la multitud. Varias riñas comenzaron entre aquellos que apoyaban al tlahtoani y aquellos que lo odiaban por la pasividad que mostró frente a la matanza de Tóxcatl. ¡Los tenochcas se combaten los unos a los otros, ignorando a la verdadera amenaza!, pensó Chichilcuauhtli con preocupación, viendo cómo frente a él un guerrero ocelote golpeaba con su maza a otro hombre que había lanzado un par de flechas con su arco, posiblemente contra Motecuhzomatzin, posiblemente contra los rodeleros de la Vera Cruz. Comenzó a reinar el caos en la plaza. Mientras tanto, en el techo del palacio, Itzcuauhtzin, con la ayuda de dos rodeleros, entre ellos Gonzalo Rodríguez de Trujillo, sujetó el cuerpo del huey tlahtoani, tratando de impedir que cayera al piso, mientras la lluvia de piedras se intensificaba. De inmediato retrocedieron, tratando de llevar al Gran Orador a un lugar seguro para revisar la gravedad de las heridas. El hijo de Axayácatl sangraba profusamente de la frente, lugar donde la piedra se había impactado. El gobernante de Tlatelolco se despojó de su fina tilma de algodón para colocarla en la frente de su señor, tratando de contener el sangrado.

—¡Nos replegamos! —gritó Gonzalo, el Sin Miedo, mientras protegía su cabeza con su rodela, la cual se cimbraba con cada pedrada que se impactaba en ella—. ¡Avisadle a Cortés que los indios han atacado a su propio rey! ¡Que vengan los arcabuceros y los ballesteros de Alonso de Ávila!

Gonzalo ya avanzaba hacia las escaleras de madera, siguiendo a los hombres que sostenían al gobernante, pero regresó sobre sus pasos para recoger del piso del techo la diadema real de oro, la xiuhitzolli, la cual estaba siendo olvidada entre el caos que se desató en la plaza y en la azotea del palacio de Axayácatl. El capitán de rodeleros guardó la maltrecha diadema en su morral de algodón tejido, donde aún llevaba algo de pan y carne seca, para después alcanzar al grupo que bajaba al huey tlahtoani, quien ya se encontraba inconsciente, aumentando la preocupación entre los presentes. Para bajarlo por la escalera de madera los rodeleros decidieron utilizar la tilma de Itzcuauhtzin, pasándola debajo de las axilas del gobernante y sujetando ambos extremos a manera de cuerda, con el fin de reducir el riesgo de una caída. Los hombres descendieron sujetando el cuerpo inconsciente de Motecuhzomatzin, hasta que abajo fue recibido por algunos miembros de su servidumbre, por dos de sus hijos y algunos rodeleros. Mientras esto sucedía, por las otras escaleras subían al menos cincuenta arcabuceros, espingarderos y ballesteros, quienes llevaban sus armas listas para responder ante cualquier ataque que se reanudara en contra del pórtico que daba acceso al palacio. Los hombres tomaron posición sobre el pretil, detrás de la improvisada barricada que les brindaba cierta protección, así como detrás de las almenas de piedra que aún decoraban la fachada del complejo, mientras a su alrededor seguían volando algunas flechas y piedras.

El cuáuchic Tezcacóatl, al percatarse del caos que reinaba en la plaza frente al palacio de Axayácatl, decidió retirar a sus hombres, pues era imposible distinguir a amigos o enemigos en ese momento. Era lo más prudente para evitar que sus propios guerreros se sumaran a la escalada de enfrentamientos que se estaba dando entre los propios tenochcas. Ya habría otro día para sentarles cara nuevamente a los caxtiltecas, pero antes había que conocer las consecuencias del ataque contra el huey tlahtoani, así como la postura de los miembros del Consejo de Guerra, y finalmente reorganizar el ataque.

—¡Tliltócatl, toca la retirada! —ordenó el cuáuchic. De inmediato el guerrero sonó la caracola, dando un largo soplido en su interior y luego dos cortos, lo que fue comprendido por los miembros de su unidad—. ¡Síganme, guerreros de Teocaltitlan! Abandonamos la plaza —ordenó el cuáuchic, tratando de hacerse escuchar entre los gritos e insultos de los mexicas.

—¿Partimos, mi señor? ¿Y el combate? —preguntó desconcertado Cuauhtli.

—¿Acaso no te das cuenta, mocoso, de que estos no son hechos aislados o accidentales? Esos hombres que abatieron al huey tlahtoani han cumplido las órdenes de un poderoso señor tenochca para fortalecer su posición. ¡Es una lucha de facciones! Abandonemos la plaza para reorganizarnos y permitir que todo se tranquilice. ¡Andando, telpochtli! —contestó el cuáuchic y echó a correr hacia el sur.

Nuevamente Tliltócatl sopló su caracola, indicando a los hombres del barrio seguir los pasos del portaestandarte y del cuáuchic. Primero se retiraron los cien hombres que se encontraban alrededor del estandarte, para después ser seguidos por los cien restantes que se habían desperdigado entre la multitud. Otros campeones y capitanes optaron por seguir el ejemplo de la unidad de Teocaltitlan, por lo que sonaron otras caracolas y los pantin o estandartes comenzaron a retirarse de la plaza. Ya habría otro día para combatir a los invasores, pero antes era importante restablecer el orden entre los propios mexicas. Mientras tanto, el combate entre los que apoyaban a Motecuhzoma y los que lo repudiaban se intensificó, sumiendo la plaza en un caos aún mayor.

Chichilcuauhtli avanzaba tratando de mantener el paso de su superior, evitaba chocar con los hombres que se interponían en su camino e incluso empujaba a uno que otro necio que no lo veía venir. A sus espaldas escuchó la detonación de decenas de bastones de fuego al unísono, seguida de los gritos de varios hombres alcanzados por sus proyectiles. Como respuesta, los huehuémeh volvieron a retumbar desde los templos, inequívoco llamado a los guerreros para que retomaran las armas y atacaran a los caxtiltecas. El joven portaestandarte pensó en lo que le dijo Tezcacóatl sobre el ataque a Motecuhzoma y la lucha de facciones que se estaba dando en la ciudad. Muchos sabían de las correrías que estaban realizando algunos tenochcas, siguiendo supuestamente las órdenes del hijo del fallecido tlahtoani Ahuízotl, el radical Cuauhtemotzin. El noble mexica, quien era primo de Motecuhzoma, estaba convencido de que había que acabar con la facción colaboracionista, la que buscaba finalizar las hostilidades con los caxtiltecas y permitir que abandonaran Tenochtitlan sin ser molestados. Para este grupo de radicales era importante exterminar a todos los tenochcas que en el pasado apoyaron a los invasores barbados, los mismos que masacraron sin razón alguna a la nobleza mexica durante la veintena de Tóxcatl. Después de acabar con los colaboracionistas, cazarían hasta el último de los caxtiltecas, fuera en Tenochtitlan o en la costa. Para ellos ya no era suficiente que abandonaran la capital mexica: todos debían pagar con su sangre.

Muchos guerreros y nobles, pero sobre todo la casta sacerdotal, coincidían con el pensamiento extremista del joven caudillo Cuauhtemotzin, por lo que pronto se multiplicaron los grupos de tenochcas que durante el día combatían en primera línea contra los invasores y por la noche buscaban a los colaboracionistas para asesinarlos e incendiar sus propiedades, sin importar que muchos de ellos fueran primos, sobrinos o tíos del "águila que descendió", del "sol que se pone". No sería descabellado pensar que el grupo de hombres que vestían de negro y que atacaron a Motecuhzomatzin fueran parte de los radicales que seguían al hijo de Ahuízotl. O posiblemente se trataba de agentes del propio Cuitlahuatzin, ya que de morir su hermano o quedar incapacitado, él sería nombrado huey tlahtoani, por lo que tendría amplias facultades y el poder necesario para alcanzar su objetivo: liberar a Tenochtitlan de los invasores por cualquier medio posible, incluso su aniquilación, como último recurso. Para el tlahtoani de Ixtapallapan, y para otros miembros de la familia gobernante, lo prioritario era expulsar a los invasores de la ciudad, más que realizar una matanza de cristianos. Ya habría tiempo para decidir si los caxtiltecas serían perseguidos y acosados hasta la costa o simplemente escoltados. De la misma forma, Cuitlahuatzin se oponía a los saqueos, asesinatos y ataques que realizaban los seguidores del tlacatécatl de Tlatelolco, Cuauhtémoc, contra los propios mexicas. Tenían que acabar esas rencillas entre hermanos, familiares y primos para concentrarse en enfrentar la verdadera amenaza que se cernía sobre Tenochtitlan.

Sin duda Tezcacóatl tenía razón, el ataque contra el huey tlahtoani no fue fortuito, sino una estrategia bien planificada para restarle autoridad a Motecuhzomatzin, reflexionó Chichilcuauhtli al tiempo que salían de la plaza para dirigirse a la seguridad de su barrio, ubicado en el oeste de la isla. En ese momento dejaron de correr, permitiendo que los alcanzaran todos los hombres pertenecientes a la unidad. El grupo se reunió bajo la sombra de un frondoso ahuehuete, en el patio de una construcción que parecía haber sido saqueada. Poco a poco fueron llegando los retrasados, integrándose al grupo mientras el cuáuchic Tezcacóatl y Tliltócatl iniciaban un conteo para saber si habían sufrido pérdidas. Chichilcuauhtli observó a sus compañeros, muchos de los cuales lucían confundidos, sorprendidos e incluso abatidos ante los inesperados eventos de los cuales habían sido testigos. Todos se preguntaban sobre las consecuencias que provocaría el ataque al huey tlahtoani. ¿Acaso beneficiaría a los caxtiltecas? ¿Dividiría aún más a los tenochcas o los unificaría bajo el liderazgo de Cuitlahuatzin? ¿El vacío de poder en Tenochtitlan causaría un enfrentamiento entre Cuauhtémoc y Cuitlahua? Aunque la gran pregunta que todos se planteaban era esta: ¿lograría Motecuhzomatzin sobrevivir a las heridas sufridas durante la jornada? Solamente el tiempo respondería esas interrogantes, pensó Cuauhtli. Finalmente quedaba la cuestión del sacerdote que acompañó a los hombres que agredieron al gobernante mediante el uso de las hondas. Se trataba del mismo hombre que lo había buscado para informarle sobre el paradero de Yohualcitlaltzin. Por un momento agradeció el consejo que le dio el cuáuchic cuando le impidió que frustrara los ataques dirigidos al gobernante, pues de haberlo hecho, habría agredido al hombre del espejo de obsidiana, el único individuo que mantenía la comunicación con su amada, el único que podía infiltrarse en el palacio para visitarla. Si lo hubiera atacado, habría truncado toda comunicación con la doncella mexica, cerrando cualquier posibilidad de obtener información relevante para su rescate. El enigmático sacerdote era un hombre muy peligroso, con más poder del que aparentaba, por lo que sería más precavido en sus futuros encuentros con él, reflexionó Cuauhtli. Eso sin mencionar el respaldo del que gozaba, pues el joven guerrero no albergaba dudas de que trabajaba para un poderoso noble mexica, muy probablemente el propio Cuitlahuatzin, o para el sectario de Cuauhtemotzin. Justo en ese momento llegó al grupo Itzmixtli, sujetando su macuáhuitl y su chimalli, sudando copiosamente. Al parecer no había sufrido ninguna herida.

—Hemos salido bien librados de esta —le dijo Chichilcuauhtli tratando de animarlo, ya que parecía aturdido ante lo que había presenciado.

—Sí, hermano, hemos tenido fortuna, pero dudo que el huey tlahtoani pueda decir lo mismo —respondió el joven limpiándose el sudor de su frente con el dorso de la mano, para después abrir el guaje que llevaba colgando y dar unos tragos al agua que contenía. Luego de refrescarse la garganta, le pasó el recipiente a Cuauhtli, al tiempo que le decía—: Nuestras divisiones serán nuestra condena, nuestra perdición, hermano.

—Espero que no sea así, Itzmixtli —contestó el portaestandarte—. En verdad espero que no sea así, por la supervivencia de nuestras familias, nuestros dioses y la propia Tenochtitlan.

Después empinó el guaje sobre su boca, sin dejar de observar a su compañero.

Capítulo 28

Los rodeleros, entre ellos Gonzalo y Alonso Berrio, cargaron al huey tlahtoani hasta su habitación, donde ya lo esperaba su esposa Tecalco, hija de Ahuízotl, así como sus hijos Tlaltecatzin, Xoxopéhuac, Tzihuacpopoca, Ilhuitémoc, Axayácatl y su preferido, Chimalpopoca. También estaban presentes sus hijas, entre ellas Tecuichpo y Xochimázatl. Las más de veinte doncellas que servían a Motecuhzomatzin y a sus familiares también se encontraban presentes, entre ellas Yohualcitlaltzin, quien no podía creer lo que veía: el Gran Orador de Tenochtitlan inconsciente, sangrando copiosamente de la herida que le habían propiciado los propios mexicas. Llegó acompañado de fray Bartolomé de Olmedo, el capellán Juan Díaz, Juan Velázquez de León, quien hacía presión con un paño sobre un feo corte en la frente que no dejaba de sangrar, Bernardino Vázquez de Tapia, Pedro de Alvarado, Cristóbal de Olid, Gonzalo de Sandoval, Francisco de Aguilar, doña Marina y el propio Hernando Cortés. También se había sumado el paje Orteguilla, quien al enterarse de que a su gran amigo, el huey tlahtoani de Tenochtitlan, lo habían herido, corrió para saber su estado. El niño de doce años apenas podía contener las lágrimas al ver el rostro de Motecuhzomatzin cubierto en sangre, con el pelo revuelto y una gran herida en el costado izquierdo de su frente. El siempre fiel y servicial Ázcatl, al ver a su señor gravemente herido, de inmediato mandó a los esclavos y sirvientes a que trajeran baldes de agua, lienzos limpios, la cobija gruesa de algodón conocida como cacamoliuhqui y otras pieles de animales para cubrir su cuerpo, el cual había sido recostado en una base de madera cuadrada de baja altura cubierta con un petate, lugar donde dormía habitualmente el orador. El doméstico mandó llamar al sanador particular del gobernante, quien no fue admitido en la habitación por tratarse de un "sacerdote sádico que fomentaba el canibalismo", como afirmó fray Bartolomé de Olmedo, por lo que tuvo que esperar en el pasillo, vigilado por un hispano, sin poder hacer nada para ayudar a su gobernante.

—¡Indios bastardos! ¡Casi matan a su rey! ¡Decidme si eso no es incivilizado! —exclamó enojado Alvarado, quien vestía su peto y yelmo de acero. Su rostro estaba polvoso, manchado de sangre, clara evidencia de que momentos antes se encontraba combatiendo, al igual que todos los lugartenientes de los hispanos. Cristóbal de Olid incluso sangraba del brazo, le habían clavado una flecha, que tuvo que ser extraída para vendar posteriormente la herida—. ¡Mejor nosotros hubiéramos acabado con el Montezuma, para así evitarle la vergüenza! —exclamó airado el pelirrojo, alzando las manos para después golpear un muro con fuerza.

—¡Calla, Pedro! Deja de decir insensateces si no quieres que te arroje por el pretil para que seas recibido por tus amigos indios —le respondió Cortés, cansado de escuchar a su lugarteniente.

Pedro lanzó una mirada furibunda a su capitán y luego dijo:

—¡Aquí huele a muerte! Me largo de aquí. —El fornido pelirrojo se abrió paso a codazos entre los presentes hasta salir de la habitación.

—¡Que me parta un rayo! Que Pedro no habla con mentiras, don Cortés —agregó Olid, quien se encontraba recargado sobre un muro frotándose las manos.

—Los indios le han hecho más daño a su rey en un día del que nosotros le hicimos en ocho meses —comentó Cortés.

El capitán español vestía su jubón, calzas atacadas, medias blancas y una capa de paño negra sobre el hombro izquierdo llamada ferreruelo. Llevaba botas jinetas de cuero negro y una gorra entera de copa aplastada negra ladeada. Se encontraba sentado sobre una silla frailera en uno de los rincones de la atestada habitación. Su sorpresa fue grande cuando Francisco de Aguilar le avisó que el huey tlahtoani había sido herido de gravedad mientras hablaba con su pueblo, tratando de convencerlos para que abrieran el mercado de Tlatelolco. De inmediato corrió a los aposentos privados de la familia real para constatar la gravedad de la herida y el estado de salud del gobernante. También acudieron los gobernantes de la Triple Alianza que se encontraban prisioneros en el palacio, como el cihuacóatl Tlacaélel II; el tlahtoani de Coyohuacan, Quauhpopoca; el tlahtoani de Tula, Ixtlicuecháhuac, y el propio Itzcuauhtzin; sin embargo, se les impidió el paso debido a que "no harían más que estorbar", según las palabras del propio Cortés, por lo que tuvieron que esperar en el gran salón. Fue ese el momento en que entró el maestre Juan Catalán, el ensalmador y cirujano que había llegado con los hombres de Pánfilo de Narváez. Traía con él una caja de madera llena de instrumentos para desempeñar su trabajo, que iba desde remover muelas infectadas y realizar sangrías hasta cauterizar heridas, pasando por curar el mal de cámaras y brindar alivio temporal a los enfermos de bubas. El hombre de alrededor de treinta años trataba con ahínco de limpiar la sangre que manaba de la herida para poder examinar la severidad del impacto que había recibido el huey tlahtoani. Todo esto sucedía ante la mirada de los presentes, entre llantos de los hijos de Motecuhzomatzin.

—¿Y bien, maestre? ¿Cómo podemos sanar al Montezuma? ¿Bastará vinagre y lana de Escocia para cubrir la herida? —preguntó Cortés, inquieto al ver que pasaba el tiempo y Juan Catalán seguía examinando el corte, secando con trapos la sangre que no dejaba de brotar.

—Don Cortés, al parecer el trastazo ha sido tan fuerte que le ha roto el cráneo, sin llegar a astillarlo, lo que es una buena noticia. Sin embargo, lo que preocupa es la pérdida de sangre, que puede acarrearle la muerte —declaró, lanzando una mirada a la gran cantidad de paños teñidos de rojo que descansaban en el piso—. Dada nuestra situación, sitiados y ofendidos por miles de indios en este palacete del que no podemos salir, lo más que puedo hacer es cerrar la herida, quemarla con unto de indio y así evitar una infección. Lo mejor sería que fuera grasa de potro en lugar de indio —dijo el maestre observando a Motecuhzoma.

Cortés permanecía callado, sobándose la barba del mentón y reflexionando sobre el remedio propuesto por el sanador. El unto de indio consistía en obtener grasa de un cadáver, ponerla en un recipiente y calentarla al fuego hasta que se derritiera y alcanzara una alta temperatura. En ese momento se vertía sobre la cortadura o llaga para cauterizar, lo que evitaba el sangrado y, en teoría, también una infección.

—Maestre Juan, por ahora todos nuestros caballos están enteros y prestos para el combate, por lo que tendremos que usar el unto de algún tlascalteca o culúa muerto —respondió Cortés—. Bernardino, id a buscar algo de manteca de indio. Seguro que encontrarás algunos muertos al pie de la escalinata del pórtico principal o en las brechas del muro sur. ¡Andad! ¡No tomes mucho tiempo! —ordenó el capitán.

El lugarteniente salió corriendo del salón, pues sabía que el tiempo era un factor de importancia para salvar al gobernante. Cortés observó el rostro de Motecuhzomatzin, el cual estaba muy pálido. Sus ojos se encontraban cerrados, así como su boca, dando la impresión de que estaba durmiendo tranquilamente. Dos mujeres tenochcas limpiaban sus piernas, brazos y pecho con paños de algodón húmedos, los cuales exprimían en vasijas llenas de agua de lluvia que había sido recolectada los últimos días. Tecalco, su esposa, se encontraba sentada sobre el petate que cubría la base de madera, guardando silencio, sujetando la mano del hijo de Axayácatl. Era una mujer delgada, de alrededor de treinta años, de largo y brillante pelo negro trenzado, delicada nariz recta, labios rosados y hermosos ojos obscuros que se encontraban húmedos por las lágrimas que de ellos brotaban y que escurrían por los marcados pómulos de la que había sido la mujer más poderosa de Tenochtitlan, al ser hija de un huey tlahtoani, Ahuízotl, y esposa de otro. A pesar de su condición de prisionera, la mujer sabía mantener su dignidad y orgullo. Tecalco sujetaba con fuerza la mano de su esposo mientras limpiaba su cuello y su pelo con un lienzo blanco de algodón. Sabía que si Motecuhzoma moría, sus probabilidades de sobrevivir a la guerra o a un escape de Tenochtitlan se reducirían sustancialmente, así como las de todos los hijos del gobernante, corriendo el mayor peligro el heredero de la Casa de Motecuhzoma y el preferido de su padre, Chimalpopoca, quien en ese momento conversaba con su hermano Xoxopéhuac en un rincón de la habitación. El rostro del hijo preferido de Motecuhzomatzin mostraba enojo y tensión, más que tristeza. Sabía que su padre había resultado gravemente herido al tratar de complacer la petición que le habían hecho los caxtiltecas de salir y hablar con los tenochcas para lograr que se reabriera el tianquiztli. No podía creer que su padre hubiera sido tan ingenuo para pensar que con algunas palabras y su mera presencia podría lograr la reapertura. ¿Acaso no se daba cuenta de que su poder ya se había erosionado? ¿Acaso no era consciente del enorme odio que guardaban los mexicas a los caxtiltecas después de la matanza de Tóxcatl? El estado en que se encontraba su padre era consecuencia de su candidez y complacencia hacia los teteuctin. Desde la llegada de los caxtiltecas, sus acciones no habían sido más que un largo recuento de errores que lo habían llevado primero a ser un cautivo de los invasores y ahora a encontrarse postrado al borde de la muerte. Chimalpopoca sabía que si su padre moría todos sus hijos, desde la tierna y dócil Tecuichpo hasta el combativo y fuerte Axayácatl, se encontrarían en grave peligro de ser asesinados, ya fuera por los grupos radicales de los tenochcas o por los caxtiltecas, que los verían como lastres por tenerlos que cuidar y proteger. Para Chimalpopoca la prioridad era escapar de su encierro y tratar por todos los medios de pactar la liberación de sus hermanos para garantizar su seguridad. Ya vendrían mejores tiempos en los que lucharía nuevamente por el poder, pero ahora lo más importante era salir vivos de la tragedia en la que su padre los había sumido.

Al poco rato llegó Bernardino de Tapia con dos de sus hombres, uno de ellos sujetando una pequeña cazuela de hierro con gruesos guantes de piel, como los que usan los herreros. Colocaron el recipiente humeante sobre el piso estucado.

—Maestre Juan, aquí tiene el unto que solicitó. Lo hemos calentado hasta que se ha derretido —dijo Bernardino.

El cirujano observó el interior del recipiente, el cual estaba lleno de grasa líquida muy caliente, en ebullición, más que suficiente para cauterizar la herida del huey tlahtoani. El maestre tomó algunos paños húmedos para cubrir el rostro del gobernante y evitar que la grasa hirviendo quemara otras partes de su cara. Después sacó una cuchara de bronce de su caja de madera para verter el líquido caliente. La esposa de Motecuhzoma se alarmó ante lo que le iba a hacer a su esposo; sin embargo, de inmediato doña Marina, quien ya había visto el procedimiento, le explicó lo que estaba por suceder y que era para su bien. Esto la tranquilizó, como también a sus hijas.

—Qué fortuna que el desdichado se encuentre inconsciente —le dijo Olid a Gonzalo de Sandoval, quien ya había experimentado en carne propia dicho procedimiento.

—Dímelo, a m-m-mí —contestó el fornido de Sandoval, al tiempo que se levantaba la manga de su sucia camisa para mostrar uno de sus antebrazos, donde le habían aplicado el mismo procedimiento para cerrar la herida de una flecha que recibió durante la conquista de Cuba. Como consecuencia, parte de la piel de su antebrazo lucía una fea quemadura debido a la grasa hirviendo que había sido vertida.

—Gonzalo, sujetad la cabeza —pidió el maestre Juan al extremeño, quien de inmediato obedeció.

Momentos después de limpiar la herida, el ensalmador vertió la grasa humeante y caliente con su cuchara, llenándola al menos en tres ocasiones. El hedor de carne quemada saturó a Gonzalo, quien prefirió voltear hacia otro lado en lugar de ver el procedimiento. Motecuhzomatzin seguía inconsciente, por lo que no hubo ninguna queja de su parte. La herida cerró al ser quemada y el sangrado se detuvo. Después, el maestre extrajo un pote con algún ungüento de su caja de remedios para aplicarlo sobre la piel quemada, y finalmente la cubrió con una larga tira de algodón, vendando la cabeza del huey tlahtoani.

—Ya está, don Hernando —dijo, incorporándose—. Hemos hecho todo lo posible. Limpiamos y cauterizamos la herida y detuvimos el sangrado. Sin embargo, aún no podemos saber el daño que ha causado la pedrada, ni el tiempo que pueda tomar su recuperación, si es que eso sucede —afirmó Juan Catalán mientras se limpiaba las manos con un paño blanco, para después guardar sus pertenencias.

—En otras palabras, Montezuma se encuentra en las manos de Dios —respondió Cortés—. Esperemos que pronto despierte y se recupere, por el bien de sus hijos y de nosotros mismos. Siempre será de utilidad tener a un rey por rehén. Bernardino, que algunos de vuestros hombres lo vigilen día y noche. También usted, fray Olmedo —ordenó el capitán al tiempo que abandonaba el salón acompañado de Olid, Sandoval y Alvarado.

Gonzalo y Juan Velázquez de León fueron de los últimos hispanos en salir de los aposentos reales. Llegaron hasta el gran salón, donde apenas algunos días atrás el huey tlahtoani se reunía con los otros nobles que se encontraban en calidad de rehenes dentro del palacio. El gran salón se encontraba vacío, con sus antorchas y braseros apagados, casi sumido en una obscuridad total, de no ser por los rayos de luz que entraban por el lucernario. Cuando iban a salir, notaron la presencia de Alonso de Ávila y un par de sus hombres de confianza, quienes caminaron en su dirección desde uno de los rincones de la gran sala. Al parecer los estaban esperando. El hombre de treinta y cuatro años era uno de los más valientes y diestros combatientes de la expedición, había participado en la de Juan de Grijalva de 1518, la cual resultó en un completo fiasco, así como en varios rescates y en expediciones que tenían como propósito capturar nativos y llevarlos a las islas ocupadas por los hispanos para que trabajaran de manera forzada. A través de esta actividad, el hombre nacido en Ciudad Real se había vuelto inmensamente rico. Delgado y alto, de largo pelo rubio, era una de las voces más valoradas entre la tropa de la expedición. Era de porte distinguido, ojos miel y mentón prominente, aficionado a la bebida, a las apuestas y a maldecir ante la menor provocación. Después de saludar a Gonzalo y Juan, Alonso les dijo:

—Los he esperado pues creo que es importante que sepan de lo que me he enterado. El adivino Blas Botello me ha hecho una visita la noche de ayer, cuando los ataques de los indios menguaron por el lado sur. El agorero me ha confirmado que durante las últimas jornadas, al practicar su artes adivinatorias, el resultado al que ha llegado es el mismo: la muerte de todos y cada uno de los miembros de esta expedición, antes del inicio del próximo mes.

—¿En verdad crees en los presagios de ese adivino? —preguntó Gonzalo, molesto por estar perdiendo el tiempo escuchando las afirmaciones de un embaucador, pues así lo consideraba el extremeño. Sin embargo, Blas gozaba de mucho respeto entre los miembros de la expedición, debía reconocer. Sobre todo cuando puso en advertencia a Hernando Cortés sobre los ataques que estaban sufriendo los hombres de Alvarado que permanecieron en Tenochtitlan mientras él todavía se hallaba en el Totonacapan, en la costa. Tal vez no fuera un embaucador, pero Gonzalo Rodríguez sabía que ese tipo de artes eran condenadas por la Iglesia y que sus practicantes eran perseguidos por la Santa Inquisición, por lo que prefería descalificarlas antes que creer en ellas y poner en riesgo el destino de su alma.

—Callad, Gonzalo. Me interesa saber lo que Ávila tiene que compartir —anunció Velázquez de León con esa voz que parecía provenir de las profundidades de una caverna—. Continúa, Alonso.

—El montañés Botello me ha asegurado que la única forma de evitar ese destino es abandonar Temixtitan antes de tres días. De no ser así, todos acabaremos asesinados por los malditos indios —afirmó Alonso visiblemente nervioso, lo que llamó la atención de Gonzalo.

Era sabido que Ávila no se achicaba, acobardaba o preocupaba fácilmente, sino todo lo contrario. Aunque era un hombre de temperamento colérico y difícil, era sumamente confiable cuando se le asignaban tareas que conllevaban un gran peligro. Hombre de temple de hierro, sabía mantener la cabeza fría en lo más reñido del combate, tomando buenas decisiones, por lo que era común que el propio Hernando Cortés recurriera a su consejo cuando enfrentaba una situación compleja.

—No necesito ser un agorero para saber que si no salimos de esta capital de caníbales todos acabaremos muertos, ya sea de hambre o durante el combate —se jactó Juan mientras sonreía, asomando sus dientes amarillos entre el tupido bigote y un hilillo de sangre escurría desde su frente, a pesar de poner presión sobre la herida.

—Ni tampoco para saber que día tras día sufrimos más bajas en el combate. Perdemos hombres casi al mismo ritmo en que agotamos nuestras provisiones —agregó Gonzalo, colocando sus manos sobre el cinturón de donde colgaba su espada enfundada. En ese momento, Alonso sacó de su cinto una hoja de papel, arrancada de algún cuadernillo, para después desdoblarla y dársela a Juan.

—Vosotros, mirad esto —les dijo.

Velázquez de León, quien sabía leer, observó escritas en el papel varias líneas compuestas por palabras ilegibles, debido a que habían sido tachadas con tinta. También había círculos e innumerables rayas verticales, algunas formando taches, otras sobremarcadas. Lo que llamó su atención fue la frase o palabra que finalizaba cada renglón, las cuales decían, "Nos quedan tres días", "Todos moriremos a manos de los malditos indios", "Escapad o morid", "Moriré, y mi caballo conmigo" y "También Cortés, Alvarado y Velázquez de León". Juan leyó en voz alta las frases y anotaciones finales, no para enterar a Gonzalo, sino para cerciorarse de que sus ojos no lo engañaban. Después de leer su nombre, permaneció en silencio, pensativo ante la premonición de su propia muerte. Rascó su mentón, después acarició su larga barba.

—Son los trazos de Botello —dijo uno de los hombres que acompañaban a Alonso, un mulato de barba obscura y rizada, posiblemente su esclavo—. Nos ha prestado sus garabatos para convencer a los indecisos sobre el fatídico destino que nos espera.

—Juan, recordad cómo Blas puso sobre aviso a Cortés después de su victoria en contra del taimado de Narváez, sobre la condición de los hombres de Pedro de Alvarado y los ataques que sufrían. Si el capitán no hubiera hecho caso de sus presagios, posiblemente hubiéramos llegado muy tarde para salvar vuestro pellejo —dijo Ávila, dirigiéndole una mirada recriminatoria a Gonzalo—. ¡Juan, tú estabas esa noche en la tienda de Cortés, joder!

—Sí, yo estaba ahí. Yo escuché las palabras de Blas Botello advirtiendo a Cortés —respondió Juan, quien seguía viendo la caligrafía del montañés sobre el pedazo de papel—. Alonso, ¿habéis informado a Cortés sobre las malditas predicciones del montañés? ¿Sobre abandonar esta ciudad sodomita y pagana?

—Cortés nunca accederá a abandonar Temixtitan, a menos que no tenga otra opción. Por esa razón tenemos que dar aviso de este presagio a todos los capitanes de la expedición, para convencerlos del peligro que corremos al permanecer en esta isla de Satanás por más tiempo del necesario. Cuando la mayoría de ellos se sumen a nuestra causa, visitaremos al extremeño para convencerlo de partir, por la buena o por la mala —dijo en voz baja Ávila.

—Eso es traición, Ávila, y se paga con la muerte —dijo Gonzalo, preocupado por la inesperada situación que lo tomaba por sorpresa.

—Prefiero arriesgar el pellejo y acabar sin cabeza que morir a manos de estos perros indios y que coman mis restos con ají —respondió Alonso mientras colocaba su mano izquierda sobre el pomo de la misericordia que colgaba de su cinturón.

Gonzalo entendió la amenaza pero la ignoró, pues no moriría ni se batiría en duelo por el presagio hecho por un agorero. Sin embargo, coincidía en que lo mejor era abandonar Temixtitan, ahora que todavía contaban con provisiones y que aún eran mayoría los hombres en condición de combatir y vender cara su vida. Si posponían la salida de Tenochtitlan muchos días más, seguramente las condiciones empeorarían, por lo que era imperante convencer a los otros capitanes de que el mejor camino para salvar la vida era abandonar la ciudad, ya fuera que creyeran en presagios de adivinos o en su sentido común.

—¡Tranquilizaos, hombres! —dijo Juan, conociendo que tanto Ávila como Gonzalo eran hombres de sangre caliente, dispuestos a combatir ante la primera discrepancia que surgiera—. ¡Alonso! Alonso, cuenta conmigo. Por la noche parlaré con Francisco de Salcedo y con el clérigo Juan Díaz. Crean o no crean en las predicciones de Blas Botello de Puerto Plata, creo que la mejor opción para conservar la vida y nuestras riquezas es abandonar esta isla antes de que esta expedición termine en una masacre —concluyó mientras le entregaba la hoja de papel llena de tachaduras perteneciente a Botello.

—También cuenta conmigo —dijo de mala gana Gonzalo Rodríguez de Trujillo, el Sin Miedo, después de haberlo pensado mejor. Al diablo los presagios, lo importante era salvar el pellejo y si se podía el oro, pensó.

Como respuesta, Alonso de Ávila asintió.

—Muy bien. Me da gusto que estemos en la misma galera. Solo una cosa más: eviten comentarlo con Gonzalo de Sandoval, Cristóbal de Olid o fray Bartolomé de Olmedo. Esos hombres son los canes de don Cortés, tan fieles que antes perderían la vida que contradecir a su amo. Ellos pondrían en aviso al extremeño antes de conseguir que la mayoría de los capitanes nos apoyaran para abrumarlo.

Después de decir esto, los hombres salieron del gran salón para despedirse y tomar diferentes rumbos. Juan se dirigió a visitar a Hernando Cortés, mientras que Gonzalo fue al salón donde guardaba sus pertenencias y pasaba la noche, pues tenía un pendiente antes de regresar a la línea de combate. Al ser mediodía, no esperaba encontrarse con Beatriz Yohualcitlaltzin en su dormitorio. Con presteza cruzó el patio norte hasta llegar al patio central, donde cientos de hombres iban de un lado al otro, gritando indicaciones y órdenes en medio del combate que se libraba en el perímetro del palacio. Con disimulo, el capitán de rodeleros entró al salón donde por las noches descansaban algunos lugartenientes de la expedición, así como sus rodeleros. Se encontraba casi vacío, a excepción de los hombres heridos que descansaban o dormían sobre petates en el piso. Algunas mujeres indígenas cuidaban de ellos, mientras que otras platicaban, al tiempo que molían algo del poco maíz que aún quedaba. Gonzalo saludó a algunos de sus hombres que lo vieron pasar hacia el rincón donde tenía sus pertenencias. Después de lanzar una mirada de soslayo sobre su hombro, el extremeño se quitó el morral de algodón que llevaba colgando. Sentado en cuclillas sobre el petate, sacó de la bolsa un pequeño guaje lleno de agua turbia, los restos de pan y carne seca y finalmente la xiuhitzolli, la diadema imperial de los tlahtóqueh de Tenochtitlan, la misma que había quedado abandonada cuando Motecuhzomatzin recibió la pedrada. Gonzalo admiró el valioso objeto por un breve momento. Se maravilló con el brillo del oro del que estaba hecha, incluso pudo ver su propio rostro reflejado en la pulida lámina del metal áureo. La parte frontal de la diadema era triangular, recubierta con un mosaico de innumerables turquesas traídas desde los rincones del imperio de los culúas. Lamentablemente, muchas se habían perdido debido al impacto que sufrió la pieza al caer de la cabeza del Gran Orador y chocar contra el piso.

—Este es tu pago, Gonzalo, por soportar tantas calamidades y sufrimientos —se dijo en un murmullo—. Esta es tu recompensa para cuando abandones Temixtitan. No dejes que te lo arrebaten, no lo cedas —se dijo, para después envolverlo con una camisa sucia y esconderlo detrás de dos petates enrollados. El extremeño se colocó el morral, verificó que no olvidaba nada y partió al pórtico principal del palacio, donde el combate para mantener a raya a los miles de tenochcas continuaba.

Capítulo 29

Era medianoche en el calpulli de Copolco, ubicado en la parcialidad de Cuepopan, al noroeste del recinto ceremonial de Tenochtitlan y del palacio de Axayácatl, donde seguían los combates. En la zona norte de la ciudad, la noche transcurría con tranquilidad, sin imprevistos. Desde el centro de la capital tenochca se escuchaba el batir de los huehuémeh, como era común desde el día que el tlacatécatl Cortés regresó del Totonacapan. Los piquetes de guerreros que vigilaban los embarcaderos, los templos y las avenidas principales permanecían alertas ante la presencia de cualquier transeúnte que fuera lo suficiente imprudente para caminar por ese sector de la ciudad a medianoche. El constante croar de las ranas y sapos, así como el cantar de los grillos, eran interrumpidos por el eco de los pasos de las patrullas que custodiaban los barrios o por escuadrones de guerreros que regresaban a casa después de una tarde de combates. Un tecolote que se encontraba ululando sobre un viejo ahuehuete emprendió súbitamente el vuelo hacia el obscuro firmamento, donde una tímida luna se asomaba por momentos entre los grises jirones de nubes que se empecinaban en ocultar su luz blanquecina. El ave del inframundo había notado la presencia de un hombre que caminaba solo por un camino de tierra aplanada bajo la sombra de algunos árboles. Se trataba del hijo del tlahtoani Ahuízotl, el tlacatécatl de Tlatelolco, el nieto de Moquíhuix, Cuauhtemotzin, quien se dirigía al antiguo templo de Mictlantecuhtli para encontrarse con el líder de la resistencia mexica, el hermano de Motecuhzomatzin y tlahtoani de Ixtapallapan, Cuitlahuatzin, su primo. El noble vestía una tilma negra, así como sencillas sandalias de fibra de ixtle. Su cabeza y cuerpo iban cubiertos con un manto obscuro. El adoratorio donde se iban a encontrar era uno de los más antiguos de la ciudad, pues era anterior al gobierno del tlahtoani Acamapichtli, y se ubicaba en una pequeña plaza poco frecuentada, justo en el límite de Tenochtitlan con su ciudad hermana, Tlatelolco, en el extremo norte de la ciudad. El calpulli de Copolco era famoso por la gran cantidad de sacerdotes que lo habitaba, entre ellos, los responsables de realizar la ceremonia del fuego nuevo cada cincuenta y dos años, como también algunos guerreros de rancio abolengo. Con la fundación de la Triple Alianza llegaron las primeras conquistas, por lo que los guerreros destacados en combate fueron premiados con chinampas y parcelas de este sector de la ciudad, así como con su producción, para que ellos pudieran dedicarse únicamente a prepararse para la guerra. Con el paso del tiempo, los descendientes de estos guerreros decidieron establecerse en las fértiles tierras de cultivo que sus abuelos habían ganado, alejándose del siempre bullicioso centro de Tenochtitlan, así como de las atestadas calzadas de Ixtapallapan y de Tlacopan. El barrio se ubicaba en una gran isla separada de Tenochtitlan por una ancha acequia, mientras que al noreste se ubicaba "la lagunilla", una entrada de agua en cuyas orillas se habían establecido algunos pequeños mercados, posadas, prostíbulos, almacenes y dos amplios embarcaderos. El templo de Mictlantecuhtli y su pequeña plaza se situaban en el límite norte de la capital mexica, justo frente al brazo de agua que daba acceso a la lagunilla.

Cuauhtemotzin siguió el camino serpenteante hasta alcanzar el sendero que llevaba hacia el antiguo adoratorio. En el cruce de caminos se habían apostado tres guerreros, quienes hacían guardia. Los hombres armados con lanzas y escudos platicaban de los avances de la defensa mexica sobre los caxtiltecas, cuando vieron que un hombre se aproximaba.

—¡Yohualnepantla! ¿A dónde te diriges, tenochca? —preguntó un malencarado guerrero que vestía su peto de algodón, apuntando su lanza hacia Cuauhtemotzin. De inmediato los otros dos hombres encararon al caminante solitario.

—Yohualnepantla, yaoquizque —respondió al tiempo que levantaba el manto que cubría su cabeza para mostrar su rostro.

Los hombres lo miraron con detenimiento por un momento, sin bajar sus lanzas. Uno de los guerreros, quien parecía ser el de más alta jerarquía en el grupo, lo reconoció de inmediato.

—Teyaotlantin, bajen sus armas —ordenó a sus compañeros—. Mi señor, no lo reconocí. Una disculpa por nuestra impertinencia —le dijo a Cuauhtemotzin mientras bajaba la mirada.

El guerrero malencarado, así como los otros hombres, obedecieron al instante a su superior, apartándose del camino y bajando la mirada.

—Siga manteniendo seguros estos caminos, telpohyahqui —contestó el noble y volvió a cubrir su cabeza y rostro con el manto negro.

Al continuar con su andar, soltó la empuñadura de madera de la daga de pedernal que llevaba metida entre su máxtlatl y su espalda. A pesar de que el encuentro había sido pactado sin acompañantes y sin armas, Cuauhtemotzin tomó la precaución de llevar su daga, pues no era prudente recorrer los caminos y acequias de la capital mexica a la mitad de la noche, incluso si se trataba del hijo del famoso "Jaguar del Anáhuac", el difunto Ahuízotl. Como precaución, el noble también había ordenado que se escondieran varios grupos de sus seguidores en puntos estratégicos en la periferia del barrio de Copolco, por si el encuentro pactado por Cuitlahuatzin era en realidad una celada para capturarlo o acabar con su vida. "Si atentan contra usted, tenga la certeza de que cobraremos venganza, no importando a quién tengamos que eliminar, mi señor", fue lo que le dijo su consejero, el tlamacazqui Huitzilíhuitl cuando se despidieron.

En poco tiempo, el noble mexica atisbó el templo de Mictlantecuhtli entre dos viejos ahuehuetes, cuyas ramas se mecían con el fuerte
viento de la laguna. El templo construido de piedra y argamasa, con
sus muros cubiertos de estuco, se levantaba sobre cuatro achaparradas plataformas sobrepuestas, por lo que no era nada alto. El estuco de cada uno de los niveles estaba decorado con cráneos pintados
y fémures cruzados; sin embargo, se encontraba muy deteriorado.
Una ancha escalinata daba a las dos entradas del adoratorio de un
solo nivel, sin remate y con techo cónico hecho de paja. Dos braseros antropomorfos que representaban esqueletos flanqueaban la vieja
piedra de sacrificios que llevaba décadas sin ser utilizada. Desde que
se construyó un nuevo templo a la pareja del inframundo, Mictlantecuhtli y Mictecacíhuatl, en el centro del barrio de Copolco, la antigua construcción había quedado relegada al olvido, sin ser utilizada,
por lo que su techumbre presentaba agujeros, mientras que el estuco
de sus muros se caía a pedazos debido a la humedad. Cuauhtemotzin echó un vistazo alrededor del templo aguzando el oído, tratando de confirmar que se encontraba solo y que no había alguien
escondido entre los otates o los gruesos troncos de los ahuehuetes.
El noble solamente percibió el cantar de los grillos y el croar de las
ranas. A lo lejos, detrás del templo, escuchó el graznido de un ave
acuática cuando levantaba el vuelo en compañía de otras, posiblemente asustadas ante la presencia del extraño. Al no escuchar nada
ni notar la presencia de otras personas, el noble caminó hacia la escalinata y subió hasta llegar a la plataforma superior. Nuevamente colocó la mano sobre el mango de su daga, ocultando su postura
por el ancho manto que lo cubría desde la cabeza hasta los tobillos.
Lentamente, y en completo silencio, el tlacatécatl caminó alrededor
de un pesado bloque de cantera tirado en el suelo, para finalmente
entrar en la obscuridad del interior del templo. Cuauhtemotzin detuvo sus pasos frente a la escultura del señor del Mictlan, ubicada
sobre un pedestal de piedra al centro del adoratorio. Mictlantecuhtli aparecía sentado en cuclillas, desnudo, mostrando sus extremidades y el torso completamente descarnado. Los colores que decoraban
su efigie se habían desvanecido con el paso del tiempo, así como el

cabello rizado que era parte de sus atributos. La representación se iluminó por un momento con una intensa luz blanquecina debido a que la luna resurgió entre las nubes, permitiendo que sus pálidos rayos se filtraran por los agujeros del techo de paja, brindando un poco de iluminación a la obscura habitación. Fue en ese momento que el tlacatécatl escuchó una voz.

—Me da gusto que hayas venido a nuestro encuentro, primo. —Se trataba de Cuitlahuatzin, quien apareció detrás de uno de los braseros cilíndricos estucados que se encontraban en la parte posterior del adoratorio. El líder de Tenochtitlan en los difíciles tiempos que corrían vestía una tilma anaranjada sobre su hombro izquierdo y un máxtlatl blanco. Sus grandes ojos café claro destellaron con la luz que se filtraba, de la misma forma que lo hicieron su bezote y su nariguera, ambos elaborados con oro.

—Yo siempre cumplo mi palabra, honorable señor de Ixtapallapan. Heme aquí, desarmado, caminando en medio de la noche en estos tiempos de guerra, con el único propósito de escuchar tus palabras.

—Respetado Cuauhtemotzin, tlacatécatl de Tlatelolco, como seguramente te han informado, esta tarde mi hermano ha perdido la poca autoridad que le quedaba, al ser apedreado y repudiado por sus súbditos. El necio trató de detener la furia de los tenochcas, la indignación de los pipiltin, así como el enojo de Huitzilopochtli y Tonátiuh, abogando por los invasores. Incluso después de la matanza de Tóxcatl, lo que es incomprensible —dijo Cuitlahuatzin, dando unos pasos para acercarse a la escultura del señor del Mictlan y deleitarse pasando sus dedos por la áspera superficie.

—Es víctima de sus propios errores. Los dioses lo han abandonado. El gobernante más poderoso y respetado que tuvo la Triple Alianza paga día con día las consecuencias de sus acciones, las cuales evidentemente han hecho enojar a nuestro señor impalpable, invisible y omnipresente. Alabado seas, Tezcatlipoca —contestó con voz firme el joven tenochca-tlatelolca.

—El mismo que me ha regresado mi libertad hace unos días, el mismo que me ha elegido como el próximo huey tlahtoani de Mexihco-Tenochtitlan en cuanto mi hermano se reúna con nuestros ancestros, si no es que ya lo hizo —dijo y guardó silencio por un momento, mientras admiraba los detalles del rostro descarnado de la deidad—. Como bien sabes, mi prioridad es lograr la expulsión de los perros cristianos por cualquier medio posible. Sin embargo, también me es importante restablecer el orden en nuestra amada ciudad, así como terminar con los asesinatos, purgas y actos de venganza que están realizando algunos tenochcas. —En ese momento giró la cabeza para observar con sus grandes ojos miel a Cuauhtemotzin—. Tenochcas que obedecen tus órdenes.

—Tenochcas indignados por la sangre que han derramado los perros caxtiltecas, por su insaciable avaricia de riquezas y mujeres. Están furibundos al ver cómo el tlaxcalteca camina, como un conquistador, ensuciando con sus sandalias nuestras calles y calzadas. ¡Están iracundos al percatarse de que su Gran Orador los abandonó en el momento en que más lo necesitaban! —alzó la voz Cuauhtemotzin, algo raro en él—. Por esa razón, yo y mis legiones cobramos venganza noche tras noche, persiguiendo a los mexicas que colaboraron con los invasores, mientras que día tras día nos sumamos a los ataques contra el palacio de Axayácatl. No descansaremos hasta que no sobreviva ninguno de ellos, Cuitlahuatzin.

—Precisamente por esa razón te he citado, para compartirte mi canto esta noche, hijo de Ahuízotl, para acabar con este baño de sangre entre mexicas, para alcanzar un acuerdo entre nosotros. ¿Quieres sangre y muerte para saciar tu hambre de venganza? ¡Acabemos juntos con los invasores, ya sea en el tecpan o en los puentes, cuando decidan abandonar Tenochtitlan! ¿Acaso lo que te impulsa es el poder y el deseo de seguir los pasos de tu padre y ser entronizado como huey tlahtoani de nuestra nación? Te nombraré mi sucesor y te daré todo mi apoyo para que el Gran Consejo te elija cuando el tiempo sea correcto. Te sentarás en el icpalli del jaguar, en la estera de turquesas, cuando yo me reúna con mis ancestros. Todo con el propósito de unificar al pueblo mexica, a la Triple Alianza bajo un solo liderazgo que acabe con la amenaza que se cierne sobre nuestra nación —exclamó emocionado Cuitlahuatzin, observando con sus hermosos ojos al tlacatécatl de Tlatelolco.

Como respuesta, Cuauhtémoc se mantuvo pensativo, dando unos pasos para mirar hacia el umbral del templo, observando la pequeña plaza sumida en la obscuridad, así como los árboles que mecían sus ramas con el viento. El joven y aguerrido tenochca colocó sus manos sobre la cintura, analizando las palabras de su primo. Sin voltear a verlo, le preguntó:

—¿Todo esto a cambio de acabar con la persecución de los colaboracionistas, entre ellos los miembros de la familia real, nuestra familia?

—Tu aliento me da serenidad, honorable primo. Lo que te pido es que dejes de derramar sangre tenochca, que terminen los asesinatos en las calles y acequias de nuestra ciudad. Quiero que no se repita la penosa escena del asesinato de nuestro tío Tlaltecatzin, apuñalado y decapitado por una turba de desconocidos en la puerta de su palacio, en cuyos muros pintaron la palabra "traidor" con su propia sangre. No lo protegió ser hijo del finado huey tlahtoani Tízoc ni ser uno de los hombres más poderoso de Tenochtitlan, el ticocyahuácatl de Mexihco-Tenochtitlan. ¿Cuál fue su culpa para acabar deshonrado de esa manera? Servir a la Triple Alianza y a dos huey tlahtóqueh mexicas por veinte años. Mantenerse leal a mi hermano Motecuhzomatzin y apoyarlo en los tiempos más difíciles que ha experimentado el tlahtohcáyotl de nuestra nación. Detén a tus hordas, Cuauhtemotzin, apóyame en el Gran Consejo para que sea confirmado como huey tlahtoani y acabemos juntos con los adoradores del dios martirizado. ¡Mostremos unidad a nuestro pueblo!

—Que se haga la voluntad de Tezcatlipoca, honorable huey tlahtoani de Tenochtitlan —replicó Cuauhtemotzin al tiempo que se acercaba a su primo para sujetarlo del antebrazo. Cuitlahuatzin respondió con el mismo gesto—. Tus términos me parecen aceptables. Unifiquemos a los mexicas, aniquilemos a los perros caxtiltecas hasta el último hombre, para así poder enterrar el técpatl y el macuáhuitl tintos de sangre, sepultando con ellos el odio, la ira y la venganza. Con ese propósito te acompañaré en la próxima sesión del Gran Consejo.

—¡Que el Dador de Vida sea testigo de nuestras palabras! —respondió el hermano de Motecuhzomatzin, haciendo una mueca de conformidad.

—Por cierto, mis informantes me comentan que es inminente la salida del tlacatécatl Cortés y sus hombres de la ciudad —comentó el tlatelolca-tenochca.

—Sus provisiones se agotan y sus muertos aumentan con cada jornada que pasa. Durante mi encierro en el tecpan he podido corroborar el penoso estado en que se encuentran. Los hombres que me sirvieron durante mi encierro en el palacio de Axayácatl siguen informándome sobre lo que acontece en el bastión cristiano. Llevan días fundiendo el teocuítlatl, el oro, en pequeñas barras para poder almacenarlo y llevárselo cuando abandonen nuestra ciudad. Creemos que saldrán por la calzada de Ixtapallapan para llegar a las tierras de Chalco y posteriormente cruzar los volcanes y adentrarse en el territorio de sus aliados, los huexotzincas, atlixcas y tlaxcaltecas.

—Sería lo más lógico, y la ruta más cercana para alcanzar refugio con los chichimecas adoradores de Camaxtli. Debemos fortificar esa calzada, colocar escuadrones para que la vigilen día y noche. No podemos permitir que salgan vivos de Mexihco-Tenochtitlan —aseveró Cuauhtemotzin, dirigiéndose a una de las salidas del templo—. Honorable Cuitlahuatzin, tecuhtli de Ixtapallapan, nos veremos en el Gran Consejo.

—Que así sea, honorable tlacatécatl de Tlatelolco. Por cierto, una cosa más que casi olvido pedirte. Prométeme que no dañarás a los hijos de Motecuhzomatzin ni a su esposa Tecalco, tu media hermana, cuando los caxtiltecas decidan escapar de nuestra ciudad y nosotros los ataquemos en las calzadas. Dame la garantía de que tus guerreros no les harán ningún daño. Recuerda que son parte de nuestra familia —solicitó Cuitlahuatzin.

—Así se hará, honorable primo. No serán tocados por mis guerreros y sacerdotes. Tienes mi palabra —y al decir esto, Cuauhtémoc abandonó el adoratorio para bajar la ancha escalinata y regresar a Tlatelolco en medio de la noche.

7. EL CONTRAATAQUE
Día dieciséis de la veintena Tecuilhuitontli, año Ome Técpatl
28 de junio de 1520

CAPÍTULO 30

Motecuhzomatzin cobró consciencia al otro día de la pedrada que sufrió. Esa mañana, Beatriz Yohualcitlaltzin se encontraba en los aposentos privados del gobernante y su familia, puntualmente en la recámara de la esposa del Gran Orador. La noche anterior, Gonzalo la había visitado para tener relaciones sexuales, a lo que ella se negó, abandonando el rincón que se había vuelto su hogar desde que el sitio comenzó. El extremeño trató de detenerla sujetándola por el hombro, cuestionándola sobre el porqué de su enojo hacia él, o al menos eso entendió Yohualcitlaltzin. La tenochca retiró con fuerza su mano y salió corriendo de la gran cámara donde descansaban los heridos, algunas mujeres y, cuando había oportunidad, al menos dos docenas de combatientes caxtiltecas. Después de caminar un poco por el patio principal notó que no era un lugar seguro, ya que constantemente caían flechas, dardos y piedras lanzados desde el exterior, pues los combates continuaban en el perímetro del palacio. Cientos de hombres corrían de un lado al otro, algunos llevando mensajes, otros dando órdenes, otros más se dirigían a la esquina suroeste del palacio donde había comenzado un incendio, por lo que el ambiente estaba cargado de humo. Como era costumbre, los tambores resonaban sin parar, incluso durante la noche, lo que visiblemente afectaba a los cristianos. La tenochca vio cómo en el patio central se reunía un grupo de tlaxcaltecas bajo las órdenes de un delgado guerrero con el rostro pintado y la cara quemada. Antes de entrar en combate y relevar a sus compañeros, que habían estado combatiendo durante todo el día, los adoradores de Camaxtli contaban sus flechas y dardos disponibles, cada uno avisando a su cuauhyáhcatl, el líder de la unidad. Era evidente que también los aliados nahuas de don Malinche sufrían durante el sitio. Después de varios días de batalla, casi todos los contingentes tlaxcaltecas habían agotado sus flechas y dardos, por lo que habían designado a los jóvenes integrantes de dichas unidades para que recolectaran los proyectiles que les lanzaban sus enemigos desde el exterior. Sin embargo, la gran mayoría de las saetas y varas tostadas se quebraba después de impactar con el piso estucado, con una almena de piedra o un pilar, por lo que muchas eran inservibles. Aun así, eran recolectadas para arreglarlas, remplazando las puntas de pedernal u obsidiana, las plumas o los mástiles de madera. El esfuerzo no era suficiente para mantener la dotación de proyectiles necesarios para combatir días y noches completos, por lo que administraban sus venablos, lo que limitaba considerablemente su poder de ataque. Lo que sí sobraba eran las piedras, por lo que poco a poco fueron sustituyendo sus arcos y lanzadardos por las hondas de piel y fibra de ixtle.

Rápidamente la jovencita se dio cuenta de que no era el mejor lugar para andar paseando sola y de noche, por lo que decidió buscar a su amiga Aquetzalli, cuyo señor caxtilteca había muerto del mal de cámaras un par de días atrás. La mujer valoraría su compañía, además de que era mucho más seguro estar con ella en uno de los grandes salones adaptados como dormitorios que andar vagando por los patios del palacio, repletos de hombres que le dirigían lujuriosas y agresivas miradas. Así, encaminó sus pasos hacia el dormitorio de su amiga, a quien encontró sin mayor dificultad. Pasaron la madrugada conversando sobre distintos temas, como si lograrían salir con vida de la guerra que se desarrollaba en Tenochtitlan, sobre el estado de salud del huey tlahtoani y la posible fecha en que los teteuctin emprenderían la retirada de la capital mexica. Aquetzalli coincidía con el pensar de Citlalli, quien creía que era inminente la salida de los tlaxcaltecas y caxtiltecas de la ciudad de Huitzilopochtli; claro, si eran lo suficientemente inteligentes para darse cuenta de que sus provisiones se agotaban con cada día que pasaba. También era evidente para todos que no podrían detener por muchas jornadas más la horda de mexicas que día y noche los acosaban. Incluso sus bastones de fuego, los grandes venados de guerra y todo su armamento no bastaban cuando alrededor de cinco mil hombres trataban de derrotar a todos los guerreros de Tenochtitlan, los cuales se contaban en decenas de miles. Aun cuando los cristianos disparaban sus pesados tubos metálicos con ruedas sobre la multitud de guerreros, lo único que lograban era abatir entre cinco y diez tenochcas, quienes rápidamente eran reemplazados por nuevos guerreros para continuar con el ataque, con la embestida. Era como tratar de contener el agua de un río con apenas algunas decenas de piedras; era imposible. Con la salida de Tonátiuh por el horizonte, Yohualcitlaltzin, tras haber dormido muy poco, se dispuso a lavarse la cara, los pies y las manos con un poco del agua de lluvia que había recolectado su amiga. Posteriormente se dirigió a los aposentos privados del huey tlahtoani, teniendo siempre en la cabeza el estado de salud de Motecuhzomatzin, así como la interrogante de si recobraría la consciencia y si sobreviviría a la herida ocasionada por la pedrada.

Durante su trayecto notó cuatro grandes estructuras de madera, en las cuales trabajaban afanosamente varias decenas de caxtiltecas, todas colocadas en el patio norte del tecpan. Asemejaban cobertizos hechos con tablas y vigas de madera, con un grueso techo y paredes por sus cuatro lados, las cuales tenían rendijas cuadradas. Eran de gran tamaño, pues dentro de ellas fácilmente cabrían alrededor de veinte hombres. En lo que parecía ser la parte frontal de cada uno de los pesados artilugios habían colocado varias lanzas, lo que delataba el propósito bélico de los armatostes. Las estructuras, debajo del techo, tenían vigas de madera que las atravesaban horizontalmente, así como unas patas para sostenerlas. Yohualcitlaltzin nunca había visto algo semejante. Aunque le hubiera gustado observarlas con mayor detenimiento, tuvo que continuar caminando, pues debía cumplir con sus responsabilidades con el gobernante.

Al llegar a las habitaciones reales la joven se enteró de que el gobernante seguía inconsciente; sin embargo, cuando Tonátiuh alcanzó su máxima altura en el cielo, corrió la voz de que Motecuhzomatzin había despertado. El Gran Orador pidió agua, bebió y después conversó con su esposa Tecalco. También fue visitado por fray Bartolomé de Olmedo, Gerónimo de Aguilar, el capellán de la expedición Juan Díaz y el paje Orteguilla, quien lloró de emoción al saber que su amigo mejoraba. La noticia causó alegría en Hernando Cortés y doña Marina, como también en algunos capitanes castellanos; sin embargo, ninguno de ellos se tomó el tiempo para visitar al gobernante, ocupados como estaban combatiendo en las calles de Tenochtitlan en ese momento. Les bastaba con saber que se encontraba vivo, pues "el rey indio" siempre sería una importante moneda de cambio, algo con que negociar en los duros días que estaban por venir.

La tenochca tuvo que visitar la habitación donde él reposaba, pues el mayordomo Ázcatl le ordenó que llevara una nueva dotación de paños de algodón para el cuidado y limpieza del orador convaleciente. Así fue como se encaminó hacia los aposentos de la familia real, nerviosa al tratar de imaginar cómo luciría el rostro del tlahtoani después del ataque. ¿Acaso había quedado desfigurado? Después de pedir autorización para entrar, Citlalli dejó los paños sobre un petate, ante la atenta mirada de los guardias caxtiltecas. Cuando iba a retirarse pudo lanzar una rápida mirada a Motecuhzomatzin, quien parecía estar enfermo o sufrir fiebre, pues sudaba copiosamente. Ázcatl y otra doncella colocaban los paños con agua fría sobre su rostro y pecho, mientras que el maestre hispano Juan de Catalán molía algunas hojas en un pequeño mortero para darle una infusión. Su esposa Tecalco, así como su hija consentida, Tecuichpo, trataban de platicar con él. El tlahtoani se veía abatido y agotado, por lo que difícilmente mantenía la conversación con su esposa e hija. Cuando Citlalli lo observó, notó su mirada perdida en las pesadas vigas de madera que le daban sostén al techo. Uno de sus ojos se encontraba rojo, inyectado de sangre. También sangraba por la nariz. Su rostro abatido no mostraba dolor físico o molestia, sino solamente indiferencia y tristeza. Dos guardias caxtiltecas vigilaban al gobernante, conversando acaloradamente en una de las esquinas del salón. Antes de salir del aposento, la jovencita cumplió con el protocolo palaciego al preguntarle al viejo Ázcatl si podía retirarse. Fue en ese momento, cuando Motecuhzomatzin escuchó su voz, que volteó la mirada para observarla, después levantó su mano y le indicó moviendo los dedos que se acercara. Yohualcitlaltzin se sintió abrumada cuando todos los presentes en la habitación posaron los ojos en ella, sin mencionar la preocupación que sintió cuando el señor del Cem Anáhuac le pidió que se acercara. Lentamente la jovencita avanzó hasta pararse a un costado de la estructura de madera donde descansaba el hijo de Axayácatl. Motecuhzomatzin la observó por un momento, deleitándose con su belleza, con lo joven que era. A su vez, Beatriz Yohualcitlaltzin miró el rostro del hombre que había gobernado a millones de personas, que había conquistado veintenas de señoríos, el mismo que había detenido la expansión de los purépechas por el oeste y había dirigido a los ejércitos mexicas hasta las tierras mayas del Xoconochco. La parte superior de su cabeza estaba vendada con un lienzo de algodón, cubriendo la fea quemadura que había sufrido cuando vertieron la grasa caliente. Su mejilla mostraba un raspón, consecuencia de la caída que sufrió al recibir la pedrada. La mirada del gobernante era melancólica, triste, casi mostraba indiferencia ante la terrible situación en que se encontraba, pues había perdido su ciudad, su imperio y la fidelidad de gran parte de sus súbditos. Después de un momento, el orador la tomó de la mano y le hizo una seña para que se acercara aún más y pudiera escuchar lo que le quería decir. Todo sucedía frente a la mirada atónita de Ázcatl, del maestre Juan y, sobre todo, de su esposa Tecalco, quienes no entendían el actuar del Gran Orador. Motecuhzomatzin sabía que la jovencita, su sobrina lejana, formaba parte del improvisado servicio doméstico de la familia real que se había conformado por el inicio de las hostilidades entre los mexicas y los hispanos. La había visto diariamente, incluso en un par de ocasiones le había obsequiado algunas frutas, al igual que a sus compañeras, como muestra de agradecimiento por el esfuerzo que realizaban al servirle a él, a su esposa y a sus hijos; sin embargo, a ella nunca le había dirigido la palabra, por lo que se sorprendió. Posiblemente algo había cambiado en el huey tlahtoani después del golpe que recibió. ¿O acaso se debía a que sabía que tenía los días contados?, se preguntó Yohualcitlaltzin, igual de sorprendida que los presentes. Sin más remedio que obedecer, la jovencita acercó su oído al rostro del gobernante, quien le dijo de manera casi inaudible, para que solamente ella escuchara sus palabras:

—Abandona a los caxtiltecas, salva tu vida, sobrina mía —al tiempo que apretaba con fuerza su mano.

Capítulo 31

Miles de hombres se reunieron en el patio central del palacio de Axayácatl por órdenes de los principales capitanes de la expedición, así como del tlaxcalteca Xicoténcatl y del propio Hernando Cortés. Se preparaban para hacer una salida del tecpan para contratacar a los tenochcas con el apoyo de las cuatro torres en las que habían estado trabajando los últimos días decenas de hombres al mando del maestro sevillano Martín López y de los herreros Hernán Martín y Pedro Hernández. En el ataque participarían todos los lugartenientes de Cortés, quienes se dividirían en dos grupos: el primero combatiría en la calzada de Tlacopan, al norte del complejo palaciego, mientras que el segundo lo haría al sur, frente al tecpan del cihuacóatl. Cada uno de los ingenios de madera sería ocupado por entre veinte y veinticinco hombres, principalmente ballesteros y arcabuceros, quienes podrían utilizar eficientemente su armamento bajo la protección de los techos y paredes de madera. Irían acompañados de algunos rodeleros y piqueros, cuyo propósito sería alejar a los guerreros mexicas. Hernando Cortés, Gonzalo de Sandoval, Cristóbal de Olid y Alonso de Ávila permanecerían a cargo de la defensa del tecpan de Axayácatl con alrededor de dos mil hombres, mientras que el resto participaría en la reyerta.

—¡*Dominus vobiscum*! —exclamó el clérigo Juan Díaz frente a la multitud.

Esa mañana, los miles de tlaxcaltecas y cientos de hispanos que se encontraban reunidos en el patio central del palacio escucharon la misa, ansiosos de recibir la bendición que daba el capellán de la expedición Juan Díaz, una tradición cada que se libraba un enfrentamiento. Cuando el sacerdote comenzó con la liturgia de la eucaristía, mostrando la custodia con el cuerpo de Cristo, todos los cristianos se arrodillaron, persignándose y murmurando plegarias para que el Padre, el Hijo y el Espíritu Santo los protegieran durante los duros combates en los que estaban por participar. Entre los arrodillados se encontraba Gonzalo Rodríguez de Trujillo, acompañado de Alonso Berrio, el moro, y de los quince rodeleros de la Vera Cruz que aún se encontraban en condiciones de combatir. Gonzalo, al ver el Santísimo portado por el capellán, de inmediato se arrodilló y cerró los ojos, alzando una plegaria al cielo. Le fue difícil concentrarse al escuchar los rezos, las súplicas y palabras de cientos de hispanos que lo hacían al mismo tiempo. Logró escuchar a su compañero Berrio, quien repetía incansablemente "Cristo, protégeme hoy y mañana de no morir sacrificado". Al parecer, Gonzalo no era el único que temía abandonar los muros del palacio y volver a enfrentarse a las hordas de tenochcas. Notó que a Rodrigo de Badajoz, quien se encontraba a su lado, le temblaba la mano con que sujetaba su rosario, y aunque trató de detener el involuntario movimiento cerrando el puño, no tuvo éxito. No solo él presentaba temblores o incluso vomitaba en medio de la ceremonia, como fue el caso del infante Peña, un hombrón de gran altura que estuvo a punto de ser capturado en los combates de los días anteriores, pero que fue liberado a tiempo por sus compañeros. Nadie los juzgó o reprendió por lo que sentían, pues no había un solo castellano que no experimentara temor momentos antes de enfrentar a los aguerridos mexicas, solamente que algunos lograban dominarlo y otros no. Los miles de tlaxcaltecas presentes también se arrodillaron imitando a sus aliados, pues también eran cristianos, al menos nominalmente, ya que todos habían sido bautizados. Aun así, entendían poco de la complejidad del ritual del cual eran testigos. Aquellos que no se arrodillaban eran reprendidos por algunos hispanos encargados de vigilar que ninguno de los indígenas realizara una falta de respeto durante la misa. Para la ocasión habían pintado su cuerpo de negro, blanco y rojo, así como decorado su cabeza con las típicas coronas hechas de plumas de garza y águila y los listones torcidos rojos y blancos. La gran mayoría vestía sus ichcahuipiltin, sus petos de algodón, mientras que los capitanes portaban estandartes llamados momoyactin sobre la espalda, así como algunos trajes completos hechos de algodón y pieles de animales. Ahí estaba Xicoténcatl, arrodillado, con el estandarte de la garza blanca sujeto a una estructura de ligeros carrizos amarrada a su espalda. Llevaba el cuerpo pintado de franjas verticales blancas y rojas, desde los pies hasta la boca. La frente, los ojos y la nariz los cubrió con pintura negra, haciendo alusión a la deidad patronal de las cabeceras de Tlaxcallan, Camaxtli. Sobre su pecho colgaba una pesada cruz de plata que el propio Cortés le había regalado cuando fue bautizado. Los guerreros tlaxcaltecas estaban emocionados, pues por fin podrían combatir cuerpo a cuerpo con sus odiados enemigos; sin embargo, todos llevaban sus hondas, lanzadardos y arcos, pues sabían que los iban a necesitar.

Al terminar la misa, el capellán Díaz bajó las escalinatas del antiguo templo pagano que había sido transformado en una improvisada capilla, salpicando agua bendita con un hisopo de plata a los cruzados del Nuevo Mundo, a los guerreros de Dios, mientras gritaba: "¡*In hoc signo vinces*! ¡Con este signo vencerán!", haciendo referencia a la visión que tuvo el emperador romano Constantino el Grande momentos antes de librar una batalla a muerte con Majencio, en el puente Milvio, muchos siglos atrás. Al recibir el agua bendita, los hombres se persignaban con gran devoción, sabiendo que estaban prestos a ponerlo todo en la balanza. El fraile mercedario Bartolomé de Olmedo también participaba, bendiciendo a todos los que se encontraban a su alrededor. Sabiendo que la misa había terminado, Cortés, acompañado de Gonzalo de Sandoval, Cristóbal de Olid, doña Marina y Xicoténcatl, subió la escalinata de piedra del templo con el propósito de dirigir algunas palabras a sus hombres y recordarles el objetivo de la contienda. En esta ocasión Hernando vestía su armadura rígida con acanaladuras, compuesta por peto para proteger el torso, gorguera para la garganta, escarcelas y escarcelones para los muslos y las rodillas, hombreras, codales, guardabrazos y brazales para proteger los brazos. Su cabeza iba protegida por una borgoñota rematada con dos llamativas plumas rojas. Debajo, encabezando sus unidades, se encontraban los dos lugartenientes que dirigirían a los combatientes, Pedro de Alvarado y sus hermanos al norte, y Juan Velázquez de León al sur. Al parecer don Hernando no le guardaba rencor al pelirrojo por la matanza que perpetró semanas atrás, sino todo lo contrario, pues le confió el mando de una de las columnas que combatirían durante la jornada, eso sin mencionar que nunca fue castigado. El nacido en Badajoz se encontraba exultante con la decisión de Cortés y emocionado de entrar en combate cercano con los tenochcas, donde podría mutilar, golpear y acuchillar a placer. Bajo sus órdenes combatirían los hombres de Francisco de Lugo y Bernardino Vázquez de Tapia, mientras que en la segunda columna, al mando de Velázquez de León, estarían las unidades de Francisco de Salcedo, Diego de Ordaz, quien aún cojeaba, y Francisco de Aguilar. En las muchas unidades de la columna participarían los rodeleros de la Vera Cruz, al mando de Gonzalo Rodríguez de Trujillo, el Sin Miedo. Gonzalo y Juan avanzarían a la cabeza de al menos novecientos combatientes, incluyendo un fuerte contingente de guerreros tlaxcaltecas encabezados por el propio Xicoténcatl.

—¡Cruzados del Nuevo Mundo! Como bien saben, hoy saldremos a las calzadas de Temixtitan a combatir a los infieles. ¡Nos cobraremos los malos momentos que nos han hecho pasar! —comenzó diciendo Hernando Cortés. No hubo ovaciones ni exclamaciones ante sus palabras, solamente el ruido de las escaramuzas que se llevaban a cabo alrededor del perímetro del palacio y el eterno retumbar de los atabales. Ante la fría acogida de los hombres, Cortés decidió no prolongar sus palabras e ir directamente al grano—. Recordad, caballeros: el objetivo principal es inflamar y destruir todas las cons-

311

trucciones que rodean nuestro tecpan, desde cuyas techumbres nos ofenden diariamente los indios con sus saetas y varas tostadas, sobre todo el gran complejo palaciego que se encuentra al sur, el complejo del cihuacóatl, desde donde se organizan para darnos guerra. Llevad con ustedes los cuatro ingenios de madera que he mandado construir, lo que brindará gran protección a nuestros ballesteros y arcabuceros. ¡Tomad esas construcciones! ¡Haced valer la protección que nos brindan Cristo y su Inmaculada Madre! ¡Santiago y cierra, España! —exclamó desenfundando su espada y alzándola al cielo, frase que finalmente logró arrancar algunas exclamaciones de sus hombres.

Gonzalo no se encontraba muy optimista en cuanto a la protección divina de Cristo y su madre, pues en realidad se hallaban en un buen aprieto, rodeados de miles de indígenas hostiles y con exiguas provisiones. Juan Velázquez de León, quien se encontraba frente a Gonzalo, retrocedió un par de pasos hasta ponerse a su lado.

—Hombre, recordad lo que hemos acordado —le dijo el robusto capitán mientras alzaba su espada en respuesta a las palabras de Cortés.

—Se lo he recordado a los hombres, capitán. En verdad espero que sea una decisión acertada —respondió el extremeño, algo molesto ante la posibilidad de perder a su amigo y compañero Alonso Berrio a consecuencia de la tarea que le había asignado Juan Velázquez de León.

El hombre de Cuéllar le había informado a Gonzalo la noche anterior sobre el contraataque que llevarían a cabo los hispanos y los tlaxcaltecas, momento propicio para que algunos hombres que formaban parte de la conspiración se escabulleran durante el combate en busca del cofre lleno de oro que habían escondido en la chinampa abandonada. Juan consideraba que era muy riesgoso que él o el mismo Gonzalo participaran en la partida, pues su ausencia sería evidente para muchos de los hombres, así como para otros capitanes. Por esa razón, Juan sugirió que Alonso Berrio fuera quien dirigiera el pequeño grupo que realizaría la difícil tarea, por no decir suicida. Iría acompañado de Pedro de Murcia, Mateos el portugués y Cristóbal, el gigante tartamudo. Dos hombres seleccionados por el propio Juan se unirían a la partida, cuyo objetivo era confirmar que el pesado cofre aún se encontraba en el lugar donde lo habían ocultado. Con este propósito, Gonzalo había hecho una copia del plano original para que lo llevaran con ellos. El extremeño hubiera querido conversar con la tenochca Beatriz Yohualcitlaltzin para recordar algunos detalles de la ruta, sin embargo, en toda la noche ella no regresó al rincón donde dormían. Durante la madrugada, al no poder conciliar el sueño, partió en su búsqueda, pero tomó la decisión muy tarde, pues en ese preciso momento su presencia fue requerida por sus rodeleros en el pórtico oriente, ante la tentativa de los mexicas de prenderle fuego a esa sección del palacio.

—¿Llevan los trozos de carbón? —preguntó nervioso Velázquez de León nuevamente al rodelero.

—En efecto, Juan. Les he repartido los pedazos de carbón y les he dicho que vayan marcando la ruta que siguen, dibujando cruces en muros, pilares, pisos y donde se pueda, de manera discreta para que solamente nuestros ojos lean esas señales. También hemos estudiado el plano al menos diez veces. Sin embargo, capitán, creo que los hombres no llegarán muy lejos y que acabarán siendo ajusticiados.

El clamor continuaba entre los hombres reunidos en el patio central, que ya emprendían el camino hacia los patios norte y sur para integrarse a sus unidades.

—¡Pese a Dios, Gonzalo, no te pongas emocional! Si queremos gozar de esa riqueza tenemos que tomar riesgos. ¡Todos lo sabemos! —exclamó mientras caminaban hacia el sur, cruzando la extensión del complejo palaciego. Luego de descender unos escalones continuó—: Posiblemente esta sea la última oportunidad de constatar que el arcón sigue donde lo escondimos. ¡Has escuchado a Alonso de Ávila y las predicciones de Botello! La retirada es inminente, la apruebe o no Cortesillo. Como lo hemos hablado, esta tarea es importante para saber si arriesgaremos nuestro pellejo y el de otros quince hombres el día de la salida definitiva de esta ciudad del diablo, cuando vayamos en busca del cofre. No me gustaría llevarme una sorpresa, Gonzalo, y menos salir con las manos vacías de esta maldita ciudad —dijo con mala cara el nacido en Cuéllar, bajando la visera de su celada ante la proximidad del acceso sur del complejo, donde esperaban dos de los ingenios de madera—. ¡Si no encontramos ese arcón tendremos que buscar otras formas de compensar todo lo que hemos dejado en esta condenada isla! ¡Cerciórate de que se haga, rodelero! —le dijo Velázquez de León, marcando sus palabras con un dedo sobre el pecho de Gonzalo—. ¡Ahora, al combate! —concluyó, avanzando a la posición de vanguardia, mientras daba tiempo a que los arcabuceros y ballesteros ocuparan sus posiciones dentro de los ingenios y a que los demás hombres se integraran a sus unidades.

Gonzalo Rodríguez esperó a que se reunieran los quince hombres de su unidad, entre ellos Alonso Berrio, el moro, y Hernando Tovar, quien portaba el estandarte de la Virgen de Victoria, protectora de Trujillo. Mientras los hombres hacían la última revisión a su equipo y armamento, Gonzalo se acercó a Alonso, quien ya se preparaba para el combate desenfundando su espada.

—Amigo, tengo mis dudas sobre la tarea que nos ha encargado Juan. ¿Consideras que es pertinente? —preguntó el rodelero extremeño, que vestía su brigantina de cuero con placas de acero en el forro y su capacete de acero.

—Gonzalo, pues qué te puedo decir. Se tiene que hacer si queremos evitar salir de aquí con las manos vacías. Sé del maldito riesgo que conlleva, pero qué diablos. Lo haremos. He hablado con los hombres que me acompañarán y todos están dispuestos a jugarse el pellejo por una tajada de oro —respondió seguro de sí mismo el hombre de barba obscura y piel aceitunada, que vestía su peto de algodón y su capacete.

—Muy bien, hermano. Recuerda tener el plano a la mano. Moveos rápido, de manera discreta. No dejen de empujar hasta alcanzar la chinampa abandonada, y de ahí, regresad como alma que lleva el diablo. La gran mayoría de los indios se encontrará alrededor del palacio dándonos una mala pelea, por lo que no hallarán mucha oposición. Tomen hacia el sur, alejándose del combate, y superen las partidas de mexicas que avanzarán hacia nuestra dirección para sumarse al enfrentamiento; después tuerzan hacia el oeste hasta llegar a la orilla de la laguna, donde no encontraran mucha resistencia. ¡Sed veloces! No os quiero perder, Alonso, como perdí a Mota —le dijo Gonzalo.

—Y tú no pierdas la cabeza en esta reyerta, hermano. Toda la ciudad se les vendrá encima, por lo que el combate será muy duro. ¡Nada de andar saqueando a los muertos! —le dijo en tono de broma el moro, mostrándole su blanca sonrisa. Finalmente se dieron un fraternal abrazo deseándose éxito.

De reojo, Gonzalo observó que el resto de la partida ya se encontraba alrededor de Alonso Berrio, desde el gigantón asturiano Cristóbal hasta Mateos, el portugués. Todos vestían ichcahuipiltin a manera de protección, lo que les permitiría ser veloces y ágiles en la tarea por cumplir. Solamente llevaban sus capacetes y celadas, así como sus espadas y dagas, dejando de lado las adargas y rodelas que les estorbarían en la carrera que realizarían.

De un momento a otro los rodeleros de la Vera Cruz se encontraron en medio de un mar de gente, rodeados por alrededor de mil hombres listos para entrar en combate, proteger las torres que les habían asignado e incendiar las construcciones aledañas al tecpan de Axayácatl. Entre todas esas construcciones destacaba su objetivo prioritario: prenderle fuego al gran complejo palaciego del cihuacóatl, pues era uno de los bastiones más importantes del ejército mexica, desde donde salían los escuadrones de guerreros que ofendían día y noche a los hispanos, además de que era un relevante centro de acopio de armas y alimentos. La tarea no sería sencilla pues seguramente encontrarían mucha resistencia por parte de los tenochcas, a pesar de que el palacio se encontraba cruzando la avenida que delimitaba el sur del tecpan de Axayácatl.

Ante la mirada inquisitiva de Velázquez de León, Francisco de Salcedo, Diego de Ordaz y Francisco de Aguilar, cincuenta hombres entraron en los dos ingenios de madera, tomando sus respectivas posiciones. Los piqueros y los arcabuceros se fueron intercalando; los primeros con el objetivo de prestar protección a los segundos, que requerían de considerable tiempo para recargar sus artilugios. Al menos una tercera parte de los hombres que ingresaron a las torres habían sido seleccionados por su fortaleza, pues ellos serían los responsables de moverlas de un punto a otro durante el combate, sujetando las vigas transversales a manera de remos, para después apoyar las construcciones sobre las patas de madera y unirse a la refriega, mientras que los ballesteros y arcabuceros dispararían bajo la protección del techo y los muros laterales, frontales y posteriores, hechos de gruesa madera. Desde el interior de cada uno de los cobertizos se escucharon los gritos de los comandantes de la tripulación, indicando que avanzaran hacia las escalinatas del acceso sur del palacio de Axayácatl. Con magnífica coordinación, los tripulantes alzaron las torres, para después avanzar y subir los escalones de la escalinata hasta colocar los ingenios detrás de la barricada que bloqueaba el acceso a los mexicas, la misma que se encontraba guarnecida por algunos tlaxcaltecas que mantenían alejados a los atacantes. Gonzalo se maravilló al percatarse de cómo los anchos y pesados ingenios pasaban a través de los pilares del monumental pórtico del lado sur del palacio de Axayácatl. Los carpinteros y herreros habían pensado en cada detalle durante su construcción, reflexionó mientras sujetaba la correa de su capacete debajo de su mentón. Después verificó que su brigantina estuviera bien sujeta a los broches de su espalda. Dio un par de tirones, sin que se moviera en demasía, lo que era una buena señal. Finalmente, apretó el cinturón de donde colgaba la funda de su espada, justo en el momento en que Alvar López golpeaba su tambor, dando la señal para iniciar el combate.

—¡Vamos a ofender a esos malnacidos paganos! ¡Vamos a enseñarles cómo se pelea en Castilla, León, Aragón y Andalucía! ¡Por la riqueza y la gloria! —gritó Velázquez de León, alzando su visera para que reconocieran su rostro.

A manera de respuesta, los hombres que lo seguían gritaron al unísono: "¡Por la riqueza y la gloria!", al tiempo que alzaban sus picas, espadas, dagas, rodelas, adargas, alabardas y mazas. De inmediato algunos tlaxcaltecas retiraron los barriles, vigas, redes y piedras que bloqueaban el acceso al palacio, permitiendo que las torres atravesaran el pórtico entre la infantería que las flanqueaba. Juan levantó su montante en alto al atravesar el umbral, mientras que uno de sus hombres seguía sus pasos portando el estandarte de tela donde se había plasmado una representación de la Inmaculada Concepción sobre un fondo azul cielo.

—¡Al ataque! ¡Tomemos ese palacio! —volvió a exclamar el capitán de la columna, visiblemente emocionado, para después bajar su visera y adentrarse en las calles de Tenochtitlan flanqueado por las dos máquinas de guerra.

—¡Rodeleros de la Vera Cruz, conmigo! ¡Al combate! —ordenó Gonzalo Rodríguez, quien siguió los pasos de su capitán sujetando en su mano derecha la tizona y en la izquierda, una daga. Debido al tipo de combate cuerpo a cuerpo, decidió llevar sobre la espalda su rodela de hierro, sujeta de un tahalí de cuero.

Sus quince rodeleros respondieron con una exclamación y se dispusieron a seguir los pasos de su líder. Se escucharon gritos semejantes de otros líderes de escuadrones, quienes corrieron hacia el acceso con los escudos en alto y las espadas listas. Los rodeleros de la Vera Cruz apenas habían atravesado el umbral cuando fueron recibidos por decenas de proyectiles lanzados por una multitud de guerreros mexicas que abarrotaban la avenida, por lo que de inmediato comenzaron los tajos, los golpes y las estocadas.

—Seguidme, Hernando Tovar, vamos hacia esa entrada —dijo el extremeño a su portaestandarte, señalando el acceso ocupado por los mexicas. Se trataba de un amplio vano de baja altura con jambas y un dintel hechos con bloques de piedra, al cual se accedía subiendo al menos diez escalones de una amplia escalinata. Era una entrada secundaria, pues la más importante daba hacia la plaza principal de Tenochtitlan, en el costado este. Siguiendo sus pasos iban el moro Berrio y su partida, repartiendo golpes con sus espadas y acuchillando con sus dagas y misericordias mientras gritaban injurias y maldiciones bajo decenas de proyectiles que intercambiaban de una azotea a otra los arqueros y honderos de cada bando.

En el camino de Gonzalo primero se interpuso un guerrero de bajo rango, sin ninguna protección, quien portaba una jabalina. Fácilmente desvió su primer ataque con la espada, para después acercarse y clavar la daga en su abdomen. Rápidamente fue reemplazado por un guerrero que llevaba un yelmo con forma de coyote protegiendo su cabeza, así como un traje completo de algodón teñido de rojo. Aunque de baja estatura, el extremeño constató su tremenda fuerza al bloquear con su espada un golpe de su pesada maza. Cuando el guerrero lanzaba su segundo golpe, Gonzalo aprovechó el momento para pegarle en el rostro con el pomo de su daga, rompiéndole la nariz y haciendo que sus dientes cayeran sobre el piso. Con un ataque fulminante, de gran velocidad, clavó su cuchillo en el vientre, haciéndolo caer. Mientras el extremeño saltaba sobre su cuerpo, se percató de que Hernando Tovar utilizaba la punta afilada del estandarte para clavarlo en otro tenochca que parecía más un campesino que un guerrero. La sangre emanó de su boca. El miserable colapsó cuando el alférez jaló el mástil del estandarte. El capitán de rodeleros alzó por un momento la mirada hacia el techo del tecpan del cihuacóatl, donde decenas de tenochcas esperaban las órdenes de sus tequihuáqueh para lanzar sus flechas y varas tostadas. De inmediato se escuchó la orden de uno de los capitanes del ejército mexica, por lo que de inmediato los guerreros dispararon sus proyectiles. Al menos cien dardos volaron por los aires y cayeron sobre las fuerzas aliadas hispano-indígenas, causando mayor daño a quienes apenas salían del tecpan de Axayácatl. La granizada de proyectiles fue seguida de gritos, maldiciones y balbuceos de los muchos hombres que fueron alcanzados. Varios cayeron al piso con flechas clavadas en el cuello, las piernas, los pies, siendo los más desafortunados quienes recibieron los impactos en el rostro. Esto ralentizó la salida de los contingentes tlaxcaltecas, que trataban de abrirse camino a empujones y codazos hacia el exterior del palacio. Berrio, el moro, Gonzalo y Hernando Tovar, así como el resto de los rodeleros, no fueron alcanzados por las peligrosas varas tostadas de los nahuas debido a que se encontraban combatiendo en primera línea, lo que suponía un gran riesgo para los arqueros tenochcas, pues fácilmente podían errar el tiro y acabar clavando sus flechas en sus compañeros. Sin embargo, las piedras proyectadas por las hondas de inmediato se hicieron sentir, y una de ellas se impactó contra el capacete de Hernando Tovar, haciéndolo trastabillar por un momento.

—¡Agachad las testas! ¡Cuidado con los pedruscos! —alcanzó a gritar cuando otra piedra perforó el estandarte de Santa María de la Victoria con un silbido.

El rodelero de Trujillo siguió dando golpes a diestra y siniestra, estorbando a sus oponentes, bloqueando los golpes con su tizona para después acercarse rápidamente y terminar el combate clavando su daga, mientras que el resto de sus rodeleros se valía del canto de sus escudos redondos para golpear, rompiendo huesos, narices o dedos. La gritería era tan espantosa que resultaba difícil que los combatientes escucharan las órdenes de sus superiores. Los mexicas gritaban insultos en su idioma, los cuales eran respondidos por los tlaxcaltecas y uno que otro castellano, que se deleitaba cantando ofensas e injurias que no entendían sus enemigos.

El primero de los ingenios de madera alcanzó el flanco derecho de los rodeleros de la Vera Cruz, recibiendo una gran cantidad de proyectiles: su techo quedó erizado como un puercoespín. El segundo avanzó entre los cristianos hasta que alcanzó el costado derecho del primero. Gonzalo escuchó el golpe cuando lo dejaron caer sobre el piso, recargando su peso en las macizas patas de madera de pino. Ante la maniobra, la infantería de los cristianos retrocedió unos pasos, justo en el momento en que por las troneras de las torres salieron los arcabuces y ballestas. ¡Bum! ¡Bum!, resonaron las explosiones, haciendo caer al menos a ocho tenochcas que se encontraban frente a las construcciones de madera. Dentro del ingenio, los hombres que acababan de disparar fueron reemplazados por otros ballesteros y arcabuceros apostados en la segunda y tercera línea, vaciando sus dardos y municiones sobre los defensores, quienes, sorprendidos, no sabían si cargar contra las torres o abrir la formación para que siguieran avanzando. En esta ocasión cayó abatida una mayor cantidad de tenochcas, manchando de rojo las losas de la calzada. La maniobra fue repetida por el segundo ingenio, ante el júbilo de los tlaxcaltecas e hispanos que veían con alegría la efectividad de las construcciones móviles de madera, que interrumpían la sincronización del ataque mexica. La efectividad de las ballestas y espingardas a corta distancia impresionaron a los defensores, pues no erraban ningún tiro, como era común que sucediera cuando se utilizaban a distancias mayores. Las tripulaciones regresaron a sus posiciones originales para alzar las torres de sus soportes y avanzar hasta la mitad de la calle, seguidos de los piqueros y rodeleros que protegían sus flancos.

—¡Cargad! ¡Cargad! —gritó Juan Velázquez de León, quien avanzó nuevamente seguido de varios piqueros y espadachines, saltando entre los cuerpos para enzarzarse en el combate a corta distancia, y dar tiempo a que las tripulaciones de los ingenios cargaran sus armas.

Gonzalo siguió los pasos de Juan, con sus hombres alcanzando los escalones de la entrada lateral del tecpan enemigo, donde continuó el combate. Los rodeleros de la Vera Cruz y otros contingentes hispanos peleaban en contra de los mexicas al pie del muro perimetral del palacio, sufriendo algunas bajas debido a que los defensores lanzaban desde los techos gran cantidad de piedras pesadas. Mientras tanto, los tlaxcaltecas trataban de ofender a los enemigos que guarnecían los techos del complejo palaciego utilizando sus hondas y lanzadardos, tratando de brindar cierta cobertura a la infantería que avanzaba en tropel hacia el vano de acceso, aunque también muchos de ellos cayeron atravesados por flechas y dardos de átlatl. Bajo la mirada atenta de los hombres del capitán Francisco de Aguilar, el devoto, los dos ingenios avanzaron hasta la entrada del tecpan, dejando un corredor entre ellos, lo que brindaba cierta protección para que los cristianos alcanzaran la entrada del palacio con los costados protegidos, al tiempo que los arcabuceros y ballesteros que formaban parte de las tripulaciones disparaban desde el interior de los ingenios hacia tres de sus costados. Gonzalo, Berrio y Hernando Tovar se encontraban propinando tajos y golpes con sus espadas a los culúas a la izquierda de ambos ingenios, tratando de mantener a los enemigos lejos de las torres y evitar que fueran tomadas o incendiadas. De momento en momento, desde el interior de los artilugios alguien gritaba: "¡Preparaos para disparar!", señal que implicaba que la infantería se hiciera a un lado o se replegara para que los ballesteros y espingarderos tuvieran buena visibilidad y pudieran descargar sus armas frente a los tenochcas que se arremolinaban a su alrededor. Esta maniobra se repitió al menos ocho veces, mientras los rodeleros de la Vera Cruz defendían el flanco izquierdo de la formación, haciendo que poco a poco los mexicas se fueran retirando, dejando más espacio entre ellos y los cristianos.

Para todos era evidente que los ataques a distancia de los defensores eran mucho más efectivos que el combate cuerpo a cuerpo, por lo que la granizada de piedras y flechas se incrementó en intensidad, haciendo que Gonzalo retrocediera con sus hombres con la intención de entrar y resguardarse en el interior del palacio de Cihuacóatl.

—¡Y un demonio con esos cobardes que nos atacan a la distancia! —dijo Hernando Tovar mientras retrocedía, protegiéndose con su rodela y sosteniendo en alto el estandarte de la unidad.

—Saben cómo jodernos la vida —replicó Alonso Berrio escondiendo su cabeza detrás de la espalda de otro hombre que sí portaba su escudo.

—¡Entremos a ese maldito palacio antes de que sea tarde! —les respondió Gonzalo, quien sintió un chichón en la cabeza a consecuencia de una piedra que rebotó y acabó impactándose en su frente.

Para su alivio, cuando terminó de hablar vio cómo los auxiliares tlaxcaltecas se desplegaban en gran número en el flanco izquierdo de la avanzada hispana, dando aterradores gritos de guerra, todos armados con hondas, lanzadardos y arcos, respondiendo a los proyectiles que arrojaban los mexicas. Se trataba de un enjambre de cientos de aliados indígenas que avanzaban descargando las piedras de sus hondas y protegiéndose con sus yaochimaltin o escudos de batalla. Gonzalo vio salir entre la línea de escaramuzadores a un grupo de tlaxcaltecas compuesto por al menos doscientos guerreros encabezados por Xicoténcatl el mozo, quienes cargaban contra los enemigos buscando el combate cuerpo a cuerpo. El hijo del gobernante del señorío de Tizatlan era fácilmente reconocible por llevar sobre la espalda el estandarte hecho de plumas de garza blanca de su cabecera, llamando la atención de muchos honderos que trataban de abatirlo. Sin duda que muchos campeones mexicas buscarían la oportunidad de derrotarlo y capturarlo, lo que aumentaría considerablemente su prestigio. El joven guerrero avanzaba con firmeza y rapidez, resguardando su cabeza y su torso detrás del yaochimalli decorado con plumas rojas que sujetaba con su mano izquierda, mientras que en la derecha llevaba un macuáhuitl repleto de filosas lajas de obsidiana. Para el noble de Tizatlan no había razón para temerle a la muerte en combate o en sacrificio; todo lo contrario, pues de esa forma alcanzaría el máximo honor que un guerrero podía alcanzar: llegar después de la muerte al paraíso solar, el Tonátiuh Ichan. Se escribirían cantos y poemas sobre su valor y arrojo en batalla, sería un ejemplo para las nuevas generaciones, incluso alentaría a las cabeceras tlaxcaltecas a aumentar la cantidad de efectivos en la guerra contra la Triple Alianza. Un guerrero no debía temer a la muerte florida.

—¡Guerreros de Camaxtli, carguen contra los chichimecas! ¡Que la gloria nos acompañe! —bramó en náhuatl, alzando su macuáhuitl y señalando a los enemigos, mientras las flechas volaban a su alrededor. El campeón tlaxcalteca se arrojó a lo más reñido del combate dispuesto a poner el ejemplo a sus guerreros, despreciando la muerte. Los cerca de cien tlaxcaltecas rápidamente alcanzaron a los hostigadores enemigos, quienes fueron sorprendidos por la atrevida e imprevista maniobra. Muchos de ellos fueron abatidos por las macanas, mazas y lanzas tlaxcaltecas. Seguían sus pasos otros cien adoradores de Camaxtli armados con hondas y lanzadardos, sus escaramuzadores, quienes brindaban cobertura con sus proyectiles al primer escuadrón. Una ovación se escuchó desde los techos del palacio de Axayácatl, donde se encontraban varios grupos de hispanos, al igual que en todo el flanco izquierdo de la formación castellana. De un momento a otro dejaron de caer proyectiles por ese lado, dándoles cierta tranquilidad a los europeos para reorganizarse y avanzar para tomar el tecpan enemigo.

Gonzalo, quien se disponía a seguir a las primeras unidades que ya combatían dentro del complejo palaciego, lanzó una mirada al flanco derecho para darse cuenta de que los hombres de Diego de Ordaz habían posicionado dos falconetes de hierro apuntando a lo largo de la calzada; disparaban constantemente, alejando a las turbas mexicas. La posición era apoyada por los hombres de Juan de Salcedo, así como por algunos ballesteros. Dos filas de hispanos avanzaban en dirección de la línea enemiga, la cual se había replegado considerablemente buscando el combate cuerpo a cuerpo. En ese momento, Gonzalo Rodríguez de Trujillo buscó a Alonso Berrio, quien se encontraba algunos pasos detrás. Después de sujetarlo del brazo, le dijo:

—Ahora, moro, intégrate a una de esas hileras de hombres y cumple con tu tarea. ¡Sean precavidos, que no quiero perder más hombres!

—Pierde cuidado, Gonzalo. Será como un paseo por la plaza mayor de Sevilla —contestó el hombre de nariz aguileña y tez morena.

—Mateos, Cristóbal y los demás, ¡seguidme! —gritó mientras emprendía la carrera hacia el oeste para superar el palacio ocupado por los enemigos y después avanzar hacia el sur, dejando atrás las partidas mexicas y, finalmente, doblar otra vez al oeste, hacia la orilla de la isla, donde habían escondido el cofre con el oro.

Gonzalo observó al pequeño grupo correr zigzagueando hasta que finalmente desapareció, perdiéndose entre el humo y el polvo que flotaba en el ambiente.

—Que la Virgen de Guadalupe proteja a esos cojonudos —dijo para sí—. Ahora, nosotros a lo nuestro. ¡Hernando! ¡Rodeleros de la Vera Cruz, seguidme! —ordenó al abalanzarse hacia la escalinata que daba acceso al palacio ocupado por los mexicas; se integró a los hombres que se empujaban por entrar y eludir las piedras que seguían lanzando desde las alturas.

Algunos hombres ya llevaban antorchas de madera de ocote, listos para empezar a incendiar la inmensa construcción y así desalojar a los mexicas que la ocupaban. Los pedruscos comenzaron a caer sobre sus cabezas, lanzados por los defensores, ofendiendo duramente a los hispanos. A un costado de Gonzalo, un hombre alzó demasiado tarde su adarga, por lo que la piedra golpeó su cabeza, derribándolo al instante entre la multitud.

—¡Hombre! Poneos de pie —le dijo el capitán de rodeleros mientras se agachaba para tomarlo de la axila; sin embargo, ya no respondió. El pedrusco lo había matado al instante, a pesar de portar un capacete.

Después de un breve momento, los rodeleros entraron a uno de los grandes salones del tecpan del cihuacóatl. En el piso de la cámara encontraron desparramados muchos cuerpos de mexicas, y algunos de cristianos, sobre charcos de sangre, evidente señal del reñido combate que se había dado apenas unos momentos atrás. Tirado sobre el piso, partido por la mitad, se encontraba el tambor de Alvar López. A un costado del extremeño pasó corriendo Francisco de Morla, dirigiendo a los rodeleros de Toledo y a los piqueros de Baracoa, quienes llevaban antorchas.

—¡Iniciad el incendio desde el extremo sur del palacio, caballeros! ¡A menos que prefieran morir asados en lugar de sacrificados! —gritó, y después soltó una gran carcajada.

El fornido hombre era uno de los más admirados por los expedicionarios, pues había realizado una gran cantidad de hazañas. ¿Cómo no recordar la vez que se lanzó al mar para recuperar el timón de una de las embarcaciones, que una tormenta hizo volar por los aires cuando apenas se dirigían a las playas de Chalchihuecan? ¿Y cuando derrotó en un duelo a uno de los capitanes más valerosos de Tlaxcallan, antes de que firmaran la alianza con los cristianos? No cabía duda de que en la expedición comandada por Cortés se encontraban los hombres más avezados de Cuba. Gonzalo siguió los pasos de los hombres encabezados por Morla en dirección al patio norte del recinto, desde donde se escuchaba el ensordecedor ruido del combate. Después de cruzar una antesala, ya dominada por los hispanos, los rodeleros de la Vera Cruz alcanzaron el patio norte, donde se libraba una batalla campal contra cientos de tenochcas que abrumaban por su número a los atacantes. En el centro del patio, a la vanguardia del ataque, se encontraba Juan Velázquez de León, acompañado de un puñado de hombres que rodeaban el estandarte de la Inmaculada Concepción. Juan se defendía con destreza usando su largo montante, vistiendo su celada abollada por los impactos recibidos, con el peto y el brazo tintos de sangre. De su hombro izquierdo salía el asta de una flecha partida, lo cual no parecía afectar sus movimientos. Alrededor del grupo, cientos de tlaxcaltecas e hispanos se batían con los tenochcas en combates personales en una sinfonía de caos. Algunos rodaban por las lajas del piso en un abrazo mortal, con puñales y dagas en mano. Gonzalo dirigió su mirada a un grupo de veinte piqueros en formación cerrada que luchaban afanosamente tratando de mantener a raya a un contingente, muy superior al suyo, de al menos cincuenta mexicas que los acosaban sin tregua, mientras los apoyaban algunos arqueros que abatían poco a poco a los infantes.

—¡Don Gonzalo! Ese parece ser el culúa que organiza la resistencia —dijo el portaestandarte Hernando Tovar señalando a un principal mexica, vestido con un traje hecho de plumas cafés y un yelmo con forma de águila. Detrás de la cabeza sobresalía un gran moño de papel amate plisado y sobre su espalda tres pequeñas banderas, mientras que su rostro estaba cubierto con pintura azul de la nariz a la frente y con pintura roja en su boca y mentón. En sus manos llevaba una larga lanza cuya punta tenía lajas filosas de obsidiana, hecha para cortar más que para penetrar, de nombre tepoztopilli, así como un escudo atado al antebrazo izquierdo. El hombre daba instrucciones tanto a los arqueros, que desde la retaguardia disparaban contra los piqueros, como a los combatientes mexicas que entraban al patio norte desde un pórtico. Justo en ese momento daba órdenes con una impresionante tranquilidad, mientras que dos guerreros con petos de algodón y pieles de jaguar sobre sus dorsos le cuidaban la espalda. Ese era el objetivo que buscaba Gonzalo, sin embargo, era prioritario apoyar a los piqueros, que se veían en dificultades. Ya habría tiempo de ir detrás de la aguililla, pensó el rodelero, quien de inmediato gritó:

—¡Conmigo, hombres de la Vera Cruz!

El extremeño avanzó, seguido de sus quince hombres y al menos diez tlaxcaltecas, en dirección de los piqueros. El Sin Miedo cercenó limpiamente con un tajo el brazo del primer tenochca que se encontró atacando a los piqueros, para después clavar su daga en la primera garganta que se topó. El tiempo no fue suficiente para acabar con un tercer guerrero, quien reaccionó descargando con potencia su macuáhuitl sobre su brigantina de cuero recubierta de placas de acero tachonadas en el interior. Con un rápido reflejo, el rodelero logró interponer su espada, amortiguando la fuerza del golpe de la macana del enemigo; sin embargo, no le fue posible detenerlo. El impacto dejó sin aire al extremeño, quien cayó de nalgas sobre el piso ensangrentado. El mexica lanzó un golpe descendente, el cual detuvo Gonzalo con su espada, dando el tiempo suficiente a Hernando Tovar para que lo atravesara con su tizona por el abdomen.

—¡Avispaos, capitán! —dijo el hombre de Cáceres para después cargar contra el siguiente mexica.

Los demás rodeleros chocaron con sus enemigos, cayendo varios al piso donde todo se definiría con los cuchillos de obsidiana y las misericordias. Gonzalo se incorporó tocándose el pecho, sorprendido de haber sobrevivido a semejante golpe. En realidad, tanto la espada como las placas de hierro de su brigantina le habían salvado la vida. Aspiró profundamente y se limpió la sangre de la frente, mientras a su costado pasaban los tlaxcaltecas para unirse a la refriega, dando sus horrorosos alaridos de guerra. Los piqueros, al ver que eran auxiliados, gritaron con júbilo mientras encaraban a los mexicas, clavando y jalando una y otra vez las largas astas de madera. Un par de ellos arrojó sus picas para después sacar sus dagas y lanzarse contra los enemigos en encarnizados combates.

Después de rematar con su espada a un tenochca gravemente herido que yacía en el suelo, el capitán de rodeleros observó la multitud de hombres que peleaban a su alrededor buscando al principal cuauhpilli, quien ya se encontraba solo, pues sus guardias se habían sumado a la lucha. Daba órdenes a los arqueros que disparaban desde los techos de los salones, así como a otro grupo que avanzaba desde un pórtico proveniente del patio central del complejo. El principal señaló hacia donde se encontraba Juan Velázquez de León, seguramente indicando que atacaran al capitán.

—Que la vida se me vaya si no logro abatir a ese malparido —se dijo Gonzalo lanzándole una mirada al guerrero águila, quien al parecer coordinaba la defensa de todo el patio norte.

El tenochca caminó con toda la calma del mundo hacia la posición donde Juan Velázquez combatía, observando el desarrollo de la batalla. Al avanzar Gonzalo hacia él, notó que un mexica se acercaba al hombre, al parecer un mensajero. Cuando se encontraba a unos pasos del principal, el extremeño se encontró con un enemigo que se interpuso en su camino, percatándose de sus intenciones. El rodelero fintó con su espada al guerrero, haciéndole creer que lanzaría un tajo por la derecha, a lo que reaccionó rápidamente su oponente buscando bloquearlo con su macana. Sin embargo, con la mano izquierda Gonzalo le clavó la daga en el costado, de manera inesperada para su oponente, quien cayó en su engaño. Con un tirón trató de retirarla, mas no lo logró, pues se había alojado entre sus costillas. Maldijo, reflexionado que tal vez tendría oportunidad de recuperarla después. El tenochca cayó al piso llevando las manos a la herida mortal. Ahora nadie ni nada se interponía entre él y el cuauhpilli.

—¡Vamos a ver de qué estás hecho, culúa! —gritó alzando la espada sobre su cabeza para iniciar el duelo.

El guerrero águila se percató de que el hispano se aproximaba corriendo y despidió al mensajero, quien salió corriendo hacia el patio central del palacio. De inmediato el cuauhpilli sujetó su tepoztopilli con ambas manos, listo para responder a la amenaza. El extremeño descargó un golpe descendente con su espada, el cual evadió el experimentado guerrero girando hacia su derecha y haciendo que la punta de su lanza repleta de filosas lajas rasgara el cuero y el acero de la brigantina que protegía el hombro derecho de su oponente, cuando se impactó con él después de que este también giró. Gonzalo recuperó el equilibrio y agradeció no haber sufrido ninguna herida gracias a su brigantina. Al voltear para encarar al tenochca, apenas si tuvo tiempo de desviar una lanzada dirigida a su cuello. El hombre águila ya se había percatado de cuáles eran sus puntos vulnerables. Vino otro ataque hacia su muslo, el cual evitó dando un paso atrás. Sin pensarlo dos veces, mientras retrocedía, sujetó con su mano la rodela de acero que colgaba de su espalda. La necesitaría ante el astuto guerrero, reflexionó. Por un momento caminaron en círculo encarándose, tratando de encontrar el punto débil de la guardia de su oponente. La expresión del culúa no era de odio ni enojo, sino de concentración y serenidad, con el cejo fruncido y los labios apretados. Con una velocidad sorprendente giró la lanza sobre su cabeza para después aprovechar la inercia y lanzar un tajo lateral contra el caxtilteca, quien lo bloqueó fácilmente con su rodela, haciendo saltar un par de lajas de obsidiana. Cuando Gonzalo dio un paso hacia adelante para dar una estocada, no se percató de que la parte posterior del mástil también había girado en las manos del tenochca, impactándose en su costado y haciéndolo perder el equilibrio. El rodelero sintió el dolor recorrer todo el costado derecho de su cuerpo. Apretó los dientes cuando se percató de que venía otro golpe hacia su cuello, el cual bloqueó nuevamente con su rodela. En qué lío te has metido, tío, pensó, tratando de concentrarse en el enfrentamiento y de olvidar el dolor. Siguieron más golpes del guerrero águila, quien parecía que bailaba al girar con su tepoztopilli y mantenía el equilibrio en todo momento. La mejor forma de igualar el combate es sin duda eliminando esa alabarda culúa, reflexionó el extremeño guarneciéndose detrás de su rodela, por lo que esperó el mejor momento para golpear el asta de la lanza con su espada. Cuando el cuauhpilli lanzó un golpe lateral, el hispano respondió con un tajo, el cual afortunadamente partió por la mitad la lanza. Gonzalo aprovechó el momento de debilidad para dar una estocada, precipitándose con todo el peso de su cuerpo. El valiente mexica interpuso su escudo de madera para detener la espada. Sin embargo, fue tanta la potencia que llevaba el acero toledano que traspasó la madera, partiendo el yaochimalli y clavándose en el abdomen del cuauhpilli, quien trastabilló, pero sin perder el equilibrio, con sus ojos muy abiertos. Aun en sus últimos momentos de vida, el tenochca sujetó el brazo del teteuctin para después sacar una daga de obsidiana cuyo mango estaba hecho de asta de venado. De inmediato dirigió un golpe contra el cuello de Gonzalo, quien instintivamente alzó el brazo, haciendo que se desviara la trayectoria de la daga hacia su hombro. El hispano empujó con más fuerza la espada al sentir el dolor en su brazo izquierdo, atravesando completamente al guerrero águila, quien sangró por la boca y la nariz, dando su última bocanada al tiempo que extraía la daga del hombro de su enemigo mientras caía al piso.

El capitán de los rodeleros de la Vera Cruz apretó los dientes y maldijo en sus adentros cuando pasó la mano sobre la herida de su hombro, la cual afortunadamente no era tan profunda debido a que la muerte alcanzó al principal tenochca, impidiendo que empujara con mayor fuerza el arma. Aunque aún podía mover el brazo, el dolor era intenso y el sangrado, persistente. Observó a su alrededor, y notó que algunos de los salones que rodeaban el patio central y norte ya ardían, despidiendo gruesas columnas de humo por las puertas. Al parecer, los hispanos y tlaxcaltecas habían logrado su objetivo. Sin duda que la coordinación de la defensa se había visto mermada con la muerte del guerrero águila, así como por las llamas que ya alcanzaban las vigas de madera de los techos. Por lo tanto, este patio ya se encontraba casi sin resistencia por parte de los defensores, quienes se retiraban al patio central, donde se concentraba lo más duro del combate. Gonzalo buscó con la vista a Juan Velázquez de León, sin encontrarlo; sin embargo, fácilmente ubicó el estandarte de la Virgen de la Victoria perteneciente a su unidad, aún sujeto por Hernando Tovar. Algunos rodeleros se reagrupaban en torno a él, mientras que otros abatían a los últimos mexicas. A la distancia, Gonzalo gritó a sus rodeleros:

—¡Hombres de la Vera Cruz, abandonamos el palacio! —En un principio no lo escucharon, pero al repetir la orden por segunda vez, y al estar más próximo a su posición, los hombres lo reconocieron y de inmediato caminaron hasta su capitán.

—Gonzalo, el combate aún continúa en el patio central —arguyó Hernando—. Deberíamos ir a apoyar a Juan Velázquez de León y sus hombres —el portaestandarte respiraba agitadamente, señalando con su espada el segundo patio. Cojeaba de una pierna, sin notarse ningún sangrado.

—No, Hernando, debemos salir de este infierno antes de que sea muy tarde —replicó—. Juan y sus hombres podrán arreglárselas. Muy posiblemente saldrán por el pórtico principal ubicado en el patio central —el rodelero observó cómo algunos tlaxcaltecas pasaban corriendo en dirección a la puerta que daba a la salida, así como algunos piqueros—. Vamos, no perdamos más el tiempo. —Así fue como los rodeleros de la Vera Cruz abandonaron el palacio, entre las densas nubes de humo, las chispas y las llamas que ya lamían los cielos amenazadoramente.

Mientras corrían, Hernando Tovar notó la herida que su capitán había sufrido en el hombro, la cual hizo que la manga de su camisa se tiñera de rojo sangre.

—Capitán, necesita atenderse esa herida —dijo.

—Cuánta razón tenéis —respondió Gonzalo, quien apretaba la herida tratando de detener el sangrado—. Regresemos al palacio de Axayácatl a tomar un respiro y curar nuestras heridas —ordenó el extremeño al alcanzar la calle que separaba ambos complejos palaciegos—. Ya hemos coqueteado suficiente con la muerte este día —concluyó.

En la rúa corrían de un lado a otro tlaxcaltecas e hispanos entre el humo que obscureció parcialmente la luz en un día de por sí nublado. Al parecer, los combates más duros se libraban en la plaza principal de Tenochtitlan, así como en el oeste de la calzada, en cuya dirección observó el capitán, deteniendo por un momento sus pasos, con la esperanza de ver a Alonso Berrio regresar después de haber cumplido con su difícil tarea. En lugar de eso, en la lejanía vio a una multitud de cristianos combatir por otro palacio, entre piedras, flechas y destellos de los arcabuces. Los gritos de los mexicas se escuchaban con intensidad, así como los malditos huehuémeh que no dejaban de retumbar desde las cimas de los templos. Aunque la visibilidad era poca debido a la humareda, Gonzalo logró ver en la mitad de la calzada uno de los ingenios, abandonado, que era devorado por las llamas.

—Los indios han destruido uno de los ingenios del maese Martín López. ¡Mirad, Tovar! —dijo, señalando la estructura de madera que ardía, repleta de saetas clavadas en su techo.

—Lo veo, capitán. Lo han incendiado, así como nosotros prendimos su palacio. ¡Ahora el maldito conteo de pérdidas! Andad, Gonzalo, que estamos en descampado, y no dudéis de que los culúas puedan salir por esa puerta en fuego —contestó Hernando Tovar, señalando con su espada el vano por el que habían salido.

Los hombres emprendieron la marcha, entrando por una de las brechas que habían hecho los mexicas días antes en el muro perimetral del palacio de Axayácatl. Ahí, entre los hombres que vigilaban el muro colapsado, se encontraba Cortés, observando cómo ardía uno de los principales centros de operaciones de los mexicas, así como el desarrollo del ataque que planeó. Giró la cabeza hacia el oriente, donde se ubicaba la gran plaza. A pesar de la gruesa humareda, pudo ver los avances que había logrado su ofensiva. Entre los escombros y alrededor de la brecha había una gran cantidad de cuerpos tirados sobre las losas de piedra rosada del piso, así como piedras, dardos rotos, plumas desgarradas, incluso cabezas cercenadas.

—¡Sandoval, ahora es vuestro turno! ¡Dirigid a los jinetes a la plaza! —gritó Hernando Cortés, emocionado.

Casi de inmediato, de entre los muros carbonizados de las brechas salieron alrededor de cincuenta jinetes, casi todos hijodalgos, lugartenientes y hombres de alta posición como Alonso de Ávila, Juan de Escalante, Bartolomé García, Juan Sedeño, Ortiz el músico, Baena, vecino de la Trinidad y Lares apodado "el buen jinete", así como muchos otros. Iban armados con lanzas jinetas y adargas de cuero, y algunos con jabalinas. El rodelero Gonzalo y sus hombres tuvieron que pegarse a un muro para evitar ser atropellados por las decenas de caballos que salieron, levantando una gran cantidad de polvo, relinchando y haciendo mucho ruido. Sandoval encabezaba los jinetes montando a Motilla, con el torso enfundado en un coselete de acero y la cabeza protegida por una celada con cubrenuca y gorguera. Detrás iba Juan Sedeño, vecino de La Habana, sosteniendo en alto el pendón del propio Cortés, donde habían pintado una orante Virgen coronada.

Por un momento, los apaleados rodeleros permanecieron con las espaldas recargadas contra los muros, viendo el paso de los caballos, por lo que Gonzalo los pudo contar. Ahí estaban Vargas, Diego Román, Juan apodado "el escribano", García del Pilar, Luis el cordobés, el flaco Andrés Herrero, el quedón Contreras y el resto; solamente faltaba Alonso Berrio. Para la alegría de Rodríguez de Trujillo, durante la reyerta no había perdido ni un solo hombre; sin embargo, todos parecían encontrarse heridos. De los treinta hombres que originalmente formaban su unidad, ocho habían muerto durante los combates o a consecuencia de sus heridas, tres a causa de enfermedades y cuatro permanecían en reposo por las lesiones que sufrieron durante los combates. Al observarlos sintió una gran satisfacción, pues seguían vivos, partiéndose el brazo cada jornada, comiendo poco y guerreando mucho. ¡Mis muchachos son verdaderos hideputas, cojonudos que no se achican frente a los indios!, reflexionó sorprendido al notar que una sonrisa aparecía en su rostro. A la distancia, el rodelero observó cómo los caballos atravesaban la línea de los tlaxcaltecas e hispanos para cabalgar a media rienda en la gran plaza, donde se volverían letales gracias al piso nivelado y al gran espacio.

—No saben la que les espera, capitán —le dijo Andrés el flaco, quien sangraba de la cabeza.

—Lo que se merecen —respondió Rodríguez de Trujillo sin despegar el ojo de los jinetes. Después de un profundo respiro, el extremeño y sus hombres entraron por una de las brechas, subiendo por el montón de escombros donde Cortés se encontraba de pie. El metelinense lo observó con detenimiento.

—¿Gonzalo, de los rodeleros de la Vera Cruz? —preguntó Hernando—. Veo que te han herido —el capitán llevaba su espada desenfundada, manchada de sangre.

—Don Hernando, no es nada —respondió instintivamente Gonzalo, a pesar del ardor que sentía en su hombro, el cual seguía sangrando.

—Les hemos puesto una jodida tunda a los indios, ¿no?

—Sí, capitán. Nos hemos batido con fiereza en el palacio del ciuacoal. Como vuestra merced podrá observar, logramos prenderle fuego. Sin embargo, hemos regresado debido a las heridas que mis hombres y yo hemos sufrido durante la contienda —respondió el capitán de rodeleros, presionando aún la herida con una mano.

—Eres un orgullo para la villa de Trujillo, Gonzalo Sin Miedo. Anda, ve a buscar al maese Juan al patio central. Dile de mi parte que te cure ese tajo. Que te deje listo para regresar al combate —dijo Cortés.

—Gracias, don Hernando —respondió Gonzalo para después seguir los pasos de sus hombres, quienes ya habían entrado en el perímetro del palacio.

Apenas había llegado al patio sur cuando escuchó el grito de alarma de los hombres que vigilaban desde las brechas, el techo y el acceso sur.

—¡Aprestad las armas! ¡Preparaos para el combate, esforzados cruzados! ¡Ahí vienen nuevamente los indios! —otra vez las órdenes, los hombres corriendo de un lado al otro, las piedras volando por los aires, las maldiciones y las plegarias a la Inmaculada.

Capítulo 32

Tzilacatzin era uno de los guerreros más respetados de Tlatelolco. El tequihua era un veterano de las guerras floridas, había nacido en el calpulli de Xocotitlan y pertenecía a la prestigiosa sociedad de los guerreros otomí. Desde la matanza de Tóxcatl, muchos tlatelolcas dejaron su ciudad, ubicada en la misma isla, al norte de Tenochtitlan, para incorporarse a los combates y a la defensa de la capital mexica. En mi infancia había escuchado mucho sobre el famoso guerrero, como la historia de que podía matar a un hombre con una piedra lanzada con sus manos, o también que había logrado capturar sin ayuda a tres guerreros huexotzincas en un combate florido. La más famosa anécdota sobre el guerrero tlatelolca era que se había enfrentado con el actual gobernante de la parcialidad de Tlaxcallan llamada Ocotelulco, Maxixcatzin, al menos diez años antes de la llegada de los teteuctin. El combate se prolongó desde el amanecer hasta el mediodía, cuando la batalla ritual se dio por terminada. Durante ese largo periodo, ninguno de los guerreros logró una ventaja significativa sobre su oponente, por lo que no hubo un vencedor; sin embargo, los testigos de aquel duelo hablaban hasta la fecha de la gran calidad y destreza de los dos participantes. El veterano era un hombre de estatura promedio, pero muy fornido, que rondaba los treinta y cinco inviernos. En su rostro portaba una nariguera yacameztli, con forma de medialuna, hecha con la excrecencia dorada de los dioses solares, mientras que para proteger su cuerpo vestía un tlahuiztli hecho de plumas verdes y azules que cubría sus piernas y brazos. Llevaba el pelo largo y trenzado sobre su espalda. Su rostro parecía esculpido en piedra, con pómulos y quijada marcados, una nariz ganchuda y ancha y ojos rasgados, mientras que sus labios se veían más delgados de lo común debido a un gran bezote circular hecho de ónix. Portaba su yaochimalli de madera de encino recubierto con un mosaico de plumas de guacamaya, espátula rosada y garza, en cuyo centro formaban una bella flor de diez pétalos. En la mano tenía su lanzadardos o átlatl.

Ese día, Tzilacatzin comandaba un contingente de guerreros tlatelolcas de los barrios de Tepiton y Xocotitlan, quienes habían decidido participar en la guerra contra los cristianos, puntualmente en la defensa del centro religioso y administrativo del barrio de Tezcatzonco, al oeste del tecpan de Axayácatl, por donde pasaba la calzada de Tlacopan. Ahí estaba el legendario tlatelolca, empeñado en defender el palacio de gobierno, acompañado de los doscientos guerreros del calpulli de Teocaltitlan dirigidos por el cuáuchic Tezcacóatl, entre los cuales nos encontrábamos Tliltócatl y yo. Ahí esperábamos a que la tormenta nos alcanzara y nos engullera con su frenesí, pues sabíamos que el combate ya se libraba al este de nuestra posición, sobre la calzada de Tlacopan.

El tecpan de Tezcatzonco donde nos encontrábamos era de tamaño mediano, de gruesos y resistentes muros de piedra y argamasa, con un único patio central que se encontraba rodeado por amplios salones donde en tiempos de paz se impartía justicia y se almacenaba el tributo que debía pagarse al tlahtohcáyotl, o gobierno central, cada noventa días, así como alimentos para tiempos de carestía. También alojaba la guarnición militar que mantenía el orden público y la tranquilidad en ese sector de la capital mexica. En uno de sus grandes salones también se reunía el consejo de ancianos, quienes tomaban decisiones de importancia para la vida administrativa y religiosa del barrio. El pórtico, que daba acceso al interior del patio central a través de sus cuatro altos pilares, había sido tapiado con ladrillos de adobe, pesadas piedras y algunos troncos robustos que fueron talados con ese propósito. Al norte de la fachada del tecpan se ubicaba la amplia calzada de Tlacopan, la cual separaba el complejo palaciego de la plaza del calpulli. Era de traza cuadrada, de ciento cincuenta pasos de ancho por ciento cincuenta de largo, cubierta con losas de piedra rosada traída del cerro de Tenayocan. Al otro lado de la explanada se ubicaba un teocalli con un adoratorio que coronaba cuatro basamentos piramidales sobrepuestos truncos, el cual estaba fuertemente custodiado por guerreros del barrio. Al costado derecho estaba la morada del hermano mayor del barrio, el calpullec, un palacete de menores dimensiones, también ocupado por escuadrones tenochcas. El centro ceremonial y administrativo del calpulli de Tezcatzonco era un lugar perfecto para emboscar a una columna que avanzara sobre la calzada, pues desde los techos de sus robustas construcciones se le podría atacar desde diferentes flancos, incluso desde la retaguardia, obstaculizando su avance. En algún punto del combate, bajo una presión constante, los emboscados tendrían dos opciones: o dividían sus fuerzas, tratando de ocupar las diversas construcciones que rodeaban la plaza, o simplemente regresar por donde vinieron. Por si fuera poco, donde terminaba la plaza y la calzada de Tlacopan continuaba su traza hacia el oeste; ahí los tenochcas habían colocado soportes de madera sobre los cuales descansaban afilados troncos, cerrando el paso a las dos torres hispanas, así como a los venados que montaban.

Momentos antes del mediodía, el furor del combate alcanzó algunas construcciones ubicadas al este de la plaza del barrio, por lo que pasaron varias columnas de tenochcas provenientes de Iztacalecan, Chichimecapan y Atlampa, ocupando la plaza, todos listos para entrar en combate. También llegaron mensajeros a nuestra posición dando aviso de que la columna enemiga que avanzaba por la calzada llevaba dos de las torres que habían construido los hombres del tlacatécatl Cortés, pesados artilugios de madera que protegían a sus arqueros y a los hombres que llevaban los temidos bastones que escupían fuego. Al enterarse de estas noticias, Tzilacatzin y el cuáuchic Tezcacóatl ordenaron a nuestros hombres que hicieran acopio de piedras más grandes y pesadas que las que habitualmente utilizábamos, con el propósito de lanzarlas sobre los techos de las torres, y también que prepararan las flechas incendiarias, en cuyas puntas amarrábamos fibras de ixtle para después mojarlas en chapopotli. Si no funcionaban las piedras, les prenderíamos fuego a los ingenios que parecían salidos del mismo Mictlan.

Desde la plaza de Tezcatzonco escuchábamos el escándalo que se originaba como consecuencia de los muchos enfrentamientos que se daban en el perímetro de la calzada de Tlacopan y en otros rincones de Tenochtitlan. También nos percatamos de las densas columnas de humo que se multiplicaban conforme iba llegando el mediodía, producto de los incendios que causaban los invasores a las edificaciones aledañas al palacio de Axayácatl.

—Su objetivo es claro, tenochcas —dijo el cuáuchic Tezcacóatl—, lo que buscan es arrasar todas las construcciones alrededor del tecpan donde se han fortificado para que dejemos de ofenderlos desde las alturas, así como despojarnos de nuestras principales bases de operación y almacenamiento.

Esa mañana había caído el tecpan del cihuacóatl al ser devorado por las llamas, y en ese preciso momento la lucha continuaba en el complejo palaciego del huey tlahtoani Ahuízotl. Poco a poco los tenochcas perdían los grandes palacios ubicados al oeste del recinto ceremonial, por lo que era de suma importancia defender el palacio de gobierno del barrio de Tezcatzonco y evitar que cayera en manos de los cristianos o que fuera incendiado, incluso a costa de la vida de todos nosotros, sus defensores. Su importancia radicaba en su ubicación, pues era el último gran bastión mexica donde se podía cortar el avance de los invasores hacia el oeste y así evitar el escape de los caxtiltecas por ese sector de la ciudad en los días por venir.

Al mediodía, desde el techo del tecpan pudimos ver cómo la batalla alcanzaba las construcciones ubicadas a unos doscientos pasos hacia el este. Claramente observamos la columna de cristianos, apoyada por auxiliares tlaxcaltecas y encabezada por los dos ingenios de madera. A pesar del esfuerzo por parte de los escuadrones mexicas para detener su avance, al poco tiempo los enemigos ya habían alcanzado el extremo este de la plaza de Tezcatzonco. Escuché al cuáuchic Tezcacóatl decir a Tzilacatzin que al menos se trataba de dos mil hombres, a los cuales dirigía el salvaje Tonátiuh, Pedro de Alvarado. Frente a nuestros ojos pasaron algunos de nuestros guerreros arrastrando a sus compañeros heridos, otros escapando por su propio pie, así como los honderos y arqueros que retrocedían ante la nutrida columna caxtilteca que parecía arrollar a todo aquel que se pusiera en su camino. Acosaban a los invasores en la distancia, sin embargo, el sorpresivo avance de los hombres de Alvarado no les permitía coordinar sus esfuerzos. Los gritos de alarma hicieron eco en la plaza, las caracolas comenzaron a rugir, al tiempo que se dictaban las últimas órdenes. ¡Los escuadrones mexicas eran empujados hacia la plaza!

—¡Prepárense para el combate! —repitió dos veces el cuáuchic Tezcacóatl a quienes ocupábamos el techo del tecpan y a quienes estaban en el patio central y guarnecían las entradas detrás de los gruesos muros de adobe. Tliltócatl, que se encontraba a mi lado, sopló su caracola en dos ocasiones consecutivas, lo que significaba que el combate estaba por empezar.

—¡Tlatelolcas! —bramó Tzilacatzin sin despegar la mirada de la vanguardia enemiga. Su potente voz se escuchó por todo el sector sur de la plaza—. ¡Llegó el momento de morir! ¡No les permitiré que pierdan este tecpan!

Uno de sus capitanes del tequihua gritó: "¡Hasta el último hombre!", por lo que de inmediato los guerreros de Tepiton y Xocotitlan repitieron las mismas palabras: "¡Hasta el último hombre!". Nuestros compañeros de armas comenzaron a disparar sus hondas, lanzadardos y arcos.

Las flechas y las piedras volaron contra la vanguardia enemiga, conformada por una compacta formación de la infantería caxtilteca, que iba bien protegida vistiendo sus armaduras y cascos metálicos. A su alrededor se movían con agilidad enjambres de auxiliares tlaxcaltecas armados con hondas y armas arrojadizas, acosando a los tenochcas que defendían la calzada.

En un abrir y cerrar de ojos, una de las torres había alcanzado el centro de la plaza, moviéndose lentamente hacia la entrada de nuestro tecpan mientras sus tripulantes disparaban sus bastones de fuego contra los hombres que ocupaban la plaza hacia la izquierda, causando una terrible mortandad. Algunos caxtiltecas se dirigieron a la entrada de la construcción que defendíamos, buscando forzarla, mientras que detrás de ellos los escaramuzadores tlaxcaltecas ponían la mira en quienes ocupábamos el techo. A nuestro alrededor comenzaron a volar piedras y dardos, causando que muchos de nuestros hombres agacharan la cabeza, mientras que otros se ponían en cuclillas.

Al grito de "¡Valor, tenochcas y tlatelolcas! ¡Al combate!" comenzamos a arrojar nuestros propios proyectiles. En mi caso, empecé a cargar las pesadas piedras con el propósito de arrojarlas sobre las cabezas de los cristianos, una tras otra sobre la multitud que combatía por abrirse camino y llegar a la entrada del tecpan. Treinta hombres repetían la operación, quienese trataban de salir lo mejor librados entre la nube de proyectiles enemigos. Como consecuencia de la lluvia de pedruscos que descargábamos sobre los enemigos a lo largo de la fachada del tecpan, muchos caxtiltecas y tlaxcaltecas acabaron retirándose; otros terminaron muertos, con sus cuerpos tendidos sobre el suelo y sus cabezas aplastadas o fracturadas.

Como respuesta, los tlaxcaltecas que ocupaban la calzada concentraron su ataque en quienes estábamos en el techo del palacio de gobierno, causando los primeros heridos entre nuestros hombres y haciendo que dejáramos de arrojar los pedruscos y nos refugiáramos detrás de nuestros escudos mientras alzábamos la mirada a los cielos, invocando la protección del señor de los destinos, Tezcatlipoca, para que nos permitiera sobrevivir a la jornada. En ese momento del combate ya tenía tres flechas clavadas en mi chimalli, así como una en mi peto de algodón, cuyo grosor impidió que penetrara la saeta.

—¡Muevan esas piernas, bola de perezosos! —gritó Tezcacóatl mientras recargaba su átlatl con un nuevo dardo—. ¡Sigan lanzando piedras sobre esos malnacidos, sobre esos salvajes! —Después de decir esto, lanzó su dardo, corriendo un par de pasos para obtener el impulso necesario.

La vara de alrededor de dos brazos de largo salió proyectada con gran fuerza, dirigida hacia un caxtilteca que protegía su torso con un peto de algodón. El hombre daba órdenes a algunos combatientes que lo rodeaban cuando su cuerpo fue atravesado de lado a lado por la punta de pedernal del proyectil, que sobresalió de su espalda. De inmediato cayó al piso, para después ser jalado hacia la retaguardia por un par de sus hombres. Dos de los tenochcas que se encontraban arrojando piedras gritaron, tapando y destapando su boca; celebraban el gran tiro del cuáuchic, pero de inmediato todos tuvimos que agacharnos ante las muchas piedras y saetas que dispararon en nuestra dirección los auxiliares indígenas.

—¡Usen sus escudos, señoritas! —gritó Tezcacóatl, quien era uno de los pocos que seguían de pie, protegiendo su torso detrás del escudo. Mientras lo observaba con cierto orgullo, mi brazo izquierdo se estremeció cuando dos piedras golpearon con fuerza la madera de mi escudo. Apreté fuerte los dientes y agaché aún más la cabeza cuando silbaron sobre mi cabeza más pedruscos, los cuales pasaban cortando el aire a gran velocidad. Un hombre agazapado a mi costado fue impactado por una piedra en la cabeza, cayendo inconsciente a un lado de mi pie izquierdo. No tuvo tiempo ni de proferir una maldición. Momentos después, cuando amainó la lluvia de proyectiles, me percaté de que a mi lado derecho uno de los guerreros de nuestro barrio yacía en el piso estucado del techo con una flecha clavada en la garganta, sangrando y retorciéndose en agonía.

—Ustedes, saquen de aquí a Cuicaxóchitl. ¡Retírenlo de la línea de combate! —les ordené a dos guerreros, quienes de inmediato dejaron a un lado las piedras que cargaban para arrastrar al herido hacia el sur del complejo, lejos de la primera línea de la batalla—. Te pondrás bien, hermano —alcancé a decirle cuando ya lo alejaban del combate. Mentía, pues albergaba la esperanza de reconfortar al hombre que se encontraba al borde de la muerte.

Uno de los guerreros que arrastraba a Cuicaxóchitl no había dado más de cinco pasos cuando una piedra impactó su pierna izquierda y lo hizo caer, seguramente con un hueso roto. Se tragó su grito de dolor mientras se arrastraba lejos de los proyectiles enemigos que seguían volando a nuestro alrededor.

Al regresar la mirada a la plaza observé cómo se había llenado de combatientes de ambos bandos, multitudes que luchaban con gran arrojo y furor. Varios teteuctin ya subían las escalinatas del templo que se encontraba frente a nosotros, tratando de evadir las piedras que les lanzaban desde la cima. Algunos llevaban antorchas con el propósito de incendiar el techo de paja seca. Observé cómo uno de los ingenios de madera ya se encontraba a pasos de alcanzar el acceso del tecpan de gobierno. Al parecer no fui el único en notarlo, pues Tzilacatzin ya había dado las órdenes para que sus arqueros prendieran sus flechas.

—¡Disparen contra la tortuga! —gritó, y momentos después salieron volando cerca de veinte saetas que iban dejando sus estelas de humo blanco.

Todas se clavaron en el techo del artilugio, por lo que el fuego empezó a propagarse.

—¡Quiero todas las flechas y piedras sobre esa fortaleza móvil! —gritó Tzilacatzin, caminando de un lado al otro del techo, ajeno a los proyectiles que volaban a su alrededor—. ¡Vamos a destruirlo o a incendiarlo, lo que suceda primero!

Los hombres gritaron a manera de respuesta, dispuestos a obedecer las órdenes.

—¡Ya escucharon al tequihua otomí! Todos los proyectiles sobre la construcción de madera —gritó el cuáuchic Tezcacóatl.

De inmediato todos los hombres del barrio obedecimos sus órdenes y lanzamos las pesadas piedras sobre el techo del ingenio, al igual que muchas flechas en llamas. Algunos caxtiltecas comenzaron a tratar de apagar el fuego con agua que llevaban dentro de guajes, así como con petates humedecidos, intentando cubrir con ellos las llamas que comenzaban a esparcirse sin control.

—¡Ya está prendiendo! —grité mientras sujetaba otra pesada piedra, para después lanzarla sobre el ingenio.

El impacto fue fuerte: partió varios tablones de madera del techo. Escuché un gemido a mi lado cuando otro guerrero de nuestro barrio de Teocaltitlan fue abatido por un dardo de átlatl, justo en el momento en que sujetaba una piedra sobre su cabeza. Cayó del techo sobre la multitud de teteuctin herido de gravedad, todavía sujetándola.

—Esto se está poniendo muy caliente —exclamó Tliltócatl al tiempo que arrojaba una pesada piedra sobre un caxtilteca que trataba de trepar sobre el muro del complejo.

Al agacharme para agarrar otra roca, noté cómo volaba una flecha hasta clavarse en el estuco del techo, a escasa distancia de mi mano. La saeta llevaba una cuerda de ixtle amarrada a la punta, la cual ardía con fuerza. Alcé la cabeza y vi que muchas flechas incendiarias volaban por el cielo, dirigidas todas al patio del tecpan de gobierno, buscando calcinar la construcción. Tomé la piedra y avancé varios pasos hasta llegar al pretil de la azotea, desde donde la lancé hacia el ingenio. Cayó con fuerza sobre el techo, abriendo un hoyo en la estructura. A pesar del logro, me percaté del intenso calor y del humo que provenían de un par de árboles que se encontraban a las afueras del tecpan, los cuales ya habían sido incendiados. Sus troncos, ramas y hojas eran devorados por las llamaradas con gran rapidez. Como consecuencia, el fuego se había esparcido por uno de los costados de la construcción. Las llamas lamían y ennegrecían los muros ubicados a mi lado derecho.

Tzilacatzin recorrió el techo para asomarse por la oquedad que daba al patio, el cual estaba lleno de guerreros tlatelolcas listos para entrar en combate cuando les dieran la orden. La gran mayoría se encontraba refugiada debajo de los techos y en los salones; sin embargo, algunos corrían de un lado a otro tratando de apagar los pequeños connatos de incendio causados por las flechas de los enemigos. Usaban petates y mantas húmedas; también habían almacenado agua en grandes ánforas, casi del tamaño de un hombre.

—¡Huitzilíhuitl, Meztli, el costado este del palacio está empezando a arder! —gritó Tzilacatzin a los hombres del patio—. ¡Ahora es su turno! Salgan por detrás el palacio y ataquen el flanco cristiano antes de que sea muy tarde. ¡No podremos sostener la defensa por mucho tiempo! —concluyó el tequihua otomí.

Los cerca de cien tlatelolcas de inmediato acataron sus órdenes, movilizándose para salir por la puerta trasera del complejo, rodear el tecpan y caer sobre el flanco de la columna caxtilteca. Los guerreros gritaron al unísono: "¡Tlatelolco ipampa mochipan! ¡Tlatelolco ipampa mochipan! ¡Tlatelolco para siempre! ¡Tlatelolco para siempre!", y en tropel comenzaron a salir.

—¿Evacuamos el tecpan, mi señor? —pregunté a Tzilacatzin, quien me dirigió una dura mirada con sus ojos rasgados y pequeños, los cuales se asomaban entre una frente amplia y unos pómulos prominentes.

—Aún no. Al menos no antes de acabar con esa tortuga —me contestó mientras colocaba otro dardo sobre su propulsor.

Avanzó algunos pasos hacia el pretil y lo lanzó, acompañado de un grito por el esfuerzo. El dardo voló con fuerza, silbando por el aire, hasta que se perdió entre la multitud. Mientras tanto, yo me agaché para recoger una roca, más grande que las demás y al parecer más pesada, pues no pude levantarla. Me observaba el cuáuchic Tezcacóatl, quien de inmediato me preguntó, mostrando sus dientes amarillos:

—¿Acaso está muy pesada para ti, telpochtli? Vamos juntos, ¡ahora! —me ordenó.

Juntos la levantamos con gran esfuerzo y dimos los pasos necesarios para llegar a la orilla del techo que daba hacia la plaza, con nuestros escudos sujetos a nuestros antebrazos.

—¡Hacia la tortuga de madera, Chichilcuauhtli! —gritó con voz entrecortada por el esfuerzo.

Ambos arrojamos el pesado pedrusco, el cual voló por los aires hasta impactarse sobre el techo del ingenio con un fuerte crujido. El impacto rompió al menos tres maderos del techo, así como algunas de las patas que lo sostenían. Como consecuencia, la estructura se venció y cayó sobre uno de sus lados, entre los gritos de alegría de los tenochcas que defendían el tecpan. Rápidamente los caxtiltecas salieron del interior de la tortuga, algunos con sus ropas en llamas.

—¡Formidable, Tezcacóatl! —gritó Tzilacatzin.

Momentos después, el ruido proveniente de la plaza se intensificó cuando cayeron por el flanco de la formación caxtilteca los guerreros tlatelolcas. El caos se apoderó de la formación, haciendo que los auxiliares tlaxcaltecas que portaban hondas y arcos fueran masacrados. Muchos dejaron ahí la vida, sorprendidos al ser atacados por el costado y desde atrás, y muchos otros echaron a correr de regreso hacia el tecpan de Axayácatl, mientras que los caxtiltecas dudaban si seguir sus pasos o continuar combatiendo. De inmediato se interrumpió la lluvia de proyectiles de los enemigos. Entre la multitud pude ver a un hombre con armadura metálica y un gran casco que daba gritos con desesperación, tratando de detener a los hombres que retrocedían. Se trataba de Tonátiuh Alvarado, con sus barbas y pelo rojizos.

—¡Ahí está el Tonátiuh! —grité señalando al lugarteniente del tlacatécatl Chalchíhuitl Cortés—. ¡El responsable de la masacre! —El cuáuchic, Tliltócatl y otros hombres que me rodeaban miraron hacia la dirección que señalaba.

—Es muy tarde para perseguirlo, telpochtli —dijo Tezcacóatl, quien ya se había quedado sin dardos para su propulsor—. Tenemos que salir de este horno antes de que sea muy tarde. ¡Abandonamos la posición! ¡Todos a las escaleras! —gritó.

Su orden fue muy oportuna ya que habían comenzado a incendiarse los salones del ala oriente, así como algunas partes del patio, debido a las flechas incendiarias enemigas. De inmediato todos comenzamos a correr hacia las tres escaleras de madera para descender lo más rápido posible. Todos los hombres se apresuraron a salvar la vida menos uno: Tzilacatzin. El tequihua se había sujetado del borde del techo, colgando su cuerpo para sortear la altura de la construcción y evitar cualquier lesión. De un salto cayó entre los tenochcas que defendían la entrada del tecpan para integrarse al combate con furia. Finalmente fue mi turno para bajar por la escalera, lo que hice entre tosidos y perdiendo de vista al gran guerrero. Cuando alcancé el patio me percaté de que el cuáuchic Tezcacóatl señalaba la salida trasera del palacio de Tezcatzonco en medio del humo.

—¡Muevan esas piernas si no quieren morir rostizados! —gritaba, haciendo señales. Frente a él pasaron todos los hombres del barrio de Teocaltitlan, así como algunos tlatelolcas. Cuando se cercioró de que era el último hombre que quedaba, abandonó el patio entre la densa nube de humo y las llamas que ya consumían las vigas de los techos.

—¿Se encuentra bien, mi señor? —le pregunté cuando salió del edificio tosiendo con fuerza, abriéndose paso casi a ciegas entre el humo que provenía de la angosta puerta.

—¡Claro que estoy bien, muchacho! —respondió, tratando de tragar saliva al tiempo que recargaba las manos sobre sus rodillas—. ¿Sabes algo de Tzilacatzin?

—Ha salido a tiempo, cuáuchic. Lo vi bajar por la fachada del palacio, pero después lo perdí entre los combates al pie del ingenio destruido.

No pude evitar toser de manera incontrolable mientras caminaba alejándome del tecpan. Los otros guerreros también respiraban con dificultad, algunos con el cuerpo y la cara negros de hollín. Ahí también estaba Tliltócatl, sujetando la caracola, listo para hacerla sonar, con una flecha clavada en el hombro y el cansancio expresado en el rostro. Con dificultad pude reconocer al joven alfarero Itzmixtli, cuyo rostro estaba negro de sudor, hollín y sangre. En una mano sujetaba su honda y en la otra su escudo recubierto de piel de venado, en el cual había clavadas al menos tres flechas. Respiraba con dificultad, agotado por el combate. Nuestro cuauhyáhcatl Tezcacóatl observó a sus hombres exhaustos, muchos de los cuales habían sido heridos. Un par de guerreros vertía el agua de sus guajes sobre sus ojos, pues no veían nada. Un guerrero se encontraba sentado, con lágrimas inundando sus ojos, frente al cuerpo de Cuicaxóchitl, quien finalmente murió desangrado. Habían logrado sacarlo del tecpan en medio del combate para llevarlo a un sanador, pero los dioses decidieron que ya había vivido lo suficiente. Después de meditarlo por un momento, nuestro capitán tomó la decisión de retirarnos para descansar un poco y curar a los heridos, aun cuando el combate continuaba en la plaza del calpulli de Tezcatzonco.

—Tliltócatl, sopla la caracola. Por hoy ha sido suficiente. Nuestros hombres han peleado bien, se merecen un descanso.

Al escuchar los cuatro rugidos de la caracola, los hombres de inmediato comprendieron que era momento de descansar, por lo que todos emprendimos la marcha hacia el sur. A nuestra espalda ardía el complejo palaciego, impidiendo que al menos por un momento nuestros enemigos siguieran nuestros pasos. Mientras caminábamos, Tezcacóatl se dirigió a Tliltócatl y a mí:

—¡Fue un gran combate! —dijo, golpeando la palma de la mano con su lanzadardos de madera labrada—. Nos batimos con gran destreza y valor. Estoy muy orgulloso de nuestros guerreros, incluidos ustedes dos. —Sorpresivamente, el veterano sonreía, emocionado.

—Pero, gran cuauhyáhcatl, perdimos el tecpan del calpulli —contestó Tliltócatl.

—Perdimos el tecpan, pero cumplimos con el objetivo de detener el avance de los caxtiltecas en la plaza del calpulli de Tezcatzonco, justo como me lo ordenó nuestro señor Cuitlahuatzin, dando tiempo a que un par de columnas tenochcas llegara desde el sur y el norte, cortando la retirada a los teteuctin y a los perros tlaxcaltecas por la calzada de Tlacopan. Seguramente en estos momentos el Tonátiuh y sus hombres se encuentran rodeados, luchando por cada paso que dan para alcanzar la seguridad del tecpan de Axayácatl. Retuvimos el tiempo suficiente a los invasores, por lo que el movimiento de pinzas se ha cerrado a sus espaldas. Será grande la cosecha de cautivos para nuestros dioses. El esfuerzo y las bajas han valido la pena —concluyó Tezcacóatl mientras apretaba la marcha hacia el centro de nuestro calpulli.

Capítulo 33

—¡Debemos tomar el tecpan de Axayácatl antes de que los caxtiltecas abandonen Tenochtitlan! —rugió el petlacálcatl, el responsable de recolectar y administrar el tributo del imperio.

—¡Todo lo contrario! Debemos esperar su salida para arremeter contra uno de los puentes y acabarlos hasta el último hombre —gritó el tlacatécatl Tezozómoc, responsable de las guarniciones militares del Totonacapan.

—¡Silencio! —gritó el tlacochcálcatl Coyohuehuetzin incorporándose de su asiento y proyectando su sombra sobre uno de los murales que decoraban el interior de la Casa de los Dardos, el Tlacochcalli—. Pipiltin, nobles señores, mostremos un poco de la educación que nos transmitieron nuestros padres. ¡Dejemos de arrebatarnos el canto florido! ¡Dejemos de actuar como meros macehualtin!

El tlacochcálcatl era un hombre de cuarenta y siete inviernos que había combatido en todos los rincones del imperio, bajo los gobiernos de Motecuhzomatzin Xocóyotl, Ahuízotl y Tízoc, destacando por su valor y desprecio a la muerte, pero sobre todo por su aguda visión estratégica, lo que le permitió con el paso de los años alcanzar la posición más alta dentro del ejército tenochca, solamente por debajo del huey tlahtoani y del cihuacóatl, la de tlacochcálcatl, "el hombre de la Casa de los Dardos". Esa noche, el militar llevaba el peinado alto y vestía una tilma color rojo con ribetes elaborados con plumas del mismo tono. Su rostro estaba labrado con una escarificación en forma de remolino que iniciaba en la comisura izquierda de su cara, expandiéndose por su mejilla. Su angulado y duro rostro estaba flanqueado por dos orejeras redondas de oro, mientras que de su nariz colgaba una nariguera triangular hecha del mismo material. El veterano mostraba sus dientes y encía inferior, pues su labio colgaba ligeramente debido al peso de un bezote de piedra verde con forma de cráneo humano. Su rostro estaba surcado por innumerables cicatrices, siendo la más visible una depresión en el lado derecho de su frente, consecuencia de una fractura de cráneo que había sufrido en la guerra contra los rebeldes chontales de Alahuiztlan, Oztoman y Teloloapan. A pesar de su edad, de las arrugas que surcaban su rostro y de su pelo canoso, el veterano aún infundía respeto y temor, incluso entre los guerreros más avezados. A su lado se encontraba sentado Cuitlahuatzin, quien permanecía con la mirada perdida en la hoguera que ardía al centro del salón donde se encontraban reunidos los sobrevivientes del Gran Consejo de Tenochtitlan, compuesto por los funcionarios y militares del más alto nivel de la ciudad, así como por los gobernantes de las sociedades guerreras tenochcas y representantes de los altepémeh de Tezcuco y Tlacopan, los otros dos miembros de la Triple Alianza. El hermano de Motecuhzomatzin estaba agotado de escuchar a los hombres más poderosos de Tenochtitlan, los teteuctin, interrumpirse, debatir y discutir incansablemente sobre las acciones que debían llevarse a cabo en los siguientes días para obtener la victoria completa sobre los codiciosos invasores cristianos.

—¡Nuestro señor Cuitlahuatzin quiere elevar su voz y sabiduría sobre sus interminables debates! —afirmó Coyohuehuetzin mirando a todos los presentes, quienes se encontraban sentados en una gran banqueta de piedra estucada adosada a los muros por tres lados del gran salón.

En la base de la larga estructura de piedra, diestros escultores habían labrado decenas de guerreros armados para la batalla que parecían marchar hacia la representación de un águila posada sobre un nopal que devoraba corazones humanos. Este glifo labrado en piedra se encontraba en la base de un cubo que sobresalía de la banqueta, lugar de honor para el huey tlahtoani de Tenochtitlan. Dado que Motecuhzomatzin aún estaba en manos de los caxtiltecas, la posición era ocupada por su hermano Cuitlahuatzin.

El salón era de planta rectangular con algunos pilares labrados, que sostenían las vigas del techo plano del espacio. Al centro ardían varios fuegos ubicados dentro de braseros de cerámica redondos, con el objetivo de brindar luz y calor a los presentes. Los muros estaban pintados con franjas horizontales blancas, negras y rojas. El tlacochcálcatl permaneció de pie, mirando con dureza a aquellos que aún no cerraban la boca, comentando sus apreciaciones sobre lo expuesto durante la sesión. Ahí estaba sentado el hermano del tlahtoani de Tezcuco, Coanácoch, así como también el representante del gobierno de Tlacopan, el joven Tetlepanquétzal. En la antesala al gran salón se encontraban sentados sobre petates algunos militares destacados del ejército tenochca, además de algunos dirigentes de los barrios de la ciudad, atentos a las decisiones que se tomaban pero sin tener permitido tomar la palabra, pues su rango no se lo permitía. Entre los militares presentes se encontraba el propio Tezcacóatl, el cuáuchic del barrio de Teocaltitlan, quien se esforzaba por escuchar lo que decían los señores de Tenochtitlan, a pesar de la distancia. Cuando finalmente reinó el silencio, Cuitlahuatzin se levantó del cubo desde el cual precedía el consejo para compartir su palabra.

—Poderosos teteuctin de Mexihco-Tenochtitlan y de la Excan Tlahtoloyan, tequihuáqueh, huey calpixquémeh, gobernantes de los cuauhpipiltin, cuauchíqueh y otontin, hermanos y primos presentes en esta reunión del Gran Consejo —comenzó diciendo mientras miraba a cada uno de los veinte hombres reunidos—. He escuchado con atención sus argumentos y opiniones, incluso los acalorados debates que se han dado en este salón, sobre las distintas formas en que debemos afrontar la amenaza de los codiciosos cristianos durante los próximos días.

—¡Y exterminarlos hasta el último hombre! —gritó el tecuhtli Tezcapoctli, el recién nombrado gobernante de la sociedad guerrera de los otontin.

Ante la interrupción, Cuitlahuatzin lo observó, conteniendo sus palabras, para después continuar.

—Como bien saben, mis señores, nuestros informantes aseveran que los caxtiltecas del tlacatécatl Cortés preparan todo para escapar de nuestra sagrada ciudad —dijo Cuitlahuatzin—. Sus víveres están por agotarse y cada día suman más y más heridos, y también muertos. Incluso han comenzado a fundir el precioso teocuítlatl en tejos para poder transportarlos con mayor facilidad. —Su voz gruesa retumbó entre las paredes del recinto—. Los invasores han sabido resistir con tenacidad detrás de los derruidos muros del tecpan de Axayácatl, soportando nuestros ataques por muchos días y noches. También han realizado unas cuantas salidas, logrando arrasar algunas construcciones desde cuyos techos lográbamos ofenderlos constantemente. Sin embargo, lo único relevante que han conseguido ha sido incendiar el tecpan del cihuacóatl y Ahuízotl antes de ser empujados de vuelta a su fortaleza, donde han logrado mantener a raya a nuestros escuadrones. Honorables teteuctin, también es importante mencionar que nuestros esfuerzos no han rendido los resultados deseados, pues aunque el número de heridos y muertos de los cristianos aumenta día tras día, no hemos logrado derrotarles de manera contundente en las calles de la ciudad, ni tampoco hemos conseguido poner pie dentro del tecpan de Axayácatl. Por esa razón, jaguares y águilas, creo firmemente que nuestra gran oportunidad para infligir una derrota decisiva es cuando abandonen la ciudad —exclamó con su potente voz—. Un descalabro de gran magnitud, en el cual muera hasta el último de los invasores. —Su sombra se agitaba con furia sobre el muro estucado a sus espaldas debido al movimiento de las flamas del brasero que se encontraba a sus pies. A Coyohuehuetzin y a otros jerarcas les sorprendió el viraje de objetivos que había expuesto Cuitlahuatzin, pues ahora no se conformaba solamente con expulsar a los cristianos de Tenochtitlan, sino que pretendía atacarlos y acabar con ellos y con sus aliados. Después de permanecer un momento en silencio, continuó—: Por esa razón he mandado reforzar las guarniciones que controlan y vigilan las calzadas de Ixtapallapan y Tlacopan. También se han apostado guardias en las calzadas de Tenayocan, Tepeyácac y Azcapotzalco, y se ha dado aviso a las guarniciones de los barrios cercanos para que estén preparados en caso de que los cristianos nos sorprendan tomando alguna de estas vías para escapar. Por otro lado, ya se han retirado todos los puentes de madera de las calzadas mencionadas, esto para dificultar la huida a los invasores. ¡Midan mis palabras, mis señores! ¡Los caxtiltecas no lograrán escapar de Tenochtitlan sin sufrir la venganza de Huitzilopochtli! ¡Serán ofendidos, acosados, derrotados! La sangre de los invasores vertida en batalla, así como la de sus aliados tlaxcaltecas, saciará la sed de nuestra madre Tlaltecuhtli, mientras que los corazones de los cautivos alimentarán a Huitzilopochtli, Tonátiuh y Xiuhtecuhtli, quienes se han visto ofendidos con la presencia de los adoradores del hombre clavado al árbol. Sus cabezas se sumarán a las del huey tzompantli para recordar tanto a propios como a extraños la grandeza y el poderío de Tenochtitlan. Los prisioneros serán entregados a Tezcuco y Tlacopan, así como a las cabeceras de las provincias tributarias, para que conozcan el destino de quienes decidan insultar y ofender a los tenochcas —gritó alzando su puño en el aire.

Como respuesta, los señores presentes gritaron emocionados, tapando y destapando su boca con las palmas. Coyohuehuetzin sonrió complacido ante la reacción de los presentes. Cuitlahuatzin esperó un momento para retomar la palabra, mientras observaba los rostros de los allí reunidos tratando de encontrar a su primo Cuauhtemotzin, quien había prometido estar presente en el Gran Consejo. Al no ubicarlo, continuó con su discurso:

—¡Honorables campeones y capitanes, jaguares y águilas! Dejo sobre sus hombros la responsabilidad de vigilar día y noche los puentes de Tlacopan e Ixtapallapan, así como el tecpan de Axayácatl y el recinto ceremonial de nuestra ciudad. Los próximos días serán de suma importancia para acabar con la amenaza que se ha cernido sobre Tenochtitlan desde muchas veintenas atrás. ¡Es hora de cobrar venganza! —rugió Cuitlahuatzin ante los miembros del consejo.

El cuáuchic Tezcacóatl, quien se encontraba sentado de cuclillas sobre uno de los petates de la antesala, imitó a los otros guerreros presentes poniéndose de pie, y aunque no daba exclamaciones llenas de entusiasmo, sí asentía complacido.

—Por fin un líder que nos llevará a la victoria —expresó en voz alta.

—Los días de los caxtiltecas se encuentran contados —respondió el tecuhtli Teáyotl, un experimentado guerrero cuauhpilli o águila—. No lograrán escapar con vida de nuestra ciudad.

En ese momento, los hombres que se ubicaban de pie en la atestada antesala se fueron haciendo a un costado para permitir pasar a un recién llegado que iba acompañado de al menos cuatro hombres. Se trataba del hijo de Ahuízotl, el rebelde y aguerrido Cuauhtemotzin, quien vestía un tlahuiztli hecho de preciosas plumas de garza que cubría todo su cuerpo. Su rostro y el de sus acompañantes iban pintados de color rojo y negro, como si estuvieran listos para entrar en combate. Todos iban desarmados, respetando el protocolo del Gran Consejo. Ante su presencia, el recinto fue quedando paulatinamente en silencio. Cuitlahuatzin observó cómo entraba en el salón, sonriendo con cierta satisfacción. De inmediato los dos únicos guardias que se encontraban presentes en el Gran Consejo avanzaron para impedirle el paso al tlacatécatl de Tlatelolco. Portaban lanzas con puntas de pedernal, así como escudos decorados con bellas plumas. Cuitlahua les hizo una señal para que no se alarmaran y retrocedieran a su posición original, antes de retomar la palabra y romper el silencio sepulcral del Tlacochcalli.

—¡Maldito tlatelolca! —gritó un noble presente—. ¡Tú y tus hordas mataron a mi tío y a su esposa! —agregó al tiempo que se incorporaba de la banqueta y empujaba a Cuauhtemotzin por el pecho, haciéndolo retroceder.

Ante la agresión, el tlacatécatl alzó los brazos en señal de no querer entablar un combate. Algunos de los presentes gritaron en señal de apoyo, mientras que otros abuchearon ruidosamente, desaprobando el ataque. El viejo Huitzilíhuitl, al ver a su señor siendo agredido, empujó al tenochca, interponiéndose entre él y Cuauhtémoc.

—Honorable Tezozómoc, ¿acaso tienes pruebas de lo que dices, que yo ordené el asesinato de tu tío? —preguntó Cuauhtémoc mirándolo directamente a los ojos, superando a su agresor en estatura y fortaleza.

—¡Me ofendes con tu pregunta, engreído niño tlatelolca! —respondió Tezozómoc muy enojado—. ¡Todos en Tenochtitlan sabemos de las purgas que has estado realizando con tus esbirros!

En un abrir y cerrar de ojos, en el salón reinó el caos, pues todos los nobles, militares y gobernantes se pusieron de pie para tratar de hacer escuchar su voz sobre las otras. Se escucharon exclamaciones como: "¡Hizo lo correcto, muerte a los colaboracionistas!", "¡Deshonras el nombre de tu padre Ahuízotl!", "¡Asesino de tenochcas!", "¡Te hemos estado esperando, oh, gran señor de Tlatelolco!". Algunos de los compañeros de Cuauhtemotzin fueron empujados por los señores presentes, a pesar de los esfuerzos de los guardias. El acolhua Coanácoch se paró de la banqueta estucada y con zancadas se acercó al tlacatécatl, tratando de alejar a sus agresores. Lo mismo hizo Coyohuehuetzin, al tiempo que Cuitlahuatzin veía cómo la situación se salía de control.

—¡Dejen los reproches de lado, mis señores! ¡El tlacatécatl Cuauhtemotzin es mi huésped! ¡Yo lo he invitado a formar parte de este consejo! —gritó con desesperación el hermano de Motecuhzoma, logrando que algunos de los presentes se mantuvieran al margen y se sumaran a su solicitud de orden.

Para ese momento, Cuauhtémoc era sujetado de su tilma por el noble Tezozómoc, quien seguía profiriéndole amenazas, mientras que el mexica-tlatelolca mantenía sus manos alzadas. Sin mediar palabra, el tlacochcálcatl se incorporó de la banqueta para avanzar sigilosamente hacia la multitud que se empujaba y ofendía. Dio los pasos necesarios hasta llegar a Tezozómoc, quien en ese momento le mostraba amenazadoramente el puño al señor de Tlatelolco.

—Tecuhtli Tezozómoc —dijo para llamar la atención del noble de origen tepaneca, al tiempo que le tocaba el hombro. El noble volteó a verlo por un momento, tiempo suficiente para que el maduro tlacochcálcatl le propinara un fuerte puñetazo en el rostro. Fue tan rápido y sorpresivo que el noble no pudo hacer nada para evitarlo. Cayó de bruces al piso, con la boca sangrando.

—¡Por todas las tzitzimime! ¡Guarda silencio cuando tu señor quiera hablar! —gritó Coyohuehuetzin observando al desconcertado noble mexica, quien apenas podía pararse. Ante la agresión, todos los presentes se quedaron helados, dejando de empujarse y de insultarse—. Mi honorable señor Cuitlahuatzin, ¿qué nos quiere decir? —agregó el tlacochcálcatl mientras sobaba su puño.

Cuitlahua avanzó hasta el lugar donde se encontraba Cuauhtémoc. Ambos miembros de la familia reinante tenochca quedaron frente a frente.

—Has llegado tarde, primo —dijo Cuitlahuatzin.

—Los tiempos turbulentos que vivimos consumen en gran medida mis días y mis noches, honorable Cuitlahuatzin. Lo importante es que he llegado —contestó el hijo de Ahuízotl, quien llevaba el peinado alto propio de los guerreros.

—Y yo te recibo con los brazos abiertos, primo —replicó el hermano de Motecuhzomatzin al tiempo que se sujetaban mutuamente el antebrazo en señal de alianza, ante la vista de los hombres más poderoso del Cem Anáhuac—. Águilas y jaguares, honorables señores del Cem Anáhuac, ¡el tecuhtli Cuauhtemotzin ha venido a este consejo por invitación mía, con el propósito de coordinar y apoyar las acciones que llevaremos a cabo los próximos días! Su consejo, influencia y sabiduría en temas militares me son muy valiosos, por lo que serán respetados por los miembros de este consejo —exclamó Cuitlahua observando los rostros de los presentes, al tiempo que el aporreado Tezozómoc se retiraba del salón con su orgullo hecho jirones. Al observarlo de reojo, el tlahtoani de Ixtapallapan gritó—: ¡No más rencores entre mexicas! ¡No más agresiones entre hermanos! ¡Solamente unidad!

—¡Unidad! ¡Unidad para los mexicas! —gritaron los presentes, algunos alzando los puños. Muchos creían firmemente en las palabras del hermano de Motecuhzoma, mientras que otros prefirieron guardar las apariencias y no expresar su verdadero sentir.

—Así será, honorable huey tlahtoani de Mexihco-Tenochtitlan —respondió Cuauhtémoc alzando la mano de Cuitlahua.

—¡Larga vida al huey tlahtoani Cuitlahuatzin primero! —gritó Huitzilíhuitl, apoyando a su señor.

Los presentes titubearon por un momento para responder a la exclamación de los recién llegados, pues, aunque era evidente que el antiguo tlahtoani de Ixtapallapan era el líder indiscutible de los mexicas en la ciudad, no sabían si el tiempo era propicio para nombrar a un nuevo Gran Orador, eso sin considerar que el propio Motecuhzomatzin podía seguir vivo, prisionero de los cristianos, pero vivo, y así como no podía haber dos soles en el firmamento, en la tierra no podían existir dos huey tlahtóqueh. Sin embargo, para el tlacochcálcatl Coyohuehuetzin era más que evidente que si Cuitlahua contaba con el apoyo del hijo de Ahuízotl, que era su más fiero competidor por ocupar el icpalli real, no habría nada ni nadie que impidiera entronizarlo como Gran Orador de Mexihco-Tenochtitlan, ni siquiera el desacreditado y debilitado Motecuhzomatzin. Por lo que hizo evidente su apoyo gritando: "¡Larga vida al huey tlahtoani Cuitlahuatzin! ¡Que gobierne con justicia y sabiduría!".

Cuitlahuatzin le dirigió una mirada de agradecimiento al veterano, mientras que poco a poco más y más nobles se sumaban a las exclamaciones, incluso los representantes de Tlacopan y Tezcuco. El hermano de Motecuhzoma, antiguo señor de Ixtapallapan, se mostró sorprendido por el precipitado desarrollo de los acontecimientos, incluso más oportuno de lo que había esperado. Aunque faltaban días, quizá veintenas completas para que pudiera ser entronizado como gobernante de Tenochtitlan, no tenía duda de que con la alianza forjada con el tlacatécatl de Tlatelolco de ahora en adelante todo el poder se concentraría en su persona, lo que facilitaría la expulsión y derrota de los invasores.

8. EL HUEY TEOCALLI

Día diecisiete de la veintena Tecuilhuitontli, año Ome Técpatl
29 de junio de 1520

CAPÍTULO 34

La noche se fue tan rápido como llegó en la plaza del barrio de Teocaltitlan, donde mujeres, algunos sacerdotes y personas de la tercera edad se reunieron para brindar alimentos y bebidas a los abatidos guerreros del barrio, entre los cuales yo me encontraba. A la luz de algunas antorchas, y bajo la constante vigilancia de los guardias apostados en las principales acequias y calles que daban al calpulli, los guerreros liderados por Tezcacóatl descansamos, comimos y nos hidratamos en la plazoleta, justo frente al templo de nuestra comunidad. También se levantaron al menos diez piras funerarias donde se colocaron los cuerpos de los guerreros que habían sido recuperados durante el último enfrentamiento. Después de ser limpiados ceremonialmente por los familiares, los cuerpos ardieron durante toda la noche para que su tonalli pudiera ascender por los cielos y así alcanzar el paraíso solar, disfrutando de acompañar al sol desde el amanecer hasta el mediodía, danzando y realizando combates fingidos. Luego de cuatro años de realizar esta tarea regresarían a la tierra en forma de colibríes para alimentarse del néctar de las flores y gozar de su perfume. Esa noche participé en la limpieza del cuerpo de mi compañero caído Cuicaxóchitl, acompañando y reconfortando a su esposa e hijos. Me despedí de él mientras ardía, al tiempo que un par de sacerdotes entonaba los miquiztli cuícatl, los cantos de muerte.

Cuando sonó la caracola marcando la medianoche llegaron mis padres y mis hermanas a la plaza del barrio, llevando algo de comida caliente recién preparada y una jícara de espeso xocólatl perfumado con tlilxóchitl, la vainilla. Saturé mis sentidos con su aroma y sabor, pues tenía muchas veintenas que no degustaba la famosa bebida. Comí como si no hubiera mañana la pierna y el muslo del huexólotl con molli, acompañado de frijoles y tortillas. Platicamos hasta la madrugada sobre las batallas en las que había participado, sobre las hazañas de algunos guerreros de las cuales yo había sido testigo, como también sobre el posible desenlace que tendría esta cruenta guerra que se libraba en el corazón de la capital mexica. Aunque me invitaron a pasar la noche en nuestra casa, me rehusé para no abandonar a mis hermanos de guerra, quienes permanecían reunidos en la plaza, ya fuera despidiendo a los compañeros muertos, conversando o simplemente descansando. Momentos antes del amanecer, cuando la gran mayoría de los hombres dormía, cuando se habían terminado de repartir los alimentos y casi todas las familias y parejas se habían retirado a descansar, observé a un grupo de alrededor de diez tlamacázqueh, o sacerdotes, algunos con sus largas cabelleras manchadas de sangre que despedían un olor hediondo, auxiliando a algunos hombres heridos, brindándoles agua y otras bebidas. Varios de ellos portaban guajes y gentilmente vaciaban el preciado líquido en la boca de aquellos que difícilmente se podían mover. Como era costumbre, sus cuerpos iban pintados en su totalidad con un tizne de color negro hecho con cenizas de arañas, ciempiés, serpientes y otras alimañas, de nombre teotlacualli. Vestían sus tilmas negras, algunas con patrones de fémures y cráneos, otras con figuras asociadas a la noche, el agua y el fuego, a las estrellas y a Venus. Algunos miembros del grupo portaban teas para iluminar su camino, aunque la plaza se encontraba iluminada por braseros y antorchas adosadas a los muros del templo y el tecpan. A pesar de encontrarme sentado, con la espalda recargada contra uno de los pilares del palacio de gobierno del barrio, el sueño hizo que dejara de prestar atención a los sacerdotes que seguían auxiliando a los convalecientes. Cerré los ojos por un rato, escuchando los ronquidos de mis hermanos de batalla, entre ellos Tliltócatl e Itzmixtli, con quienes platicaba hasta hacía unos momentos. Entre sueños pude escuchar los llantos de los familiares de quienes eran incinerados en la plaza, así como el fuego que seguía crepitando y pulverizando los cuerpos de los caídos en la terrible guerra que librábamos. Ya me encontraba roncando plácidamente cuando alguien me tocó el hombro. Sin ni siquiera pensarlo, saqué mi daga de mi máxtlatl y la apunté al cuello del desconocido, una costumbre que había adquirido al dormir muchas noches en campamentos militares de la Triple Alianza en territorios hostiles. El vidrio volcánico refulgió con la luz de las antorchas reflejada en su brillante superficie. Volteé con rapidez hacia atrás y de inmediato reconocí el rostro del hombre que me había despertado. Se trataba del sacerdote que me había visitado para informarme sobre el paradero de Yohualcitlaltzin, el hombre que portaba el espejo de obsidiana. El mismo que le había gritado insultos al huey tlahtoani cuando salió de sus aposentos para calmar a la multitud de guerreros tenochcas, y cuyos compañeros atacaron a Motecuhzomatzin con sus hondas.

—No te alarmes, guerrero, a mí también me da gusto volver a verte —murmuró el sacerdote con una enorme sonrisa.

Sus obscuros ojos brillaban en la noche. En esta ocasión no ocultaba su rostro ni su corto pelo, sin embargo llevaba todo el cuerpo y el rostro pintados de negro, con una franja roja cubriendo sus ojos. Ahora vestía una fina tilma negra y el máxtlatl del mismo color, como cualquier sacerdote. Llevaba colgando a un costado una calabaza cubierta con hoja de oro llena de tabaco, hongos de los dioses y otras sustancias utilizadas por los sacerdotes para entrar en trance y en contacto con lo divino.

—Ven conmigo, tengo noticias de tu amada —añadió mientras se ponía de pie y retrocedía algunos pasos hasta resguardarse entre las sombras del techo de la fachada del tecpan.

De inmediato guardé la daga en mi máxtlatl, para después incorporarme e ir a su encuentro, tratando de alejar el sueño que dominaba mi cuerpo y mi mente. No pudo llegar en peor momento, reflexioné, considerando que mis sentidos se encontraban comple-

tamente aletargados. Seguí sus pasos hasta salir de la plaza del calpulli y llegar a un ahuejote que crecía a un costado de una acequia,
donde finalmente se detuvo.

—¿Qué noticias tienes de Citlalli, sacerdote? —le pregunté con
dureza en cuanto lo alcancé.

—Sí, en efecto, soy un tlamacazqui tenochca, Cuauhtli. Un sacerdote que goza de toda la confianza de uno de los señores más poderosos de Tenochtitlan. Discúlpame por interrumpir tu sueño, el cual
sin duda te mereces —murmuró con su sedosa voz, mostrando sus
inmaculados dientes blancos en medio de la obscuridad—. Respondiendo a tu pregunta, te puedo decir que Yohualcitlaltzin se alegró
en gran medida al recibir tu mensaje. La jovencita se encuentra bien
de salud, sirviendo al tlahtoani cobarde que se hizo amigo de los invasores, así como a su esposa y a su hija. Te manda decir que tengas
paciencia, ya que pronto se podrán reencontrar. No ha querido conservar tu medallón, ya que me ha dicho que podría levantar sospechas, por lo que te lo devuelvo —agregó el sacerdote al sacar de su
calabaza dorada mi medallón hecho de jade imperial.

Alargó la mano para dármelo, y yo lo tomé reflexionando sobre
las consecuencias que habría sufrido Citlalli si su señor cristiano lo
hubiera encontrado colgando de su cuello o entre sus pertenencias.
Sin duda alguna la habría cuestionado, incluso a golpes, sobre el origen de la pieza. De inmediato metí mi cabeza entre la cuerda para portarlo sobre el pecho, después pasé los dedos sobre los relieves de la
pieza redonda, pensando que hacía apenas unos días se encontraba entre los dedos de mi querida. Suspiré conmovido ante el pensamiento.

—Te agradezco que hayas dado mi mensaje y devuelto mi pectoral, el cual guarda mucha importancia para mí —repliqué.

—Aún hay más, joven Cuauhtli —respondió el hombre mostrándome nuevamente su sonrisa blanca, que brilló al resaltar sobre
su piel tiznada—. Yohualcitlaltzin me ha confiado que un grupo de
caxtiltecas, entre ellos su amo, así como un importante capitán del
tlacatécatl Chalchíhuitl Cortés de nombre Xuan, han escondido un
petlacalli lleno de piezas hechas de teocuítlatl, la excrecencia dorada
de los dioses, en una acequia del barrio de Huehuecalco. Según lo

que me explicó, la jovencita fue quien guio la partida de alrededor de diez cristianos a esta ubicación hace algunas veintenas, pues piensan hacerse ricos con su contenido ya que abandonen Tenochtitlan. Incluso el propio tlacatécatl Cortés y los otros capitanes desconocen que algunos de sus hombres están escondiendo estas riquezas a sus espaldas, por lo que es evidente que solo un puñado de cristianos partirá a buscar y rescatar esa caja llena de oro.

—Y ese será el momento ideal para arrancar de las garras de los cristianos a Citlalli. ¿Acaso te ha dado más detalles sobre la ubicación y el día que partirán a buscar su botín? —repliqué emocionado en gran medida, pues finalmente existía una posibilidad real para rescatar a mi amada de sus captores.

—La jovencita me ha confesado la ubicación. Han marcado el lugar donde arrojaron la petaca con algunas piedras amontonadas sobre un pedazo de tela roja, justo en la chinampa de la casa abandonada y sin techo, a un par de chinampas hacia el sur del antiguo templo de Toci, en el calpulli de Huehuecalco. De acuerdo con tu amada, ahí se encuentra el petlacalli lleno de oro, dentro de las aguas obscuras de la acequia que se une con el lago, donde termina la isla de Tenochtitlan.

Mientras escuchaba al misterioso hombre trataba de recordar todos los detalles que me decía, la cantidad de hispanos que posiblemente participarían en la expedición, la ubicación, el barrio y lo demás. Era tanta la emoción que mi mente ya se encontraba pensando frenéticamente en todos los detalles necesarios para organizar a un grupo de tenochcas, emboscar a los ambiciosos caxtiltecas y rescatar a Yohualcitlaltzin de sus garras. Ya barajaba los nombres de los guerreros a quienes les pediría su apoyo, incluso al propio cuáuchic Tezcacóatl, quien seguramente accedería a ayudarme.

—Sobre cuándo saldrá la partida para rescatar el botín, es difícil de saberlo en este momento. Citlalli no ha escuchado a los caxtiltecas establecer una fecha hasta ahora. Es evidente que lo harán antes de abandonar Tenochtitlan, lo cual seguramente sucederá pronto, pues el número de heridos de los invasores asciende con cada día que pasa, mientras que sus alimentos nuevamente empiezan a agotarse. Por lo tanto, esperemos que los dioses nos favorezcan para que gocemos de los tiempos necesarios para que pueda visitar nuevamente el interior del palacio, enterarme de cuándo será la huida definitiva de los teteuctin y regresar para compartirla contigo. De estar en tus sandalias, yo vigilaría día y noche el lugar sugerido por tu querida, o al menos pediría el apoyo de alguno de tus compañeros de armas.

—¡Sacerdote, tú sabes que en estos tiempos agitados es imposible que vigile día y noche un paraje abandonado en el extremo oeste de la isla! No puedo abandonar a los hombres de mi unidad ni a mi capitán, y mucho menos defraudarlos y que se me tilde como un desertor. Eso sin mencionar la ejecución que me esperaría y la deshonra que caería sobre mi familia. Y aun cuando me fuera posible vigilar día y noche el lugar, en el momento menos pensado sería sorprendido por la partida de caxtiltecas, por lo que el tiempo sería muy breve para organizar una cuadrilla de guerreros y darles caza. ¡Cuando regresara no encontraría a nadie! —contesté, algo molesto ante la sugerencia que me daba.

—Entonces estamos en manos de los dioses, como ha sido desde el día que nacimos en esta tierra, joven guerrero —declaró el hombre mientras tomaba un poco de tabaco picado de su calabaza dorada y lo acercaba a su nariz para deleitarse con su perfume por un momento—. He de ser sincero contigo, Cuauhtli, aún mantengo la comunicación entre tú y tu amada debido a que tengo órdenes de saber con anticipación el día en que los caxtiltecas abandonarán Tenochtitlan, para que mi señor se asegure de que todo estará preparado para aniquilarlos en los puentes de la calzada de Tlacopan o Ixtapallapan. Si no fuera por esa tarea que me han asignado no podría seguir visitando el tecpan de Axayácatl, y continuar arriesgando mi vida. Todos los nobles cautivos que se encuentran en su interior han perdido su poder y utilidad, tanto para los tenochcas como para los cristianos, por lo que se han vuelto estorbos que serán eliminados en los próximos días, como también el cobarde de Motecuhzoma, quien incluso ya ha sido repudiado por su propio pueblo…

—¡Claro! Tú estuviste ahí ese día, sacerdote, lanzándole insultos, mientras que tus acompañantes lo atacaban con sus hondas —le interrumpí, reprochándole su vergonzosa actuación—. ¡Ustedes desencadenaron los ataques contra el huey tlahtoani!

—En efecto. Y como lo habíamos planeado, pues era de esperarse, de inmediato se sumaron cientos de tenochcas apoyando nuestras acciones. Solamente bastaba una pequeña chispa para que todo el bosque se incendiara, y esa fue la tarea que llevamos a cabo, con gran éxito, si me permites decirlo. Gracias a estas acciones muchos mexicas han abierto los ojos sobre la imperiosa necesidad de eliminar a todos los caxtiltecas para asegurar la supervivencia de Mexihco-Tenochtitlan. Los guerreros ya no creerán en las promesas falsas del tlacatécatl Cortés, ni en los discursos conciliatorios del taimado Motecuhzoma. La sentencia ha sido dictada sobre los invasores, y solo es cuestión de días para que sea ejecutada por los miles de guerreros tenochcas, al tiempo que mi señor sale fortalecido y yo recompensado.

—¿Quién es tu señor, tlamacazqui? —pregunté, esperando una respuesta negativa.

—El joven hijo de Ahuízotl, el preferido de Tezcatlipoca, el señor de Tlatelolco, Cuauhtemotzin. ¿Sorprendido de que te confiese a quién sirvo, Cuauhtli? No deberías estarlo. Con la caída de Motecuhzomatzin, dos hombres han cobrado relevancia en nuestra ciudad: el primero es Cuitlahua, y el segundo es Cuauhtemotzin, quien acabará siendo el verdadero líder de la nación mexica, su huey tlahtoani —afirmó con su voz sedosa, alzando una mano. Después prosiguió—: por el momento ambos han establecido una alianza con el propósito de unir fuerzas y exterminar a los invasores, la cual será muy fructífera; sin embargo, me atrevo a augurar que ese pacto no será duradero debido a lo que se están jugando, nada más y nada menos que el trono de Tenochtitlan y la derrota total sobre los caxtiltecas. Finalmente mi señor se sentará en el icpalli real para guiar los destinos de los tenochcas hacia un nuevo periodo de prosperidad y gloria —dijo visiblemente emocionado. Sus ojos refulgían con pasión—. Por cierto, dudo que te arriesgues a hacer pública esta información que comparto, pues de hacerlo condenarías a tu amada a pasar toda su existencia como una esclava de los cristianos, pues nunca más volverías a saber mí. Simplemente me iría como llegué, desapareciendo entre las sombras, suspendiendo toda comunicación entre ustedes dos, jóvenes enamorados. Estoy seguro de que no harías semejante tontería —concluyó, lanzándome una feroz mirada y sonriendo.

—No, no lo haría, al menos hasta no haber rescatado de su prisión a Yohualcitlaltzin. Por lo tanto puedes estar seguro de que hasta ese día, tu secreto está a salvo conmigo —respondí.

—Me da gusto que demuestres tu gratitud conmigo siendo discreto y prudente con la información que te comparto. Aun así, para cuando hayas logrado rescatar a tu querida, esto si así lo quieren los dioses, mi secreto habrá perdido toda relevancia, pues los caxtiltecas habrán sido masacrados, Motecuhzoma seguramente estará muerto y mi señor se encontrará encumbrado en lo más alto, respaldado por las castas sacerdotales y los gremios de pochtecámeh, como también gozando de la confianza de Cuitlahua, volviéndose intocable y esperando el mejor momento para hacerse con el poder y el trono —dijo el sacerdote, extasiado de escuchar sus propias palabras.

Por un instante reinó el silencio, mientras nos mirábamos con recelo. No dudé que en algún momento el misterioso hombre me atacaría, arrepentido de haber compartido demasiada información conmigo; sin embargo, eso nunca pasó. El hombre se serenó y continuó hablando.

—Retomando la información que en verdad te es relevante, joven guerrero, es importante que sepas que mañana visitaré el palacio nuevamente para encontrarme con mi informante, y aprovecharé para encontrarme con tu querida para compartirle que sigues vivo y confirmarle que organizarás la emboscada para sorprender y atacar a los ambiciosos caxtiltecas que han escondido el arcón con las riquezas. Le diré que es primordial que forme parte de la expedición para que pueda ser rescatada. Créeme que haré todo lo que pueda para mantenerte informado, pues también es de mi interés que acabes con esos hombres barbados, pero particularmente con Xuan Ítech Océlotl, pues es uno de los lugartenientes de mayor peso dentro de la expedición de los cristianos. Su muerte sería celebrada por el propio Cuauhtemotzin, así como por muchos tenochcas, por lo que también sería un fuerte golpe para el tlacatécatl Cortés.

—Dame la información que requiero en el tiempo necesario para encontrarme con este capitán caxtilteca y te entregaré su cabeza, mientras que a sus hombres los capturaremos para que sean sacrificados y calmar el apetito de Huitzilopochtli y Tonátiuh. Finalmente todo vuelve a quedar en tus manos, sacerdote —le contesté dirigiéndole una dura mirada.

—Oremos para que Tezcatlipoca, nuestro señor impalpable, omnipresente e invisible, nos provea de los tiempos y la sabiduría que necesitamos —exclamó dirigiendo sus palabras al cielo y levantando las manos—. Por cierto, Cuauhtli, cuando llegue el momento y derrotes a los perros hispanos, no te molestes en buscar el arcón lleno de riquezas, pues me he tomado la libertad de mandar a algunos de mis hombres en su búsqueda y rescate esta noche. Lo que quedó de él lo rellenamos de piedras, después de haber extraído el teocuítlatl. No queremos que nuestros amigos caxtiltecas se decepcionen al no encontrar su petaca, ¿verdad? —siseó al sonreír mientras jugueteaba con su calabaza cubierta de oro, para después mirarme y mostrarme su siniestra sonrisa—. Considéralo el pago por los servicios que te he prestado, joven guerrero. Aunque ese oro no me pertenecía, me enfureció que decidieran apropiárselo, abusando de la confianza que Yohualcitlaltzin había depositado en ellos.

Al parecer el piadoso y comprometido sacerdote también era tremendamente ambicioso de riquezas y lujos propios de los laicos, reflexioné tratando de no hacer evidente mi enojo, por lo que solamente le dirigí una dura mirada.

—Pronto te encontraré nuevamente, valiente tenochca —murmuró tocándose la sien a manera de despedida.

—Te estaré esperando, sacerdote —fue la parca respuesta que le di.

Dicho esto, el hombre de cabello negro caminó hasta la acequia que corría paralelamente a la calle que daba a la plaza del barrio. De entre las sombras apareció entre los otates y cañas una pequeña canoa tripulada por dos hombres con remos, que al parecer esperaban a que termináramos nuestra conversación. De inmediato el sacerdote abordó el delgado monóxilo y sus acompañantes comenzaron a remar, haciendo que la canoa avanzara a buena velocidad, hasta perderse entre los cultivos y construcciones que flanqueaban el canal. En la lejanía, los atabales volvieron a sonar, retumbando en el cielo nublado del Cem Anáhuac, convocando nuevamente a los incansables guerreros mexicas.

CAPÍTULO 35

La mañana del 29 de junio los hispanos decidieron asolar el recinto ceremonial de Tenochtitlan, dirigiendo sus esfuerzos al huey teocalli, el gran Templo Mayor donde se adoraba al dios de la guerra de los mexicas, Huitzilopochtli, y al gran hechicero, el señor de la lluvia, Tláloc. Los dos adoratorios descansaban sobre cuatro plataformas sobrepuestas de cincuenta y cuatro varas de altura.[9] En su portada poniente se encontraba la gran escalinata doble flanqueada por alfardas rematadas por cuatro cubos, todo hecho de piedra finamente labrada. Este templo era el hogar de la deidad patronal de los mexicas, por lo tanto el espacio de mayor sacralidad de la ciudad. Esa mañana, Hernando Cortés decidió atacarlo con el propósito de destruir la representación sagrada del dios Huitzilopochtli hecha de amaranto, así como para prenderle fuego a los adoratorios que coronaban la construcción. Con esta acción, el extremeño buscaba desmoralizar a los defensores y demostrar que los hispanos aún eran una fuerza digna de respeto. Cortés pensaba que una estocada al corazón religioso de Tenochtitlan posiblemente tendría repercusiones positivas para los cristianos.

En esta ocasión, él mismo dirigiría a sus fuerzas durante el asalto, pues se encontraba frustrado de ver cómo sus mejores lugartenientes fracasaban en los objetivos que les había asignado. Ese día, desde muy temprano los castellanos salieron a las calles y acequias para responder las agresiones de los mexicas, continuando con su estra-

---

[9] Alrededor de 45 metros hasta la plataforma superior. Habría que agregar la altura de los adoratorios.

tegia de prender fuego y destruir las construcciones cercanas al tecpan de Axayácatl, así como las que se ubicaban en la gran calzada de Tlacopan. De los cuatro ingenios que fueron puestos a prueba el día anterior, solamente quedaba uno funcional, pues dos habían sido incendiados y el tercero sufrió severos daños en su techo, como consecuencia de las pesadas piedras que le arrojaron. A pesar de ello, el ataque del día anterior había dado resultados significativos, con el incendio del palacio del cihuacóatl y de Ahuízotl, así como de los centros administrativos de los barrios de Huitznáhuac y Tezcatzonco. Esa mañana aún ardían las largas y pesadas vigas que formaban parte de los techos de los complejos palaciegos, así como los árboles que adornaban sus jardines y los techos hechos de paja, sumiendo la isla en una densa y negra humareda. La destrucción de Mexihco-Tenochtitlan había comenzado. A pesar de sus logros, los caxtiltecas y sus aliados indígenas habían sufrido gran cantidad de bajas, sobre todo entre los tlaxcaltecas. Pero lo que realmente preocupaba a Cortés era que prácticamente todos los miembros de la expedición habían sido heridos. Aunque la mayoría de los hombres aún estaba en condición de participar en los combates, unos se encontraban incapacitados, descansando para sanar, mientras que muchos otros habían muerto. Sin embargo, era evidente para el capitán extremeño que resultaba insostenible continuar con los combates diarios de manera indefinida. Los alimentos que había traído Hernando Cortés desde el Totonacapan ya estaban por agotarse, de la misma manera que la pólvora, los proyectiles y otros suministros. Por si fuera poco, los sentimientos de enojo, frustración y desesperación se hacían presentes en los lugartenientes y principales de la expedición. Aunque se trataba de hombres valerosos y cojonudos que no se achicaban en ninguna batalla, estaban convencidos de que la única forma de salvar la vida era escapando de Tenochtitlan, obviamente llevando con ellos todas las riquezas que habían obtenido desde su entrada a la ciudad lacustre. Cortés sabía que muchos de ellos se habían visto influenciados por las predicciones del agorero Blas Botello de Puerto Plata, quien aseguraba que tenían que abandonar Temixtitan a más tardar al día siguiente, si no el escape sería imposible, perdiendo la vida todos los miembros de la expedición. Entre ellos estaban Alonso de Ávila, Juan Velázquez de León, Francisco de Morla, Diego de Ordaz, Bernardino Vázquez de Tapia, Francisco de Salcedo, también los hermanos Alvarado, con Pedro a la cabeza. Incluso Gonzalo Rodríguez de Trujillo, el Sin Miedo, había decidido sumarse a la partida de capitanes que visitarían esa misma jornada por la noche a Hernando Cortés para darle un ultimátum: o accedía a abandonar Temixtitan o se quedaba solo defendiendo las ruinas de lo que alguna vez fue un palacio. No había otra salida, se había agotado la paciencia. Gonzalo no sabía si preocuparse por salir vivo del combate que estaba por iniciar o por la charla que sostendrían los capitanes con Hernando Cortés; claro, si sobrevivían a la jornada.

Esa mañana el capitán de rodeleros se encontraba cansado, agotado mental y físicamente. La herida que había recibido el día anterior al participar en el asalto del palacio del cihuacóatl la había curado el maese Juan, limpiándola y luego cauterizándola con el famoso unto de indio. El momento había sido sumamente doloroso, el sentir la grasa hirviendo siendo vertida sobre la herida hizo que Gonzalo soltara varias maldiciones y reniegos. Después el matasanos vendó la herida con lana de Escocia y le dijo a Gonzalo que podía descansar el resto del día para regresar al combate la mañana siguiente. A pesar del intenso dolor que sentía en el brazo, el extremeño fue convocado por el gigantón Juan Velázquez de León para que dirigiera a sus rodeleros en el asalto al recinto ceremonial que encabezaría el propio Cortés. Juan y la mayoría de sus hombres habían logrado salir del palacio del cihuacóatl, entre las llamas que rápidamente devoraron la construcción. El hombre de Cuéllar cojeaba de la pierna izquierda debido a una herida de flecha. Su famosa barba larga y rizada se había quemado durante el combate, por lo que ahora la llevaba corta. Por la noche, Velázquez visitó a su capitán de rodeleros, quien se encontraba profundamente dormido, agotado hasta los huesos. Ante los llamados de Velázquez, Gonzalo despertó casi de inmediato. Se alegró en gran medida de que el hombre robusto de Cuéllar hubiera logrado salvar la vida, así como muchos de los hombres que lo seguían. Conversaron por un momento sobre sus posibilidades de sobrevivir a la pesadilla en la que se encontraban, así como de las cualidades de los guerreros culúas. Finalmente, Juan preguntó sobre el grupo encabezado por Alonso Berrio, quienes partieron en la búsqueda del arcón lleno de piezas de oro.

—No han regresado —respondió Gonzalo, apesadumbrado ante la perspectiva de perder a un gran amigo y al segundo responsable de los rodeleros de la Vera Cruz—. Por la tarde lo busqué en el rincón donde duerme y tiene sus pertenencias, sin encontrarlo. También pregunté a los hombres de Alonso de Ávila y Gonzalo de Sandoval y nadie lo había visto, tampoco a Mateos el portugués ni a Cristóbal.

Juan, quien también había hecho un esfuerzo para buscarlos, tampoco había tenido éxito. No había ni el menor indicio de los hombres que habían partido el día anterior por la mañana con el propósito de confirmar la ubicación del cofre lleno de oro.

—Parece que también los hemos perdido —dijo Juan Velázquez, haciendo referencia a una compañía de alabarderos que no lograron salir a tiempo del gran incendio del palacio del cihuacóatl.

—Posiblemente les ha sido difícil retornar al palacio y han tenido que esperar la llegada de la obscuridad para continuar —replicó el rodelero, aunque no muy convencido del argumento que daba.

—¡Voto a Dios! ¡No podemos seguir perdiendo hombres como si fueran ganado! —exclamó Juan—. Por esa razón debemos abandonar esta ciudad del diablo en cuanto sea posible, no sin antes recuperar ese maldito arcón. Medid mis palabras: prefiero morir que salir con las manos vacías de esta isla.

—Pero Juan, eres un capitán de la expedición. Hernando te dará algo del botín, sin duda —le respondió Gonzalo.

—Conozco bien a Cortesillo, así como su ambición, sus juegos de palabras y sus promesas falsas, aunque también su coraje, valor y liderazgo. Es un badulaque difícil de predecir, un vendehúmos en ocasiones. En fin, no puedo arriesgarme a poner toda esperanza en la voluntad cambiante de Hernando, quien solamente responde al monarca Carlos y a su madre Juana, Dios los mantenga con salud. Nosotros, Gonzalo, debemos labrarnos nuestra propia gloria y riquezas. Recuerda eso, rapaz —dijo emocionado Juan.

—De una u otra forma recuperaremos el arcón, Juan. Cuando el grueso de los combatientes emprenda la retirada por alguna de las grandes calzadas de Temixtitan, nosotros tomaremos nuestro propio camino para recuperar nuestro oro y después reencontrarnos con Cortés. No nos tomará mucho tiempo. Considerad también que tenemos a la india Beatriz Citlalli, quien conoce esta islilla como las marcas de su mano. Ella nos guiará —dijo Gonzalo—. No tengáis duda, Juan.

—Será un día jodido y duro, muy duro, Gonzalo —dijo al rascarse la grasosa barba.

—Pero será la consumación de todo el sufrimiento, las carencias y pérdidas que hemos sufrido, capitán. Saldremos cargados de oro y gloria, orgullosos de haber sobrevivido a esta guerra contra los infieles, como verdaderos cruzados. En los años venideros se realizarán cantares y escritos sobre las hazañas que realizaron los hombres de Cortés, y en esas páginas aparecerán nuestros nombres, así como los de los compañeros que perdimos en el camino. Serán buenos años —replicó con voz serena el rodelero—. Solamente tenemos que recuperar el maldito arcón y correr. Correr hasta que nos duelan las piernas y las rodillas, hasta que vaciemos el vientre, hasta que dejemos atrás nuestros miedos en la isla de los culúas.

—Así será, Gonzalo, así será. Ya mañana parlaremos con Cortesillo y tendrá que aceptar nuestra maldita realidad —afirmó al ponerse nuevamente de pie—. Descansad —concluyó, alejándose del rodelero en dirección a la salida del gran salón.

Con los primeros rayos de luz de la jornada, los combates se multiplicaron en todo el perímetro del tecpan de Axayácatl y del recinto ceremonial, viéndose los hispanos superados en número a pesar de que un grupo de alrededor de quinientos hombres se congregaba en el patio central del complejo palaciego. La agrupación se preparaba para atacar el Templo Mayor de la ciudad, el hogar de la deidad patronal de los mexicas, Huitzilopochtli. La fuerza, de considerable tamaño, estaría comandada por el propio Hernando Cortés, así como por sus lugartenientes Gonzalo de Sandoval, Alonso de Ávila y Juan Velázquez de León. Los rodeleros de la Vera Cruz encabezados por Gonzalo Rodríguez, así como otras agrupaciones, esperaban pacientemente la llegada de Cortés y los capitanes para comenzar la contienda. Para evitar ser alcanzados por los proyectiles que lanzaban los tenochcas y que caían estrepitosamente en las lajas de piedra rosada del patio principal, los hombres se refugiaban debajo de los techos. Mientras la espera se prolongaba, Gonzalo Rodríguez de Trujillo mataba el tiempo afilando su espada, tratando de ignorar el clamor del combate al otro lado de los gruesos muros del complejo palaciego, así como los gritos desesperados de quienes dejaban este mundo de manera violenta. Esa mañana el Sin Miedo, el capitán de rodeleros de la Vera Cruz, sintió temor e incertidumbre. Tenía una mala corazonada. Presentía que su muerte estaba cerca y no podría hacer nada para evitarla. Cada día que pasaba le era más difícil esgrimir su tizona con la maestría necesaria, pues el cansancio le impedía reaccionar con rapidez y agilidad. A eso tenía que agregar el dolor que recorría su brazo debido a la herida que sufrió la jornada anterior. Sabía que lo mejor era ignorar el funesto presentimiento, pues su deber era dirigir a sus hombres en la refriega y tomar las mejores decisiones para soportar la menor cantidad de bajas. Si la muerte lo alcanzaba esa mañana la recibiría gustoso, pues sabía que de esa forma acabaría el sufrimiento, las carencias y la violencia que lo habían acompañado gran parte de su vida. El capitán lanzó una mirada a su alrededor para ver a los hombres que se agrupaban entre los pilares. Le pareció curioso que todos guardaran silencio antes del combate. Algunos sujetaban entre las manos sus crucifijos y rezaban en silencio con inusitado fervor, mientras que otros jugueteaban nerviosamente con sus barbas y bigotes. Todos maltrechos y demacrados, con grandes ojeras, con los ropajes manchados de lodo y sangre. Las piernas y brazos de muchos de ellos se encontraban vendados, cubriendo las heridas que habían recibido los días anteriores. Parecía que todos los presentes habían perdido algo en los combates que habían librado en esa ciudad maldita: algunos los dedos, otros una oreja o un ojo, o incluso los dientes. Aquellos que perdieron una pierna o un brazo convalecían en los grandes salones o eran destinados a vigilar los muros del gran palacio. Ahí estaban los rodeleros del Espíritu Santo, cuyos miembros eran vecinos de la villa de Santa María de Puerto del Príncipe. Sentados sobre unos barriles destartalados estaban los tres hermanos Lezama, quienes sobrevivieron a sus otros tres consanguíneos que murieron en los combates recientes. También se encontraban presentes los ballesteros de san Sebastián y lo que quedaba de los piqueros de Baracoa, estos últimos bajo las órdenes de Francisco de Morla. Desde el día anterior los ballesteros habían agotado sus dardos, por lo que ahora estaban armados con espadas, mazas y hasta martillos. Esa mañana los curtidos guerreros se encontraban particularmente nerviosos, pues sabían que se enfrentarían con los fieros sacerdotes mexicas que custodiaban el gran templo, los mismos que empuñaban el cuchillo de pedernal para extraer los corazones humanos y decapitar a los cautivos.

Los fanáticos religiosos eran sumamente temidos, ya que no le guardaban miedo a la muerte en combate, pues para ellos era glorioso encontrarla defendiendo a sus dioses y así alcanzar el paraíso solar. Su tétrica apariencia causaba temor entre los hispanos, con su pelo largo cubierto de costras de sangre y sus pectorales hechos de cráneos, dientes y falanges humanas. Parecían sombras vivientes con los cuerpos cubiertos de tizne y sus vestimentas decoradas con cráneos, fémures cruzados, corazones y manos cercenadas. Incluso Andrés de Tapia decía que los había visto beber sangre y morder corazones de hombre. Eso sin mencionar que eran capaces de convocar espectros y cabezas degolladas que podían hablar y reír, las mismas que habían visto cientos de hispanos durante las noches.

—¿Será verdad que esos sacerdotes beban sangre humana? —le preguntó Rodrigo de Badajoz a Gonzalo mientras limpiaba sus uñas mugrientas con su daga.

—Joder, que no lo sé, Rodrigo, pero no lo dudaría ni un instante. Después de saber que comen carne humana podría esperar cualquier cosa de esos paganos sádicos —dijo Gonzalo rascándose distraídamente la barba grasosa.

—Antes me degüello que caer vivo en las obscuras garras de esos nigromantes —afirmó el hombre, preocupado.

—Harás bien, godo. Esos malnacidos comehombres te harían mucho daño antes de morir, deleitándose con tu maldito sufrimiento. Por esa razón te pido que combatas bien este día, Rodrigo, no pierdas tu condenada tizona, mantén los ojos bien abiertos y saldrás vivo de esta —concluyó Gonzalo mirándolo con firmeza y colocando la mano sobre su hombro.

El capitán de rodeleros trató de no evocar en su mente las imágenes de los tlamacázqueh mexicas, pues le aterraban, a pesar de que sabía que en unos momentos estarían enfrentando a muchos de ellos. Era curioso, reflexionó, que siendo sacerdotes pudieran también ser guerreros que combatían, conquistaban y mataban para honrar a sus dioses. Algo similar a los templarios y hospitalarios en el viejo continente, pero siendo unos verdaderos hijos de puta que no se tocaban el corazón para sacrificar niños y ancianos. El Sin Miedo pensó que valdría la pena dejar la vida en el combate si lograba llevarse con él al menos a dos de esos servidores de Satán.

Cierta algarabía entre los hombres reunidos hizo que abandonara sus reflexiones. Los hombres se ponían de pie, desenfundaban las espaldas y bajaban las viseras de sus yelmos ante la llegada de Hernando Cortés, Alonso de Ávila y el justicia mayor Gonzalo de Sandoval, quienes finalmente se presentaron para encabezar el ataque vistiendo sus armaduras. Don Malinche, quien iba armado con su espada, iba acompañado de su guardia personal de seis hombres dirigida por Antonio de Quiñones, así como por Cristóbal de Guzmán, quien sujetaba el blasón personal del metelinense donde se apreciaba la Virgen María coronada, orando sobre un campo carmesí. En ese momento, Cortés preguntó con potencia:

—Caballeros, ¿estáis listos para reducir a cenizas la casa de Huichilobos?

Gonzalo trató de alejar los malos presentimientos que rondaban su mente alzando su espada y gritando afirmativamente. El combate estaba por iniciar, otra vez.

Capítulo 36

—Demos una lección a esos perros indios. ¡Hombres, a mí! —concluyó Cortés mientras subía la escalinata del pórtico principal del palacio.

Siguiendo sus pasos se encontraba el gigantón de Gonzalo de Sandoval, quien gritó: "¡De-De-Despierta ferro! ¡Al combate, cru-cruza-cruzados!". Algunos hombres respondieron alzando sus armas y gritando, al tiempo que seguían a los capitanes y subían las escalinatas, pasando entre los pilares del pórtico principal del palacio. Cristóbal de Guzmán hizo sonar una trompeta para avisar a los hombres que había llegado el momento de atacar. Antes de avanzar, Gonzalo revisó las correas de su rodela fuertemente amarradas a su antebrazo, esto con el propósito de no demandar mucho esfuerzo al brazo donde fue herido el día anterior. Hecho esto, y sujetando con fuerza su tizona, avanzó con sus hombres.

—¡Rodeleros de la Vera Cruz! ¡Ha llegado el momento de sangrar por nuestras majestades católicas! ¡Avanzad!

—Sus hombres murmuraron algunas palabras y exclamaciones, más por deber que por una verdadera emoción. Así subieron la escalinata hasta cruzar los vanos a través de los robustos pilares donde se encontraba apostada una gran cantidad de tlaxcaltecas haciendo guardia y algunos hispanos bajo las órdenes de la bestia de Pedro de Alvarado. El pelirrojo se encontraba sentado sobre un barril, recargando su espalda contra uno de los pilares de la entrada, con la espada ensangrentada sobre las piernas y deseándoles suerte a sus compañeros con una gran sonrisa en su polvosa cara.

—¡No temáis, muchachos, que Santiago y don Cortés van con ustedes! —decía irónicamente, causando las risotadas de sus hermanos Jorge y Gómez.

Contrario a lo que pensó Gonzalo, la plaza frente al palacio se encontraba casi vacía debido a que los combates ya se libraban en otros puntos de la ciudad, como las calzadas de Tacuba e Iztapalapa, así como dentro del recinto ceremonial. Los quinientos hombres dirigidos por Cortés avanzaron rápidamente con poca resistencia hasta llegar a la plataforma perimetral del recinto, donde ya se libraban encarnizados combates.

—¡Mantened la cohesión! —gritó Ávila—. ¡No os separéis del cuerpo principal!

Entretanto los rodeleros de la Vera Cruz subían a la plataforma perimetral conocida como coatepantli; los dardos y sobre todo las piedras empezaron a volar por los aires, por lo que los hombres agacharon la cabeza protegiéndose detrás de los escudos de acero, cuero y hierro. Cuando el Sin Miedo se disponía a bajar del coatepantli observó una escena que le impactó. Miles de hombres combatían entre los templos mexicas, llevando la peor parte los tlaxcaltecas y los castellanos, que se veían superados en número. Un importante grupo de tlaxcaltecas se batía tratando de tomar el Templo del Sol, ubicado en la parte sur del recinto; sin embargo, no lograban ni siquiera acercarse a su escalinata debido a que esta se encontraba ocupada por varias decenas de guerreros tenochcas, quienes sin descanso les lanzaban piedras y varas tostadas, dirigidos por un grupo de sacerdotes que daban gritos desesperados, animando a su compañeros a morir defendiendo a los dadores de vida. A la izquierda, Gonzalo pudo ver cómo algunas tropas hispanas habían tomado el Calmécac, la institución educativa para los nobles, fortificando su interior. Desde la matanza de Tóxcatl, el centro educativo había ardido; sin embargo, no había sufrido grandes daños gracias a la oportuna intervención de los sacerdotes y sus alumnos, que apagaron las llamas. En esta ocasión, robustas columnas de humo subían desde algunos de sus salones, clara señal de que el fuego había comenzado. Los atabales seguían sonando desde los dos templos de Tezcatlipoca y el huey teocalli. Al pie de este último se ubicaban varios escuadrones de mexicas que lo protegían de cualquier ataque de los hispanos, pues se trataba del lugar más sagrado de Tenochtitlan. Eso sin mencionar a los guerreros-sacerdotes, quienes esperaban tener la oportunidad de defender con su vida el cerro sagrado donde Coatlicue había parido a Huitzilopochtli. Sobre la plataforma donde se alzaba el templo, algunos tlamacázqueh esperaban pacientemente la llegada de los hispanos, sentados con las piernas cruzadas, los ojos cerrados, respirando profundo, preparando su mente y cuerpo para enfrentar la muerte y ofrendar su vida en combate. El templo contaba con cuatro cuerpos sobrepuestos y dos escalinatas de gran anchura flanqueadas por alfardas de piedra decoradas con algunos braseros hechos de cerámica del tamaño de un hombre, en cuyo interior ardía el fuego y el copal. La escalinata sur daba al recinto rojo de Huitzilopochtli, mientras que la norte al recinto azul de Tláloc, ambos ubicados en la plataforma superior del templo. En estos lugares era donde se alojaban las representaciones sagradas del dios de la lluvia y del dios solar de la guerra. El Sin Miedo notó que la escalinata del sur se encontraba mejor guarnecida que la norte, pues era el acceso al adoratorio de la deidad patronal mexica. Mientras tanto, sobre el coatepantli, la plataforma perimetral, se libraban cientos de recios combates, pues los defensores trataban de evitar que más cristianos y sus aliados indígenas ingresaran al centro ceremonial. Sin embargo, la columna que comandaba Cortés era tan nutrida que la resistencia casi fue nula, a excepción de la lluvia de proyectiles que se intensificó cuando la sortearon y se adentraron en el recinto. Gonzalo, el Sin Miedo, alzó la vista mientras bajaba las escalinatas y observó cómo los guerreros y sacerdotes daban aviso desde los templos de la gran formación cristiana que había ingresado al espacio sagrado. Gritaban de manera desesperada señalando a los invasores mientras que otros soplaban las caracolas, llamando de manera urgente a los guerreros tenochcas de los alrededores para que se concentraran en la plataforma del Templo Mayor con el objetivo de que se sumaran a la defensa. El Sin Miedo observó las obscuras siluetas, aterradoras sombras vivientes, que se reunían en grupos custodiando la plataforma y las escalinatas dobles del gran cu. Los endemoniados sacerdotes se preparan para el combate, se dijo no sin cierto temor al pensar que los tendría que enfrentar en poco tiempo. Desde la plataforma superior retumbaban al menos diez tambores que eran tañidos por los oficiantes.

—¡Cargad contra el cu mayor! ¡Contra la casa de Huichilobos! —gritó Hernando Cortés, quien iba a corta distancia de Juan Velázquez de León y de Gonzalo y sus rodeleros. El escuadrón rápidamente superó el Templo del Sol y el juego de pelota para encontrarse frente a frente con el huey tzompantli, la larga plataforma donde se exhibían los cráneos de los hombres sacrificados, ensartados en innumerables postes de madera. Flanqueando los postes había dos grandes torres circulares muy peculiares, pues en lugar de usar rocas para su construcción, habían utilizado miles de cráneos humanos unidos con cementantes. Era difícil no impactarse al ver semejante despliegue de poder y violencia. Gonzalo calculó que en la gran estructura de madera había más de mil cabezas, la mayoría viejos cráneos ya blanqueados por el sol, pero también algunas testas que aún tenían piel y pelo. Muchos de los hombres que pasaron a su lado detuvieron sus pasos, incluido el propio Juan Velázquez, al notar que en los gruesos travesaños de madera había nuevas cabezas de hombres decapitados.

—¡Ahí están las cabezas de nuestros compañeros! —gritó un piquero.

—¡Esos malparidos han sacrificado a Carvajal y a Bartolomé Gallego! —exclamó Francisco de Morla señalando la cabeza de los hombres mencionados.

El capitán extremeño miró con mayor atención las cabezas que habían sido decapitadas y atravesadas de lado a lado con los maderos. Pudo ver muchas cabezas que aún goteaban sangre, cuyos rostros todavía llevaban la característica pintura de guerra tlaxcalteca. Sus expresiones eran grotescas, con las lenguas azules e inflamadas, la sangre escurriendo de la nariz y la boca, algunos con los párpados cerrados, mientras que otros ya tenían las cuencas vacías gracias a la eficiente labor de las aves que disfrutaban devorando los globos oculares. Sin embargo, también pudo ver varios rostros barbados de hispanos que habían sido capturados con vida para ser llevados a los templos y ser sacrificados mediante la extracción del corazón, para después ser decapitados. Para horror de Gonzalo, pudo observar el rostro de su gran amigo y compañero de armas, Alonso Berrio, el moro, así como de los hombres que partieron en busca del arcón lleno de oro. El rostro del moro tenía los ojos cerrados, mientras que por su boca sobresalía la lengua hinchada y amoratada. Su cabello negro ensortijado caía sobre su rostro, tapándolo parcialmente. La sangre aún goteaba del cuello cercenado, donde grandes nubes de moscas volaban tratando de alimentarse. El zumbido de los insectos era tan intenso que los rodeleros de la Vera Cruz lo podían escuchar, aunque la cabeza se encontraba a más de tres varas del suelo. En la misma viga estaban las cabezas de los otros hombres que partieron en busca del cofre, como el gallego Cristóbal el tartamudo, el portugués Mateos, ya sin ojos, y Pedro de Murcia, con su barba castaña y rizada cubierta de sangre.

—¡Santísima Virgen de Guadalupe! —fue lo que alcanzó a decir Gonzalo al observar los rostros ya sin vida, deteniendo sus pasos por un momento.

El curtido rodelero quedó absorto, petrificado frente al altar de cráneos, mientras algunos proyectiles volaban sobre su cabeza. El sentimiento de culpa se hizo presente en su espíritu por haber accedido a enviar a Alonso y los otros hombres para que llevaran a cabo la peligrosa misión de buscar el arcón de oro, como lo había sugerido su superior Juan Velázquez.

—Nuestra ambición los ha asesinado —murmuró sin lograr despegar la mirada de las cabezas cernadas y las nubes de moscas que volaban a su alrededor—. Nuestra hambre de riquezas será nuestra destrucción —volvió a murmurar con gran tristeza, ausente para sus hombres y de los combates que comenzaban a su alrededor.

—Vamos, capitán, tenemos que avanzar. Ya habrá tiempo para llorar la muerte de nuestros compañeros —dijo Hernando Tovar, quien sostenía en alto el estandarte de los rodeleros de la Vera Cruz, preocupado por que los escuadrones seguían avanzando hacia el Templo Mayor mientras que su capitán observaba el horrible tzompantli. En poco tiempo se quedarían solos en una posición muy vulnerable. A su lado también estaba el rodelero Rodrigo de Badajoz, con medio rostro cubierto de vendas, pues había perdido un ojo durante un combate. Sin pensarlo dos veces, este último jaló a Gonzalo de los tirantes de su brigantina diciéndole:

—¡Capitán! Berrio ya murió, pero usted y sus rodeleros siguen vivos. ¡Andad, capitán, si no quiere que nuestra cabeza también decore esta enramada!

Gonzalo volteó la mirada para ver el rostro de Rodrigo y permaneció observándolo por un momento, sin pronunciar ninguna palabra, como si estuviera reflexionando en lo dicho por su subordinado. Finalmente, después de una larga exhalación, el extremeño recobró el ánimo al observar cómo sus rodeleros lo miraban con estupor, expectantes, con la cabeza protegida con sus rodelas, mientras a su alrededor avanzaban los otros cristianos repartiendo tajos con las tizonas y golpes con las rodelas, abriéndose camino hacia el gran cu.

—Tenéis razón, Rodrigo —respondió finalmente el capitán, parpadeando repetidamente como si acabara de despertar de un sueño—. Hagamos de este combate algo personal. ¡Rodeleros, ha llegado la hora de la venganza! Vamos a darles con todo a esos perros paganos. ¡Por Berrio, el moro! —gritó con furia, alzando su espada por los aires mientras que a su alrededor volaban algunas piedras lanzadas por los mexicas. Los quince hombres imitaron su gesto y alzaron sus mazas y espadas mientras gritaban emocionados:

—¡Por Berrio, el moro! ¡A darle a ese malparido de Huichilobos! —gritó Hernando Tovar.

Los rodeleros emprendieron nuevamente la marcha, cerrando la columna encabezada por el capitán Hernando Cortés. Se hizo evidente que la vanguardia ya había hecho contacto con los escuadrones de mexicas que se congregaban frente al Templo Mayor, pues ya se escuchaban los alaridos de guerra de los tenochcas, así como el clamor del combate. Gonzalo observó cómo alrededor de ellos y del recinto ceremonial bajaban decenas y decenas de guerreros desde las muchas escalinatas que se encontraban adosadas a la plataforma perimetral, acudiendo al llamado de las caracolas y los gritos de los sacerdotes, que desde las cimas de los templos pedían auxilio para defender el hogar de su deidad patronal. Eran tantos los guerreros que a Gonzalo le pareció que se trataban de hormigas defendiendo su hogar. Pronto los hispanos que conformaban la columna tuvieron que proteger sus flancos debido a los cientos de tenochcas que se sumaban al combate tratando de impedir que alcanzaran el gran templo. Mientras que la refriega se generalizaba por todo el espacio sagrado, Gonzalo Rodríguez de Trujillo y los rodeleros observaron cómo frente a sus ojos los cristianos que conformaban la columna se desdoblaban formando un ancho semicírculo para defenderse de los ataques que venían desde sus costados, amenazando con engullir la formación, mientras que en la vanguardia, Cortés y el corpulento de Olid ya se encontraban combatiendo sobre los escalones de la plataforma donde descansaba el gigantesco templo. A unos cuantos pasos a la izquierda de Gonzalo varios piqueros, rodeleros y alabarderos habían forzado el avance siguiendo los pasos de Cristóbal de Olid, logrando subir a la plataforma redonda de nombre Cuauhxicalco, desencadenando un fiero combate con un grupo de guerreros-sacerdotes vestidos de negro, azul y rojo con tocados de plumas blancas, yelmos de coyotes y sus cuerpos cubiertos de tizne. La posición tenía que tomarse, pues desde aquella plataforma redonda los indios ofendían tremendamente a los cristianos, pensó el Sin Miedo mientras fijaba la mirada en Olid, quien era golpeado en el peto con una macana que portaba un mexica, haciéndolo rodar por el piso. Un par de piqueros atravesó al joven guerrero, despeñándolo de la plataforma, y este fue a caer a unos pasos de Hernando Tovar.

—¡No detengáis vuestros pasos! ¡Avanzad hacia el templo! —exclamó Juan Velázquez de León, quien ya combatía en el flanco izquierdo con su montante. Se encontraba rodeado de sus hombres, quienes se batían desesperadamente tratando de detener la marea humana que amenazaba con engullirlos.

Los rodeleros de la Vera Cruz y Gonzalo alcanzaron la plataforma del gran cu donde ya se libraba una batalla encarnizada, con Cortés en primera línea acompañado de Quiñones y Sandoval. El capitán de la expedición se batía contra un sacerdote-guerrero que llevaba el pelo largo y sujetaba una larga lanza con la cual embestía al extremeño. Con un fuerte golpe, Cortés partió a la mitad el arma del mexica para después dar unos pasos girando la tizona sobre su cabeza hasta impactarla en el cuello del tlamacazqui. De un solo tajo lo decapitó, haciendo que la cabeza rodara por el piso. A su lado Gonzalo de Sandoval, el gigante de Medellín, uno de los primeros pobladores de la villa cubana de Trinidad, golpeaba con el pomo de su adarga el rostro de uno de los guerreros enemigos rompiéndole la nariz, para después darle la estocada final; entretanto pateaba con fuerza al segundo tenochca que encaraba, haciéndolo caer al piso. Era tanto el empuje de los hombres de la vanguardia que poco a poco se fueron adelantando, separándose ligeramente de la columna principal. Este fue el momento que esperaban algunos guerreros y sacerdotes mexicas, que aguardaban escondidos en los dos salones que flanqueaban el acceso a las escalinatas del gran templo. Con gran clamor salieron al menos treinta tenochcas de las sombras de los salones ubicados al norte y sur de las escalinatas, rodeando la vanguardia hispana y logrando aislarla de la columna principal, al tiempo que empezaban a caer pesadas piedras lanzadas desde las alturas por los guerreros que guarnecían el templo.

El vocerío hizo que varios cristianos voltearan a ver de dónde provenía el ruido, aunque no fueron lo suficientemente rápidos para plantar cara a los guerreros que cayeron sobre sus espaldas y costados, por lo que varios resultaron heridos de gravedad por los golpes de las macanas con filosas navajas de obsidiana incrustadas en sus cantos. El gallego Andrés García, al verse sorprendido y rodeado por al menos cinco guerreros, poco pudo hacer para frenar el mortal golpe de macuáhuitl sobre su muslo, cercenando hueso, arterias y músculos. La sangre brotó desde la herida que casi le rebana la pierna, por lo que cayó al piso dando gritos de ayuda. Su agonía terminó pronto cuando el mismo guerrero lo degolló, obsequiándole una muerte al filo de su obsidiana. También fue abatido Gonzalo de Bretes, vecino de Trinidad que se había distinguido en los combates con los tlaxcaltecas el año anterior. Una lanza lo atravesó de lado a lado, aunque siguió combatiendo hasta acabar con su agresor, logrando clavarle su misericordia entre las costillas. Ambos cayeron sobre el piso en un abrazo mortal.

—¡Hombres, a mí! —se escuchó el rugido de Cortés, quien pronto se vio rodeado de guerreros mexicas, en compañía de Quiñones y los seis hombres de su guardia personal.

Alonso de Ávila, quien se encontraba bañado en sangre enfrentando a dos fornidos hombres que vestían pieles de jaguar, así como yelmos con la forma de la cabeza del felino, lanzó una mirada a su alrededor, detectando de inmediato a Gonzalo Rodríguez de Trujillo, quien se incorporaba a la lucha con sus rodeleros.

—¡Gonzalo! ¡Apoyad al capitán antes de que lo maten! ¡Id! —gritó el veterano que había sobrevivido a la batalla de Centla, a los encuentros con los tlaxcaltecas, al enfrentamiento contra Pánfilo de Narváez y a la matanza de Cholollan.

—Vamos, rodeleros, que el capitán Cortés os necesita —gritó Rodríguez de Trujillo al pasar por detrás de varios hispanos que trataban de contener el avance de las hordas de mexicas que presionaban desde los costados a la columna.

Los hombres de la Vera Cruz subieron la escalinata de la plataforma del huey teocalli, decorada con cabezas de serpientes emplumadas pintadas de color azul, amarillo, rojo, negro y blanco. Al superar los cerca de diez escalones, el nacido en Trujillo observó a los guerreros apiñados alrededor de Cortés y sus fieles. Al escuchar los pasos de los rodeleros, algunos guerreros giraron para encarar la amenaza que se acercaba; sin embargo, fue demasiado tarde para ellos. Rodríguez de Trujillo ensartó su espada en el costado del primero, entre sus costillas, mientras que Hernando Tovar arremetía contra un segundo guerrero que vestía un peto de grueso algodón. El golpe descendente de la espada de Tovar le destrozó la clavícula a su oponente, cercenando carne y hueso. El hispano aferraba el blasón de los rodeleros de la Vera Cruz, indicando la posición del capitán de la unidad entre la multitud de hombres que combatían sin cuartel. El enemigo abatido de Gonzalo de inmediato fue reemplazado por un sacerdote con el cuerpo pintado de negro que solamente vestía su máxtlatl. El tenochca saltó con gran agilidad sobre el capitán de rodeleros empuñando una daga. Gracias a un rápido reflejo, Gonzalo logró interponer su rodela en la trayectoria del cuchillo de pedernal, haciéndolo volar por los aires con el impacto. Sin embargo, no pudo evitar caer al piso con el mexica, quien logró sujetar la empuñadura de su espada, mientras que con la otra mano apretaba con fuerza su cuello. El extremeño vio con detalle el rostro de su enemigo, con los ojos muy abiertos y los dientes blancos apretados por el esfuerzo, así como la piel pintada de negro. Su pelo negro sujeto en una coleta cayó sobre la nariz del rodelero, quien soltó la espada y con rápido movimiento extrajo su daga del cinturón para clavarla en su cuello. La sangre de su oponente empapó su brigantina, así como sus brazos y rostro, cegándolo peligrosamente por un breve momento. De inmediato hizo a un lado el cadáver del valeroso sacerdote, recogió su espada y trató de incorporarse antes de ser pisado por sus propios camaradas que combatían a su alrededor. Su primer intento falló cuando uno de sus rodeleros le pisó el muslo. Suprimió su grito de dolor, para después ayudarse sujetando la funda de la espada de uno de los hombres que peleaban, con lo que finalmente logró ponerse de pie en el resbaloso piso cubierto con sangre, plumas rasgadas, piedras y saetas. Al dar una ojeada a la redonda se hizo evidente que el grupo de tenochcas que había logrado cortar la vanguardia del cuerpo principal estaba sufriendo importantes bajas, al verse ahora ellos sorprendidos y rodeados por los quince rodeleros de la Vera Cruz.

También fue evidente para el rodelero que, con cada momento que pasaba, más mexicas se sumaban al ataque de los flancos de la columna hispana tratando de causarles gran cantidad de bajas y así lograr detener su avance, mientras que desde las escalinatas del templo muchos guerreros giraban hondas sobre sus cabezas, dispuestos a descargar sus piedras. Los honderos rodeaban a quien parecía ser el responsable de la defensa del gran cu, un guerrero-sacerdote vestido con un tlahuiztli amarillo que cubría todo su cuerpo, un yelmo con cabeza de jaguar y tres estandartes rematados con plumas de quetzal sujetos a su espalda. El hombre miraba con tranquilidad, desde las alturas, el combate que se libraba en la plataforma, acompañado de un sacerdote de edad avanzada que vestía una tilma negra y un collar de jade de donde pendía un cráneo humano. Ambos conversaban y señalaban en distintas direcciones, planeando con anticipación sus tácticas defensivas. El hombre con el traje amarillo hizo una seña y de inmediato una decena de honderos soltó sus proyectiles en dirección de Cortés, Sandoval y los hombres de la vanguardia. La granizada cayó con estrépito, golpeando escudos, celadas, borgoñotas, petos y hombreras, sin lograr afectar el avance hispano. Gonzalo se protegió con su rodela de las pedradas para después avanzar hasta alcanzar el lado izquierdo de Cortés, quien lidiaba con al menos dos guerreros, profiriendo maldiciones y batallando como un demonio.

—¡Hoy destruiremos a su dios pagano! ¿Vos queréis morir? ¡Venid, maldito indio! ¿Tú también? ¡Andad! —gritaba el extremeño con el brazo, el rostro y el peto cubiertos de sangre.

Rodríguez de Trujillo acosó a uno de los enemigos lanzándole una serie de estocadas que lo hicieron retroceder en un inicio, hasta que logró atravesarle el vientre con el frío acero vizcaíno. De inmediato fue reemplazado por un alto y corpulento guerrero-sacerdote que usaba un cráneo humano a manera de yelmo, un peto de algodón blanco y un pesado collar hecho de mandíbulas humanas y cuentas de jade. El sacerdote llevaba el cuerpo pintado de negro en su totalidad y blandía a dos manos una larga maza con pedazos de pedernal incrustados en su cabeza esférica. El Sin Miedo no pudo evitar sentirse nervioso ante el fornido sacerdote, quien lo superaba en altura al menos por dos cabezas. Sin pensárselo dos veces descargó su maza sobre Gonzalo, pero este detuvo el golpe de la cabeza esférica con su rodela, la cual vibró por el impacto. El golpe llevaba tanta fuerza que la energía traspasó el escudo, haciendo que el dolor recorriera el brazo izquierdo del rodelero. El sacerdote descargó un segundo porrazo descendente, el cual fue bloqueado por la tizona del extremeño. La rápida reacción logró detener el golpe, aunque llevaba tanta potencia que la espada rebotó sobre el piso estucado, aún sujeta por Gonzalo. El corpulento hombre emitió un sonido semejante a una risa al percatarse de la expresión angustiada del cristiano, quien trataba de encontrar una forma para abatir a su enemigo. Sin darle mayor respiro, lanzó otro demoledor golpe descendente a dos manos con su maza, el cual se impactó con gran velocidad en el costado superior de la rodela. Esta vibró con furia y Gonzalo cayó sobre su trasero como consecuencia del porrazo. ¡Voto a Dios!, murmuró.

Hernando Tovar, quien había abatido al guerrero que lo ofendía, se integró a la refriega atacando al coloso con la filosa punta del estandarte de la unidad, utilizándolo como una lanza. El tenochca que usaba un cráneo como yelmo lo vio venir, por lo que blandió una vez más su maza, golpeando el travesaño y la punta del estandarte, destrozándolo al tiempo que hacía volar por los aires el blasón con la imagen de la Virgen de la Victoria. Con gran furia, al ver cómo el blasón caía al piso, Hernando Tovar embistió, recargando todo su peso sobre la espada y tratando de alcanzar al imponente guerrero con una estocada mortal. Sin embargo, el mexica esquivó el golpe desplazándose a un lado para después empujar con el pie al rodelero, quien se fue de bruces contra otros combatientes. Fue en ese momento que Cortés se integró al combate embistiendo con su espada y dando algunos mandobles, lo que hizo retroceder al guerrero-sacerdote para evitar ser atravesado. Su respuesta fue un golpe en línea recta con la cabeza esférica de su maza, el cual impactó contra el peto de hierro de Hernando. El líder de la expedición soltó un soplido y trastabilló. Aprovechando que la atención del coloso se concentraba en Cortés, Gonzalo Rodríguez de Trujillo arremetió, clavando su espada en uno de los muslos del guerrero, quien soltó una maldición y sujetó con su callosa mano la espada del rodelero, tratando de evitar que volviera a atacarlo con ella; no obstante, en ese momento el propio Cortés enterró su tizona en el vientre del guerrero, haciéndolo tambalearse, al tiempo que lanzaba un grito de agonía. Hernando, sorprendido porque el guerrero-sacerdote aún se mantenía de pie, recargó todo su peso sobre la espada, perforando a profundidad su vientre, hasta que la punta surgió por su espalda.

—¡Por Santiago! Muere de una maldita vez —farfulló Cortés con la respiración agitada, sujetando la espada.

La respuesta fue otro doloroso gemido del guerrero-sacerdote, quien con su último aliento logró descargar su maza sobre la mano izquierda de Cortés, haciendo que uno de los filosos pedernales se incrustara en los nudillos de sus dedos meñique y anular. El líder de la expedición gruñó de dolor cuando la filosa piedra se alojó en sus nudillos y falanges, rompiendo ligamentos y huesos. Si el golpe hubiera impactado un poco más abajo, con toda certeza habría cercenado ambos dedos. Momentos después el sacerdote se desmoronó sobre el piso, todavía sujetando su maza, frente a la mirada aterrada de Gonzalo.

—Don Cortés, ¿se encuentra bien? —preguntó el capitán de rodeleros, quien retrocedió algunos pasos siguiendo el ejemplo del líder de la expedición, el cual se sujetaba la mano que sangraba profusamente. De inmediato otros hispanos los reemplazaron en la delgada primera línea de combate.

—Ese culúa ha sido un hueso duro de roer —dijo el extremeño al tiempo que sacaba de su peto un moquero y se lo daba a Gonzalo—. Amárralo alrededor de los dedos.

De inmediato Gonzalo obedeció y amarró fuertemente el paño en los dedos inertes, donde se asomaba un pedazo de pedernal. El rodelero notó cómo su posición había sido tomada por Hernando Tovar y Rodrigo de Badajoz, quienes se esforzaban por cubrir las espaldas a sus compañeros de armas mientras mantenían a raya a los mexicas.

—¡Quiñones, amarrad una rodela a mi brazo! —ordenó Cortés a uno de los hombres de su guardia, quien de inmediato le cedió su adarga.

Apenas había terminado de amarrar el escudo cuando se escuchó la gruesa voz del fortachón de Sandoval:

—¡Cu-cu-cuidado con los guijarros! ¡Proteged las ca-ca-cabezas!

Al instante volvieron a volar decenas de piedras que lanzaron los tenochcas que ocupaban la escalinata norte y sur. El ruido de las piedras chocando con los yelmos, rodelas y petos de metal fue ensordecedor. Gonzalo se refugió detrás de su rodela abollada, en la cual se impactaron al menos dos pedruscos, mientras que un tercero rebotó contra su capacete. Cortés hizo lo mismo al agachar la cabeza detrás de su adarga, sin que esto fuera impedimento para seguir dando órdenes a sus hombres.

—Madre de Dios, ese hombre quiere que lo maten —profirió el de Trujillo al asomar la cabeza y ver a Gonzalo de Sandoval ser la punta de lanza de la columna, abriéndose camino a base de mandobles e ignorando completamente los proyectiles que volaban en su dirección.

El confiable lugarteniente de Cortés nacido en Medellín, de tan solo veintitrés años, había alcanzado el monolito redondo de la Coyolxauhqui, la diosa lunar asesinada por su propio hermano, Huitzilopochtli. Al ver el monolito empotrado en el piso de lajas rosadas,

Gonzalo reflexionó que los mitos eran más perdurables que las tallas y esculturas hechas por los hombres. De inmediato el capitán de rodeleros, así como Alonso de Ávila, siguieron los pasos de Sandoval y alcanzaron la Coyolxauhqui, tratando de llevar el combate sobre la escalinata sur del huey teocalli, superando finalmente la plataforma del gran templo, mientras que frente a sus ojos el gigantón y tartamudo alguacil de la Villa Rica de la Veracruz pateaba, golpeaba y blandía su larga espada de un lado al otro, tratando de avanzar entre el enjambre de guerreros mexicas que se interponía en su paso. Un golpe de macuáhuitl hizo que su yelmo volara por los aires, por lo que su respuesta fue una patada en las partes bajas de su atacante para después golpear su rostro con el pesado pomo de su espada. La situación era desesperada en las escalinatas, pues la gran mayoría de hombres aún combatía en la plataforma y al pie del gran templo, tratando de mantener a raya las hordas de mexicas que intentaban rodearlos por los costados para engullirlos definitivamente. Rodrigo de Badajoz y Hernando Tovar, quien había recuperado el blasón de los rodeleros de la Vera Cruz, alcanzaron a Gonzalo Rodríguez de Trujillo, quien ya combatía hombro con hombro al lado de Sandoval y Alonso de Ávila, logrando abatir a un par de guerreros, entretanto otros retrocedían al ver cómo poco a poco se iban sumando más cristianos al combate, permitiendo que los números entre ambos bandos se fueran igualando en las escalinatas del cu. Esto se debía principalmente a que la columna hispana se había hecho fuerte en la plataforma y en el frente de la gran estructura religiosa, bloqueando el paso a los escuadrones mexicas que habían respondido al llamado de los sacerdotes para defender el huey teocalli. Con frustración y enojo, estos guerreros no lograban romper la línea defensiva que habían establecido piqueros, rodeleros, alabarderos, así como ballesteros y arcabuceros que peleaban con espadas y mazos, lo que permitía que la toma del templo se pudiera concretar. Debido a que el ataque de los hispanos se concentraba en la escalinata sur, muchos honderos y arqueros mexicas fueron replegándose en la escalinata norte que daba al adoratorio de Tláloc, tratando de hostilizar a los invasores con cada escalón que subían. Gonzalo, Hernando

Tovar, Rodrigo de Badajoz y alrededor de siete rodeleros subieron varios escalones, alcanzando con sus espadas a un par de tenochcas que trataban de reagruparse en la cima del templo. También abatieron a algunos honderos que habían tardado en replegarse. Quizá la torpe valentía se había impuesto a la razón y al instinto de supervivencia.

—¡Carguen sobre el te-te-templo! ¡Sobre el di-di-diablo Huichilobos! —gritó Gonzalo de Sandoval, quien ya sangraba de su brazo izquierdo debajo de la hombrera de su armadura—. ¡No aflojen el paso, perezosos!

—¿Habéis notado que no tartamudeó? —dijo Rodrigo de Badajoz a Gonzalo, para después soltar un golpe sobre un chimalli mexica.

—¡La matanza le hace olvidar su mal! —respondió el Sin Miedo, agachándose detrás de su rodela para evadir una piedra que pasó peligrosamente cerca de su testa.

—¡Esto es una maldita ratonera, capitán! —gritó Rodrigo viendo cómo su oponente trepaba los escalones del templo. Gonzalo no respondió; en lugar de eso, subió varios escalones tratando de seguir a la vanguardia hispana.

Hernando Cortés se incorporó nuevamente al combate con la rodela amarrada a su antebrazo y seguido de al menos treinta hispanos, entre ellos Juan Velázquez de León y Antonio de Quiñones. El nutrido grupo se dispuso a alcanzar la vanguardia comandada por Gonzalo de Sandoval y Alonso de Ávila, mientras que otro grupo liderado por Francisco de Morla y unos diez cristianos avanzaban por la escalinata norte cargando sobre los arqueros y honderos, quienes alarmados descargaron una lluvia de flechas y una granizada de pedruscos sobre ellos, al tiempo que subían a la plataforma superior del templo. Al grito de "¡Santiago y cierra, España!", los hombres rápidamente alcanzaron el segundo cuerpo de los cuatro del huey teocalli, donde se hicieron presentes al menos veinte guerreros-sacerdotes mexicas fuertemente armados, todos con el cuerpo pintado de azul y negro. Se trataba de los adoradores del gran hechicero, el señor de la lluvia. Sobre la espalda llevaban insignias de papel amate salpicado de chapopote, así como máscaras de madera pintadas de turquesa. La reyerta entre ambos bandos comenzó de inmediato sobre la escalinata norte.

Sin embargo, en la escalinata sur las condiciones de combate eran muy diferentes, pues era donde se concentraban los mejores guerreros y sacerdotes mexicas, quienes impedían que la vanguardia alcanzara el tercer cuerpo del Templo Mayor. Los cerca de cincuenta defensores gozaban de ventaja sobre los asaltantes, pues combatían desde las alturas, mientras que los cristianos lo hacían tratando de subir escalones. El propio Gonzalo de Sandoval se debatía con fiereza contra cuatro tenochcas, importándole poco la flecha clavada en su muslo, el profundo corte sobre su hombro izquierdo, y el hecho de que combatía sin yelmo. A uno le cercenó un brazo con un tajo limpio de su espada al tiempo que un macuáhuitl se impactaba contra la hombrera derecha de su armadura. Al instante se rompieron varias lajas de obsidiana, evitándole una herida de importancia; sin embargo, toda la fuerza del golpe la recibió en su hombro, lo que le hizo trastabillar y retroceder unos pasos. De inmediato subió los escalones perdidos, lanzándose a la carga contra su oponente, a quien golpeó en el rostro con su rodela abollada, rompiéndole la nariz y quebrándole algunos dientes, los cuales se desperdigaron en los escalones. Bastó una patada en su vientre para que el tenochca rodara por la escalinata, fracturándose las extremidades y encontrando la muerte al estrellarse sobre el monolito de Coyolxauhqui. En ese momento Hernando Cortés alcanzó a Gonzalo de Sandoval, embistiendo contra el nutrido grupo de sacerdotes, dando tajos y blandiendo su tizona, golpeando con su rodela a diestra y siniestra, seguido por Antonio de Quiñones y por Cristóbal de Guzmán, quien llevaba en alto el blasón de seda del extremeño donde se podía ver la representación de la Virgen de la Inmaculada Concepción apodada por la tropa "la Conquistadora". Una fuerte ráfaga de viento hizo que la divina imagen se desplegara, siendo observada por cientos de los hispanos, lo que hizo que muchos de ellos la vitorearan, gritando emocionados al ver que Cortés y sus hombres estaban cerca de alcanzar la plataforma superior del gran cu. Gonzalo y Rodrigo de Badajoz, quienes se encontraban diez escalones más abajo que la vanguardia cristiana, vieron el estandarte ondear.

—Parece que el capitán busca una muerte honrosa antes que abandonar Temixtitan —gritó Rodrigo de Badajoz señalando al estandarte de la Inmaculada y al extremeño que se batía con valentía en la vanguardia. El rodelero había abatido a un hondero, quien yacía tirado a sus pies, pero sangraba del codo derecho, manchando la manga de su camisa blanca de rojo. El sudor cubría su rostro, empapando el pelo que caía sobre las vendas que cubrían su frente y la cuenca donde alguna vez había estado su ojo.

—Mejor un valiente por líder en vanguardia que un cobarde dando órdenes en la zaga —respondió Hernando Tovar, respirando con dificultad debido al agotamiento. Le era difícil sostener la rodela, el blasón de la unidad y la espada ensangrentada.

A su lado, Gonzalo Rodríguez de Trujillo subía algunos escalones, fatigado después de abatir a otro tenochca, quien tenía más pinta de alfarero o campesino que de guerrero.

—¡Vamos, seguid subiendo! —exclamó el capitán de rodeleros, motivando a los nueve hombres que lo acompañaban a continuar avanzando.

Los rodeleros de la Vera Cruz se percataron de que, conforme subían por la escalinata del templo, se encontraban con menos defensores mexicas. Los pocos que se hallaban a esas alturas iban siendo masacrados por la vanguardia cristiana o simplemente se iban retirando a la plataforma superior del huey teocalli. Sin embargo, Gonzalo también se percató de que sus hombres se encontraban agotados por el combate, así como por la escalada de la gigantesca estructura.

—¡Andad, Agustín, Hernando, Rodrigo, Martín! Tenemos que alcanzar a la vanguardia —repitió al comenzar a subir los escalones nuevamente.

Al fijar la mirada en lo alto, el rodelero vio al guerrero-sacerdote que portaba el yelmo de cabeza de felino subir por la escalinata hasta alcanzar la plataforma superior del templo, al tiempo que los guerreros que ocupaban los escalones próximos a los hombres de Gonzalo se cargaban hacia el extremo izquierdo de la escalinata, algunos incluso subieron por la alfarda que la flanqueaba, despejando gran parte de los escalones frente a los rodeleros de la Vera Cruz.

—Algo no huele bien —dijo Gonzalo al ver cómo los mexicas se replegaban hacia la alfarda, mientras que en el lado derecho de la escalinata el combate continuaba con intensidad.

—¡Por las barbas de san Cristóbal! —gritó Hernando Tovar señalando hacia la plataforma superior del templo—. ¡Mirad!

Gonzalo alzó la vista y vio cuando cinco mexicas dejaron caer sobre los escalones un tronco de manera horizontal, el cual rodó aproximándose peligrosamente hacia los rodeleros de la Vera Cruz, sobre el lado izquierdo de la escalinata.

—¡Moveos hacia la derecha! ¡Esquivad el tronco! —gritó Hernando Tovar.

Los hombres rápidamente caminaron hacia la derecha, refugiándose detrás de los hombres de Cortés y Sandoval, que aún combatían. Todos los rodeleros pudieron librar el tronco; sin embargo, detrás de ellos, muy debajo, venían más hombres subiendo los escalones, por lo que al menos cinco fueron sorprendidos por el madero, que los arrolló y los hizo rodar por la escalinata hasta caer sobre el monolito de Coyolxauhqui hechos pedazos. Al ver el favorable resultado de la maniobra, los mexicas que resguardaban la cima del templo soplaron sus caracolas a manera de celebración mientras preparaban un segundo tronco, ahora para ser lanzado por la escalinata norte.

—¡Joder, que eso estuvo cerca! —dijo Rodrigo de Badajoz al tiempo que se incorporaba, al igual que los nueve rodeleros que conformaban el grupo—. ¿Cómo lograremos subir si nos dejan caer malditos leños desde la cima del cu? —preguntó.

—Avanzando rápido para alcanzar la plataforma superior —respondió Gonzalo mirando hacia arriba—. ¡Formad una línea detrás de mí! ¡Seguidme!

De inmediato el capitán echó a correr seguido de sus nueve hombres, dirigiéndose al costado izquierdo de la escalinata. No habían avanzado más de diez escalones cuando les cerraron el paso los guerreros mexicas que se habían refugiado en las alfardas, cargando contra ellos con furia. El combate se reanudó, siendo abatidos los pocos tenochcas que aún defendían la escalinata, al tiempo que, en el costado derecho, finalmente los hombres de Cortés y Sandoval acababan con los últimos defensores, no sin sufrir varias bajas pues los últimos mexicas, al ver que se reducían sus posibilidades de salir victoriosos, recurrieron a una peculiar táctica suicida. Esta consistía en abrazar a algún caxtilteca, a pesar de las cuchilladas que recibían, y después lanzarse al vacío, sacrificando sus vidas para arrastrar a sus oponentes a una muerte certera. Así murieron Juan de la Mansilla, Francisco del Pilar, Isidro de Medina y Rodríguez de Almodóvar, rodando por las laderas de la montaña sagrada en un eterno abrazo mortal con sus enemigos. A varios cristianos les brotaron las lágrimas al ver cómo perdían a sus compañeros de armas en esas acciones suicidas, entre ellos el propio Alonso de Ávila, quien no dejaba de combatir, bañando en sudor y sangre.

Ya con las escalinatas casi despejadas de defensores, los escuadrones cristianos tuvieron que superar la lluvia de pesadas piedras que les lanzaban desde la cima del templo, así como dos troncos más que cobraron la vida de al menos cinco cristianos. Finalmente, agotados hasta los huesos, después de haber sufrido muchas bajas, los caxtiltecas alcanzaron la plataforma superior a través de la escalinata sur. Los primeros en llegar fueron Sandoval, Alonso de Ávila, Juan Velázquez de León y Hernando Cortés, seguidos de Gonzalo, el Sin Miedo, Hernando Tovar y Rodrigo de Badajoz, los rodeleros de la Vera Cruz y del Espíritu Santo. Fueron recibidos por una lluvia de flechas, las cuales abatieron a Alonso Soltero e hirieron a Alonso de Riera, a Gonzalo de Robles y a Juan Gallego. Después prosiguió un reñido combate cuerpo a cuerpo contra los defensores restantes, los guardianes del adoratorio, diez sacerdotes que llevaban el pelo largo manchado de sangre y que vestían sucias tilmas obscuras sobre sus cuerpos pintados de negro, encabezados por el guerrero-sacerdote con el yelmo de felino. Estos últimos remanentes de la resistencia tenochca iban armados con cuchillos de pedernal, lo que no representaba una gran amenaza para los atacantes armados con tizones, montantes, misericordias y mazas de hierro. De la misma manera, los guerreros que se habían resguardado en la cima del templo eran arqueros y honderos, por lo que fueron abatidos con relativa facilidad. El único que mostró una fiera resistencia fue el guerrero-sacerdote que portaba el yelmo con forma de cabeza de felino. El mexica descontó a Juan de Illescas con un tremendo tajo que le rebanó la garganta. Trató de eliminar a un segundo cristiano, pero ya era muy tarde, pues se encontró rodeado de al menos cinco rodeleros bajo las órdenes de Alonso de Ávila. Viendo que el adoratorio del dios que había jurado defender con su vida había caído en manos de sus enemigos y que en breves instantes sería incendiado, decidió suicidarse llevándose al Mictlan a uno de los hombres barbados. El principal fijó la mirada en Blas de Abarca, hombre de veinticinco años nacido en Cádiz, diestro carpintero y espadachín, que había dejado a su esposa en la isla Fernandina. El mexica corrió en su dirección a gran velocidad, evadió el tajo que Blas le lanzó tratando de detener su carrera, lo abrazó y empujó al vacío. El cristiano gritó mientras caía por los aires hasta que su cabeza se golpeó con uno de los escalones de piedra del gran templo, muriendo al instante. El eco de ese grito conmocionó a todos los que lo escucharon, entre ellos Gonzalo Rodríguez, quien permaneció en silencio reflexionando que aún conservaba la vida gracias a un capricho del destino, a la fortuna o a un designio divino.

—¡Incendiad la capilla! —ordenó Cortés de inmediato, sin reparar mucho tiempo en la trágica muerte de Blas—. ¡Hacedlo rápido, con una maldición! —gritó desesperado.

Al instante Gonzalo de Sandoval, quien acababa de degollar a un tenochca, se adentró en el magnífico templo pintado de rojo con un puñado de sus hombres y tomaron las antorchas adosadas a los muros que brindaban luz al interior del recinto, para después prenderle fuego a todo lo que encontraron, desde las flores hasta los lienzos de algodón que colgaban de los muros, mientras que Alonso de Ávila y sus seguidores volteaban los altos braseros para desparramar por el piso del templo la madera que ardía. Poco a poco las pesadas vigas del templo comenzaron a ennegrecerse y a humear, clara evidencia de que el adoratorio pronto ardería. Antes de que esto sucediera, el propio Cortés, seguido de Antonio de Quiñones y de algunos hombres de Gonzalo, el Sin Miedo, entraron en el recinto buscando la sagrada representación de Huitzilopochtli. Al poco tiempo la sacaron, cargándola entre seis hombres. Se trataba de una escultura hecha de amaranto aglutinado gracias a la miel de agave. La efigie estaba lujosamente ataviada, con una tilma hecha enteramente de plumas verdes y azules, así como sandalias de piel de jaguar decoradas con grandes jades y turquesas. Las joyas elaboradas con piedra verde y oro, como brazaletes, pectorales y orejeras, fueron las primeras en desaparecer, perdiéndose entre los bolsillos y morrales que llevaban los cristianos; sin embargo, nadie prestó atención al magnífico tocado de plumas rojas y azules que llevaba la figura de escala humana sentada en cuclillas, ni a su escudo de piel de jaguar ni a su lanzadardos.

—¡Arrojadla al precipicio! —ordenó Cortés, quien supervisaba la maniobra, haciéndose de la vista gorda ante el saqueo de piezas de oro que realizaban sus hombres. Es una justa recompensa por arriesgar el pellejo con los malditos indios, reflexionó.

—Ya habéis escuchado a don Cortés —ordenó Gonzalo a sus hombres, tratando de contener la tos que le producía el humo que empezaba a salir del adoratorio—. ¡Al precipicio con Huichilobos! —gruñó.

Los hombres que la cargaban avanzaron hasta llegar al final de la escalinata. Un gran clamor se escuchó en la plaza en ese momento. Se trataba de la indignación de los mexicas, quienes observaban cómo el recinto más sagrado de su ciudad empezaba a ser devorado por el fuego y, aún más grave, cómo la representación de su deidad patronal estaba siendo profanada y destruida. Ante la orden de Antonio de Quiñones, los seis hombres, entre ellos Gonzalo, la empujaron por la escalinata. La frágil representación rodó hasta caer sobre el monolito de Coyolxauhqui, hecha añicos.

—¡Alabado sea Cristo! ¡Santiago y cierra, España! ¡Hemos destruido al diablo Huichilobos! —fueron las exclamaciones jubilosas de los hispanos que se habían hecho fuertes en la plataforma del gran cu, cerrando el paso a los tenochcas, quienes con gran impotencia veían la destrucción del colibrí zurdo. Como respuesta, los defensores de la ciudad gritaron con furia maldiciones e injurias desde cada rincón de Tenochtitlan.

—Don Cortés, lo hemos logrado —le dijo Gonzalo Rodríguez al capitán de la expedición, caminando para encontrarle.

El extremeño se hallaba de pie, recargado contra una de las cuatro colosales esculturas de piedra que representaban a deidades femeninas con faldas de serpientes y corazones humanos. Estas representaciones le parecieron más aterradoras a Gonzalo que el propio Huichilobos, por su gigantesco tamaño y por los elementos que las conformaban, collares de corazones humanos y manos cercenadas, cabezas de serpiente y garras en lugar de pies.

—¿Don Cortés? —volvió a preguntar al extremeño, quien miraba desconsolado la batalla que se libraba por todo el recinto ceremonial, así como por sus setenta y ocho templos, muchos de los cuales ya ardían.

—Mirad este infierno —le murmuró ensimismado al capitán de rodeleros—. Mirad la ciudad que pensaba entregarle a su majestad Carlos y a su santa madre Juana.

Gonzalo observó el terrible panorama que los rodeaba. Grupos de hispanos y tlaxcaltecas haciéndose fuertes en la cima de las construcciones, mientras que otros ya retrocedían al palacio de Axayácatl, arrastrando a sus heridos, debido al fuerte empuje de los tenochcas. Sobre ellos caían miles de proyectiles, abollando las armaduras, fracturando huesos y cabezas. Como hormigas, cientos y cientos de guerreros de todos los barrios de Tenochtitlan bajaban por las escalinatas de la plataforma perimetral del recinto, asfixiando a las tropas cristianas y a sus aliados indígenas. Intensas llamaradas ascendían por doquier, enrareciendo el ambiente que ya olía a muerte. Desde la plaza ubicada al sur del recinto ceremonial, Gonzalo pudo observar al menos veinte escuadrones de mexicas que se aproximaban a su ubicación.

—No podemos ganar esta batalla, ni con la ayuda del propio Santiago —murmuró Hernando mientras enfundaba su espada, para después limpiarse del rostro la sangre seca y el sudor—. Son demasiados y nosotros muy pocos.

—Pero nuestros hombres son aguerridos y devotos cristianos, mi señor. —Esta fue la respuesta de Gonzalo al observar cómo los ojos del conquistador se tornaban rojos y húmedos.

—Todo lo que he logrado para sus majestades lo he perdido —replicó Cortés sin siquiera prestar atención a las palabras que le decía su interlocutor.

—Aún podemos salvar la vida, don Cortés —dijo con valor Gonzalo, pues sabía cuán peligroso era sacar el tema en presencia del líder de la expedición—. Incluso podemos salvar el oro de Montezuma y llevarlo con nosotros a la Veracruz y de ahí a Cuba. —En ese momento pasaron a su lado algunos hispanos llevando los huehuémeh, los tambores verticales de madera de los mexicas. Sin pensarlo dos veces los arrojaron al vacío, rompiéndose en mil pedazos al estrellarse contra el piso. Al parecer esta acción regresó a la realidad a Cortés, quien apretó el entrecejo y mordió su labio con determinación. De inmediato volteó a ver a Gonzalo y le dijo con firmeza:

—Antes muerto que abandonar Temixtitan, mozo. —Ante semejante respuesta, el capitán de los rodeleros de la Vera Cruz se quedó helado, petrificado. Consideró prudente no volver a tocar el tema—. ¡Vamos, perezosos! ¡Abandonemos este lugar del diablo! ¡Regresemos al palacio de Axayácatl! —ordenó Cortés.

Al instante los capitanes de los escuadrones replicaron las órdenes, entre ellos el mismo Rodríguez de Trujillo, quien rápidamente organizó a sus rodeleros. Cristóbal de Guzmán, quien aún sujetaba el estandarte de la Inmaculada Concepción, fue el primero en descender por las altas escalinatas de piedra, seguido por el propio Cortés, Antonio de Quiñones y los rodeleros de Gonzalo. Cerraban la formación Gonzalo de Sandoval y lo que quedaba de los rodeleros del Espíritu Santo. Al bajar y alcanzar la plataforma del templo notaron que los hombres que la custodiaban se encontraban gravemente presionados por los guerreros mexicas, que les lanzaban innumerables dardos, jabalinas y flechas. Ahí estaban Francisco de Morla y el zamorano Diego de Ordaz, quien seguía cojeando por la herida que había recibido en uno de sus pies, Ortiz, el músico, con su gente y los ballesteros de san Sebastián armados con martillos, lanzas y mazas.

Fue alrededor del mediodía que los hispanos y mermados tlaxcaltecas que asaltaron el recinto ceremonial alcanzaron la seguridad del tecpan de Axayácatl. Para cuando Gonzalo Rodríguez llegó a la escalinata del gran pórtico del palacio, decenas de escuadrones mexicas perseguían a la retaguardia de la columna, buscando capturar a los heridos que se iban atrasando o a los que caían abatidos por una flecha o una piedra. Con angustiosos gritos los arrastraban lejos de sus compañeros, en dirección de sus templos. Sin embargo, en dicha retirada cada quien tuvo que ver por sí mismo, pues todos se encontraban agotados y heridos, por lo que arriesgar el pellejo por un compañero era un suicidio. Gonzalo prestó poca atención a los alaridos de dos tlaxcaltecas y un hispano que fueron hechos prisioneros por los tenochcas en el mismo momento que él atravesaba el gran pórtico. Al entrar al gran conjunto palaciego en ruinas, el capitán de rodeleros se persignó mientras una gran sonrisa aparecía en su rostro.

"Un día más sin dejar la vida en manos de esos malditos paganos", se dijo a sí mismo mientras se dejaba caer sobre las losas del patio principal, exhausto, al igual que los otros cientos de combatientes que habían logrado regresar vivos. A lo lejos estaba Cortés rodeado de sus lugartenientes, todos tintos de sangre, cubiertos de polvo y sudor, satisfechos de sí mismos, mientras que en la soldadesca se felicitaban los unos a los otros, dándose palmadas en la espalda o los hombros, al tiempo que esclavos mulatos y africanos, taínos, mujeres indígenas y el propio Bartolomé de Olmedo les llevaban jícaras llenas de agua de lluvia. El Sin Miedo buscó con la mirada a doña Beatriz entre las mujeres tenochcas que llevaban agua y lo poco que quedaba de alimento a los combatientes que regresaban al palacio. Por ningún lado la encontró. Con el paso de los días, Yohualcitlaltzin se había vuelto esquiva, al grado de convertirse en un espectro que difícilmente podía encontrar Gonzalo.

—Ey, capitán —le dijo Rodrigo de Badajoz a Gonzalo mientras colocaba la mano sobre su hombro—. Mira por allá —agregó, señalando a una mujer demacrada y delgada que vestía un huipil blanco, ya sucio de lodo, sangre y sudor. Gonzalo volteó a su derecha entre el mar de gente y observó a la mujer en la que pensaba.

—Ahora vengo, Rodrigo. Ved que a los hombres no les falte nada. Dales un momento de descanso y después incorpórense a la defensa del palacio —ordenó el Sin Miedo al tiempo que avanzaba hacia la mujer, que caminaba debajo de los pórticos con columnas que rodeaban el patio principal del tecpan de Axayácatl. Llevaba una jícara y algo de comida, tortillas doradas o pan cazabe, seguramente.

—¡Beatriz Citlalli! —le gritó Gonzalo al aproximarse a ella de frente. La mujer bajó la mirada y siguió caminando. No habría frenado sus pasos si el capitán de rodeleros no hubiera cerrado el camino al extender su brazo y colocar su mano sobre uno de los pilares que sostenían las vigas del techo—. ¡Niña! Te estoy hablando. ¿Dónde has estado las últimas noches, que no te he visto? —preguntó.

—Ayudando a enfermos, heridos —respondió en su rústico castellano, volteando a ver a los ojos al extremeño.

—¡Nadie te ha pedido eso! Tú eres mi india y tu deber es estar conmigo. ¡Obtener los alimentos y el agua, cuidar de nuestras pertenencias, cambiar mis vendajes! ¡Ya he sido muy tolerante al permitir que sirvas en los aposentos del taimado de Montezuma para que ahora te encargues de otros hombres! —gritó molesto Gonzalo.

—¿Qué esperabas, caxtilteca? —respondió molesta la jovencita, arrojando al piso la jícara y las tortillas duras—. ¿Que te sirva y que te quiera después que tú matas a mis hermanos?

—¡Niña! Entended esto: se trata de ellos o nosotros, los culúas o los cristianos. ¡Tu pueblo nos ha querido poner una celada para asesinarnos! Por eso los hemos confrontado. ¡Por eso los atacamos! ¡Y no permitiré que tú juzgues mis acciones! —replicó el rodelero.

Yohualcitlaltzin le respondió con una cachetada para después esquivar su brazo y echar a correr hacia el amplio patio arriesgando su integridad, pues desde afuera del palacio los tenochcas seguían lanzando piedras y dardos, los cuales chocaban estrepitosamente contra las losas de piedra rosada del piso.

—¡Todo terminará pronto! —gritó la jovencita al voltear por un instante para ver a Gonzalo—. ¡No tienen tlacualli ni atézcatl! ¡Salgan de mi hogar, de mi ciudad, o mueran ya! —Mientras Yohualcitlaltzin decía esto, una piedra proyectada por una honda desde el exterior del palacio pasó rozando peligrosamente su cabeza. Para fortuna de la jovencita, acabó estrellándose contra las losas de piedra rosada que cubrían el patio. Ella dio media vuelta y echó a correr. A su espalda, escuchó la respuesta de su antiguo amante.

—¡Y tú vendrás conmigo, india! —gritó colérico el extremeño, quien aún albergaba sentimientos por Beatriz—. ¡Nunca más volverás a esta maldita ciudad! —esto fue lo último que dijo antes de percatarse de que varios tlaxcaltecas e hispanos lo observaban con curiosidad, asombrados de cómo un capitán caxtilteca perdía la cabeza por una adolescente. Ante estas miradas, el hombre de Trujillo consideró que era mejor guardar silencio y dejar la discusión con Beatriz para otro momento. El cristiano dio media vuelta y se dirigió a donde había dejado a sus rodeleros descansando, no sin antes decir para sí mismo: "Dios quiera que salgamos de esta ciudad del diablo, Beatriz. Dios quiera que tengas razón, pero antes tú nos conducirás a rescatar el maldito oro".

9. LA TORMENTA
Noche del día diecisiete de la veintena Tecuilhuitontli,
año Ome Técpatl
29 de junio de 1520

CAPÍTULO 37

La noche llegó presta a Tenochtitlan, sumiendo a todo el Cem Anáhuac en su denso manto de obscuridad. La amenaza de una tormenta fue evidente para los combatientes que se disputaban la vida en el corazón de la capital mexica, pues desde la tarde gruesas nubes grises se hicieron presentes, en el firmamento, opacando los últimos rayos del gran Tonátiuh. Al poco tiempo empezó una fuerte lluvia, acompañada de intensos vientos, así como de relámpagos que pintaron de tonalidades azules y violetas el cielo. Los huehuémeh fueron silenciados con el rugir del trueno del gran hechicero, Tláloc, haciendo que la batalla que se libraba en torno al tecpan de Axayácatl fuera menguando en intensidad. Con la llegada de una densa neblina que cubrió el islote de Tenochtitlan y Tlatelolco se hizo imposible que continuara la lucha, por lo que poco a poco los mexicas se fueron retirando a las construcciones cercanas, mientras que los hispanos y sus tlaxcaltecas buscaron refugio dentro de las ruinas del palacio del padre de Motecuhzoma. Desde el interior de los restos ennegrecidos del palacio del cihuacóatl y de los templos del recinto ceremonial, miles de guerreros mexicas vigilaban pacientemente a sus presas, sabiendo que su enemigo se encontraba exhausto y cercado, mortalmente herido, y que era solamente cuestión de días para que todo terminara. La tormenta lavó la sangre de los valerosos defensores que murieron protegiendo su ciudad esa jornada; también apagó el fuego que rugía en varias de las construcciones del recinto ceremonial, como el Calmécac, el Templo del Sol y el huey teocalli o Templo Mayor. Era tanta el agua preciosa que caía desde las alturas que pronto el sistema de drenaje se anegó, causando que algunas partes de la ciudad comenzaran a inundarse.

Perdidos entre la lluvia y la neblina, mojados hasta los huesos, los hispanos y sus aliados tlaxcaltecas seguían vigilantes desde el interior de su derruida fortaleza, el tecpan de Axayácatl, aguzando los oídos y forzando la vista, pues poco podían ver debido al manto gris que cubría el islote donde se encontraban. Sin embargo, para los hombres del ejército aliado, la llegada de la tormenta y la interrupción de las hostilidades fue una bendición que había enviado san Isidro Labrador para darles descanso cuando la gran mayoría se encontraba en un punto de quiebre debido al cansancio, la falta de sueño y también de alimentos. Muchos otros estaban enfermos de disentería y diarrea. De esta situación eran bien conscientes los capitanes y lugartenientes de la expedición hispana, así como los guerreros que dirigían a los miles de aliados tlaxcaltecas.

Por esta razón, en esa noche relativamente tranquila se dispusieron a encontrarse en la antesala del gran salón, en el ala ocupada por la familia de Motecuhzoma, al amparo de la trémula luz de un par de antorchas que ardían adosadas al muro, con el propósito de hacerle una visita al líder de la expedición: Hernando Cortés. Aunado a esto, las fatalistas predicciones que había hecho el agorero Blas Botello de Puerto Plata habían calentado los ánimos de los capitanes descontentos. El montañés, quien gozaba de mucho respeto y prestigio entre la tropa debido a que había visitado Roma y Nápoles, afirmaba que era imperativo abandonar Tenochtitlan en uno o dos días, pues de no ser así todos los integrantes de la expedición, indígena o hispano, mujer u hombre, encontrarían la muerte en manos de los "perros indios". Bajo la intensa lluvia fueron llegando a la antesala los citados. Los primeros en hacer acto de presencia fueron el rubio y valeroso Alonso de Ávila junto con Francisco de Morla.

Después apareció el gigante Juan Velázquez de León, acompañado del capitán de rodeleros Gonzalo Rodríguez de Trujillo y de Francisco de Salcedo, el pulido. También se presentaron Diego de Ordaz, quien aún cojeaba debido a la herida que recibió en un pie; Francisco de Aguilar, el devoto, con todo y sus crucifijos y estampas religiosas colgando del cuello, y el capellán de la expedición Juan Díaz, quien parecía estar más interesado en los asuntos del poder que en los de la fe.

Esa noche todos los capitanes dejaron sus posiciones de combate con el único objetivo de convencer a Cortés, por las buenas o por las malas, de la imperante necesidad de abandonar Tenochtitlan al siguiente día, obviamente llevando con ellos las riquezas que habían saqueado. Todos iban armados con sus espadas y dagas, pues venían de sostener las enconadas embestidas de los indignados mexicas, quienes buscaban acabar con los caxtiltecas después de la profanación del templo de Huitzilopochtli. Alonso de Ávila, así como Juan Velázquez de León, fueron los responsables de convencer a cada uno de los presentes, siempre conscientes del riesgo que corrían, pues podían acabar decapitados o ahorcados por insubordinación.

—Solamente faltan Bernardino, Olid y Blas —comentó Ávila, quien nerviosamente jugueteaba con el pomo de su espada ante la mirada de los presentes.

El ambiente que se respiraba era de nerviosismo, de tensión, pues no era normal que los capitanes más importantes de la expedición se reunieran de manera clandestina en un rincón obscuro del palacio.

—¿Vendrán los Alvarado? —preguntó Diego de Ordaz, quien aún llevaba el peto de la armadura manchado de la sangre de los enemigos que había asesinado.

—Los veremos en los aposentos de Cortesillo. Al parecer quieren escuchar nuestras razones y ver qué tan calientes se ponen las cosas antes de tomar partido. ¡Los taimados hijos de puta! —respondió Velázquez de León con su gruesa voz.

Gonzalo, quien lo acompañaba, no pudo evitar sonreír ante la expresión de su superior. Sin duda que Pedro y sus hermanos eran hombres de cuidado, quienes ofrecían sus espadas a los mejores postores, reflexionó mientras miraba por debajo del dintel de piedra de la entrada cómo sombras difusas iban y venían por el obscuro patio, debajo de la lluvia.

—Se aproximan unos hombres —comentó Rodríguez de Trujillo después de aguzar la mirada en tres siluetas que se acercaban corriendo bajo el aguacero.

Al entrar por el vano de la puerta, sus rostros se iluminaron. Se trataba de los lugartenientes responsables de la defensa del ala sur del tecpan: Bernardino Vázquez de Tapia, uno de los hombres más ricos y poderosos de la expedición; el espigado Cristóbal de Olid y, finalmente, el montañés Blas Botello de Puerto Plata, quien vestía una brigantina negra de cuero, gorguera y guardabrazos, ambos de hierro. Era habitual que usara un capirote de manga de paño negro, cuya punta caía sobre uno de sus hombros cuando descansaba de su celada. Sus grandes y ojerosos ojos observaron con detenimiento los rostros de los presentes, para después decir:

—Sabios aquellos que han venido a esta reunión con el propósito de salvar la vida.

—¿Por qué han tardado tanto? —preguntó Ávila—. ¿Acaso vuestras mercedes quieren que el alguacil de Cortés nos encuentre reunidos en medio de la noche? ¡Joder!

—Calmaos. Dejad la impulsividad para otra jornada, Alonso. Nos retrasamos debido a una visita que nos hizo el infatigable Gonzalo de Sandoval acompañado de Cristóbal de Guzmán, el mozo de espuelas de Cortés —respondió el astuto de Olid, quien había reemplazado el peto de su armadura por un jubón negro de terciopelo que se encontraba empapado.

—Suficiente cotilleo, hombres —alzó la voz Velázquez de León—. Prosigamos con nuestro objetivo, la visita a Cortesillo con el propósito de abandonar esta tierra de Satán. Tenemos que salir lo antes posible de esta ratonera, mañana de ser posible...

—De no ser así, todos feneceremos —interrumpió con su aguda voz Blas Botello, señalando con un dedo el rostro de Juan Velázquez, mientras se dibujaba una siniestra sonrisa en el suyo—. Nada quedará de nosotros, ni los huesos ni la carne, hermanos —concluyó y besó su talismán de piel con forma fálica.

—¿Y si Cortés decide no poner oídos a nuestras palabras? ¿Entonces qué? —preguntó Bernardino Vázquez de Tapia. En ese momento reinó un tenso silencio mientras los presentes escudriñaban los rostros de los presentes, esperando al valiente que respondiera a esa pregunta.

—Entonces la cosa se pondrá fea —dijo casi como un murmullo Alonso de Ávila—. Haremos prisionero a Cortés, a Sandoval y a quienes se nieguen a reconocer nuestra jodida situación y la importancia de salir de esta ratonera. Después seguiremos con nuestro plan, abandonar esta endemoniada isla. ¿Estáis de acuerdo?

Todos los presentes asintieron como respuesta a la mirada inquisitiva de Ávila, Velázquez de León y Diego de Ordaz, quien exclamó con sarcasmo:

—Ni caguetas ni gallinas. Muy bien.

—¿Qué opina, capellán? —preguntó Velázquez de León al sevillano Juan Díaz.

—Mis señores, vosotros sabéis que no soy hombre que crea en las palabras de adivinos, como las del irreverente e insolente Botello, aquí presente —respondió con gran calma, señalando con dos dedos al montañés. Los capitanes sabían de las condenas y denuncias que en el pasado el religioso había hecho en contra de Blas Botello de Puerto Plata, lo que había acarreado un profundo rencor entre ambos hombres, enojos que habían pasado a un segundo plano debido a la situación en que se encontraban los hombres de la expedición—. Sin embargo, no hay que ser agorero ni confiar en esas prácticas prohibidas por nuestra Santa Madre Iglesia para saber que tenemos que abandonar esta villa donde aún gobiernan Satán y sus acólitos antes de morir de hambre o a manos de los indios idólatras.

Gonzalo lo observó con detenimiento por un momento. El clérigo vestía unos amplios calzones de paño negro hasta las rodillas y una camisa blanca. Lo único que lo delataba como capellán de la expedición era el manto clerical con esclavina de grueso paño que cubría su espalda, así como el pesado crucifijo de plata que colgaba de su pecho. El sevillano, que también había participado en la expedición de Juan de Grijalva, llevaba la barba larga, algo descuidada, mientras que el pelo obscuro lo llevaba corto y despeinado, con un flequillo que caía sobre su frente. Entre la tropa se murmuraba que el clérigo había apartado varias piezas de oro con el consentimiento del propio Cortés. Una limosna que el extremeño otorgó de buena gana a su capellán por los servicios religiosos prestados hasta la fecha. Después de un momento de silencio, el capellán afirmó:

—Hermanos, no existe otro camino para salvar la vida. Confiad en el camino que Dios ha dispuesto para nosotros. Hablemos con Hernando. Estoy seguro de que entrará en razón sin necesidad de llegar a la violencia.

—Vuestras mercedes han escuchado las palabras del capellán. Andad, caballeros. Llegó el momento de romper lanzas —concluyó Velázquez de León, quien salió de la habitación hacia el patio inundado donde la lluvia seguía cayendo con intensidad.

Los presentes siguieron sus pasos encaminándose al ala poniente del derruido palacio, donde descansaba Cortés con su amante doña Marina. Gonzalo Rodríguez de Trujillo cerró la formación. Los capitanes cruzaron el patio norte para alcanzar el amplio patio central donde se levantaba un templo. Debajo de los techos de los pórticos descansaban algunos cientos de hombres junto a fogatas improvisadas. Casi todos los hombres se encontraban distribuidos en el perímetro del gran complejo palaciego, tiritando por el frío y la lluvia; aferrados a sus lanzas, alabardas y espadas, prestos por si los indios decidían reanudar sus ataques, reflexionó Gonzalo. Un olor a carne asada despertó su apetito, sorprendiéndolo al mismo tiempo, debido a que ya no se habían sacrificado caballos recientemente para ser ingeridos. Al voltear a un rincón del gran patio, al menos diez hombres asaban sobre una fogata lo que parecía ser una pierna mutilada, sin su pie. Aunque casi todos los hombres presentes eran aliados tlaxcaltecas, también había algunos hispanos e incluso dos mulatos.

—La locura se está apoderando de nosotros —replicó Juan Díaz, tapándose la nariz con la mano al imaginar el siniestro origen de la carne que consumían—. Estamos cayendo en dominios de Satán, por eso la imperiosa necesidad de salir de este lugar maldito.

—Pronto, padre, pronto —replicó Gonzalo mientras seguía a los hombres que encabezaban el pequeño grupo, quienes giraron a la derecha para cruzar el patio poniente y finalmente alcanzar el ala que ocupaba Cortés con sus hombres de confianza, así como el tesorero y el escribano de la expedición. En algunas habitaciones del ala oeste del palacio también se habían almacenado los lingotes de oro fundido. La lluvia seguía cayendo sobre el cortejo que avanzaba lentamente para enfrentar su destino.

Capítulo 38

—¡Antes deben sacarme hecho pedazos que abandonar Temixtitan! —contestó Cortés al escuchar la petición que le hicieron Alonso de Ávila y Juan Velázquez de León—. ¡No dejaré que esos malditos indios arruinen todo lo obtenido hasta ahora, joder!

Hernando se había incorporado de su silla frailera, colocando sus puños sobre la pesada mesa. A su lado se encontraba el alguacil Gonzalo de Sandoval, armado hasta los dientes, como también su amante doña Marina y el fraile mercedario Bartolomé de Olmedo. También lo acompañaban su mozo de espuelas Cristóbal Guzmán y Antonio de Quiñones, el jefe de su guardia personal. A unos pasos del líder de la expedición se hallaba el escribano real, Diego Godoy, garabateando frenéticamente en uno de sus grandes libros lo dicho por ambos bandos: quienes se negaban a abandonar la capital mexica, llegando hasta las últimas consecuencias, y quienes querían escapar de la ciudad a lo mucho en un día o dos, encabezado por varios capitanes.

En el amplio salón iluminado por antorchas encendidas y braseros se encontraba también Pedro de Alvarado, acompañado de sus hermanos Jorge, Gonzalo y Gómez, todos empapados hasta los huesos. Los nacidos en Badajoz estaban como meros espectadores, viendo qué partido llevaba las de ganar para apoyarlo, y así salir bien librados y con la cabeza bien puesta en su sitio. También se encontraba sentado sobre un baúl Xicoténcatl, el mozo, envuelto en su tilma, aún portando el tocado de plumas de garza y la trenza roja y blanca sobre la cabeza. Fumaba de una pipa de cerámica un poco de tabaco mientras observaba a la distancia a los hispanos. Estaba acompañado del cuauhyáhcatl Tlecólotl, el alto guerrero tlaxcalteca que disimulaba sus quemaduras con pintura roja que cubría su pecho y rostro, y otros dos teteuctin de la guerra, importantes capitanes de las cabeceras de Ocotelulco y Tepetícpac. Algunos llevaban cadenas de oro colgando del cuello, regalos otorgados por Hernando como recompensa por sus servicios en el sitio que vivían. Su presencia inquietaba a los capitanes hispanos, quienes sentían sus duras miradas y escuchaban sus incesantes murmuraciones dichas en su lengua. Algunos todavía llevaban el rostro pintado con sus antifaces negros y franjas verticales rojas. Del otro lado del salón, recargados contra la pared, inmersos en la obscuridad, descansaban otros cinco guerreros indígenas procedentes de Huexotzinco y Atlixco, así como dos embajadores cempoaltecas. Recientemente Cortés les permitía pasar la noche en el ala del palacio que ocupaba, pues confiaba plenamente en ellos, incluso más que en algunos de sus lugartenientes.

—¿Acaso estáis ciego? —respondió con fuerza Bernardino Vázquez de Tapia, el "acomodado" de la expedición—. Las provisiones no durarán ni cuatro días, el forraje para los equinos se ha agotado. No contamos ya con pólvora para la artillería ni para los arcabuces y espingardas. Llevamos más de cuarenta días consumiendo agua lodosa de los pozos que excavamos, lo que ha llevado al sepulcro a decenas de nuestros hombres —Bernardino movía las manos, haciendo refulgir los tres anillos de oro que portaba entre sus dedos. Alonso y Juan Velázquez de León asentían conforme escuchaban sus palabras. Gonzalo, quien se encontraba a un costado de Juan, había visto cómo, poco a poco, Hernando iba perdiendo los estribos.

—Eso sin mencionar que casi la totalidad de nuestros hombres se encuentran heridos, así como los indios aliados, don Cortés

—agregó el capitán de rodeleros extremeño al ver la oportunidad de apoyar las palabras de Bernardino.

Gonzalo Rodríguez sabía que, si en esa noche tormentosa no lograban convencer a Cortés de abandonar Temixtitan, no se presentaría ninguna otra ocasión. Todos los miembros de la expedición, desde los niños, como el paje Orteguilla, hasta las mujeres, mulatos y esclavos acabarían muertos o sacrificados en alguno de los templos mexicas. Hernando volteó a ver a Gonzalo con sus grandes, hermosos y expresivos ojos café claro, aunque cargados de enojo.

—¡Pese a Dios! Rodelero, ¿acaso no quieres disfrutar el resto de vuestra vida con las riquezas obtenidas en esta empresa? ¿Acaso no quieres vivir con holgura y saberte orgulloso de haber participado y sobrevivido en la subyugación de la Gran Venecia de las Indias? —respondió Cortés señalándole con el dedo, con la espalda encorvada y los nudillos de los puños blancos por su peso. A Gonzalo le pareció que el extremeño era un gran felino agazapado y listo para saltar sobre el más débil del grupo, de aquellos que habitaban en el Darién y podían comerse a un hombre completo.

—Hernando, prefiero salvar el cogote que "vivir con holgura" y las otras gilipolleces del orgullo —respondió con su gruesa voz Juan Velázquez—. Aquí no tenemos de otra más que salir de esta condenada ciudad de paganos llevando el oro con nosotros. Ya lo ha dicho Botello, tenemos hasta dos jornadas para evitar nuestro funesto destino, y a mí no me gusta andar toreando la suerte. —Los hombres presentes asintieron nuevamente y dieron voces de apoyo a las escuetas pero concretas palabras del pariente próximo del gobernador de Cuba. Juan alzó su mano enguantada, pidiendo silencio ante la intensa mirada que le dirigía Cortés—. Tenemos más tiempo que vida. Podemos regresar a la Villa Rica, descansar, fortalecernos, hacer alianzas con los indios y regresar con un gran ejército para someter a la maldita ciudad y sus habitantes. ¡Ya lo hemos hecho! ¡Podemos volver a hacerlo, con un diablo! —elevó la voz, extendiendo sus brazos.

—¿Acaso sois tontos o ciegos? ¿No os dais cuenta de que los culúas esperan con ansias que tomemos nuestras alforjas y salgamos disparados para emboscarnos? ¡Ese será nuestro momento de debilidad, nuestra vulnerabilidad, para que acaben con nosotros! —respondió Hernando al tiempo que golpeaba con su puño la superficie sucia y rugosa de la mesa.

En ese momento se escuchó el rugir de un trueno. El relámpago traspasó la amplia puerta y alumbró con su destello a los presentes. El silencio reinó por un momento. La tensión se hizo evidente. Quien rompió el silencio fue Blas Botello de Puerto Plata.

—Desolación y muerte nos esperan de permanecer en Temixtitan, afirma mi familiar desde el más allá. No podemos evitarlo. ¡Nadie se salvará de la furia de los perros indios! ¡Incluso los negros y los caballos morirán! —exclamó con angustia.

Gonzalo observó al agorero, quien hablaba con la mirada perdida, gesticulando y abriendo los ojos considerablemente. Alargó el brazo con la mano abierta, como si tratara de asir algo invisible. Un escalofrío recorrió la espalda del curtido capitán de rodeleros.

—¡Tomad el oro y los crucifijos, valerosos cruzados, y salid por la mañana para salvar la vida! —gritó Botello, viendo a los presentes a los ojos—. ¡Es vuestra última oportunidad! Es nuestra última esperanza, mis señores. Si no, la ventana se cerrará y la obscuridad descenderá sobre nosotros —afirmó, para después murmurar para sí las palabras "desolación y muerte", "desolación y muerte".

El hombre caminó unos pasos para salir de la habitación, sujetándose la cabeza como si un fuerte dolor le invadiera.

—Disculpadme, pero tengo que retirarme y descansar un poco —dijo el agorero antes de desaparecer en la noche tormentosa, ante la mirada atónita de los presentes.

—¿Ustedes esperan que tome mis decisiones con base en las divagaciones de Blas? —respondió Cortés mostrando su sonrisa—. ¡No puedo arriesgar a toda la expedición por la habladuría de un profeta!

—Hernando, ¿quién os avisó que Alvarado y sus hombres corrían gran peligro después de la derrota de Pánfilo cerca de la costa? —preguntó Alonso de Ávila—. Os refresco la memoria: ¡fue Botello!, a quien ahora tachas de profeta y hablador. Gracias a él regresamos a tiempo a Temixtitan a auxiliar a nuestros compañeros.

—¡Falso! La noticia me la han llevado mensajeros de nuestros confiables aliados tlaxcaltecas —respondió con enojo Cortés.

—¡Eso ha sido después! ¡Los mensajeros han llegado un día después! Yo estaba ahí, por Santiago. Y si no reconocéis mis palabras, puedo decir que eres un hombre de poca honra —replicó Alonso, cuyo valor era legendario y quien no se achicaba frente a nadie, uno de los más queridos por la tropa.

—¡Retirad lo dicho o te degüello aquí mismo, hijo de puta! —gritó exaltado Cortés desenvainando su espada, al tiempo que Ávila le dirigía una dura mirada, sin inmutarse, para luego decir:

—No dudo que seas capaz de matar a un hermano de armas, extremeño.

De inmediato, Antonio Quiñones y Cristóbal de Guzmán sujetaron los brazos de Hernando, al tiempo que Juan Velázquez de León, Cristóbal de Olid y Gonzalo Rodríguez se interponían entre ambos hombres. Los tlaxcaltecas de Xicoténcatl se incorporaron alarmados, colocando sus manos sobre las dagas y cuchillos, listos para defender a Cortés si su vida se veía amenazada, aunque manteniendo una distancia prudente mientras tanto. Por un momento la locura reinó en el gran salón. Los forcejeos reemplazaron las palabras, los empujones silenciaron el diálogo y las amenazas acabaron con la razón. Mientras los dos bandos se enfrentaban, sin mediar palabra o dar aviso, Gómez Alvarado desenvainó su montante y con toda la fuerza de sus brazos lo dejó caer sobre la mesa de Cortés, dando un alarido. En ese momento las copas de cerámica volaron por los aires, así como las hojas, el tintero, la pluma, la vela y los otros objetos que descansaban sobre su obscura superficie. Los hombres retrocedieron ante el inesperado y violento gesto de Gómez, quien era conocido por sus arranques de furia y su gran fuerza física.

—¡Guardad silencio! ¡Dejad de pelear! —gritó el rubio nacido en Badajoz.

—Mis señores, no pueden dar el lujo de pelear entre ustedes, cuando afuera os esperan miles de guerreros tenochcas, quienes quieren ver vuestras cabezas, tzontéchoh, en picas —alzó la voz doña Marina, aprovechando el silencio. Después de dirigir miradas a los hombres presentes, se concentró en su superior y amante, Cortés, a quien le dijo—: Señor mío, usted sabe de mi absoluta lealtad, y lo seguiré hasta final del Cem Anáhuac, sin miedo, sin cerrar ojos y el corazón, pero en esta ocasión mejor es retirarse, salir, correr, choloa, motlaloa, paina. Debemos salir de Tenochtitlan para salvar la vida. Tlah —concluyó la astuta mujer de brillantes ojos y lengua afilada. Esa noche vestía un nuevo huipil todo rojo, teñido de grana cochinilla, así como dos pesados collares de jade que descansaban sobre su pecho, los cuales seguramente venían de las colecciones de la esposa de Motecuhzomatzin.

Pedro de Alvarado escuchó las sabias palabras de la popoluca mientras sobaba su larga y sebosa barba. También se percató de la expresión de Cortés, quien volteó para dirigirle una agresiva mirada a su amante, la cual no pudo sostener por mucho tiempo, pues su gesto se suavizó poco a poco. El nacido en Badajoz supo que era el momento de tomar partido.

—Don Hernando, creo que la moza tiene razón. Por el momento no tenemos las fuerzas ni las alianzas necesarias para salir bien parados de esta guerra. Los hombres están cansados, heridos y hastiados. Retirad vuestras fuerzas, consolidadlas, forjad alianzas para regresar a Temixtitan con un ejército más grande y cobrar venganza. Regresemos a Tlascala, donde se encuentran nuestros amigos, donde siguen honrando nuestra alianza —exclamó con potencia para que todos lo escucharan—. Retroceder nos permitirá combatir otro día y salvar la vida. Sé lo que os digo —concluyó el hombre de nariz recta, labios rosados cubiertos por su bigote, ojos azules y rostro ceniciento, rasgos que ocultaban su naturaleza violenta y asesina.

—Llevaremos con nosotros los tesoros de Montezuma para pagar a los hombres y el quinto real de su majestad Carlos I y su madre Juana —dijo Jorge Alvarado dando un paso al frente para apoyar a su hermano—. Hernando, no les falles a vuestros hombres en este jodido momento. No les falles a vuestros capitanes, quienes te hemos seguido hasta aquí. —Las palabras resonaron en la habitación, causando una profunda impresión en los presentes, incluido el propio Cortés. A todos les maravilló que dichas expresiones vinieran de Pedro y Jorge, quienes no destacaban por ser prudentes o conciliadores.

De inmediato, fray Bartolomé de Olmedo salió a defender la propuesta de la inmediata partida de Tenochtitlan:

—Mi señor, el oro ya está fundido en tejos, lo que facilitará su traslado. Repartidlo entre los hombres, como Cristo repartió el pan en las bodas de Caná. Ellos, aunque agotados y heridos, cuentan con la fuerza necesaria para abrirse paso a tajo limpio y abandonar esta ciudad pagana. Usted sabe que no habrá otra oportunidad. Basta con mirar nuestra condición.

Hernando, ya más tranquilo, hizo lo recomendado por el mercedario, y al observar a los presentes se percató de que casi todos se encontraban heridos: Diego de Ordaz cojeaba por una herida de flecha, Gonzalo tenía vendado un brazo, Francisco de Salcedo llevaba la cabeza envuelta en un harapo manchado de sangre, Jorge Alvarado había perdido un ojo. Él mismo aún sangraba de su mano izquierda, de la que casi pierde dos dedos durante el asalto al gran cu. Todos los hombres habían bajado considerablemente de peso por la carencia de alimento, la falta de sueño y el cansancio, mientras que otros tantos se encontraban enfermos de fiebre, de mal de cámaras y de otras dolencias. Nos hemos vuelto espectros, tejedores de ilusiones, reflexionó Cortés al analizar detenidamente su realidad. Cazadores de sueños, perdidos por su propia ambición. El extremeño se incorporó exhalando con fuerza, cruzando los brazos sobre su pecho después de arrojar su espada sobre la mesa. Sabía que sus hombres tenían razón, no había otra opción que abandonar Temixtitan. Negarse podía causar que sus lugartenientes se amotinaran en su contra, acabando asesinado o apresado. Después vendría la lucha por el mando, una sangría entre las diferentes legiones de la expedición, lo que la desestabilizaría hasta su perdición. Esto pasaría incluso si los cristianos y tlaxcaltecas se encontraban sitiados y sin alimento. Voto a Dios si no conocía bien a los cojonudos hijos de puta que eran sus hombres. Así, comenzó a hablar:

—Quieren abandonar la capitán culúa, ¿eh? ¿Y qué es lo que proponen para no morir realizando la proeza? —preguntó ante el alivio de los presentes.

—Salir de noche, cobijados por la obscuridad —dijo Juan Velázquez de León.

—¡Llevaremos tres puentes portátiles de madera para superar los ojos de agua! —aclamó Diego de Ordaz.

—¡Dirigirnos a Tlaxcallan para descansar y recobrar fuerzas! —gritó Francisco de Salcedo el pulido.

—¡Repartid el oro entre los hombres! ¡Se lo merecen! —gritó desde atrás Gonzalo, el Sin Miedo.

—Recordad el quinto real, don Cortés, no puede olvidar a nuestras majestades —exclamó Diego Godoy alzándose de su asiento.

—¡Compartid el oro! ¡Compartid el oro! —gritó Gonzalo Alvarado.

—¡Los hombres merecen vivir después de tantos esfuerzos! —gritó Cristóbal de Olid.

De esta manera comenzó a fraguarse la estrategia para abandonar la capital mexica la noche siguiente, día de san Hipólito. La reunión se alargó hasta después de medianoche para afinar el plan y los detalles de la evacuación del tecpan de Axayácatl y de la propia Tenochtitlan por la calzada de Tlacopan, que corría de oriente a poniente. A la reunión fueron convocados otros capitanes y principales de la expedición, para darles a conocer el plan de acción y saber su parecer. Llegaron Gerónimo de Aguilar, Alonso Caballero, Juan Jaramillo, Gerónimo Ruiz de Mota, Juan Cano de Saavedra, Francisco de Morla, Andrés de Tapia, Martín López y muchos más. Los presentes se encontraban animados porque finalmente abandonarían la ciudad de los mexicas; sin embargo, se encontraban tensos, pues sabían que el siguiente día, 30 de junio, día de san Hipólito de Roma, sería decisivo para salvar la vida y las riquezas obtenidas. En la mesa, Cortés trazó un plano con carbón sobre una hoja de papel amate, donde se veía la calzada de Tlacopan con sus seis cortaduras, con el cual se ayudaría para hacer anotaciones y no olvidar ningún detalle de la operación que tenían por delante.

—Caballeros, de acuerdo con lo platicado, mañana al anochecer vuestros hombres deben estar alistados para salir de Temixtitan, llevando solamente lo indispensable: su armamento, las raciones y el oro que será repartido entre la tropa mañana en el patio central del palacio. Nuestro objetivo primario será alcanzar tierra firme, la villa de Popotla y luego la de Tacuba, para después bordear las lagunas norteñas de este valle y finalmente alcanzar el territorio de nuestros aliados tlascaltecas, tratando todo el tiempo de evadir los ejércitos culúas que partan en nuestra persecución. En las villas de nuestros amigos encontraremos comida, descanso y protección —exclamó Cortés observando los rostros de sus lugartenientes.

Los presentes asintieron a manera de aprobación, mientras permanecían en silencio para escuchar la estrategia en la cual se jugarían la vida. Las facciones de Cortés se endurecieron antes de continuar.

—Hombres bajo las órdenes de Gonzalo de Sandoval y Alonso de Caballero trabajarán desde este preciso momento, siguiendo las instrucciones del maestre Martín López, para elaborar tres puentes hechos de madera proveniente de las vigas de los techos del palacio, lo suficientemente resistentes para que pasen por ellos cinco caballos al mismo tiempo. Estos pontones serán de vital importancia para poder cruzar las cortaduras de la calzada de Tacuba, por donde escaparemos. Mañana al amanecer, una columna comandada por los Alvarado avanzará por la calzada de Tacuba para asegurar las primeras tres cortaduras ubicadas dentro de la ciudad y cerciorarnos de que aún mantienen sus puentes en posición. De acuerdo con lo que sabemos, los culúas han retirado los pontones de las tres cortaduras restantes, las que atraviesan la laguna —aseveró Cortés—. Maestre López, ¿cree tener listos los tres pontones para mañana al anochecer?

—No se preocupe, don Cortés. Mañana antes de la hora de la misericordia tendremos listos los puentes móviles. Toda la noche trabajaremos para cumplir con la tarea, usando las vigas de este palacete. Para nuestra fortuna he visto las cortaduras de la calzada con mis propios ojos durante los combates recientes, por lo que conozco las dimensiones necesarias —dijo Martín López, sevillano nacido en el seno de una familia noble emparentada con los marqueses de Astorga, que había cobrado relevancia gracias a su habilidad para construir artilugios de madera que iban desde un par de bergantines para navegar la laguna de Tezcuco hasta las torres móviles en las cuales habían combatido los hispanos las últimas jornadas. Era un hombre de gran inteligencia, hábil ingeniero y constructor que se había ganado la confianza de Hernando.

—Excelente, López. Gonzalo de Sandoval y Rodríguez Margariño, vosotros seréis los responsables de mover y proteger los puentes móviles durante la escapada. Cada puente contará con una guarnición de cuarenta hombres. Gonzalo, vos y vuestros hombres siempre deberán ir a la vanguardia, mientras que Margariño y su pelotón serán los responsables de protegerlos y evitar que sean retirados por los culúas mientras pasan nuestros hombres. Marcad mis palabras: si son destruidos o acaban en el fondo de la laguna, será nuestra perdición.

—No se preocupe, Hernando. Mi-Mis fieles ro-rodeleros, los piqueros de Ba-Bara-Baracoa y yo nos haremos car-cargo —dijo Gonzalo de Sandoval, el fornido tartamudo metelinense y uno de los primeros habitantes de la ciudad cubana de Trinidad—. ¡Antes muertos que perder los puentes!

—Eso es lo que me preocupa, Gonzalo. Procurad no morir —respondió sarcásticamente Cortés, para después continuar con las indicaciones—. Por otro lado, como os he dicho, Pedro, Gómez, Jorge y Gonzalo, será de vital de importancia asegurar las primeras tres cortaduras antes del atardecer del día de mañana. Nuestras avanzadas confirman que hasta hoy en la tarde mantenían sus puentes de madera en posición. Es primordial que permanezcan así. De los dos mil quinientos indios en condición de combatir, dejo a vuestra disposición mil de ellos, así como doscientos hispanos, más de la tercera parte del total de nuestros hombres. Llevad con ustedes lo que queda de pólvora, a los ballesteros y piqueros. Y por el aguerrido Santiago y la milagrosa Virgen de Guadalupe, ¡defended esa calzada y sus cortaduras con su vida! —exclamó Cortés señalando el plano.

Pedro de Alvarado sonrió fanfarronamente, seguido de sus hermanos.

—Ahí estaremos, protegiendo las malditas cortaduras con sus puentes para cuando vosotros lleguéis. Le romperemos el culo a todo aquel que se atraviese por nuestro camino con la intención de tomar la rúa.

El pelirrojo, milagrosamente, era de los pocos hombres que no habían sufrido ninguna herida. También mantenía su talante desafiante y agresivo, a pesar de las grandes ojeras que rodeaban sus ojos azules. Todos los presentes voltearon a ver a los hermanos Alvarado, confiando en que cumplirían su afirmación, ya que de no ser así, toda la operación podría quedar comprometida.

—Espero que hagas honor a tu palabra; si no, te las verás conmigo, Pedro, y esta vez no saldrás bien librado —afirmó Cortés señalando al nacido en Badajoz—. Cuando el grueso del ejército pase por las primeras tres cortaduras vosotros os integraréis a la retaguardia, la cual estará comandada por Juan Velázquez de León, y donde se ubicarán los hombres de Francisco de Salcedo y Juan Jaramillo —afirmó, para después lanzar una desafiante mirada a Juan y a Gonzalo, el Sin Miedo—. Juan, Gonzalo, vosotros en particular seréis los responsables del quinto real, el cual será escoltado por el tesorero Gonzalo Mejía, los oficiales reales y mi amigo el escribano Diego Godoy —ordenó Hernando señalando al último, quien seguía sentado sufriendo al tratar de registrar puntualmente todo lo dicho esa noche en su gran libro—. Irán con vosotros mi mayordomo Cristóbal de Guzmán y mi criado Terrazas. El quinto irá cargado en siete yeguas de mi propiedad, dentro de canastas y arcones. De ser necesario, seleccionad algunos cargadores indios para llevar el oro restante. No os separéis del grupo, empujad con velocidad y tratad de acortar siempre la distancia con la vanguardia —aconsejó el extremeño, quien ya se veía visiblemente agotado.

—Os entregaremos hasta el último tejo del quinto real en Popotla, Hernando. Blas Botello vendrá con nosotros, así como los hombres de Morla y Caballero —contestó Juan al tiempo que jugueteaba con la fanfarrona, su pesada cadena de oro.

Gonzalo, quien se encontraba a su lado, dio un paso hacia el frente, acercándose al plano y a la mesa iluminada por un par de velas, de las últimas que quedaban.

—Don Cortés, ¿sois consciente del desastre que ocurrirá en la retaguardia si es destruido uno de los puentes de madera antes de que crucemos? ¡Quedaríamos aislados, a merced de los culúas! —El Sin

Miedo aún portaba su capacete metálico abollado, del cual sobresalía su largo pelo castaño sobre su frente sucia y sudorosa.

A manera de respuesta, Cortés observó al espigado y fornido Gonzalo de Sandoval, quien se mantenía erguido con los brazos cruzados sobre el peto metálico de su armadura, así como al robusto y chaparro Rodríguez Margariño, hombre calvo de abundante barba canosa y piel morena obscura, que destacaba por su mal temperamento.

—No os faltarán pontones en la rúa, Gonzalo. Tenemos que confiar los unos en los otros. No hay de otra sopa —afirmó malhumorado Margariño, consciente de la responsabilidad que le era asignada.

—Así será, Go-Go-Gonzalo —afirmó Sandoval con los brazos cruzados, siempre parco en sus palabras.

Nuevamente reinó el silencio entre los más de cincuenta hombres reunidos al percatarse de lo riesgoso que era el plan para escapar de la ciudad. Si los puentes construidos por Martín López resultaban muy débiles, todo el plan se vendría abajo. Lo mismo sucedería si la columna de los Alvarado no lograba mantener en su control las tres primeras cortaduras y sus respectivos puentes. La vida de los mil hispanos y de dos mil aliados indígenas, más cuatrocientos hombres heridos, enfermos e incapacitados, dependería de esos factores. Nadie agregó más cuestionamientos en ese momento, pues todos estaban contentos de arriesgar el pellejo con el propósito de abandonar Tenochtitlan. Todos habían aceptado el riesgo con tal de tener la esperanza de salvar la vida, por pequeña que fuera, así como también el oro. Cortés exhaló para continuar exponiendo la estrategia definida.

—Con certeza, lo más duro de la refriega se dará en la vanguardia. Gonzalo de Sandoval será también responsable de esta sección, apoyado por cuarenta jinetes, doscientos mancebos sueltos y valientes y los contingentes de Diego de Ordaz, Bernardino Vázquez de Tapia y Francisco de Aguilar. Yo iré en el cuerpo principal, el más numeroso y robusto, compuesto por más de cuatrocientos esforzados bajo el mando táctico de Alonso de Ávila y Cristóbal de Olid. Con nosotros vendrán los hombres de Francisco de Lugo, Gerónimo Ruiz de Mota, Andrés de Tapia, Juan Cano y Alonso de Caballero, quienes estarán pendientes de acudir a los puntos de la columna donde se necesiten refuerzos, así como los cuarenta jinetes restantes. Al centro de la formación se integrarán los religiosos Díaz y Olmedo, las naborías, criados, heridos y enfermos, así como los hijos y mujeres de Montezuma, todos custodiados por algunos hombres de mi casa. Cerrarán la formación del cuerpo central los cuatrocientos heridos de gravedad y enfermos, así como los cargadores indios que llevarán lo que queda de provisiones, y las culebrinas, lombardas, falconetes y pasavolantes bajo el cuidado de Francisco de Morla y los artilleros. Como ya lo he dicho, la retaguardia estará comandada por Juan Velázquez de León apoyado por Juan Jaramillo, Francisco de Salcedo y Gonzalo Rodríguez de Trujillo con sus respectivos hombres. El quinto real irá en esta sección. Cerrarán la columna Xicotenga y sus tlascaltecas, así como el resto de los aliados indios —concluyó Cortés ante la mirada atenta de los presentes, que guardaban silencio y miraban el plano garabateado que descansaba en la mesa.

—¿Y el oro? ¿Cómo será repartido entre los hombres? —preguntó Diego de Ordaz.

—Mañana por la madrugada, después de que el tesorero real separe el quinto, todo el oro que hemos acumulado será transportado por mis fieles indios al patio central del palacete, para que los hombres tomen lo que puedan llevar. ¡Seiscientos mil pesos de oro se perderán entre la muchedumbre! —exclamó Cortés, molesto por la forma en que dilapidaba la riqueza obtenida en la empresa que él había organizado. Para él, la tropa que conformaba su expedición estaba conformada en gran medida por aventureros oportunistas e irresponsables que preferían gastar la riqueza en la bebida, el juego o las mujeres que invertirlo en una propiedad, armamento o algo redituable—. ¡Escribano Godoy! —gritó en un arranque de impotencia—. ¡Dad por testimonio que no puedo hacer más sobre este oro, seiscientos mil pesos, lo daré a los soldados y a quienes quisiesen sacar provecho de él! Mañana será repartido en este palacio de Ajayaca después de haber separado el quinto correspondiente a nuestras majestades. —De inmediato Diego Godoy registró las palabras del extremeño.

Los capitanes presentes no podían creer lo que escuchaban. Era demasiado perfecto para ser cierto. De acuerdo con lo dicho por Hernando, cada hombre podría tomar lo que pudiera llevar en la evacuación de Tenochtitlan. Gonzalo lanzó una mirada a Juan Velázquez de León, quien la correspondió y asintió ligeramente. Hablarían más tarde, cuando se encontraran a solas.

—Don Hernando —intervino Bartolomé de Olmedo—, ha mencionado a los hijos de Montezuma y a sus mujeres, pero ha omitido a los más de veinte señores indios que aún tenemos en nuestro poder, incluido el taimado rey culúa, quien aún se encuentra convaleciente. ¿Quién los escoltará? ¿En qué sección de la columna irán? —los hombres intercambiaron miradas entre ellos, para terminar dirigidas a Hernando Cortés, quien a su vez preguntó:

—¿Quién de vuestras mercedes se ofrece para escoltar a los poderosos señores de Temixtitan, Tezcuco, Tlatelolco y demás ciudades?

Nadie contestó, nadie se ofreció, sabiendo lo duro que sería el combate para salir vivos de los puentes, aparte de que para esas alturas pocos guardaban aprecio por Montezuma y los otros grandes señores. Todos eran conscientes de que si escoltaban a los teteuctin, las probabilidades de supervivencia se reducirían considerablemente, además de que la gran mayoría llevaría consigo a sus amantes y criados indígenas, por lo que sería demasiado, eso sin mencionar a los compañeros que se encontraban enfermos o heridos. Alvarado cuidaría de doña Luisa Xicoténcatl, Cortés a su querida doña Marina, así como a su amante doña Francisca, hermana del señor de Tezcuco, mientras que Juan Velázquez de León cuidaría de su concubina Elvira Maxixcatzin y Gonzalo lo haría de Beatriz Yohualcitlaltzin. Todos los hombres, de una u otra forma, tendrían que cuidar de alguien durante la salida. Aparte, nadie quería tener que cuidar su espalda en plena batalla, no fuera a ser que el noble que escoltaban deseara vengarse de agravios pasados.

Ante el silencio, Cortés prosiguió:

—Yo asignaré a mi mayordomo Cristóbal de Guzmán y a algunos de los hombres de mi guardia para que cuiden del heredero de Montezuma, quien en un futuro nos podrá ser de utilidad, así como del resto de sus hijos, pero no me haré responsable del gran rey indio, quien traicionó mi confianza carteándose con el bastardo de Narváez. No me fío de él ni de los otros señores —afirmó.

—¡Dejadlos en sus aposentos! Que los propios indios dispongan qué hacer con ellos —exclamó Francisco de Aguilar, el devoto, quien nunca había guardado simpatía por Motecuhzoma debido a que no había gozado del beneplácito del gobernante como otros, por lo que jamás recibió uno de los suntuosos obsequios que solía regalar—. ¡Esos perros indios siempre han buscado hacernos mal! —completó.

—No serán más que un estorbo, un peligroso lastre durante la huida —agregó Alonso de Ávila—. Aparte imaginad que Montezuma, Cacama o Itzcuauhtzin obtienen su libertad durante la reyerta y vuelven a encumbrarse como señores en sus reinos. No descansarían hasta ver nuestras jodidas testas en picas —agregó mientras miraba a Cortés. Ambos hombres, al parecer, habían dejado en el pasado el altercado que casi los llevó a batirse en duelo más temprano esa noche.

—Desapareced a los malditos. Asegurad que no nos volverán a dar molestias —murmuró el capellán Juan Díaz, de manera discreta como si hubiera suspirado—. Podemos culpar a los tlascaltecas, o incluso a los mismos culúas, de su muerte durante la huida.

La mayoría de los presentes se manifestó a favor de la propuesta del maquiavélico y peligroso capellán, mientras que otros se indignaron ante semejante consejo, pues habían gozado de las atenciones que Montezuma había tenido con ellos. Gonzalo fue uno de los que reprobó la idea.

—¡No podéis asesinarlos! —alzó la voz entre la tormenta de exclamaciones que se desató en el salón.

—¿Acaso quieres escoltarlos tú con tus rodeleros de la Vera Cruz? —preguntó maliciosamente Bernardino Vázquez de Tapia.

Gonzalo permaneció en silencio, sabiendo que eso sería un suicidio para sus hombres y para él mismo. Iba a contestar, pero se le adelantó Juan Velázquez de León.

—¡Imposible, Gonzalo! No sacrificaré a los rodeleros y a su capitán por un puñado de caciques.

La discusión prosiguió de manera incontrolable entre los hombres.

—¡Incluso los indios tlascaltecas se niegan a escoltarlos, los odian a muerte! —se escuchó una voz.

—¡No arriesgaré mi pellejo para salvar el del traidor Montezuma! —dijo otro.

Finalmente, Juan Velázquez de León hizo escuchar su cavernosa y potente voz sobre las demás, pidiendo silencio para resolver la cuestión.

—¡Caballeros, guardad silencio! —gritó el hombrón para que Hernando pudiera retomar el tema.

—Mis señores, he escuchado con atención vuestro decir y creo no equivocarme al afirmar que nadie quiere hacerse responsable de los nobles indios, ni del propio Montezuma. Como ya os he dicho, yo llevaré entre mis hombres a sus hijos, pues en un futuro, cuando regresemos a Temixtitan, nos serán de utilidad —dijo Cortés mirando con detenimiento a los presentes con sus ojos café claro—. Pero no llevaré conmigo a Montezuma, cuyo poder se ha erosionado, corrompido frente a su pueblo. Tampoco podemos entregarlos a los culúas o liberarlos, por el peligro que aún representan para nuestra causa. No me queda otra opción más que cavilar y buscar una salida a semejante dilema, cuya respuesta se la compartiré mañana en laudes —concluyó, dejándose caer pesadamente sobre su silla frailera.

Doña Marina lo imitó sentándose en un pequeño asiento ligeramente detrás del ocupado por su señor. Había traducido al náhuatl todo el plan de combate para los guerreros tlaxcaltecas y huexotzincas. La mujer se encontraba agotada, con sueño y preocupada por lo que le depararía el destino la siguiente noche.

—Id a descansar aquellos que no tienen tareas asignadas, pues mañana nos espera una jornada de calvario. Descansad, descansad y buenas noches —así despidió a sus hombres Hernando, los cuales fueron saliendo por la gran puerta del salón hacia la frescura y obscuridad de la noche.

Había dejado de llover. Gonzalo Rodríguez, Francisco de Salcedo y Juan Velázquez se despidieron de Cortés y salieron juntos para conversar en solitario. Xicoténcatl abandonó el recinto con sus capitanes de confianza, entre ellos el temido Tlecólotl, para informar a sus hombres de lo decidido. Los hermanos Alvarado fueron los últimos en retirarse del salón, donde solamente permanecían Gonzalo de Sandoval, doña Marina y Cortés. Cuando Pedro estaba por atravesar el vano siguiendo los pasos de sus hermanos, Hernando se dirigió a él.

—Pedro, esperad. Venid un momento.

—¿Qué necesitáis de mí, Hernando?

—Pedro, ayúdame a resolver el dilema de Montezuma y los otros señores. Hacedles una visita discreta con vuestros hermanos y hombres de confianza. Sacad primero de los aposentos a los hijos del rey indio, sobre todo a sus favoritos, Chimalpopoca, Ajayaca y la niña Ichcaxochitzin. Traedlos a mi presencia. Después acabad con el dolor y el sufrimiento del traidor Montezuma, Cacama, el rey de Tlatelolco y los demás señores. Hacedlo rápido y de manera discreta, sin dolor. Cuando terminéis la tarea, cerrad los accesos al ala norte del palacio, apostad guardias de confianza. No se os olvide sacar las riquezas restantes de dichas habitaciones. Concretad lo que has nacido para hacer, Tonátiuh —concluyó Cortés al tiempo que un criado indígena le servía un poco de vino avinagrado en un vaso de cerámica.

—Considérelo hecho. Y confiad en que yo mis hermanos seremos una tumba —respondió el pelirrojo, quien ya llevaba el pelo largo cubriendo sus orejas y la barba desaliñada ocultando su cuello. Sus hermosos ojos azules centellaron al reflejar la luz de las velas cuando giró para salir del salón. El Tonátiuh vestía un coselete metálico, compuesto por peto, espaldares, escarcelas, brazales y guardabrazos, todas las piezas abolladas y manchadas de mugre. Debajo de su armadura vestía un sayo con mangas y falda abierta de los lados. Completaba su vestimenta con calzas enteras y botas jinetas de cuero negro. De un ancho cinturón colgaban su tizona y su misericordia.

Cortés observó a su lugarteniente salir del salón, mientras reflexionaba: como perros de guerra, existen hombres cuyo alimento es la violencia, y de no ser satisfechos sus instintos asesinos, pueden llegar a atacar a sus propios amos.

Así era Pedro, una sofisticada y ambiciosa bestia de combate…

Capítulo 39

Motecuhzomatzin no podía conciliar el sueño, como le era común desde que fue herido tratando de calmar a los tenochcas. Se encontraba recargado en la pared, acostado sobre los finos lienzos de algodón y pieles de oso que cubrían una base de madera finamente tallada que hacía las veces de cama. Sobre el piso, en un rincón, descansaba su fiel mayordomo, el viejo Ázcatl, profundamente dormido, envuelto en su tilma de algodón, pues hacía frío esa noche. En el ala norte del palacio, donde se ubicaban sus aposentos, todo era obscuridad y silencio. En su habitación solamente un gran brasero de cerámica con forma de biznaga, decorado con intensos colores verdes, rojos y negros, brindaba luz y calor. Su insomnio se mezclaba con reflexiones muy profundas sobre sus decisiones de las últimas veintenas, su familia, su vida y ascenso al poder. La realidad es que no le había sorprendido el repudio y ataque por parte de sus súbditos. Sabía que pocos entendían la razón por la que había preferido la paz a la guerra en su amada ciudad. ¿Cómo atacar la expedición de extranjeros cuando sabíamos tan poco de ellos? ¿De dónde vienen? ¿Cuál es la fuerza militar de su tlahtoani localizado al otro lado de las grandes aguas? ¿Con cuántas fortalezas flotantes cuentan? No existía otra posibilidad más que darles la bienvenida y alojarlos en su ciudad, con el propósito de estudiarlos, examinarlos, conocerlos, para después tomar decisiones. ¿Cómo atacar un ejército, por pequeño que fuera, sumidos en la ignorancia, sin conocer las capacidades de su señorío y de su monarca, sin saber aquello a lo que realmente se está enfrentando? Por eso Motecuhzomatzin Xocóyotl, hijo de Axayácatl y bisnieto de Motecuhzoma Ilhuicamina e Itzcóatl, había acogido en paz a los invasores, para no arriesgar a su pueblo ni exponer a la destrucción la ciudad construida por sus padres y abuelos. Antes de la llegada del tlacatécatl Cortés, don Malinche, muchos nobles y principales mexicas le pidieron movilizar a los ejércitos de la Triple Alianza para atacarlos y borrarlos del mapa, entre ellos su propio hermano Cuitlahuatzin, el tlahtoani de Tezcuco, Cacama, y su taimado primo Cuauhtemotzin; sin embargo, no escuchó sus ruegos. La prudencia prevaleció y todo marchó bien por muchas veintenas, a pesar de haberse vuelto el prisionero de honor de don Malinche en el palacio de su padre. Motecuhzoma había enfrentado con dignidad su encierro con tal de que los tenochcas pudieran seguir su vida en paz. Durante las veintenas que siguieron, el huey tlahtoani conoció profundamente a los cristianos, aprendiendo de su religión, de la forma en que hacían la guerra, de su constante hambre de riquezas y sus conocimientos tecnológicos. Se ganó la confianza de los extranjeros mostrándoles la grandeza de Tenochtitlan, paseando con ellos en el tianquiztli, en las acequias e incluso admirando juntos el juego sagrado de pelota. También paseó en una de las fortalezas flotantes de madera que eran impulsadas por el viento sobre las aguas del lago de Tezcuco. Todo el esfuerzo, la confianza y la diplomacia fueron destruidos por un arrebato de codicia y violencia cometido por Pedro Tonátiuh durante la ausencia de don Malinche. Los caxtiltecas, en compañía de los malditos tlaxcaltecas, atacaron y asesinaron a gran parte de la nobleza tenochca, sin razón evidente. Seguramente justificaron la acción con una trampa que preparaban los orgullosos hijos de Huitzilopochtli, pero no hubo tal, como tampoco en Cholollan, la ciudad sagrada de Quetzalcóatl. Ese fue el momento en que los trece cielos colapsaron sobre Mexihco-Tenochtitlan y su gobernante, el propio Motecuhzomatzin. Aún mientras las batallas rugían por las acequias y calzadas de su ciudad, el huey tlahtoani abogó por la diplomacia sobre la muerte, la sangre y la destrucción, evitándole un destino fatídico a su pueblo, concretándose así la voluntad de los dioses, quienes se habían manifestado a través de presagios funestos muchos inviernos atrás, antes de la irrupción de los cristianos. Todas las interpretaciones de los presagios realizadas por sacerdotes, adivinos y hechiceros tenían el mismo mensaje: la hegemonía de los tenochcas estaba por acabar, el tiempo había llegado para la destrucción de Mexihco-Tenochtitlan y la Triple Alianza.

El huey tlahtoani había convocado a los grandes sacerdotes de su ciudad, así como a los más afamados y poderosos hechiceros, chamanes y agoreros de todos los rincones de su reino, pagándoles con grandes beneficios y fortunas para obtener una sola respuesta, la razón por la que los señores de los cielos habían condenado a la destrucción a su pueblo y su ciudad. No hubo respuestas, solamente los indicios de la voluntad divina que seguían advirtiendo sobre la destrucción que vendría.

Milagroso colibrí zurdo, ¿por qué no me contestas, por qué no proteges a tu pueblo?, se preguntó el gobernante en interminables noches de angustia. Después de muchas veintenas de autosacrificio, ayuno y rezos, comprendió la verdadera naturaleza divina, la cruel indiferencia de los dioses hacia la humanidad, a la cual habían creado para burlarse y divertirse con ella, para alimentar su poder y soberbia. ¿Qué más se podía esperar del caprichoso y burlón Tezcatlipoca, señor del junto y del cerca, señor omnipresente e invisible? Por algo su nombre también era el de Sembrador de Discordias, Nécoc Yáotl. ¿Desde cuándo los dioses tenían que justificar su entramado sagrado? ¿Por qué nuestro señor creador Ehécatl-Quetzalcóatl guardaba silencio en estos tiempos aciagos? Ya no importaba. Los dioses simplemente actuaban como lo que eran: dioses, marcando los tiempos de la humanidad, alegrías, fortunas y desgracias, jugando con cataclismos, pestes, triunfos militares y ciclos. Jugando con la vida y la muerte. Poco efecto surtió el incremento de los sacrificios humanos, ofrendas y regalos para los señores de los cielos y el inframundo, muchos inviernos antes de la llegada de los caxtiltecas. Todo fue en vano, los dioses no se manifestaron positivamente, los augurios siguieron marcando la desgracia. ¿Por qué nos condenan a la destrucción, padre solar Huitzilopochtli Ilhuícatl Xoxouhqui, numen creador Ehécatl-Quetzalcóatl, eterno Tezcatlipoca-Teimantini? Por un momento la mente de Motecuhzoma guardó silencio, mientras el Gran Orador sumía su mirada en la profundidad que lo rodeaba.

En ese momento regresó el intenso martilleo dentro de su cabeza, el intenso dolor que le impedía descansar, que lo dejaba ciego temporalmente. Apretó los dientes, reprimiendo un gemido para no despertar al viejo Ázcatl, al tiempo que se llevaba una mano a la cabeza para apretarla. Cerró los ojos debido al dolor que recorría todo su ser. Al abrirlos nuevamente, después de un momento, notó cómo su visión se volvía borrosa, obscura, cegándolo parcialmente. Volvió a cerrar los ojos, esperando a que pasara, para después hacer una petición a sus antaño protectores.

—Ahora que todo lo he perdido, incluso la dignidad frente a mi pueblo, al menos dame una muerte florida —murmuró—. Moyocoyani, ahora que se ha cumplido tu voluntad, concédeme a mí, el más fiel y devoto de tus adoradores, este pequeño capricho —volvió a decir. Ázcatl, al escuchar los murmullos, giró su cabeza sin despertar, pero volvió a quedarse quieto y posteriormente comenzó a roncar. Motecuhzoma guardó silencio por un momento para evitar despertarlo, después continuó—: Dame la muerte de un guerrero, dame la flor roja, desgárrame como a una pluma de quetzal, quiébrame como a la brillante obsidiana. Yo ya no puedo con mi existencia, yo ya no puedo con mi ser —se quejó amargamente mientras sus ojos se humedecían—. Regálame la oportunidad de reencontrarme con mi padre, con mis abuelos y ancestros en el paraíso solar, donde Tonátiuh brilla con toda su fuerza, donde los huehuémeh se escuchan eternamente, donde viven los guerreros. Esa es mi última voluntad, pues todo se ha perdido. Mi pueblo ahora goza de la sombra de otro gran ahuehuete, pues han elegido a mi hermano como mi sucesor. Casi todos mis hijos son adultos. Ellos sabrán sobrevivir, salir adelante de toda esta destrucción…

El hijo de Axayácatl calló sus murmuraciones al escuchar una gran cantidad de pasos correr por un pasillo lejano. Por los sonidos calculó que al menos se trataba de veinte hombres portando calzado caxtilteca. Siguieron algunos gritos llenos de angustia de mujeres y hombres, así como golpes metálicos y una pieza de cerámica que caía al piso, rompiéndose en pedazos. De inmediato el viejo Ázcatl despertó.

—¿Qué sucede, mi señor? ¿De dónde vienen esos ruidos en este momento de la noche? El mayordomo se incorporó rápidamente, caminando hasta el vano de entrada de la habitación que ocupaban. Motecuhzoma, aún parcialmente ciego, con un intenso dolor de cabeza, se incorporó con dificultad, sentándose en la base de madera donde dormía con la intención de ponerse de pie.

—Parece que los gritos proceden de las habitaciones de sus hijos y esposa —susurró Ázcatl, quien permanecía de pie entre las jambas y debajo del dintel del vano. Los dos hombres se mantuvieron quietos en medio de la obscuridad, aguzando los oídos, pues nuevamente reinó el silencio. A los pocos momentos se volvió a escuchar una gran cantidad de pasos que provenían desde el acceso al ala norte del palacio. El eco de las suelas de los zapatos se esparció en diferentes direcciones, en distintos salones y pasillos del palacio. Motecuhzoma, con gran esfuerzo, se puso de pie, mientras Ázcatl preguntaba:

—¿Quién invade la privacidad del huey tlahtoani a esta hora de la noche? —No hubo más respuesta que el constante resonar de pisadas de al menos tres hombres que se acercaban con determinación—. Tecuhtli Tonátiuh, ¿qué hace usted aquí? —alcanzó a decir en náhuatl el fiel mayordomo antes de ser atravesado por el frío acero vizcaíno a la altura del pecho. De inmediato cayó al piso, vomitando sangre y convulsionándose.

—¿Qué es todo este escándalo? —exclamó en su idioma Motecuhzoma, al tiempo que con mucho esfuerzo vislumbraba la silueta de tres hombres, dos caxtiltecas y un tlaxcalteca.

—Adelante —dijo Alvarado—, sin dolor.

Rápidamente dos de los hombres se acercaron al Gran Orador. Uno de ellos clavó su espada en el vientre del tenochca, mientras que el segundo lo sujetó del cuello para degollarlo con una daga de obsidiana. Motecuhzomatzin permaneció de pie un momento sujetándose la garganta, de donde brotaba la sangre caliente, así como la herida del vientre. Su máxtlatl de fino algodón con ribetes de piel de jaguar quedó rojo. Trató de decir algo, pero no pudo. Simplemente cayó de bruces sobre el piso, convulsionándose mientras sus ojos se llenaban de lágrimas, acaso de alegría, acaso de tristeza. A la distancia se escucharon algunos gritos ahogados de los otrora grandes señores del Anáhuac, quienes finalmente se reunirían con sus ancestros al encontrar la muerte.

—Está hecho —dijo el caxtilteca mientras limpiaba la sangre de su espada en una de las pieles de la cama del hijo de Axayácatl.

—Bien, id con los otros y acabad con los demás. ¡No olviden revisar todas las habitaciones después de la sangría! Aquí debe haber muchas riquezas. ¡Anden, inútiles! —gritó Pedro.

Entretanto, los ojos de Motecuhzomatzin se cerraban para siempre. Tlazohcamati, notahtzin...

CAPÍTULO 40

—¡Xihechcuili momahuan nótech! ¡Quítame las manos de encima! —exclamó Yohualcitlaltzin mientras Gonzalo Sin Miedo la cargaba sobre su hombro, sujetándole los brazos con una mano detrás de la espalda. Al inicio la jovencita tenochca pataleaba con fuerza, sin lograr aflojar el abrazo del rodelero, después entendió que no tenía propósito.

—Tienes que venir conmigo, Beatriz. Juan Velázquez, Francisco de Salcedo y los otros nos están esperando en el salón —dijo con dureza Gonzalo—. Mañana abandonamos tu ciudad, por lo que antes tenemos que recoger el oro que escondimos, niña —ambos iban empapados hasta los huesos, pues seguía lloviendo momentos antes de la madrugada.

Yohualcitlaltzin se encontraba con su amiga Aquetzalli y otras tenochcas que habían sido entregadas a los capitanes caxtiltecas. Esa noche nadie pudo dormir, pues todos se enteraron de que al siguiente día abandonarían la capital tenochca. Muchas de las mujeres mexicas se encontraban preocupadas pues sabían que sus señores caxtiltecas las llevarían con ellos, posiblemente para nunca regresar a su ciudad natal. Algunas avezadas comenzaron a planear una estrategia para escapar de sus hombres durante la salida de la ciudad.

—Con gusto yo participaré, hermanitas —afirmó Citlalli—. Los cristianos son pésimos nadadores y muchos de ellos se ahogarían si cayeran a las aguas de la laguna de Tezcuco con sus pesadas armaduras y yelmos, eso sin contemplar que irán cargados de su preciado oro. Salten al agua en cuanto haya oportunidad. Ese es el camino a la libertad —exclamó momentos antes de que Gonzalo irrumpiera en la pequeña reunión para cargar a la noble tenochca.

—¡Te he estado buscando, hostia! —exclamó sin mediar palabra con las demás mexicas.

Así fue como, después de atravesar dos patios, llegaron al gran salón donde al menos doscientos hombres se preparaban para la salida. Ahí estaban los esclavos mulatos y africanos, así como sus amantes tenochcas, cempoaltecas, tlaxcaltecas, huexotzincas e incluso taínas. Por lo tanto, gran actividad se desarrollaba dentro del inmenso salón que las últimas veintenas había estado vacío y en silencio. Los caxtiltecas se veían contentos, pues sabían que finalmente dejarían atrás los sufrimientos, el hambre y las enfermedades. A unos pasos del petate enrollado donde dormían Beatriz y Gonzalo se encontraban sentados Juan Velázquez de León, Juan de Salcedo, el pulido, y el sifilítico Gerónimo de Aguilar. En el grupo también estaba un hombre que Citlalli pocas veces había visto, y mucho menos con Gonzalo Rodríguez. Se trataba de Ortiz, el músico, otro de los hombres relevantes de la expedición. Al ver que se aproximaban Juan sonrió, mostrando su amarillenta dentadura.

—¡Vaya, parece que la fierecilla ha opuesto resistencia! Ya era hora de que llegaras, Gonzalo —el capitán de rodeleros la bajó de su hombro para sentarla mientras le seguía sujetando detrás de la espalda los delgados brazos.

—Lo importante es que ya estamos aquí, Juan —contestó de mala gana Gonzalo al sentarse en torno a un madero de ocote que ardía sobre una vasija de barro. El capitán de rodeleros sacó de su brigantina el plano donde estaba garabateada la ubicación de la petaca con el oro, la misma que habían escondido ya hacía al menos dos veintenas. De inmediato los hombres alargaron el cuello para fijar la mirada en el papel amate. Juan Velázquez sacó de su cuello la pesada llave de hierro que abriría el candado de la maleta, para colocarla a un lado del mapa y después decir:

—Gonzalo, he invitado a Ortiz a que se sume a nuestra pequeña cofradía. Como bien sabéis, muchos de los hombres que escondieron con nosotros el oro han muerto. De la veintena que éramos no quedamos más de nueve, por lo que es importante contar con Ortiz y algunos de sus hombres de confianza para recuperar el oro —exclamó el gigantón de Cuéllar.

—En verdad hay algo que no entiendo —dijo Gerónimo de Aguilar, quien cada vez se veía más demacrado y delgado. Dos grandes pústulas sobre su frente delataban la enfermedad que padecía. Después de atraer la atención de todos los presentes, continuó—: Todos vosotros habéis escuchado cómo Hernando dará las barras de oro a la tropa el día de mañana antes de abandonar Temixtitan. ¿Por qué no olvidar el maldito oro escondido? ¿Para qué arriesgar el pellejo de veinte hombres que deberán escabullirse entre las calles y acequias de la ciudad para recuperar la petaca?

—Por una sencilla razón —contestó Juan—. Estáis en lo correcto. Mañana Cortesillo entregará seiscientos mil pesos de oro entre capitanes, lugartenientes y tropa, pero de acuerdo con el propio Gonzalo de Sandoval, a quien le he sacado la sopa, cada barra de oro entregada será inventariada. ¿Sabéis por qué? —preguntó ante la mirada de los hombres que encabezarían el rescate.

—En cuanto estemos sanos y salvos, cuando pase el trago amargo, Cortés solicitará la devolución del oro tomado por sus hombres, no haciendo diferencia entre capitanes y un simple piquero. Todos tendrán que devolverlo —respondió Francisco de Salcedo—.

—Cortés nos usará como sus malditas mulas —agregó Ortiz, el músico, hombre de treinta y un años, tez morena, nariz recta y pelo largo y negro atado en una coleta. Esa noche vestía un sayo negro y calzas completas bandadas, sin embargo, en los combates era uno de los pocos que podían presumir de tener una armadura completa, aunque desde que le despojaron de su caballo rara vez la usaba. Le apodaban "el músico" porque tocaba con gran maestría la vihuela española y destacaba también como cantante. Comandaba una decena de hombres, todos vecinos de Baracoa, Cuba, quienes habían cobrado notoriedad entre la tropa por las limitadas bajas que habían sufrido, así como por ser unos perros rabiosos y sedientos de sangre india. Destacaba su yelmo de hechura alemana, una borgoñota con dos largas plumas rojas.

—Hernando argumentará que aún hay muchos costos que pagar de la expedición, desde los navíos que nos trajeron a este maldito suelo hasta las provisiones que nos han llenado la tripa las últimas veintenas —completó Juan Velázquez de León. Después de mesarse el bigote, continuó—: Os recomiendo que aconsejen a vuestros hombres que mañana no tomen más de un tejo por persona para que no vayan pesados. También coged un puño de piedras verdes, jades, muy apreciados entre los indios.

—Por esa razón nosotros tenemos que recuperar nuestro bendito oro, Gerónimo. En cuanto tengamos la petaca no será abierta más que por un breve momento para verificar su contenido, para después ser cargada en una de mis mulas —observó Francisco.

—No nos alarguemos más, caballeros. Hay mucho que hacer todavía —afirmó Juan—. Mañana por la noche, en cuanto la vanguardia de la columna abandone el palacio por la calzada de Tacuba, nosotros emprenderemos la marcha por la salida sur del tecpan. Ortiz, seleccionad a ocho de tus hombres para que nos acompañen, los más avezados en el uso de la espada, y que sean completamente confiables. En total, con los hombres de Salcedo y míos, seremos veinte los afortunados, más la revoltosa india de Gonzalo, quien nos guiará en la empresa, pues conoce muy bien los canales y rúas de la ciudad. ¿Es así, Beatriz? —preguntó Juan entretanto le daba la pesada llave del arcón a Gonzalo Rodríguez de Trujillo.

—Así será, Xuan —respondió Beatriz de mala gana, asintiendo mientras escuchaba todo lo dicho por los hombres en la reunión.

En particular puso atención a un detalle, el número de caxtiltecas que formarían parte del grupo para recuperar la petaca. Cempoalli, solamente veinte hombres. Un grupo tan pequeño podría ser fácilmente aniquilado, o al menos derrotado, por los guerreros de su añorado Chichilcuauhtli, y así ella obtener su libertad. Todo dependía de que el misterioso mensajero le hiciera una visita para poder compartirle los detalles, y que este pudiera avisar con tiempo al tenochca para que aquel pudiera organizar una partida de sus guerreros y realizar la emboscada. Estaba en las manos del misterioso hombre y de la voluntad de los dioses.

—Bien. Siguiendo tus pasos entraremos y saldremos con relativa facilidad de la ciudad —agregó Juan—. Mi mozo, Gutiérrez, guiará la mula para cargar el arcón. Ya con él nos integraremos a la retaguardia de la columna, que para ese momento estará saliendo del palacio. Francisco, pulido, necesito que permanezcas en el palacio y mientras tanto me ayudes a organizar a los cargadores, las naborías y los indios aliados. Hay mucho por hacer y disponemos de poco tiempo. ¿Alguna duda?

—Juan, ¿es prudente que vos, siendo el responsable de la retaguardia, salgas del palacio y desaparezcas por unos momentos? —preguntó Gonzalo—. ¿Acaso vuestra ausencia no causaría sospechas por parte de otros capitanes? ¿No es mejor que permanezcas en el palacio mientras nosotros recuperamos el oro? —Los otros hombres asintieron ante las preguntas que realizaba Gonzalo Rodríguez de Trujillo.

—Permaneced aquí, Juan —agregó Ortiz—. Nosotros nos haremos cargo. Solamente manda a tu mozo con la mula.

—Si vosotros así lo piensan, así se hará. Permaneceré en el palacio, listo para guiar la retaguardia durante la retirada, atento a vuestro regreso —respondió Velázquez de León—. Dejad vuestras pertenencias conmigo, mis indios las pueden llevar. Mañana os veré en la salida sur del palacio. Gonzalo, te dejo al mando. Recupera el oro y trae a los hombres de vuelta lo más jodidamente rápido que puedas. Confío en ti —dijo con su voz gruesa.

—No te fallaré —replicó el extremeño sobando su barba castaña ya crecida.

—Gerónimo, Gonzalo, Ortiz, que Dios los bendiga en esta empresa. Volved con el oro y con vuestras vidas —agregó el robusto lugarteniente, para después ponerse de pie y salir del salón.

Los otros lo imitaron, pues tenían que regresar con sus hombres y organizarlos para la retirada. Yohualcitlaltzin se puso de pie ante la mirada recriminatoria de Gonzalo, y también salió del gran salón. El rodelero la dejó irse. Disfruta de tu libertad en este palacio, jovencita, pues después de que abandonemos Temixtitan te será imposible.

Yohualcitlaltzin caminó por uno de los costados del gran patio, donde los pórticos sostenidos por pilares labrados protegían a los cientos de hispanos e indígenas aliados. En la entrada de los salones, decenas de hombres se arremolinaban preparando todo para la gran jornada. A pesar de lo temprano que era, y de que Tonátiuh todavía no aparecía en el horizonte, la actividad era frenética. Muchos hombres y mujeres celebraban que pronto abandonarían la miseria en la que vivían desde hacía varias veintenas. Los ojos de Citlalli se nublaron al pensar que posiblemente sería la última noche que pasaba en su querida ciudad, cerca de su familia y amigos. Agotada, no sabiendo qué esperar del destino, la tenochca se recargó sobre la rugosa superficie de uno de los pilares, dejando resbalar su espalda hasta acabar sobre el piso estucado. Comenzó a llorar desconsolada entre la gente que iba y venía en esa madrugada lluviosa. Estuvo así por un momento, hasta que sintió la presencia de alguien que se acercaba.

—No debes llorar, Beatriz —le dijo una voz masculina—. Todo tu sufrimiento está por terminar.

La jovencita abrió los ojos, volteó a un costado y vio frente a ella al misterioso sacerdote que en el pasado la había visitado. Vestía una sencilla tilma de algodón y su máxtlatl. Esta vez no llevaba su espejo redondo de obsidiana.

—En esta ocasión ha sido muy difícil entrar al tecpan sin ser visto. Los caxtiltecas clausuraron el ala norte después de asesinar a Motecuhzoma, Cacama y los demás tlahtóqueh, pero he regresado por ti. Ya estoy enterado del escape de los malditos invasores el día de mañana. Ahora charlemos, jovencita, sobre el famoso arcón lleno de teocuítlatl y sobre lo que quieres que le comparta a tu añorado guerrero Chichilcuauhtli. Y empecemos, pues no disponemos de mucho tiempo —agregó el mensajero mostrando su blanca dentadura.

Yohualcitlaltzin sintió un atisbo de esperanza. Los dioses habían escuchado sus súplicas. El misterioso emisario se había hecho presente para llevarle su mensaje a Cuauhtli. Poco le importó a la jovencita escuchar sobre el asesinato de Motecuhzomatzin. Los muertos ya estaban muertos, pensó.

Aún había una esperanza…

10. LA EMBOSCADA Y EL ARCÓN
Día dieciocho de la veintena Tecuilhuitontli,
año Ome Técpatl
30 de junio de 1520

CAPÍTULO 41

La lluvia cesó de caer sobre la ciudad de Huitzilopochtli tan pronto apareció el gran Tonátiuh por el horizonte oriental, coloreando el cielo de intensos tonos rojos y naranjas, iluminando parcialmente el desolador campo de batalla en el que se había transformado el corazón de Mexihco-Tenochtitlan. La lluvia de la noche había apagado los incendios que se habían esparcido por la ciudad como resultado de los últimos días de combate. También había limpiado la sangre, las tripas, el excremento que manchaba los muros de los palacios, los pisos de las plazas y las escalinatas de los templos; sin embargo, ahí seguían los dardos rotos, los chimaltin partidos por la mitad, las plumas preciosas rasgadas, las piedras de las hondas. Muchos de los adoratorios que coronaban los templos se encontraban dañados, con las vigas de los techos calcinadas y colapsadas, con sus muros tiznados y agujerados, mientras que los braseros y portaestandartes que decoraban sus portadas se encontraban hechos añicos. Después de haber pasado toda la noche recolectando y trasladando los cadáveres de los mexicas que habían muerto durante la defensa del recinto ceremonial el día anterior, me tomé un momento para sentarme en uno de los escalones de la ancha plataforma perimetral, el coatepantli, solamente para disfrutar el surgimiento del guerrero solar, Tonátiuh, después de haber atravesado el inframundo, derrotando a las deidades femeninas que moraban en él. Disfruté del amanecer como no lo había hecho desde mi infancia, admirando los intensos colores que pintaban el cielo. Lancé una mirada hacia el interior del recinto ceremonial, el cual estaba en gran medida inundado con charcos de las lluvias recientes, y donde aún había muchas cuadrillas compuestas por cientos de tenochcas rescatando los últimos cuerpos de nuestros compañeros caídos. A la distancia pude ver al cuáuchic Tezcacóatl, el principal que lideraba a los guerreros de mi barrio en batalla, arrastrando un cuerpo hacia el costado sur del corazón religioso de la ciudad. Al dirigir mi mirada hacia allá, donde se ubicaba la gran plaza que albergaba el tianquiztli de Tenochtitlan, pude ver contingentes y contingentes de guerreros que se congregaban en ella, aún entre las sombras, siguiendo a sus campeones y estandartes, listos para continuar los combates esa jornada. Largas columnas fueron saliendo de las calles y chinampas de la ciudad para reunirse en el amplio espacio. A la distancia me pareció que se trataba de miles y miles de hormigas que avanzaban con un solo propósito en mente: acabar con los invasores. Ahí estaban los guerreros de los barrios de Copolco, Acatlan, Tultenco, Yaotlica, Temazcaltitlan, Necatitlan y muchos más. En poco tiempo las caracolas volverían a rugir y los ataques contra la ruina que era el tecpan de Axayácatl comenzarían nuevamente. Ese día, a los hombres de mi barrio, el de Teocaltitlan, nos asignaron la tarea de recoger los cuerpos de los guerreros muertos y limpiar los dardos, rocas, lanzas y trozos de madera desperdigados por el corazón de Tenochtitlan. Por la tarde regresaremos al calpulli para descansar un poco, visitar a nuestras familias y saborear algo de comida decente, había dicho el cuáuchic Tezcacóatl. A la medianoche nos reuniríamos en la plaza del barrio para integrarnos a los combates nuevamente. Estaba por incorporarme cuando vi a un hombre acercarse al arranque de la escalinata donde me encontraba sentado. Con tranquilidad subió cada uno de los escalones hasta alcanzar mi posición. Para ese momento ya sabía de quién se trataba. Era el siniestro sacerdote que me mantenía comunicado con Yohualcitlaltzin, el mismo que había instigado a los guerreros mexicas a repudiar y atacar a Motecuhzomatzin. El hombre vestía un sencillo máxtlatl blanco y una tilma del mismo color, cubriendo su espalda y parte de su cabeza con una amplia capa color negro.

—Buenos días, Chichilcuauhtli. Te traigo buenas noticias esta mañana —me dijo cuando estaba a dos escalones de distancia.

—¿Cómo me has encontrado? —le pregunté mientras lo observaba sentarse a mi lado, a unos cinco pasos de mí. Antes de contestar señaló el estandarte del barrio de Teocaltitlan, el cual era sujetado por Tliltócatl, a quien yo se lo había dado en custodia mientras me dedicaba a las labores de limpieza y salvamento de los cuerpos de los caídos. Tliltócatl estaba de pie sobre la plataforma del huey teocalli, acompañado de dos hombres más.

—¿Acaso al ubicar el estandarte de tu unidad, de tu calpulli? —respondió el hombre al tiempo que bajaba la capa que cubría su cabeza. No pude más que guardar silencio y reprenderme internamente por haber realizado semejante pregunta—. La realidad es que acabo de visitar el tecpan de Axayácatl. Después de despedirme de algunos amigos que se encuentran aún encerrados con los caxtiltecas, aproveché para encontrarme con tu amada Citlalli, guerrero. Te puedo decir que hoy será un gran día. Una jornada de gran importancia, tanto para caxtiltecas como para tenochcas, en la cual se definirá el destino de miles de hombres, así como el futuro de la Excan Tlahtoloyan y de Mexihco-Tenochtitlan —dijo complacido el sacerdote.

—¿A qué te refieres? ¿De qué hablas? —repliqué alarmado al escuchar las palabras del sacerdote.

—Hoy por la noche los cristianos del tlacatécatl Cortés, junto con sus infames aliados tlaxcaltecas, abandonarán Mexihco-Tenochtitlan por la calzada de Tlacopan. Sabemos algunos detalles de su huida, por ejemplo, que llevarán al menos dos puentes portátiles para superar las últimas cortaduras de la gran calzada. Se dirigirán a Tlaxcallan para descansar, reponer sus fuerzas y forjar alianzas con otros altepémeh. Al menos ese es su plan, en caso de que logren salir vivos de aquí.

—¿En verdad hoy abandonarán nuestra ciudad? —exclamé al tiempo que me incorporaba—. ¡Tenemos que avisar al Consejo de

Gobierno, a Cuitlahuatzin y al tlacatécatl Coyohuehuetzin de inmediato!

—Tranquilidad, joven guerrero, tranquilidad. Ya he enviado mensajeros de confianza con todos los detalles a mi señor Cuauhtemotzin, hijo de Ahuízotl y nieto del gran Tezozómoc. Él será el indicado para llevar la buena noticia a Cuitlahuatzin, a Coyohuehuetzin y a los otros señores de la guerra —contestó con paciencia el hombre de piel morena clara y pelo corto, mientras observaba los templos ennegrecidos y dañados del recinto ceremonial iluminarse paulatinamente con el ascenso del sol—. Con seguridad, para este momento mi señor ya ha recibido el mensaje y se dispone a hacer una visita al Gran Consejo, si no es que el propio Cuitlahuatzin ya está enterado gracias a los espías que mantiene dentro del tecpan.

—¿Qué hay de Yohualcitlaltzin? —pregunté—. ¿Los caxtiltecas se llevarán a sus mujeres tenochcas? ¿Dirigirá la partida de caxtiltecas que saldrán a la periferia de la ciudad en busca del oro? ¡Habla, hombre, que el tiempo vale más que el jade en estos momentos! —le reproché molesto, pues parecía que el sacerdote se regocijaba con mi impaciencia. Coloqué mi mano sobre la empuñadura de madera de mi cuchillo, el cual llevaba entremetido en el braguero que circundaba mi espalda baja. Estaba decidido a sacarle toda la información por cualquier medio posible, incluso la violencia.

—Yohualcitlaltzin dirigirá la expedición compuesta por alrededor de veinte caxtiltecas en busca del petlacalli con el oro. Saldrán del tecpan en cuanto la vanguardia de la columna empiece su avance por la calzada de Tlacopan en dirección al oeste. La ubicación ya te la he compartido: la chinampa abandonada con la casa en ruinas, sin techo, un par de chinampas hacia el sur del pequeño templo de Toci, en el calpulli de Huehuecalco. —Después de permanecer un momento en silencio, se puso de pie y miró el paisaje mientras una sonrisa aparecía en su rostro—. ¡Ingenuos caxtiltecas! ¡Arriesgar su pellejo pensando que el oro sigue en el mismo lugar donde lo dejaron casi tres veintenas atrás! Si supieran que yo y mis hombres lo hemos rescatado hace algunos días. —Después de decir esto, fijó su fría mirada en mí y me dirigió las siguientes palabras—: Cuauhtli, esta es la oportunidad que has estado esperando. No la desperdicies —concluyó y comenzó a descender por una de las escalinatas del coatepantli mientras cubría nuevamente su cabeza con la capa obscura—. Estaré atento a tu fracaso, o a tu victoria...

—¿Esta información te la ha dado Citlalli? —le cuestioné gritando, pues se alejaba rápidamente.

—En efecto, joven guerrero —me contestó—. Que los dioses te acompañen en la tarea que tienes por delante. ¡Cualli cualcan! —dicho esto, el siniestro acólito del divino Tezcatlipoca alcanzó las losas del recinto, para caminar en dirección norte hasta perderse de mi vista.

Capítulo 42

Esa mañana, Cuitlahua precedía en el Tlacochcalli el Gran Consejo de Guerra de Mexihco-Tenochtitlan, el cual se había reunido de manera urgente debido a la noticia que había llegado a los oídos del dirigente de los mexicas: los caxtiltecas abandonarían la ciudad en el transcurso de la tarde o la noche de esa jornada. Los espías que permanecían dentro del tecpan de Axayácatl habían confirmado que los cristianos hacían todo tipo de preparativos para finalmente salir de Tenochtitlan debido a la falta de víveres, así como a la gran cantidad de heridos y enfermos que aumentaba en sus filas día tras día. Aunado a los reportes, poco después del amanecer una gruesa columna comandada por el Tonátiuh Pedro de Alvarado había avanzado hasta tomar una posición defensiva a lo largo de la calzada de Tlacopan, alcanzando la tercera cortadura, Atenchicalco, entre fieros combates. La maniobra había tomado por sorpresa a los tenochcas, tanto por los numerosos de tlaxcaltecas y caxtiltecas que participaban en ella como por el empuje que tuvo cuando el día apenas comenzaba. Para Cuitlahuatzin y Coyohuehuetzin el objetivo de la operación era claro: asegurar lo más posible la ruta de escape que utilizarían los hombres del tlacatécatl Cortés esa misma jornada o la siguiente. El tlacochcálcatl, al enterarse de este movimiento, convocó a los contingentes de los calpultin de Atlampa, Tzapotlan y Chichimecapan para cortar el avance de los enemigos.

Cuitlahuatzin se encontraba molesto debido a la forma en que se habían dejado sorprender los escuadrones mexicas, así como sus capitanes, quienes confiaban en que los caxtiltecas no emprenderían un ataque tan temprano y después de haber sufrido tantas bajas el día anterior, cuando cargaron contra el huey teocalli. Como consecuencia, los invasores pudieron avanzar por la calzada de Tlacopan con escasa resistencia, incluso llegando a la cuarta cortadura, la de Mixcoatechialtitlan, donde en ese preciso momento se libraban fieros combates. Sin embargo, el líder de la resistencia mexica también se encontraba rebosante de energía, motivado, incluso contento, pues finalmente los invasores se disponían a abandonar Mexihco-Tenochtitlan, y durante su huida se encontrarían muy vulnerables a los ataques que los tenochcas estaban preparando. Cuitlahua salió de sus cavilaciones al escuchar la voz del veterano tlacochcálcatl, quien dijo unas palabras a la asamblea reunida.

—Mi señor, Tlacopan ha confirmado el envío de tres mil guerreros, quienes llegarán al mediodía al embarcadero de Aztacalco y Chichimecapan con sus respectivas canoas. Se congregarán en dicho punto, listos para emboscar a los caxtiltecas cuando el grueso de su fuerza salga del tecpan de Axayácatl para dirigirse a Popotlan.

—A esto hay que agregar que los guerreros de los barrios del poniente de nuestra ciudad, Atlampa, Aztacalco, Tlacocomulco, Amanalco y Huehuecalco, están reuniéndose en sus respectivos embarcaderos para sumarse al ataque anfibio a la calzada de Tlacopan —afirmó el recién nombrado tlacatécatl Yohualtochtli.

—La victoria dependerá de la velocidad de los remeros —contestó Cuitlahuatzin con tranquilidad mientras permanecía de pie, recargando su brazo contra uno de los pilares rectangulares del salón donde se encontraban reunidos solamente treinta señores tenochcas. El resto de los grandes señores de la guerra se hallaba en distintos puntos de la ciudad, supervisando los preparativos para el ataque final sobre los invasores cristianos. Cuitlahuatzin continuó—: Si los caxtiltecas alcanzan la quinta cortadura, el puente de los Toltecas, Tlatecayocan, antes de que nuestros guerreros en canoas estén posicionados en los flancos de la calzada para atacarlos, no podremos detener su empuje y habrán escapado como agua entre nuestras manos. Por otro lado, es de suma importancia que logremos cortar su avance, o al menos frenarlo momentáneamente, atacando su vanguardia con guerreros ubicados en la quinta cortadura, en el puente de los Toltecas. De nada servirá que tengamos diez mil guerreros persiguiéndolos, acosando su retaguardia, si ellos no encuentran resistencia en la calzada. La victoria dependerá de emplear con sabiduría nuestra superioridad numérica, y esto solo lo lograremos si mantenemos un ataque constante a lo largo de la calzada a cargo de guerreros en canoas y, por otro lado, bloqueando el avance caxtilteca entre la cuarta y quinta cortadura —afirmó con voz grave Cuitlahuatzin al tiempo que detenía la mirada en cada uno de los presentes, marcando la importancia de sus palabras para la élite militar mexica reunida en ese salón—. Recuérdenles a sus capitanes y campeones concentrar los ataques en los caxtiltecas que trasladarán los puentes móviles para sortear las cortaduras y en los lugartenientes del tlacatécatl Cortés.

En ese momento se escucharon unos pasos apresurados subiendo por la escalinata del Tlacochcalli, lo que llamó la atención de los presentes.

—¡Un corredor! —gritó uno de los guardias que se encontraban flanqueando el acceso a la antecámara y el salón donde se reunían los miembros del Gran Consejo.

De inmediato entró un combatiente, sudando en abundancia y respirando con agitación. Vestía solamente un máxtlatl o taparrabo, un peto de algodón y sandalias de fibra de ixtle. El joven guerrero se arrodilló frente a Cuitlahuatzin, quien seguía de pie a un costado del pilar labrado.

—Mi gran señor Cuitlahuatzin, el cuáuchic Tetepantzin manda este mensaje: los combates continúan en el canal de Mixcoatechialtitlan, la cuarta cortadura de la calzada y la primera ubicada afuera de la ciudad. Los caxtiltecas y tlaxcaltecas han colocado un pontón improvisado de madera hecho con las vigas del tecpan de Axayácatl sobre la cortadura, lo que les ha permitido seguir avanzando. A pesar de que nos encontramos muy presionados, hemos logrado detener su avance temporalmente —dijo el joven guerrero tratando de controlar su respiración—. Finalmente, el honorable cuáuchic Tetepantzin pide urgentemente refuerzos, más canoas tripuladas con guerreros que puedan alcanzar la quinta cortadura de Tlatecayocan, donde se están reuniendo algunos contingentes para preparar una contraofensiva y lograr que se replieguen a la tercera cortadura, al interior de la ciudad, mi señor.

Los hombres presentes permanecieron en silencio esperando la respuesta de Cuitlahuatzin, quien dirigió la mirada a los hermosos bajorrelieves de águilas, quetzales y jaguares que decoraban una de las caras del pilar, pasando sus dedos sobre la lisa superficie del estuco.

—Tlacatécatl Yohualtochtli, manda uno de los corredores con el tecuhtli Coxcoxtli de Atlampa en este momento y dale el siguiente mensaje: "¡Le ruego que movilice a los hombres que tenga disponibles a la cortadura de Mixcoatechialtitlan de inmediato!" —gritó el líder mexica dejando caer pesadamente la palma de la mano sobre el pilar estucado—. ¡No podemos permitir que los caxtiltecas sigan avanzando!

—De inmediato, mi señor —respondió el tlacatécatl al salir del salón por un momento para dirigirse a uno de los jóvenes guerreros que esperaban en la antecámara para llevar mensajes.

Después, Cuitlahuatzin hizo un ademán con la mano despidiendo al mensajero, luego caminó hacia el lugar de honor donde él se sentaba al fondo del salón. El líder mexica no podía dejar de preguntarse dónde se encontraba su primo Cuauhtemotzin, quien había sido convocado a la reunión y no se había presentado. ¿Dónde estás ahora que Tenochtitlan te necesita?, reflexionó.

—Mi señor —continuó el tlacochcálcatl Coyohuehuetzin—, los tlatelolcas de los barrios de Tepiton, Acózac y Hueypantonco se reúnen en torno al embarcadero del gran tianquiztli y de Nonoalco. Los guerreros estarán listos para combatir alrededor del mediodía.

—¿Algún mensaje de mi primo el tlacatécatl de Tlatelolco, Cuauhtemotzin? —preguntó esperanzado Cuitlahua.

—No, mi señor. No lo han podido localizar. Suponemos que está organizando a sus guerreros. El caos reina en nuestras ciudades esta mañana con todos los preparativos que estamos realizando para el ataque decisivo, honorable Cuitlahuatzin —respondió el veterano tlacochcálcatl, quien vestía una tilma de fino algodón teñido de azul ribeteada de piel de jaguar. Llevaba el peinado alto propio de los señores de la guerra, del cual colgaba un abanico conformado por largas plumas de quetzal y de águila.

—Muy bien —respondió Cuitlahuatzin al tlacochcálcatl—. ¿Sabemos si los barrios del oriente de Tlatelolco se siguen negando a enviar a sus guerreros para combatir durante la retirada de los cristianos? —volvió a preguntar quien hacía apenas unos días fuera el tlahtoani de Ixtapallapan.

La preocupación se hizo evidente en el tono de su voz. A Cuitlahuatzin le quedaba claro que necesitaría disponer de la mayor cantidad de guerreros para tener una certera victoria sobre los caxtiltecas, sobre todo si quería eliminar hasta el último caxtilteca y evitar que regresaran en un futuro a Mexihco-Tenochtitlan. Los hombres de los barrios orientales de Tlatelolco apenas si habían combatido los días pasados, por lo que sus contingentes se encontraban frescos y con escasas bajas en sus escuadrones.

—Mi señor Cuitlahuatzin, hasta esta mañana los barrios tlatelolcas de Atenantitlan, Tecpocticaltitlan, Apohuacan y Mecamalinco seguían firmes en su postura de no enviar a sus guerreros ni participar en el ataque que realizaremos en contra de los caxtiltecas —respondió el tlacochcálcatl Coyohuehuetzin—. Al parecer siguen los consejos y liderazgo de un sacerdote local de poca monta de nombre Macuilli Cuetzpalin, quien ha cobrado notoriedad y acumulado mucho poder en las últimas veintenas entre los macehualtin de los barrios ubicados al oriente de Tlatelolco, al grado de que incluso ha encabezado revueltas en contra de los "hermanos mayores" y gobernadores de los calpultin, causando anarquía y descontento entre los nobles que habitan en esa zona. El revoltoso sacerdote ha argumentado que no pagará con vidas de los pobladores de estos barrios los errores cometidos por Motecuhzoma y otros miembros de la familia reinante tenochca —concluyó el veterano.

—Muy pronto tendremos que lidiar con ese maldito macehual rebelde, pero no antes de que hayamos expulsado y derrotado a los caxtiltecas. No tengan duda, mis señores, de que el castigo a su insubordinación será ejemplar —respondió malhumorado Cuitlahuatzin, para después alzar la voz y dirigirse a los señores presentes—. Honorables jaguares y águilas, defensores de Huitzilopochtli, favoritos de Tezcatlipoca, ha llegado el momento de enterrar con sangre los antiguos odios y cobrar venganza sobre los caxtiltecas y los perros tlaxcaltecas. ¡Hoy, mientras abandonan nuestra querida ciudad, hogar de Coatlicue y Coyolxauhqui, serán atacados por todo el poderío de Tenochtitlan hasta ser destruidos! ¡Los codiciosos cristianos aprenderán la lección de no amenazar el poder y la hegemonía de los tenochcas sobre la Triple Alianza y el Cem Anáhuac! —exclamó visiblemente emocionado Cuitlahuatzin. De inmediato se escucharon murmullos de apoyo a sus palabras entre los guerreros, sacerdotes y señores presentes—. Mis señores, para lograr esta hazaña es imperante que todos los contingentes de tenochcas, tanto los que atacarán por tierra como los que lo harán por la laguna, estén preparados al mediodía. Como lo platicamos previamente, la gran mayoría de nuestras fuerzas no se incorporará al ataque, no se comprometerá hasta que salga la retaguardia de los hombres del tlacochcálcatl Chalchíhuitl Cortés del tecpan de Axayácatl, mientras tanto solamente les mostraremos una fachada de nuestro poderío. De acuerdo con nuestros informantes, la retirada comenzará por la tarde-noche de este día, por lo que hasta ese momento esos escuadrones deberán permanecer ocultos con el objetivo de crear un sentimiento de confianza entre nuestros enemigos, para que continúen con su avance por la calzada y con sus planes de escape. Les haremos creer a los cristianos, quienes marcharán cargados de oro, agotados y hambrientos, que su escape será sencillo, con escasos ataques de nuestros guerreros, apenas algunas escaramuzas como la que se está llevando a cabo en la cuarta cortadura. Supondrán que estamos complacidos con que abandonen nuestra ciudad sin ser molestados —dijo el hijo de Axayácatl y hermano del difunto Motecuhzoma.

—¡La muerte sorprenderá a los más de mil cristianos y a los miles de tlaxcaltecas! ¡Masacraremos hasta el último de ellos! —gritó un tecuhtli del barrio de Huitznáhuac visiblemente emocionado y enojado, interrumpiendo a Cuitlahua, quien dejó pasar la insolencia del noble y alzó una mano para continuar hablando.

—Por esa razón, permitamos que los cristianos conserven sus posiciones en las primeras tres cortaduras de la gran calzada. Los acosaremos, los atacaremos, los mantendremos ocupados durante toda la jornada. Los apretaremos sin asfixiarlos, los golpearemos sin sangrarlos con el objetivo de que crean que no haremos mayor esfuerzo por interrumpir su precipitada huida. ¡En ningún momento sospecharán que el mismo cielo caerá sobre ellos para hacerlos pedazos en cuanto la retaguardia de su columna abandone el tecpan de mi padre! —Nuevamente se escucharon murmullos y palabras de aprobación, a los cuales Cuitlahuatzin respondió con su silencio, esperando a que cesaran las exclamaciones de los nobles para poder continuar—. Finalmente, recuerden, honorables y valerosos tenochcas: concentraremos nuestro ataque principal entre la cuarta y quinta cortadura, es decir, entre Mixcoatechialtitlan y el puente de los Toltecas. En dicho punto realizaremos la masacre de los invasores que tanto daño le han hecho a nuestra ciudad —dijo alzando la voz para que todos los presentes lo escucharan.

—Gran tecuhtli —tomó la palabra el sumo sacerdote, el Quetzalcóatl Tótec Tlamacazqui, quien iba con el cuerpo y rostro pintados de negro y el largo pelo atado en una coleta que le llegaba a la espalda, el cual despedía un nauseabundo pero sagrado olor a sangre coagulada—, ¿cuáles son las órdenes para nuestros escuadrones si los hombres comandados por Tonátiuh logran tomar y asentarse en la cuarta cortadura de la calzada?

—Gran tlamacazqui, como he dicho, los apretaremos sin asfixiarlos durante el resto del día. Les permitiremos conservar las primeras tres cortaduras dentro de la ciudad, pero no deben avanzar más allá. ¡Conténgalos! Atrápenlos en ese tramo de la calzada hasta que llegue el momento de lanzar la ofensiva fulminante con todas nuestras fuerzas para poder destruir hasta el último hombre —exclamó el futuro huey tlahtoani de Tenochtitlan mientras se ponía de pie—. Águilas, jaguares, cuando las caracolas rujan desde los barrios de Chichimecapan y Nonoalco será el momento lanzar todas nuestras fuerzas en el asalto final —concluyó visiblemente emocionado. Como respuesta, todos los presentes se pusieron de pie, dando voces y palabras de aprobación—. ¡Hermanos míos, ha llegado el gran día! ¡Hoy acabaremos con los caxtiltecas y con los perros tlaxcaltecas! Vayan y compartan estas órdenes con sus hombres, con los capitanes y los campeones, con los cuauchíqueh y otontin, con los cuauhpipiltin y ocelopipiltin, que mañana por la mañana habremos acabado con esta peste que ha asolado Tenochtitlan desde hace muchas veintenas.

Los hombres abandonaron el salón dispuestos a prepararse para el combate y cumplir las órdenes encomendadas por Cuitlahuatzin. De inmediato mandarían corredores y mensajeros a cada rincón de la isla, dando instrucciones precisas sobre el papel que cada contingente desempeñaría en la gran contraofensiva mexica. Algunos nobles, antes de partir, se acercaron a felicitar al hijo de Axayácatl por el excelente liderazgo que había mostrado hasta ese momento, como también por la gran victoria que estaba por obtener. Finalmente, todos los guerreros, capitanes y nobles abandonaron el espacio, permaneciendo en su interior solamente Cuitlahuatzin, el tlacochcálcatl Coyohuehuetzin y el supremo sacerdote, el Quetzalcóatl Tótec Tlamacazqui, quienes volvieron a sentarse sobre la banqueta adosada a los muros del gran salón. El supremo sacerdote iba a decir algo, pero fue interrumpido por la intempestiva entrada de un joven mensajero de no más de quince años, quien sin mediar palabra se puso de rodillas frente al líder de la resistencia tenochca.

—¡Oh!, gran águila solar, gran árbol que nos cobija, traigo buenas noticias desde Tlatelolco. El tlacatécatl Cuauhtemotzin manda sus respetos, se disculpa por no haber asistido al consejo y envía el siguiente mensaje: confirma la participación de los contingentes de guerreros de los barrios del oriente de Tlatelolco, después de haber negociado con su caudillo, el sacerdote renegado Macuilli Cuetzpalin. Desde el palacio de Atenantitlan en Tlatelolco está concentrando a los hombres de Atenantitlan, Tecpocticaltitlan, Apohuacan y Mecamalinco. Está atento a las órdenes que le vayan a asignar para el combate que se aproxima —concluyó el joven mientras dirigía su mirada al piso del salón.

Cuitlahuatzin se alegró al recibir las buenas noticias. Aunque deseó sonreír, controló el impulso, reprimiendo la expresión. Su primo participaría en el ataque dispuesto a colaborar con el Consejo de Guerra; sin embargo, lo sorprendente era que había logrado sumar a las fuerzas tenochcas al menos cuatrocientos hombres provenientes de los barrios orientales de Tlatelolco.

—Aguilucho, ¿esta información te la ha dado directamente Cuauhtemotzin o uno de sus consejeros? —preguntó Cuitlahuatzin.

—La información me la ha dado el tlamacazqui Huitzilíhuitl, su consejero más cercano, sin embargo, también estaba presente el hijo de Ahuízotl. Después de buscarlo desde la madrugada, como usted gran señor nos ordenó, lo encontré al pie del templo principal del calpulli de Atenantitlan. Decenas de hombres se arremolinaban en torno a él llevando órdenes y mensajes. También conversaba con importantes capitanes, señores de la guerra y campeones tlatelolcas con el propósito de que tuvieran listos a sus hombres para el combate que se aproxima.

Cuitlahuatzin escuchó cada palabra con atención. Parecía que todo mejoraba en los preparativos de la jornada. Su primer objetivo se concretaba, la unidad entre todos los tenochcas con un solo propósito: la expulsión y aniquilación de los invasores y sus aliados, al tiempo que fortalecía su posición de poder dentro de la isla, ya sin contendientes u oponentes que amenazaran su futura entronización como el huey tlahtoani de Mexihco-Tenochtitlan.

—Aguilucho, manda el siguiente mensaje a mi primo Cuauhtemotzin: dile que en cuanto los hombres de los barrios orientales de Tlatelolco se encuentren listos, los movilice al embarcadero de Nonoalco, donde se reunirán todos los escuadrones de guerreros tlatelolcas. Dile al honorable tlacatécatl de Tlatelolco que el inicio del ataque lo marcará el sonido de las caracolas rugiendo desde los barrios de Chichimecapan y Nonoalco. Esa será la señal para que los guerreros remen y alcancen la calzada de Tlacopan, entre la cuarta y quinta cortadura. Recuérdale de mi preocupación por mis sobrinos, los hijos de mi hermano Motecuhzomatzin, así como por su esposa, pues me hará inmensamente feliz que no sufran ni un rasguño. Compártele también que hemos recibido reportes provenientes de

445

nuestros espías dentro del tecpan de Axayácatl, los cuales afirman que posiblemente Motecuhzomatzin haya sido asesinado...

—Información que no podemos asegurar —interrumpió Coyohuehuetzin lanzándole una mirada a Cuitlahuatzin.

—Así es, honorable tlacochcálcatl. Sin embargo, es importante que Cuauhtemotzin esté enterado. ¡Anda, aguilucho, vuela con estos mensajes, que el tiempo es corto y la batalla apremia!

—Sí, mi señor —respondió el joven haciendo una reverencia. Después salió corriendo del salón, memorizando cada palabra, cada detalle del mensaje que le había dado Cuitlahua. El eco de sus pisadas al bajar la escalinata del Tlacochcalli resonó entre las paredes, donde el silencio reinaba.

—Honorable Cuitlahuatzin, ¿qué haremos si su hermano Motecuhzomatzin sigue vivo y es llevado por los caxtiltecas en su huida? —preguntó preocupado el tlacochcálcatl Coyohuehuetzin de manera discreta, con pleno conocimiento de que ese panorama arruinaría los deseos y ambiciones imperiales de Cuitlahua, y que también podía amenazar la unidad del liderazgo conseguida con tanto esfuerzo los últimos días.

—De ser así, tendremos que dejar que los caxtiltecas se lo lleven, estimado Coyohuehuetzin; eso si sobrevive a la batalla que estamos por librar. No podemos hacer mucho por mi hermano en estos momentos, si aún sigue vivo. Su vida y su destino ya han sido marcados por los dioses, así como por el pueblo de Huitzilopochtli, condenándolo a la ignominia como consecuencia de sus acciones —contestó con determinación el señor de Ixtapallapan, para después levantarse y salir del gran salón del Tlacochcalli.

Capítulo 43

La noche llegó a Tenochtitlan con cielos nublados cargados de lluvia. Durante toda la tarde, Tláloc el terroso rompió sus vasijas, dejando caer grandes cantidades de agua e iluminando el firmamento con sus rayos. Justo cuando caía lo más tupido de la tormenta, yo, Chichilcuauhtli, guerrero cuextécatl del calpulli de Teocaltitlan, llegué a la chinampa abandonada ubicada en el extremo oeste del barrio de Huehuecalco y de la isla de Tenochtitlan, justo al sur del templo de Toci. Con esas precisas referencias no fue difícil dar con la ubicación que me había compartido Yohualcitlaltzin a través del sacerdote mensajero que me había permitido mantener comunicación con mi querida. Llegué cuando nuestro señor Tonátiuh desaparecía por el oeste, región dominada por el Tezcatlipoca blanco. Me acompañaban veintidós guerreros de mi confianza, hombres que habían combatido conmigo en las calles y calzadas de Tenochtitlan desde la masacre de Tóxcatl, así como también en las xochiyáoyotl, las guerras floridas, y en muchos más rincones del imperio de la Triple Alianza. Entre ellos venía el tiáchcauh Tliltócatl, quien portaba la caracola en nuestra unidad y la soplaba para dar indicaciones a nuestros hombres en medio de los combates. Los veintidós hombres se habían ofrecido voluntariamente a participar en el rescate de mi amada y añorada Yohualcitlaltzin cuando le expuse mi situación al cuáuchic Tezcacóatl Ce Miquiztli, capitán de la unidad. El gran campeón decidió apoyarme sin consultar con las autoridades del barrio o con los teteuctin de la guerra mexica, sus superiores, permitiendo que todos aquellos que como voluntarios quisieran acompañarme lo hicieran, pero de manera discreta y regresando lo antes posible a la calzada de Tlacopan donde se emboscaría a los caxtiltecas. Cuando nos despedimos, el valeroso guerrero me dijo:

—Cuauhtli, me parte el corazón no poder acompañarte en esta empresa, pues tengo que dirigir a los hombres de nuestro barrio en este momento decisivo. Conduce a estos valerosos tenochcas a la victoria, acaba con los cristianos y recupera a tu mujer. Yo y nuestros hermanos los esperaremos en los embarcaderos de Chichimecapan, y si es muy tarde, en nuestras canoas, flanqueando la calzada de Tlacopan, en lo más reñido del combate. No dejes de buscar nuestro pantli, el estandarte del barrio.

—Honorable cuáuchic, agacho la cabeza por todo el apoyo que me ha brindado. Siempre ha sido un honor servir bajo sus órdenes

—respondí—. Mantengan muy en alto el estandarte de nuestro calpulli, mi señor, para que nos sea fácil encontrarlos a nuestro regreso.

—¡No tardes si quieres seguir siendo mi portaestandarte, aguilucho! —me ordenó el veterano mirándome con su único ojo, señalándome con su dedo índice y poniendo su habitual mala cara—. Los estaremos esperando.

—Pronto nos veremos —concluí al tiempo que le sujetaba el antebrazo mientras él hacía lo mismo con el mío.

Así fue como llegamos al anochecer en dos largas canoas a la chinampa abandonada donde aún encontramos el montón de piedras sobre una vieja y húmeda camisa roja, la cual marcaba el lugar donde los caxtiltecas habían arrojado el petlacalli entre los otates. De inmediato el grupo se dividió en dos: diez guerreros liderados por Tliltócatl se escondieron dentro de la casa abandonada que tenía los muros agujerados, mientras que el resto permanecimos en las canoas, protegidos por las altas matas de otate que crecían en la orilla de la chinampa. Al llegar, el joven orfebre de veinte años, Itzmixtli, se lanzó al agua de la laguna para corroborar que ahí se encontraba la petaca de cuero y remache llena de piedras, como me lo había dicho el sacerdote del espejo de obsidiana. Después de sumergirse y desaparecer por unos momentos en las aguas obscuras y agitadas de la laguna, vimos cómo emergía entre la gruesa cortina de agua que caía desde las alturas.

—Cuauhyáhcatl, la petaca sigue en su lugar. Como bien lo dijo, han vaciado su contenido rasgando el cuero y llenándola con piedras —el jovencito subió a la canoa escurriendo chorros de agua.

—¿Qué tan profunda es la laguna en este lugar, Itzmixtli? —pregunté.

—Tres brazos de profundad,[10] capitán. El petlacalli se encuentra semienterrado en el fondo fangoso de la laguna, cubierto por algunas algas —contestó.

Así, agazapados, empapados hasta los huesos por la lluvia que no dejaba de caer, esperamos por un largo tiempo, aferrando nues-

---

[10] Alrededor de ciento noventa y cinco centímetros.

tros lanzadardos y hondas para atacar a los caxtiltecas primero desde lejos y aprovechar así la sorpresa. Después tomaríamos nuestros escudos, mazas, lanzas y macanas para acabarlos a corta distancia. Durante la larga espera todo era silencio y tranquilidad en la chinampa cubierta de maleza y otates. En su extremo norte, por donde esperábamos que arribaran los hombres barbados, había algunos espigados ahuejotes que se agitaban con el viento, mientras que a un costado de la casa abandonada crecía un robusto y achaparrado árbol de amplia fronda, cuyas raíces salían de la tierra.

El silencio que nos rodeaba se rasgó cuando escuchamos un chapoteo en las aguas del lago, a la izquierda de nuestra posición. Por un momento no escuchamos más el sonido, pero luego volvió a aparecer. Todos los presentes volteamos hacia ese lugar. A lo lejos, entre la neblina, vimos la silueta obscura de una canoa pequeña tripulada por al menos tres tenochcas, quienes remaban afanosamente dirigiéndose hacia el norte. Así como apareció, desapareció entre la cortina de agua que dejaba caer Tláloc sobre la laguna de Tezcuco.

—Los guerreros de los embarcaderos al suroeste de la isla se dirigen al barrio de Chichimecapan, acortando la distancia para cuando rujan las caracolas dando la orden de atacar —dijo emocionado Chalchiuhtécpatl, un delgado guerrero de treinta años que había participado en la pacificación de la tierra de los mixtecos años atrás bajo el gobierno del huey tlahtoani Motecuhzomatzin. El fiero guerrero, que se encontraba sentado sobre la canoa enfrente de mí, llevaba el rostro y el cuerpo pintados de negro, como el resto de nosotros. Vestía un máxtlatl para cubrir su entrepierna y un peto de algodón para proteger su torso. Antes de abandonar nuestro barrio me aseguré de que todos los integrantes de esta partida vistieran uno de esos petos y que trajeran al menos tres dardos para sus propulsores, pues sabía que el combate que nos esperaba sería tremendamente duro.

—La batalla comenzará pronto, y sin nosotros —replicó Itzmixtli, quien tiritaba al estar empapado, como todos los guerreros, y debido al frío viento que soplaba desde el oriente. El jovencito apretaba con una mano una piedra, mientras que con la otra jugueteaba con su honda de fibra de ixtle.

—Pronto nos integraremos al combate, no tengas duda de eso, Itz-mixtli. En cuanto acabemos con los caxtiltecas y rescatemos a Citla-lli, nos dirigiremos a la calzada de Tlacopan —respondí con firmeza.

—Más vale que los guerreros sean rápidos y contundentes al remar cuando rujan las caracolas desde Chichimecapan y Nonoal-co, para que logren cortarles el paso a los perros cristianos antes de que superen la quinta cortadura, pues, de no ser así, se habrán esca-pado como arena entre nuestros dedos —agregó Chalchiuhtécpatl.

—Todo saldrá bien, guerrero. Nuestros hombres llegarán puntua-les a la cita. Ten confianza —contesté, dando por terminada la plática.

Nuevamente reinó el silencio en nuestra posición. Solo se es-cuchaba la caída de la lluvia, así como el cantar de algunos grillos. Así permanecimos por otro rato, hasta que volvimos a escuchar en la distancia chapoteos que rompían la tensión del agua de la lagu-na. Poco a poco fue se incrementando el rumor hasta convertirse en fuertes sonidos que se acercaban. Todos volteamos a nuestro lado izquierdo justo cuando surgían de entre la obscuridad de la noche y las aguas una decena de largas canoas, tripuladas por al menos un ciento de tenochcas que venían desde los barrios sureños de Azta-calco, Tlacocomulco, Atlampa y Amanalco, donde se habían con-gregado y preparado para el combate a lo largo del día. Ahora se movilizaban los escuadrones hacia los cañaverales y el embarcadero de Chichimecapan, con el propósito de acortar la distancia que ten-drían que cruzar para cuando fueran convocados por el sonido de las caracolas. Ahí permanecerían escondidos, al acecho. A pesar de los ruidosos chapoteos que causaban decenas de remos al chocar con el agua, avanzaban en silencio, sin dar gritos de guerra o proferir al-guna palabra. Muchas de las espigadas embarcaciones pasaron cerca de nuestra posición, por lo que pudimos distinguir cómo los guerre-ros vestían todos los atavíos y tocados propios de la guerra. Algu-nos llevaban yelmos que representaban águilas, jaguares y coyotes, y otros llevaban el temíyotl, el peinado alto de los combatientes mexicas. Largas plumas de quetzal, águila, garza y espátula rosa-da decoraban sus testas, mientras que sus cuerpos iban protegidos por los ichcahuipiltin, los gruesos petos de algodón, así como por vestimentas hechas de pieles de jaguar y venado, de mosaicos de plumas y concha. Cuando la mayor concentración de canoas pasaba frente a nuestros ojos, un relámpago iluminó la noche, permitiéndonos ver la gran flota que se enfrentaría a los invasores. No se trataba de decenas de canoas, sino de cientos, que avanzaban con gran rapidez, impulsadas por los remos de los esforzados miles de tenochcas. Todos remaban en silencio, con la mirada fija en el norte, empapados por la lluvia que seguía cayendo sobre su cara inexpresiva, preparándose para cobrar venganza, para encontrar la muerte florida si es que los dioses así lo dictaban. Decenas de estandartes pasaron frente a mis ojos, pertenecientes a los barrios y gremios, a las sociedades guerreras de élite como los cuauchíqueh, los cuauhpipiltin y los otontin, a los guerreros sacerdotes con sus vestimentas negras. Cerca de nosotros, en el extremo derecho de la formación, pude apreciar una canoa que iba tripulada solamente por mujeres. Se trataba de un puñado de sacerdotisas, con los rostros y brazos pintados de rojo y plumas de águila sobre su cabeza. Buscarían encontrar la muerte en lo más reñido del combate para dar a los guerreros un ejemplo de valor, cumplir alguna promesa hecha a un dios y alcanzar el paraíso solar. Iban armadas con pequeños escudos hechos de madera y con los tzotzopaztin, los machetes que usaban para trabajar los telares de cintura.

—Tenochtitlan está por recuperar su grandeza —murmuró Itzmixtli, emocionado al ver a las teoahuianímeh.

—Jovencito, Tenochtitlan nunca ha perdido su grandeza, solamente perdió un poco de su brillo —le respondí, regalándole una sonrisa.

Finalmente, después de una larga espera, pasaron frente a nuestros ojos las últimas canoas de la formación, hasta que se perdieron en la obscuridad de la noche. Todo volvió a quedar en silencio, lo que me permitió reflexionar sobre las importantes consecuencias que tendría el enfrentamiento que se llevaría a cabo esa misma noche. Si los tenochcas lograban acabar con los hispanos y sus aliados, la Triple Alianza se fortalecería a lo largo de los territorios conquistados, y pocos se atreverían a volver a hacerle la guerra a Tenochtitlan. En cambio, si lograban escapar y alcanzar las cabeceras de su aliada Tlaxcallan, seguramente regresarían para darnos guerra al cabo de algunas veintenas o posiblemente un año. El destino de la nación mexica y de la Triple Alianza, Excan Tlahtoloyan, estaba en juego en una sola noche. Mi cuerpo tembló por un momento, ¿acaso por el frío y la lluvia o debido a la excitación de participar en esa batalla tan decisiva? No lo sabía. Me incorporé sobre la canoa lanzando una mirada sobre los cañaverales, en busca de los caxtiltecas y Citlalli, pero aún no se presentaban. Volví a sentarme y a continuar esperando. Había pasado un corto tiempo cuando el guerrero Chalchiuhtécpatl murmuró:

—¡Alguien se aproxima! ¡Escucho pasos!

Volteé hacia la casa derruida para encontrar a Tliltócatl, quien señaló hacia el norte y después asintió, confirmando que se trataba de los caxtiltecas que estábamos esperando. Después me hizo señas abriendo y cerrando su mano, comunicándome la cantidad de enemigos que se aproximaban. Hizo este movimiento tres veces. Al encontrarme sobre la canoa, detrás de los altos otates que emergían del agua, no podía ver a los enemigos que se acercaban.

—Se aproximan treinta cristianos —murmuré para mis guerreros—. Parece que traen uno de sus venados sin cuernos.

—¿No iban a ser veinte? —preguntó Itzmixtli algo preocupado—. Nos superan en número, cuauhyáhcatl.

—Pero nosotros contamos con el factor sorpresa —respondió de mala manera Chalchiuhtécpatl—. ¡Así que guarda silencio, jovencito!

Ignoré los comentarios de mis guerreros mientras seguía leyendo las manos de Tliltócatl, quien se mantenía escondido en la casa abandonada. Él y sus hombres podían observar a los invasores desde las oquedades de los muros de la construcción. Asintió dos veces y puso una mano extendida sobre su cabeza, dándome a saber que Yohualcitlaltzin sí venía en el grupo. Después se ocultó en el muro de la casa.

—Prepárense para el ataque —les dije mientras colocaba uno de los tres dardos que llevaba en el lanzadardos. Los demás hicieron lo mismo con sus hondas y propulsores en el más completo silencio. Los guerreros, agazapados en la canoa ubicada detrás de los otates, esperaron pacientemente a que los hombres de Tliltócatl comenzaran la emboscada. Cuando los caxtiltecas dirigieran toda la atención hacia la derruida construcción, nosotros los atacaríamos desde el otro costado, maximizando sus bajas.

—¡Ahora, aguerridos tenochcas! —Se trataba de Tliltócatl dando la señal de ataque. Desde mi posición pude ver cómo se incorporaban los diez guerreros y cómo disparaban los dardos desde sus propulsores, seguidos del girar de los glandes de las hondas, cuyas piedras silbaron al volar por los aires. Se escucharon los impactos y de inmediato los gritos de furia de los caxtiltecas.

—¡Al combate! —grité al tiempo que descendía de la canoa entre los otates, acompañado de mis hombres.

Todos alcanzamos rápidamente la chinampa y de inmediato descargamos nuestros dardos sobre el flanco izquierdo de los cristianos. Al verlos por primera vez, me di cuenta de que Citlalli iba a la vanguardia, dirigiéndolos; sin embargo, al verse en peligro, corrió hacia el costado sur de la chinampa, tratando de alejarse del grupo, pero un caxtilteca la sujetó del brazo, jalándola hacia él. En un pestañear, Yohualcitlaltzin se encontraba tirada en el lodo, agarrada del brazo por el cristiano, quien se negaba a soltarla. Antes de concentrarme en el hombre que la tenía aferrada, preferí hacerlo en un rechoncho cristiano que, dándome la espalda, corría hacia Tliltócatl, dispuesto a rebanarlo en dos. Tomé impulso y, con una exhalación, lancé mi dardo hacia él. En un santiamén la filosa punta de obsidiana se clavó entre sus omóplatos, haciendo que se desplomara sobre el lodo dando gritos de dolor. Momentos después, una decena de dardos cayó sobre el compacto grupo de cristianos, atravesando piernas, brazos e incluso el cráneo de un infortunado caxtilteca que no vestía un yelmo, sino un extraño tocado de tela. La confusión reinó entre los invasores mientras mis guerreros y yo nos desplegábamos alrededor de ellos, arrojando la segunda andanada de proyectiles.

—¡Lancen sus dardos sobre los bastardos! —gritó Tliltócatl, quien ya había salido de la construcción a través de una de sus oquedades—. ¡Mantengan la distancia!

Lancé mi segundo dardo con fuerza en contra de otro hombre barbado que titubeaba si marchar en nuestra dirección o hacia donde se ubicaba la vieja construcción. El caxtilteca se percató del dardo y de inmediato interpuso su escudo redondo, desviando la vara tostada. El hombre fijó la vista en mí por un momento, mostrándome una fiera expresión de odio, al tiempo que avanzaba en mi dirección. No llegó muy lejos debido a una piedra proyectada por una honda que acabó impactándose en su rostro, lo que hizo que cayera de rodillas al sentir su nariz y boca destrozadas. El hombre chilló algunas palabras mientras trataba de limpiar la sangre que cubría sus ojos. Al tiempo que colocaba mi último dardo en el átlatl, busqué a Yohualcitlaltzin y a su captor entre los caxtiltecas. Rápidamente me percaté de que el hombre se había retirado al centro del grupo, jalando a Citlalli con él. Gritaba desesperado, dando órdenes y señalando al venado sin cuernos que cerraba la formación. La mitad de los hombres del grupo se arremolinaba a su alrededor, protegiéndose con sus escudos, mientras que la otra mitad se encontraba combatiendo cuerpo a cuerpo con los tenochcas de Tliltócatl en torno a la vieja casa y el robusto árbol. Entre la lluvia que caía y el clamor del combate, escuché a Citlalli gritar mi nombre:

—¡Cuauhtli! ¡No permitas que me lleven con ellos!

—¡Citlalli! —alcancé a responder antes de percatarme de que un alto y rubio cristiano corría en mi dirección alzando su larga y afilada macana metálica.

Avanzaba con rapidez, acortando la distancia que nos separaba, que era de unos veinte pasos. Sin pensarlo dos veces, tomé impulso y disparé mi tercer tlacochtli hacia su pecho protegido con un peto de algodón. El dardo voló con tremenda fuerza, rasgando el aire y el agua hasta impactarse en su pecho, atravesándolo de lado a lado, haciéndolo caer de espaldas por el impacto del golpe. El combatiente se retorció sobre el fango y la maleza pidiendo ayuda a gritos a sus compañeros. No duró mucho su agonía.

—¡A la carga, temerarios tenochcas! —grité al sujetar la maza que colgaba de mi hombro, ahora que se me habían agotado los dardos—. ¡Rodeen al grupo, maten al animal! —ordené y me eché a correr en busca de mi añorada mujer.

Mis tenochcas rugieron con los pechos inflamados de valor, sujetando los macuahuime y portando sus chimaltin sujetos a sus antebrazos. En ese instante un relámpago alumbró en su totalidad la chinampa donde se libraba el enfrentamiento, evidenciando que al menos ocho caxtiltecas estaban tirados sobre el fango, muertos o gravemente heridos. Estamos igualando el combate, reflexioné. Los guerreros de mi flanco se extendieron, tratando de rodear al compacto grupo de enemigos. De inmediato cayó el cuadrúpedo al ser alcanzado por un dardo, ante el enojo y preocupación de los caxtiltecas, quienes seguramente requerían del animal para cargar sobre su lomo el arcón que habían escondido. El venado sin cuernos lanzó terribles quejidos hasta que un tenochca alcanzó la retaguardia de los oponentes y acabó con su vida.

A mi paso salió un cristiano de largas barbas, delgado, llevando un chimalli que parecía un corazón hecho de cuero. Lanzó con destreza dos estocadas hacia mí, lo que me hizo retroceder para esquivarlas. Me atacó con un tercer tajo, el cual bloqueé con mi escudo de madera, para después soltar un golpe con mi maza de encino buscando su cabeza, protegida por un duro yelmo de hierro. El caxtilteca se agachó, sin embargo, tuve la posibilidad de reaccionar rápidamente y lo golpeé en la mejilla con el pomo de mi arma, alejándolo unos pasos y dándome un respiro para replantear mi ataque. Me lancé sobre él con un golpe descendente, el cual bloqueó fácilmente con su espada, sin darse cuenta de que en ese preciso momento sacaba mi daga de pedernal para clavársela en la entrepierna. Trastabilló mientras gruñía al sentir el dolor que le causaba la piedra atravesando la piel, la carne, cercenando venas y cartílagos. Lanzó una última estocada hacia mi vientre, la cual bloqueé con facilidad golpeando la espada, haciéndola volar por los aires. Antes de que cayera de espaldas cercené su garganta con mi puñal. La sangre se volcó por la herida, la nariz y la boca, salpicando mi rostro.

Volteé a mi alrededor para encontrarme con los tenochcas de mi flanco enzarzados en un terrible combate cuerpo a cuerpo con los cristianos, que se habían visto forzados a abrir su cerrada formación.

—¡Citlalli! —grité en medio del combate.

La busqué con la mirada entre los seis o diez hombres que seguían apiñados cerca del cuerpo agonizante del cuadrúpedo, pero no logré verla ni al hombre con el chimalli con la cruz. Era difícil ubicarse en medio de la lluvia que seguía cayendo, lo negro de la noche y la neblina que poco a poco iba alzándose en el lago y la chinampa. Avanzaba hacia el compacto grupo con la intención de localizar a mi amada, cuando a mi lado izquierdo vi de reojo el brillo de un metal dirigiéndose hacia mí. Instintivamente protegí mi cuello con mi chimalli de madera, bloqueando el tajo que me dirigía otro caxtilteca que había surgido en medio de la obscuridad. ¡Clac! El golpe seco agrietó la madera de mi chimalli, proyectándome hacia mi derecha y haciéndome caer sobre el lodo. Me incorporé rápidamente, en el momento justo para bloquear un segundo golpe descendente del cristiano, el cual acabó de partir por la mitad el escudo de madera que llevaba sobre mi antebrazo, por lo que lo deseché mientras retrocedía unos pasos.

El maldito cristiano me mostró sus dientes amarillos entre su bigote y barba, señalándome con su espada mientras me dirigía unas palabras en su burdo idioma. Al parecer estaba pasando un buen momento. Se trataba de un hombre delgado, pero de considerable altura, quien vestía un peto metálico que se alargaba protegiendo su cuello, así como un yelmo cónico del mismo material: las protecciones perfectas para impedir que cualquier dardo con punta de obsidiana o pedernal le hicieran daño. Llevaba el pelo negro largo, suelto sobre la espalda, así como la barba rizada sobre el pecho. Sujetó con ambas manos su macana filosa y metálica para de inmediato lanzar otro ataque. Retrocedí unos pasos para salir del rango de su ataque, pues de bloquear con mi maza esa espada seguramente acabaría hecha añicos. El hombre lanzó dos tajos horizontales más tratando de alcanzarme, pero no lo logró. Después de esquivar el tercer golpe, decidí reanudar el ataque. Respondí con un golpe de mi maza, la cual bloqueó con la empuñadura de su espada. Lancé un segundo golpe con mi arma hacia su peto, el cual solamente se abolló, haciéndolo retroceder unos pasos. ¡Imposible dañarlo con esas protecciones!, pensé mientras apretaba con la mano izquierda el mango de madera de mi daga. Solamente había una forma de deshacerme de él y poder acercarme al grupo de caxtiltecas donde por última vez vi a Citlalli.

El caxtilteca me lanzó dos ataques mientras yo retrocedía hacia uno de los extremos de la chinampa, alejándome de los otros combates individuales que se llevaban a cabo. En un abrir y cerrar de ojos me percaté de que ya no podía retroceder, pues había alcanzado la orilla de la isla flotante, justo como lo había planeado. Cuando el cristiano alzó su larga espada para acabar con mi vida, arrojé a un lado mi maza y me lancé hacia él para sujetar la empuñadura de su espada con mi mano derecha y clavar mi daga en su antebrazo izquierdo. Con un tirón lo jalé hacia las aguas obscuras de la laguna. De inmediato nos sumergimos completamente. Sostuve mi respiración, viendo cómo el hombre, que no sabía nadar, se hundía rápidamente en las profundidades debido al peso de su peto y los protectores de sus hombros. En su desesperación, soltó la espada y aferró mi cuello con sus dos manos, arrastrándome con él, con el juicio nublado por encontrarse al borde de la muerte en el agua. Sin pensarlo dos veces clavé mi daga de pedernal en su ojo, empujándola con fuerza hasta que finalmente dejó de moverse. Con urgencia solté sus manos para subir a la superficie. Nadé con todas mis fuerzas hasta romper el agua y llenar mis pulmones de aire fresco. Alcancé la chinampa, aún recobrando las fuerzas del enfrentamiento que casi acaba con mi vida. Ahí estaba todavía tirada la larga espada de mi oponente, así como mi maza, la cual sujeté observando a mi alrededor. El flanco dirigido por Tliltócatl estaba en graves problemas, pues los mexicas se retiraban más allá de la construcción derruida, seriamente presionados por los caxtiltecas, mientras que los guerreros que yo comandaba avanzaban con determinación sobre el núcleo de enemigos que se ubicaba alrededor del animal muerto. Corrí hacia ellos gritando el nombre de mi amada.

—¡Citlalli! ¿Dónde estás? —el silencio como respuesta. Sin embargo, a la distancia, al cabo de un momento escuché su voz.

—¡No dejes que me lleven, Cuauhtli! —gritó.

No la pude ubicar con la mirada pues todo estaba muy obscuro, pero me pareció que su voz venía desde la retaguardia del compacto grupo cristiano, justo donde se encontraba el puente de acceso a la chinampa. Al acercarme noté que cinco de mis guerreros combatían contra los invasores, quienes cerraban su formación ante el embate tenochca mientras retrocedían al robusto árbol que se ubicaba a un costado de la casa.

—¡Comienzan a retirarse! —escuché la voz de Chalchiuhtécpatl en la vanguardia, quien permanecía con vida—. ¡Acorrálenlos!

En mi camino observé a Itzmixtli sentado sobre el frío fango, empapado y sangrando de un brazo, el cual parecía estar inutilizado. El jovencito hizo que detuviera mis pasos por un momento.

—¿Te encuentras bien? —pregunté de inmediato.

—Cuauhyáhcatl, este bastardo me rompió el brazo —dijo mientras le lanzaba una mirada a un joven caxtilteca tirado sobre el pasto y el fango. El joven no tendría más de dieciocho años y estaba ahí tendido, con el vientre abierto por un tajo y las tripas asomándose. Sus ojos café claro permanecían sin vida ni brillo, mirando hacia los cielos tormentosos de esa noche. Observé el brazo del joven mexica, el cual presentaba una terrible hendidura debajo del hombro, por donde sangraba copiosamente.

—¡Retírate al barrio, Itzmixtli! ¡No puedes seguir combatiendo así! —le ordené antes de seguir avanzando entre la lluvia al lugar donde se libraba lo más duro de la pelea—. ¡No quiero verte aquí!

Por fin llegué a la zona del combate, donde pude ver a Chalchiuhtécpatl sostener un duro duelo con otro caxtilteca. Pasé de largo, así como de otros tres enfrentamientos que se daban a mi alrededor, tratando de ubicar a Citlalli en medio del caos. Finalmente la pude ver, con su blanco huipil empapado y lleno de lodo. El cristiano de ojos verdes y barba castaña que portaba la rodela con la cruz la había arrastrado hasta el animal muerto y la había atado por las muñecas con las riendas. Cuando estaba por alcanzarla, un enemigo salió a mi encuentro llevando una larga lanza, la cual apuntó hacia mi cabeza. Con un rápido movimiento me dejé caer sobre el lodo y pasto, patinando hasta quedar detrás de mi atacante. Sin pensarlo dos veces corté con mi daga detrás de su rodilla izquierda. El piquero sintió el dolor y se desplomó cuando apenas giraba para encararme. De inmediato golpeé su rostro con toda la fuerza que poseían mis brazos, justo cuando trataba de sacar su cuchillo de su cinturón. El golpe le rompió el cráneo, acabando con su vida.

En ese momento pude encarar por fin al caxtilteca que parecía guiar la expedición, quien sorteó el cuerpo muerto del cuadrúpedo para colocarse frente a mí. Farfulló algunas palabras mientras se encorvaba detrás de su chimalli y extendía el brazo derecho, con el que sujetaba su macana puntiaguda y filosa. Yo imité sus movimientos, y entonces su rostro me pareció familiar. Tuve la certeza de que ya lo había enfrentado en combates anteriores, aunque no recordaba cuándo había sido. ¿Acaso este hombre sería el señor y dueño de Yohualcitlaltzin, aquel a quien había sido entregada días después de la entrada del Malinche a Tenochtitlan? En realidad no importaba. Lo único relevante era eliminarlo para poder liberar a mi amada. Aferré mi maza, el cuauhololli y mi técpatl de pedernal.

CAPÍTULO 44

Un Gonzalo colérico observó cómo el plan que cuidadosamente había elaborado hacía meses con Juan Velázquez de León y Francisco de Salcedo se hacía añicos ante la emboscada de los tenochcas. La mula que les había prestado el de Cuéllar yacía muerta sobre el fango, así como muchos otros hombres que formaban parte de la expedición del grupo de Ortiz, el músico. Gutiérrez, el mozo de Juan, también había caído, traspasado de lado a lado por una vara tostada, mientras que a Cristóbal le habían cercenado la cabeza. Nos han pillado en medio de la noche; parece que perdemos la escaramuza, se dijo a sí mismo al observar cómo los cristianos eran desalojados de la casa en ruinas y poco a poco se replegaban hacia su posición, uno de ellos arrastrando a un compañero herido. Al otro lado, cerca de la orilla de la chinampa, los combates seguían con furia sin dejar claro qué grupo obtendría la ventaja. Pero ¿cómo había sido posible que los indios estuvieran enterados de la salida que realizarían momentos antes de batirse en retirada de Temixtitan? ¿Acaso eran indios pagados por Velázquez de León, Gerónimo de Aguilar, Francisco de

Salcedo u otro de los conspiradores para eliminar a la mayoría de los participantes y quedarse con todo el oro? ¿Acaso la soplona fue la india Beatriz?, se preguntó el capitán de rodeleros. Era imposible. Ella no había dejado el palacio en ningún momento, el mismo cuyo perímetro había estado vigilado día y noche por cientos de tlaxcaltecas y castellanos, de donde nadie podía salir o entrar sin ser interrogado. Por otro lado, ¿cuál era el propósito de esa emboscada tan puntualmente planeada? ¿Impedir que recuperaran el oro? ¿Asesinar a uno de los miembros en particular? ¿Acaso rescatar a la india Beatriz?, se preguntó Gonzalo, consciente de que posiblemente nunca encontraría las respuestas para esas interrogantes. El extremeño dejó de lado todas sus dudas en el momento en que avanzó para encarar al joven guerrero tenochca que vestía un traje rojo de algodón, cubriendo sus piernas y brazos. El mexica llevaba la cara tiznada y el pelo recogido en una coleta sobre su coronilla. Una nariguera de oro cubría parcialmente su boca, mientras que dos tiras de algodón crudo colgaban de sus orejas hasta sus hombros.

—¡Quitaos de mi camino, indio! —gritó con furia al lanzar la primera estocada contra el vientre del mexica, quien reaccionó golpeando con su maza de madera el lado plano de la espada, haciéndola rebotar contra el piso.

El mexica respondió girando su maza y golpeando el pomo redondo del arma contra el rostro del caxtilteca, quien instintivamente agachó la cabeza para que se impactara contra su yelmo de hierro. Sin embargo, no fue lo suficientemente rápido para esquivar la patada que lo empujó hacia atrás, haciéndolo trastabillar y retroceder varios pasos. Gonzalo soltó un grito de frustración ante el ataque de su enemigo.

Chichilcuauhtli fijó la mirada detrás del caxtilteca, que se recomponía para volver al ataque. Observó a Citlalli, quien tiraba con todas sus fuerzas para tratar de liberar sus manos del cadáver de la mula, aunque sus esfuerzos eran en vano. En esta ocasión, el tenochca decidió pasar a la ofensiva lanzando un fuerte golpe lateral contra el torso de su enemigo, el cual fue bloqueado por la rodela, como lo tenía planeado. En ese instante se acercó lo suficiente para impedir que el cristiano pudiera usar su espada, con el objetivo de clavar su daga en su cuello. Al ver sus intenciones, el caxtilteca se alejó con un paso para cortar con su espada el pecho del mexica. Fue tan rápido el movimiento que Cuauhtli solo pudo herir superficialmente el rostro de su oponente cuando saltó hacia su derecha, al tiempo que la espada pasaba rozando su frente. La sangre brotó de la mejilla de Gonzalo, manchando su brigantina tachonada, así como su barba. El capitán de rodeleros sintió el dolor recorrer su cuerpo, el cual ignoró, y lanzó una segunda estocada tratando de alcanzar al mexica, quien se desplazó con tremenda agilidad para golpearlo con fuerza en las costillas. Gonzalo apretó los dientes, ahogando un grito más de frustración que de dolor. Giró nuevamente para encarar al tenochca, consciente de que posiblemente una de sus costillas se encontraba fisurada, lastimada por el golpe recibido. Dos mazazos más fueron lanzados contra su humanidad, los cuales logró bloquear con su rodela y espada, no sin dificultad debido a las olas de dolor que se esparcían desde el lado izquierdo de su torso.

—Hoy estarás camino al Mictlan, caxtilteca —farfulló Cuauhtli a Gonzalo, quien como respuesta lo atacó con un golpe horizontal de su tizona, que fue desviado con la bulbosa cabeza de su maza, dándole nuevamente la oportunidad a Cuauhtli de acortar la distancia y clavar la daga de pedernal en el vientre de su enemigo.

Para su sorpresa, el pedernal no atravesó el chaleco de cuero que vestía el caxtilteca. De inmediato se percató de que la vuelta de la prenda estaba cubierta con decenas de placas de hierro que protegían a quien la vistiera. Sin pensarlo dos veces, Gonzalo le golpeó el rostro con el pomo de su espada, haciéndolo trompicar y dejar un par de dientes en el fango. Cuauhtli retrocedió, esquivando un par de tajos del caxtilteca, cuando escuchó el piso retumbar. Le pareció que no fue el único, pues de inmediato todas las miradas voltearon hacia el amplio puente de madera que daba acceso a la chinampa desde el norte. Los combatientes sintieron vibrar el suelo y escucharon el rítmico sonido de pisadas propio de los caballos.

—¡Mirad! ¡Se trata de Francisco de Salcedo! —se escuchó una voz en la obscuridad.

461

Gonzalo volteó la cabeza, justo a tiempo para observar a tres caballos avanzar sobre la chinampa con sus respectivos jinetes.

—¡Santiago y cierra, España! —fue el grito que acompañó la embestida de Francisco de Salcedo. Con tremenda velocidad, el nacido en Medina de Rioseco atravesó con su lanza jineta al primer tenochca que se encontró en su camino, ensartándolo por el pecho. De inmediato soltó la lanza y desenvainó su espada, al tiempo que dirigía su yegua castaña sobre otro mexica que, paralizado por el miedo, fue pisoteado por el gigantesco animal, rompiéndole piernas y cráneo. Abrazado a la espalda de Francisco iba un joven mexica, muerto de miedo al montar por primera vez uno de los gigantescos venados sin cuernos. Siguiendo a Francisco de Salcedo, el pulido, entraron en escena otros tres jinetes, repartiendo lanzadas.

—¡Viva Santiago, nuestro protector! —gritó Gerónimo de Aguilar, alzando los brazos victorioso al ver cómo su oponente era atravesado por la lanza de un jinete. Tres habían caído en un abrir y cerrar de ojos. Cuauhtli se dio cuenta de que la victoria que estaban a punto de obtener se les esfumaba como agua entre las manos. El joven tenochca atacó nuevamente a Gonzalo; balanceó de un lado a otro su pesada maza de madera y giró sobre sus talones, manteniendo en perfecto equilibrio su arma. Sin embargo, sus embates fueron bloqueados por la rodela del capitán extremeño, hasta que finalmente el mango de madera se partió por la mitad al ser impactado por la tizona de acero vizcaíno del extremeño. Cuauhtli, al saberse indefenso, comenzó a retroceder ante la mirada furibunda de Gonzalo, quien ya se aproximaba hacia él. En ese momento un caballo pasó en medio de los dos combatientes; se trataba de Francisco, quien lanzó un tajo contra Chichilcuauhtli, el cual rodó por el piso para evitarlo.

—¡Retrocedan, valientes tenochcas! ¡A las canoas! —se escuchó un grito. Cuauhtli corrió hacia las canoas sabiéndose derrotado, alejándose de Gonzalo y de los cuatro jinetes que habían sembrado caos en el bando mexica. Notó cómo escurrían por sus mejillas mojadas lágrimas de frustración por no haber logrado rescatar a Citlalli. Al llegar a la orilla de la chinampa se encontró con Chalchiuhtécpatl, quien también se batía en retirada seguido de un par de guerreros.

La retirada del grupo era protegida por dos honderos que disparaban sus armas al borde de la isla artificial contra los ibéricos de a pie, quienes parecían conformes al ver que los mexicas se retiraban, pues no emprendieron una persecución a fondo.

—¡A las canoas! ¡Nos retiramos! —gritó Cuauhtli finalmente al observar cómo el grupo de Tliltócatl corría en su dirección, siendo perseguidos por un par de caballos.

—No contamos con lanzas ni dardos para hacer frente a esas bestias —le dijo Chalchiuhtécpatl, quien ya se subía a la canoa y tomaba uno de los remos—. Has hecho bien al llamar a retirada, Cuauhtli. No podemos perder más compañeros —concluyó mientras ayudaba a otros hombres a subir a la embarcación y tomar los remos.

Sin responder, el guerrero del barrio de Teocaltitlan avanzó hacia el grupo de rezagados comandado por Tliltócatl, sujetando solamente su daga de pedernal.

—Cuauhtli, ¿a dónde vas? Tenemos que salir de este lugar —gritó Chalchiuhtécpatl, sin obtener respuesta.

El guerrero echó a correr en dirección del grupo de mexicas que huían, atravesando la lluvia, fijando sus pies con firmeza sobre el terreno lodoso y lleno de maleza. Observó con detenimiento a uno de los jinetes que perseguían al grupo de rezagados. Era un hombre robusto que cubría su cuerpo hasta los muslos con una armadura de acero, mientras que su cabeza la protegía con una borgoñota rematada por dos plumas. El hombre que montaba un caballo bayo centró su mirada en su próximo objetivo, un mexica que cojeaba al haber sido herido en una pierna. El ibérico alzó su espada con los ojos puestos en el cuello del joven. Tan concentrado estaba en decapitar al hombre que corría frente a su caballo del lado derecho, que nunca se percató de que Cuauhtli corría en su dirección desde el lado izquierdo del corcel. Justo cuando el jinete iba descargar la tizona sobre su víctima, vio de reojo una silueta que se abría camino entre la lluvia. Instintivamente volteó la cabeza hacia la nueva amenaza, solamente para ver cómo su atacante apuntaba un filoso cuchillo de pedernal hacia su rostro. Ambos hombres cayeron con fuerza en el suelo, mientras que el corcel siguió su trote. No hubo forcejeo debido a que el jinete ya estaba muerto cuando su espalda tocó el fango, pues la daga de pedernal había entrado por la cuenca ocular hasta alcanzar el cerebro. Una muerte inmediata. Chichilcuauhtli sacó la daga del rostro de su contrincante y comenzó a correr hacia las canoas, las cuales ya estaban tripuladas. De los veintidós hombres que habían participado en el ataque, solamente había doce en las canoas. Cuauhtli abordó una de ellas, seguido de los dos honderos que cubrían la retirada.

—¿Te encuentras bien, hermano? —preguntó Tliltócatl, quien al parecer no había sufrido ninguna herida. No hubo una respuesta—. Lamento que no hayamos podido rescatar a Yohualcitlaltzin, Cuauhtli —volvió a decir mientras dejaba de remar y colocaba una mano sobre su hombro—. Hemos hecho todo lo que estuvo a nuestro alcance.

—Aún no termina la batalla, hermano Tliltócatl —respondió con dureza Chichilcuauhtli, entretanto sumergía su remo en las obscuras aguas de la laguna de Tezcuco—. ¡Al embarcadero de Chichimecapan, guerreros! Vamos a reaprovisionarnos de dardos y de ahí seguimos a la calzada de Tlacopan —ordenó a los hombres que tripulaban ambas canoas—. ¡Muevan con fuerza los remos, que el cuáuchic Tezcacóatl nos espera!

Las dos canoas desaparecieron entre la neblina y la lluvia de la noche.

Capítulo 45

Después del enfrentamiento y de la retirada de los combatientes mexicas en sus canoas, los castellanos que habían sobrevivido se dejaron caer sobre el fango, exhaustos, cuidando de sus heridas y las de sus compañeros. Algunos fueron a revisar los cuerpos inertes de los abatidos tirados sobre la maleza, albergando la esperanza de encontrar alguna señal de vida en sus ojos, al tiempo que otros vigilaban los alrededores para que no fueran a ser nuevamente sorprendidos. Los cristianos permanecían en la chinampa llenos de impaciencia, mientras que cuatro de sus hombres se sumergían en las obscuras aguas de la laguna de Tezcuco para recuperar el arcón repleto de oro que descansaba en las profundidades. Yohualcitlaltzin fue nuevamente atada de las manos con las riendas de la mula muerta, por lo que permanecía recargada sobre el cadáver del animal, inconsolable, llorando amargamente, pues la oportunidad que había planeado muchos días atrás se había perdido. Un caxtilteca permaneció a su lado vigilándola, cumpliendo las órdenes de Gonzalo. Su amado Chichilcuauhtli y sus guerreros mexicas habían llegado puntuales a la cita, combatiendo con valor y arriesgando la vida por rescatarla; sin embargo, todo había sido en vano con la llegada de los cuatro jinetes montando las grandes bestias. En un abrir y cerrar de ojos, los guerreros de Cuauhtli se batían en retirada para no sufrir más muertes, buscando refugio en sus canoas de las lanzadas de los jinetes. Por más que lo intentó, la joven tenochca no pudo correr y alejarse de los caxtiltecas durante la reyerta, pues Gonzalo nunca dejó de vigilarla, incluso la ató al animal muerto, como ahora se encontraba. Tezcatlipoca se había burlado de sus intenciones nuevamente, negándoles la victoria a los tenochcas e impidiéndole que pudiera recuperar su libertad, reflexionó la jovencita. Ahora todas sus esperanzas se encontraban en que los caxtiltecas y el propio Gonzalo fueran asesinados en la calzada de Tlacopan, y de esta forma poder escapar. Claro, si lograba sobrevivir a la carnicería que estaba comenzando al norte de su posición. No podía dejar de lado la posibilidad de que Cuauhtli la encontrara en medio de la retirada, pero desechó pronto esa idea, consciente de los miles y miles de hombres y mujeres que se encontrarían luchando por sobrevivir a lo largo de la calzada. Sería difícil que en medio de la obscuridad de la noche pudieran reencontrarse, por lo que rápidamente llegó a la conclusión de que la mejor forma de escapar sería jugarse la vida arrojándose a las aguas de la laguna durante la retirada, incluso aunque tuviera las manos atadas. Antes la muerte que ser la esclava de Gonzalo de por vida en una tierra lejana entre los salvajes y despiadados hombres barbados, pensó. La muerte también puede liberar y acabar con todas las penas y tristeza de una vida. La noble tenochca jaló las manos una vez más, tratando de aflojar el nudo de las riendas del animal muerto que rodeaban sus muñecas, pero solamente logró llamar la atención del caxtilteca, quien la reprendió diciéndole:

—¡Deja de moverte, india, si no quieres que te tire los dientes! —al tiempo que le mostraba la empuñadura de su daga.

La jovencita se levantó y se sentó sobre la maleza empapada, recargando su espalda contra el vientre de la mula muerta. La lluvia seguía cayendo desde los cielos, y ella no dejaba de repetirse a sí misma: la muerte antes que la esclavitud, la muerte antes que la esclavitud. Posiblemente esa sería la única senda a seguir...

—Has salvado la jodida noche, Francisco —exclamó con una gran sonrisa Gerónimo de Aguilar al abrazar al pulido, quien había desmontado mientras esperaba a que emergieran los tres hombres que se habían sumergido en las aguas de la laguna para sacar el arcón lleno de oro. El náufrago, que sangraba de la frente, ayudaba a vendar con una camisa hecha jirones un profundo corte en el antebrazo de uno de los hispanos.

—¡Francisco! Se supone que tendrías que estar ayudando a Juan en la organización de la retaguardia de la columna —agregó Ortiz, el músico, quien había salido ileso del enfrentamiento, mientras limpiaba la sangre de su espada.

—¿Cómo diablos llegaron hasta acá en medio de la noche? —preguntó Gonzalo, quien se encontraba sentado sobre una piedra, satisfecho de haber sobrevivido a la escaramuza, pero muy adolorido del corte que había sufrido en la mejilla. En ese momento el capitán de rodeleros colocaba un jirón de tela sobre la herida, tratando de detener el sangrado mientras se esforzaba por ignorar el intenso dolor de cabeza que amenazaba con adueñarse de su lucidez.

—Se habéis tomado más tiempo del planeado, por lo que el mismo Juan Velázquez me ha mandado a buscaros con la ayuda de este culúa que conoce la ciudad, de nombre Miguel —respondió Francisco de Salcedo, quien había enfundado su espada mientras que los otros dos jinetes permanecían atentos a cualquier presencia enemiga, sujetando las tizonas, las lanzas jinetas y las rodelas—. ¡Joder, ahora veo la razón de su retraso, ingratos extremeños! —agregó Francisco de Salcedo.

—¿Cómo va el avance de los hombres por la calzada de Tacuba? ¿Acaso ya ha salido la vanguardia? —preguntó Gonzalo.

—Cuando abandonamos el palacio la vanguardia aún no emprendía la marcha debido a las eternas discusiones y palabrerías de algunos capitanes, aparte de la lluvia, la cual ha retrasado todo. En cuanto a Juan Velázquez, aún se encontraba dando órdenes, despabilando y regañando a los necios que quieren llevarse sobre la espalda todo lo que esté al alcance de su mano, desde piedras verdes, plumas, piedras labradas por los indios y más cháchara —respondió Francisco—. Tenemos buen tiempo pero debemos darnos prisa, pues nadie querrá quedar abandonado en esta ciudad maldita.

—¿No han enfrentado resistencia de los indios para llegar hasta acá? —cuestionó Diego Galindo, hombre pobrísimo nacido en Medellín que se integró a la empresa de Cortés buscando mejorar su condición económica.

—Solamente nos topamos con una partida de no más de siete indios que se dirigían a la calzada. Abatimos a tres y los otros han huido, atemorizados al ver a los caballos. Los ingratos salieron corrieron como almas que lleva el diablo —dijo con una sonrisa Salcedo.

—¡Mirad, emergen los hombres del agua! —gritó Gonzalo Rodríguez de Trujillo.

Todos los presentes se incorporaron y aproximaron a la orilla de la chinampa donde aún permanecía el pequeño montículo de piedras sobre el textil rojo. De inmediato los cuatro hombres, que se habían despojado de sus jubones, armaduras y petos de algodón para sumergirse en las profundidades de la laguna, emergieron llevando el pesado arcón. Los presentes les dieron una mano para salir del agua y jalaron la petaca de cuero y herrajes oxidados hasta colocarla lejos del agua.

—¡Por fin, el momento de la recompensa ha llegado! —farfulló emocionado Gerónimo de Aguilar, al tiempo que todos los presentes que aún disfrutaban de la vida se acercaban a confirmar la presencia del añorado oro. Ahí estaban Francisco de Salcedo, Ortiz, el músico, y el propio Gonzalo, quien sentía tambalearse con cada paso que daba. Juliancillo, un sevillano de dieciocho años, gran nadador y de familia de marinos, fue el primero en retirar algunas algas y lodo que cubrían la caja de cuero.

—Pese a Dios. ¿Qué diablos es eso? —exclamó Ortiz al observar que el cuero estaba cortado y que parte del herraje superior del arcón se encontraba doblado, permitiendo ver el interior.

Los hombres fijaron la mirada en el gran hueco que presentaba el cofre de suave cuero, para notar que dentro había, al parecer, gran cantidad de piedras, incluso cantos rodados, así como fango acumulado.

—¿Malditas piedras? ¿Por eso arriesgamos la vida? —dijo uno de los hombres del grupo comandado por Ortiz, el músico.

—¿Qué ha sucedido aquí? —preguntó indignado Ortiz a Gonzalo y a Francisco de Salcedo—. ¿Acaso vosotros me han puesto una celada a mí y a mis caballeros? —exclamó, señalando con la punta de su espada el cofre.

—Alguien se nos adelantó. Alguien se enteró de nuestro secreto y se ha llevado el oro —respondió con desánimo Gonzalo, observando el agujero que presentaba el cofre—. Y me atrevo a asegurar que los perpetradores de esta bajeza fueron cristianos, algún soplón que ha querido quedarse con todo el oro.

—¡Voto a Dios! ¡Nos han fregado! —exclamó Gerónimo de Aguilar visiblemente enojado—. ¡Los malditos!

—Posiblemente los indios fueron informados que nos presentaríamos aquí por la misma persona que ha robado el oro, para callarnos con el frío abrazo de la muerte. Todo parece haber sido ideado por la misma persona —habló Gonzalo mientras sujetaba el jirón contra su mejilla.

—¡Tanto sembrar para cosechar piedras! ¡Tanto muerto para conseguir estas malditas rocas! —exclamó Francisco de Salcedo, quien caminó con paso decidido hacia su montura—. Juan Velázquez de León querrá la prueba de este fiasco, así que subid el arcón lodoso a mi caballo. ¡Hacedlo rápido, no vaya a ser que la retaguardia abandone el palacio de Ajayaca dejándonos de lado! No tengo intenciones de permanecer más tiempo en esta maldita ciudad.

De inmediato un par de hombres cargó y ató el arcón sobre la silla de montar del caballo cuyo jinete había sido abatido, ante la furibunda mirada de los presentes.

—¿Qué hay si el propio Juan nos ha engañado para quedarse con todo el oro? —cuestionó con desconfianza y enojo Ortiz, el músico, dirigiendo sus palabras a Gonzalo y a Francisco.

—Lo dudo mucho, Ortiz, a menos que Juan haya sido un gran actor del corral de comedias de Sevilla o Toledo antes de haberse incorporado a esa expedición y nos haya engañado a todos con sus palabras y acciones, incluso a Curro y a mí —respondió Gonzalo guardando la calma—. Recordad que Juan quería encabezar esta partida, sin embargo, nosotros le sugerimos que se quedara en el palacio. ¿Para qué diablos hubiera querido arriesgar la vida viniendo hasta acá si ya sabía que el cofre estaba lleno de piedras? ¡Abrid los malditos ojos, utilizad la cabeza! No tiene sentido.

Los hombres permanecieron en silencio observando a Gonzalo, procesando sus palabras, buscando frenéticamente nuevos traidores a quienes echar la culpa. Lo único que se escuchó en ese momento fue la trepidante caída de la lluvia sobre la laguna, sobre los charcos formados en la chinampa, así como sobre los petos y yelmos de acero.

—¿Y si fue la india que nos ha guiado hasta acá? ¿Y si fue ella quien nos traicionó? —preguntó Aguilar señalando en su dirección, mientras le dirigía una mirada de reproche a Gonzalo Sin Miedo—. ¿Y si la emboscada de los bastardos caníbales fue planeada por ella para obtener su libertad y de paso disfrutar del oro del maldito cofre que robaron los indios antes de que llegáramos?

De inmediato todas las miradas se concentraron en Gonzalo Rodríguez, pues era bien sabido que doña Beatriz era su concubina y que al menos hasta días atrás ambos compartían el lecho por las noches. Implicar a Beatriz Yohualcitlaltzin como la traidora y soplona del grupo era sugerir alguna culpabilidad de su amo y señor, el capitán de rodeleros de la Vera Cruz.

—Solamente estáis buscando culpables en quienes descargar tu maldita ira, Gerónimo —replicó molesto Gonzalo—. La dama Beatriz en ningún momento ha abandonado el palacio de Ajayaca, ni ha tenido contacto con los culúas que nos hacen la guerra día y noche como para planear semejante ataque.

—Pero sí que ha pasado noches fornicando contigo, ¿no, extremeño? —preguntó con saña Gerónimo—. ¿Quién diablos me puede asegurar que tú y la india no fueron quienes se robaron el oro?

—¡Callad, si no quieres que te degüelle como a un cerdo! —gritó Gonzalo desenfundando su tizona y caminando en dirección del delgado náufrago, quien respondió de la misma manera—. ¡Retira tus palabras, malnacido!

—Forzadme a hacerlo, extremeño de mierda —respondió desafiando a Gonzalo.

—¡Hispanos, dejad los duelos para más tarde! —gritó Francisco, quien ya montado en su caballo y sosteniendo la espada desenvainada se interpuso entre ambos hombres—. ¡Vamos! ¡Andad, que se nos hace tarde, a menos que quieran esperar a la siguiente partida de indios! —ordenó visiblemente molesto.

Todos los hombres echaron a andar, con excepción de Gerónimo de Aguilar y Gonzalo Rodríguez, quienes simplemente ignoraron a Francisco y seguían sosteniéndose miradas de odio.

—¡Gonzalo, Gerónimo, andad, os he dicho! ¡Moved los pies si no queréis que yo mismo os ofenda! —gritó Francisco aventando su montura sobre Gerónimo, quien tuvo que retroceder para evitar ser aplastado—. Con la ayuda de Dios descubriremos al traidor que nos hizo esta mala jugada y se la cobraremos, pero no ahora. ¡Andad, caballeros, que tenemos una importante distancia que sortear para alcanzar el palacio de Ajayaca! —concluyó, al tiempo que Gonzalo y Gerónimo emprendían el paso hacia el resto de los hombres que se preparaban a abandonar la chinampa.

—Esto no ha terminado —farfulló Gonzalo dirigiéndole una última mirada al náufrago, para después dirigirse hacia doña Beatriz Yohualcitlaltzin.

—Hazme saber cuando quieras terminarlo, pues con gusto asistiré a tu presencia, rodelero —contestó Gerónimo de Aguilar, quien caminaba hacia los jinetes que abrirían la marcha de la pequeña partida.

—¡Regresamos al palacio! —ordenó Francisco de Salcedo a los hombres que se congregaban en torno a él—. Arrojad a nuestros hermanos abatidos a las aguas de la laguna para evitar que sean profanados sus cuerpos.

—¡Seguid a los jinetes y mantened el paso! —secundó Gonzalo a los hombres—. Echave, escoltad a doña Beatriz. ¡Vigiladla en todo momento, pues la quiero sana y salva para cuando alcancemos el palacio!

—No se preocupe, capitán —respondió Echave, el tosco y violento rodelero que vigilaba a Citlalli—. En el palacio se la entregaré sin un solo rasguño —afirmó mientras se rascaba la larga barba castaña y enseñaba sus sucios dientes amarillos.

De esta forma, la partida emprendió el regreso al tecpan de Axayácatl, con los tres jinetes al frente, listos para cargar sobre cualquier enemigo que se hiciera presente. Francisco de Salcedo iba a la vanguardia, siguiendo las instrucciones del culúa Miguel, quien señalaba la dirección que debían seguir.

Pisando sus talones iban los hombres de Ortiz, el músico, y el propio Gerónimo de Aguilar. Finalmente, cerrando la formación, avanzaba el resto de los hispanos bajo las órdenes de Gonzalo Rodríguez de Trujillo. Detrás de él iba Echave jalando a Yohualcitlaltzin, quien caminaba con las manos aún atadas con la rienda ensangrentada de la mula muerta, tragándose las lágrimas que sus ojos ya no podían verter. La joven tenochca había reemplazado la tristeza y la desesperanza con la fría y dura indiferencia de aquellos que saben que el momento de su muerte está por llegar. Mejor morir libre como una orgullosa tenochca que vivir toda una vida siendo esclava de los cristianos, pensó mientras apretaba el paso con los otros caxtiltecas, quienes se esforzaban en mantener la velocidad del trote de los caballos.

De treinta y tres hombres que partieron esa noche del tecpan de Axayácatl al rescate del arcón repleto de oro, solamente dieciocho emprendieron el regreso…

Y la lluvia seguía cayendo en la ciudad de Huitzilopochtli.

11. LA RETIRADA
Día dieciocho de la veintena Tecuilhuitontli,
año Ome Técpatl
30 de junio de 1520

CAPÍTULO 46

El pequeño grupo comandado por Gonzalo Rodríguez de Trujillo, que iba escoltado por los jinetes de Francisco de Salcedo, no sufrió ningún sobresalto de seriedad en su regreso al tecpan de Axayácatl, seguramente porque la mayoría de los guerreros tenochcas del sector poniente de la ciudad se había concentrado en los alrededores de la calzada de Tlacopan, en el límite oeste de Tenochtitlan, o se dirigía a aquel punto en sus canoas. Cuando la partida alcanzó la avenida ubicada al sur del palacio de Axayácatl, se encontraron con una de las patrullas de tlaxcaltecas que vigilaban el perímetro del tecpan. Los treinta guerreros, ataviados para la guerra, los acompañaron hasta la entrada sur del complejo palaciego. En el camino se encontraron con una de las docenas de partidas de mexicas que rondaban el recinto ceremonial, la gran plaza y el complejo palaciego. Al parecer estaba compuesta principalmente por jóvenes honderos, quienes, al reconocerlos, los atacaron desde la distancia usando sus proyectiles, pero fueron dispersados con facilidad ante la carga de los tres jinetes de Francisco de Salcedo. Para cuando arribó un escuadrón fuertemente armado de guerreros mexicas que respondió al llamado de ayuda de los honderos, ya era muy tarde, pues los hombres de Gonzalo habían entrado al complejo por la puerta sur, la cual era vigilada por un escuadrón de tlaxcaltecas que portaban algunas antorchas y troncos encendidos. Al parecer los aliados indígenas serían los últimos en abandonar el tecpan, incluso después de los hispanos comandados por el responsable de la retaguardia, Juan Velázquez de León.

Mientras Gonzalo se adentraba en el palacio le llamó la atención lo vacío que se encontraba el patio sur, así como los pasillos y habitaciones que lo rodeaban. Seguramente ya ha salido gran parte de los hombres, reflexionó. Todo se encontraba en una total obscuridad, la cual se disipaba con el resplandor de los relámpagos que iluminaban los cielos. Por momentos escuchó los gritos y órdenes que daban algunos capitanes tlaxcaltecas apostados en los techos, así como un escuadrón de indígenas aliados que avanzaba hacia la puerta sur para reforzar su vigilancia. El capitán de rodeleros fijó la mirada en la gran cantidad de objetos desperdigados en los salones, en los rincones, en el centro de la plaza. Molcajetes, vasijas, restos de fogatas, antorchas quemadas, clavos, huesos de animales, escudillas rotas, jícaras, hojas secas de maíz, incluso un pesado martillo acompañado de unas pinzas de hierro recargadas en una pared. Todo se encontraba mojado por la persistente lluvia que había comenzado desde la tarde. Unos pesados baúles desfondados estaban tirados uno encima del otro en uno de los pasillos, llenos de platos, escudillas y tazas hechas añicos.

Esto no tardará en llenarse de culúas, por lo que más vale apretar el paso para salir lo antes posible de esta ratonera, reflexionó Gonzalo ante la escasa vigilancia en esa zona del palacio. El capitán de rodeleros iba acompañado por los sobrevivientes de la expedición, entre ellos Citlalli, Echave, Gerónimo de Aguilar y Ortiz, el músico. Los jinetes de Francisco de Salcedo tuvieron que rodear el palacio y entrar por el gran pórtico que daba hacia el recinto ceremonial debido a los caballos y yeguas que montaban. El rodelero volteó a ver a Citlalli, quien aún tenía las manos atadas por la cuerda de cuero, la cual sujetaba el rodelero Echave. Tanto su huipil como su pelo estaban empapados por la lluvia que no cesaba de caer. Su abundante cabello negro y lacio caía sobre su rostro, tapando parcialmente su boca, nariz y ojos, los cuales miraban hacia el piso.

¿Acaso tu Yohualcitlaltzin ha sido quien compartió la ubicación del cofre del oro con los culúas?, se preguntó Gonzalo. ¿O acaso fue alguno de los lugartenientes involucrados en la operación quien se nos adelantó? Por el momento será difícil dar con la respuesta, pero después de salir de Temixtitan habrá suficiente tiempo para investigar y fincar culpabilidades. Aun así, era prudente mantener a Citlalli con las manos atadas durante la salida, pues era más que evidente que la tenochca escaparía a la primera oportunidad que tuviera. Tal vez el cariño que sintieron el uno por el otro había desaparecido, pero Gonzalo se negaba a perderla, ya fuera por su valor económico como esclava o para evitar que regresara con los suyos y acabara siendo cortejada por un tenochca. Quizá solamente era un tema de orgullo y soberbia masculina, pensó el capitán de rodeleros, pero la india continuaría siendo suya, por la buena o a la mala. Mientras avanzaban, los hombres pudieron ver varios hispanos muertos debido a enfermedades o a heridas de guerra. Algunos se encontraban acostados sobre petates, con el cuerpo tapado con mantas y la expresión de tranquilidad, como si durmieran, con la piel pálida y fría. Un rodelero se hallaba sentado en un rincón, con la espalda recargada en la pared estucada, la cabeza gacha y manchas de vómito seco en su barba y jubón. Otro hombre estaba tirado bocarriba en el centro del patio, con los ojos azules bien abiertos y una flecha clavada en el cuello. Le habían quitado su daga y su espada, sin embargo, los saqueadores no se tomaron la molestia de cerrarle los ojos ni taparle el rostro. Cuando Gonzalo pasó por el vano de acceso a un salón sumido en la obscuridad, escuchó a una persona toser. De inmediato frenó sus pasos y fijó la mirada en el interior de la cámara. Ahí pudo ver los cuerpos de al menos cuarenta personas, tanto indígenas como cristianos, acostadas en petates y cubiertas con lienzos de algodón. La gran mayoría no se movía, por lo que seguramente ya estaban muertos, mientras que los menos tiritaban, tosían, estornudaban y uno que otro deliraba.

—¿Gonzalo Rodríguez de Trujillo, eres tú? —se escuchó una voz desde dentro. Una mano movió una vela y la elevó, iluminando su rostro.

—¿Carlos el gitano? —respondió el rodelero mientras a su lado pasaban los hombres de la expedición—. ¿Qué haces aquí, chaval? Deberías unirte a los hombres de Velázquez de León antes de que sea muy tarde.

—Me han jodido la pierna y para mi pesar apesta terriblemente mal, amigo. No hay forma de seguir a los hombres y salir de esta maldita ciudad. Prefiero permanecer aquí, en paz, con los otros enfermos y tullidos —dijo el hombre, que seguía acostado levantando su cabeza.

—Entiendo, Carlos. Que Dios te proteja, y no dejes que te capturen vivo —respondió Gonzalo.

—Para cuando llegue el momento —respondió sonriendo y mostrándole una afilada daga—. Que la fortuna te acompañe, esforzado capitán de rodeleros. ¡Hasta pronto!

Menudo final para un esforzado castellano, reflexionó Gonzalo mientras seguía los pasos de los otros hombres. La partida cruzó el patio central y se encontró con unos cientos de tlaxcaltecas que defendían el gran pórtico, capitaneados por Xicoténcatl el mozo y por el valiente Juan Jaramillo, quien iba acompañado de un par de ballesteros. Los esforzados tlaxcaltecas se defendían tirando varas tostadas y girando las hondas sobre sus cabezas para responder a la granizada que los mexicas dejaban caer sobre ellos. Xicoténcatl destacaba entre los guerreros al portar sobre un armazón de carrizos el estandarte de la garza blanca del señorío de Tizatlan. En su cabeza, decorada con plumas blancas formando una especie de corona, llevaba las dos cuerdas torcidas, roja y blanca. El joven hijo del gobernante de la cabecera de Tizatlan, Huehue Xicoténcatl, sujetaba su chimalli en la mano izquierda y un macuáhuitl cubierto de cortantes lajas de obsidiana en la derecha. A su lado se encontraba su inseparable compañero, el guerrero Tlecólotl, con el rostro quemado, el pelo rasurado y los ojos cubiertos con un antifaz de pintura negra. Ambos tlaxcaltecas no paraban de dar instrucciones a los hombres, que se esforzaban por ganar tiempo para que pudiera ser evacuado el tecpan mientras mantenían a distancia a las pandillas de escaramuzadores tenochcas. Alrededor del pórtico y debajo de los techos de los pasillos del patio ardían algunas fogatas, brindando luz y calor a los defensores, como también iluminando los rostros de algunos hombres abatidos durante la jornada, cuyos cuerpos habían sido recogidos y alineados.

—Muchachos, ¿cómo la pasan? —preguntó Ortiz, el músico, mientras cruzaban frente a la escalinata del gran pórtico, agachando la cabeza y apurando el paso.

—¡Moved esas piernas, holgazanes, que van tarde para abandonar esta ciudad de paganos! ¡Ya han iniciado la marcha el propio Cortés y el tartamudo Sandoval! —contestó Juan Jaramillo, quien protegía su cabeza con un capacete mientras que su torso iba cubierto con peto, espaldar y escarcelas, todo de hierro. El hispano alzó su espada, saludando al tiempo que sonreía. Alrededor de él, los tlaxcaltecas iban y venían y algunas piedras y flechas volaban por los aires.

—¿Juan Velázquez? —preguntó Gonzalo, agachándose al percatarse de que una piedra pasaba silbando ligeramente por encima de su cabeza.

—En la salida norte, a un costado de los aposentos del Montezuma. En torno al patio norte se reúnen los últimos cristianos, esperando que sea el turno de la retaguardia para abandonar este palacete —respondió Jaramillo. Momentos después, su capacete era impactado por una flecha, la cual se desvió al chocar con el acero—. ¡Pese a Dios con estos necios indios! ¡Id, id, id! —fue lo último que dijo, mientras recogía una piedra del suelo con intención de arrojarla.

Así, los hombres de Gonzalo y Ortiz, el músico, llegaron al patio norte, donde cientos de personas estaban reunidas en sus contingentes, listas para abandonar el palacio en cuanto se diera la orden, mientras que unas doscientas avanzaban lentamente por el pasillo que daba hacia la salida norte del tecpan. Todas iban armadas, con las espadas desenvainadas, las ballestas preparadas y las rodelas en alto. Incluso los cargadores indígenas llevaban palos que usarían a manera de mazas si era necesario. Además de los cargadores indígenas había algunas naborías. También estaban reunidos muchos hispanos, rodeleros, guerreros de Tlaxcallan y Huexotzinco, piqueros, marinos, peones, alabarderos, incluso algunos jinetes, que esperaban su turno para avanzar, con sus pendones y estandartes. También pudo ver el quinto real distribuido en arcones sobre las yeguas, las cuales estaban escoltadas por los oficiales reales, el escribano Diego Godoy, el tesorero de la expedición y al menos veinte hombres que velarían por su seguridad. Aunque no era evidente, todos llevaban barras de oro y jades en morrales debajo de sus petos, incluso dentro de sus cascos. La gran mayoría había desobedecido las órdenes de sus capitanes, pues no iban ligeros, sino cargados de todo lo que podían transportar con ellos. Algunos llevaban bancos de madera atados a la espalda, hachas, palas, arcones y morrales atiborrados de chucherías y recuerdos de Temixtitan, collares de piedras verdes, ámbar, grandes conchas marinas, esculturas de vírgenes, crucifijos, discos recubiertos con mosaicos de turquesa, incluso tocados de plumas preciosas. Gonzalo observó un hombre que llevaba los dedos de las dos manos decorados con anillos de todo tipo de materiales, mientras que de su pecho colgaba un pesado espejo de obsidiana redondo, decorado con piezas de coral rojo. En ese momento, el capitán de rodeleros pensó en su morral, donde había guardado la maltrecha diadema real de Motecuhzoma, hecha de oro y turquesas. Ante la necesidad de ir a rescatar el arcón con el oro tuvo que dejarla en manos de su fiel rodelero Hernando Tovar, no sin antes esconderla entre unas mazorcas secas y una pequeña Biblia, envuelta en un par de camisas sucias y unas calzas. Esto era importante para que no fuera evidente que guardaba algo extraño en su morral. Rezaba a la divina Inmaculada para que la diadema siguiera en su lugar, ya que él no había tomado nada del oro que había repartido Cortés esa misma mañana, pues pensaba obtener su ganancia del oro del arcón escondido. Sin embargo, el capitán de rodeleros no había impedido a sus hombres que tomaran algunos tejos de oro, con la condición de que el peso no afectara su desempeño en el combate que estaba por llegar. Cruzando entre los hombres y mujeres que estaban debajo de los techos de los pasillos fue cuando Gonzalo se encontró con sus rodeleros de la Vera Cruz, quienes se alegraron en gran medida de ver a su capitán vivo, aunque con una profunda cortadura en su mejilla.

—Capitán, qué gusto verlo de regreso después de patrullar las Casas Nuevas de Montezuma —exclamó Hernando Tovar, quien se encontraba acompañado de Rodrigo de Badajoz, ambos de pie con sus yelmos puestos, ligeros de peso, empuñando la espada y la rodela—. Veo que le han dejado un recuerdo.

—Hemos forzado la entrada a las Casas Nuevas, no sin poca resistencia. Lamentablemente no hemos encontrado oro ni rubíes o jades en su interior. Todo lo han recogido los taimados indios —mintió, justificando su ausencia—. Por cierto, ¿tienes a la mano mi morral? —preguntó Gonzalo algo preocupado.

—Claro, capitán —respondió Tovar mientras se lo daba—. Confíe en que no he husmeado dentro de él —agregó a manera de broma, rompiendo la tensión que se respiraba. De inmediato Gonzalo lo pasó sobre su cabeza, no sin antes darle las gracias.

—Regreso en un momento —les dijo a sus hombres mientras veía cómo el malencarado Gerónimo de Aguilar, acompañado de Ortiz, el músico, y el resto de los hombres, cruzaban la multitud hasta adentrarse en el pasillo que daba hacia la salida norte del complejo palaciego, a un lado del ala donde se ubicaban los aposentos del difunto Motecuhzoma. Buscaba al hombre de Cuéllar, Juan Velázquez de León.

Capítulo 47

—¿Cómo que estaba lleno de piedras? ¿Dónde ha terminado el maldito oro, con un demonio? —preguntó Juan Velázquez al tiempo que pateaba una jícara de barro tirada en el piso. Juan se encontraba en un salón, con sus hombres de confianza y otros capitanes, esperando a que salieran los últimos hombres del cuerpo central de la columna, puntualmente el contingente comandado por Diego de Ordaz. Cuando vio entrar a los que habían partido en busca del oro, se dirigió a una habitación contigua, llena de escombros y basura, para tener privacidad.

—Juan, alguien se nos adelantó y se ha llevado el oro. Hubo un soplón en el grupo que seguramente conocía el lugar exacto del arcón y su contenido —respondió Gonzalo Rodríguez, tratando de mantener la calma ante la furia de su superior.

—Fue la taimada india de Gonzalo —dijo Gerónimo de Aguilar—. Ella seguramente delató la ubicación del arcón a sus queridos culúas. ¡Ellos la robaron!

—¡Dejad de decir insensateces si no quieres que te degüelle ahora mismo! —gritó Gonzalo, harto de escuchar a Gerónimo culpar a Beatriz Yohualcitlaltzin.

—Inténtalo, rodelero muerto de hambre —lo desafió Gerónimo, colocando la mano sobre el pomo de su tizona.

—¡Guardad las armas, si no quieren que sea yo quien los mate aquí mismo! —rugió Juan con esa voz que parecía salir de lo profundo de una caverna. Después se dirigió a Citlalli—: India, sé que me entiendes. ¿Acaso les has dicho algo del oro a los culúas? Vedme a los ojos —le preguntó a doña Beatriz, mirándola fijamente. Citlalli sostuvo la mirada por unos momentos, para después agitar la cabeza de un lado al otro.

—No he tenido nada que ver con el oro. Traidor uno de los caxtiltecas, no yo —respondió.

—¿Cómo lo sabes? ¿De quién sospechas, niña? —preguntó Juan, quien se encontraba de pie al centro de la habitación alumbrada por una fogata que ardía en el piso.

Beatriz alzó las manos aún atadas para señalar a uno de los presentes. Gerónimo de Aguilar, Francisco de Salcedo, Ortiz, el músico, Gonzalo Rodríguez, todos la observaban, atentos a quién iba a inculpar. Sin embargo, en ese momento entró en la habitación el agorero Blas Botello, levantando la visera de su celada de hierro.

—Juan, es nuestro turno. Han salido los hombres de Ordaz y la totalidad del segundo cuerpo —informó. El adivino se encontraba rebosante de felicidad porque habían escuchado sus predicciones y finalmente abandonaban Tenochtitlan, lo que implicaba que la hambruna, el encierro y las enfermedades estaban por terminar. Eso sin mencionar la gran cantidad de vidas que se salvarían.

—Haced sonad los tambores, en un momento estoy con vosotros —respondió Velázquez de León, quien trataba de serenarse, aunque su respiración agitada y su rostro encendido delataban su terrible enojo. Con un ademán despidió a Blas, para después dirigirse a los presentes—. No he acabado con vosotros, Gonzalo, Ortiz y Gerónimo.

Alguien pagará por esta vejación. ¡Medid mis palabras! ¡Encontraré al traidor y lo haré arrepentirse hasta del momento en que nació! Aquí no hay coincidencias, el ladrón se encuentra entre los que sabíamos de este secreto. ¡Preparaos para abandonar el palacio! —gritó Juan mientras dejaba la habitación y se dirigía hacia la salida norte.

Los hombres lo imitaron y se distribuyeron en contingentes, dando órdenes, formando a sus hombres, revisando que no olvidaran nada. En la lejanía se escuchó nuevamente el rugir de Velázquez de León:

—¡Avisadle al indio Xicotenga que repliegue a sus hombres al patio norte! ¡Muevan esos pies, desgraciados!

Gonzalo de inmediato salió del salón y entre la multitud se dirigió a los rodeleros de la Vera Cruz. Siguiendo sus pasos iba el tosco rodelero Echave, jalando a doña Beatriz de la rienda que sujetaba sus manos. Beatriz Yohualcitlaltzin vio pasar entre la gruesa columna que salía del palacio a su amiga Chimalma, además de otras dos mujeres tenochcas. Iba sola, abrazando un abultado morral sobre su vientre, pues el caxtilteca a la que había sido regalada había muerto. Las probabilidades de que sobreviviera sin la protección de un hispano fuertemente armado eran muy bajas. Aunque era tenochca y podía ser rescatada por los combatientes mexicas, Citlalli era consciente de que en el enfrentamiento que estaba por llegar todo sería confusión, muerte y violencia. A esto había que agregar que seguía lloviendo, y como consecuencia no habría luna que iluminara la noche, por lo que difícilmente los guerreros de Tenochtitlan tendrían oportunidad de distinguir a quién atacaban. Que nuestra madre Coatlicue cuide tus pasos y tu vida, hermana mía, murmuró en náhuatl. En ese momento, Beatriz escuchó el retumbar de los tambores que dos jovencitos llevaban amarrados sobre la espalda, lo cual indicaba la movilización del tercero y último cuerpo de la columna.

¡Artilleros, no olviden el falconete del patio central! ¡Cerrad bien los arcones del quinto real de sus majestades! ¡Aprestad las adargas y las misericordias! ¡Hombres, tengan bien dispuestos los gorguces! ¡Avisad a los tlaxcaltecas que nos retiramos! ¡Recuerden, quien se retrase, morirá! ¿Dónde está Juan Jaramillo? ¡Moved los pies con presteza y mantened la formación compacta! ¡No os apartéis de la columna principal, incluso frente a las bravuconadas de los indios! ¡Apagad las antorchas y todos los fuegos durante la marcha! Estas fueron algunas de las voces que se escucharon alrededor del patio norte mientras los hombres tomaban su lugar en la columna, que lentamente comenzó a avanzar.

Esa noche, durante la retirada, Gonzalo Rodríguez de Trujillo dirigiría a los quince sobrevivientes de los rodeleros de la Vera Cruz, de los cuales nueve se encontraban en condiciones de combatir, mientras que el resto estaba enfermo y herido. Gonzalo había ordenado que nadie que siguiera vivo quedaría abandonado, por lo que la noche anterior se improvisaron muletas y estructuras de madera recubiertas con petates para arrastrar a los enfermos. Incluso consiguió una vieja y flaca mula para cargar sobre ella los morrales, las petacas y las pocas provisiones de sus hombres. El capitán de rodeleros despidió a Echave, quien se unió a los hombres de Ortiz, el músico, y amarró la rienda de cuero que apresaba las manos de Citlalli al arnés de la mula que acompañaría al grupo.

—Ni creas que te escaparás de mí, niña —le dijo mientras daba unos tirones a la rienda para asegurarse de que estaba bien apretada—. Tampoco te debes preocupar por tu seguridad: ten la certeza de que te sacaré viva de esta reyerta.

—Cuando voltees a buscarme ya no me encontrarás —le respondió altiva Citlalli, dirigiéndole una dura mirada.

—Te mato antes de que consigas escapar, india, y me dejes en ridículo frente a todos mis rodeleros y el resto de la expedición —siseó Gonzalo, apretando con fuerza una de sus muñecas hasta lastimarla—. Aparte creo que tienes mucho que compartirme sobre el arcón y su oro. Ya habrá oportunidad de que me lo digas, niña —concluyó al tiempo que le daba un beso en la mejilla.

Momentos después, Gonzalo se dirigió al pequeño grupo de hombres que comandaría, al cual se habían sumado Blas Botello de Puerto Plata, con su amante indígena, y el ballestero Espinosa de la Bendición con tres de sus compañeros armados con mazas y lanzas, pues ya tenía días que sus artilugios se habían descompuesto. También se sumaron cuatro cargadores indígenas que prácticamente no llevaban nada sobre sus espaldas y un esclavo africano de nombre Agustín, cuyo amo hispano murió de enfermedad días antes. El alto y fornido hombre no llevaba ningún tipo de protección para su torso o cabeza, a excepción de un delantal de cuero, propio de los herreros. Sujetaba con ambas manos un largo martillo con mango de madera y cabeza de hierro.

—Rodeleros de la Vera Cruz, hombres y mujeres que se han sumado, estamos por partir. Los tiempos de encierro, hambre y enfermedad están por terminar. Si valoran vuestra vida, no os separéis del grupo ni tampoco os retraséis. ¡Apoyad a nuestros hermanos enfermos y heridos y mantened bien abiertos los ojos! No dejéis de avanzar y empujar hasta que alcancemos la villa de Tacuba —exclamó Gonzalo desenfundando su tizona—. ¡Recordad que Jesucristo y su purísima madre están de nuestro lado!

—¡Amén! —exclamaron los integrantes del grupo al desenvainar las espadas, ajustar las correas, acomodarse los cascos, persignarse y dar un último vistazo al palacio en ruinas que transformaron en su bastión por más de doscientos cincuenta días.

—Hernando Tovar, cerciórate de que todos apaguen las antorchas antes de salir y coloca el blasón de los rodeleros sobre la mula. Prefiero que esta noche vendas cara tu vida con rodela y espada en mano —le ordenó Gonzalo a uno de sus dos hombres de confianza.

—De todas formas dudo que alguien pueda ver a la Victoriosa con tanta lluvia —respondió Hernando.

—¡Andad, que ya es nuestro turno! —ordenó Gonzalo.

Capítulo 48

El primer grupo de la retaguardia en salir fue el comandado por Ortiz, el músico, y dos decenas de piqueros, alabarderos y rodeleros, los apodados "devotos de Baracoa", por ser vecinos de esa villa cubana. Siguiendo sus pasos continuó el contingente comandado por

Francisco de Salcedo, compuesto por treinta de a pie y dos jinetes. Después siguió el comandante táctico de la retaguardia y responsable del quinto real, Juan Velázquez de León, quien iba a caballo. Agarrada a su espalda, sobre la grupa del mismo caballo, iba su amante, la hermosa doña Elvira Maxixcatzin, cubriendo su cabello con un fino lienzo de algodón rojo. Detrás de ellos, como si fueran sus sombras, iban las siete yeguas con los arcos y canastas del quinto real, escoltadas por siete jinetes, entre ellos el escribano y el tesorero real. Seguían al menos cincuenta infantes hispanos, entre ellos los rodeleros de la Vera Cruz comandados por Gonzalo Rodríguez de Trujillo. El extremeño avanzaba a un costado de la mula donde iban los pertrechos de sus hombres, así como Yohualcitlaltzin atada de las manos. Detrás de ellos avanzarían Juan Jaramillo y el resto de los hombres y los aliados tlaxcaltecas con su líder, Xicoténcatl el joven. Conforme fueran cruzando las primeras tres cortaduras de la calzada de Tlacopan, se irían integrando los hombres comandados por los hermanos Alvarado, así como el resto de los guerreros tlaxcaltecas. La totalidad de la columna estaba compuesta por alrededor de mil hispanos, casi todos ellos heridos, dos mil aliados indígenas y algunos cientos de cargadores, esclavos, mujeres y polizones.

Al salir del palacio, Gonzalo sintió un fuerte aire frío que le hizo tiritar. Tenochtitlan se encontraba sumida en la obscuridad y la bruma. La fuerte lluvia iba amainando con el transcurrir de la noche, transformándose en una ligera llovizna; sin embargo, los rayos y los truenos seguían rugiendo en el nublado firmamento, espantando a los caballos y a los pocos perros de guerra que habían sobrevivido a los últimos combates. El rodelero sacó el sucio paño de algodón de su brigantina para limpiar la sangre que seguía manando de la herida de su mejilla.

—Capitán, ¿se ha percatado de que no suenan los atabales esta noche? —comentó Rodrigo de Badajoz, quien llevaba una desgarrada tilma amarrada alrededor del cuello por el frío que se sentía.

—Tal vez los indios de los tambores han preferido no sufrir frío ni empaparse como nosotros —respondió Hernando Tovar de manera sarcástica.

Gonzalo permaneció en silencio mientras avanzaba rodeado de sus hombres, adentrándose en la obscuridad de la noche. El capitán no fue el único en percatarse de que no estaban siendo atacados por las partidas tenochcas.

—Esto apesta a una celada —murmuró Gonzalo para que solamente lo escucharan Rodrigo y Hernando—. Ninguna de las partidas de los cojonudos indios nos está dando batalla, a pesar de que abandonamos el palacete del Ajayaca.

—Recordad que a los indios les disgusta hacer la guerra en la noche, sin la presencia de su dios pagano, el sol —respondió Hernando Tovar, quien caminaba a un costado de su capitán—. O posiblemente nos obsequian este puente de plata, contentos de ver que nos largamos de su villa.

Hernando llevaba un pesado morral sobre su espalda, mientras que de su cuello colgaban al menos cinco collares hechos de jades y otras piedras verdes.

—¿Y esas baratijas? —le cuestionó Gonzalo mientras lanzaba miradas a la izquierda, sobre los palacios construidos al costado de la amplia calzada, los cuales parecía que se encontraban abandonados.

—Con estas piedras pagaré la comida que llenará nuestras tripas en cuanto hayamos abandonado Temixtitan y marchemos hacia Tlascala. Son más valiosas para los indios que el propio oro —dijo mientras pasaba la mano por su rostro para quitarse el agua acumulada en él.

Citlalli escuchaba la conversación entre los rodeleros mientras caminaba en silencio, como el resto de los integrantes de la retaguardia. Su huipil blanco de fino algodón estaba empapado, por lo que temblaba de frío debido al aire helado que llegaba desde las montañas del sur de la cuenca. Al menos está parando de llover, pensó. El ritmo de sus pasos iba condicionado a la mula a la cual seguía atada, así como al hispano que iba delante del equino, jalándolo por sus riendas. La jovencita iba temerosa, sabiendo del infierno que se desataría en contra de los tan odiados invasores que habían mancillado el honor de Mexihco-Tenochtitlan. Sabía que posiblemente estaba viviendo sus últimos momentos de vida, pues el ataque se desataría muy pronto, seguramente donde la calzada atravesaba las aguas del lago, donde los caxtiltecas no tendrían a dónde huir. Citlalli imaginaba la terrorífica escena: hordas de tenochcas, que hubieran permanecido escondidos en los barrios del oeste de la isla, atacando la retaguardia de la columna, bloqueando la retirada de los caxtiltecas, mientras que escuadrones de jaguares y águilas harían lo mismo, pero con la vanguardia enemiga, atrapándola sin escapatoria en medio del lago. Para ese momento, miles de guerreros que tripulaban largas canoas ya estarían en posición para atacar la columna enemiga desde los flancos con sus proyectiles. Primero vendrían las descargas masivas de cientos de dardos lanzados desde las canoas, buscando causar el mayor daño entre el enemigo. Luego, conforme las canoas tripuladas por los guerreros se acercaran, irían buscando objetivos puntuales. Los primeros en caer serían los caballos y sus jinetes, los capitanes, así como los hombres responsables de mover los puentes portátiles; sin embargo, la noche era tan obscura, con bruma y llovizna, que eso afectaría la puntería de los tiradores. Después de que la primera oleada de guerreros agotara sus dardos, remarían hasta atracar sus embarcaciones en la calzada, con el propósito de caer sobre los debilitados caxtiltecas. Los guerreros águilas y jaguares empuñarían el macuáhuitl, el chimalli, el tepoztopilli, el cuauhololli y el técpatl, blandiendo y golpeando sin piedad. En primera instancia romperían huesos, cortarían tendones y causarían heridas para inutilizar a sus contrincantes, después los arrastrarían a sus canoas para que, con su sangre y su carne, alimentaran a los ofendidos señores celestes y a la siempre hambrienta señora de la tierra. Durante el combate cuerpo a cuerpo muchos hombres barbados serían empujados a las aguas frías de la laguna para encontrar la muerte en las profundidades, pues los tenochcas sabían que los caxtiltecas iban cargados de oro, que casi todos eran malos nadadores y que visten sus pesadas y estorbosas armaduras y petos de hierro y acero. Muchos otros se aferrarían a la vida, combatiendo hasta la muerte, a pesar de las heridas que pudieran sufrir. Citlalli sabía que llegaría un punto en que todo sería confusión y caos, una matanza donde los combatientes perderían la razón y la lucidez por momentos. A pesar de lo que estaba por venir, no perdía la esperanza de que algún guerrero detuviera su tajo cuando se percatara de que era una prisionera, una esclava tenochca de los hombres barbados. Sin embargo, era consciente de que muchos mexicas la considerarían una colaboradora de los invasores, por lo que no tendrían piedad hacia ella. No se detendrían a preguntar cómo había acabado entre los caxtiltecas, solamente la juzgarían. Quizá, con un poco del favor de los dioses, Cuauhtli la encontraría, la liberaría y la llevaría en su canoa de regreso a su amada ciudad. Quizá en algún momento podría liberar sus manos y lanzarse a las aguas frías y obscuras, nadando hacia su emancipación. Con estos pensamientos rondando su mente, al tiempo que lanzaba miradas furtivas a su alrededor, caminaba hacia Popotla.

Gonzalo y el pequeño grupo que lo seguía permanecieron en silencio, contemplando los palacios, los jardines y los templos sumidos en una completa obscuridad, sin antorchas encendidas ni fogatas, y mucho menos sin mexicas. Solamente se escuchaba el viento silbar, así como el toser y estornudar de algunas personas.

—¡Pues nada, parece que los benditos puentes han funcionado! —dijo el ballestero Espinosa de la Bendición a uno de sus acompañantes, quienes iban detrás de Gonzalo—. De no ser así, no podríamos seguir dando paso tras paso.

—De ser así, esta salida será más sencilla que darle una vuelta a la catedral y la giralda de Sevilla —respondió Diego de Arévalo, un ballestero de más de cuarenta y cinco años, de barba canosa, flaco y medio jorobado.

—Dios lo quiera, don Diego —murmuró Espinosa, quien sujetaba entre sus manos una maza de batalla y sobre su hombro un gran morral de ixtle completamente lleno.

Conforme avanzaban, los hombres que formaban la retaguardia se percataron de que habían alcanzado la primera cortadura, la de Tecpantzinco. Un grupo de setenta hispanos y tlaxcaltecas vigilaba el puente hecho de dura madera de cedro y encino, los mismos que habían estado combatiendo a lo largo del día para mantenerlo bajo su control. Parecía que los mexicas estaban cómodos con que los hombres de Cortés se hubieran instalado en los primeros tres puentes, impidiéndoles el avance cuando trataron de alcanzar el cuarto. La calzada era de dos picas de ancho, lo que permitía caminar a ocho caballos a la par, mientras que la cortadura era de una pica de ancho, por lo que podrían pasar al mismo tiempo cuatro canoas. Los hombres que vigilaban el puente se fueron integrando a la retaguardia de la columna, felices de reencontrarse con sus compañeros y abandonar por fin la capital de los culúas. Momentos después, los hombres de Juan Velázquez de León, Juan Jaramillo y Gonzalo Rodríguez de Trujillo pasaron por el tecpan y la plaza del calpulli de Tezcatzonco, donde días antes habían librado un duro combate para abrirse camino hacia el lado poniente de la isla, siendo emboscados y pagando su error con muchas bajas. Gonzalo observó a su izquierda el palacio de gobierno del barrio, con su gran pórtico de cuatro altos pilares descansando sobre una escalinata. La construcción se encontraba semidestruida por el incendio que comenzó en su patio, con los muros tiznados, troncos de árboles colapsados sobre su costado y los braseros antropomorfos hechos añicos. La parte poniente del tecpan había colapsado al incendiarse las vigas de madera que sostenían su tejado. Al lado derecho, Gonzalo vio la plaza del barrio, así como un templo y algunos conjuntos palaciegos, los cuales habían sufrido pocos daños durante el combate. Aguzando la mirada observó sobre las azoteas las figuras de algunos mexicas que a lo lejos los espiaban, observando su avance.

—Mirad por allá —le dijo a Rodrigo de Badajoz de manera discreta—. Nos están observando los malnacidos, sin embargo, no vienen hasta acá para ofendernos. ¿Qué deduces de ese comportamiento?

—Los bastardos están contentos de que nos vayamos. Ayer les dimos una buena tunda cuando quemamos el cu de su Huichilobos. Les cortamos el cogote a cientos de ellos en la refriega —respondió Rodrigo—. Los malparidos.

—Lo que dices es cierto, pero creo que los cojonudos están esperando el mejor momento para atacarnos, así que abrid bien los ojos y sujetad fuerte tu tizona, sobre todo cuando salgamos de la villa culúa —respondió Gonzalo mientras pasaba la mano por su rostro, quitando el exceso de agua que le impedía ver con claridad—. Pasad la voz,

Rodrigo, Hernando: cuando salgamos de la ciudad, quiero que todos los hombres cierren aún más la formación, que rodeleros y ballesteros rodeen por los dos flancos las naborías, los cargadores y nuestra mula.

—Cuenta con ello, capitán —respondió Hernando Tovar. Después detuvo el paso por un momento para compartir la orden con el resto de los hombres.

Al ir avanzando debajo de la llovizna, en la más completa obscuridad, el rodelero Gonzalo se percató de que iban dejando atrás los grandes complejos palaciegos con sus anchas escalinatas, pilares y columnas, así como los templos de mediana altura, para dar paso a construcciones más modestas, así como algunas chinampas con cultivos de maíz y amaranto que se mecían con el frío viento que atravesaba la ciudad. También se dio cuenta con preocupación de que las calles y veredas de tierra apisonada o recubiertas de lajas eran reemplazadas por canales de agua, algunos angostos y serpenteantes, con altos y espigados árboles flanqueando sus costados, otros anchos y rectos, que dividían los territorios de los barrios en innumerables islas repletas de casas, campos de cultivo y algunos templos que sobresalían. Estamos adentrándonos en un maldito pantano lleno de islas, reflexionó, siendo cuidadoso de no compartir sus preocupaciones con los otros hombres. Hasta donde recordaba, Gonzalo Sin Miedo nunca había llegado tan al oeste de la isla de los culúas, por lo que desconocía el terreno.

—¡Es jodidamente increíble que no haya una sola canoa navegando por estos canales! —gritó molesto uno de sus rodeleros a su espalda.

—¡Callad, Vélez, si no quieres que te cierre el hocico con este puño! —le respondió Hernando Tovar.

Al parecer la amenaza fue suficiente para que el rodelero guardara silencio, reflexionó Gonzalo. Entonces se percató de que los hombres de Juan Velázquez de León, quienes avanzaban al frente del contingente, detenían su andar. A lo lejos escuchó la orden del nacido en Cuéllar:

—¡Alto! ¡Detened sus pasos!

—¡Rodeleros, alto! —gritó Gonzalo alzando la mano derecha. Momentos después, el capitán de rodeleros observó a un joven hispano que corría por un costado de la calzada vistiendo solamente su peto de algodón y un capillo de hierro.

—¡Hemos alcanzado la segunda cortadura! ¡Tened calma, pues el puente no es tan ancho como el anterior! ¡Los hombres van pasando de veinte en veinte!

Habían alcanzado la cortadura o puente de Tzapotlan, la segunda de las seis que tendrían que atravesar, la cual todavía se encontraba dentro de Tenochtitlan.

—Lo que dicen es falso, capitán —dijo Blas Botello, quien apareció detrás de Gonzalo vistiendo su barbote y su celada de hierro con la visera alzada. Siguiendo sus pasos iba su amante indígena, una mujer de no más de diecisiete años—. Un caballo se ha roto la pata al cruzar el segundo puente, haciendo un hoyo en los maderos —murmuró con gran seguridad y la mirada perdida en la calzada, como si pudiera ver a través de los cientos de hombres que esperaban bajo la lluvia.

—Blas, ¿cómo lo sabes? ¿Acaso has estado allí? —preguntó Gonzalo, tratando de no hacer notoria la incomodidad que sentía al conversar con el maldito agorero.

—Me lo ha dicho "mi familiar", quien viene conmigo acompañándome, siguiendo mis pasos, solamente que usted no lo puede ver —respondió el misterioso personaje, con la barba goteando agua y el entrecejo comprometido.

Gonzalo no supo qué contestar ni cómo tomar el comentario del montañés, si como una broma o como algo serio. Sabía que muchos hombres consideraban de mal agüero que un caballo se quebrara la pata antes de una batalla o un acontecimiento importante, y posiblemente por esa razón ocultaban la realidad a los integrantes de la retaguardia. Después de un momento de silencio, Blas dijo:

—No se preocupe, capitán, no tardaremos en avanzar, pero tampoco tardarán en atacarnos, por lo que cuide bien de sus hombres. Lo necesitarán.

—Blas, decidme algo… ¿yo y los rodeleros alcanzaremos la villa de Popotla? —preguntó Gonzalo, armándose de valor para tratar de no parecer un idiota—. ¿Blas? —volvió a preguntar cuando volteó para buscar al agorero, a quien encontró caminando de regreso a su posición, seguido de su amante, en medio de los hombres y la lluvia.

—¡Avanzad, esforzados mancebos! —ordenó Juan Velázquez de León desde su caballo, al menos veinte pasos al frente de los rodeleros de la Vera Cruz. De inmediato la marcha volvió a reanudarse, aunque no con la misma velocidad que antes, pues con la parada los hombres se habían apretujado en gran medida.

Gonzalo, Hernando Tovar y Rodrigo de Badajoz retomaron el paso, así como Citlalli y la mula a la que iba atada. Cuando finalmente alcanzaron la segunda cortadura notaron que el puente era igual de ancho y resistente que el anterior, por lo que cruzaron sin problemas y sin evidencia del supuesto caballo sacrificado del que había hablado Blas. Al cruzar, Gonzalo lanzó una mirada de soslayo hacia la izquierda para ver cómo la ancha y larga acequia se perdía en el sur, entre la neblina que flotaba siniestramente sobre las chinampas, los cultivos y las casas. A lo lejos pudo ver la silueta recortándose contra la obscuridad del cielo, alzándose sobre las casas y los complejos habitacionales. Se trataba de un templo coronado con su adoratorio, en el cual ardían dos fuegos. Al bajar la mirada, Gonzalo observó cómo flotaba en el agua del canal el cadáver de un tlaxcalteca, vistiendo su ichcahuipilli y con el chimalli atado al antebrazo. Se encontraba boca abajo, por lo que no pudo ver su rostro. Gonzalo exhaló con fuerza y continuó avanzando.

Así, sin contratiempos de importancia, la retaguardia alcanzó el tercer puente, el de Atenchicalco, el último ubicado dentro de la capital mexica, la cual seguía sumida en la obscuridad y el silencio. Desde su posición, el capitán de rodeleros pudo ver la inmensidad del lago frente a sus ojos, así como la blanca calzada que atravesaba las aguas obscuras. A lo lejos, entre la neblina, vio el constante tintineo de miles de fuegos que provenían de las muchas poblaciones ubicadas en tierra firme, en el oeste de la cuenca de Mexihco. También sintió el fuerte viento frío que provenía de las boscosas montañas que formaban una serranía al poniente de Tenochtitlan. De ahora en adelante no habrá más islas flotantes, templos ni plazas, se dijo Gonzalo. Ahora solamente estará la blanca calzada rodeada de las obscuras aguas del lago de Tezcuco. Cuando fue el turno de Gonzalo de cruzar el puente de madera, se percató de la presencia de un importante contingente de castellanos, al menos cincuenta, todos dirigidos por Pedro de Alvarado y sus hermanos, así como al menos doscientos tlaxcaltecas. Se trataba de los hombres que habían defendido durante toda la jornada las primeras tres cortaduras. Para no bloquear la calzada, estaban distribuidos alrededor de las chinampas ubicadas al norte y sur de la tercera cortadura, con las armas preparadas por si se concretaba un ataque, así como listos para incorporarse al final de la columna. Todos se encontraban exhaustos y muchos de ellos heridos, después de las escaramuzas que libraron por la mañana. Pedro y sus hermanos montaban caballos y yeguas, en una lodosa chinampa, acompañados de sus hombres de confianza. Uno de ellos sostenía bien en alto el pendón de la Virgen de la Soledad, patrona de Badajoz, lugar de nacimiento de los Alvarado. Al pie de los hermanos se encontraba una gran fogata prendida, iluminando los rostros de los presentes, así como de los hombres que avanzaban por la calzada. Desperdigados por la chinampa, sobre las plantas de maíz aplastadas y destruidas, había algunos cuerpos de tenochcas abatidos, así como innumerables dardos rotos, piedras, plumas y escudos quebrados. Detrás de los castellanos había un complejo habitacional colapsado, con los muros ennegrecidos, de cuyo interior salía una gruesa humareda a pesar de la lluvia. El pelirrojo, quien llevaba la frente vendada, al igual que la mano izquierda, observaba con adusta expresión a los hombres desfilar por la calzada. Su rostro se endurecía con las luces y sombras que proyectaba el resplandor del fuego que ardía a unos cuantos pasos de él.

Al acercarse a su posición, Gonzalo escuchó a Gómez decirle a su hermano Pedro:

—Mirad a los perezosos, después de todo un día de descanso apenas si pueden poner un pie delante del otro.

A lo que Pedro contestó de mala gana:

—Más vale que Cortesillo nos recompense de manera generosa después de los servicios que le hemos prestado.

—Yo no confiaría mucho en ese taimado extremeño, hermano —le respondió Jorge.

En ese momento, Pedro alzó la mano izquierda, saludando al capitán de rodeleros Rodríguez de Trujillo, interrumpiendo la conversación que sostenía.

—Pedro, te veré en Popotlan —dijo Gonzalo Sin Miedo al responder a su saludo—. ¡Llega con salud y fortuna!

El pelirrojo solamente asintió, mientras seguía observando debajo de la lluvia el incesante pasar de los cientos de hombres que formaban la retaguardia, como una escultura viviente. El Tonátiuh protegía su cuerpo con peto, brazales y guardabrazos de hierro, así como su cabeza y cuello con capacete y barbote, respectivamente.

—¡Mancebos, preparaos para integrarnos a la columna! —gritó Pedro después de que pasó el contingente de los rodeleros de la Vera Cruz.

De inmediato los hombres empezaron a movilizarse y los caballos a relinchar, aproximándose a la calzada, esperando a que terminaran de pasar los últimos escuadrones de castellanos, cargadores y guerreros de Tlaxcallan.

—¡Por fin abandonamos Temixtitan! —dijo Hernando Tovar al ver las últimas chinampas que rodeaban la calzada, y al fondo la inmensidad de las aguas del lago de Tezcuco inmerso en la obscuridad—. ¡Les hemos ganado a los indios malnacidos! —exclamó de manera confiada.

—Calla, Hernando —respondió Gonzalo—. Te recomiendo que dejes de cantar victoria, a no ser que nos encontremos en Popotlan. Aún nos falta bastante por recorrer, así que ¡calla!

Fue en ese momento cuando los cristianos, sus aliados indígenas, las naborías y los cargadores escucharon el rugir de decenas de caracolas al sur y al oeste de su posición. Su sonido rasgó el silencio que con tanto cuidado cultivaban los hispanos para sentirse seguros y confiados durante su huida. Casi de inmediato se percibió nuevamente el soplar de decenas de caracolas, pero desde otra ubicación, esta vez hacia el norte. Todos los integrantes de la columna detuvieron sus pasos y voltearon a su alrededor, buscando el posible origen de semejante ruido. Algunas mujeres tenochcas gritaron algo en su idioma, mientras que los cristianos comenzaron a soltar maldiciones y a conversar entre ellos, preocupados y temerosos.

—¡Pese a Dios! ¿Y ahora qué? —preguntó Rodrigo de Badajoz.

—Es la señal de ataque —respondió el ballestero Espinosa de la Bendición—. Son los malditos indios. ¡Nos quieren pillar!

—Pues más vale que nos demos prisa para atravesar el jodido lago —dijo el Sin Miedo—. ¡Moved esas piernas, perezosos! —ordenó a los hombres que lo seguían al tiempo que reiniciaba la caminata, acercándose aún más a la mula donde iba atada Citlalli, sin saber si lo hacía para protegerla de lo que se aproximaba o para evitar que escapara en cuanto el ataque comenzara.

Respondiendo al llamado de las caracolas, los cristianos escucharon el eco de miles de mexicas que gritaban desde diferentes puntos de la ciudad, en la retaguardia, la vanguardia y los flancos. Gonzalo sintió cómo se le helaba la sangre al oír semejante vocerío que clamaba por su muerte.

—¡Rodeleros de la Vera Cruz, no detengan sus pasos! ¡Sigan avanzando, si no quieren que les patee el culo! —ordenó nuevamente como resultado del nerviosismo que sentía.

Momentos después, el capitán de rodeleros observó un gran resplandor anaranjado iluminando el cielo a lo lejos, al parecer proveniente de un gran fuego ubicado en la calzada al oeste, justo a donde se dirigían.

—Los paganos han encendido hogueras —murmuró el Sin Miedo señalando hacia el frente.

—Consideradlo un buen augurio. Los hijos de puta iluminan nuestro camino, facilitando nuestra huida —respondió Rodrigo de Badajoz.

—O para flecharnos mejor —respondió el nacido en Trujillo.

Citlalli notó cómo el miedo comenzaba a hacer mella en el ánimo de los hispanos y sus aliados. Frente a ella pasaron corriendo cinco hombres, empujando y dando codazos, tratando de abrirse espacio entre la multitud que avanzaba lentamente hacia la tercera cortadura y causando el enojo de muchos hombres. Un cristiano cayó al lago al ser empujado por los hombres que corrían. Para su fortuna, sus compañeros lo ayudaron rápidamente a salir del agua. La joven tenochca también observó la reacción de Gonzalo Rodríguez de

Trujillo, quien ordenaba a sus hombres que no detuvieran su avance mientras miraba nerviosamente a su alrededor, aferrando su tizona y su escudo. El ataque estaba por comenzar, y su libertad por llegar.

⌘

CAPÍTULO 49

—¡Remen, valerosas águilas, que ya casi llegamos! —gritó el cuáuchic Tezcacóatl, quien dirigía al escuadrón de guerreros del barrio de Teocaltitlan—. ¡Oriéntense con las torres de fuego! —Se refería a las dos torres de madera de al menos cinco brazos de altura que ardían con fuerza cerca de la quinta cortadura, iluminando el firmamento nublado pero también reflejando su luz anaranjada sobre las aguas del lago.

El objetivo de dicha táctica era dotar de una referencia visual a los remeros en medio de la noche y marcar el punto donde se libraría lo más duro del combate. Además, se buscaba iluminar la calzada y la columna enemiga, lo que facilitaría el trabajo de nuestros arqueros y honderos.

El veterano y líder de mi unidad iba en la proa de la canoa, que daba cabida a quince guerreros de nuestro barrio, entre ellos yo mismo. Todos remábamos afanosamente, en silencio, sudando en abundancia y soportando el frío de manera estoica. Sin quejas ni murmuraciones. El estandarte de nuestro barrio se había fijado en el fondo de la embarcación gracias a una estructura de carrizos. A pesar de la bruma y la ligera llovizna que mojaba mi rostro pude ver alrededor de mí al menos cien canoas, todas fuertemente tripuladas y dirigiéndose al mismo punto, la calzada de Tlacopan, entre la cuarta y la quinta cortadura. Los capitanes y campeones de guerra eran los únicos que de vez en cuando gritaban órdenes a los miles de tenochcas que tripulábamos las largas y espigadas embarcaciones.

Para mi fortuna, después del intento fallido por rescatar a Citlalli, yo y los sobrevivientes del grupo regresamos al embarcadero de

Chichimecapan para reabastecernos de dardos y otros proyectiles, así como para comer algunas tortillas asadas y llenar el estómago. En ese punto nos encontramos con los guerreros del barrio y con el cuáuchic Tezcacóatl, quien gritaba furibundo una innumerable cantidad de órdenes, revisando personalmente que cada hombre llevara la cantidad suficiente de dardos y flechas. Cuando el guerrero nos vio llegar, de inmediato preguntó dónde se encontraba Citlalli, por lo que le respondí con el corazón ensombrecido que nos había sido imposible rescatarla debido a la inesperada llegada de cuatro gigantescos venados sin cuernos con sus respectivos jinetes, los cuales acabaron con la victoria que estábamos a punto de conseguir sobre los malditos caxtiltecas. Con tristeza escuchó sobre las bajas que sufrimos, ya que casi la mitad de mi grupo pereció. En total ocho de veintidós hombres, todos ellos buenos compañeros y esforzados tenochcas. Sin hablar más del tema me indicó que nos reabasteciéramos de proyectiles y que comiéramos algo, pues las primeras embarcaciones ya habían partido hacia la calzada de Tlacopan. Momentos después rugieron las caracolas desde el recinto ceremonial del barrio de Chichimecapan, las cuales fueron respondidas por el rugir de otras desde Nonoalco en Tlatelolco, señal de que era momento de iniciar el ataque. De esta forma nos integramos a la flota que procedía desde Aztacalco. Remé como nunca lo había hecho en mi vida, hasta que los brazos se me durmieron y mi respiración se agitó. Los hombres del barrio fueron infatigables, incansables, pues todos mantenían en la mente un solo objetivo: la derrota total de los invasores y su completo exterminio.

—¡Guerreros de Atlampa, preparen sus dardos y propulsores! —gritó en la lejanía un tecuhtli a sus hombres, pues ya estaba a la vista la calzada.

—¡Águilas y jaguares de Teocaltitlan, prepárense para disparar! —replicó la orden el cuáuchic Tezcacóatl—. ¡Remeros, colóquennos en posición de tiro! —De inmediato la mitad de los hombres de la canoa, yo incluido, colocamos los dardos en nuestros propulsores, de la misma forma que los honderos cargaron sus glandes, mientras que el resto de los hombres siguió remando afanosamente, aprovechando el impulso y la velocidad que ya llevaba la canoa.

Enfrente de nosotros pude ver la calzada de Tlacopan en tonos ana-ranjados, amarillos y violetas, la cual se alzaba sobre las aguas a un brazo y medio.[11] Flanqueando la calzada estucada había hileras de innumerables troncos que sobresalían del agua, amarrados los unos a los otros, todos anclados al fondo lodoso del lago, que en ese lu-gar tenía una profundidad aproximada de cuatro brazos.[12] A lo le-jos, sobre mi izquierda, alrededor de la quinta cortadura, el puente de los Toltecas, pude escuchar el fragor de la batalla que había ini-ciado hacía algunos momentos, así como el crepitar del fuego de las dos torres de madera. En ese punto los guerreros tenochcas busca-ban desesperadamente detener el avance de los caxtiltecas. Pensé que pronto su tarea se facilitaría cuando las canoas que avanzaban a mi izquierda llegaran a apoyar a los mexicas, lanzando incontables proyectiles sobre los invasores. Nosotros, los guerreros del calpulli de Teocaltitlan, nos dirigíamos a la cuarta cortadura, la de Mixcoa-techialtitlan, donde en ese instante estaría avanzando el cuerpo cen-tral de la columna enemiga.

—¡Remeros, giren las canoas! ¡Guerreros, prepárense para dis-parar! —ordenó el cuáuchic Tezcacóatl.

Al mismo tiempo veinte canoas, todas provenientes de nuestro barrio, giraron hacia la derecha, permitiendo que los guerreros no se estorbaran los unos a los otros al utilizar sus arcos, lanzadardos y hondas. En ese momento coloqué el primer dardo sobre mi pro-pulsor, sujetando mi chimalli con los dedos restantes de mi mano. A pesar de encontrarnos a una distancia de treinta pasos de la calzada, pude notar claramente los rostros de los caxtiltecas y sus aliados in-dígenas, cuyos capitanes de inmediato gritaron órdenes para com-pactar su formación y esconderse detrás de sus escudos. Todo esto gracias al resplandor de las torres que iluminaban la calzada, de las cuales ascendían dos humaredas. Pude escuchar a mujeres gritar, vi hombres correr de un lado a otro. Los gigantescos animales de cua-tro patas se encabritaban debido a la actividad que se desarrollaba.

---

[11] Alrededor de noventa centímetros.
[12] Entre dos metros y dos metros sesenta centímetros.

También pude ver que algunos tlaxcaltecas comenzaban a girar hondas sobre sus cabezas, aunque con cierta dificultad, pues no contaban con suficiente espacio. Se trataba de miles de hombres apretujados en una calzada de diez pasos de ancho. Mientras me incorporaba sobre la canoa me llegó a la mente mi amada Citlalli, pues no perdía las esperanzas de encontrarla en medio de esa multitud y lograr rescatarla de su señor caxtilteca. Mantente con la cabeza gacha, querida. Mantente con vida, que pronto te encontraré, pensaba. Entonces escuché a Tezcacóatl ordenar:

—¡Águilas, tiren!

En ese momento volaron cientos de dardos, flechas y piedras en contra de la compacta formación enemiga. Los proyectiles silbaron por el aire, los dardos hacían una parábola mientras que las flechas y las piedras volaban directamente hacia sus objetivos. Todos cayeron causando un estruendo, seguido de gritos y quejidos entre los caxtiltecas. Mientras colocaba el segundo dardo en mi propulsor pude ver cómo caían al menos veinte cristianos al agua, muchos al ser empujados por sus compañeros, otros heridos por los proyectiles. El griterío entre los integrantes de la columna enemiga se incrementó, al tiempo que su avance se detuvo debido a la confusión que empezó a reinar. Algunos hombres trataban de avanzar más rápidamente, mientras que otros detenían sus pasos y juntaban sus rodelas con las de sus compañeros para protegerse de los impactos de nuestras saetas.

—¡Águilas de Teocaltitlan, tiren! —volvió a ordenar el cuáuchic Tezcacóatl, para después él mismo lanzar su vara tostada contra la calzada.

Los cerca de doscientos tiradores del calpulli disparamos otra vez con toda nuestra fuerza, así como los guerreros de los barrios de Chichimecapan, Atlampa, Aztacalco, Amanalco, Tlacocomulco, incluso los guerreros de Tlacopan, Azcapotzalco y Coyohuacan, que habían sido enviados para apoyar a Mexihco-Tenochtitlan. Lancé mi dardo, tratando de no caer al agua. Nuevamente llovieron como una granizada cientos de saetas y piedras sobre el cuerpo central de la columna enemiga, causando gran cantidad de heridos y muertos.

Pude ver en la distancia cómo uno de los gigantescos venados se desplomaba sobre al menos cuatro caxtiltecas, después de haber sido alcanzado por un dardo. Su caída causó que al menos diez hombres fueran empujados fuera de la calzada, sobre las frías aguas del lago.

"¡Carguen nuevamente, tenochcas! ¡Mantengan la distancia de la calzada! ¡Honderos, disparen a discreción! ¡Esforzados mexicas, acaben con esos cuilones!". Estas fueron algunas de las órdenes que se escucharon a lo largo de la línea de canoas que permanecían quietas, pues evidentemente los caxtiltecas apenas si podían responder a un ataque tan poderoso a esa distancia. Sabíamos que sus palos que escupían fuego no funcionaban bajo la lluvia, y que desde hacía al menos dos días sus artefactos similares a arcos horizontales se habían quedado sin dardos, por lo que no tenían muchas opciones. Por lo que la defensa a distancia de su columna recaía en manos de sus aliados indígenas, quienes aún contaban con hondas y uno que otro arco con flechas. Sin embargo, los tlaxcaltecas y huexotzincas estaban tan apretados entre la multitud, y tan desorganizados, que sería difícil, hasta para su mejor arquero, acertar su flecha en uno de los hombres que tripulaban las canoas a treinta pasos de distancia.

—¡Lancen sobre los malditos cuilones! —ordenó con euforia Tezcacóatl.

De inmediato todos volvimos a soltar los dardos y las flechas, causando más mortandad y desorden en los enemigos. Este ataque fue respondido por algunas piedras de los honderos tlaxcaltecas, algunas de las cuales pasaron volando sobre nuestra cabeza. Otras chocaron en los escudos que habíamos fijado en el costado de nuestra canoa, donde podíamos sentarnos para protegernos. Uno de nuestros guerreros fue impactado en la cabeza por una piedra, lo que causó un fuerte crujido. Momentos después cayó muerto sobre la embarcación.

—¡Disparen a discreción! —ordenó el cuáuchic, y así continué disparando parte de los diez tlacochtin que portaba, como también lo hacían mis compañeros.

Recibimos una débil respuesta de los tlaxcaltecas y los otros aliados de los caxtiltecas, pues finalmente se organizaron un poco, colocando a combatientes con sus escudos a ambos lados de la calzada, mientras que por el centro avanzaba el grueso de sus escuadrones.

—¡Esto es una masacre! —gritó emocionado Tliltócatl, quien dirigía la canoa a nuestro lado izquierdo—. ¡Mueren como patos y garzas!

—¡Y se hunden como piedras en las aguas del lago, para no volver a salir jamás! —exclamó otro guerrero a lo lejos. Tenían razón. Sin embargo, pensé que el combate estaba apenas comenzando y que llegaría el momento en que tendríamos que saltar de las canoas y combatir cuerpo a cuerpo contra los cristianos, quienes eran tremendamente hábiles al usar sus cuchillas largas. En ese momento se mediría la fuerza y valor de las águilas y jaguares de Tenochtitlan.

—¡Remeros, acerquen las canoas a la calzada! —ordenó un hombre en la lejanía de nuestro flanco izquierdo. Los capitanes repitieron la orden, entre ellos el propio cuáuchic Tezcacóatl.

—¡No dejen de disparar mientras nos acercamos! —exclamó el cuáuchic, por lo que la lluvia de proyectiles continuó, pero ahora sin formar parábolas, sino de manera directa, buscando objetivos puntuales como los grandes venados, los capitanes y lugartenientes enemigos y los hombres que transportaban los puentes móviles, a los que no encontramos por ningún lugar.

Mientras nos aproximábamos a la calzada vi a un hombre montando un gigantesco venado café, quien protegía su cuerpo con una armadura metálica, desde las piernas hasta la cabeza. El caxtilteca no dejaba de dar órdenes con su espada desenvainada a los hombres que iban y venían a lo largo de ese tramo de la calzada, y sorpresivamente parecía mantener la calma en la difícil situación en la que se encontraba. En ese momento coloqué un tlacochtli en mi propulsor, me incorporé en la embarcación en movimiento y con un fuerte tirón lo lancé, buscando ofenderlo. El dardo cortó el aire, silbando con una velocidad mortal, mientras yo seguía su trayectoria con la mirada. En un abrir y cerrar de ojos acabó impactado en el gigantesco animal, el cual alzó las dos patas delanteras para caer de costado, proyectando a su jinete hacia las negras aguas, en nuestra dirección. El grito que lanzó se ahogó cuando sus pulmones se llenaron de agua. El castellano se hundió para no salir nunca más. Un coro de exclamaciones de aprobación surgió entre los guerreros que tripulaban la canoa en la que iba cuando se percataron de la acción.

—¡Bien hecho, hijo! —dijo Tezcacóatl, al tiempo que colocaba otro dardo en su átlatl. Iba a contestar, cuando pasó a nuestro costado una pequeña canoa tripulada por dos hombres.

—Cuáuchic Tezcacóatl, órdenes del tecuhtli tlacatécatl Yohualtochtli. Pide que concentren su fuego en el puente de la cuarta cortadura y después traten de tomarla, impidiendo el avance de los caxtiltecas hacia el poniente. Si es posible, retiren el puente. —Dicho esto, sus dos tripulantes remaron hacia la siguiente canoa, la dirigida por Tliltócatl, y así sucesivamente, transmitiendo las órdenes y coordinando el ataque.

—¡Águilas y jaguares, vamos a despejar ese puente de caxtiltecas con nuestros proyectiles, para luego desembarcar en él y destruirlo! —ordenó Tezcacóatl mientras se incorporaba y trataba de hacerse escuchar en medio del griterío. Los tripulantes de las canoas que flanqueaban la nuestra lo escucharon con toda claridad, por lo que luego compartieron las órdenes con los tripulantes de otras embarcaciones y así sucesivamente—. ¡Cuauhtli, da las instrucciones con el estandarte! —me dijo.

De inmediato tomé el pantli de su base de carrizos y lo alcé lo más alto que pude, moviéndolo de un lado al otro para finalmente inclinarlo hacia la cortadura y el puente ubicado a nuestra derecha. Mientras esto sucedía, Tliltócatl sopló su caracola de pie sobre la canoa, para después señalar hacia el puente. De esta forma las veinte canoas de nuestro calpulli comenzaron a moverse en la dirección indicada.

—¡Sobre la cortadura de Mixcoatechialtitlan! —ordenó un hombre a lo lejos.

—¡Remen, perezosos, que aún quedan muchos bastardos por matar! —gritó otro.

Entretanto, tratábamos de mantener la lluvia de proyectiles sobre la columna. Desde nuestra retaguardia, una segunda línea de canoas seguía lanzando sus dardos y flechas sobre la multitud de caxtiltecas, quienes sufrían sustanciosas bajas. Dejé el estandarte de nuestro barrio en la estructura de carrizos, tomé mi remo y apoyé a los otros guerreros para alcanzar la cuarta cortadura, al tiempo que gritaba:

—¡Prepárense para desembarcar! ¡Tengan sus armas a la mano! El combate apenas había comenzado.

Capítulo 50

Nuestra canoa chocó con los troncos que flanqueaban la calzada y de inmediato saltamos sobre el estuco empapado de agua y sangre. En la mano izquierda llevaba el estandarte del barrio y en la derecha mi maza de madera. Al mismo tiempo llegaron las otras embarcaciones tripuladas por los guerreros de nuestro barrio. Al unísono todos gritamos: "¡Tenochtitlan!", y nos incorporamos a la reyerta que se llevaba a cabo a unos pasos de la cuarta cortadura, ubicada a mi izquierda. La calle estaba repleta de personas, así como de hombres abatidos. De inmediato me encontré a un caxtilteca que llevaba una lanza que trató de enterrarme; sin embargo, bastó dar unos pasos a la derecha para alcanzar su costado y golpearlo en la cabeza con mi dura maza de encino. Su casco voló por los aires y su cuerpo cayó sobre el estuco de la calzada. Bastaron dos golpes más para ocasionarle la muerte. A mi costado, el cuáuchic enfrentaba a un rodelero, esquivando los tajos que lanzaba con su espada, esperando el mejor momento para atacarlo. Cuando encontró la oportunidad, golpeó con su macuáhuitl la muñeca del hombre, cortándole limpiamente la mano con la que sujetaba la espada. Después arremetió contra su cuello, logrando decapitarlo de un solo golpe. La escena se repitió por todo el flanco izquierdo de la columna: guerreros mexicas abatiendo caxtiltecas que avanzaban hacia el oeste, muchos de ellos sumidos en el caos y el miedo. Se trataba de decenas de águilas y jaguares que llegaban en sus canoas al costado sur de la calzada y se lanzaban al combate. En el lado norte de la calzada se repetía la misma escena, por lo que nuestros enemigos se vieron rodeados rápidamente. El espacio era sumamente reducido, lo que provocaba que no pudiéramos mover con facilidad nuestras armas y que muchos de los hombres se empujaran los unos a los otros. Entre la multitud fijé la mirada en un tlaxcalteca que iba armado con un arco y flechas. Trató de sacar una daga de su máxtlatl; sin embargo, fui más rápido y golpeé con fuerza su rostro. Después lo sujeté de su peto y lo arrojé al agua, ya inconsciente. Sobresaliendo de los cientos de combatientes apretados pude a ver un hombre que montaba un venado sin cuernos, con un escudo de cuero en forma de corazón y un complejo símbolo pintado sobre su superficie, quien daba órdenes a los hombres de a pie. Un cuauhyáhcatl mexica, vestido con un traje confeccionado de piel de jaguar y largas plumas de quetzal colgando de su cabeza, señaló en su dirección para después gritar: "¡Acaben con ese malnacido!". De inmediato un tenochca recogió la lanza del hombre que había asesinado y, con el apoyo de otros dos guerreros, avanzó golpeando y dando tajos a la multitud hasta alcanzar al gigantesco animal. El mexica que llevaba la lanza la clavó con todas sus fuerzas en el vientre de la bestia, haciendo que su jinete cayera al piso completamente descompuesto. Los otros dos mexicas degollaron al hombre, quien parecía ser un importante lugarteniente entre los caxtiltecas, mientras que el caballo se desplomaba sobre uno de sus costados, aplastando a una mujer cristiana de hermoso cabello dorado y a un rodelero. Sus angustiantes gritos cesaron cuando fueron rematados.

—¡Sin prisioneros, cuauhpipiltin! —grité en medio de la confusión—. ¡Ocupen el puente de madera de la cortadura!

Al voltear hacia mi izquierda observé una importante concentración de varios cristianos montando los gigantescos cuadrúpedos, todos al centro de la columna. Algunos de los animales iban cargados con canastas y cajas, seguramente teocuítlatl, oro, pues estaban fuertemente custodiadas. Justo en ese momento cruzarían el puente de la cuarta cortadura. Al parecer no fui el único que se percató de su presencia, pues el cuáuchic Tezcacóatl ordenó a los recién desembarcados que cuidaban nuestras espaldas:

—¡Carguen contra esos animales! ¡Tiren al lago las petacas que llevan!

La orden se escuchó sobre el clamor de la batalla, por lo que los guerreros más cercanos a su posición comenzaron a abatir a los cristianos que se interponían en su camino para alcanzar el puente. Muchos cayeron atravesados por el frío acero de los invasores, pero las pérdidas fueron mucho mayores en nuestros enemigos. Yo me encontraba entre ellos, empujando y caminando entre los tenochcas, cuando súbitamente me encontré con un caxtilteca de abundante barba y abultado vientre que sujetaba un escudo redondo y un hacha. Siguiendo sus pasos iba un niño de no más de doce años, quien al parecer era su hijo. El hombre descargó con furia un golpe de su hacha mientras me insultaba en su idioma. Tuve que retroceder dos pasos ante su primer ataque, para luego utilizar el mástil de nuestro estandarte y golpearlo en la entrepierna. El caxtilteca dio un aullido de dolor, aunque no fue suficiente para evitar que lanzara otro golpe con su hacha. Para evitar perder la cabeza me vi forzado a saltar en su dirección, acortando la distancia, por lo que los dos caímos al suelo. Al tropezar, mi maza y el estandarte acabaron entre los charcos de sangre, y de la misma forma el caxtilteca perdió su hacha. De inmediato ambos tratamos de sacar nuestras dagas mientras nos veíamos a los ojos, sin embargo, fui más rápido y logré clavarle la mía a un costado del cuello mientras sujetaba su muñeca con mi mano izquierda, para evitar que me ofendiera con su misericordia. La sangre salpicó mi rostro y mi tlahuiztli rojo, cegándome por un momento. Antes de morir, el hombre repitió en dos ocasiones: "Orteguilla, Orteguilla". Al alzar la vista observé al niño caminar hacia mí con lágrimas en los ojos, sujetando una daga en su mano. Antes de que me pudiera incorporar, el jovencito recibió un fuerte golpe en las costillas y luego en la cabeza, cayendo como un fardo sobre la calzada.

—¡Cuauhtli! ¡Recoge ese maldito pantli en este momento, si no quieres que te arroje al lago! —rugió Tezcacóatl, quien había abatido al niño.

Como pude, recargando mi espalda en los mexicas que se encontraban detrás de mí, me incorporé, no sin antes recoger el estandarte y mi maza. Cuando dirigía mis pasos hacia el grupo de equinos me percaté de que muchos de ellos alzaban sus patas delanteras ante la arremetida de los tenochcas, aplastando con indiferencia tanto a amigos como a enemigos. El caos sobrevino en el puente, con caxtiltecas siendo empujados hacia las aguas del lago, mexicas siendo aplastados por las patas de los animales y bestias cayendo al ser atravesadas por lanzas y golpes de macuáhuitl.

—¡Defended el quinto! —gritó un hombre barbado, o al menos eso entendí. Parecía ser un capitán de don Malinche, pues iba montado en una de las bestias y llevaba una gruesa cadena de oro sobre el peto de metal. El caxtilteca avanzaba en mi dirección, dando tajos de izquierda a derecha con su larga espada, mientras que algunos cristianos seguían sus pasos tratando de detener la embestida tenochca.

—¡Teocuítlatl! ¡Están llenas de oro! —exclamó un mexica que llevaba el peinado alto, propio de los guerreros, atado con un moño rojo, y quien había destapado una de las canastas que cargaba en su lomo uno de los venados sin cuernos.

El tenochca alzó la mano sujetando una de las barras hechas de oro sólido para que los presentes la pudiéramos ver; momentos después fue atravesado por la lanzada de un jinete que hacía caracolear a su bestia entre la multitud, que cada vez se compactaba más. Después le tocó su turno al caballista, quien fue jalado de su silla de montar por al menos tres tenochcas. Cuando intentó defenderse, otro guerrero aprisionó la mano con la que sujetaba la lanza. Inmovilizado, con poco espacio para que el animal pudiera avanzar o retroceder, se resistió a ser derribado, forcejeando violentamente; sin embargo, no fue suficiente y acabó desmontado y acuchillado en el piso por al menos cuatro mexicas.

—¡Ximotolocan, mexícah! ¡Bajen las cabezas! —escuché gritar a varios hombres a mis espaldas.

Sin meditarlo hice lo que sugerían, como también lo hicieron los guerreros que me acompañaban. De inmediato pasaron volando sobre nuestras cabezas una veintena de flechas y muchas más piedras, todas dirigidas a los animales. Los proyectiles impactaron en su suave carne, haciendo que varios de ellos entraran en pánico y emprendieran el trote aplastando a cuanta persona se interponía en su camino. Otros cayeron muertos debido a las heridas que habían sufrido.

A dos hombres de distancia de mi posición, el hombre barbado con la cadena de oro seguía causando bajas entre nuestras filas, a pesar de llevar una flecha clavada en el codo y otra en un costado del cuello.

—¡Vengan por más, malnacidos! ¡A mí no me llevarán vivo, bastardos! —gritó para después escupir sangre. Alcanzó a dar un tremendo tajo con su larga espada a un tenochca, partiendo su chimalli y decapitándolo al momento.

Instantes después, un cuauhpilli, un guerrero águila, se lanzó sobre la montura del caballo, sujetando por la espalda al capitán caxtilteca. El tenochca vestía un traje completo de plumas cafés con ribetes alrededor del cuello hechos de caracoles, mientras que su cabeza estaba cubierta con un yelmo en forma de cabeza de águila. A su espalda llevaba un estandarte fijado en una estructura de carrizos. El robusto y alto caxtilteca de inmediato sacó un filoso cuchillo y logró clavárselo en el abdomen, al mismo tiempo que el mexica introdujo en su ojo una daga de pedernal.

—¡Aaaaargh! ¡No me llevarán vivo! —se escuchó el grito agonizante del cristiano, mientras seguía sacando y clavando el cuchillo en su enemigo.

Los dos combatientes cayeron del animal, perdiéndose entre la multitud. Una exclamación de algarabía se escuchó entre los mexicas que vieron la acción heroica del guerrero águila, por lo que se lanzaron a la refriega con mayor ánimo. Al parecer, la muerte del hombre causó una dura impresión entre los caxtiltecas que defendían las bestias cargadas de oro, pues algunos jinetes y sus animales trataron de huir por la calzada, pisoteando y empujando a cualquier hombre que se interpusiera en su camino. Por su parte, los cristianos de a pie trataron de seguir a los jinetes, pero no llegaron muy lejos, pues un puñado de mexicas les cortó el paso para reanudar el combate.

En ese momento avancé hacia la compacta formación de enemigos que rodeaban los equinos cargados de oro, quienes combatían hombro con hombro, escudo con escudo, mientras que su retaguardia era protegida por tres jinetes que habían decidido apoyar a sus compañeros y no escapar. Salté el cadáver de una bestia abatida para finalmente encarar a uno de los diez hispanos, quien me lanzó una estocada, que desvié con mi maza para después golpearle el rostro con el pomo de madera de mi arma. Entonces intervino otro guerrero, un joven mexica de apenas quince años, quien clavó una larga lanza en el vientre del caxtilteca. Bastó que yo le diera otro golpe en la cabeza para que colapsara sobre sus pies. Cuando me disponía a enfrentar a otro cristiano, escuché a un tenochca gritar:

—¡Hemos destruido el quinto puente! ¡El quinto puente ha caído! —Al parecer el hombre, que tripulaba una canoa con al menos seis remeros, era un mensajero enviado desde la quinta cortadura.

—¡Ahora los cuilones no podrán escapar! —dijo otro tenochca.

Al unísono todos los mexicas alzamos nuestras voces, gritando emocionados, festejando el gran logro que podría convertir la huida enemiga en una derrota total. Algunos alzaron los escudos, las lanzas y las macanas, otros siguieron combatiendo, como era mi caso. Sin pensarlo dos veces descargué mi maza sobre la cabeza del caxtilteca que me enfrentaba, quien alzó su espada para detener el golpe. La dura madera de encino crujió al partirse por la mitad. Sorprendido, lo pateé, empujándolo hacia atrás y haciéndole perder el equilibrio, y luego me lancé sobre su rostro con la astilla de la empuñadura de mi maza, la cual clavé en su cuello cuando caímos sobre el piso de la calzada. De inmediato rodé, para después recuperar nuevamente el estandarte e incorporarme.

—¡A mí, águilas mexicas! —grité en mi desesperación, pues había perdido mi maza.

Retrocedí unos pasos, observando que un delgado hispano con un yelmo cónico y un peto de metal se acercaba a mí sujetando un hacha de guerra. Cuando extraje mi daga para defenderme, listo para lo peor, observé cómo desde un costado arribaba el cuáuchic Tezcacóatl, lanzando un golpe con su macuáhuitl contra el rostro del sorprendido hispano. La dura madera de su arma se impactó en su mandíbula, tirándole algunos dientes. Sin darle tiempo para reaccionar, vino un segundo golpe dirigido a su nariz, luego un tercero y un cuarto, haciendo que el cristiano cayera convulsionándose sobre el piso.

—¡Consigue un arma, novato! —gruñó Tezcacóatl mientras caminaba frente a mí en busca de un nuevo oponente.

Observé el piso estucado de la calzada buscando algo que me fuera útil para seguir combatiendo, pero solamente encontré cabellos, flechas rotas y canastas desechas. Sin más opción, tomé el hacha de metal del hispano que había asesinado el cuáuchic. Cuando alcé la mirada vi frente a mí cómo un tenochca casi degollaba la cabeza de un caballo usando un macuáhuitl a dos manos, por lo que tuve que saltar para evitar que la enorme bestia y su jinete cayeran sobre mí. El caxtilteca, previendo su caída, saltó hacia las aguas obscuras de la laguna, prefiriendo morir ahogado que caer en manos de sus enemigos y acabar sacrificado. Y así fue: el jinete se sumergió en las aguas para no volver a salir jamás. Por un momento observé a mi alrededor, sin encontrar a un enemigo inmediato, aunque sí vi que un guerrero vestido como un coyote de fuego arrastraba del pelo a una bella mujer tlaxcalteca, posiblemente una de las amantes de los capitanes caxtiltecas. Sus días acabarían en la cima de un templo, para alimentar a los dioses solares con su sangre y su corazón.

Con la respiración agitada y los brazos agotados inspeccioné mi alrededor por segunda vez, girando sobre mis talones en busca de cualquier amenaza. Para mi sorpresa me encontré con que los caxtiltecas que seguían combatiendo estaban enfrascados en duelos personales con tenochcas, quienes llevaban las de ganar. Poco a poco se vaciaba ese tramo de la calzada, pues muchos combatientes habían muerto y otros habían logrado continuar su avance hacia el oeste. A mi alrededor yacían muertos cerca de trece grandes venados y al menos cincuenta cadáveres, tanto de mexicas como de hispanos y tlaxcaltecas, haciendo difícil no tropezarse con ellos o resbalar con su sangre. Canastas desarmadas, petacas, cajas, lanzas, cascos, piedras, escudos y chimaltin, extremidades cercenadas, plumas y flechas rotas cubrían la ensangrentada calzada. Limpié la sangre de mi rostro con el dorso de la mano, mientras me daba un momento para recobrar el aliento. A unos pasos pude ver al incansable veterano, el cuáuchic Tezcacóatl, levantarse del piso después de haber abatido a un tlaxcalteca. Sin darle un respiro, se arremolinó en torno a él un grupo de jóvenes guerreros que acababan de desembarcar de sus canoas. El veterano señaló hacia el oeste con su macuáhuitl, por lo que los jóvenes emprendieron la marcha hacia esa dirección, donde los combates proseguían, pues los caxtiltecas no desistían de avanzar hacia la quinta cortadura.

Frente a mí observé cómo cinco tlaxcaltecas combatían de manera desesperada, buscando romper el cerco al que los sometía un puñado de tenochcas. Poco a poco fueron cayendo abatidos, pues eran superados en número. Uno de los últimos en permanecer con vida echó a correr, pero no llegó muy lejos: una jabalina lanzada por otro combatiente lo alcanzó.

Para mi buena fortuna, y sin despegar la mirada del piso, encontré un macuáhuitl con las lajas de obsidiana en buen estado, por lo que de inmediato reemplacé la pesada y estorbosa hacha hispana. No muy lejos de mi posición hallé el cuerpo del esforzado guerrero águila, quien descansaba sobre el cuerpo del hombre barbado con la cadena de oro, todavía abrazándolo. El valiente cuauhpilli aún sujetaba la daga de pedernal en su mano. A un costado observé el cuerpo de una bella mujer, posiblemente una tlaxcalteca, quien había sido acuchillada por el vientre. Sus hermosos ojos obscuros estaban abiertos, como si disfrutara de observar las grises nubes moviéndose hacia el oeste. En ese momento llegó a mi mente la imagen de mi amada Citlalli. ¿Dónde te has metido, hermosa mujer?, me pregunté. ¿Acaso ya has llegado a Popotlan, o simplemente decidiste lanzarte a las aguas para encontrar tu libertad? Estés donde estés, aférrate a la vida, pues tarde que temprano te encontraré, me dije a mí mismo.

—¡Repliéguense hacia el puente! —ordenó Tezcacóatl después de haber abatido a su último enemigo. El veterano cuáuchic, quien cojeaba de una pierna debido a una herida, llevaba el tlahuiztli amarillo tinto de sangre, así como su rostro. Sus palabras me sacaron de mis cavilaciones y de inmediato obedecí—. ¡Repliéguense hacia la cortadura! —volvió a ordenar, tratando de que todos los guerreros lo escucharan.

Un par de guerreros tequihua, vestidos con pieles de jaguar, replicó las órdenes entre los que aún combatían, mientras que otro cuauhyáhcatl aprovechó el breve respiro del que gozaban sus hombres para arrojar a las aguas de la laguna las petacas y las canastas llenas de oro.

—¡Si perdemos la vida en este lugar, no permitiremos que esos cristianos recuperen su oro, así que arrójenlo al lago! ¡Muévanse!

Al caminar hacia el puente, saltando sobre la gran cantidad de muertos, escuché la conversación que sostenía el cuáuchic Tezcacóatl con los otros dos tequihua océlotl.

—Hemos partido la retaguardia del cuerpo central de la columna enemiga, lo que nos ha dado un breve respiro, pero muchos más vienen en nuestra dirección, así como el grueso de los contingentes tlaxcaltecas. Con las bajas que hemos sufrido no podremos detener la estampida —afirmó el cuáuchic lanzando una mirada hacia la multitud que trataba de abrirse paso entre los enjambres de guerreros mexicas y la lluvia de flechas que caía sobre ella.

—Tequihua Xiuhmalinalli, aborda una canoa y dirígete al embarcadero de Chichimecapan, donde aguardan los escuadrones de reserva. Apresúrate, no tomes mucho tiempo —dijo el guerrero ocelote de mayor rango a su compañero.

De inmediato el otro capitán, seguido de un par de guerreros, abordó una de las tantas canoas que estaban abandonadas a un costado de la calzada para cumplir las órdenes que le habían dado.

Al verme aproximarme, el cuáuchic Tezcacóatl sonrió, fijando la mirada en el estandarte.

—Me alegra que el estandarte haya sobrevivido al enfrentamiento.

—Estuve a punto de perderlo, pero aquí sigue, gran cuáuchic.

Me tomé un momento para contemplarlo y me sorprendió ver que estaba rasgado y agujerado en dos sitios, eso sin mencionar que el templo pintado sobre él apenas si se distinguía entre las manchas de sangre.

—Honorable cuáuchic, ¿ha visto a Tliltócatl? —pregunté.

—Lo vi en la distancia, combatiendo como un jaguar contra un par de caxtiltecas, hasta que fue abatido. Lo lamento, Cuauhtli —alcanzó a decir para después acercarse al cadáver de un gran venado y sacar de su vientre una lanza que llevaba clavada. Revisó que fuera funcional y que aún conservara su punta de filoso pedernal.

—Esto servirá —dijo para sí mismo con su gruesa voz, después arrojó su macuáhuitl desprovisto de lajas de obsidiana. Luego de un momento de silencio, donde pude ver que varios guerreros corrían frente a mí para sumarse a la refriega al este de nuestra posición, el guerrero veterano me murmuró—: Parece, aguilucho, que no saldremos vivos de esta, así que haz las paces con los dioses antes de que sea muy tarde. —Dicho esto, señaló hacia el este, donde a unos pasos de distancia de nuestra posición los combates comenzaban de nuevo con la llegada de cientos de hispanos y al menos mil tlaxcaltecas, el resto de la retaguardia.

—Pues sepa, mi señor, que ha sido un gran honor combatir a su lado —respondí al tiempo que clavaba el estandarte del barrio en el cuerpo de uno de los gigantescos animales muertos.

Tezcacóatl me observó con su único ojo, aprobando mi acción, pues sabía que no tenía posibilidades de sobrevivir si seguía portando el pantli. Saqué mi daga de pedernal al momento en que escuché el grito del tequihua océlotl: "¡Al combate, hijos del calpulli de Amanalco!", quien emprendió la marcha hacia la batalla seguido de una veintena de guerreros; fueron engullidos de inmediato por la multitud de hombres que avanzaba hacia nuestra dirección.

—¡Águilas y jaguares de Teocaltitlan, al ataque! —ordenó el cuáuchic a la docena de tenochcas que nos encontrábamos a su alrededor. Todos gritamos orgullosos de escuchar el nombre de nuestro calpulli, alzando nuestras armas. Momentos después nos lanzamos al combate, dispuestos a ofrendar la vida por la grandeza de Tenochtitlan.

Capítulo 51

Gonzalo partió el cráneo de su oponente con su espada, después colocó el pie sobre el pecho para arrancar la espada ensangrentada. De inmediato el mexica abatido fue reemplazado por otro, un fiero guerrero con el rostro pintado de rojo que llevaba un peto elaborado con plumas rojas. El fornido mexica descargó su macuáhuitl con toda su fuerza, sin embargo, el golpe fue bloqueado por la tizona del nacido en Trujillo. Ambos hombres empujaron con fuerza, hasta que el hispano golpeó el rostro de su oponente con su rodela, derribándolo al instante para después acuchillarlo con su arma. Gonzalo Rodríguez de Trujillo miró a su alrededor, encontrando desesperanza al saberse derrotado, acorralado, como el resto de los integrantes de la retaguardia. Todo había sido en vano, pensó al voltear a ver el cuerpo inmóvil de Rodrigo de Badajoz tirado sobre la calzada, con una lanza clavada en el pecho. Sus ojos se encontraban abiertos, al igual que su boca, de la cual escurría un hilillo de sangre. A pesar de que hacía unos momentos su grupo, así como el de Ortiz, el músico, el de Juan Jaramillo y unos cientos de tlaxcaltecas habían logrado superar la cuarta cortadura de la calzada, replegando a los tenochcas varias varas, el capitán de rodeleros no veía ninguna forma de obtener la victoria y burlar la muerte en esta ocasión. Su avance se detuvo cuando súbitamente llegaron desde su flanco izquierdo al menos treinta canoas repletas de tenochcas, quienes primero masacraron la formación con sus proyectiles y luego desembarcaron para cimbrar el compacto grupo donde se encontraba el capitán de rodeleros. En ese momento no pudieron seguir avanzando, por lo que cerraron su formación, tratando de resistir lo más posible.

—¡Esforzados, cruzados, debemos avanzar! —gritó Ortiz, el músico, a la distancia, quien se mantenía vivo, dirigiendo a los sobrevivientes de su contingente hacia al menos tres varas enfrente de Gonzalo. Como respuesta a sus palabras, varias flechas cayeron sobre él y sus hombres.

—¡Capitán, agachad la cabeza! —le gritó Hernando Tovar.

Instintivamente Gonzalo escondió su cabeza bajo su rodela, al momento que caía sobre él y sus hombres una lluvia de piedras y flechas. El rodelero escuchó un quejido que provenía desde atrás de su posición. Aunque sabía que se trataba de Beatriz Citlalli, no pudo voltear para cerciorarse, pues otro mexica amenazaba con atravesarlo con una lanza. El primer intento fue desviado por el rodelero con su espada. En el segundo utilizó su rodela. En el tercer intento se hizo a un lado, golpeando con fuerza una de las manos que sujetaban la pica, cercenándola al instante. Bastó otro golpe al cuello de su enemigo para dejarlo fuera de combate. En ese momento tuvo un respiro para voltear a ver a Citlalli, quien se encontraba sentada en cuclillas, tratando de protegerse de los proyectiles que constantemente caían.

—Beatriz, ¿te encuentras bien? —le preguntó al ver el asta de una flecha clavada en su hombro izquierdo.

—¡Soltadme, Gonzalo! —le pidió otra vez, como lo había solicitado desde que inició el combate. A sus súplicas, el rodelero guardaba silencio, o simplemente le repetía: "¡No te preocupes, que mientras yo esté aquí nada te pasará!"—. ¡Escóndete debajo de la mula! —le aconsejó el capitán de rodeleros, a quien ya le pesaban la espada y la rodela—. ¡Saldremos vivos de esta! —afirmó al voltear a su derecha, donde combatía el esclavo Agustín, quien había resultado ser un fiero guerrero gracias a su musculatura y considerable altura.

El africano blandía su martillo de herrero de un lado a otro, rompiendo cráneos y piernas, alejando a los mexicas, quienes guardaban temor y respeto a los "señores sucios o tiznados", los teocacatzacti. A pesar de haber sido herido al menos en cinco ocasiones, el gigante de piel obscura seguía combatiendo, mientras profería palabras en alguna lengua del centro de África.

—Tenemos que salir de esta jodida ratonera, capitán —le dijo Hernando Tovar después de abatir a otro tenochca—. ¡Gonzalo, escúchame! ¡Mueve a los hombres!

Gonzalo se disponía a decir algo cuando una flecha se clavó en su pierna. El rodelero no tuvo tiempo de sentir dolor, pues frente a él apareció otro guerrero mexica, quien se lanzó contra él sujetando solamente una daga en su mano. Rodríguez de Trujillo soltó su espada para sujetar la mano de su enemigo, al tiempo que era derribado. Los dos hombres forcejearon frente a la mirada expectante de Citlalli, quien deseaba que su carcelero muriera de una vez por todas. Rodaron por el piso hasta que Gonzalo golpeó con su rodilla la entrepierna de su oponente, y así aprovechar para desarmarlo. Sin pensarlo dos veces, sacó de su funda su misericordia para clavársela en el pecho, buscando su corazón. El mexica se desplomó sobre él. Gonzalo inhaló y exhaló un par de veces antes de remover el cuerpo de su enemigo y ponerse de pie, a pesar del dolor que sentía en el muslo por la flecha que llevaba clavada en él. Después de recoger su espada, el capitán de rodeleros miró a su derecha, solamente para ver cómo dos tenochcas arrastraban a Blas Botello de Puerto Plata sobre la calzada, con el propósito de subirlo a su canoa.

—¡Ayuda, rodeleros! ¡Los malditos indios me llevan! ¡No me dejen solo! ¡No he de morir esta noche! ¡No estaba dicho! —esas fueron las últimas palabras que escucharon los miembros del grupo del agorero Blas. Nadie pudo hacer nada por él, pues se encontraban rodeados de tenochcas y vigilados por arqueros y honderos que desde sus canoas no dejaban de tirarles proyectiles. Aquel que se aventurara a separarse del grupo sabía que no duraría mucho.

—¡Cuidado con las flechas! —gritó Hernando Tovar momentos antes de que nuevamente llovieran piedras y varas tostadas sobre el grupo. En esta ocasión, la mula fue atravesada por un dardo de átlatl, la cual dio unos pasos para después caer sobre su costado. Por fortuna, Citlalli se percató de la situación sorteando el equino y así evitar ser aplastada. El animal comenzó a gemir de manera estruendosa al estar mal herido.

—¡Beatriz! ¿Te encuentras bien? —preguntó Gonzalo con intención de acudir en su ayuda, pero un nuevo oponente se presentó desafiante, un joven tenochca que tenía más pinta de ser carpintero o agricultor que un guerrero. Iba armado con una lanza de madera con punta de pedernal, mientras que un pequeño escudo redondo de madera protegía su antebrazo izquierdo. El capitán de rodeleros cargó sobre él, tomando impulso y empujando la espada con todo su peso mientras protegía su rostro detrás de la rodela. El guerrero colocó su lanza en dirección a su enemigo, pero su punta resbaló en la superficie pulida de la rodela, siendo atravesado por el pecho por la espada de Gonzalo. Con un fuerte tirón, el rodelero le extrajo la espada de entre las costillas y regresó sobre sus pasos para acudir en auxilio de Citlalli. En ese momento, el rodelero se percató de que a unos pasos Agustín, el esclavo, se tambaleaba al recibir en

514

el costado de su abdomen un fuerte golpe de macuáhuitl, el cual era empuñado por un mexica cuyo rostro le parecía conocido. Negándose ante la derrota, el africano sujetó del cuello al delgado pero fuerte guerrero mexica, tratando de estrangularlo. El tenochca actuó rápido y clavó su cuchillo de pedernal en el cuello de Agustín, quien colapsó al tiempo que soltaba a su oponente.

El rodelero fijó la vista en él mientras avanzaba hacia doña Beatriz Yohualcitlaltzin, reconoció el traje rojo que cubría su cuerpo, la nariguera dorada en forma de mariposa y también la expresión de su rostro. ¿Dónde he visto a este indio?, se preguntó por un momento, hasta que escuchó al guerrero gritar el nombre de Citlalli.

—¡Cuauhtli! —respondió la jovencita con emoción, tratando de incorporarse, jalando la cuerda que aún ataba sus manos al cuerpo del moribundo animal que seguía gimiendo de dolor—. ¡Has venido por mí! ¡Me has encontrado!

En ese momento, Gonzalo supo dónde lo había visto. ¡Ese bastardo estaba en la emboscada que nos tendieron los indios en la chinampa!, se dijo, lleno de rabia y odio. Sin pensarlo dos veces caminó hacia él, apretando con la mano derecha el mango de su espada hasta que sus nudillos se pusieron blancos, mientras que con la mano izquierda aferraba la agarradera de la abollada rodela. Chichilcuauhtli colocó una rodilla en tierra con la intención de cortar la cuerda que sujetaba las manos de su amada, cuando se percató del peligro. En ese instante, Gonzalo descargó su espada con fuerza desde las alturas contra la humanidad del tenochca, gritando con furia. Cuauhtli no tuvo más opción que rodar hacia un costado para evitar el tajo, que golpeó con fuerza el estuco del piso.

—¡Nuevamente tú, maldito indio! ¿Acaso disfrutas siguiendo mis pasos? —le recriminó el capitán de rodeleros al mexica que se había incorporado y se acercaba amenazante hacia él.

El tenochca, sabiendo que su enemigo tenía la ventaja gracias a su espada de acero, esperó a que lo atacara. De inmediato Gonzalo cayó en la provocación y lanzó un tajo lateral, el cual evadió Cuauhtli agachándose e inclinando la cabeza. El mexica dio unos pasos laterales, dejando que pasara de largo el furibundo hispano con el impulso que llevaba.

—¡Deja de seguirme! —le reprochó Gonzalo y lanzó una rápida estocada al mexica, quien giró sobre sus pies colocando el macuáhuitl en posición horizontal, para que las filosas navajas de obsidiana cortaran profundamente el hombro izquierdo del cristiano con su propio impulso.

Rodríguez de Trujillo ahogó un gemido de dolor al sentir cómo el vidrio de origen volcánico aserraba su carne. Volteó cojeando para encarar a Cuauhtli y arrojó la pesada rodela al piso, pues le costaba trabajo sostenerla debido a la herida que había sufrido.

—Esta noche te estarás quemando en el infierno, ¡indio idólatra! —exclamó al lanzar un tajo descendente, luego uno lateral, el cual forzó a Cuauhtli a bloquear con su macuáhuitl, haciendo que al menos cinco lajas de obsidiana se astillaran. Gonzalo, furibundo, avanzó dos pasos, los mismos que el tenochca retrocedió, lanzando una rápida pero mortal estocada. En ese momento, Chichilcuauhtli giró hacia la izquierda, esquivando la estocada así como concentrando todo el impulso de su viraje en el golpe que lanzó con su macuáhuitl contra la nuca del capitán de rodeleros. Gonzalo el Sin Miedo alcanzó a ver de reojo las intenciones de su enemigo, pero se alegró de que las suyas no fueran descubiertas. Justo al pasar al costado del mexica, clavó con la mano izquierda su misericordia en la espalda baja de su oponente, a la altura de sus riñones, hasta la empuñadura.

Cuauhtli sintió un fuerte golpe en su espalda, lo que cimbró todo su cuerpo, pero no le impidió golpear la nuca de Gonzalo con su macana. Las navajas de obsidiana colocadas en los filos de su arma cortaron limpiamente el cuello del rodelero, haciendo volar su cabeza. El cuerpo mutilado se estrelló en el lomo de la mula, quedando tirado en el piso a un costado de Yohualcitlaltzin.

—¡Cuauhtli! —gritó Citlalli al percatarse de la mortal herida que había recibido su querido.

Chichilcuauhtli se mantuvo de pie un momento, trastabillando, satisfecho de haber derrotado al hombre que tanto sufrimiento le había causado a su amada, a la misma que mantenía como una prisionera. El mexica se acercó a ella, dando unos pasos mientras la observaba con ternura, con cariño.

—He cumplido mi promesa, amada mía. Te he encontrado y te he liberado —alcanzó a decirle. Entonces sus piernas se doblaron y cayó a un lado de Citlalli, aún sujetando sus macuáhuitl. La jovencita acarició su mejilla con los ojos inundados de lágrimas.

—No cierres los ojos, querida Águila Roja, aún hay tiempo para llevarte con los sanadores. Te subiré a una canoa y pronto llegaremos a Atlampa, donde te atenderán —le dijo Citlalli, inconsolable.

—Escapa de esta matanza, salva la vida querida mía, para que puedas recorrer todo el Cem Anáhuac como siempre lo has deseado, mientras yo te observo desde los cielos, mi pedacito de jade, mi estrella de la noche... —estas fueron las últimas palabras de Chichilcuauhtli, quien se desplomó frente a Citlalli.

La jovencita rompió en llanto, cubriendo su rostro con las manos y cerrando los ojos, mientras a su alrededor continuaba el combate. Permaneció así un breve momento, hasta que se dispuso a tomar con sus dos manos el macuáhuitl de Cuauhtli. Frotó una filosa laja de obsidiana contra la correa de cuero y casi de inmediato la cortó, pero permaneció sentada, oculta entre las patas de la mula, que finalmente había muerto. Echó una ojeada a su alrededor para observar cómo era ejecutado el último rodelero de la Vera Cruz, el llamado Hernando Tovar, quien fue atravesado por el pecho con una lanza. Alrededor de su posición pudo ver algunos castellanos y mexicas que seguían combatiendo, llevando la peor parte los primeros, pero los segundos sufriendo más bajas de las que esperaban.

—¡Se aproximan los tlaxcaltecas! ¡Se aproxima el Tonátiuh! —escuchó que un mexica gritaba, alarmando a sus compañeros—. ¡Al menos son trescientos adoradores de Camaxtli!

—¡Águilas, jaguares, suban a las canoas y remen hacia el puente de los Toltecas! Ahí les haremos frente —ordenó un veterano vestido de amarillo que veía con un solo ojo.

El veterano detuvo sus pasos por un momento, escudriñando su alrededor, buscando a Cuauhtli sin encontrarlo, por lo que emprendió la marcha nuevamente.

Citlalli lo observó al alejarse. Se trataba de un guerrero de alto rango, perteneciente a la sociedad guerrera de los tonsurados, los cuáuchic. El veterano, quien cojeaba de una pierna, subió a una de las tantas canoas atracadas en los costados de la calzada. De inmediato fue seguido por al menos treinta guerreros, para después comenzar a remar y alejarse de la calzada.

Ahora es el momento, tonta, ¡salta!, se reprendió Yohualcitlaltzin. Rápidamente se incorporó y corrió hacia el lado sur de la calzada, ya con las manos libres. Antes de lanzarse a las frías aguas del lago, la joven tenochca observó de reojo cómo apenas a unos pasos de distancia corría en su dirección un guerrero tlaxcalteca. El hombre, sorprendido, frenó sus pasos al ver cómo una persona emergía del cadáver de un equino y pasaba frente a él para sumergirse en las aguas del lago, desapareciendo de su vista.

—¡Alabado sea Camaxtli! —murmuró el espantado tlaxcalteca, quien no le dio mayor importancia y siguió corriendo, seguido de al menos doscientos hombres, entre ellos castellanos y tlaxcaltecas.

La turba trotaba esquivando los muertos y los otros objetos regados por la calzada. Entre ellos iba Pedro de Alvarado, seguido de su hermano Gómez, así como Xicoténcatl el joven. Corrían desesperados, pues eran perseguidos por escuadrones completos de guerreros mexicas que emergían de los barrios al oeste de la ciudad. Corrían hacia la única dirección posible, hacia la única ruta de escape. Era impensable para ellos regresar a Tenochtitlan, y mucho menos lanzarse al agua, donde el peso del oro que llevaban, así como de sus armaduras, los arrastrarían al fondo del lago. Solamente había una dirección que seguir: hacia el oeste, rumbo a Popotlan, sin importar que el puente de la quinta cortadura hubiera sido removido, sin importar que cientos y cientos de mexicas se encontraran reunidos en dicho punto en espera de masacrarlos. No había más, era el oeste o el maldito oeste.

CAPÍTULO 52

El tlacatécatl Cuauhtemotzin observaba con deleite desde el lado norte de la calzada de Tlacopan el desarrollo del ataque tenochca-tlatelolca. El hijo de Ahuízotl se mantenía de pie, erguido sobre su canoa, fuera del alcance de los pocos proyectiles que los tlaxcaltecas lanzaban. A su espalda había cinco embarcaciones tripuladas por guerreros de élite de Tlatelolco, todos esperando la orden de su señor para integrarse al combate. Esa noche el tlacatécatl de Tlatelolco iba ataviado con un tlahuiztli hecho de plumas rojas y naranjas de guacamaya que cubría su cuerpo, brazos y piernas. Llevaba el pelo recogido sobre la cabeza, orejeras de obsidiana y una nariguera dorada con forma de medialuna. Arriba de su mentón emergía el bezote con forma de águila hecho también de teocuítlatl, oro. El tlacatécatl arribó a la calzada, seguido de sus guerreros, al comenzar el combate, justo cuando los tenochcas encendieron las dos torres de madera para iluminar el lugar y permitir a los arqueros y honderos mejorar su puntería. Con cierta preocupación fue testigo de lo presionados que estuvieron los escuadrones mexicas que cerraban la calzada, alrededor de la quinta cortadura, para bloquearles el paso e impedir que alcanzaran Popotlan.

Después de un fuerte enfrenamiento inicial, los castellanos lograron colocar uno de sus puentes móviles de madera, lo que permitió el paso de los jinetes y sus monturas, quienes aplastaron a los defensores tenochcas. A pesar de sus esfuerzos por contener a la marea caxtilteca poco pudieron hacer, por lo que muchos de ellos murieron y otros tuvieron que lanzarse al agua para salvar la vida. En ese momento, Cuauhtemotzin estuvo tentado a dejar de lado su objetivo primario y acudir en apoyo de los guerreros que aún trataban de contener el avance enemigo, pero su consejero Huitzilíhuitl, quien tripulaba la canoa, lo hizo entrar en razón para que mantuviera la calma y la cabeza fría. El hijo de Ahuízotl fue testigo de cómo gran parte de la vanguardia enemiga alcanzaba la sexta cortadura y después el altépetl de Popotlan, población ya ubicada en tierra firme al oeste de la capital mexica. Por un instante, al tlacatécatl de Tlatelolco le pareció que todo el plan mexica fracasaba. Sin embargo, momentos después arribaron cientos de mexicas, quienes bajaron de sus canoas y se apropiaron del puente alrededor de la quinta cortadura, conteniendo la marea cristiana, valiéndose solamente de sus escudos y lanzas. Los valerosos guerreros que pusieron pie en la calzada fueron apoyados por mexicas que desde las canoas hicieron llover miles de proyectiles, diezmando las filas enemigas, haciendo que decenas de hispanos encontraran la muerte o fueran heridos. Poco a poco su avance por la calzada fue ralentizándose, pues todo comenzó a llenarse de cadáveres de caballos, tlaxcaltecas y caxtiltecas, lo que estorbaba el paso de los escuadrones que venían desde la retaguardia. Finalmente, en algún momento de la noche, los mexicas hicieron retroceder a los cristianos y tomaron el control del puente móvil de madera, el cual desmontaron y arrojaron a las aguas del lago ante las miradas horrorizadas de caxtiltecas y tlaxcaltecas.

Ahí estuvo el tlacatécatl de Tenochtitlan, el tecuhtli Yohualtochtli, en la primera línea de combate, seguido de un escuadrón de guerreros tonsurados cuauchíqueh, así como también el guerrero otontin Tzilacatzin con sus jaguares de Xocotitlan. Esa acción marcó el inicio de la masacre que diezmaría tremendamente a los hombres del tlacatécatl Chalchíhuitl Cortés. Rota la calzada, los hombres y las bestias comenzaron a caer en la cortadura, siendo empujados por los integrantes de la retaguardia que desconocían que había sido removido un puente, ahogándose irremediablemente. Así, comenzaron a caer hispanos e indígenas, unos detrás de los otros, de manera constante e incesante, en las frías aguas del lago, mientras que por los costados cientos eran abatidos por los proyectiles mexicas lanzados desde los monóxilos. Otros tantos caían muertos por el macuáhuitl, el cuauhololli y el téchcatl en un brutal combate cuerpo a cuerpo bajo la llovizna. Muchos mexicas se lanzaban a las aguas del lago prendidos de sus enemigos, sabiendo que los castellanos iban cargados de oro, piedras verdes y armaduras pesadas, por lo que acabarían ahogándose. Otros más aprovechaban la confusión que reinaba para arrastrar a enemigos heridos o moribundos a sus canoas, con el objetivo de llevarlos a los templos para sacrificarlos en honor de los dioses.

Cuauhtemotzin desvió la mirada del puente de los Toltecas al ver que una canoa iba en su dirección desde la calzada. Al observarla con más detenimiento, se dio cuenta de que iba cargada de mexicas heridos. Los tres remeros que la impulsaban detuvieron la embarcación en la posición donde el tlacatécatl de Tlatelolco se encontraba. Uno de los remeros comenzó a hablar:

—Valiente y orgulloso tlacatécatl, mi señor, he encontrado a sus conejos. Se encuentran a medio camino entre la cuarta y quinta cortadura. Aunque todos permanecen vivos, la gran mayoría de sus guardias los han abandonado para salvar la vida, por lo que no será una tarea difícil cazarlos y abatirlos.

—¿Has visto a Axayácatl y a Chimalpopoca en dicho grupo? —preguntó Cuauhtémoc, sin importarle que lo escucharan los guerreros que lo rodeaban.

—Sí, mi señor. Milagrosamente siguen vivos. Van vestidos sencillamente, sin portar ninguno de los atributos dignos de su posición, por lo que posiblemente no han sido reconocidos por los tenochcas que combaten en la calzada. Puede estar seguro de que he reconocido sus rostros, a pesar de ir manchados de fango y de que sus tilmas blancas están salpicadas de sangre. Se trata de ellos, gran siervo de Huitzilopochtli —contestó el remero al tiempo que bajaba la mirada.

—Confío en tu palabra, Coyote Blanco. Si los encuentro donde me has dicho, serás recompensado en gran medida; de no ser así, pagarás las consecuencias, pues como sabes no disponemos de mucho tiempo para concretar nuestro objetivo. Un error y será muy tarde para nosotros, pues mis sobrinos habrán escapado —le dijo con dureza, dulcificando su amenaza—. Gracias por tus servicios —concluyó Cuauhtemotzin al tiempo que alzaba la mano derecha, indicando a sus hombres a bordo de las cinco canoas que lo rodeaban que era momento de avanzar. De inmediato los remos se sumergieron en el agua y las embarcaciones se dirigieron en busca del heredero de Motecuhzomatzin y de sus otros vástagos, mientras que la canoa llena de heridos continuó navegando hacia el norte.

—¡Ha llegado el momento la venganza! ¡Hoy el castigo descenderá sobre aquellos traidores que apoyaron la invasión caxtilteca de nuestra sagrada ciudad! —gritó Huitzilíhuitl, el veterano sacerdote de cuarenta años que llevaba todo el cuerpo pintado de negro y atado el largo pelo manchado de sangre.

El principal consejero de Cuauhtémoc no vestía ninguna protección, sino la misma tilma negra de ixtle, sucia y sudada. El siniestro tlamacazqui desenfundó una daga hecha de afilado pedernal y de mango de hueso, listo para ser el primero en acabar con la vida de los hijos mayores del fallecido huey tlahtoani, los principales objetivos de su señor.

Al aproximarse, Cuauhtémoc tomó su remo con entusiasmo, contento de que finalmente se encontraría con el heredero de su primo fallecido, Chimalpopoca, y con su hermano, el valeroso Axayácatl el joven. A pesar de la promesa que le había hecho a Cuitlahuatzin de respetar y proteger a los miembros sobrevivientes de la familia de Motecuhzoma, estaba convencido de la importancia de eliminar a los vástagos del difunto huey tlahtoani, sobre todo si se trataba de sus dos hijos mayores, quienes en un futuro podrían ser apoyados por los caxtiltecas como legítimos herederos al trono mexica y así justificar una futura invasión a Tenochtitlan. Las aspiraciones del tlacatécatl Malinche por dominar Mexihco-Tenochtitlan tenían que ser cortadas de raíz esa misma noche. En lo personal, ahora que la familia real había sido diezmada, a Cuauhtemotzin le era primordial acabar con cualquier candidato al icpalli real que pudiera arruinar sus planes de convertirse en el nuevo huey tlahtoani sustituyendo a su primo Cuitlahuatzin, quien muy pronto se reencontraría con sus ancestros. Esto reflexionaba el tlacatécatl de Tlatelolco cuando su canoa estaba por alcanzar la calzada de Tlacopan desde el norte. A pesar de su experiencia militar, lo que vio le sorprendió. En el agua flotaban decenas de canoas volteadas, flechas, dardos, mazas y lanzas, así como escudos de madera, plumas de quetzal y una infinidad de basura. Entre los objetos chapoteaban los combatientes, caxtiltecas, tlaxcaltecas y mexicas, aferrados en abrazos mortales, los cuales se resolverían cuando alguien terminara ahogado o con el cogote degollado. A un costado de su canoa vio cómo un caxtilteca que se ahogaba trababa de asirse a su canoa. El sacerdote Huitzilíhuitl, sin pensarlo dos veces, sujetó la cabellera del individuo para clavarle la daga de obsidiana en su ojo. Después de unos espasmos, el tlamacazqui lo soltó, hundiéndose el cristiano en las aguas.

Cuauhtémoc observó a lo lejos la quinta cortadura, la cual estaba llena de decenas de cadáveres de hombres y mujeres, incluso mulas, piezas de artillería y caballos. Algunos valientes hispanos lograban cruzar la cortadura saltando sobre la montaña de cadáveres y caminando sobre un par de vigas que habían colocado de manera improvisada a manera de puente. Tan alta era la mortandad que la calzada había quedado parcialmente vacía en algunos tramos, también debido a que los caxtiltecas que seguían combatiendo se habían unido a pequeños grupos de formación cerrada para resistir lo más posible. Aunado a esto, a la altura de la cuarta cortadura, gran parte de la retaguardia se había quedado atorada debido a los muchos cadáveres y objetos que impedían su avance, así como por las arremetidas de los escuadrones mexicas, por lo que la masacre aún no finalizaba.

Cuauhtemotzin y Huitzilíhuitl vieron al menos veinte hispanos, algunos al borde de la muerte, siendo arrastrados a las embarcaciones por los tenochcas para llevarlos a los templos. Los prisioneros gritaban con todas sus fuerzas, pidiendo ayuda a sus compañeros, pero la gran mayoría no obtuvo respuesta, pues todos los que seguían vivos buscaban salvar desesperadamente su propio pellejo, por lo que les era imposible ayudarlos. Entre estos prisioneros había uno con una pierna rota que era jalado por dos guerreros-sacerdotes tenochcas a su canoa. En un descuido de sus captores, el cristiano alcanzó de su bota una daga, la cual clavó en su propia garganta ante la decepción de sus capturadores. ¡Antes muerto que volverse alimento de los dioses!

—¡Mi señor, ahí están Chimalpopoca y su hermano Axayácatl! —gritó un noble tlatelolca que iba en otra embarcación mientras señalaba a un grupo de siete tenochcas que vestían sencillas tilmas blancas y sandalias de fibra de ixtle, algunos de los cuales se habían hecho de dagas europeas y unas picas.

Siguiendo sus pasos iba una decena de mujeres, sus primas y hermanas, así como miembros de la servidumbre del palacio. Tanto hombres como mujeres, así como algunos tlamémeh o cargadores habían cerrado filas en torno a un escuadrón de quince castellanos, armados con espadas y alabardas, que trataban de mantener a la distancia a los guerreros tenochcas que los acosaban. Al centro de la formación había un hombre montado a caballo, quien daba tajos a diestra y siniestra a pesar de llevar un dardo clavado en la pierna. Se trataba de Francisco de Salcedo, el pulido, el galán, quien, a pesar de ser consciente de que difícilmente habría escapatoria en esta ocasión, estaba dispuesto a vender cara su vida.

—¡Atraquen las canoas de inmediato y acaben con ellos! —ordenó Cuauhtemotzin—. ¡Diez esclavos para quien me entregue la cabeza de Chimalpopoca y Axayácatl!

De inmediato los remeros obedecieron a su señor, poniendo todo el empeño para alcanzar el camino, al tiempo que algunos guerreros empezaron a lanzar sus dardos y flechas contra los hispanos, quienes, al no contar con pólvora seca o proyectiles para sus ballestas, fueron cayendo poco a poco, fulminados. Finalmente las seis canoas atracaron en la calzada; los hombres de Cuauhtémoc saltaron de ellas y cargaron contra los sobrevivientes con sus mazas, lanzas y macuahuime. Francisco de Salcedo, quien tenía la posibilidad de escapar al ir montando un corcel, decidió quedarse y apoyar al grupo de infantes y alabarderos, a pesar del riesgo que eso conllevaba. Apenas si pudo abatir a un enemigo con su espada, cuando cuatro tlatelolcas lo sujetaron para desarmarlo y derribarlo del caballo. A pesar de batirse como una fiera en el suelo, fue llevado a una canoa para después transportarlo a un templo con el fin de alimentar a los dioses. Poco a poco fueron cayendo los castellanos, así como las mujeres mexicas, bajo las filosas lajas de obsidiana de los macuahuime. Chimalpopoca, quien se enfrentaba a un par de tlatelolcas de manera desesperada blandiendo una pesada espada de acero vizcaíno, se desplomó en el suelo cuando un tercer guerrero le rompió el brazo derecho con el golpe de su maza, desarmándolo en el momento. Llegó un segundo golpe, ahora con un macuáhuitl, que casi le rebana el brazo izquierdo. Cuando el joven guerrero luchaba por incorporarse dando gritos de dolor, surgió Cuauhtémoc entre sus guerreros, sujetando en su mano derecha un largo cuchillo de pedernal blanco. Los dos guerreros lo levantaron sujetándolo del pelo. El joven reconoció de inmediato a su tío, a pesar de la pintura de guerra escurrida que cubría su rostro.

—¿Notahtli Cuauhtemotzin? —preguntó antes de que el tlacatécatl lo sujetara del cabello y lo degollara en un parpadeo.

—¡La muerte encuentra a los traidores más temprano que tarde! ¡Este es el legado de tu padre! —le dijo mientras sus ojos se cerraban.

En ese mismo instante, a unos pasos de distancia, Axayácatl el joven era acuchillado en múltiples ocasiones por tres guerreros tlatelolcas. Antes de caer sobre el piso mojado, el guerrero de origen noble logró abatir a uno de sus oponentes clavándole en el cuello la daga de acero que empuñaba, lo que solamente causó que lo siguieran apuñalando con furor hasta quedar muerto. Después fue el turno de los señores Tzihuayotzin, Tzihuacpopoca, Tecuecuénotl y Totlehuícol, todos hijos del fallecido Motecuhzoma el grande.

Los castellanos que se mantenían en pie de lucha, al ver que su pequeño grupo había perdido toda cohesión y que Francisco de Salcedo había sido abatido, decidieron correr hasta la quinta cortadura tratando de escapar. Algunos se arrojaron al agua, jugándose la vida contra las corrientes del lago.

—Cortad las cabezas de mis sobrinos Chimalpopoca y Axayácatl y regresad a las canoas —ordenó Cuauhtemotzin a sus guerreros, dejando claro que el objetivo había sido cumplido.

A lo lejos, el hijo de Ahuízotl observó cómo sobre la calzada se aproximaba un nutrido grupo de hispanos y tlaxcaltecas. Eran los sobrevivientes de la retaguardia tratando de abrirse camino entre los cadáveres y los guerreros tenochcas hacia la quinta cortadura.

—¡Háganlo rápido! No podemos permanecer mucho tiempo aquí —los apresuró.

Los hombres obedecieron y subieron a las embarcaciones, dejando el chimalli y tomando el remo para alejarse lo antes posible de la calzada atestada de cuerpos. Al subir a la canoa, uno de los guerreros entregó las cabezas decapitadas al tlamacazqui Huitzilíhuitl, quien las miró con detalle, satisfecho por haber concretado el objetivo. Al guardarlas en dos morrales de ixtle llenos con sal, el sacerdote felicitó a Cuauhtemotzin:

—Los dioses lo llenan de bendiciones, mi señor. Felicidades por haber acabado con los hijos del traidor. Ahora solamente habrá que remover a su primo del icpalli real para que usted sea finalmente reconocido como el próximo huey tlahtoani de Mexihco-Tenochtitlan, y así lleve a la Triple Alianza a una nueva era de esplendor.

—Todo a su tiempo, tlamacazqui —respondió fríamente Cuauhtémoc al abordar el monóxilo y tomar un remo—. Primero tendremos que perseguir y destruir los remanentes del ejército caxtilteca, aquellos que escaparon y se refugiaron en Popotlan. Acabada esta tarea, nos aseguraremos de que Cuitlahuatzin emprenda el viaje hacia el paraíso solar lo antes posible y se reencuentre con sus abuelos.

—Así será, mi señor, pues sepa que nuestro poderoso padre Tezcatlipoca, el que se creó a sí mismo, lo tiene por favorito sobre cualquier otro mexica. Nuestros sacerdotes y agoreros me aseguraron que usted será huey tlahtoani muy pronto. El destino de Mexihco-Tenochtitlan estará en sus manos, honorable tlacatécatl —dijo el sacerdote Huitzilíhuitl al cerrar los dos morrales.

—El destino de Mexihco-Tenochtitlan en mis manos... —repitió para sí mismo Cuauhtemotzin al tiempo que los hombres comenzaban a remar en dirección a Tlatelolco. Pronto, las seis canoas se perdieron entre la bruma y la obscuridad que cubrían el lago de Tezcuco.

CAPÍTULO 53

Citlalli emergió de las frías aguas del lago al arribar a una chinampa, donde había una milpa y una sencilla casa de bajareque con techo de paja sumida en la obscuridad. Su respiración era agitada y tiritaba de frío. Se encontraba exhausta y abatida por la muerte de su querido Chichilcuauhtli, quien había ofrendado su vida para salvarla. La jovencita colocó sus manos sobre el borde de la chinampa e impulsó su cuerpo para salir del agua y dejarse caer sobre la tierra lodosa. No pudo evitar que las lágrimas mojaran sus mejillas al darse cuenta de que nunca más podría abrazar y besar a su amado, ni disfrutar de sus rugosas manos acariciando su piel. Lo que tanto había añorado, su libertad, no la satisfacía, no alegraba a su apesadumbrado corazón. Ni siquiera el haber sobrevivido a la masacre de los puentes le parecía algo relevante en ese momento. ¿Acaso su verdadero deseo no era ser libre, sino compartir una vida con Cuauhtli, lejos de la guerra, lejos de los caxtiltecas? Yohualcitlaltzin permaneció unos momentos tirada sobre el lodo, deseando haber encontrado la muerte para evitar sentir todo el dolor que flagelaba su mente y su cuerpo. Mientras lloraba acostada observó la obscuridad del cielo, así como las gotitas de agua que caían sobre su cara, su pelo y todo a su alrededor. Recordó el día en que conoció a Cuauhtli, hace mucho tiempo atrás, cuando ella apenas tenía doce inviernos y él quince, en la pequeña plaza del barrio de Huitznáhuac. Recordó cómo ella cayó durante la danza y cómo él de inmediato la ayudó a levantarse. Recordó sus hermosos ojos obscuros y la sensación que alegraba su corazón al verse reflejada en su mirada. Y ese recuerdo le dio fuerzas para seguir.

Tienes que salir de aquí, tienes que ponerte de pie, se dijo a sí misma, y lentamente se levantó. A tu madre y hermanos les dará una gran alegría verte, pensó aún llorando, aún abatida. Se disponía a caminar hacia el barrio de Huitznáhuac cuando de reojo vio cómo una solitaria canoa que navegaba en las aguas del lago se acercaba lentamente en su dirección. Al parecer iba tripulada por siete individuos. Su corazón se aceleró al pensar que posiblemente se trataba del capitán de rodeleros, Gonzalo Rodríguez, quien de una u otra forma había sobrevivido y la perseguía para recapturarla, pero luego se tranquilizó y, por su vestimenta, se percató de que se trataba de mexicas.

—Yohualcitlaltzin, ¿acaso no me reconoces? —preguntó emocionado uno de los mexicas mientras la canoa atracaba a unos pasos de donde se encontraba Citlalli—. Soy yo, el humilde tlamacazqui que te visitó en el tecpan de Axayácatl llevándote los mensajes de Chichilcuauhtli —el hombre saltó de la canoa, mientras que el resto de los tripulantes esperaba.

Citlalli lo observó y de inmediato lo reconoció. En efecto, se trataba del delgado hombre que portaba el escudo redondo de obsidiana sobre su pecho, el mismo que había mantenido la comunicación con Cuauhtli. Sin embargo, le pareció muy sospechoso encontrarse casualmente con el misterioso hombre en una chinampa del calpulli de Chichimecapan a medianoche, mientras que la batalla seguía librándose en la calzada de Tlacopan.

—¿Qué haces aquí, sacerdote? ¿Cómo me has encontrado? —preguntó.

—Nos retirábamos de la batalla con rumbo al embarcadero de Chichimecapan debido a que dos de mis compañeros se encuentran mal heridos, cuando a la distancia vimos a una persona nadando en las aguas en dirección a esta chinampa. Para mi sorpresa, notamos que era una mujer, por lo que decidimos venir a ayudar. Y bueno, aquí nos encontramos —respondió el sacerdote, quien vestía un peto de algodón y un carcaj vacío a un costado de su pierna. Aun así, no se despojaba de su tilma negra, la cual cubría su espalda—. Toma, jovencita. Seguro estás sedienta —le dijo al momento de ofrecerle su guaje y quitarle el tapón—. Toma un poco de agua.

Citlalli lo agarró de inmediato y le dio tres grandes tragos. La jovencita confiaba en el sacerdote, pues había demostrado innumerables veces que lo que decía era verdad, desde los mensajes que le compartió de Chichilcuauhtli hasta su conocimiento sobre los caxtiltecas.

—Si gustas, te podemos llevar al embarcadero. Ahí encontrarás comida, sanadores, así como fogatas donde podrás secarte.

—Gracias por el agua y la propuesta, pero prefiero caminar —respondió al tiempo que le regresaba el guaje. Sin embargo, de inmediato comenzó a sentirse mareada. Trastabilló, tratando de mantenerse en pie—. ¿Qué tenía esa agua? ¿Qué me has dado? —preguntó al misterioso hombre, quien la observaba mientras mostraba su blanca dentadura, sonriendo.

—Solamente unas yerbas molidas del lejano norte, querida —dijo mientras con un ademán llamaba a los otros tripulantes de la canoa, quienes de inmediato descendieron y se aproximaron a Citlalli para sujetarla de los brazos. La mujer de origen noble se resistió, sin embargo, se estaba quedando completamente dormida como consecuencia de la droga que había bebido.

—Finalmente, después de décadas, el altar de nuestro obscuro señor Itztlacoliuhqui-Tezcatlipoca volverá a cubrirse de la sangre más sagrada de Tenochtitlan, la perteneciente a la nobleza mexica, la propia sobrina de Motecuhzomatzin y Cuitlahuatzin —exclamó el hombre haciendo alusión al origen de Yohualcitlaltzin, quien era sobrina lejana de Motecuhzomatzin, ya que su madre, Iztacxóchitl, era sobrina del fallecido huey tlahtoani Axayácatl—. Tu preciosa sangre complacerá al señor de las epidemias, las heladas y las desgracias, el cuchillo torcido de obsidiana, asegurando que los caxtiltecas nunca regresen a estas tierras, evitando cualquier infortunio próximo y asegurando la victoria total de nuestros guerreros —exclamó extasiado el sacerdote mientras observaba cómo sus compañeros la subían a la canoa.

—¿A dónde me llevan? —alcanzó a decir la mujer.

—Al templo, querida —respondió el tlamacazqui antes de continuar con su disertación—. Como bien sabes, niña, nuestros padres, los antiguos toltecas, cuando sufrían de epidemias, sequías o invasiones, sacrificaban a los hijos de los gobernantes, pues su sangre era la más codiciada por los dioses y garantizaba el bienestar de su nación. El último en ofrecer a su propia hija para este ritual fue el propio tlahtoani Huémac, para evitar el hambre de su pueblo y la caída de su ciudad —afirmó—. Por esa razón hemos seguido tus pasos, desde que dejaste el tecpan de Axayácatl hasta que saltaste al lago después del sacrificio de tu valiente pero tonto amante.

—Tu sacrificio limpiará toda mácula que hayan causado los invasores en nuestra ciudad, cihuatéotl —dijo otro de los hombres, quien llevaba todo el cuerpo pintado de negro.

Citlalli trató de oponer resistencia, pero sus brazos y piernas no le respondieron. Abrió y cerró los ojos por última vez, poniendo gran esfuerzo en ello. La tenochca se encontraba terriblemente agotada de tanta guerra y muerte, de tantas penurias y batallas por sobrevivir. Al cerrar sus ojos pronunció una última palabra, Cuauhtli, mientras los sacerdotes comenzaban a remar…

EPÍLOGO

De los ojos de Cortés brotaron las lágrimas al percatarse de las dimensiones de la derrota que le habían infligido los mexicas en su retirada de Tenochtitlan. El líder de la expedición se encontraba en la cima de un pequeño basamento ubicado en el recinto ceremonial de Popotlan. Observaba la calzada de Tlacopan, ahora que la luna había emergido entre las nubes, con la esperanza de ver aparecer un destacamento, un piquete de jinetes, incluso a un solo castellano que corriera en su dirección buscando resguardo. Sin embargo, lo único que veían sus ojos eran los contingentes de mexicas que celebraban y se reorganizaban para avanzar contra la población tepaneca que estaba abandonada, en cuyo perímetro ya se libraban combates. Al pie del pequeño templo donde se encontraba, Hernando pudo ver una fila de hombres que atravesaban la población, todos avanzando penosamente pero con prisa, dirigiéndose a Tacuba, mientras que algunos jinetes y tlaxcaltecas trataban de mantener a raya a los mexicas que ya atacaban la población.

Debí de haber muerto en esa batalla, murmuró el extremeño al recodar cómo había logrado alcanzar Popotlan, sorteando la última cortadura a nado, como el resto de la vanguardia, donde el agua no superaba las dos varas de altura. Sin embargo, al percatarse de que Popotlan se encontraba vacía y que pocos lograban salir de la calzada de Tacuba, decidió regresar sobre sus pasos para ver qué era lo que retrasaba a sus hombres. Para su sorpresa solamente encontró a Pedro de Alvarado, seguido de sus hermanos y ocho castellanos, así como un escuadrón de tlaxcaltecas dirigido por el propio Xicoténcatl el mozo, todos mal heridos. Eso era todo. Casi todo el cuerpo central, así como la retaguardia, habían desaparecido. No había más hispanos que hubieran logrado superar la quinta cortadura. La totalidad del quinto real se había perdido, al igual que importantes miembros de la expedición como Juan Velázquez de León, Francisco de Salcedo y el arrojado capitán de rodeleros de la Vera Cruz, Gonzalo Rodríguez de Trujillo; incluso el agorero que no pudo predecir su propia muerte, Blas Botello de Puerto de Plata. Tampoco había rastro del heredero de Motecuhzoma, Chimalpopoca, ni del resto de sus hermanos, a quienes el extremeño consideraba de importancia para justificar acciones futuras sobre la capital mexica. Lloró en silencio lágrimas de frustración y derrota, con la impotencia de no poder disimular su tristeza y llanto frente a sus lugartenientes. Sollozó por el joven paje Orteguilla y su padre, por el valiente Francisco de Morla y Lares, el buen jinete, así como por su propio criado, el siempre confiable Terrazas. Derramó lágrimas por todas las riquezas y todo el oro que había perdido. Además, no quedaba ni una sola pieza de artillería. De acuerdo con los escuetos reportes que recibió, de los cerca de mil cien hispanos que salieron del palacio de Axayácatl, no más de quinientos habían alcanzado la población de Popotlan, sin mencionar que apenas llegaron cuatrocientos indígenas de Tlaxcallan y Huexotzinco.

—Esto es un desastre —dijo para sí mismo mientras veía una veintena de canoas tenochcas alcanzar el embarcadero de Popotlan, y a sus guerreros con antorchas adentrarse en las calles de la población.

—Her-Her-Hernando, tenemos que bajar de este cu y seguir avanzando hacia Tacuba, a-a-ahora que el camino aún está abierto. Los in-in-indios no tardarán en rodearnos —dijo Gonzalo de Sandoval, quien lo acompañaba en la cima del pequeño teocalli. Ahí también estaba doña Marina, quien milagrosamente había salido ilesa, así como fray Bartolomé de Olmedo y Antonio de Quiñones, quien llevaba una flecha clavada en la pierna.

—Tenéis razón, Gonzalo —contestó casi murmurando al tiempo que dirigía su mirada al lago, donde avanzaban con presteza varios cientos de embarcaciones rumbo a su ubicación—. Tenemos que salir de esta villa lo antes posible.

Dicho esto, limpió las lágrimas con el dorso de su mano, se colocó la borgoñota y bajó los escalones del adoratorio, seguido de su amante y los otros hombres, en dirección al pequeño grupo que lo estaba esperando con su montura presta. Cuando se disponía a ayudar a doña Marina a subir al caballo, llegó Cristóbal de Olid montando una yegua. El andaluz, quien venía del embarcadero de Popotla, sangraba de una pierna debido a una profunda herida.

—¡Hernando, hemos perdido el embarcadero de esta jodida villa! ¡No lo hemos podido defender! —gritó—. ¡El resto de los mancebos se repliegan hacia esta posición, perseguidos por los malditos culúas!

—¡Capitán, lo mismo sucede al oeste y al norte de Popotlan! —añadió Diego de Ordaz, quien arribó a todo galope—. Los hombres al mando de Alonso de Ávila han logrado limpiar momentáneamente el camino que va hacia Tacuba para que los rezagados puedan seguir avanzando, pero no durará mucho tiempo así.

Cortés apenas si pudo reconocer a su lugarteniente, quien llevaba toda la cara manchada de tierra, tizne y sangre, con un profundo corte en la frente.

—Entiendo —respondió Cortés mientras subía al caballo—. Por cierto, ¿Martín López ha sobrevivido?

—Lo he visto caminando rumbo a Tacuba. Se encuentra mal herido, pero con vida. ¡Andaos, que no tenemos mucho tiempo! —gritó Olid, quien se alejó hacia el embarcadero de Popotlan, tratando de brindar apoyo a los hombres que ya se retiraban en desbandada.

—Andemos, pues, que nada nos falta —exclamó Cortés a los hombres que lo acompañaban—. Marcad mis palabras, que más temprano que tarde regresaremos a Temixtitan para conquistarla y engrandecer el poder y prestigio de nuestras mercedes, Carlos primero y su madre Juana.

Dicho esto, el nacido en Medellín cabalgó hasta unirse a los remanentes de su ejército, que avanzaba penosamente, arrastrándose por el recinto ceremonial de Popotlan hacia Tlacopan.

RELACIÓN DE PERSONAJES

LOS MEXICAS

- **Chichilcuauhtli Macuilli Xóchitl:** "Águila Roja, Cinco Flor". Guerrero mexica de veintidós años con el rango de cuextécatl. Nació en el seno de una familia acomodada debido a que su padre pertenece al gremio de los pochtecámeh. Por meses ha sostenido una relación secreta con Yohualcitlaltzin.
- **Beatriz Yohualcitlaltzin:** "Estrella de la Noche". Jovencita de diecisiete años de origen noble. Hija del calpixque Cuauhcóatl y de la señora Iztaxóchitl, por lo tanto, prima lejana del huey tlahtoani Motecuhzoma. Amante del guerrero Chichilcuauhtli antes de ser entregada al capitán Gonzalo Rodríguez de Trujillo y ser bautizada como Beatriz.
- **Ixicóatl:** "Pie de Serpiente". Guerrero del barrio de Teocaltitlan con el rango de cuauhyáhacatl. Superior del guerrero Chichilcuauhtli. Apodado Ixcuáhual, "cuchillo de navaja azabache".
- **Tezcacóatl Ce Miquiztli:** "Serpiente Espejo, Uno Muerte". Veterano de las guerras emprendidas por Motecuhzoma Xocóyotl antes de la llegada de los hispanos. Pertenece a la sociedad guerrera de los tonsurados, cuauchíqueh, siendo el líder de los escuadrones del calpulli de Teocaltitlan. Superior de Chichilcuauhtli. Tequihuah.
- **Motecuhzoma Xocóyotl:** "El señor que se muestra enojado, el joven". Noveno huey tlahtoani de Tenochtitlan, quien gobernó

535

de 1502 hasta su muerte en 1520. Hijo del gobernante Axayácatl y hermano mayor de Cuitláhuac.

- **Cuitláhuac:** "Excrecencia Divina". Hermano menor de Motecuhzoma, quien fue el tlahtoani de Ixtapallapan cuando los hispanos llegaron a la Cuenca de México. Décimo tlahtoani mexica, quien murió en 1520 como consecuencia de la epidemia de viruela.

- **Cuauhtémoc:** "Águila que Desciende". Hijo del huey tlahtoani de Tenochtitlan Ahuízotl y nieto del gobernante de Tlatelolco Moquíhuix. Tlacatécatl de Tlatelolco a la llegada de los castellanos. Como el onceavo huey tlahtoani tenochca, organizó la resistencia de los mexicas después de la muerte de Cuitláhuac a finales de 1520, hasta que cayó la ciudad en agosto de 1521. Fue ejecutado en 1525 por órdenes de Cortés durante la expedición a las Hibueras.

- **Itzcuauhtzin:** "Águila de Obsidiana". Tlahtoani de Tlatelolco, la ciudad gemela de Tenochtitlan. Fue hecho prisionero por los hispanos con su señor Motecuhzomatzin en 1519.

- **Coyohuehuetzin:** "Viejo Coyote". Tlacochcálcatl mexica durante el gobierno de Motecuhzoma Xocóyotl y a la llegada de los hispanos a Tenochtitlan. Tlacochcálcatl, "el hombre de la Casa de los Dardos", fue el rango militar más alto dentro del ejército mexica solamente debajo del huey tlahtoani y el cihuacóatl.

- **Tliltócatl:** "Araña Negra". Experimentado guerrero del calpulli de Teocaltitlan que combatió contra los caxtiltecas en la misma unidad que Chichilcuauhtli, ambos bajo las órdenes del cuauchic Tezcacóatl.

- **Itzmixtli:** "Nube de Obsidiana". Joven alfarero que formó parte de los escuadrones del barrio de Teocaltitlan que combatieron a los castellanos en 1520.

- **Huitzilíhuitl:** "Pluma de Colibrí". Sacerdote mexica y el más importante consejero del joven Cuauhtémoc.

Los hispanos y sus aliados

- **Gonzalo Rodríguez de Trujillo, el Sin Miedo:** Hidalgo y capitán de rodeleros de la Vera Cruz nacido en Trujillo, Extremadura, en 1493. En 1519 se sumó a la expedición de Cortés convencido por quien se volvería su superior, Juan Velázquez de León. Le entregaron a Beatriz Yohualcitlaltzin después de que la expedición de Cortés entrara a Tenochtitlan.
- **Juan Velázquez de León:** Nacido en Cuéllar, Segovia, fue un lugarteniente y hombre de confianza de Hernando Cortés a pesar de ser cuñado de Pánfilo de Narváez y pariente del gobernador de Cuba, Diego Velázquez. Hombre de treinta y seis años, famoso por su arrojo en combate y por su ambición.
- **Gerónimo Ruiz de Mota:** Uno de los hombres de confianza del capitán Gonzalo Rodríguez de Trujillo y miembro de los rodeleros de la Vera Cruz. Se rumoraba que había llegado al Nuevo Mundo escapando de la persecución que sufrían los descendientes de judíos. Hombre de treinta años.
- **Alonso Berrio, el moro:** Nacido en Trujillo en 1490, fue miembro de los rodeleros de la Vera Cruz y la mano derecha del capitán Gonzalo Rodríguez de Trujillo. Hombre diestro con la espada y la honda, cuyo apodo venía de su tono obscuro de piel.
- **Hernando Cortés:** Líder de la expedición que partió de Cuba en 1519 y se adentró en el territorio dominado por la Triple Alianza. Nació en Medellín, Extremadura, en 1485, en el seno de una familia de hidalguía. Días antes de zarpar de Cuba tuvo un fuerte conflicto con el gobernador Diego Velázquez, quien trató de impedir que la expedición se hiciera a la mar. Los nahuas le llamaron don Malinche y tlacatécatl Chalchíhuitl.
- **Pedro de Alvarado:** Conquistador nacido en Badajoz, Extremadura, en 1485. Llegó a la Isla Española en 1510 en compañía de cuatro de sus hermanos. Fue uno de los lugartenientes en quien

más se apoyó Cortés durante la expedición de 1519. Perpetró la matanza de Tóxcatl en mayo de 1520. Como era pelirrojo, los nahuas le apodaron Tonátiuh.

- **Xicoténcatl Axayácatl:** "El que está junto al jicote (abejorro)". Hijo del gobernante de la cabecera tlaxcalteca de Tizatlan. Combatió a los hispanos cuando ingresaron a los territorios de Tlaxcallan, sin embargo, al no poder derrotarlos, los gobernantes de las cuatro cabeceras pactaron una alianza con los recién llegados para marchar hacia Tenochtitlan.
- **Doña Marina:** Una de las mujeres entregadas a Cortés después de la batalla de Centla. Jovencita popoluca nacida alrededor de 1500 en Oluta o Painala, que destacó por su inteligencia, belleza y la capacidad de hablar y comprender varios idiomas como el náhuatl, el maya chontal y el popoluca. Intérprete, consejera y amante de Hernando Cortés.
- **Fray Bartolomé de Olmedo:** Natural de Villa de Olmedo, Valladolid, tomó el hábito de la Orden Real y Militar de Nuestra Señora de la Merced. Teólogo, misionero y capellán de Hernando Cortés durante la expedición de 1519.
- **Francisco de Salcedo, el pulido**: Nacido en Medina de Rioseco, Hidalgo, fue lugarteniente de Cortés. Dirigió una de las embarcaciones que salieron de Cuba en la expedición comandada de 1519. Hombre ambicioso y vanidoso de treinta y cuatro años.
- **Bernardino Vázquez de Tapia:** Nacido en Torralba de Oropesa, Toledo, en 1493, en el seno de una rica familia noble, se embarcó a las Indias en 1514 en la expedición del temido Pedrarias Dávila, para instalarse en la provincia de Castilla del Oro y después en Cuba. Hombre desconfiado que destacaba por cuestionar las decisiones de Cortés.
- **Blas Botello de Puerto Plata:** Hidalgo español muy respetado por el ejército de Cortés por sus artes adivinatorias. Astrólogo, que visitó Roma, espiritista y agorero, convenció a los capitanes castellanos de abandonar Tenochtitlan la noche del 30 de junio para salvar su vida.

- **Pánfilo de Narváez:** Nacido en Navalmanzano, Segovia, en 1470, participó en la conquista de Cuba. En 1520 dirigió una expedición de diecinueve navíos y alrededor de ochocientos hombres con el propósito de capturar a Cortés y llevarlo a Cuba ante la presencia del gobernador Diego Velázquez. El 28 de mayo de 1520 fue derrotado por Cortés en Cempoala. Perdió un ojo antes de ser capturado.

- **Francisco de Aguilar, el devoto:** Nacido en Villalba de los Barros, Badajoz, en 1479, fue capitán de la expedición encabezada por Cortés. Hombre de inmensa fe y valor suicida ya que afirmaba estar protegido por Jesucristo y la Virgen María, de ahí su apodo.

- **Doña Luisa Xicoténcatl:** Hija de Huehue Xicoténcatl, gobernante de la cabecera de Tizatlan en Tlaxcallan, así como hermana de Xicoténcatl Axayácatl. Fue entregada al capitán Pedro de Alvarado para consolidar la alianza entre tlaxcaltecas e hispanos en 1519.

- **Juan Díaz:** Clérigo y capellán de la expedición encabezada por Hernando Cortés, quien nació en Sevilla en 1480.

- **Gerónimo de Aguilar:** Religioso nacido en Écija, Sevilla, que vivió entre los mayas desde 1511, cuando la embarcación en la cual viajaba se fue a pique en medio del mar Caribe. En 1519 fue rescatado por la expedición capitaneada por Hernando Cortés. Intérprete del ejército castellano.

- **Gonzalo de Sandoval:** Capitán, alguacil mayor y hombre de confianza de Cortés. Nació en Medellín, Extremadura, en 1497. Siendo apenas un adolescente, se embarcó hacia las Indias en busca de fortuna y fue uno de los primeros pobladores de la villa cubana de Trinidad. De gran fortaleza física, ceceaba y tartamudeaba al hablar.

- **Cristóbal de Olid:** Nacido en Baeza, Jaén, en 1488, fue uno de los lugartenientes durante la expedición encabezada por Cortés, con lo que traicionó la lealtad que le tenía al gobernador de Cuba, Velázquez de Cuéllar.

- **Diego de Ordaz:** Nacido en Castroverde de Campos, Zamora, en 1480, llegó muy joven a Cuba, donde sirvió bajo las órdenes de Diego Velázquez. Participó en la expedición de Cortés como uno de los lugartenientes de mayor importancia. Fue el primer europeo en escalar el Popocatépetl.

- **Alonso de Ávila:** Conquistador nacido en 1486 en Ciudad Real, Castilla. Participó en expediciones con Pedrarias Dávila, Juan de Grijalva y finalmente con Hernando Cortés.